白墨绘

上

马宇飞 著

百花洲文艺出版社
BAIHUAZHOU LITERATURE AND ART PRESS

图书在版编目（CIP）数据

白墨绘 / 马宇飞著. — 南昌 : 百花洲文艺出版社，2018.6
ISBN 978-7-5500-2860-9

Ⅰ. ①白…　Ⅱ. ①马…　Ⅲ. ①长篇小说 - 中国 - 当代　Ⅳ. ①I247.5

中国版本图书馆CIP数据核字（2018）第103926号

白墨绘

马宇飞　著

出版人　姚雪雪
责任编辑　邹　婧
书籍设计　绛　紫
制　　作　何　丹
出版发行　百花洲文艺出版社
社　　址　南昌市红谷滩世贸路898号博能中心一期A座20楼
邮　　编　330038
经　　销　全国新华书店
印　　刷　南昌三联印务有限公司
开　　本　720mm × 1000mm　1/16　　印张　40.75
版　　次　2018年6月第1版第1次印刷
字　　数　500千字
书　　号　ISBN 978-7-5500-2860-9
定　　价　59.00元（全二册）

赣版权登字　05-2018-209

邮购联系　0791-86895108
网　　址　http://www.bhzwy.com

目录

上卷

第一章　欢天喜地

1

早饭后，村上几个爱出尖打哨的活跃人物，喜滋滋地向歪槐巷进去。因为他们是那里的常客，所以就没人在意。他们去干什么？或许是玩麻将，或许又是摆酒场，或许是为了个人什么事有求。不大工夫，沿这条谁也必走的熟路去的人已络绎不绝，有的胳肢窝夹个瓷盘，有的手里提个脸盆，还有人背驮一口尺八锅，像只千年龟一步一步前往，他们嘻嘻哈哈，笑笑嚷嚷。嘴皮叼的烟随着说话节奏，火点一闪一闪。烟灰一崩一崩地往下掉。

这时黄四魁的老婆郭莲香头笼毛巾双手抱把扫帚，蹶起屁股扫大门外的路，把大门东边打扫了老一节。邻居茴香提了个笼，笼里放着一把草镰和小铲，给兔子寻草去。她见莲香那么勤快利落，开言道："他嫂子，你把门前扫得这么白净，是晾凉粉呀，还是擀面呀？"莲香哈哈笑着走近茴香鬼祟着说："我老二家明天给娃满月哩，客人经过这里，脏兮人笑话咱。"茴香忽儿站定，惊讶地说："支书老婆平日看不出是个怀上的，肚子秕溜溜，啥时生的，怎么娃已满月了？"这个女人就那么妖精。支书家的啥时怀上的，啥时生的，娃啥时吃喜，她都清清楚楚。刚才那一惊讶，有觉不当，脑子一转，拍了下脑袋改口说："看我这死脑子还忘了，以为还有几天哩。"莲香说，儿子娃都提前一天庆贺，你不懂？茴香哈哈哈开怀地笑着，我懂我懂。男娃比女娃值钱就在这儿呀！出世就贵重！她反向要折回家去。说"那我就不上地去了，看有啥要帮忙的。邻居嘛，大喜事！人人喜！村支书的喜，全村喜，满世界喜啊！"莲香走过去，扯下头上的毛巾边掸身上边贴过去，小声说，人家帮忙的人排队哩，想舔尻子的人有千万，能争上你？今天去的都是人家早招呼过的，没给你家言喘去了没趣！我说你就别凑热闹，到时行情就行了。

茴香一听是这样，思忖了片刻说，噢，我明白了。又挎上笼上地去了。

2

天将黄昏时分，支书家已熙熙攘攘，满院生辉，半个天空，通亮通亮。绣花针掉地上，八十老人都可找见。大门外的空地上已搭建起了可摆二十席的大棚，桌凳已全摆齐。几个妇女忙着擦洗。大门和棚门各有人忙着贴红喜联。贵子的门上挂起的红门帘，门楣挽上大红绣球！院子正面中央四张大红纸相接，金粉刷了一个超大的福字，特别醒目，彰显着喜庆。泯义出主意要叫名响四方的红发乐团，元魁挡了。他想，按自己的职务、身份已违反了计育政策，红线既然踩了，还得谨慎，太张扬了影响不好。所以，便又收敛了几项不必要的张狂。比如，取消了去镇街最红火的五湖四海酒店待客的安排。拒绝了村主任兼副支书的墨泯义和副主任黄国玉的涝池泡馍的策划。在这个问题上他坚决不同意的。但为了不伤二位的好意，他解释：计划生育正在风头上，县上刚开过会，会议要求各级党委一把手亲自抓，而且规约在先，一票否决。若在镇政府门前无所顾忌地鸣炮放鞭，自己落个顶风生育的典型，把书记镇长的面子往哪搁。元魁这个清醒的坚持，二位同僚也接受了，方在家大作了操办。至于席面规格、举办规模，有眼人一看便清。按乡俗，吉日正事上是怎样的酒菜，今晚必须是先端出来，一是显厨师手艺水平，二是招待所有的职客和本族中人。吃喝后一是听听评议，补救美中不足，好为明天来个十全十美。二是有望职客和管事人竭尽全力服好务。今晚席口共开了二十五席。菜上来了，是十大全。众客停了嗑瓜子吃喜糖的嘴，开始执筷子。邻村来的一位长者万不信，他拿起一双筷子撕了一片餐巾纸擦着叹曰：埋他大他妈连个重八席也没得，儿子满月又是鸡又是鱼的还十大全。同席的一个叫跃进的说，此一时，彼一时，日子好了，就得同社会跑才合时宜。放到农业社时，要来这一套，连想都不敢想，婚丧大事能有个粗粮扛子馍供大伙吃饱，就谢天谢地了。谁还能料想到现在办满月也白馍鸡鱼的体面。来，不发感想了，端来了咱就咥！八双筷子都长着眼睛，从八方齐刷刷伸向鸡抱蛋的大盘里。每人先运走了属于自己的软活活剥皮蛋，一口过半，两口吞完。快的人又把筷子插进鸡脯里，撕开一个口子，夹去一块白鸡脯，又两双筷子敏捷地夹去两条腿各放到自己下巴下，周围眼睛都集中过来。有个人说，一只鸡怎么就长两条腿啊！大家笑了。跃进慢慢吃着他的那颗鸡蛋。先吃蛋白，最后一口吞了蛋黄，几乎噎住，便抿了一口酒冲了下去。说，土地承包头一年呀，大家还记着吧，过红白事已吃上了钢丝面，臊子汤煎得汪的呀，客人高兴地说，啥时有白馍吃就算这世没枉活。谁知没要了两三年，过事全是白馍头，还开始杀猪宰羊了。现在又是鸡鱼肘子的上，真是幸福生活让咱全赶上了！

高音喇叭放开嗓门地唱着流行歌曲，歌曲完了又是秦腔。《柜中缘》《拾黄金》《梁秋燕》震得耳膜疼。这么响亮的声音噪得周围几里人都睡不安宁。这么激情的音村方听了，当然知道明天村上肯定是谁家有事。

这么大的阵势一直到夜里十一点。按礼规，凡入席者一包烟，发了烟，总管把明天职客的任务一公布，就自己散了。可是在支书家，今晚最后还剩七八个酒鬼。他们狂得过了子夜，又要闹通宵。下两点村上狗叫，鸡也掸膀子，呜呜的啼叫原是有几个人高兴醉了疯唱着回去惹的。

3

“闹吧！”泯义把事尽力往大的轰。

昨晚的席上有鸡有鱼，烟酒档次引人非议。泯义听了后，他这个主管就向元魁提议：好头儿，你都是个老革命了。快半百了才得贵子，天赐吉运，人生最大喜事了，花果山烟，酒的确不配呀！元魁说，可以了吧！泯义说，现在人吃主食没多情况，热闹就热闹个烟酒，事过得客人满不满意也在烟酒。元魁又说：“再提档次，要招非议哩。”泯义说，咱没偷没抢，没贪没占，是花自己的腰包，谁爱说啥就说去。你已扎老瓮壮的根了，毡已铺了，床已尿了，要的就是个满意！元魁犹豫说，你是总管，可要掌握住度啊，昨晚那烟酒已用了，再变恐怕……，泯义说，降低了人议，步步高咋议呢。你放心，我心中有数。这过事，有人赔了，有人赚了，你明天收的不会亏空。元魁终于被泯义说服，酒改为六年陈酿的西凤，烟酒改为红塔山。

4

两个礼桌。泯义安排了村上两位小学老师提笔，村委会会计怀东和副主任国玉收钱。

村上客来开了。书礼的按礼规把头一页留给头号贵宾——今天小主人的舅家。揭过一页去。首先进入礼簿的是村两委会的大礼。但上书的是委员们个人的名字，包括活跃的几个村民共十三位。一条高级纯毛毯，一条太空被，小宝宝睡袋睡衣全套。还有118.88元的贺金。这已破天荒的打破了村上多年行情。礼桌周围人都睁大了眼睛。记在心上，各酌自己礼的轻重。因为村干的标准起了带头作用，已在不言中。这不由使村上人回忆起红白事庄客行情薄厚度走来的历程：人各2角、5角、1元、2元，随着物价的提高，村上统一多数人意见，开会讲利论害，规定底线为5元，实行三年后，群众自觉以5元为标准。这次支书的儿子办满月，干部一下把水涨到岸畔——他们心里明白这样的大方，大方的还是村民身上的毛，每根毛带出的肉也是村民的——原围着礼桌想抢先占首名吉祥位子的，都把掏钱的手从兜里慢慢抽了出来，有的手僵在兜里拔不出，有的转过身走了。书礼的一看，不知怎么了，问谁上？几个窃议：今天这情难行了！恰逢，万不信来了。答言：咋难行了！一张纸是个情，背座泰山也是情。该怎么行就怎么行吧！前多年最重的情是娃他舅家，也不过是二尺花布布，值不了一块钱。说着掏出5元放了就走。走了的几个听万不信这一说，返回的又来了，但多数还是以10元（个别仍是5元）上了礼，一股子拥进大棚下吃汤泡馍了。

10元标准从此立了规矩。

应酬的招呼这把子人还没坐定，一盘千头鞭炮炸响了，炸出的红蝶惊恐乱飞乱碰，地上掀起细土腾空而起，遮罩了礼桌。轲亮、红羊、胜胜老远就笑得看不出眼睛了，只有个大嘴和白牙。他们抬着一面巨大的水银镜，上面用一被面挽了朵大绣球，固在镜额正中，镜面上贴着二尺见方的大红“囍”字，紧跟的是响响和毛毛手里分别提着的上下一副联。轲亮递过礼单报上名后，响响取开联来，贴在镜框两侧，礼桌上有胶带纸，顺便贴了。这两条红绸带上金粉楷书现在眼前：

掌大权地献金座一帆风顺

兴鸿运天赐贵子心想事成

牌靠墙立在那里，好些人看了联语议论，有人摇头：“这，算不算是挑战？”

5

来客中有位娃娃刚放学回来。急着来到桌前，掏出1元的三张，从另一兜里又掏出5角的两张，最后又2角1角的筹够5元。怀东未整理，顺便压在臂下，提笔的问名字，答：“叫凯。”书礼的说，把大人记上吧。转过头问：“你大叫啥？”“来旺。”他闪亮地笑了一下。随着大人进了棚。

书礼的那位本村教师说，这娃已上小学五年级了。小时我给代过课，学习很优秀，在全年级是挑梢的。唉，这世界太不公了。能念书的娃家里穷困，不想念的娃，家里宽裕，家长劲鼓得老足。听说，这娃他大常有病，是“大跃进”时，社员军事化住通铺，湿地给种的病根，腰腿疼，重活干不了，地里活常是他妈干的。家里这么困难，娃念书从没退劲，确实是块好料，肯定是个大学生。可惜，家境对他太残酷了！另一个说，穷人家的孩子早当家嘛，寒门出才子。正议论着，又来了一股庄客。接着是两辆小轿车停在百米外，响了一挂子鞭，车上的人全下来了。一看他们个个的派头，就知道是镇上各单位的。有镇党委、镇政府、派出所、粮站、工商、电管所、税务所等，他们叼着烟，各有超凡之气。乐队听见鞭炮声，马上吹着去迎。一队人马来了。一位戴墨镜的向礼桌交了一张名单，递过一沓百元大钞（没数多少）。不用说，他们都是请柬请来的。元魁和泯义已出来迎接了。握手，递烟，问好，笑脸对笑脸，真乃蓬荜生辉。接着是在外当官的，经商的，干事的，这些人都是请的客，凑巧接连来了。他们都是漂亮华丽的时尚红包，一一送到礼桌。泯义给怀东说，只记个名就行了，让红包原封着。怀东点头：“是！”

小宝宝的舅家来了，有十多位，书礼的揭到礼簿首页，上了礼，引进去吃汤了。

这些白领们和宝宝的舅家是今天重点招待的贵宾。元魁给厨师递了烟，说了几句什么，那个身着工作服的师傅和腰系围裙戴着护袖的徒弟马上紧张起来。几台鼓风机敞开嗓门吼起来，土坯建的一行炉子，煽出尺把长的火焰，徒弟又加几锨煤块，忽地黑烟乌龙般腾空。伙房里的风箱咣儿咣儿有节奏地拉着，呱呱呱地欢声笑语不时飞来……

端馍端汤的加快了脚步，在炉子与棚间来来去去。泯义伸长脖子看掌盘的端着的汤还不甚汪，就急着跑去给厨师说，把油和辣子放汪，你没看席上坐的都是谁？快，鸡饼葱花多放些。搞得汪汪的，厨师应话后，那勺子更忙活了起来。

主要客人全来过。礼桌上歇下来，抽烟拉闲。不论南北二原还是泾河川道，操办事，礼桌从来都是个自由论坛，沙龙式的场所。什么话题都有的自由市场。

毛毛说，他舅家来这么多人，咋没见他外爷。桌前看茶的说，他外爷已瘫几年了，若身子好还能少了他？

他外爷叫郑兴，是个大画匠。多半生是画庙宇壁画，饰神像和梁栋的。解放后破除封建迷信，不兴造庙塑神，他就给人家画箱描柜子，拾些零花钱。改革开放后，群众生活一天天好起来，兴盛旅游业，一些地方又悄然盖庙重塑神像。到处寻他那样特长的人，他又带起徒弟，有了用武之地。两年前省文物局拨一批资金：中德携手修复加固享有世界文化盛誉的大佛寺石窟这颗丝绸之路上的明珠。他在为挽救唐贞观至今1300多年的古刹虔诚献艺，也为自己能在保护国家级文物留名后世。一天，他在画完二层窟后，下来细赏20多米高的佛祖像色彩是否有瑕，当未发现小疵，正端颜料沿阶去阁楼顶层时，助手突然问："师傅，你信不信神？"他听了愣住。想，我是个画匠，画了几十年神话故事，饰过各路神仙的泥胎。心里很难深信神鬼之事。这么想，没表态，只是淡淡笑了一下，继续向上去。刚迈步，佛洞就卷来了一股威力强大的风，一下把他从架上扇了下来，多亏护网，不然就粉身碎骨了。从此，神魂不清，语言支吾。这中间可能有玄乎加工，但已瘫是事实。

一个说，他不信神，怎么请阴阳给咱支书家拨治老坟哩。不就是为女儿能生一个继续香火的儿子吗？现在已生了，他却没福光临。人呀，祸福真的是难测！

时间，已到下午一点了，礼桌几个人停了闲话，收拾摊子交礼簿。

怀东说，得总结出来，写个礼单贴出去吧。几个人很快总结完毕，写出礼单：

来宾：588位（实际是564人，为吉利改为88）

礼金：23078元。毛毯：15条……

正写着，泯义来了。李先生说总管来了问贴到哪儿。泯义本来是来了解实客，准备告诉厨师席口的。他一看礼讯，问实客数，答："捎的不过20人。其余全是实客，加上职客，你算吧。"泯义在桌上的烟盒抽根烟吸着，嘴里吐出一条白龙。向李先生说，你给我写四个首席牌。又教把礼讯中来客写为180就行了，礼金至多写2000元。这几个人相互瞅了瞅，李先生说，来吧，咱是下苦的，听令行事！另写了贴在门外墙上。

6

乐队迎接礼簿回去时，一位大汉站到了桌前，遮住一片阴影。这是谁？第一个认出人并直呼其名的是大会计怀东。他是村上大小事常上礼桌的人。这位大汉大小事来到，首先去的就是礼桌。书礼的人和大汉渐之熟了，就招呼吃喝，还给他求的钱。这大汉叫燕三，是甘肃正宁县人。他眼观八路，耳听八方，和吹唢呐的是一竿子。哪里有白吃白喝的，这些人就及时通知燕三。因此人都称燕三“百家通”。他满头长发如蓬乱的草，污垢的大脸盘下两排白牙从厚实的嘴唇亮开来，两只小眼睛媚媚地笑着说，我刚从姜村娶媳妇的那家来。说话时手在额上摸一下汗，又笑笑，我来迟了吧！其实姜村那家是丧事，今日是奠日。燕三很聪明，为了讳“丧”就改为喜庆事，撒了一个吉利的大谎说出来。大家知道他站在这里媚笑的意图，怀东从票子中挑了一页最新的5元给他。大家以为他是辨真假。都说，是真的你放心吧。他笑着说，不。你给我花开吧，2元1元的都行，只要新的。大家都知道燕三是个很知足也有“志气”的乞丐。从来无人叫侮辱性的贱命——叫花子。他要的钱也是随物价一路走来的。五年前吧，从1元、2元至今5元。他是一个孝子。八〇年高考，村上一个坏心眼的送了个黑材料，弄得他没被录取，这一位优秀的高中毕业生，得了精神病，治好后，便走上了乞讨生涯。当他把钱攒到年终，就带着回家看老母亲，给买好吃的，买新衣裳，年年不误。要5元标准已有一年多了，怎么今天要2元1元的花开呢？他见大家不解，就说我要给贵子送二元去，祝他成才，长大不学我这屌样子。这时围来十多人，大家说，娶媳嫁女的喜事，都盼你这样的人带吉祥来，增福添喜呢。怀东说，不花了，今天奖你5元，去冲个面子吧！燕三双手揖谢。接了另5元。他要亲自送去。这一举动不论谁家什么事上，都是当作祥中之祥，吉中之吉的欢迎。

元魁夫人喜出望外，真没料到今天能来这么一位特殊客人，一位特受欢迎的客人！母以子为荣，以子为贵。她双手抱起刚吃过乳，脸蛋儿又红又润的小宝宝，托给眼前这位“肥牛”叔叔（“肥牛”是对燕三的爱昵，没有辱意）。肥牛憨笑着把自己脸离开，说，我太脏兮了，看吓着了宝宝。只在襁褓上抚摸了一下，把5元塞到里边。还说：祝宝宝万福，前程似锦，成龙腾达！来的都是客。夫人叮咛大女儿要好好接待这位客人，让吃饱吃好！燕三出来时，棚外已端来了几老碗油汪汪的汤，几碟肉菜，一盘白馍，他真能吃能喝，不怕胃憋破，馍不泡一会就吃了六个，喝完了三大碗汤。还吃光了菜。看得眼热的一堆人说，这家伙吃下去往哪儿装呀！元魁知道燕三来了，寻个塑料袋，到厨师那给装了一只鸡，一条鱼，还有五个大白馍。说谢谢你的祝贺！燕三高兴得只说，你积福行善，宝宝定是大富大贵之人！

这位迟来的贵客，来得太及时，太受欢迎了。

7

开席后，乐队的秦腔清唱随着一道道菜吼得无穷乐。方圆十里都能听到播出的音。《火焰驹》中的《卖水》，《游龟山》中的《藏舟》，《三滴血》中的《虎口缘》，还有《梁秋燕》。成员有吹手班子中的，有县剧团的，唱的都是百姓最爱听也能听得懂的戏文，这些戏曲比那些流行歌曲更合大众口味。所以围了几层满脸堆笑地张着嘴巴注目演员的人。县剧团的演员刚落板，胜胜拉来了两个村上的人给乐队介绍说，叫这二位也献献艺吧。乐队自然高兴。大家看，是白老山和黑秃子的媳妇梅芬。老山原是演过戏的生角，梅芬是县戏校的学生。在一片掌声中，老山唱了一段杨子荣，梅芬来了一段铁梅戏。两段唱腔把喜庆推向了高潮。主事的又抱出几大盘鞭。隔几分钟响一串，整个院子里，宴棚下都被炸开的红纸屑铺上厚厚的一层地毯，混着药味浓浓的青烟像撕不开的棉团，盘旋半空。在这大喜大贺的气氛中，元魁和大弟、二弟及几个弟媳脸上都涂着油彩，穿着花花绿绿的长袍短褂，戴着硬酒盒加工的帽子，耳朵挂着红辣椒，这阵子谁管他支书不支书，孙辈分的都出面拉上他这个高辈当猴子的耍。支书这时也乖乖地听指挥，任由着乐。更逗人的是他的嫂子莲香。仿秦腔《看女》中的丑样子化了妆。屁股后随了一串小孩瓜嘴大张着只是笑。他们几个人由狗旦导引着向各席口敬酒。敬过前排几席重要宾客，到了第二排后，二弟在自己脸上抹了一下，把手上的颜料摸到了狗旦脸上，趁势，莲香把脸也贴紧狗旦脸，猛力地蹭，这一来这里发生了地震。元魁几个给能要着的，就把自己脸捧去往对方脸上涂，白的牙膏，黑的墨汁或鞋油，红的口红，五颜六色，不少人都挂了彩沾了光，闹腾得桌凳东倒西歪，碟翻汤漾。元魁敬酒，谁不喝呢。几个人帮着捏鼻子，拧耳朵拉住灌。热闹一浪掀一浪。

前席的热闹又是另一情景。小宝宝由姑姑用大红包单严包着抱到席口，可爱的桃花般的脸蛋露在外面，灵动的小眼睛看着这世界，一切都新鲜。姑姑在席口站了几分钟，舅家人各掏了红包，还有十多位头面客人也掏了红包。可谁知，这时早有“预谋”的元魁一个堂兄，一手黑锅墨（和油）抹向掏过钱的舅舅，那舅舅化得只有眼睛和牙齿，惹得棚下全鼓起掌。表示吉庆！宝宝的身边塞满了良好的祝福祝愿，后来的兴奋一直不减地闹到点灯时分才结束。

却说贵子抱回去后，一些直系姑舅和特别关系的人物，礼节性再三祝福了这个迟到的小公子。

“这小家伙两耳垂肩，浓眉大眼，大富大贵，将来一定不凡！”（其实毛茸茸的婴儿哪来的浓眉……）

“这小宝贝将来不是当官就是什么专家教授！”

有几个总是演戏一样笑嘻嘻让人讨厌的中年人，重复着最好听的话，一次又一次地往小公子父母心上注。正直人听了觉得麻麻的。

“不当呆公子卢世宽，就算祖上积德了。”元魁大嘴咧笑着插了一句。旁边一个小舅子说，“那就争当个田玉川吧！”

“反正肯定是个白领阶层，不会成为戳牛尻子的！”

“都别说了，‘皇后’生的一定是个小支书！”万不信在后也冷扑腾的来了句。

“对，老子卖葱卖蒜，最低是个支书儿子吧！哈哈……”轲亮说。

大家欢天喜地地说了许多。至于儿子以后成为什么，是龙是虫，元魁已为儿子设计了一个最美好的明天，装在心里。他要把自己尽有的热，一切一切无私地奉献给儿子。

8

迟得贵子，举家高兴的气氛渐渐转为平淡了。

元魁的心情从澎湃也到了平缓的滩域。不少难忘的镜头一幕一幕屏显眼前。

儿子降生那一刻，刚从胎胞出来的小生命，发出了响亮的一声，这声音宣告了一个惊喜，男婴的刚声！他急不可耐地先把目光投向小腿裆里，手顺便摸过去，摸到了小橛橛，他把喜讯急切地告诉了妻子。给她精神支撑！记得第三胎生下是女娃，她一摸便昏了过去。这次她心理仍有余悸，就没打算去摸。当知是个男娃，两口都控制不住激动，四股泪哗啦啦流了下来。太激动，太激动了啊！妻子让老男人马上到灶前烧香磕头回谢。她一时也顾不了自己的痛苦，也忘了自己不干净的身子，膝跪在炕上双手合十向佛祖默敬！向灶爷灶妣默敬！请来家里的护士给宝宝剪脐带，消毒、包裹。这是早饭后。

午饭时，支书得儿子的消息，春风一样刮到全村。已半百的元魁有后了。有人高兴，有人嫉妒，有人不以为然，有人窥视着找搬他的突破口，但高兴的是多数。星斗、星斗，这才是北斗星的光辉！元魁为儿子想好了这个名字。

他心中如装上了一台超马力动力机，他决心以百倍、千倍的信心要为儿子打基业。

儿子到来，已三十又四天了，这几十天他几乎每天都要陪人喝酒，他多次向批发部向家里买酒买烟买茶。酒每次都不下十斤。白酒这样，啤酒也没少提。凡前来祝贺的他都是先被灌得醉醺醺的。他要把多半生沉积的郁闷、苦恼和诅咒全用酒精冲洗干净，让喜气充满胸膛，成一腔热烈！

这天，他独自和镇上各方面头儿一起痛快畅饮后，突然情绪有些低落。他真实地感到他红火的人生路已遇到瓶颈，一种不祥的麻烦正向他袭来。

首先，他想到了如何过计划生育这一关。全镇上和各单位的头儿虽有多数贺了喜，那是促红他，只是人情面子罢了，至于如何面对“国策”，人家哪管？吉凶全是自己一人的。常言“乐极生悲”。元魁现在真的遇到难题了，难在考场交不了卷。他如何向党员交代，向党委交代，罚款他是有准备的，但，这次只交罚金就能尘埃落定吗？恐怕没那么简单！如村民问，你有权就可以生多胎吗？这可没法回答啊，靠大家同情心谅解吗？怕也难。

9

生。元魁豁出去一定要生个儿子出来。他认为是“逼”的！

元魁弟兄四人。他为老二，大哥和弟弟都各有两个儿子。香火续了，后锅满着。他们说话都硬朗朗的。很少有人到跟前说过激话，做过分的事。他呢，虽是支书，掌控着千余口之家，大权在握，一言九鼎。但干众人事，惹人是常事。利益上撞了谁，背地就指着骂他：都焦尾巴了，还这么霸。村上就有几个人不避地骂他断子绝孙。比如文兴。一次还是强调计育的会散时，文兴就含沙射影地说，有人后锅都干得发红了，还把天下看成是先人给他铁打的。元魁听见忍了。虽忍了，却钩沉起犹新的记忆：两年前吧，三组文兴的婆娘第三胎临产的当月，包村的师存水部长摸底后，被拉上车堕了胎，胎儿下来正是所盼儿子，还有哭声，就被护士丢进水桶淹了。这件事在村方议论最强烈，说支书没人性，比日本鬼子还凶残。他听了很后悔，心神难安。说就说吧，我的做法不违法。但不知怎么，几天都没香香吃顿饭。见了文兴就低头，听见骂声装聋子，后来和老婆悄悄地看过文兴两口，道了歉，又认了“罪”。这事虽过几年了至今想起来，总觉是连自己也不能原谅的绝事。从此，萎靡不振。回家怨老婆，动辄耍脾气。过后，独自思量，这生娃又不是一个人的事，怎么能怪老婆呢。他有试探老婆期盼儿子的态度。问咱到底再要不要儿子，过几年都老了。老婆没肯定回答，只说，咱前世是不是亏人了，损德太重，老天才那么绝咱。元魁听音她还是想要的，他接着说，要，咱就得在千人的监督下，顶风生育，这是冒着险犯政策。老婆说，这是为你黄家传宗接代续香火哩，就是砍头也不能收了种吧。元魁说，万一又是个女子呢。老婆说我不信老天那么绝情。老夫老妻二人说得悲壮，说得投缘，从悲观到乐观，最终达成一致，决定违党规踩国策底线，再要一个。元魁说，那好，风险我一人担当吧。

元魁说完话，扛个锄上地去了，婆娘一个人独坐家中，脑子翻腾个不停。她又想她的命。她婚后一连生了四个，都是花头，她怕了，人说生女过三就得生一席。后才有男的来。她暗下决心毫不气馁地生下去，生不出一个带把把的不罢休，谁知，计划生育越来越紧，提到国策高度了，丈夫又是支书又是亲抓这项工作的。每月对育龄妇女实行“三检”。她有庇护，自然可以不去。但丈夫整天高音喇叭向村民讲政策，提要求。如果再不收口，生出第五个来，首先村中被拉着去动手术结扎了的，流了产的就会闹事。元魁也以党性考量自己。于是两人商量了一个决策：把第四个女儿抱养了出去，把“超人”这个予起的男孩名改成“草草”，抱给一个快四十岁的堂妹抚养了。生了草草就收场。如果以后形势有变，可续生。如果紧，就给老三招赘个女婿养老。

但是一次无法消化的事让这两口子重振雄风，点燃起了东山再起的火焰。

那是村上最难缠的白克良（后改为轲亮）他已生了二胎，都是男孩。依政策罚了几千元，轲亮就憋了一肚子恶气。每月“三检”媳妇就躲，现在又挺起了大肚子，非生一个女儿不可。元魁亲自去做工作，让流产。这下火药捻子点着了。轲亮吃了火药，跳着楞骂：你还不多积德快行善，又要借刀杀人，难怪一生一个花头，怕我再生一个带把的眼红吧，哈哈哈命里没有，气死你！气死你！

元魁被骂得狗血淋头，被伤害得落下了泪。他双腿瘫软地蹲下，半晌缓不过气来。几天抱着头睡闷觉，不吃不喝。包片的师存水和驻村的刘柳根知道事因后，前来安慰。元魁述说了心中的苦衷，提出辞职的事。柳根回镇后向书记汇报了轲亮和元魁闹事一案。书记说要下来派人处理，七八天过去了，镇上没来一个人，第十天，县计划生育检查，入村进户了解政策落实，镇长才让柳根和计育专干硬逼让轲亮媳妇流了产。这次仇和孽全记在了元魁一个人的账上。认为是他背地作的祟。

村上还有一个出名的人叫白胜胜。这人平日看起来面带笑容，可心里多有诡计，一肚子曲肠子，一点亏也不吃。要是谁伤了他的利益，那可是没你的好日子过。尤其是对村干部，他是能盯住姜笼子的人物。所以村上干部也常让着他，当个门槛抬腿过。当块大石绕着走。他懂理不讲理。对别人净是理。每年秋春实行机动地有偿分配。原则是一手交现钱，一手划拨地，他呢，偏有理，要先划地，多划地，后交钱。村民知其人品，没多少人和他搅杆子。遇事都让三分。在这事上没人出头反对，干部就瞒着众人破例先划了地。过后，他不交钱。村民当然有意见。元魁说，你这人，把你让了你要知道让，怎么放个男子汉大丈夫说话不算数。胜胜火了。梗起脖子问，那你说我是放屁了是吧！元魁态度硬了，你这人咋给脸不要脸呢，都像你，村上的工作怎么搞？这下起戗了。胜胜膛里的子弹连射连发。指着元魁的额头，我说你多积些德好吧，后锅干了还没看见。你是怕别人碗里的米颗稠是吧，村上账敢公布吗？这几年不说全大队，就咱小队（他和胜胜是一个小组的。眼下村民还习惯称“队”不称“组”）百亩机动地，钱收齐了吗？收的哪去了，都为村上办了哪些好事。你们几个人随收随花了，地是你家的钱匣子？再说，你们干部谁没种三亩五亩。账上看，钱交了吗？还有，有的人种着四五亩，一直没交过钱，你怎么办呢。这一说，轲亮出来装人了。因为他种了五亩多机动地，几年了，一分不交。城门起火，殃及池鱼，伤了他的利益。于是一本正经地指挡胜胜。这人，你少说几句吧。轲亮辈分比胜胜低，也有点连带亲戚。胜胜人聪明，知其压火目的，没再升温。元魁自知在机动地的分配和收费上存在把柄多，自知理短，也不再多说。顺坡下驴了。

婆娘知道男人又和人吵仗了，一吵就被胁短。哭着说，咱生不下个成型的人，人拿啥事都胁咱短。我现在还能生，过几年不能了，那时候，你只能张两耳听人骂了。还是生个吧！

从此，元魁夫妇下了决心，付之实际，生！非生一个儿子出来不可！从最坏处想，即被开除了党籍，也心甘无悔！

三月八，婆娘也没告诉元魁就去大佛寺求子许愿。三月十八马不停蹄又去五十里外的高庙山求仙许愿，吃泥，喝神水。接着又叫老爸请来阴阳疗治老坟定了桃木橛，埋“四书”，甚至翻祖坟的念头也有了。丈夫是支书，出去了吃吃喝喝忘了心事。可她总觉还是低人一等，矮人一头。家里日子过得不缺吃，不短穿，不差钱，但她总看不起自己，把自己当作会说话的工具。她感到嫁给元魁，没给留个后太对不住他。所以，过日子做家务，在男人面前唯唯诺诺，言听是从。当知已怀上了，把喜报给丈夫，丈夫并没因此而兴奋。五个月后，偷着给医生送红包做B超，确知是个男胎，两人抱着头高兴得哭了一场。

现今，梦想成真，儿子已生在了炕上。她，有生以来，第一次觉得才是贵夫人了。身上有了胆，说话有了声，处事敢拿权。她如此想着，思想深处体会到一个女人一生的坎坷。一个女人做母亲的不易，一个女人做母亲的伟大！更觉得一个女人对一个男人，一个家族的重要。

10

支书这个职务算哪一品的官？

元魁问自己：农民支部书记，到底算个什么级别？提到级别，他又不觉好笑。是九品还是十品，能值几个钱呢？是光圈呢还是标签？是权呢还是工具？还有，自己从任职来，被村民和上级都认可了些什么，自己在上级党政领导的眼里，在村民的心目中定义属于个什么东西？想着想着，又莫名其妙地笑出声来。在村民眼里，他是个工具，是个权霸，是个土皇上，是个吃客。严重了嘛！纵观自己了解的支书主任，或轻或重，多少有这些特色。原因之一，是他们的任职和计划经济一样，多为上一级的意志、指令所委任，并非全依民心民愿，党心党愿选举产生。实际考察中，掌握的是霸气和威慑力。看关键时能否紧跟上一级领导去卖力，能否配合上一级领导鞠躬尽瘁。用百姓话说，领导是否看中你，喝酒是否不限杯。由于任上的乱象，自然鱼目混珠！

什么东西？“别把村干部不当官”，一种政治身份非常凸显而又身份暧昧的官。所辖区域里最权高位显的“一号人物”。单说暧昧吧，既不属国家编制干部，又无格进党序列的准干部。但在任期，肩上全担着贯彻落实中央各项方针政策的重大责任。若不小心，上级领导不满意了，你就吃不了得兜着，又随时可降为社会最低层次的纯农民。

什么东西？一句话，是根针。上边纵有千条线，都得穿过支部书记这根针。要穿就得施压。穿过去的针头就在百姓身上扎。扎，难免有反力。有反力咋办？还得硬着头皮扎。有些厉害的都是爷，他们要骂你、告你；皮厚有忍性的，忍着痛让你扎；骑墙观风的，平日若无事不理你，有了事还找你，办不好就倒戈，归向势利派，参与上访队列弹劾你。

什么东西？说白了江湖一员。虽不是老大，还算是个活跃的闪亮角色。人怕人怨而又敬畏的人物。村上红白大事，老人祝寿、婴儿满月、造房封顶都是上座位置，乡镇重要宴席，阔摆的酒场少不了诸侯一把椅。在这种场合肚满酒酣时，全现的是民主光彩。比如自己给儿子满月，刚散的谢宴吧。村干部和镇领导、公职干部关系都是这般具有幽默性、戏剧性、滑稽性的，谁敢说不是官官相爱的呢！请观座上，起先有礼有貌，有体有统，领导当仁不让就上，下属自觉自愿下随敬酒，先关系再一般，热度上来了，同志加兄弟关系；大醉来了，皆为江湖哥们关系，不论职位，不言其长，统统地疯喝狂喊，乱碰出洋相，刹间杯盘狼藉，一塌糊涂。这是一个什么集体？这是一个打不散，分不开，又拢不紧，凝不固的团队（这时的形象称为“团伙”才确切呢！）。透观场面那遮天盖地的酒色秽雾，完全可见新时期金玉其外的官场那么一种俗伪，那么一种虚亏，那么一种老练和圆熟之风。身临其境，谁能说不是淋漓尽致的呢！

元魁这多年已在官场周边或亲身入水体会了许多。只能领悟不可宣说常识，懂得了一些潜规则。支书这类，名为干部品级的人，公然讲是为人民服务的勤务员。说真话，不少人身为共产党员却没全去掉农民自身积沉的比如自私、目光短浅、原则问题易动摇等毛病。由这样的人坚守农村党支部堡垒，难免出问题。试想，有毛病的受腐蚀剂危害的砖块，砌在老百姓信赖的坚强堡垒上，谁放得下心呢？三级地震或许可防，而遇唐山那样的强地震不和汶川黑心官建造的校舍一样最先垮才奇哩！

酒场上，这些吃人民，拿人民，涂着党员色彩的江湖汉子出色的表演绝了，绝了！然而，魔术手再高明，仍有破解的人！

由于想得多了，感触深了，良心开始呼唤救赎。元魁这阵也不知自己是谁了。

第二章　冷面铁心

1

“支书爷！”一个小子站在元魁家的地上。

元魁的一番深思心情都稍有安定，门里来了一位俊小子。随叫声已站在他面前了。刚躺下正准备休息的他受到了干扰，很不高兴地半眯着眼。

小子很有礼貌地向半身躺在被子上的支书笑了笑，尊敬和希求的目光注视着支书。

欣欣又叫了声支书爷，支书还没动声色。欣欣第三次叫了声支书爷，他感到支书这下该听到了。其实第一声就听到了。这娃啥事？支书很冷淡地问了一声，把身子向上耸了耸，右手顺便把背后的被子往起垫了垫，半依着。

“我和我姐考上大学了。”欣欣才说了前半句。支书说：“好啊！这娃你是给我报喜呀！”“不是。是出证明。”“那得拿户籍证明才能办粮户关系。”支书又半闭起眼，说了一句，只一句，钉子似的，便瞌睡了似的，不出声了。

欣欣掂量了下自己的轻重，分析了支书对此事的态度，恭敬地递上两份大学录取通知书，把大学给村上和家长的喜报又揣在怀中没显露。

元魁想接又不想接，欣欣向前了一步，双手呈给，以表要手续的证据。这时，他才直起身子，背下的棉被受压后，迅速膨胀，恢复原状。他扫了一眼，一份是西安交通大学，一份是甘肃师院。他把小纸片放到炕沿，没放稳，被门外的野风刮下了地。欣欣弯腰去拾。元魁开始吸烟、品茶。茶刚到嘴边，欣欣问，啥时办呀？三分钟后，勉强回答：“你去给会计说一下，今天明天都可办。”欣欣心里真高兴。他想，人说去支书那里，脸难看，事难办，不全是这个样啊！他已一步跨出了门槛。元魁放下杯子，响亮地喊：“欣欣！”欣欣闻声返回身来。支书说，给会计说随时把你两人的承包地下了。欣欣没作声。支书不高兴了。带劲儿地说：“你有意见是不？不能一个人吃双份粮啊！”欣欣没回头，径直走了。

出了院子，又站定，后悔没说谢谢，但思量了一下才直向家去。回到家里，真也产生了点感想。首先是为这村子忧思！本村有这种愚钝的带头人，真是不幸啊！他那种思想境界，那样短浅的目光，那样阴冷的心肠，那样妒忌的心态，在农村举旗挂帅，坚守堡垒，真是一种悲哀！难怪村上旧貌如故。渴望他领头挑灯奔小康，何年何月能圆梦！

欣欣不愿再想下去，也更不想多评。他径直向会计家去。会计是本族门的一个远房长辈。他叫了声碎大，把迁户口证明的事说了。会计也没问他给支书说了没有，说，吃过饭来吧！——他得请示支书。

欣欣听便。走了几步，又想：这本是会计本分的事，为甚要推到饭后？

2

欣欣迁证时，打算改名为于国，姐姐改心怡。白于国、白心怡，是新中国三十四年来，白墨这个拥有上千口人的大村开创性同大学结缘的年轻后生。也是本村有史以来新型教育培养进高等学府的农村孩子。更可喜的是破天荒女孩上大学。这不仅仅是一个穷苦农民家庭的幸运，也是全村人的光荣和自豪。本该皆大欢喜才是，谁料最先碰到的是村级最有权人的抵阻与刁难。

二十世纪八十年代，正是拨乱反正，百废俱兴的激情岁月。

百年大计教育为本。改革开放，国家把教育强国作为战略大计提到优先地位。就说高招吧，从20万渐之提到40万、60万，国民也把投资教育与治愚治贫紧紧相连。男女平等，女孩不再受歧视，不再被偏见革之校外了。许多村委、乡镇政府对考上大学、中专的分档给1000元、500元的奖励，并发贺信，鞭炮红花、会议锣鼓地庆贺。而白墨村的支书爷截然反态，冷面对立，不鼓励罢了，反倒制裁。他一点也不觉悔愧，还自以为在正确执行了政策。范仲淹翁言：国家之患莫大于乏人。一个支书难道不懂人才对国家的重要？

待欣欣走后，他又是怎么样的心思呢？他走到自己的宝宝跟前，温柔得鸡毛翎似的抚摸着无比可爱的小脸蛋，亲了又亲，然后给婆娘说，白先生家（欣欣他大是位教书匠，乡下人习惯称先生）大儿子大女儿一次考上大学了。粉娥抬起头欣喜地说，那好啊，那好啊！这家人总算熬出果了。元魁说，人家的喜，看把你高兴的。咱宝宝啥时考上了，那才真叫高兴哩！王粉娥说，他家那么困难，一次能考上两个大学生多不容易呀，这高兴才是真高兴哩！元魁说，人家鸡婆一次下个双黄蛋，咱啥年月能养出这么个鸡来呀！粉娥说，这也得辛苦地熬过来，才能有的。欣欣家六七口人，生活那么紧，农业社时劳少，人家用车子往回拉口粮，他家用小口袋背，小篮提。地承包了，八九亩地的农活，欣欣妈一人扛着，起早贪黑，爬爬跪跪干，星星月亮地熬，不管多大的苦和累都挪住让娃念书，没有苦中苦，哪来甜中甜？再说，人家娃娃也能争上那口气。欣欣从小学到中学一直是“三好”，奖状墙上都贴满了。初中毕业考上全省最好的中专，最后也没上。人小志大，就是个上大学的料嘛。高中毕业，一次就中了。天生的！咱这么大的村子，今年就考上这两个娃，还是出在一家子，他家光荣，村上光荣，你当支书的当然更光荣啊！

元魁听老婆一口气说了一串串，越听越不高兴了。他打断粉娥的话语，重重地说，光荣光荣，人家挣的钱给他大他妈了，人家享福，你光的什么荣！咣当咣当吧！

粉娥说，你想沟里去了。咱已有儿子了。你有本事就像他家那样供儿子吧，长大考比欣欣更有名气的大学！人，心胸不要窄，只想着自己啥都好，见人家强了点就小心眼，这不好！真的不好！按往时，粉娥是没心事说这些，就是说，也不会说这么多心里话。说出了元魁也会骂她一顿的。现今，她为白家扎下了老瓮粗的根，立下了汗马功劳。说话自然有了后劲，理直气壮！元魁听了觉得粉娥大度，作为男子汉大丈夫也该有器量。不该鸡肠鼠肚。于是突然喜上眉梢，响响地吻了下儿子，向着老婆说，咱一定要让儿子上大学、上个好大学。粉娥平平和和地引出让他高兴的话题：儿子出世这么些天了，得给起个好名字报户口呀。元魁这时才说，从你怀上那天，我就给咱宝宝起了几十个，振江、振国、治国、精英、超群、星斗多得很，一时我还选不出哪个好了。

“前几天我出50元请卦人在字典上又选了个字。”粉娥急着问：“什么字？”元魁说，“超人。就是聪明才智要超过当代所有的高人，那时候你这个母亲就猪咬桃胡——活（仁）上了，也能腾云驾雾了。”粉娥想了想说，名字太硬太霸气，小娃娃受不了。起就起个平平淡淡的吧。吉祥不吉祥，成才不成才，不在名字上。少奇、小平名字多平俗啊，他俩还不是咱国家伟大人物吗？元魁挠着头说，那你说起个霉气味的名字行吗？叫个叫花子你愿意吗？粉娥说，好，好，好，就叫这个。叫个叫花子就成叫花子了？有人把娃叫猪、叫狗，都成猪成狗了？那才是爱，真心的爱。粉娥看着元魁脸色有些变，她就也声亮了点，“我说你这人呀，提起别人家娃，你总是那个冷冰冰的态度，说起自家的娃就眉开眼笑的。人常说，人家娃娃头上抚一把，自家娃娃长一拃。”二人说得时而高兴，时而不快。元魁最后讥讽粉娥：“你呀真是个头发长，见识短的女人家，哎……让人咋说哩！”

粉娥问：“我见识短，你就见识长了！你对欣欣姐弟俩公平吗？”

元魁：“我知道你和欣欣妈是一个娘家村的，就偏向着，对吧？”

粉娥：“对着哩，我俩是一个娘家村的。小时候在一块耍着长大。我是说，谁家娃，只要能天天向上，能拨出去，我都高兴。你是全村的支书，是最有觉悟最有眼光的人，村上成才的越多，你应该比我更高兴才是！”

元魁：“对咧，对咧，你是菩萨，是慈善家，有佛祖心行吧！”

儿子哭了。二人方止。元魁急了，快去看是尿下了，还是饿了。粉娥忙解衣襟的扣子忙取奶头说，贪顶嘴忘了给娃喂奶了！噢，噢，妈来了！

3

吃过饭，元魁习惯地要品一杯浓茶。他放下杯，就急着到会计怀东家去。

欣欣按时来到他碎大家。怀东不在了。欣欣不知等还是不等。去不是，等候也不是。只硬着头皮在他家的院子急得陀螺一样的打转转。心扑腾扑腾，快从腔里迸出来。眼都瞅斜了。足足有一个半钟头。

会计怀东，小学文化程度，生产队记工员出身，打得一手好算盘，一年后任小队会计，再进大队接替了已上年纪的老会计墨一万。农村体制变后，他继任村委会会计，（有的村称文书。）猫叫咪咪，咪咪叫猫，一回事儿。他既管账又管文秘、户籍，大印都在他一人之手。论说，权力集中着，是个最实权人物。但他一切要受两委会头儿的制约。尤其是支书。所以，会计只是个工具而已。有些事得不到点头或指示，他不敢独自做主。就是主任泯义，在某些事上也得依支书意志，因为一切得服从党的指挥。支书就是党！这是几十年来农村工作绝对不可违背的原则！

怀东从元魁家贺毕满月回来，灯下翻了私记的账，他这一点是得教于他大的提醒。就是“防后路”。事事先弄清自己的屁股，即使目下擦不净也要多预备些卫生纸。白墨村近几月已在镇街的三个大酒店挂欠了8600元。老婆知道他是个假财神，就常说，你在庙里只能受烟熏，吃不上供，图什么？这些天，电话催，来人讨，追得他恨不得有个地缝钻。好在忙罢征收农业税时搭车收了一股，各付了一部分。但继续吃着，旧账没了新账又累上了。缺口仍是个洞。咋办？他决定寻支书元魁和主任泯义要办法。

在泯义家的客厅里。三个人坐着，怀东汇报，两个头儿支起脑袋听着。二人看来也头疼了。活人不能让屎尿憋死呀。讨论后的方法，还是泯义那句话：“老办法。零吃瓦子趸厮砖，该人家的就给吧。”

什么是老办法？放屁打拍子，玩的什么谱，怀东自然心领肚明。

这就是群众公开锐骂的：

血盆大口吃机动地。这是一。

全村四个村民小组，1400多口人。共有土地3400多亩。“机动地”，按政策不能超过总面积5%，总共就是百多亩。上边的意图是作为两委会办公和为民公益开销的。而到了下边就变了味。成了干部特权。各组遵照的非统一标准。有的还严重超限。成倍成倍地超。村民无权干涉。干涉也是白搭。哪个组的村民硬茬，能有几位盯住姜笼又能盯住秤的，拿着政策条文拦，就画不出超限。哪一组村民窝囊，只在背地怨，面上没个出头的，就让干部当软蛋捏了，肯定留的多。比如二组留了六七十亩，三组原也留的多，嚷嚷到镇上，最后把多出的按人口带着分了。只留50多亩。四组留了90多亩。一组留了104亩。各组留下的这些地就是干部私房钱匣子。国家的单位部门叫小金库，农村的差不多。各组由小组长（村委会成员，相当原生产队长）按当年的市场行情定价出租。开始每亩60元，渐之80元，100到120元。一手交钱，交清了丈量划地。实则，老实人把钱付清了，干部没交，厉害人，和个别与干部有利益关系的户并没交钱，或象征性交个样子。政策上留机动地不是为少数特权阶层，而是为促进农村经济发展的。比如种烤烟，栽果树等等。好政策到下面全变味了。

每年，组长把钱收腰包里，村委会从中提大部分，剩下的各组长掌握着花。这笔收入什么条据也没有，也不进正式账簿。群众问钱花哪了，回答得理直气壮：还贷了！

还谁的贷了？无下文了。干部说还信用社6万。上前年这么说，前年这么说，今年还是这么说。可能过一百年还这么说。是不是真有6万的贷且不说。这6万年年下儿子吗？陈年老账，子子孙孙啥年月才还清？这贷是干了什么的？无解。

二是吃计划生育，村民骂“吃女人的屄”。

计划生育，走完了从不理解、抵制到自觉执行的过程。国策是得人心的。百姓也认识到了多子并不能多福。但出于农村实际，出于传统观念只要生出一个继香火的男丁，就自觉不要了，打死也不要了。

村上名为党支部管，一把手直接抓，还有计育专干——妇女主任，但有谁认认真真地宣传政策，解读政策呢？且枝枝节节漏气儿，医务人员、镇上主管，徇私的徇私，日鬼的日鬼，真的实行了“计划”的是些基本的百姓，老实疙瘩。运动来了，村上提供对象，苛逼收罚。收的多，村镇自然都有创收。各归各的金库，吃呀喝呀方便得如在自囊中取物。

三是退耕还田，虚报面积，骗领补金。大占国家便宜。

四是截留克扣各种扶贫和照顾款。

五是借收农特税，搭车摊派。

六是集体财产能卖的搜腾着卖，卖了就花。

总之，这些群众称之为“吃人贼”的村干部，吃到头，是在吃共产党的形象，吃百姓的血汗，吃政府的威望。

发掘财源，总是能找到机会的。元魁、泯义、怀东三人还是蛮有把握的。

泯义说，秋季有几项款将下到村上。欠下的那部分透支就有希望解决了。

元魁郑重其事地说，从今往后，咱都得把嘴管严点，不节制不行了，无关紧要的招待和可办可不办的事，就不要赊账去那地方了，越扑腾越大，迟早是个事！

怀东：“几个酒店我大体过了下目，有的只记了个钱数，因什么事没写清。有的还没签名字、日月。这谁知是真是假。”

元魁：“下次再开会，碰一块了，把这事专门说说。咱几个人首先得特别注意。”

泯义：“装船带桶的不光咱几个，每次都是一群人呀！”

元魁：“往后不能这样了。我们几个带头吧！”

怀东想，我是个没品没级的农民，进村级班子，全当是下苦打工哩。磨道驴听吆喝啊！他推卸自己的责任，“球”的一声，把许多道义都咽下去，用唾沫浇到大肠排泄了。他想天塌下来有人撑，我跟上也是混个肚儿圆罢了。

他们在这里研讨“老办法”，欣欣焦心地在怀东院子外打转转。最后只得回家去。

4

填洞的老办法几个人都表了态，怀东打着一个老主意——天塌下来有大个子撑着。他就不用多说什么。他问支书：“欣欣的户口给迁办不？”元魁不费思索地回答：“等等再说。”怀东要的是肯定回答。说，他是我侄子，娃来过几回了，急着办其他手续。元魁漫不在心地说，有多少手续，出国呀是不？怀东说，要卖口粮，还要兑些粮票、油票。

元魁很坚定地说，当着他的面下两个人的地，先下地后办。我已给一组组长兴发说了，你见了兴发的话才能办。不见他话不能办。

怀东：“咱这么执行，妥不妥？”

元魁：“有什么不妥的。这理端的连棍一样。要说是‘土政策’，土政策也是个政策啊！”

怀东：“我有个亲戚乐于乡的。他儿子今年也考上大学了。还有个亲戚是庙坡乡的，儿子考上中师。这两个乡镇府都给奖励。大学500元，中专200元。村上也各奖100元，没听说收地。或可能不立即收地。我看，能不能先办手续，地的事咱还是了解周围镇村咋对待这类新情况的再说，或者先请示一下镇政府，看有没有这方面的政策下来。”

元魁头一摆：“别扯了。这个没有优惠余地。咱村的事咋能照人家的棋法走？”怀东管他耐不耐烦，还是坚持说完自己的意见。最后又说，这是个政策问题，还是慎重着好。

泯义一直听着，像是在中立。听到这儿，干脆劝怀东，支书的处理是对的，一个人总不能吃两份粮。承包地是保口粮的，他上了学即吃了国家粮，这地全下掉也合理合法。元魁得到了泯义的支持，说：“执行政策不能以感情用事。”瞅了一下怀东走了。泯义拍了一把怀东，你这小伙子看不来火色，书记管你还是你管书记！他说扣，你就扣，又没扣你的对吧！

当权者面子不可丢，语出不能是戏言。元魁在欣欣面前说出了口，那是泼出的水，不能再收了。况且那话已在村中传开，又说收回，不是和放了个屁一样！那怎行！农村的支书是“公众”人物，是一级小官。说了的话没权威算个什么！就是说错了，也不能更改。“天子”口里无戏言！

由于这层小官们年深月久地任性用权，他的意识，已定格在一个“家长制”的框架中。心理上一旦出了毛病，处事待人总就唯我独尊，以我最大，所以很难有一个标准的出色接力者！

5

欣欣一家人这多日来为两个娃上学的事，苦闷更比高兴多。高兴的是父母多年的辛苦总算初见了成效，苦闷的是测不透支书和他家到底有何恩怨！苦思几天几夜。最后归到一个“蛊疾”上——蛊虫入髓所致。农民话叫“心曲意短”，用文人话讲叫“嫉妒”。户口签转证明拿不到手，什么手续也办不了。

欣欣妈打算去娘家借几百斤麦子，为两个孩子换些全国通用的和本省的粮票。以补国供外的欠缺。一个十七八岁的小伙子正长身体。每月没个10多斤粮票填入，饿着肚子怎能保证学习呢。天下父母同一心，谁能忍心孩子饥肠饿肚去上学呢。他家的麦子受阴雨影响，多有出芽，妈妈去舅家借了300斤去年的陈麦子。欣欣和他姐已从10多里外的路上拉了回来。心急火燎地就等那盖了章子的小片纸。粮站不光认录取通知书，还要见证户口迁转证明。妈去了支书家几趟，也不顶用，最后一招是抹下脸皮找粉娥，试试夫人外交灵不灵。

粉娥见欣欣妈第五次来了。真的也没有办法道歉了。不好意思地迎进屋去。问："姑姑，你又是欣欣和他姐的事吧？"这是按娘家辈分称呼的。"是的。我还能再有啥事，三番五次地来。我真没脸踏你家门槛了。"欣欣妈太不好意思。粉娥脸忽地泛出两片愧红。有言难出地嗫嚅了一下，拉着姑姑的手不放。只能拉开本腔说心底话。"我给掌柜里把嘴都拌烂了，是个泥的早不见唇了，他没说一定不给办，只是……"

欣欣妈："两个娃退了也只是二亩来地。地不多。我种上，化肥、人工各种摊派和税收，也没多少利，交队上也是开水锅里几片雪花。就是觉得不太合情理。上学四年，他们是当学生的，花销大，这全得靠家里填入，他大只三十几块钱工资，一个萝卜几头切着。我是说，娃出来工作了，我当即把地交回，一料子也不拖的。你能不能再给好好说说，好处我忘不了，娃娃也忘不了，一村一院的嘛。你给说，我不是蹬着鼻子上脸的人，就那件事。"

粉娥："姑，你放心，我绝对是会帮你说好话的，他那死牛筋，我想办法。泡都要泡开！"

说真的粉娥也尽了心。虽是一个被洞睡觉的丈夫，她也有难处。欣欣妈不好意思再强人之难了。她看炕上已睡醒的小宝宝在蹬小腿。抱到怀，亲了左脸蛋又亲右脸蛋。那乌亮乌亮的眸子灵动地瞅她，白胖白胖的手乱抓，太可爱了。她用手指在小脸蛋上一逗，宝宝就咧开没牙的小嘴唇甜笑。一笑两个显然的小酒窝更让人喜欢。她以慈母舐犊之情，又亲了亲宝宝的脸蛋脖项说，有个苗苗快得很，觉不来就成小伙了。可要培养成才，得花心血！粉娥自豪地说，姑说得是，等成小伙了，我长工也拉老了。欣欣妈说，父母心到儿女上。天下父母都一样，一层一层都是这样的。恨不得用水浇，浇大了还有操不完的心。这时，粉娥只是点头应。没听话头儿，她琢磨着欣欣妈心上的意思。欣欣妈又逗宝宝，说真像画儿上的。眉儿眼儿像他大，一笑像你。正乐着，宝宝打了个小颤颤，有经验的欣欣妈说，快，娃要尿了。于是分开小腿托着。宝宝的牛牛躁动着，速一下射出好远，欣欣妈评经验（男婴尿的远）高兴地说，再一个还是个小弟弟。粉娥说，就这一个都胆战心惊的，还再敢要？就是生皇帝也不敢了。说着又开怀笑道，真的，姑姑，满月那天，我给剪的胎毛，一揉就紧紧地成团了，再生肯定还是个儿子哩。欣欣妈说，胎毛松劲也灵验得很。粉娥说不是计划生育限制，就再生一个也能养活大。就生这一个他大整天准备受处分哩。欣欣妈宽慰，只要生下了儿子，罚几个钱就让罚去吧。生二胎三胎不是谁家一家，村上多了。罚了钱，儿子总是亲生的，比抱养的强呀！

临走时，欣欣妈掏出一个红裹肚。红底上活脱地爬着“五毒”：百节虫、蝎子、长虫、蜈蚣、壁虎，像活的一样。她说，娃满月前我就做了一半，有些事搅打了一下刚绣成的。我再没啥，把这给娃穿上，避邪。你给里边装些花椒、陈艾、和姜片捂住肚脐，能祛风除病，和那个505一样道理。粉娥接着，欣赏得爱不释手，感激道：“姑那么忙的，还做这费心费手的细活。这比端午节街市上卖的好几倍呢！”欣欣妈说，你弄好了就给娃紧在肚脐上，护着定能长个结结实实，虎头虎脑的小子！

两个人“江湖”了一阵子。粉娥把姑姑送出门深情地说：“姑，你给娃该准备的就准备。办户口的事，他是白丢着个人，你信不？”

欣欣妈笑了一下。说，快回看娃去吧。她说的话掏出的心，真金白银，和天底下母亲一样！无丝毫假意。

6

农村是一个水肥不均的广阔天地。多少人看不起它，但谁也离弃不开它。它呢，从不自卑自贱，也从不自夸是天堂，这天堂盛满着唐僧肉。

这片天地里有环保的湿地，草木茂盛，郁郁葱葱；有肥沃的耕地，物华丰厚，取之不尽；有美化的天然园林，风光秀丽鸟语花香；然而，更有相当面积的芜杂、龟裂和贫瘠不堪的不毛之区。其中，自然地活跃着快乐的百鸟、兴旺的百兽，有“终日乾乾，与时俱进”的强者，也有“无事生非，伺机劫利”的异类。所以这里似一个看不见的厮杀场。激烈与和谐并行，相惜相斗，一天也没停。严重了吗？非。已有异化天性的，一天也不愿闲着，见村中风平浪静，团结安宁，乐业勤奋的就很不舒服，苍蝇那样嗡嗡着寻缝去叮。若觉哪方有丝风，他就积极前往煽风点火，唯恐天下不乱。台前的有他们，幕后的有他们，演员是他们，导演也是他们。

白墨村在广袤版图上，也是千千万万个希望田野之一。天父之子，地母之一块肉。养育着她的苍生，苍生的乳汁就是从她的胸膛吮的。但这里也是历史残渣积淀的滩头，枯枝败叶收纳的站点，乱石尸骨堆砌的堤岸。生息在这里，能享到物产恩赐的精华，能闻到鲜花溢漾的芳香，然而，也不乏腐朽污秽不时的围袭。

元魁以不正常的心态，对待无冤无仇的年少辈，在科学成才路上设障的信息一股风漫过家家户户。比大学录取的喜讯更快地传到人人的耳里。引起正义的反响：不该，真不该！

一时间，欣欣家成了新闻中心。虚的实的都认为是这“中心”发出的。他家像颗白净而坚硬的蛋壳儿，有的人看来已现裂隙，裂隙里已有腥味散出，于是有弹着膀子嗡嗡而来的不速之客。

欣欣妈刚迈进家门，卷起袖子揉和了一案子面局到面盆下，洗过手，坐草墩上抓分夺秒给儿子绣鞋垫。大门咯吱响了，轲亮和文国两人一前一后进来了。

欣欣家里是土墙围着的一个小院子。当院有颗大枣树，树的枝丫上稀里叭拉挂着些能数着的绿枣儿，几只雀子在上跳跃着，叽叽喳喳不歇气。树下卧着的小狗抬头瞅着，间或汪汪几声，鸡在墙角刨虫子吃，他们依主人活着，却不知主人之心。

坐东面西是两高一低的几间土坯房，安着高个儿伸脖子就碰头的矮门。他俩是第一次光临寒舍。欣欣妈对不速之客颇有十分的不解，她怎料他们是为蓬荜生“非”的。而来者更是惊奇：怎么这么破的地方也出大学生呀？莫非真是寒门出才子？他俩被让进房里，二人看没凳子，只有土炕，也就没坐。站脚地东张西望地打量这个穷酸的小天地，看有什么吉物存在着似的详细侦察。两间稍高的房子，中间用芋杆绑个架子糊了墙壁，将这空间一分为二。壁门靠西有一斗口大的窗子。挨窗的北边是进隔一间的小门。进门西是满间的土炕。东挨墙是几个藤条囤子，还有两个泥瓮。虽然丑陋不堪，搁置还很讲究，整整齐齐列着。外间依东墙有一张几页长短不一的木板支起的床。只铺一页麻袋。袋上是一张发紫的旧席。北墙角是一个老式旧柴柜。跟前有一个粗糙的木凳。这就是孩子们回家做作业的地方。在这只能活动几人的空间，轲亮和文国无所适从地站着。欣欣妈把草墩提到门外。说，真不好意思，地方局卡得没处站脚。轲亮和文国连连说，都是自己人嘛，随便吧。顺着就坐到床沿上。欣欣妈深知这两个人的人品。常是东头说贵，西头说贱的挑事者，二人都会看风向说话办事，一旦风向有变就马上变向的人。无利不出面，出面就兴风。能捡到好处的绝不搭末班。她从柜盖取出一包拆开的花果山烟，每人给了一支。轲亮别到了耳夹，文国自己点着吸了。轲亮看了文国一眼。示意他先说话。文国用眼表示让他先开口。轲亮是本族门的长辈，他说，欣欣他妈，两个娃娃考上大学了。听说欣欣和他姐办户口，队上要扣地，是真的吗？

是。欣欣妈平淡地应了一声。

文国：“咱这么大的村子从没考上个大学生。连个正儿八经的中专生至今还没一个。这姐弟两个为族门也为村上赢得了光荣。我听了都高兴得睡不着觉。支书这人太不近人情，恐怕做得过火了点儿。”

轲亮：“岂是不近人情。他心眼太狭，专意压咱这族。怕比他那份子人强了。人软被人欺，马软被人骑。都多日子了，还卡住不办，这怎么行呢！你问他要什么！”欣欣妈说，谁能这么问。轲亮继续说，你瓜了，谁能直接张口要呢！几年前六海想从坡里往上迁，跑了八回，他不动言语。后来得高人指点，给买了一台18寸的黑白黄河电视机，当即接收回来了。你也动动脑子！现时正兴送礼风！

文国：“那是啥事这是啥事。性质不一样。给他个辣子把。娃是国家招考的，又不是后门买的。我看你得硬起来，不能让捏了软柿子。”

欣欣妈：“那有啥办法哩。村上只有他一人说了算。再等等，看看吧，我想他卡不到底的。”

文国：“等等，等到开学了还不给办你还等呀？”

轲亮："太丢咱这族人的面子了。不能让他在咱们头上敲尿臊。他算个什么东西，以官胁人，作威作福！"

文国："要问他政策依据是什么，拿不出条款就告他。"

欣欣妈："咱说不能扣地，人家问政策咋说？我哪知道啥政策。只觉立马下地不合理。"

轲亮："看看看，你都打退堂鼓了，失信心了。这事咋办得成。"

欣欣妈："唉，百姓嘛，忍忍，事弄大了，抬头不见低头见。他呀，鼓那么大的力，还不是个白费了！"

轲亮："咱八头有理。为啥不敢让人都知道都评评呢？肯定一告就赢。半个嘴也说过他。我俩掌握支书主任不少丑事，真事。目下，只有一打必倒的武器，就是多生超生。别看他欢天喜地大操大庆，高兴到天上去了。到他下台的时候谁也保不了。那时再看他能不能再狂妄！"

文国接着把材料掏出来在欣欣妈面前照了一下，说材料我两个拟好了，后边还有和他差不多权力的人支持，你别担心，你先签个字。他俩一副抱打不平，助人讨公道的样子。欣欣妈说，你知道我不识斗大一个字。怎么签字？轲亮说，盖个指印也行。文国随即取出印泥盒。

欣欣妈笑着摇了摇头。"我不认识字，知道写了些什么？"她有意堵截往下发展的浪头。轲亮文国一看，还是打不开欣欣妈"愚钝"的门。她这把柴是湿的，怎么引火也燃不起焰，只有丝细细的生烟，生烟过后，湿的柴还是灭的。

欣欣回来了，姐姐也回来了，妈妈闭口没言刚才的事，就像没有发生什么的平静。

第二天、第三天，轲亮和文国又来过两次，说已有十几个人签名了。他们还是来鼓动签名的。欣欣妈说："我不会写。你俩的好心我领了。"

后来知道，两天前已把材料送了。一份送镇党委和政府，一份送县信访局，一份送到了县计生委。上面没签任何个人实名，而是“白墨村全民呈”。

7

几天后县里来了两个人，在村民中走访了四五户人家。有老有少有男有女。问村情民情，问元魁给儿子满月的规格和关于他的多胎生育等。所调查的事实基本与材料相符。而对大吃大喝、多占耕地、收支乱象，克留有关济民款等稍作了解，没深究。还有欣欣户口一事，也只提了提，其中一位说：村上能考个大学生多好的事啊！为什么要办成不得人心的事呢？

调查后，让说话人在记录上签名押了指印。因元魁是当事人。就去和主任泯义交谈了好久。泯义说得细，说得同状子上原话几乎无异。调查人走后，泯义第一个去见元魁，很同情很知心地汇报了事情。他说，不知谁告了你的超生，县上计生局和组织部来人了，刚这么一说，元魁微微发了声笑，不惊不奇，十分淡定地说：“这个我有思想准备，知道迟早有这一天。早比迟好。”泯义参谋说，你得想个办法解释啊！元魁说，这是明明的事实，能解释出什么结果？泯义又说，你说这告人的是谁呢？元魁说，这又不是诬告！泯义好人当了。他走后，元魁开始猜测，怀疑了几个对象。首先是欣欣家。

却说镇党委书记。那天也参加了酬谢酒宴。当收到告状后也为到底如何处理他手下这匹黑马为难了。这些年毕竟对镇上那么多工作给了很大的支持，功不可灭。党对犯错误干部，惩前就是为了毖后，最终目的就是治病。病治了人还要救活。惩前，功是功，过是过，也不是以功饰过，更不是以过否功。不过元魁最严重的，如材料首条所控，他身为支部书记，带头违反计划生育政策，不是二胎，而是多胎，是第四胎了。计育是国策啊。国策是高压线，国家党政干部不能触犯，党员干部更不能触犯。一票否决，是铁的。千条理，万条理，谁也不能灵活。前边有例，几年来就正科级乡镇党委书记，局部级领导党纪政纪已处分了五名。都是因求子心切生二胎的。有党内记大过，留党察看，降级，行政撤职。一位还给开除留用处分。书记这两天吸烟量增了一倍，想不出个周全的办法，道不出个占理的强项。正在为难的十字口徘徊。二位钦差到了。一进门，书记的心就克楞了一下。下意识地感到，这一状真是抓住了元魁的软肋，打在了元魁的七寸上。没救了，没救了！他心一下子凉了！

谈话中，他知元魁的支书不保了！他没再强调爱护干部的“理”，只是掩饰不住地叹息说，这个同志任支书已好多年了，工作还是很得心的。十多个农村支部书记中，是走在前边的。这次他犯了一个不该犯的严重错误，原则性的错误。后果自然要他负。我们党委也有责任，尤其是我。今后我们要总结教训，加强党员政策观念教育。他颇有情感地说了一套场面话。组织部负责农村支部书记管理的同志说，你的心情我理解，这是他不加强自身建设的结果，谁也替不了他。计育局副主任说，具体处理你们研究。处理结果向县作个报告。

接着，书记唤来办公室秘书，让通知纪检书记和白墨蹲点的师柳二人同元魁谈话。让他先写深刻的检讨，交党委研究，按组织手续给予相应处理。

送走县上二位后，书记即拨通白墨村电话，简单扼要，直截了当地向元魁说了关于他的事情。安慰几句，要他正确对待。刘柳根是白墨村蹲点的。他名为镇上干部，但一下去到村，就把自己看成支书的助理，一切言听计从。他的这种随和态度是不少像他这样无权干事安泰的、明哲的处世哲学。再说，他和支书交往毕竟时间久了，感情也深了，撕面情是很难的，他和纪检书记下来，把自己看作配角，刀下要多少菜，全看书记了。他见到支书，就表现出这样的暗示：我不是投石下井的人，绝不会把你推下深渊，也不会是一棒击在你的脑门上，让你变成植物人的狠心人。纪检书记不知是出于一种什么策略的考虑，还是也想当好人，就把那份告发材料交予元魁。元魁抑住呼吸默看了一遍，书记又把县上来村调查的情况也说了。书记这些不合规矩的做法元魁也看出来了。他知道处分是背定了，今天来只是组织手续罢了。

元魁对于自己的下场好像不以为然。因为他早有思想准备，正和自己预料的一样。他像赴刑的英雄视死如归地哈哈笑了几声说，实际三堂会审对我没必要了。柳根端过水杯让元魁喝口。元魁用手接了，但没喝。沉着地说：“我错误的性质和影响我是知道的。不过，请放心，今后我还是要做一个真正的共产党员！”

8

轲亮和文国原想利用欣欣办户口的事放一颗大炮弹。炸响后，燃起一股烈焰，哪怕焰不冲天，变成一股狼烟也能扩大事态，造出影响。起码爆裂的弹片也可以造出一场震惊白墨村的强烈地震。即使现在轰不倒元魁，肯定会动摇他的基座的。谁知费尽心机，却全是对牛弹琴了。欣欣妈，妇道之人，助不上威，弄来弄去村上人粗骂他俩是“尻子屙屎，鼓那么大劲！”

眼看开学日一天天近了。

姐姐，女孩儿家，不言不喘地为自己准备生活用品，抽空去了舅家一趟，赶天黑就回家来。欣欣被几个同学约着到村上学校打了半天篮球，很愉快地哼着歌回家。男孩儿有男孩的气度，遇事不乱，思考全面。他听了妈妈就近情况的诉说，像无事一样："妈，轲亮和文国那两个人，一个是紧贴猛裂，一个是马屁精，和咱不是一路人，别听他们的。我和姐姐的事，你也不要太搁心上去了。世上任何事都有个结局，结局也有个过程。我洗洗脸，再去找一下支书，看他改变不改变自己的主意。如果还坚持着不愿回头，也不给个说法，我就回来了。咱不必生气，生也是白生哩，伤害了身子划不来。"

欣欣妈："娃，妈不生气，妈想，咱在村上谁也没招惹过，咋能遇这么拌坎的事。怪，就怪你老子没本事。"

欣欣："妈，怎么能怪我大呢？算咧。开学日子快到了，你把我衣裳洗洗，被褥也拆洗一下。咱没钱就不置新的了。床单也不必扯新的，有褥子就行。我是农村娃，啥艰难都知道，啥苦也能吃。进城也不怕笑话的。"

欣欣的话说得妈妈心酸难忍，两股眼泪控制不住无声地流了出来。她怕儿子看见就转过身抹了一下，其实儿子早看见了，便取来手帕给妈。妈捏着帕子，转过身来慈祥地笑笑说，我娃这次要出远门，走出咱这个穷窝去。背着打补丁的被子盖身上，就是没人笑话，妈心上能好受吗？咱的被子都是十几年的旧棉絮了，早不保暖了。也太薄，冬天快来了，没热炕咋过这个冬天哩。娃呀，再为难，妈也不让你在城里娃面前短精神。欣欣眼圈也红了。他是为妈妈那颗慈爱心感动的。男儿有泪不轻弹，他忍住，怕妈妈看见了，又触疼妈妈心。他看见妈妈已在墙上打好了袼褙，定是要赶做新鞋的。底都连夜纳好了，针针全是挽的疙瘩，密密麻麻，靴子底那样，硬邦邦，厚实得很。妈说城里水泥地费底，穿上这个多久也不会伤脚。妈正做鞋帮，她倾注全情剪好样子，一层又一层粘上旧布，最后上了黑灯芯绒新面。又一针针缝制。看着妈妈那高大无比的形象，他心里默默吟诵起了那首脍炙人口的《游子吟》：

慈母手中线，游子身上衣。

临行密密缝，意恐迟迟归。

谁言寸草心，报得三春晖。

这首诗曾背过多少次，今天，只有在今天这种情境下才真正体会到了诗的精义和温度。

欣欣说，妈，我到支书家去呀。妈看着儿子的背影，那雄气昂扬脊直阳刚的样子，有点不放心，就叫站定了。说，妈叮咛你，要好好说话。说多说少一样。欣欣到妈妈怀前小声说，你知道你这个儿子会发脾气吗？妈说，那好，你去吧。这时他心中念着“人恶人怕天不怕，人善人欺天不欺”，“忍得一时气，免得百日优”朝支书家去了。妈还不放心，向前跟上说，我娃一定要听妈的话，千万别动肝火，也别带脸子。你是下辈，说话要像个读了书的。瓜子头上顶青天哩，你大学都考上了，怕什么，不过是迟办几天手续嘛。去吧好好说。慈母的慈话春雨入地，滴滴在心头。他干脆地回敬妈妈：“妈，你放一百个心吧，我知道怎么做。”

妈站着看儿子。自己给自己说，受点磨难是好事。

9

元魁正在院子转悠。看得出他不安的心神。

“支书爷！”欣欣心平气和地叫了一声。

这一声把支书呼醒了，也呼威了。他像一头正眠的雄狮被骚扰了，甩过身来，不怀好意的目光冷冷地直刺向欣欣。脸色很可怕，刮过没几天新生的胡茬也铮铮铮地竖了起来。欣欣从没见过他那威风八面的样子。欣欣到底是个没经大风大雨洗礼过的娃娃。虽有初生之犊的刚勇，却在时下，对这位官爷不知所措了。他凝固在原地，听他如何训斥：

“哼！你还是要上我这门的呀！”这话爆发力极强，冲击波几乎击倒这位小子。

欣欣：“支书爷，我怎么能不上你的门呢，至少是今天，因为你是支书呀！这门槛自然得过。”元魁按捺不住性子了，轰地把憋不住的话挑明了：“原来你们这几日串通一气，搞地下活动，把状子都送到县上了。告吧，告吧，脚正不怕鞋歪，身正不怕影斜。就是个超生嘛。我等着下台哩，不用你们扳！”

这一口气的发泄，让欣欣一时懵在万里云海中，莫名其妙地噎住了气。

欣欣：“爷，我真不明白你在说什么。我只办个手续嘛，值得费那心思，花那么大力气！明人不做暗事。我今后的路长着哩，怎么能那样走？”

元魁：“是个男子汉就来明的。何必放冷箭。背后日弄人是不道德的。”

欣欣：“爷，你冤枉我了。你越说我越糊涂了。谁告你了，告什么了。还说是搞地下活动。把我说得谍特一样。我反反复复找你不就只是一件事吗，都是大白天当面讲的呀！”

元魁：“别再演戏了。好汉做事好汉当。咱都是男子汉，不是小人。”

欣欣光明正大，心里是踏实的。支书越发火他反越冷静，放松了许多。

欣欣：“支书爷，你先别太生气，这事要不了多长时间就会真相大白的。我再几张嘴辩解，你是不会信真的。这事就撇一旁吧。我今天登门还是为我迁转户口的事。”

元魁恼恼地说，你们族大人物多，本事那么大，通天通地，你那点区区小事作何难呢！元魁这么说，他心里已猜向了轲亮、文国、胜胜。他忽然想起那天柳根和纪检书记来时给他看过的材料，里边好些内容欣欣一个娃娃家是不知底细的，肯定是和自己做对头的一伙提供的。他还记起儿子满月那天，轲亮他们抬着大镜框热情祝贺，席面有殷勤敬酒，全是黄鼠狼给鸡拜年！他们一伙最能人前面后了。于是语气慢慢软缓下来。

欣欣本想多言几句，劝慰一下眼前这位长辈，劝他心胸放宽，直面现实，话到嘴边又收了回去。他温情地说："支书爷，惹你生气了。对不起。"他转身正要走。大门来了两个人。

10

他俩是谁呢？时下何干？

一位是镇党委副书记梁希贤，一位是纪检委书记董伟华。原定和元魁二次谈话人临时变为这二位。梁希贤，大家号称他稀泥书记。什么也不做主，什么也做不了主。只能弥糊缝子。行政圈中叫"老好人"。谁也不惹，所以谁办事，多不找他，说他是个不顶用书记。纪检书记伟华，"够威够力"断决事有才有华。基层党员或支部书记有违党纪或触犯国法，党委就要他挂帅出征。所以，今天出场的梁书记把他看作主角，自己甘愿为配角。

元魁一见二位，就他们的身份判断，自己马上要被提审了。也可能是终审宣判了。他以下级的礼貌把二位招呼进屋递烟沏茶后，问是去办公室还是在家。董书记说，就便吧。梁随声道，那就在家吧。元魁心里说，听天由命吧。党不高抬贵手，我也甘愿"伏法"。

梁书记已坐了，端起茶品了一口，指着另一把椅子让董书记坐。董书记向院子走了几步，看这个小青年还没走出院门，就问那位小伙是谁。元魁说，他叫白欣，我村今年的高考状元。董书记欣喜道，一位大学生啊！便走近去，以祝贺的目光和语气："喂，小伙子，你等等！"欣欣转面来，笑颜相对。董书记说，进来吧，白欣！顺便自我介绍了他和梁书记。白欣说："二位领导好！"恭敬地站着听话。

真是无巧不成书啊！

董书记随时向元魁说，咱镇上14个村委会今年考上8位大学生。其中两位是定向的，四位是委培的。这些都是降分录取。白欣是最优秀的一位，他进的是全国重点大学西安交通大学。梁书记插言，今后咱镇上搞"交通"就有门路可寻了。董书记说，交通大学不是搞交通的。公路学院才是培养交通人才的。梁书记脸有点红，顺手又抿了一口茶。董书记接着说，别的乡镇和村委会去年就实行升学奖励制度。咱镇上今年也要开这个良好的局面。今天，我带了镇党委和政府的贺信，他先给了村上一份，元魁接过捏在左手，右手和书记握了握。董书记把另一张递给白欣，白欣双手接过，深深鞠了一躬。说谢谢书记，谢谢！他激动得眼圈红了。

董书记叫白欣进到屋内，白欣一直没坐。董书记从公文包里取出一个牛皮纸信封，交给元魁，说，请你看看，这是尚方宝剑。元魁接了过来并没有立即打开，心里说什么尚方宝剑，这剑要亮向谁？是什么来头？迟疑着，梁书记说你先看看吧。元魁认真取出几页纸。先看台头，再看落尾。心里一下子明白了。

明白由于自己的不明智，才引出这么多奇枝旁节，竟惊扰了几个乡镇的领导。

这是两页纸的信。信纸是紫薇县中学的信笺，如果后边不署名他也会断定是白欣的父亲写的。信是写给北新镇党委书记黎春晖的。字写得较大，实际只一页，下页仅有一行半字："此致""握手""再见"。

元魁控制住情绪，放慢速度地看。眼看着字，心思全在信外——怨自己愚，无理智。自己竟做了一件尴尬又丢人的蠢事。信中没有过激言词，也只字未提村上和元魁本人所见不得阳光的事。单就孩子上学事说了两点。首先讲了家庭目前的经济困难；其次是询问地市县有没有出台收缴学生上学期间承包地的新政策。如果还没有，能否具体问题具体对待，暂予保留他两个孩子的承包地。待孩子毕业后定自觉如数退还集体。再下面的空白处是庙坡乡党委书记曹骧给黎书记的电话记录。

大意说，白诚石是他的要好同学。家庭经济目前正在困难处。今年两个孩子有幸考上了大学。村上要立退承包地。他问黎书记，可否以庙坡乡的办法把地暂保留几年。孩子毕业，马上退地。庙坡的办法是：凡考取中专以上学校农村户籍的孩子，其上学期间承包地予以保留；一切按人摊派比如农田建设分任务，义务工等全取消。并且中专每人奖200元。大学每人奖500元。这行文字后，注明是“电话谈话”。

信的下部有毛笔亲批：

元魁并泯义同志：

你村白欣姐弟二人承包地在其上学期间不宜收回。其他考入中专以上学校的学生同样对待，以作鼓励和支持。需办有关手续应积极协助，勿误。

此黎春晖

1984年8月28日

白诚石的信并未提元魁的名，也无“告”之嫌。元魁看完信，收起来。对欣欣说，去吧，去吧，叫怀东开信去。欣欣问，会计再要不要兴发组长给话？元魁说，不了。

欣欣摸不着头脑，是谁写的信，峰回路转，柳暗花明。让支书来了个180度大转弯，二话不说就开恩了呢？他温顺地说，支书爷，你写个条子吧，不然他当假传圣旨呢。元魁说，去，不会的。你就说是我说的。

欣欣控制不住自己喊了声“理解万岁”！

董书记亲切地拍了拍欣欣的肩膀，说，好娃娃，是你爸向黎书记问政策的信。通过你曹叔转到。黎书记问了你曹叔乡上的办法，给你们村上写了意见。我今天专程带来的。看你父亲对你上学多苦心，你得好好深造，将来报效祖国，回报家乡和父母。你们是多么幸福的一代！欣欣不住地点头，说，谢谢党，谢谢政府！谢谢黎书记、董书记！

今天的顺利让欣欣万没料到。一个多小时里，心情几度波澜。两岸猿声啼不住，轻舟已过万重山。终于走入了坦途。他十分激动。回家途中他想哭又想笑。多日里，踏破铁鞋无觅处，现在尘埃落定了。他心全安了下来。他高兴得想跳想喊，很快到了家门前。门口的一片小草上不知谁踢来几块石头，镇压着脆生生的野菊秧和顽强向上的小草们。他弯腰拾了撇到路边深陷的坑里去，看那压着的地方，全是黄白的凄惨。这位理科学生由衷地发出几分感慨，几份抒情：只要小草野花的根旺盛活着，地母必定会给充分营养的。即使已长出的秧枝被伤残了，也一定会生发出新芽来，沐浴阳光，定会比原先的更茂盛更郁葱呢！

回到家中，妈妈看儿子脸上浮着喜色，就问：“娃呀，你去没闹吧。”欣欣说了情况。妈妈高兴地说，前天我给你大捎了话，看能不能想个啥办法。这下一河水都开了，妈也把心放展了，放展了！

11

欣欣走后，董书记、梁书记和元魁开始谈话。

气氛较严肃。平时，他们若在非公众场合，浓浓的江湖气冲淡了上下级的尊卑，可是当下已大不同往日，元魁已觉自己是一个被审者。

到什么山，唱什么歌。元魁今日登上这座云遮雾罩的山，他拉不出彩腔，一开口就本腔实道。由于自妻子身怀六甲到产下儿子，他已有充分的精神准备。所以今日说事比较直白，坦然，放松。他想，不管什么处分，都是身外的东西，像包装商品的彩膜，去了就去了，不损筋也不损骨的。他从最坏处也有了招架准备，就是撤了职，开除党籍，我还是我。只要有了儿子，没赔本的。无官一身轻，好好为儿子过日子就是了。但又一想，这种思想算什么共产党员呢！消极，消极！事到如今，床铺了，毡尿了，错误已成无法改变的事实。组织不论给什么处分，他决定心悦诚服地接受。

谈话是很顺利的。董书记说了几句党员要正确对待所犯错误的官话，梁书记开始念党章有关条款，又重复了省市县计育政策和细则。元魁这几年也学会了检讨，知道怎么应对这种场面，从党员最高要求承认错误严重性，请求撤职处分。董书记说，伙计，咱这些年龄的人都是重男轻女思想害着，总脱不出那个笼子。元魁说，我要了个儿子，真是付出代价了！

第三章　沉浮谁主

1

无“官”真的是“一身轻”了吗?

第五天。

镇党委派董书记来召开支部大会。村主任墨泯义一扫平日面目清冷，语言刺硬的习惯，另一个人似的对待各位在座的党员，语气分外热情平和，笑脸相对。元魁坐在稍后的偏位，只是一支接一支地抽烟。泯义主动请他前边坐。元魁摇了摇头，右手推示了一下，又抽起了烟。董书记宣布了党委给予黄元魁撤销党支部书记职务的处分。董书记问元魁有啥要说的。

元魁站起说：“完全接受，无话可说！”说完坐下了。

听了处分，党员也受教育，都觉是够严肃了。消息传开，党外人一片声说，党管党，靠“家法”！一个政党，没了“家规”了不得的。

泯义殷勤地招呼董书记去他家里坐坐。董书记摆摆手坐在吉普车上离开了村子。

元魁是最后一个离开会场的。这时他真正体会到没了权力后的失落。若秋末高枝头上最后一枚叶片，无声地脱坠在地，被人踩着，啥时化作尘泥，他不知道。

他是怎么一步一步回家的，记不清了。

轲亮得到信息后幸灾乐祸说，他是往枪口上碰，还怪枪子不长眼。他洋洋得意的样子哼着："没风的帆，霜煞的烟，出了怂的鸡巴，丢了权的官。"故意往元魁耳里灌。气他，讽他，刺他，羞他。元魁多日里腔子像装了扳倒的五味瓶，身稍一晃动就漾了出来。

权力是有保质期的！不然，社会上怎会有"有权不用，过期作废"的经典之言呢？同样，"人情也是有保质期"的，尤其是在许多实用者心目里。元魁见了那些小人不屑一顾，乜视一下就过。

这几日，他的门庭一下子冷清了，无人问津。反差之大，他伤感的心真有些疼了。往日人见人问，管真管假，殷切如亲，突然，来了大背叛，被人遗弃，冷落脑后。真是墙倒众人掀吗？不可能，不至于的。粉娥出去了。他独自在家。守候着睡眠的儿子。阔大的院子清净得寺院一样。没有响响的脚步声，听不到呼支书的祈求声。连邻居的狗也不常汪汪了。

2

下一任支书谁干，元魁思虑重重。本不该他想，但却要想，必须去想。

现在，丢权歇肩了，又有谁来接棒呢？这本不是过河连自己也保不了的泥菩萨要想的事了，但不由得又去想。他觉得他多少还有点老资格，老余威。因为目下的党员有一半是自己一手培养发展的。包括现任村主任兼副支书墨泯义。农村支部书记都是土生土长，就地取材。支书的空位谁上合适呢？他把党员全过滤了一次，按惯例倒是往上替补的，现职也只有泯义，再就是副主任黄国玉。国玉党龄才两年多。他是两年前趁一个机会才进了大队委班子的。什么机会？村委副主任白系牢因财杀害了与他关系最好的本村“万元户”白守财，这个位子被国玉补上了。村民一片议论，村上大权让黄家掌握了。说是说，议是议，在血案的恐怖氛围里，不久，就敛声匿音了。国玉这个人咋样呢？这人私心重，群众呼声不太好。元魁心里是清楚的。泯义这人他是最熟悉的了。心眼太多，善要手段，胃口大。他最大的毛病是惯染着“五毒”。五毒中最引人骂的是管不住他那个东西，嫖是一把超级高手。瘾发了就不顾一切。煤矿工的婆娘，打工者的媳妇，不正经的女人，甚至军婚他也敢冒险着闯红灯。全村几个组都有他享受的“性福”。可谓“三妻四妾”“妻妾成群”。他不检点的生活作风，党员和村民不断地向上反映过，或许是把这些花事不当回事，或许认为是小节淡事，从未真正重视过。无意的放任，使泯义越来越放胆。纵了他的恶习。元魁很担心若真让泯义当了支书，村上发展不实抓，狗改不了吃屎，继续给党员脸上抹黑，上千口村民也要受灾害的。

支书这一职务没听有进口的先例，他明知当下选用这一职的人，实则看重的还是既有霸气又有治民强力的人。经济头脑，德才俱优，为民服务这些“软件”虽也响亮提着，却并没摆到首位去。

白墨村如果把党权让泯义这种人掌了，难免有人说“换汤不换药”。自己的影响能否对他不任这一要职起作用，谁能说上“可以”或“不可以”呢！

3

泯义代支书主政了村上工作后，总觉名不正，言不顺，心里很不踏实。他要尽最大努力取得享受权力的快感。元魁虽已什么也不是了，可泯义知他的影响依然。所以，一天间能去元魁家几次，有事没事烟瘾似的去转悠。鬼使神差地跑熟路，尊元魁为太上皇似的。说是早请示晚汇报，不对；说是尊崇老领导、老搭档，去宽慰，也不确；说是听音讯，探信息，没必要。那为什么？泯义自己也说不出个丁卯。元魁自己已是一个打落下架的凤凰，凤凰落架不如鸡，虎落平川失真威。确切说已是一只病乌鸦了。泯义去他家，是秀给人看的。立马划清界限，断了来往，人会骂他不够人，是乘人之危。所以，他得秀出个好听好看来，免得元魁骂他为小人。

他的算盘是这样打的：机不可失啊！失去机遇，将是终生遗憾。现职党员中，一个是会计怀东。这个人谁上去都跟着转，属中立派人物，要他贴靠自己，是轻而易举之事。另一个是副主任黄国玉。这个人虽资历不深，却心计多，城府深，胆子大很霸道。凡事不先表态，可在关键时一句话扭转局势。他高个儿，黑脸膛，看人凶巴巴一对鹰眼，若被激怒了两脸蛋的肉痉挛式跳动。很可怕，不好斗的。他比白系牢难对付。系牢当副主任是怂管娃。分了的干，不分的不闻不问。而国玉尽管厉害，不过，他从预备党员转正才两年，他的副主任，支部委员，是排名他后的。硬件不硬。但国玉手下有几个随和应声虫，其中有几个名扬四海，曰牛筋、牛舌头、变色龙、野蔓藤。不好缠的。尖扎鬼祸根子轲亮、文国等都是他手中虾兵蟹将。如果安抚好国玉手下那帮人，党内党外局势都能左右的。利用好，是一支“友军”。也是一股资源。搞砸了就是对手。再说，一组兴发任组长的一半权在国玉手里。比如卖机动地收款、上边扶贫款下来了给谁不给谁都是国玉说了算。所以，国玉是鸡冠子上的肉，大小是个冠（官）。一个王者，一方诸侯爷。什么事不随心随意，他暗里使个动作，旗下就有兵有马，有二杆子，二彪子，摇旗呐喊。有时还会引起宗族宗派冷战。所以，对这个不可测的人，他既胆怯，又恨又想制服。分析了这两个人，他又想到一个人才。这人叫黄致祥。三年前从县三中毕业。副科级的父亲给找了个修车工，他不干，当了一年流浪者，后跟人家学艺，八样技能，一个真本事也没学到。光学了个八哥嘴。瘦嘴上的功夫足达博士学位。他回村后，瞅准了泯义这条腿，百般巴结，终被泯义接纳在自己麾下，成为听指挥的棋子。这只棋子的独特功能是游说。村中哪个宗系，他的巧舌都会弄过来为泯义效力。泯义已打算在自己取得了名分坐正位子后，直接培养这名精英入阁。目下，泯义要他周游各组，汇集需要的一手材料和人物。比如村民和党员都议论他什么，好听的有利的是什么，难听的攻击性的是什么，拥护他当支书还是反对他当支书等。反正白墨的天下非己莫属了。他信心百倍！他的触角和活动先锁定了这几个为自己效犬马之劳的对象。历史的经验，现实的考察，大小当权者都是遵循“一朝天子一朝臣”原则，自己利用自己圈里的人。至于得势后，亏待不亏待就看他们了。时下他以百倍的信心，握住元魁掌过多年的那个还有温度的权柄。高兴着高兴着，激悦的脑子忽然闪出一则笑话：笑话说，某兄弟三人为刚过世的父亲办丧事，老大买了几大提金箔和彩纸，要造楼房，车、马、电视、摇钱树、金山；老二要糊制别墅、童仆、靓女还要把人间用的现代电器置全。老三什么也不买，耻笑两个哥哥傻，说你们尽你们的心，我的办法只一个，给老头糊顶大官帽，裁制一身官服，这样一武装，什么都会有的。取其所需，享之不尽。泯义笑庆老三之智商。他想，阳间当个官什么都会有，阴阳一样，阴间不是更神灵了吗？他更增强了笼络人心的勇气，加倍了努力的精神。——争官帽。

已落架的元魁那里他已去过多次，连鸡都认熟了他，狗也向他摇尾巴了。说透了，作秀还得有耐性，忍辱之下才能如愿以偿！起码不让还有一定影响力的老支书揭他的短，碍他的路。下来就分别到怀东国玉他们跟前去。观察他们的动向。看否听自己的话，跟随走。

他先到怀东家去。他问近几天各组收缴西兰公路石料款的任务情况。怀东说，按承包地每亩摊二点四方，每方16元。村上每方加1元8角，这样下来，还没收到一半，各组进展也不平衡。泯义说。必须抓紧收，赶时间要完成任务。后天镇上召集各村去现场分配领任务。到时你带几个组长去，每人补助20元。接着绕圈儿说了正事。泯义按村方低一辈分，平时呼怀东的名字，如叫儿子。今天一改往日的口叫了一声，怀东叔。这一声叫得怀东十分惊恐，惊恐出了一身汗。泯义叹着。说谁知咱班长出了这么大的问题，对他打击太大了啊！老板掉队了，这公路的事，收费多少的事，本是支书拍板定调的。这下只得咱定了。唉，今后咱这么大的村子没个好舵手咋办？

怀东这时候虽已非诚惶诚恐，却又是以往那种唯唯诺诺的样子说："这个职总得有人干吧。我看这大梁非你莫能啊！"

泯义："支部里能人多的是，我怕挑不起，硬挑上，赶不上奔小康的趟子，挨批评事小，误了民众利益事就大了！"

怀东："你现在挑上不是轻轻的吗？原是主任，现在当支书不就是抬一步上个阶，挪把交椅！"

泯义："当个主任，前边有个挡风的。党在前边，那行政上事是马马虎虎跟着跑龙套便了。现在的代支书，只是过渡角色啊！"

怀东听音，就实心说实话："代职紧跟就是去'代'。你从省市县到乡镇，哪个'代'字不是很快走个过程，完善个举手投票程序就摆正了。咱是社会主义呀，不学洋人竞选，吵吵闹闹'民主'一阵子。咱都是遵循一个潜规则推进的。你放一百个心吧！"泯义听了心里实在了。说，你爱看电视，看书看报。真的没看出你还在研究这些政治哩。叔，你说的什么是潜规则我不懂。怀东说，举个例子，比如县上县长调走了，常务副县长上。县委书记调走了，当然是县长上。省上也一样。代省长，代几天，就正了。上行下效、套框框，一条道儿嘛，你这支书也是稳拿稳扎的。谁也抢不去。

泯义："支书也罢，主任也罢，都是为村民服务的。"

怀东："是服务的不错，可是权的大小有别啊！咱们国家，除企事业以'长'字辈揽大权，其他都以'党'为大，党说了算！村级不是都得听支部书记的吗？"其实这些泯义比怀东懂得更深刻。不然，怎么拼命奔支书呢。两人的交流，泯义心理基本有底了。底线在握，全身心自然勃了起来，声音马上有了力度。他拍一下怀东的肩说："好好干，相信不会招聘个支书来的。至少近几年不会实行。我不干，还有国玉、你哩。不管谁干，党的工作，大家的事，都得和谐，好好配合。你说是不是啊？"

怀东："咱这人你放心。不会耍心眼儿，搞阴谋诡计的，因为我没野心。"他看了一眼泯义的反应。

泯义去了国玉家。国玉不在，就去了轲亮家。对这些毛毛茬茬、棱角锋利的党外人士，安抚不好也别想一帆风顺了。这是他狡黠之处。他走火入魔，神经过敏茶饭不思，夜不安寝。对形势估计：外围环境不疏通，往往会影响大局的。他匆匆而入。

"支书来了！""支书来了！"胜胜热情地把泯义称为支书了。泯义听了并不觉肉麻，反而特别的舒服。一下子对胜胜有了亲切感，知己感。

轲亮说："支书百忙中来寒舍太荣幸了！"

泯义："我是看分配的沙石款收得差多少，也是路过的。"

轲亮："好好好，今天聚一起了，喝几盅。"说着已拿出几个杯子，取来一瓶太白家宴斟满了。一人一杯，来个痛快，底儿朝上，无一点滴。

喝着拉着。先说村上这几年谁家的日子过得好，谁家还缺吃少穿，谁家娃娃念书好，谁家娃娃爱逃学。谁家庄基申请该批，谁家不该。东拉西扯才拉到沙石上。胜胜说，有的村自己出劳干，有的村出钱包。咱村收了款你们说怎么包？

泯义："村上劳力不足。好些户无劳力，有劳的才几户啊。只能收钱向外包了。"

轲亮喜上眉梢。又给泯义斟了一满杯，给自己和胜胜也斟了，三个杯举起来，碰得咣儿灵响。各自饮尽，又把底朝上，同声说，看，一滴没留。又一阵欢笑。

泯义看出胜胜有话要说。便揣摸着心思试探："俗话说得好，肥水不能外流。不知村上有没有人愿包？"轲亮接言，我先听你说咋个包法。泯义说，你问价吗？市场经济，这好商量。胜胜说，尽铁打镰，还是镰上克铁？

泯义："你两个愿包，就尽铁打镰，包给外人，必然要减铁量！"

轲亮不停地满杯，不停地劝杯，又一轮端到口边，门里进来一个人，先声夺人："哎呀，来得早不如来得巧。真是口福不在迟早。"致祥笑着已端起杯，一声令出，几杯合奏，热闹非常。大压小、五魁手、两相好，你罚他赖，你灌他躲，好不快乐！一会儿都喝得阴阳不分，天地旋转了。泯义舌已硬硬的了，指着胜胜说，你……你真的要把这些款一包袱包了？胜胜舌也有些硬了，你的醉话算数吗？

泯义："胸部一拍，老子是支书了，你知道吗？支书说话不算数谁……说话算数啊！"

酒场的话确定吗？轲亮问泯义："你真没醉？"

泯义："我没醉，我清醒得很。再来二斤全当水喝哩。我今日不是往日了。你们还用老眼光看我啊？一口喝一半，这样的干部需锻炼，能喝八两喝一斤，这样的干部党放心。今天党政大权我一身担。说一不能二。”他斩钉截铁又重重拍了牛皮鼓一样的胸，嗵嗵了几下。“晚上你两个都来我家，定事！”

轲亮在桌下踢了一下胜胜。灵犀之心通了。胜胜满口答应：“没问题。酒是我的！”

泯义要回去。胜胜问：“墨支书你一人能行吗？”泯义说，我稳得很，没事儿，没事儿。说着已蹦哩倒活了。致祥早已贴着身，说，你几个耍吧，我扶着。泯义又卖派：“不用扶，那点猫尿能漾倒我？老子是久练科场出来的……，冰……冰冻三尺……非一日之寒！”

胜胜和轲亮在路上先议定给泯义好处的意见。晚上胜胜揣了二斤老太白和轲亮二人就去了泯义家。仔细算了工期的天数，方量，实际投资和净赚利金。为庆贺成功交易，自然又少不了酒局。怀东、国玉也在场。泯义说，咱们几个家里就免收了吧。全当尽心尽力劳务。怀东、国玉只喝酒，内幕不再追问。因为按往年这类事的规则，利益如何分配心知肚明，这一次吃个哑巴亏算了。

原说收了各户钱，多退少补的。实际上收时每方加的连干部跑差补助，吃喝全包进去也花不了的。而这次泯义与轲亮胜胜的交易全吞进一人胃里了。工程由轲亮和胜胜包去，不几天，又转包给专门包工程的司机。除过给泯义1200元，二人轻轻松松赚了4000多。

这次交易的真正目的不是钱，而是拉关系相互利用。泯义拿民众的血汗钱给些实惠，得好处的轲亮和胜胜必会不遗余力地为泯义制造好舆论。

4

欣欣刚卖完口粮，开出了粮油关系就向家走。这次他的名字正式改为白于国。

到家后，欣欣把姐姐户口交到姐姐手，又给姐姐30斤全国通用粮票和30斤本省通用粮票。姐姐拒要。全交予弟弟。说国家供应的足够了。女孩不需补充的。你是男子汉壮小伙子了，又爱打球多拿些粮票，免得挨饿。姐弟推让不休，妈说姐少拿些弟多拿些也好，男娃饭量大，正长身子骨哩。欣欣甜笑着对妈说，妈，你还把我当小孩子啊，在外边我会照顾好自己的，你一百个放心吧！

票证时代记录着共和国面临物资短缺至极为匮乏的无奈，而油、盐、糖、火柴、布料、棉花等百姓日用生活全实行定额供应，那小小一方供粮票证则浸透着百姓生活的酸甜苦辣。过来人提起票证，都有说不尽的故事，尤其是粮票，没有二两证，就吃不到5分元一个馒头，或9分钱的一碗面条。饿肚子是最难熬的罪。对今天白米细面吃着浪费着的年轻一代"痛说革命家史"，往往会听到脱口回敬："那怪你们的命运不好！"欣欣妈是受过大艰难的人，所以把粮票看得命一样宝贵。一两不留地给儿子装在内衣兜里，用了两个别针别了，又检查几遍，还千叮咛万嘱咐的。

轲亮和胜胜离开泯义家顺路又到欣欣家来。在门外就清楚地听到里面浓浓亲情的交融。他俩扑腾进去，看那场面，颇得几分感动。胜胜说，我在黑市3角元一斤买了十多斤粮票。都是全省通用的。全国通用的三角七八到四角只买到五六斤。欣欣不够就拿去用，欣欣妈很感激地说，不用了，不用了。他舅家借了麦子，已兑了百多斤。你也常出外的。胜胜说，听消息，有的地方已有不要证的议价饭。深圳已开始了，估计不久都会学的。

欣欣说，那是特区，咱内地当下还不可能实行。我换了百余斤，吃完了回来我拿学生证出个证明就能到粮站用粮换票。

轲亮一听说"证明"，话引话："元魁沉落西山了，这下再要证明就无碍了。那个东西太心短了，老天睁眼才把他撵下了台。”欣欣妈只顾照料儿子上学带的东西，没抬头应道：“谁上去都一样。或许……”她把后句改过来说，“都是给大家干事的。”

胜胜说，是的。谁上去都一样。你没听流传很广的话吗？社员一槽一槽地养着，前槽刚喂肥，后边又换个瘦克郎，又得喂哩。现在不是吃人贼的少啊！上台的都是利牙大胃！

欣欣妈听出味来。马上纠正说，我是说谁当上咱都一样还是个种地的。边种地边为大家干事。

胜胜说：“妹妹、弟弟你两进了大城市，几年后就是咱村上的大人才。可不要忘了咱这些种田的土八路噢。万不敢‘一年土，二年洋，三年不认爹和娘。’”他边祝贺边开玩笑。

欣欣看看妈，看看胜胜和轲亮，笑道：“这怎么会呢，大学又不是教唆犯。没有父母和乡亲在土坷垃里受的苦，哪来城里人的福，哪来我的今日？我是土生土长的农民的儿子，怎么敢背叛脚下这片土地，背叛生身父母和乡亲！”

轲亮挑衅地说，你走时，去元魁那瞎东西跟前戗他几句，说上几句讽刺话，叫他几天几夜睡不着地细细想去。欣欣妈平和地说：“人都有糊涂的时候，他那人啊，唉！”

二人看这家人忙，也不好意思多说，就走了。欣欣妈送出门，回头收拾大门外又收拾屋内。自语道：“这几个人一点不忍事！”

姐姐从另间房子过来说，他们说那些话啥用意？妈说，他们说他们的，咱也长着个头怀着个心。人嘛，得理要饶人！墙倒了，咱再搬着砸，天理会怪罪咱的！

欣欣不在意地填一句：“记着前嫌能怎么样呢，冤家宜解不宜结！冤冤相报，对谁都没好处。”

5

国无头不安，家无首则乱。这么大的村子这么大的家。没个群众可信可赖的人带头，落实国家的政策，发展地方经济，都会受影响，什么奔小康就成空喊。

镇党委开会研究，又让董书记下来主持召开白墨村党支部大会，尊重党员意见，“以民主集中制原则”滤出“群众信得过”的候选人。

全支部共17名党员（包括一个延长预备期的），老支书因身体不佳缺席，元魁下县防疫站给儿子打防疫针了。由于党员青黄不接的现况，到会的实际才12人。

会议开始，自认已是第六任支书的泯义说了几句开场白，便带头拍手请董书记“指示”。董书记没多说，只说：“今天只是一个议题，推选支部书记候选人。”接着依党章和基层组织法简要提了四点要求和希望。会议开得怎么样呢？这里有会后从党员口中凑起的顺口溜可知：

你坐炕边他坐砖，
多数低头抽旱烟。
主持会的怎么办，
搔着头皮心犯难。
泯义心中打算盘，
眼仁骨碌骨碌转圈圈。
怀东国玉相互看，
没人开口先发言。
主持会的再动员，
还是无人提名单。
聚着冷场总难看，

只得休会个别谈。

会开始十几分钟了，多数人除了抽闷烟，就是徐庶进曹营来个一言不发。也不怪他们一言不发。一部分是心中实在推敲不出个可信赖的出色人，硬憋着；一部分人对现任的泯义、国玉都不同意，不提觉着是放弃了党员权利，提了呢，觉着违心，所以干脆不提；个别人坐下看着，提谁都会喊一声“同意”。会议就这么冷场。让董书记很尴尬。会后他和一个党员直接去了有病在家的第三任支书白存会家。路上这个党员透出一个秘密：大家知道支部没个真正符合条件的人来挑支书这个担子，咱不能槽上没马把驴牵出来。话虽不好听，却是实话。董书记心里说，没有马只能牵驴了。但这话不能从他口里出。于是说目下，农村支书都是就地取材的。状况大体上一样。这位党员说，眼下泯义在前边照着，大家不提他，再没人，提他又不放心，又怕提上了他。董书记不知自己是老革命遇到新问题了，还是老问题了难住了新革命。反问这位党员，你说呢？这位党员不假思索地说，目下有两条路，一条是请老支书出山干一段时间，培养发现苗子。实在没法就只能提泯义了，干到哪再说。董书记说，这也是。咱先听听老书记的意思吧。到了老支书家，这位党员把话挑明了要请他出山。存会马上把话头拦住说，使不得，使不得。我都这副岁数了。出来不怕人笑话吗，还说我香的撂不过呢。文化低加上头脑一天三昏，脚下又不方便，强干上会影响大事哩。跟不上形势了。中央老的都为年轻的让道，成立顾问委员会。咱一个农民支书还能抢占茅坑？怎下来了又能上呢！

董书记看他执意不出山。便问，你看谁能胜任？老支书说，“胜任”说不上。可以说让占着这个位子撑场面吧。怀东还可以。不过，他太软。大事小事是非事总当老好人，恐怕打不开局面。把支部弄成软班子。农村工作是免不了惹人的，单这一点他不行，如果再选不出人，就只能让泯义上了。董书记问，他群众基础咋的样？老支书说，他的能力是有点的，如果能严格要求自己，能正风修身，好好干还行。可他一事当前，为自己想得太多，替大家想得太少！最丧失威信的，就是他那生活作风。他的名声，他的人格就坏在作风上了。董书记点了几下头，没说话。

接着又走访了几名党员，几名党外人士。收场时恰遇元魁刚回来。他们随同进屋。话不投机直入主题。元魁说，我是一个下台干部，又正受党内的处分。怎么评说他人呢？董书记说，凭你多年的相处，你说墨泯义这人到底怎么样。元魁说，他吗，怎么说呢！他的脑子够使唤。有煞气。如电视广告说的“够威够力”。他笑了笑。这个人吗，好动嘴，怕动腿，这是一，第二，他有群众最指斥的一点，就是管不住自己那个。常弄得满村风雨，搅得人家家庭不和。这一点镇上也并不是不知道的。搭档时，我常提醒他，他不在乎，说，这是个人私生活，又不是政治问题，原则问题。我说，你要知道你是共产党员，党员要有党员形象，党员品行。他强有理地反驳我：大干部包二奶，搞情妇，官照样升。说明不是政治问题，无关紧要的。元魁笑着说，他这人就这种认识。陪董书记的这位党员一直没有发言。出得门后，只说了一句：“泯义如果当支书，是当折旧的。”董书记笑笑说，你这话很有意思。物有折旧，人咋折？这位党员说，他办事，村民不放心，难放心，因为他这人在正事上想得少。甚至不去谋。董书记没笑也没点头，好一会了，说：“你说的话很值得考虑！”

经过一番努力，最终提了两名候选人，一是墨泯义，二是黄国玉。国玉也很望坐那把椅，但自知资历不足，只不过是跟上打露水，所以没抱大希望！要求去掉。董书记说，这是民主集中的，我带回去上党委会研究。

6

第二天，党委就开了会，董书记回镇后，向党委作了汇报。董书记又来开会宣布了候选人。

这明摆着：接泯义主任的就是国玉了。接着让全体党员选举。这次14人参加，10人同意泯义。2人同意国玉，2人提怀东。因为怀东没在候选人中，董书记就宣布泯义和国玉当选，一正一副。会上稀里吧啦拍了几声，以示祝贺。

就是在这天晚上，不知是谁在泯义的朱铁门扇上用白粉笔写了首小诗：

《卖金试人心》

一担黄金一担铜，

拿到街上试人心。

黄铜卖尽金还在，

世人认假不认真。

又有人用土块七扭八歪写了这么一句怪话："阴毛擀不了毽，瞎怂掌不了权！"后边重重画了个炸弹（叹号）。

显然，这是对泯义任支书的回应。是否可代表民意，却多少说明些问题。目下，党内外的村民都知道支书这个位子千斤顶般的作用。只是具体到白墨村这只篮子，里边的萝卜翻来翻去的很难找到皮肤白净光洁内里无蛆、肉质嫩生生的那么一个。让泯义干，是"别无选择"了。还是有见识的群众所言：槽里没马把驴牵了出来了。群众也知道金无足赤。而墨泯义在村民眼里、心底绝不是一个正品！"金"沾不上边，就是"铜"也不够格。

泯义早上起来时，村上已有好些勤快的人上地去了。大部分人都看到了门上的字。泯义刚扶正就遭辱骂，贬他是铜冒金，是阴毛。他看了全话，怒发冲冠，跳了起来。头伸向大门外，骂道：“龟儿子，谁是他爷日的当面来，何必缩在后面！”发泄后，他控制住歇斯底里的情绪。转身去拿抹布。他刚进去，白大伟路过门外，发现了正在看。见泯义出来就速走了。泯义抓住抹布三而两下，把诗句的容毁了。哪知又气又狠，用力过猛，抹布又干，竟把漆皮搓了去。把漂亮的门扇丑化成乌鸡脸。这下他更生气，这次他不单生那王八蛋的气，还生自己的气。这是犯罪分子攻击党的干部第一现场的铁证，我怎么一气之下破坏了呢？他要向党委汇报，向派出所报案。车子都推出大门了，怀东前来请示：“土地调整报告啥时送？”

泯义脸色很不好，说：“今天就送！你复写清，我再看看。”怀东看到门上的“敬德脸”，问是怎么回事。泯义烈火噼啪着说了发生的事。没说原文，只说“恶毒攻击”“别有用心”。随口说出了几个嫌疑人。怀东心里说，你怎么还是“文革”用语呢！他直言相告：“我看忍了吧！忍一忍，什么也化解了。事弄大，传扬开不好。”泯义听了想，那天开会，从会场气氛和大家情绪就可知还是有意见的。现在已上任了，头一天就给党委传这样的消息，一则给党委难堪，难免降低对自己的信任度，二是自我抹黑，越抹越黑，对今后工作也不利。怀东又说，忍了吧，你考虑考虑！

泯义沉思了一阵问：“你说就这么忍了？”

怀东很认真地说：“对，忍了去。不忍又能怎样呢？来，我帮你把车子推进去吧！”

泯义无可奈何地听从了。

如此，这口气就勉强地咽下肚。但是猜疑却加深了。当他放好车子，又后悔没辨别一下字体，寻出个蛛丝马迹，好报“一箭之仇”。

第四章　开弓示权

1

权力从来是交恶的资本诱因。官场，正是施展权力的平台。一旦粉墨登场，就进入角色；赛马场，入门就鼓足了争胜的状态；斗鸡场，乍进，就蓄势待发，非拼命一搏，争个喝彩不可。哪怕死在沙场，也光荣。

泯义似乎已有思路。他决定上任的第一炮一定得打响。为自己争个资本。也为隐蔽的“敌手”一个下马威，一点颜色！权利，就是这样！

2

泯义上任后的第一炮就是调整土地。

调整土地本是元魁时代就有考虑的。初分包时说，至少十年不变。但刚过四五年，婚娶的、新生了孩子的村户为争取土地嚷嚷要加地；有出嫁的户、有死亡人口的户咬住政府最初的承诺不放。当时社会上正刮一股风，谣传土地政策要变了，刮得民心不安。于是不变的主流日盛起来。他们最怕刚怀的孩子再流产了。“不变春满园，变了连根烂。”这是大部分农民的真心话。具体到白墨村，变与不变是1∶1。公当与不公当的争论强烈地灌进元魁耳里。他和两委会成员碰头，提个动议，让怀东收集各组意见，着手整理材料向镇政府报告。报告打上去一月了。镇政府才向县政府报告，县上又派专人下村了解民愿。不巧，元魁犯错下台，泯义上台了，他认定了民众最关心的土地这一焦点，是他执政后示权首先要发箭之“的”，放矢出去，定能赢得多数村民的支持，所以让怀东重写了调整土地报告。字里行间全是迫切，火烧火燎地送了。这次，上边给机器运转加了润滑油，没多日就有文下来。同意变动。但只能在小范围内进行小调整。强调：“稳定”的总原则必须坚持。要求党支部村委会组织专门小组搞好这项新工作。同时指出，此次后，国务院将有文件下发，承包地要巩固，政策得深入民心。今后增人不增地，减人不减地。特别强调，不可随意扩大机动地。当群众知今后“增人不增地，减人不减地”的消息后，无疑为那部分强势争地户加了温。

泯义决心打响他上台后的第一炮，不管怎么样，不能放一个哑炮。他极力出招想尽措施，保证他从主任到支书权力对接上的连续性。更要突现他的权威性。通过这一响，彰显权力的威慑，以“取信”于村民——慑服人心。

泯义着手考虑五人领导小组成员。国玉、怀东和他本人，这是自然的。其他两人一为致祥，一为元魁。

领导小组成立了。成员分到几个组里作为督办。各组丈量人员说是由各组村民民主选举，要求选举能公平正义做事负责的人。实则名单都是早经泯义目审的。比如一组是主任国玉发言提议：元魁、轲亮、胜胜、保根、兴群、致祥。聪明人一看，便知这些人物各有强项。关于元魁这个人的作用，原班人马之所以一致同意，多少与感情联系有关。泯义用他，因为小调整是他最先提出的，在办法上肯定有他的招，再说他人的架子虽倒了，他的余威，他的影响力不会马上殆尽。泯义得用他的旗号，用他的影响资源，用他的未出炉的拿法来推动这项工作有个始终。免得调整出个风波，显出自己的无能。同时，用了元魁，人们会感到他对原领导的尊重，迎得道义上的支持。

兴群是“文革”遗少，曾是光荣的贫协主席。虽然阶级成分已成历史，可他老本还在。致祥是泯义肚里的蛔虫，跟屁精。其他几个都是刺猬式的人芒。在村上抓有干部的大量把柄，干部惹不起的人物，只能安排他们进丈量小组。只有给这些人以近水楼台先得月的好处，安抚好他们，大局势才可稳住。即使有多大不公，有人出来捣乱，小泥鳅也翻不了大浪的。

各组丈量人员都定下了。几十人在小学校一个大教室里开会。

泯义作了重要的指示后，让国玉把统一制作的尺子发到组。尺子是专买的干楸木板，均以市尺由二组老木匠制作，怀东监制的。长度为一丈。绳子是专门定制的20丈长的麻绳。指明不用热胀冷缩的塑料品。尺子各组只一把，绳子只一条。这是铁面包公，硬件是一丝不苟的。谁还有不放心的呢？工具发下后，国玉宣布：一定要记住，这次是小调整，不大动。各组人均地亩不一，相同的是不动一段地，只变二段。该减的减到位，该增的增够分厘。

3

硬件多么的无私，操手是人。人是有思想，有感情的啊！尺子和绳自然附着了偏心的“魂”。

领导小组讲得清，说得明，大原则下，各小组的细则由小组定。国玉是一组的头，他决定：一，先划拨镇上下达的苹果建园面积。每户平均八分。抓号定序；二，调整地的原则：不动一段，只动二段地。原人均一亩三分五，这次减为一亩二分三，这是大体算过的。三，增减地的人口，以上月月底（30日晚12时前）为准。

建果园的地块是初分承包地时就规划留出的机动地。抓了序号后，一天就分到户了。

全组四十二户，只划了三十九户。其中一户放弃，一户家是没人懂技术转让给本家。另一户是欣欣家。欣欣妈这天兴冲冲也来抓号。国玉见她往人堆里去，就指名道姓："你家不能抓。权被夺了。"欣欣妈愣了。

她问："为啥？"

国玉："不为啥！"

欣欣妈："我不是这个队上人吗？"

国玉："是队上人，没人开除你。"

欣欣妈："那为什么？"

国玉不说，他屁子一扭走了。保根上前劝欣欣妈，嫂子，你回去吧，别问了。欣欣妈气得脸也黄了，声音颤抖得说不出。兴群过来说："你家村边有地啊！"

奇了怪了。村边地，就是村西靠沟畔那块。共有四十多亩地，是五九年原留的自留地。全小队多半户自留地分在那里呀，不是欣欣一家。欣欣妈听了像被凉水浇清醒了，理直气壮地问："几十亩地全是救命地。各户都有，不是我一家独种着。他们都能分果园地，怎么就只是我家没资格了？"兴群说，地都分完了，再说也没用了。想栽就到你家那块自留地去栽。欣欣妈还说什么呢？拉地的走远了，不理你，你站就站着吧！村民忙着各找各的地畔，找着了就栽"界"。欣欣妈只得蔫着回去。

这天恰是星期日，欣欣爸诚石也回来了。听了欣欣妈的苦诉。他说，我去问问看怎么讲。诚石见到了国玉，刚遇面，国玉脸就拉长了，那副可憎相让人骨寒。诚石问：“兄弟，果园地是怎么分配的？”

国玉：“你户口在哪？你有资格问吗？”

“你这兄弟，有话好好说嘛，我户口走了，我一家人的根还是白墨村啊！怎么就不能问了呢？”

国玉还是那句话：“你没资格！我不愿跟你说。”

一句话像铁钉，尖利地刺过来，刺得心痛。诚石原地站着。欣欣妈怕他说崩了，饭也没做就跑来看，她一看国玉的气势，拉诚石说，算咧，算咧，这明明是给咱要欺头哩。不给就不要了。人逼人穷天不逼。诚石这才缓过神来，摇摇头，无可奈何地向回走。诚石细想原因。他回忆自己从没惹过国玉啊。进门时，脑门一敲给欣欣妈说，我记起了，是不是前年他要给他老二弄个高中毕业证的事？欣欣妈说，你说的有因。他真是个猪，不体谅别人的难处。诚石道：“人常说为人九次，一次不到就惹下了。我不信，这才知道了。”欣欣妈说：“狼是麻的你现在该相信了吧！”诚石这时有一肚子话往外溢：“几年前国玉给大儿子结婚，买标准牌缝纫机，扯灯芯绒和凡立丁我都赔上烟、赔着笑脸找人给办了。后来还要飞鸽自行车。当时这个牌子难买。车子都是分配供应。还多亏我的同事和我是知心朋友，他找供销社亲戚给买了辆凤凰牌。这些情都是咱欠的。我每月三十几块钱，请不起席，请吃了一次羊肉泡馍，又送哈德门烟还情。国玉呢，一分人情话也没说。他以为他是村上当官的，咱得事事遂他心，处处看他眼色。前年征兵为他二儿子参军向我要高中毕业证。他那儿子初中才上了一学期，高中门也没进过。这都不说了。高中学生都有正规档案，招生指标市上下的。在校多少名，毕业的多少名，有名有姓。毕业证是省上统一印制，加的是市上印，谁有本事给你弄啊，没高中文凭，他儿子没参上军。他见了我仇视眈眈。他放话：‘一个教书的你再能干什么？’话说得多欺凌人！这次分地他就来了个热蒸现卖，使了一次绊子。”诚石心里像扳倒了五味瓶，真是说不尽的滋味！

果园地划开后，镇上就拉回了早从杨陵定好的苗。杨陵苗价每株4角，运回每株加2角。分到户每株8角。个人出6角。镇上补贴2角。镇上派专人下村督察建园。劳力统一调动，挨地块栽。参加劳动一天记一个工日，顶全年义务工任务。不出劳的每人每天付5元。欣欣妈没分一厘地，但她起早上工，跟到底地干，为了义务工日，前后干了八天，累得筋疲力尽，生了一场病。

4

果园地到了户下，园也建了，便开始调整耕地。这天早上，他们每个人嘴里都长出了一只象牙——叼着雪白的香烟，高高兴兴向坳里去。

元魁自受“打击”后，人已瘦了一圈，像个缩水的蔫萝卜，洋楼发式也没原先黑亮整齐了，枯草一样显得有些纷乱。眼窝也陷了几毫米，虽是落魄了，架子依然，格外引人注目的是，他雪白的涤良衬衫，深色的藏蓝西裤，黑得发光的皮鞋格外醒目。连那浅灰色丝光袜子也是新的。像一位第一天兴冲冲去上班的白领。他也吸着烟，但烟是挟在中指和食指中间的。吸时才慢慢放入唇间。轻轻吸一下，把烟慢慢吐出去。他不叼在嘴角惹人扎眼。他不多参言论事。胳肢窝夹个多杆的算盘和账簿。每户该退该补的都精确计算，四舍五入也不马虎，一清二楚记在册上。丈量时，他戴上那副白色石头镜，一目了然地照册宣布。小小心心，一字不错。村上统一的那根绳只10丈，为了少跑少猫腰，这个组又买了两根长麻绳。共25丈。长度用绳量，宽度一般都是木尺量。地邻保持原来的。拉绳的掌尺的，报上长宽数，他很快就算出来，记录在账本上。过一户，地界挖个坑，这由专人干。主人跟随即栽了黄花或紫絮槐这些多年生植物，有的户土里埋界石，或炭糟炕灰什么，防地邻偷着移动。

头一天，尾随的人比丈量的人多几倍。都眼睁睁盯着尺子心里记拉绳的次数，有的人他只留意“姜笼子”，看绳头接茬处日没日鬼。有的人还要盯一下账簿，把自家的长宽尺度和面积抄了去。国玉看人太多，过庙会一样的，烦躁着斥责：“你们苍蝇一样嗡嗡追随，报数也听不准，让工作怎么进行啊！地在地里，畔子也挖开了，后边去找咋咧。”

“你把你们当什么了，是皇上出驾吗？不敢惊扰？苍蝇叮的是臭屎。你们是臭屎啊！”说这话的人是万不信。他不姓万姓墨真名墨天理。“万不信”是个绰号。看字就知他对什么都是怀疑态度。他原先和村干部很贴近，不想在干部手下吃亏，结果都吃了大亏。所以对干部说的话，做的事，总先来个疑问。不听话说得多好听，而是看事实结论。他听国玉的口气刺耳，就掸呱着离开了。走了十几步又返回头来，脖梗挺挺地说，你干事，我就是不信，就是不信！

有个叫老五的当面说，你这人，人家不让跟咱就不跟了。少说几句算咧，人不会当哑巴。老五是万不信的本家爷爷，七十多岁了，一辈子怕树叶塌头的人，什么事“唉”地叹一声就完了。

5

新的一天又开始了。太阳还是那颗太阳，地球还是这个地球。日头好像是从来不知人世滋味的乐天派，笑盈盈用它的光热无私地恩泽大地上的一切。露珠见它很快藏匿在植物体内或潜润于土隙间，无声地供给小草生命。被勤劳的脚踩白的路展现在田陌间，忠实服务于人。目下，又来了一拨人，是一组的几个村民。这条东西伸展着的细细的生产路南段地已全划完了。又挪到了北边。这些人扛着镢头，拿上紫絮槐或扛一块石板寻畔栽界。烈牛上地步了自家的。因这地的长是相同的，较正规，他只步宽。步了自己的又步国玉、轲亮、保根、胜胜和兴群家的。他对谁家几口人，地邻是谁，该减还是该增，减多少增多少都心中有数。农民对土地面积的计算，传统沿用步丈。一步为五尺，60平方丈为一亩。烈牛就在路上用柴棍算。算来算去，这些人的地不对。国玉比他多一口人，兴群和他人口一样。他们的地都宽出许多。再步了几户村民的和自己的同样，掐尺等寸包括犁沟才能够。但犁沟本是不给两家算的。若要算上，地都不够了。他气得一下蹦起来吼："怪道不要人随他们，原来嫌碍谋私。这伙狗日的吃着大家的，挣着大家的，只给自己图谋了。阎王种地鬼纳粮，比地主心还黑。什么统一的尺子，公平他妈的屄！给自己弄受活就不说别人了。"旁边的几个人应和："人家不希图给自己往好处弄，能把顙（方言读sá）削尖往里钻吗？"

他要立即去问国玉，抱不平。民静说，一组原地是816亩，现在把几十亩地没眼子了。哪里去了？这不是查出鬼了吗？还有机动地，南坳北坳东边西边乱留，公社员都知道是哪？干部谁没白种？谁知他们种多少？民静是公社时代一组的老会计。这个家底他如家珍一样的清。说出话来，在这一点上有权威，村民都是深信不疑的。他这一"煽"，烈牛的牛脾气哄起了。他立马走捷径去质问国玉。急匆匆走着，碰见小建她妈。她要烈牛也把自己的地步一下。步过一吃算，她惊呼："不对，不对！"她又说你步步我的左邻。左邻是致祥他伯家地。他家和我人口一样。烈牛步过，这两家就是不一样。小建家少三分地。小建妈双手拍打着双膝，哎呀，这是怎么回事，怎么回事啊！

欣欣妈几天没上来，今天也来看地畔。小建妈哭丧着凄腔说，嫂子，你叫人步一下你的，看对不对。欣欣妈说，我还没寻到畔哩，地头头上满是新挖的坑，谁知哪个是对哪个是错的。我怎么看我家一段地也挖了几个大坑，不是不动一段地吗？不知是怎么回事。小建妈说，看，看，说一套做一套，全由他们乱来哩！一段地不是不动吗？欣欣妈说，宣布说的是不变。我看一段只我家地头挖了坑。干部在公众前说得清，讲得明，怎么说话不算数呢？小建妈说，算不算数，由人家定。他们说算就算，不算就不算。有甚办法？

本组的耕地之所以划为一段、二段，不全是以质量而是以远近划的。开始承包就这么定的。已被村民公认是公平的，大家都维护它的尊严。“一段地”，除了近，更让庄稼人热求的是抗旱防涝性。它犹如猪的腰窝肉，要肉有肉要油有油，油肉兼备。村里人都夸赞是金盆养鱼。二十世纪六十年代末，曾有双百日大旱，有的地方收成减半，坡沟地带几乎颗粒无收，而这里还保留了平年的收获。因此，靠地生计的百姓都眼巴巴瞅着这块宝地。所以，八二年土地承包到户，以人均地的六成分一段人口地。一、二段之界，国界碑一样公认。界外均属“二段”。二段之外的“边外”地全划作了机动地。如潘家斜、刘家边、二眉涯那些边沿地。

欣欣妈不知所以然，去问国玉：“我家一段地挖的坑是怎么回事？”

国玉猴子变脸那么快。他不面向，冷叮叮地说：“调整了！”

欣欣妈：“你们不是在大会上说一段地不动吗？”

国玉打断她的话头儿：“原则不是铁打的，该灵活时就灵活。要圆要扁看具体情况。”

欣欣妈：“只变我家的还是……”

国玉马上挡话：“你家两个娃吃供应粮了，本要扣掉两人地的，现在一段只去了一口人的，就大大照顾了情绪，你还不知好歹地问。”

欣欣妈一看，升子硬不过斗，百姓无“权”就默认了夺走一段地的事实。接着问：“那我家地划给谁了？应补的补哪了？”

国玉：“一段地拨给红羊家了。补的在哪里，自己寻去。”

欣欣妈：“原来给你兄弟了。”她气得几乎噎住。

正在拽绳的保根停住手里活喊了一句：“到潘家斜找去吧。”保根是欣欣妈本家兄弟，本该称声嫂子的他却没有。他白答话地说过就继续拉着绳头往前走了。

欣欣妈腿像抽掉了骨，软瘫了。坐在地上不停地抠着地，望着天，她不知道哪里讨公道。不知谁能听她讲理！愣愣地瞅天，问天，可天不应！捶地，地无声。

这不是以权欺人吗！等于从猪腰窝割取一刀，用猪脚上的碎肉添斤加两。用刀割去白菜心儿，把外部的残叶败片捡回来补秤吗？

这时后边上来几个人。他问黑毛五分地在潘家斜有多宽。黑毛说，那块地是个铧角，西宽东窄，西头是齐的，东头长短不一。这畛子有几百步的，有百十步的，还有几十步的。看给你拨哪里呢。如果通顶尖处，大概是三几尺吧！黑毛见欣欣妈叹气问，你家怎么从两块地（指一、二段两块）也变成三块了呢？欣欣妈说，唉，人怂了就是这样的，没办法说，几句话也说不清。人家安心抹你脖子，你就得把脖子伸出去！

欣欣妈寻到国玉说，那半亩地我不要了。国玉说，这是你说的，不是谁不给你。随即向元魁说，那就给下掉。欣欣妈补了一句：“这半亩地地权得留着，只是纳粮派款也得给我去掉。”国玉没应声。

6

欣欣妈很疲惫地从原路回家。雪熊急忽地只顾走，不小心碰倒了欣欣妈。他趁势扶起，问：“你也上地了？”“嗯”。

雪熊寻到国玉，先给了支香烟。说我媳妇的地这次也得分吧。他把烟捏在手指间望着国玉。

国玉：“你连婚都没结，媳妇在哪？咋分地？”他没接烟。

雪熊：“你们定的时限是上月的月底。我结婚证是上月初八就领了的。”他顺便掏出给验证。

国玉：“这个我拿不了主。你去问支书。他说行就行。”

雪熊：“我给支书看过证了。他让寻你，说小组说行就行。我才急着找你的。”

兴群：“有的人给女子也早领了结婚证。户口没办。照这么说，他们也应该退地。男方证逮手上了，媳妇没进门，户口没迁入，凭啥据分呢？”

国玉：“这么说，要办就难了。证领了，该走的没走，该进来的没来，咋办呀？再说，都想要，谁愿意主动退呢。”

雪熊这几年满世界闯荡，心里灵醒了，嘴也活道了。他知当今办成一件事的路子不只是“好事多磨”那么简单。所以，不吵也不闹，一直是笑嘻嘻说话，越说越顺耳，越说越甜蜜。丈量组的人都把耳朵张开听着。雪熊说，我的条件正好符合“政策”，看证上日子吧，有什么麻达呢？证领了就是我的媳妇了。人不就等于进门了吗。轲亮逮住耳朵问：“你老实交代，你说就是你媳妇了，你把人家娃弄了吗？”大伙逼问：“你承认了就给分地。”雪熊牙一呲，大嘴松松地说，证都逮手里了，为什么不睡！轲亮尻子踢了一脚：“你这个馋猫，生吃！给怀上了看你给你丈母娘咋说！”

这里一片笑声。

国玉要过证再细看了一遍。不错。他征求几个人的意见，问分不分。

胜胜笑着说，给分了，他碎怂得给大家辛苦钱。雪熊当即应诺，每人两包恒大烟吧！他先每人一支点着了。国玉说，大家说分那就给分吧！元魁说，雪熊刚来到向上，下一个就到他家了。他翻到雪熊家那页，说，这又得另算哩。于是在他名下又加了一口人的地。

雪熊高兴地紧抱双拳向每个人作了三个揖。

他高兴地看着给他家名下加了一笔，地面积宽了丈余。心里说：政策、原则算个屁！

7

人，不论老少，不分男女，要活下去就得挣扎。

欣欣的弟弟荣荣，已上初中了。他回家来吃饭，饭后，还得赶到学校上晚自习。见妈妈心事重重的，闷坐着，问妈妈："妈又遇什么不顺心事了？"妈笑着说，没……没有，没有。你好好读你的书。妈到地里劳动了半晌，刚回来歇歇。儿子这一问，她就起身。荣荣说，妈，你不要哄我了。文明他大啥都给我说了。村上把咱地强霸划去了，是吗？妈说，你好好念你的书，家里事不用你操心。妈妈若无其事地边说边做饭，一会儿面就擀薄了，妈麻利地切好。烧水下锅。荣荣吃过后，给妈妈说，他们怎么搞就叫搞去，你不要再去找了。折腾来折腾去，身体搞出病来咋办？我大又不在家。

妈妈为了不分儿子念书的心，把他哄走后，等到晚上，丈量地的吃过饭，她就去问侄子胜胜。这天，丈地的吃的是油饼，人多炸的赶不上吃，加上又喝"革命小酒"，一直吃到十点钟，她也耐着心等到十点钟。刚起身走到胜胜门口，元魁叼着烟也正往家走。他见了欣欣妈主动打招呼，欣欣妈以平常心应称。之后，元魁说："欣欣妈，你别多心，分地上，我没给你使别棒，我只是个记账的。他们报多长我记多长。根据应分面积算出宽，至于怎样丈量的，我不清楚。”他不解释罢了，这一解释倒让她懵懂了。她笑笑说，我没有怪你。怎么能怪上你呢？她就直去了胜胜家。

胜胜和轲亮在欣欣上学办户口那阵积极地“关心”，热情地出“主意”，分地上又是直接参与的，在调整地这么大的事上为啥不坚持公道良心呢？她问：“干部咋总和我家过不去？”胜胜笑着说，你这就把我问住了。欣欣妈问：“为啥全组只动了我家一段地？”胜胜欲说又遮掩地道：“我不太清楚。那可能是人家早计算好的吧。我只是跟上跑腿拽绳头的。”说过，他又神秘地低声说，知底的只有国玉和元魁。国玉是一组的头儿，红羊是他兄弟，你家地又挨着红羊的，主要还是你家那两口人的地没扣心不甘吧！我说这些是我的想法，你知道就行了，别说出去。欣欣妈听了，坐下想什么，不再继续问了。

轲亮仿佛一个幽影顺门里来了。他扑腾站在面前，说：“你俩是不是又说分地的事！”

欣欣妈：“就是想问个明白。”

轲亮朗朗笑声在房间腾绕。“这世上有八成事是不能明白，也不敢明白的。难得糊涂这句话你听过吗？依我说，就算了吧，人家怎么分咱就怎么的种，地都在一个坳里，平展展的。这也远不了十里八里，近也近不到炕圪老……”

欣欣妈听这话不顺耳，说：“论起都在中国。这不是远近的事。不是平与不平的事。坡坬的人住山上还不去山下种地了？我觉得太损德，不光明！欺天了！”

又问：“潘家斜原都是机动地，这次拨了承包地的除过我还有谁？”

轲亮说："二段地不够了，只得到那块去补！和你家大概四五户。"

欣欣妈听了他一气子说出的话，心里说，这东西又倒过去了。算个啥人嘛，哪边有利就倒向哪边！也不要人格了。她戳破说："你说二段地不够了。明明还留着七八亩，给谁留的？"

轲亮无言以对，再放慌，口有点夯，就演戏地笑。欣欣妈扎透说："是给谁留的，能瞒过人吗？是不是给'有人'的留了机动地。我是鳖，村上人不都是鳖怂二不愣！"

欣欣妈无果地回到了家。只好把飞来的侵害和着泪水咽进肚里，留作她一人消化。她想，只要一家平安，老天爷睁眼着哩。她听婆婆常说"吃亏是福"，这句话对她影响很深，所以多吃亏的事到她那里都慢慢想通，消解了。家平安了，儿女就不分牵念，不会分心，能踏踏实实地学习，上进，走自己的路。丈夫也能安心工作。她之所以跑前跑后地追问，是为争取自己的权利，要得到和别人一样的公平对待。她深知，农民没地就没法为农，就失业。尤其她这样数口人的家，土地就是命根子。但是目下她家的地被狼撕了一片，她心疼没办法呀！少种就少种吧，只要老天给吃，只要风调雨顺。什么"堤内损失堤外补"那是戏文。那是别人或许能办到的事。自己呢，一切损失，只能用勤劳的血汗补回。讲理的同不讲理的论理，那是笑话。理是什么？就是利，就是权。这社会兴的就是厉害人，霸道的人。

欣欣妈自己把自己说服了，她不出声地苦笑了，笑出了两股涩涩的泪。她没有抹，让流进口里，品品涩味。用苦涩体会人生。人生多苦涩啊！

8

春的气息已闻到了。惊蛰只距三五天了，土地开始苏醒，泥土的芳香已越来越浓，地下的虫子开始蠕动，土里的草根、麦根也拼命吸取养分为苗子的茁壮尽责、给力。

全镇展开了第二次果树建园大运动。全民已动员了起来，卷入这一中心工作。各村都热火朝天地干起来。乡镇培训了专业技术员，蹲点包片，逐户指导。领导坐着小车各村巡查。这一次吸取大兵团义务出劳不保质量的教训，以户为战，各自栽植，保证成活率。

首批栽的已有收益，多数人看了也不再不当回事，也不再偷偷拔掉了。开始精心务作，真当摇钱树的敬。欣欣妈打算麦收后，秋季也在一段地栽果树。这料麦子她舍不得伤害一株苗的。眼下地里活路不多，人比较松泛些。今天一早就起来去田里看看麦子长势。想趁墒情把已买好的尿素耧施进去再催催苗。她两腿使劲地走，到得地头，一下子吓瘫了。头像挨了一闷砖，砸得倒地再也直不起来！半天才慢慢醒过神来。全身只是发冷，控制不了地颤抖。她挣扎着爬起来，抓起被日头已晒萎了的麦苗，看一看满地白生生的麦根，眼泪似断线的珠子滚了下来。不知红羊是晚上啥时叫了机子翻青的，翻过后，从这头开始栽了树。红羊在地那头正挖着坑。婆娘和他大拿着锨在树行间整地。准备种地膜玉米。红羊见欣欣妈在地里，故意走过来洋洋自得地给婆娘说，快点整，整完过去栽树。他气多硬啊！

欣欣妈脸上的泪凝固了似的。她问："红羊，你年纪轻轻的，怎么下得了狠心绿收！"

红羊一开口就气势汹汹："我绿收黄收关你屁事。这是我家的地。我的驴爱骑尾巴骑头上我高兴。"

欣欣妈："这地本不归你，硬夺去，还好意思说是你家的。"她怕说得太重，把"有脸"改作"好意思"。

红羊眼睛睁得灯泡那么大，咆哮如雷地喊："你把白墨村人都叫来评理，是你种了我家地还是我种了你家地！你以为你抢去种了就平安无事了？你太蠢了，和猪一样的蠢！你以为你是谁，你是地主，恶霸……"——他，真是强盗逻辑！

红羊他大停下活，向着儿子指桑骂槐："日你娘的吼哩咋家。去，栽你的树去！"

婆娘推着红羊，边走边散呱："咱栽咱的树，谁有本事上告去！恶霸一样，你想得美！"

欣欣妈一听这话不生气了。反而笑了，笑出了泪。我是地主，我是恶霸？全村人知道，土地爷知道，头顶的青天知道，看谁是地主恶霸！

这时上地的村民已一群一群的了。看到现场，无不指责："这人没心肝了，什么事都能干得出，这么好的麦子咋下得了狠心！……"

欣欣妈快疯了的样子，直接上街到邮局给诚石挂了电话。只说家里有事，快回来。那头问啥事，她已把话筒放了。

诚石心急如焚地上来，急乎乎地进门，看欣欣妈端橛橛坐着，问什么事。欣欣妈含泪诉说……

诚石去地里寻红羊问理。上地去，红羊一家收工了。有人告诉他，红羊去他哥家了。肯定是问国玉要主意了。

诚石在红羊家门口等着。见红羊来了。不知他去时扛橛锨干什么。诚石问："你翻麦子是啥理！就说是你的，你收好了，为啥翻那么好的苗？咋下得了狠心！"

红羊："哈，你老婆又调兵遣将了！你问我，我问你种我地甚理？"诚石接着问，你说那是谁家地？

红羊饿狼似的呲牙咆哮了：“你胡说看我把你草倒了！”他随声执起锨。

诚石笑了。说，你真的还长见识了。来吧，你试打一下，我说你还真的是个男子汉。

就这样吼了一阵子。正在饭时，村方邻居都从家出来，没人劝红羊，几个人把诚石帮了回去。

诚石平时没性子。不知今天怎么火从心起，猛地说：“这社会咋养出了个国民党保长！”

他直接去寻支书泯义。

9

泯义看诚石从门里进来，脸色不大好，就猜出七厘八分。知他这人是无事不登三宝殿的，他一改故态地温和着招呼诚石坐下。诚石说，我就站着吧。随把红羊翻青的事简略说了一下。

泯义“惊讶”的样子。摸了一下自己的小脑袋说，这人咋能这样做事呢？麦苗都返青了啊！……泯义真的不知情吗？前几天去国玉家研究迎接县镇建园检查团的事，去后，国玉他二大来了，开口直说了欣欣妈家那绺麦田的事。说他要栽果树，麦子咋办？泯义只听没表态。国玉说，地分给你了你看去，问我什么？泯义才插言：“要栽就在麦田挖坑还能收一料子。”国玉他二大说，麦子谁家的？我不要麦子。要解决就一刀弄个彻底。国玉说那就对了嘛，这简单得连一样啊！泯义说，麦苗已长上来了，除苗还是慎重好！国玉他二大心里主意决了，听了侄子的意思，心领神会，更是无所顾忌地走了。

诚石察言观色，揣摩支书的心理活动。泯义寒暄应付，想洗净自己，又要摆平这事。他说：“听你调到文教局了是吧？”诚石嗯了一声。

泯义："文教局可能比学校忙吧！其实换换胃口也好。一种饭吃腻了也生厌……"

诚石："我不。我还爱和娃娃伙儿打交道。不过，调动那是工作的需要。"

泯义："人说教师是食盐，重要不值钱。我想多少还有些意思。我记得到你跟前念书时，还吊着鼻涕，常尿裤子。哈哈，真快，已半老实岁了。你还记得'蜡笔'那事吗？"

诚石摇了摇头。——诚石怎么能忘却呢？他每见泯义就会钩沉起那事。那是在泯义上完小时，诚石当的班主任。泯义不言声把身后一位同学的蜡笔弄走了。那同学上美术课找不见问他，他说没见。后知是泯义偷去了，诚石叫去批评了一顿，在期末操行评语中提了句："今后应注意规范日常行为。"泯义很不高兴，认为是诚石把他当三只手了。所以，一直记在心里。今天，在这种环境下，在这样的语境中，又重提旧事，不知是何意图。

诚石不是来聊天的，他没那么多时间消费。更没闲情逸致。他认真地说，我来是调整地的事，这事前前后后，谷咋种的，米咋碾的，想你是一清二楚的。接着又重提出翻青的条件。

泯义是站起来听这段话的。要逐客不合情理，要听下去又不耐烦。心情波浪似的在搅动他。最后不得不点头应承。他解释——与其说解释，倒不如说是辩解，是开脱自己。他强调：大原则是村两委会根据镇上批示的"小调整"再具体了几条。都是奔着"小"的指导思想订的。条条框框是从下而上，民主集中的。公开透明，不藏不捂。至于怎样执行，那就看各组实际情况了。我是一村之支书。没错。总书记总理不能把各省市的事事都要看着盯着办吧，你是个明白人，这个道理你比我懂。

诚石："墨支书，你话咋能这么说呢？总书记和总理是十三亿中国人民的领袖。国际的国内的事都要管。村支书手下不过千十口人，都是一村一院的，事是眼皮子底下的事，怎么能和中共领导去比？那你认为有人任性的非为是自然的了！"

泯义："国家，国家，国与家都一理啊，都有个家长，不能事不分大小都跑来找！"

诚石："你说，这翻青是大事还是小事？你把自己当作家长，咱家出了事该不该管？"

泯义一时不说话了。吸烟，眉额隆了起来。诚石心里很不是滋味。不是滋味不是只为自己的事，而是为身任支书职务的泯义。为眼前这位党和政府农村改革政策的执行者水平而脸烧。他心里真想呕吐。

泯义接着又做工作：

"你是共产党员，国家干部，人民教师，你应当支持我的工作，支持农村工作。地已划拨了，就不要再翻船，对你影响也不好。对村上工作推动也不利。"诚石只用一个耳孔听，泯义有大大的话语权，可从他口里说出的话太没质量了。诚石看是听着，但这个孔进，那个孔就出去了。他对这一村之首的希望已没多少信心了。公民维权靠的是法，大法小法牛毛多，掌大权小权的有几个能依法行事呢？面对眼前这位农村掌权人物，诚石现在已不敢再有多少希望了，要他主持正义吗？要他秉公办事吗？要他为民众谋利益吗？他不想再到这里泡时间，看他学会一贯训人的丑形，听那不贴实际的荒唐的理论。他再问："支书，你说这事咋办？"

泯义横眉竖眼，颐指气使。"你说咋办？你说能咋办？我听便是。"

诚石也有点不客气地说，我能有办法何必劳你大支书。解铃还得系铃人，这句话你听过吧！你咋能给我戴上“翻船”帽子？

泯义自知自己泡黄河也洗不净，又缓和说：“都是一个平坳种地，一村一院，抬头不见低头见么，以和为贵嘛，你两家是地邻又是村邻。和好为要。要安定团结么！红羊他家该分的地，是村上划给的，你说不合大理，是依权欺夺。这叫我这个当家的说啥呀。清官都难断家务事。……”他简直是胡扯蛋！诚石听他的音，是怪他搞不安定，不团结。诚石觉得他像差等生写作文，不扣主题，不通文理，开首就乱扯。干脆打断问：“你给我个意见，我就走了。”

这时，听泯义的婆娘在院子招应谁，原是镇上下村包片的片长师存水和驻村干部刘柳根。二位已到支书面前了。存水说话像山鸡，总是高腔高调的。他说：“墨支书，后天全镇要到白墨村开建园现场会。要加快进度。栽好的树都得涂白。写标语，挂横幅是你们的事。选个亮点，树立一块‘红富士示范基地’大牌。”泯义说，其余都好办，制作示范牌可能一下子……师说，这你不用操心，镇上给各村都订做好了，到时付钱就行。泯义问，这回又得多少？师说，不多，五百整。

诚石站着听完。心里说，就此结束吧。起步离开，泯义在镇干部面前，突地勃起，板着脸严厉地说：“我的意见，维持组上的划拨。地划谁名下，麦就归谁，翻不翻是他的决定。你再不听，你两家就吵闹去，流血失下人命，那时，自有公安局哩。”诚石耐心听到心里，支书是这种宣判式语气，还有甚公理呢！他向堂堂一个支书的风采说了声：“这样的支书，放羊娃都会当！”转身去了。刘柳根说，墨支书你把先生给得罪了吧！泯义唯我独尊地用嘴角笑笑说：“一个小教师嘛，惹下了屁大个事，看没人给我孙子教书了。”

10

诚石回到家，轲亮正和欣欣妈说翻麦子的事。他在门外听到：

“把树给拔了！他还是从王府来的，头上长着红头发！”

“怕什么，他能吃人！他种了玉米，长上来，镰片了。看他能咬毬，把恶人怂喝了。”

诚石听不下去了。轲亮这人说话咋不考虑伦理呢，他是长辈啊，这粗俗的语言能出口！他马上进去，白搭话问了声：“你来了！”

轲亮：“我真为翻麦这事想不通。你们咋这么窝囊。都几天了，就这么撂过不成？这口气不能咽。把他们的树给剿灭了。他栽你拔，种什么你砍什么，他能绿收，你还不能绿收？那种人不给颜色，不知马王爷还长着三只眼。不要怕，咱村上事弄不大没人管！”

诚石不接受他每一句话。明明是压火药点捻子。与文化层次太低，农民意识太重的人是说不到一个题上，求不出一个两全的办法。于是说：“人家是有意对阵，我没精力也没时间和兴趣陪他。”

轲亮：“怂人是恶（方言读wài）人的菜，恶人是怂人的害。不对付恶人，怂人永远是个菜！”

诚石：“由他去吧！又算我倒霉就是了。不是冤家不对头。咱软弱，偏偏碰了这么个地邻。做‘菜’躲不过，做就做吧。”

轲亮把该说的都说了，他看还是不很配合，走时又留了一句引火到宗族的话：“不能白让欺负了。这让咱族门太丢人！叫国玉还笑咱没出下一个人。”

11

轲亮走后，诚石对欣欣妈说，他那人是个日弄三，轰事的头。老把咱当枪使哩。轰起来了，他就缩在后面装好人。你信不信?

欣欣妈："他是个啥人，我能不知道！"

诚石："咱头脑要清醒哩，始终得沉着、冷静千万别冲动。遇麻烦事多动动脑子。吃亏就吃吧，不要听像他那种人的话。世上咱这类人多得是，一大层，照样地活呢！"

诚石这人见不平事原也好激动。事实证明激动是没用的，常会把事弄砸。所以，一次又一次击在自家头上的棒，躲不过就挨了。尽管有外伤更有内伤，还忍着往前活，他两口子的一切希望全在后代的培养的大计上。本次回来，原也想求出个理来，当听了支书的话，他心情反平静了许多。他一人平静不行，他还要让老婆也平静。时下他想起一个谦让故事。一个因一方谦让而使为一尺界墙即将发生的斗争平息的故事。他靠近妻子坐下娓娓地把故事讲给她听：

一纸书来只为墙，
让他三尺又何妨。
万里长城今犹在，
不见当年秦始皇。

妻子虽不识几个字，仅能认识票子，认识工分本上10个字母，可是她勤劳，善良，明理，大度，宽容，村方人缘好。男人通俗的语言，春雨般滋润到她心田，她全能领会，悟出道理。她有中国农村妇女朴实、顽强、任劳任怨的性格，是典型的贤妻良母。听了丈夫"让墙"免事的故事，她脸上映出了光亮。她面向诚石，眼眶湿湿地说："为了咱的孩子，为了咱的家，做妈妈的我愿把所有的苦咽下。听那些鸡肚鼠肠的人闹去吧！"

诚石感激万分地连连点头，说，对，让许多许多积压的苦酿出蜜来，相信一定能的。他紧握住她的手，两颗心同频地跳动着。

诚石讲的两家为几寸墙基墙界，因一方明智而谦让，才使将要撕破脸皮血里火里拼斗的形势得到缓和，最终各自相让，营造了和谐的睦邻关系。把世事看透了，也把世态炎凉体味了。诚石说让，并不表示软，是弱者的明智。让，是解决纠纷的最好钥匙。

可他真难相信对方能不能意识到让的真谛。

让步的道理欣欣妈虽懂了，也愿意让。但她一想起土地，真有些难割难舍的情分，她说咱农民指望的就是地。这块地咱种了多年，像咱的孩子一样养着！她抹了一下掉出的泪，接着说，没了地就没了粮。靠地填肚子，支撑家业。地减了，日子就艰难了。诚石安慰说，少了就少了吧，那没办法，只好割弃。一切想开了，什么疙瘩都能化解。为了鼓妻子的心劲，他笑着说，咱小荣荣自上了高中，很争气的，学习一直优秀。这是咱的天空，咱的精神，咱的力量，咱的自留地啊，不要为那一半亩地去争了。祖祖辈辈光靠种地不行，后辈培养不出人才家也翻不了身，家庭命运变不了，国也富不了。这是个大道理，硬道理，你慢慢会理解的。把咱现有几亩地种好就补上了。种的多，不定就打得多。你说是不是？有的人犁头硬，把犁沟也翻过去种，可是距地界那么宽不撒肥，总怕肥跑别人地上去，结果呢，少收的就多了。咱把肥施足，作务好就出来了。

两口子互相宽心，两人都不再地上计较什么了。二人逃出了兵临城下的围城，心里轻松了许多。

第五章　土地土地

1

自土地分包个人经营，土地像有妈的孩子成了宝贝。经营者知冷知热，知饥知渴照顾得无微不至。土地也感恩回报，年年举高奉献，使多数农民解决了温饱，日子越过越滋润。家里有了余粮，兜里常有零钱，已有些积蓄的除过给儿子成家娶媳妇，就是一心谋划着给儿子盖房打基业。原把钱压柜角攒着当哑巴财东的，这时也想起改换门庭大兴土木的盛事。白墨村这几年申请庄基的有三十余户，还准备申请的有二十来户，村上一直压着。一方面没个合适的地址，另方面，县里的审批缩紧，原则是必须保住吃粮红线。不能再把一个东方饥饿大国推向世界，以防重返每人每天不到1斤原粮，三个人穿一条裤子的时代。土地安全，人人有责。土地安全，国计民生。

白墨村压那么多申请，不上报也不给村民个回答，真的是为保红线负责吗？这是近二三年来不少村民争辩的热门话题。

上个世纪的六十年代每户庄基按八分划拨，都是在村畔在沟边地带。再后划拨变成六分、五分也都是在胡同，土壕，不影响产粮的边角区。到了九十年代初每处已成四分，再后，明文规定农村每处不能超越三分。可见政府对面临耕地危机的担忧，对寸土的珍惜。批一处宅基地，应办的手续是：个人提出申请，村民讨论把关，乡镇调查盖章，县土地局审批。但中国之大，许多好政策中途不知哪个环节出了毛病，往往是小感冒成了必住院才能治的大病。凡事开始对路套，不久，仿佛解匠解板，线虽划得直直的，显现的，但锯齿不听令就“跑线”了。上头对，下边斜，说得美，做到难。只要有关系可越几级，直接从土地局拿到手续，已不鲜见了。慢慢地乡镇领导搭话批条，民政干部说情，亲戚朋友的庄基就解决了，村级干部和一等公民也解决了。剩下就是遵规守法，迷信政策的瓷娃二不楞，二等三等的公民。去年至目前，村看乡（镇），乡（镇）看县，一股股暗势头搞乱了规矩。法不成法，规不成规。大多村子的支书主任绑架了土地局，“篡”了局长的权。土地局大红印章上的印泥干涸了。村民只要谁送足了礼，支书、主任一句话，一个默许就拨了。随之，乱占乱修风兴起。一起不可收拾。刹间成燎原之势！

尤其近期，谣言四起：

“土地承包政策要变啦！”

“土地法要公布了！今后不再批庄基了！”

一时间，搅得人心惶惶，人丁兴旺的家急了。追寻村干一日一次，一日几次。他们越是跑得勤，泯义越压得实。不松口，不放话。这样，他天天见油水，日日有香火。只香烟美酒交过不下，晚晚有女人享受。

去年秋，泯义进县城，沿途就看到“深圳速度”的波及，大平原盖起一座又一座青砖红瓦的四合院，耸起一处又一处漂亮的平房。随之，砖瓦、木料、楼板售价飞涨。林场，路旁的树木盗伐成风。局势之蔓延，令人担忧。泯义想，人家都那么早干开了还平安无事。他们能干，我们为什么不能干？眉头皱了几皱。下了决心，干！

采伐林木惹怒了一组，这回就先给一组划块地基出来。大寨路东，一组还留有十余亩机动地。大寨路是横贯全镇南北的一条大道。顾名思义，它是农业学大寨时修的。是时代的印记。这几年人都撵路住已成时潮。一组和路平行的东边几十亩，划拨的果园，已成气候。镇政府靠着撑面子。没人敢动地的念头。目下唯有北段这十多亩机动地可支配。这次纵深六丈，切了出来修庄基。其他几个组，因为人居住多在坳心地，守着祖传的地窑坑，要修只能在原地扩大。统一规划无基地。于是各自就便。泯义脑子有了设置便主动找国玉和怀东来，共同策划了一番：放口子！

这一次划拨，泯义公然放出一句话：认钱不认人。就是说，不管你该不该划拨，谁想要庄基，就先掏钱出来。修户问该多少？泯义开口："三分地900元。"

修户："手续呢？"

泯义："以后收钱统一办。"

修户："这能保证吗？"

泯义向着热脸给了个冷屁股："谁给说媒还把生娃的事给保证住！"

有几个人揣着钱来。问交谁？泯义说，交给怀东。900元外加保证金押金300元。办手续100元，共1300元，一次交清。限在月内动工，逾期收回，保证金押金不退。为什么要严格时限？他心不踏实啊！生米变成熟饭，好说。

这些人交了钱一指宽的纸条也没有。老实人坚信他的话。灵醒人怕无据到时闪了。又追问泯义。

泯义："青天大白日说话做事的，怕什么？放心！"

“小诸葛”致祥给泯义说，“山神”封狼口得严实的，让它生锈才是。咱这么风起云涌地搞，谁捅上天去，撞枪口上麻烦就大了。泯义说：“这些狼就是他们自己，谁要捅就捅去。那300元的押金就是为这个的。笼统是自己挽得戴上的，怕什么？”

致祥这才明白，姜还是老的辣。原来泯义早有预防措施了！

2

“认钱不认人”的圣言突然变味成了“认人不认钱”。

在一个月蒙蒙，犬都睡了的晚上，有个女人在灯影里水蛇一样滑溜进泯义的房子。这房子是泯义一个人。老婆照顾坐月子的女儿去了，已有半个月，按理可以回来了，但女儿的婆婆已去世了。他的老婆只能护理到出月。这个女人知己知彼，就放大胆子趁机送货上门。——看来上门服务已不是第一次了。

他不惊异，因为知她者莫如他！

她很开放，因为知他者莫如她！

他那两只深勾勾的小眼睛已喷出火来。直盯着她的那方宝穴，已透视到了那赤裸滑润的小温泉。

这些日子他夜里太寂寞了，梦里都是想着那种美事，眼前正来了解渴的，他一下把她抱拥上炕，就用他那毛茬茬的粗脸偎她。她已又软又酥地任他欲为了。泯义问：“怎么几天不见你面了？”

“你想吗”？

“当然啊！”

“我今晚来，一是让你过过瘾，二是……”她故意打住了。

“是什么，你说呀，咱两个还有啥不能说的。”

“我是想要一处庄基。”她说得很认真。决心很大。这时，他想只要你勇于奉献，我敢保证，有求必应。

“你不是已有一处了吗？”他觉惊奇。

“那太窄小，往后展不开的。”

“那你抓号的时候咋不……”

“我不想凑那个热闹。再说抓的那块地要钱啊，我傻了吗？”

“你刚修了才一两年。这次恐怕难。”其实，泯义要真想办的事，在他掌权的辖区没有什么难不难的。他只是用这个“难”字让她今后更忠于他，多服务于他罢了。

“难就算了，全当我没说。”说后沉默了阵子又说：“那你也不为咱的儿子多想想！”

“这……我还忽略了……那就想办法吧！”

女人高兴了：“这才对，今晚没让你白睡！”

这个骚女人和这个男高手干柴烈火噼噼啪啪燃起来。

天将亮时，她才水蛇一样溜出这道门，不见影儿了。

这二人是老交情了。历史悠久，众所周知。

泯义起始当上村干，还是副队长时，就挂上了钩。两节车一直就没脱钩脱轨地行驶到今。根子扎深了，谁也拔不掉。他俩的故事开始听，还挺新奇，但当十遍二十遍传扬，就觉得无聊至极。年轻人爱听，听后大笑，笑后就唾：“这是一个干部吗？羞死了！”正因男角儿是个村干部，而且现已是党的支部书记，村上那些有兴趣也有打击目的的就将泯义晒出来，看看这位干部在“干”什么。

这个女人叫解玉莲，是三组的人。泯义是二组的人。地连界，房不连畔，都是独院。两家专留一条两架子车宽的路，把两处串了起来，村上拉土运肥什么的活路也常走。玉莲家老宅子在沟边。半明半暗的窑洞。这女人年轻时住老宅，那时她凭着春色就不安分，妇道对她没有任何约束。说起人嘛，长得并不漂亮，但也不十分难看，是中间标准的那种。但很会打扮，很会包装自己。当打扮出场，咋看水露露，还是一表人才。动颜一笑，屁股一扭，奶子嘟噜噜像两只兔子在蹦，眼馋的男人那贼珠子瞄去就被勾了魂儿。从那时，泯义就暗度陈仓热乎在一起了。就是那热乎才给这女人填了一份庄基申请表。那阵这表是控制的，每年各村不能超指标。泯义给填也是费了力气的。正式手续下来批的是四分，泯义亲自给拨了五分余。地址就选在距他家五十步之遥。就是现今的地址。修成后没有院墙，敞开着的院子，里面有什么都一清二楚。他每晚去都像入自己的家。女人的男人是个煤窑掏炭的。十天半月回不了一回。几次回来，都闻声听到了不入耳的风，嗅到并不正常的臊味。他马上做了高高的墙，上边还用水泥固定了密密麻麻的玻璃碴，这匕首一样的刺，太阳下寒光闪闪。后又安了大铁门。铁门上特设了两道安全锁。这下自以为如此森严布阵把女人放家里就进保险柜了。他却全不知，这是枉费心机。一个是偷汉子的，一个是大嫖手，通奸是双方情愿的。一个有尊严的不愿戴着绿帽子出外在人前做大男人的人，总不能把自己的老婆像钥匙一样挂在裤腰带上吧？尽管机关算尽，百般设防，还是有风灌耳。于是他又高价买了有藏獒看家本事的巨犬。用两丈长的铁链拴在大门内。谁知犬这种动物，祖先的遗传，本性是受不住诱惑，狗眼看人心，见好就收。给骨头就摇尾巴，它完全背叛了主人的意愿。狗慢慢被好吃好喝的喂熟了。夜里听见特殊的脚步声，闻到熟悉的气味一声不出，两眼只瞅着那人手上的好东西。不出声事小，还摇尾巴欢迎。舔他的手，挠他的衣，还报告说：平安无事，平安无事。笑着迎进了主人门。只有不识时务，管不住口的铁门，一开一闭都发出响亮的警报声，给左邻右舍报信儿。泯义用同一手法堵它的口。铁门嘴干，嘴干就爱叫唤。他来时就提瓶菜油。倒进钻窝里，黄澄澄香郁郁的油乍进它的口，灵丹妙药般见效，不叫不吼了。他按住大扇前后推拉，又润又滑的油汁流下来，狗站在一旁垂涎。他一发话，狗的长舌头三儿几下舔个干干净净。

一个星期日，一群娃娃在村边那颗桑树下比爬树，谁若爬不上顶，输了就要大声叫亲大亲妈的名字。不然，就把裤子脱了，给大家看牛牛。他们玩这绝招，输了的娃娃都踊跃愿喊大喊妈的名，不愿把牛牛给人看。因为第一个输了的刚取出来，大家就抓土扑。往后再没人这样了。有个叫瘦猴子的大家认为他会真像猴子一鼓作气到顶，结果爬过一半，再拱不上去，溜了下来。他一下来上气不接下气，就喊："我妈解玉莲，我大黄选民。"孩子们拍着手大喊："再说一次，你大的名字，再说一次。"瘦猴子亮亮说，我大叫黄选民。孩子们喊："不对！不对！你问你妈去！"亮亮争辩："就叫选民，不叫选民叫啥？"孩子们说："回去问你妈，会给你说真话。"孩子们玩疲了，吼着喊着从村边坡坡上来了。孩子们这么说都是听大人说的，这瘦猴孩子正是泯义的种——玉莲在泯义面前承认的"咱的儿子"。走在后面的两个孩子，一个问："瘦猴子他大不叫选民叫啥？"另一个双手堵住嘴扒耳门说："他亲大真大是支书！"两人哈哈笑着分开了。

3

泯义看到自己建房工地一片蒸蒸日上景象时，心情马上好了起来。他很庆幸，庆幸什么？干部建房，他默许并支持兴发打头炮，通过他试探村民和镇上态度。兴发家的已竣工，平安无事，他才不怕揭告地放胆开工。他庆幸自己策略的高明，庆幸自己老谋深算的智慧。他正带劲地直到他家工地去，儿子大向急切地上前说，大，我正寻你哩！泯义带听不带听地问："啥事？"儿子说："县上来人找你。"泯义心中有鬼，不知是森林事还是乱修乱占的事。心里念着阿弥陀佛。走到门前，才看清大路旁放着两辆车，一辆是黑色桑塔纳尾号“027”，那车号他一看便确认是镇上书记镇长的坐骑。另一辆是白色面包，身上喷着“土地执法”四个醒目大字。他心里克愣了一下，已猜出个七里八分了。来的几位正在自己的工地上巡察。泯义热情招呼，谦和地说：“这里乱糟糟的，咱到村委会去吧！”副镇长介绍说：“这是县上国土资源管理局的两位同志。”泯义亲切地握手。到了村委办公室，大家坐着，也没多客套。副镇长开门见山，土地局同志直言其事：“墨支书，群众对你村乱修乱占土地已有多次举报，特别是你家的，请把情况说说。”

泯义：“村民反映是能理解的，这也是我估计到的。村上现在的确是有人动工修建，这是村民强烈要求的，我们顺民情民意给划拨了一块地。多年来，我们村再没上报，以前的不知镇上送了没有也没见批下来。这次动工的还有以前批的呢。”

土地局同志问：“以前批的有谁？”

泯义一口气说：“白诚石、白屯子、黄天相，有四五户吧！”

土地局同志翻开材料袋取出几页表查对后说，白诚石是76年就批的，白屯子是79年就批的，都多少年了！“申请就是急需，为啥才修？按规定，两年内不修的手续作废。你不知？”

泯义：“没有适当地址。”

局同志：“你们现在没手续的多少户？”

泯义：“大概五六户吧！”他瞒了十多户。

局同志立即反问：“不对吧，材料上有名有姓，全村是二十七户。”

副镇长插言：“这里边是否有水分？”土地局同志说，现在就可以查。泯义解释说，要的人多，这其中确实有些人没地方住。他极力回避了土地局同志提出的那么多数字。

局同志："群众真的没处住，可以正常申请，县里正常审批从没停过！不遵规执法，乱修乱占是必须马上清理的，该停的得立即停，该拆除的得马上拆除。"

泯义："我们正在办理手续。"

副镇长他又随机应变："村上送来的申请，在民政干事那里，镇上近期准备研究报送土地局。"

其实，镇长他也不知道下边送没送，只是为解围，给了支书一个大面子，搭一座下台的梯。

土地局的同志转过话题对泯义说："你是执行政策的带头人，没办审批手续就盖房，你是有责任的，群众看着你的样子，你怎么制止别人！"

泯义很驯顺地点头，"领导说得对！我自己没带好头。手续马上办，马上办。"

局同志："不良影响已造成了。这股风吹得很大，全县疯刮！县委把局长叫去狠批了一顿。现在派出几个组，几条原普查纠正。有关你村的几封来信是县上领导批了字的。书记让先查村干部，再查群众的。"说着叫上镇长，共同丈量了泯义家所占地亩。镇长按一头绳，股长拉一头绳，东西量，南北量，量后一算，面积为五分三。按每户三分的政策，净扩近二分二。他对镇长说，群众的反映完全符合事实。

泯义不吭声了。独自站在一旁。村民听说支书盖房，县上来人挡住了，都跑来看究竟，听消息。扫他的威风。

镇长和土地局的二位，又沿大寨路巡查，好家伙，摆开了十多处工程，挖基的，打夯的，运砖的，忙忙碌碌。他们抽查了几户，均为三分。土地局同志还要去其他几组看，说下去要汇报的。镇长说，这个村子吊达得很，就不去了吧，事实已查明，对已查出的问题得做个初步处理。

土地局同志说，按规定罚款就多了。支书的罚1000元村民的每户罚300元。另一同志已拿了条据，准备开。

镇长笑着说，这恐怕太重了，村民拿不出。能不能再少点？几个人一议，最后一揽子罚款5000元。泯义的包不包括在其中，不得而知。泯义叫来怀东先用建校款支付了，再摊给各户。

款罚了，是否以罚代证，乱修乱占就算合法了，土地局同志也没多说明，泯义拿到这页小小罚款单据心里松活了许多。说明已承认了各户已占三分宅基的合法性。同时，自己多占的那二分不言而喻了。

巡察的上了车，司机开始发动了，他又下来，给镇长说，手续未办妥前，必须停工。如果继续盖，再来就得推倒，那时损失得自负。

镇长干脆地回答："没问题，一定叫停工。"他把政策交代给泯义。

车鸣了一声号，两颗前灯忽闪了几下，屁股上的红灯也亮了，一股飞尘腾起。只有远远的声音在风中……

镇上的车还在路边，前灯眉来眼去，传送秋波似的。

镇长让司机熄了火，灯眼闭了。

泯义这时把镇长请回去，说了好长好长时间的话。其内容别人不知不晓。

泯义让怀东马上去修宅的户收款。这罚款不给条据的，每户400元，一分不能少。怀东说，能收这么多？泯义说这还算轻。叫你收就收去！怀东说，这么多的户，收上万元，我一人不去。要去，你或主任跟上。泯义想了想说，那你去叫上国玉吧。收钱时说清讲明，暂得停工，不停的话损失自负。

岂知，这里边问题更复杂了。——坏事又变成好事了，收钱有“理由”了！

4

马不停蹄的泯义，准备了礼品，叫了辆出租车赶天黑就到了县城。先到初中同班同学现任组织部副部长的高玉玺家里。“啥风把你吹来了？”高部长十分惊喜，忙叫夫人沏茶取烟。部长的令尊是正处级，在外县是书记。儿子的家怎样阔气可想而知，泯义先忙着把礼品取下车。5升一桶的土蜂蜜，20斤一桶的纯菜油，还有两盒核桃仁送到客厅后边，然后坐到真皮沙发上畅叙情谊。

高：“快请坐，来就好，带什么东西，老同学还那么客气干啥？”

泯义：“你这贵府平时还不敢来呢，今日老弟有事才进这三宝殿。”

高：“有啥事你说，只要不违法能帮就尽力。”

泯义：“那我就直言相告了。我需新修一处庄基，请老同学帮忙办个批文。”

高：“老同学都算一方诸侯，一尊神仙，这么个小事还能为难成这样。真需要，我试问问。你就等好消息吧。”

泯义叹了声，“咱算个狗屁，还诸侯神仙呢。乡巴佬，土农民，谁像你有品级的。这事刻不容缓啊！”于是把盖房被查处罚款的事，真真假假地告诉给这位官人同学。

部长思考了一下，笑着说：“世上屎尿憋死人，哪有被事逼死的？土地局来局长是我部长的高中同学，常来这里。这人好通融。这样吧，我打个电话，看忙不忙。请过来商量商量，这么个小事嘛，想他会给个面子的。”

泯义心里已有七八成把握，暗自高兴。说，他是你们管的干部。不怕官，就怕管，你叫他一定会来的。

电话拨通了，十分钟后果然就来了。

高部长给来局长介绍了泯义和自己的关系，说：“我老同学的事就是我的事，请局长为难了。”

来局长真的好像难为情。说：“我们收到信访局转来这方面的举报信三四十封，都是县领导批示让严肃查处的。正组织人力调查。不幸你们碰到风头上了。”高部长看来局长这样，也说，是这样的话，你看形势吧！来局长说：“近一二年来，不知怎么掀起一股乱占土地，抢修庄基的风潮，书记县长都火了，把我们叫去骂了一顿，让硬手去处理。你们白墨村举报信就有六七封呢！”

泯义插言：“是不是叫白诚石的人写的？”

来局长认真地说：“这个无可奉告。今天局里上去人到你村调查了。证实村民反映的是事实。你们还是明智些好，迟停不如早停。免得推倒了给群众造成不应有的损失！”

泯义急了，他乞求道：“来局长我知自己这步棋是走错了。不过，工程已到中途，停下损失真的太大了。”

高：“别急嘛，让来局长想个两全之策。”

当然不用提醒，来局长自会有他的经验，会有他的办法的。他说，千万别追反映人了。反映问题是公民权利，而且是事实嘛。再追，矛盾激化了就难收拾。要知如今的老百姓已有了法的意识。大事都信法，懂得依法保护自己权利，保护公共和自己的财产安全。来局长真的在目下风火头上不敢知法犯法。他把头挠了几次后才说：“这样吧，你一会到局里拿几份表，一式三份，回去填好连同申请一并送予我。记住，村镇章子得盖全了，意见签名一样不可少。”局长最后补充叮咛：“时间提前几个月，别把我包了饺子啊！因为县上通知：从上月开始暂停批，待问题调查处理清后再说。按照领导指示，什么时候查清楚，我也说不上。”

高部长也提醒：“一定把时间尽量提前。”转过身来，向来局长：“谢谢局长！让你费心了！”

泯义也说了几个谢谢！随到土地局找办公的领表。来局长说，你去领不出，我先给办公室的小刘打了个电话。他接着打电话说：“白墨村支书来了给几份庄基申请表。”此后，高来二人又拉了一会话，走时让把那桶蜂蜜和一盒核桃仁带给孩子吃。他没说这是泯义带来的。

第四天，一份盖着各级大小稍有差异的橡皮图章的表格，兴奋异常地返回到白墨村支书手里。这是“合法”的，也是权威的。

至于其他户的手续，泯义虽已收取了办证费，可目下形势不利就不作考虑。一事当前，先解决自己为要。谁能没有私心呢！——这就是现实！

5

泯义对上告他乱占多占耕地盖房的“敌人”，明察暗访一直没有停止。睡下，脑子闲了就想这事。不报一箭之仇，出了这口恶气，权就白掌了。从他对诚石的所作所为，屡屡把他往狭缝逼，可见他的判断没错，肯定是诚石这个王八蛋作的祟。但一想，这个书生宗宗节节的坎儿，都逆来顺受了，不像有的人粘牙。于是扩大追踪范围，翻来覆去显不出个头脸来。又把自己承认做得过分的事从筐篮倒腾出来，寻出一个扎手的刺，挤出一颗烫手的山芋。脑子发麻了还是想不到一个真正的报复者。

怀东扑腾到他面前，叫了声支书，泯义才从寻衅中回到现实。问道："有事吗？"怀东说，咱一下子划拨了那么多庄基，不少户已开始动工了，几个小组从村里到平坳，遍地开花，县里马上要进行庄基清查，重点检查庄基申请手续。雷厉风行震动很大啊，咱恐怕得想个对策吧。

"球的毛。你胆小死咧。去年不少村子都乱整开了，好干干的。清查清查，还不是雷声大，雨点小！运动运动就过去了，看着吧。"泯义无视县上的举动。接着说："这几年咱压着申请，村民怨咱不体民情，说人家村子怎么一窝蜂地盖房，咱村不是共产党领导的吗？现在咱顺民意了，上边又干涉。早知今日，去年就该放开让修去！修成了看他去。"他为没赶上时势而惋惜！

又说，去年是禁止过乱占乱修风，只是吓了些胆小的，胆大的还不是盖起了吗？

怀东说："这一次真的是'狼来了'！"

泯义："是福不是祸，是祸躲不过。事已至此，床铺了，毡尿了，等着挨批吧！看'狼'从哪里下口，怎么下口？"

两个人讨论不出一个完美的办法。门外有摩托声，是国玉来了。他进门开口就说，镇上捎话12点来开会。传达县上紧急会议精神。咱俩都得去。泯义看腕上的表只剩半小时了。推出自己坐骑，二人立刻出发了。

6

11月28日这天，政府会议室座无虚席。四大班子的领导和各部门的头脑，各乡镇的书记乡（镇）长无一缺席。土地局来局长先汇报了土地形势。然后县长讲话。他斩钉截铁不留余地，零容忍地宣布了县委县政府决定：即日起，全县掀起彻查没有手续乱占耕地，抢盖房子的"飓风行动”。

县长蒙春辉，西北农业大学毕业，高级农艺师，四十七岁。原为县农局干部，敬业职守，老实人干老实事，事事有好评。是知识分子甩掉“臭老九”的帽子，吃香好运到来第一批受尊崇的幸运者。这次挂帅出征，是他从农局破格提拔后，几个月来遇到的第一件棘手事。经济落后，收不抵支他不怕，而唯这件事令他头痛了。这是一份试卷，个别妒忌他与他挣位子的人，还有一些同僚及下属站岸边观察他，等着看他是快刀斩乱麻呢，还是举刀列势吓唬胆小百姓。县长的决心不是豆腐，是铁、是钢！

清查的消息自开了会，就很快传达到全县各个角落。形势逼人，立马行动。全县中层以上干部由县委县政府的领导分组带领，检查队直达群众反映最强烈的西刘乡、义仁镇、南头乡、北新镇。谁知像有统一指挥的，沿公路各村子都设岗放哨，见清查队的车辆，“消息树”一摇动，开工的户就扒上屋顶假装自觉溜瓦拆砖。车过人去，又停下观动向，试法的软硬。凭历次经验，判断是真查还是假查，是一阵风呢还是不达目的不罢休。——这一次，真的是“狼来了”！

蒙县长和土地局来局长，公安局王局长这一队人马来到北新镇。进了镇政府大门，县长下车，迎接的是一位副书记和副镇长。副书记作了简单口头汇报，说已全清查了所属的村子。无手续的都全停工了。蒙县长问，为什么不拆除，为什么不恢复耕地？副书记以为民请命的口气说：“蒙县长，农民日子刚好过才几年，攒这几个钱也不容易，他们盖房都是从牙缝节俭出的。拆除了，老百姓的损失太大了，钱粮都打水漂了！”蒙县长马上反驳：“照你的意思，咱这次没必要清查了？高抬贵手？听之任之？你现在发慈悲，倾同情，当初干什么去了？为什么视而不见，见之不纠？难道不知百姓没地耕种了，会民不聊生，老少饿肚子？那时，不只是民怒滔天，你我都是犯罪！”

副书记闭口无言了。

蒙县长：“要减少损失，就限时让他们自己拆除。若执意对抗，机子推倒，损失自负。把意思给百姓讲明。”县长话不留余地。

副镇长：“好！这样好！”

县长问：“你们的书记和镇长呢？”

副书记吞吐不出个答案。在县长的追问下，他苦笑了。书记他早知道消息，躲进县医院了，镇长因为信息不灵，迟了两分钟，在镇中心医院。——他敢讲真情吗？

县长：“你笑什么，如此不严肃的。有什么为难？”副书记才说了书记镇长的下落。县长马上责令：“去，马上请镇长来。”

副镇长小跑着去医院。医院距镇政府不到五十米。镇长来了，副镇长才有了解脱的轻松感，悄悄溜了出去。

县长：“你真有病吗？”

镇长：“……感冒了，……胃也不好。”

县长：“这是能躲过的事吗？你以为指个副职就能应付过去？”

镇长：“我们是已由几个领导出面，打招呼让乱修的立马停工了。”

县长：“你看看，真的停工了吗？”县长很严肃，“你说说，为什么在你们眼皮下，群众乱占耕地？”县长指着现场，“你看镇政府周围有多少家在盖，你们是干什么吃的？”镇长想不出个利于自己的话来对答。副书记瞅着镇长心里暗笑：你们正职不问不管，我们副职当然也与己无关了。

镇长要领县长去前玉村。前玉村在全镇是较好的。干部控制严，先尽村边的边角地划拨，上平坳的口子一直没放开。县长说，还是先去白墨村吧。听反映这个村不像共产党领导的天下了。因为县长接过信访局送来多封反映这个村乱拨乱占的材料。言辞尖锐，要求强烈。这次下乡，他是一定要到这个村的。镇长呢，却要极力避开这个村子。见县长定要去白墨村，就只能服从，相陪着去。

车队开到公路与村路的丁字口，消息树已把消息报到村上。泯义和国玉他们几个分工。泯义招应清查队，国玉和怀东他们指挥正盖的停工或拆砖溜瓦。

来局长和墨泯义是一面之交，各有憋在肚里的话不便畅言。只打个招呼握握手，心知肚明的来局长履行公事地去了摆开阵势拆砖的工地。蒙县长叫来泯义，让他带路一户一户地看过之后，县长召集清查队所有人和村干部，在路边一颗核桃树下临阵开会。大家严阵以待地围站着听命令。县长说："去年发现乱占乱修风气，也曾进行过劝止，但到下边乡镇村组，干部下不了决心，县上镇上领导也不得力，所以全走了过程。我有责向大家检讨。一阵风过后又是天昏地暗了。停建的复建，有的还变本加厉原基础上进而扩张。所以才造成了今年七至十月抢地皮抢时间抢修造的'三抢'高潮。这一次必须彻底摧毁违法修建。还耕于农。这工作主要依靠的还是镇村两级干部。这次清查后对居住确有困难的，得实事求是，马上给办理审批手续，保证他们能安居而乐业。共产党，人民政府总不能眼睁睁看着百姓居无定所吧，但要一哄而起，乱占乱修绝不允许的！"

恰在这时，有十多位村民从村北向放着小车的这里走来。十多步远才看清，他们在一张椅子上抬着一个白头白胡子的小老头，老头手拿木拐杖，泪涟涟地在上坐着。到得县长跟前小老头下来跪在县长面前。后边跟着有白大伟，冒子，鹏儿，白熊，跃进，社教等许多人。还有十几个看戏的娃娃们。白发小老头原是一个小男孩装扮的，身着大人上衣，胸前有“土地万岁”四字，背有“白墨村土地守护神”几个字。后面站着的村民齐声诵：“土地土地，我们的母亲，您今遭难，谁来怜念！”然后看县长态度。县长和清查组人看着土地爷，认真地说：“你们编排的这一出，意思我明白了。大家放心吧，土地爷永远是土地爷，没人敢伤害的。你们回去吧。”县长有些伤感了，他说，我这个县长没当好，有愧父老，有愧子民了！请你们回去吧，你们珍惜土地的心情，保卫土地的精神我们已领受了！

蒙县长要秘书把几封市领导签示的群众来信拿了出来。抽出两份，一份给镇长，一份给墨支书让交换着看看领导的批示。

县长说：“反映信说白墨村有一个干部四条儿，已修了四处，还有一处没批已拨定了根基。这是不是事实？”他问过泯义又问镇长：“你是一镇之长，真不知这严重的问题？九口之家，十一岁的第三代住房也考虑了，已占了地基？墨支书你说说吧！九口人都是什么关系？”泯义开始结巴，他没说是不是事实，只回答了三双一人口的关系：夫妇两口，四个儿子，儿媳和一个孙子。他没说国玉名字。

这证明群众举报全是事实了。县长说：“你村两委，组长以上九人中，八人这次都各占了一处是不是事实？”

泯义：“是。这已清退了。”县长让一位同志去对证。这位同志出来走到路上正好碰见社教。一定要让指证。社教犹豫，他怕事后给自己带来麻烦，有些推诿。最后没推过随着给指认。确已停工。不过半成品未拆。回来如实汇报给县长。县长点头。问泯义：“已修起的有几个人？是什么干部？”

“主任和两个组长。”泯义驯顺地回答。

“都有手续吗？”县长穷追不放。

泯义：“我有。其他的已上报了！还没批下。”

县长问镇长：“是不是上报了？”

镇长脑子动了一下，忽悠了县长：“是上报了。”县长看出镇长底气不足，似有“爱护”下属的意思，给来局长说，村上查完了到镇上看看送的申请。镇长尻子有些松，才来了个转弯问干事是否送了。干事当然不能手不痛往磨眼塞，碌碡顶门，实打实说：“没见到。”县长随即训斥了镇长的官僚和欺上态度。

县长问泯义，村民的不及时送批，为什么唯独你的有手续？请拿来。泯义乖乖地给拿来。县长把批件翻过来翻过去察看新鲜笔迹，印章。好像洞察到破绽。问，真是几月前批的吗？群众来信举报，你也没手续啊。如此说，是村民诬告了你？泯义吞吐不清。来局长这时也心跳。县长当面责令：“来局长，回县后和政府办查查这份批文的存根，证实村民反映的真实性。”来局长说是。

泯义听了，看了来局长一眼。二人悬着的心暂时落了下来。县长对局长说，老来啊，你们可不能乱搞！你们若循私情，这“根”就没治了！局长点了下头。这场景就算忽悠过了。

县长从已停的工地巡察时，发现有一户又动工，便火了：

“我们还没走离又死灰复燃了。镇长，你说咱们的工作怎么搞？”镇长问工人：“谁叫你们动工？”

县长：“去，叫户主拿手续来！”工人：“我们是干活的，主人不在。”镇长问：“去哪里了？”工人看了一眼弄砖的轲亮，轲亮使了个眼色。工人说，我们不清楚。镇长问：“这家人叫什么？”泯义回话：“叫轲亮。”县长问：“他是干部吗？”泯义说，不是。镇长说，那一定是所谓一等公民了？不然咋来这么大的胆子敢顶风？泯义：“……”

镇长问：“有正式手续吗？”

泯义：“还没办好。”

县长："没办好还是根本没有办？哄谁？"转向泯义和镇长，"你两上去拆。"镇长塞诿着不上。这时轲亮从小工中站出来了。县长说，你和我们打游击战啊！先问轲亮自己拆还是执法拆。轲亮说你们看吧。县长生了大气，厉声厉气，呵斥着："都上！都是些混饭吃的！你们怎么贯彻国家政策，怎么维护群众利益？"泯义已上去了。镇长不准备上。县长发脾气："上！你不上，要我上吗？"国玉一看势头，磨蹭不行了，就也上到了屋顶墙。镇长攀着简易梯子一级一级上，好像思量什么，艰难地向上换着脚，半小时过去，几个人已累得汗水淋淋，满脸尘污。镇长跳下来，叫国玉去找了条绳子，搂住往倒拉。村上来了不少闲人观看。四面的墙，没多大工夫全拉倒了。

兴发等几个已盖起的闻风来看，眼前一堆砖瓦，砌起的墙全垮了。的确来真的了，老鼠一样溜过猫的眼睛下。

县长对着镇长和泯义说："已盖成的房子，由镇上研究处理。没在规划区的，本有房住的，必须拆除，土地局要巡回督查，彻底处理。在规划区已盖成的，确没住房的你们镇村研究，马上报批。"

白墨村察看过后，又走了两乡五个村。县长一整天了没见饭，乡镇安排了饭要请。蒙县长说，抓紧时间，晚上回去家里吃吧。

车途径庙坡乡集市，县长让司机停下来，大家下去在小吃摊上买了麻花带上车，霎时车里响起脆脆的咯吧咯吧声夹着笑声，车内一时间有了轻松气氛。

县长车子进城时，已到日暮时分。沿公路两边残壁废墟，断砖碎瓦，一片狼藉，满目凄然。这幅图景是谁绘制的？要各级负责吗？要百姓负责吗？仿佛谁都有责，而谁也不负责。到终来受损失的是谁呢，百姓！

这件事的教训留给大家的思考是什么？不立硬茬，此风不止。此风不止，百姓就不信政策，不信政策，这绝非是小事了！县长反思了一路。

7

几天后，县长和土地局来局长，还有法院院长又来白墨村督查。请了几个农民代表和村干在学校一个教室谈话。县长提出："为什么制不住乱占乱建风？怎样落实土地管理法？土地局同志先讲讲。"

这位局长来了个"三三不断"：

"怎样贯彻落实国土管理，我讲三个问题。一个问题讲三个小问题。"十几分钟过去了，还没说出个具体可操作的办法，还有第二个问题的三个小问题，第三个问题的三个小问题。县长听不下去了，说咱这是现场办公。没多少时间扯葫芦蔓，现在是要你讲良策的，没有就不要理论了。让基层同志都说说。

农代甲："政府的政策好得很，有审批程序，没人敢说瞎的。知民难，解民忧，百姓感激。百姓知恩。不知执行起来咋就那么难。这个答案最好由戴着纱帽、不干实事还玩政策的干部来回答，由那些只图自己肚儿圆，不管他人饥和渴的村干部来回答。"

农代乙："后门不堵不行。经本再好，念经的和尚嘴歪着，怎么能念出经的真意。法是为民造福的法，执行起来却感情用事，谁面子大，有关系可找到后门，就能弄来手续。甚或越级，半空飞来手续。没面子的申请送村上头一关就卡死了。一家几辈住猪狗窝无人过问。我说句丑理端的话，县长听听：公公和儿子儿媳不能睡一个炕吧！这是乡俗伦理不许的。"

大家笑了。但这笑声并不是因高兴笑出的声。

县长瞅了大家几眼，笑声停了。县长拿着笔记本，仔细地听着，认真地记着。

镇长坐不住了，他看来局长屁股不停地动，喝了几口水准备“说明”什么，就抢先说：“农民兄弟说的话朴实在理。镇政府工作不力，我们检讨。”他深深鞠了一躬。又说，去年县上已看出动向，未雨绸缪要求检查。讲得惊天动地，威震四海，但措施没有多少。下面一看上边不给力，还是运动式的老一套，也渐之泄了气，镇上查是查了，手太软，有同情心，所以也就睁一只眼闭一只眼，走了过程。客观上起了推波助澜的作用，酿成目前大兴土木之风。我有责任。

县长插话：“你说的有同情心，同情谁？真是同情百姓吗？那是不负责任，那是怕丢了纱帽！现在看，不正是害了百姓吗？目前搞出这种乱象，百姓把钱花了，不拆除，全县的风刹不住；拆除，农民损失太大！这就是你们‘同情’的后果！”

镇长：“蒙县长批评得对。镇上领导就是太放任乱占乱修，太不关心住宅真正有困难的户了。在此，我要说说，当土地法正在征求修改意见时，就有今后不再批庄基了的流言，当然这是谣言了。镇政府送县上的130处申请压半年了一处未批。催了几回才批下80多处。每村仅几户。这在客观上恰巧验证了谣言非谣。强化了心急不安的民众的心理顾虑。说透了，是有关部门没有按正常规程为民办事。执行政策不到位造成的。”

这一说，等于点了土地局的名，点了来局长的名。来局长这下坐不住了。屁股在凳子上扭了几扭，尴尬地点了支烟，吸了口，等着接话茬。镇长继续讲完自己的话：“去年秋，乱占风起，镇民政干事因阻拦乱修乱占群众，被群众打得耳穿孔，嘴流血。打官司，法庭判了60元药费自负。这样处理，袒护的是非法行为，助长的是非法气焰，谁还敢坚持上阵，自寻苦吃！”

这一将，法院院长脸也红了，坐不稳了。端起水杯喝，一看是干杯，又放了。

镇长又说："今年，惊蛰后，在乱占乱建日益掀起高潮时，有几个村的支书私下点头批了五六处，村民告到镇上，党委给撤了职，其中一个态度不端正，弯弯绕，硬有理。党委派员还专开了个生活会。这样才起了点煞风作用。"

蒙县长："对这类干部要加强政策和法制观念教育，实在不行，群众意见太大的，就不要让再干了。"

法院院长正准备说明，县长说："谢谢大家如实反映。农民兄弟心中有怨，这可理解，各级干部应负主要责任，认真检查。但农民兄弟一定得遵法。听了镇上干部的发言，他们也有苦衷，又有怨气。县级领导县级有关部门要反思。但不论怎样，我们这次打攻坚的决心不能动摇。土地是我们赖以生存的命根子。是农民养家糊口的命根子，大地是我们伟大的母亲，她用乳汁养育了中华儿女一代一代，子子孙孙，我们怎能不保护她，不去报恩，反而去伤她的心呢？村民抬着大有苦衷的'土地爷'，千呼万唤'土地爷万岁'意味着什么？值得好好想想！

"我是学农的，是一个土生土长的农民的儿子，对土地的感情和在座的农民兄弟是一样的，儿子怎能亏待母亲大伤她的心呢？

"据不太准确统计，就近五六年说，全县土地平均每年减少4000多亩。1953年查田定产统计全县各类地共86.59万亩，实际上，交通，建筑，流水塌损，弃耕废耕折合起来，年减量远远超过4000亩。请算算，我们的土地多少年就削减完了。这账不敢算！难道大家还不觉危机了吗？全县30多万张口吃什么，穿什么！没有忧患意识，居安不思危行吗？有人说安居才能乐业，这话没错。安居和乐业是两个概念。肚子空得咕咕叫怎么去乐业！怎么安居得了？安居工程政府会考虑的，共产党就是要让每个公民都有饭吃有衣穿有房住的嘛！不然怎么有那么多革命烈士抛头颅、洒热血，打造新乾坤，缔造新中国！现在我通报一下，最近要召开一个复耕还田的现场会，对废旧庄基，废弃的地坑和荒芜的可耕地要全部复垦，补充、扩大耕地面积。接着是秋冬农田基建，这是今年秋冬的中心工作。眼前旱象还未缓解，我们不能受大自然的摆布，一方面和自然作斗争，一方面要充分利用大自然，与之和谐共处，创造旱涝都有好收成的海绵田。”县长最后说，“我占大家时间多了，所说的希望不落空。”

县长一行走后，镇长又和几个村干部谈了许多关于落实县长指示的一些话。

第六章　尘霾锥心

1

保卫土地的太阳风刮过，抢墒秋播也结束了。大秋果实全收回了家。

县政府不失时机部署秋冬农田基本建设。这是“文革”后，改革开放以来第一次农建。

战役总发动中心会场设在县人民大礼堂。会场坐满了县级机关各部门全体员工。千余人齐聚一堂，在这全县标志性建筑内——“大跃进”年代，三大县合一后的纪念性杰作。——今年，顶着酷暑和干旱苦战三个月，修葺一新，既有古朴之美，又有时代特色。这次大型的举措给这个富丽堂皇的建筑物增添了无限的光荣。在座的吸着中低档的卷烟，双双目光奇异地欣赏着评论着殿堂的辉煌，抒发各自的观感。更多的是发泄与这高档建筑极不协调的情绪：不少人悄悄指着白光灿灿的华灯，人民大会堂式的门柱，故宫似的窗棂、华顶和追时潮的舞台，评说上百万元巨资的不该。保工资，保工资，拖欠几个月发不了。修楼堂馆所哪来的钱？

“五星红旗迎风飘扬……”雄壮歌声中广播站现场直播。会场立时安静，听不到杂言碎语。县长主持，书记讲话。县长是葛县长。他一亮相台下人才知蒙县长已调邻县当书记了。分会场设在各乡镇，听会的是乡镇干部和所辖村级两委干部。

坐在北新镇的白墨村干部，除两委会的几个干部，还叫了各组组长。泯义、国玉他俩挨肩坐着，头抵头传说着小道消息：“今天咱镇主持会的是新任镇长。听说只待选举形式哩！”“原镇长呢？”“去哪个乡当书记了吧！”“黎书记咋安排呢？“听说调县人事局还是农工部？反正是调了，现在坚守最后一班岗。”“咱镇换班底咋那么勤？”泯义说：“换就换吧。走个穿红的，来个穿绿的。吃皇粮的干部就是随油滚子滚的，那里需要就滚到哪。都是为人民服务么！”国玉：“听说新书记姓田，不知叫什么？”泯义说：“姓田，一定是天龙乡原书记。两年前因超生免职，党内给了处分。这次又官复原职了。听说，这个人工作硬，很厉害的。但在各村干部中影响很好。都是酒场深交的！走时村干部还很留恋的。”“那么厉害的，村干部还留恋他？”“我表弟是天龙乡塬坡村的支书，他说田书记用上边拨的扶贫款和什么照顾款给各村支书、主任配了公用自行车，开会招之即来。铁道游击队那样威武。后来县上知道了，骑车的各付了钱，镇上领导作了检讨！”

大会不到一小时就毕了，他俩的话还没说完。分会场继续开会，他两人的嘴才不得不闭。北新镇今天的会仍是黎书记最后讲话。他特别强调了农业八字宪法中“水”与“土”的意义。要求因地制宜讲求实效，保证质量，不折不扣完成任务。

北新镇一改往年小打小闹，各自为战的形式。全镇分南北两片规划。各自一个战区。每战区200到300亩。每片由镇领导负责，各村支书、主任为指挥。

白墨村属北片。北片的战区在阴阳岭。这是一个半阴半阳的半坡丘陵地。上下大小三十四条硷地。农民劳作都是肩挑人背。梯田的台阶太多，逢旱旱得地裂，遇涝，水土流失不保。这次要修成外高内低，保墒保收的海绵田。共规划了六条梯田。白墨村在第三阶上作业。镇上把任务分到各村，村上又分到各组，组里又分于各户。白墨村是按承包地和人口以七与三之比分土方量的。

出劳全是义务。受惠村什么也不管，只供开水。但各村来的干部饭是全包。

工程从会后第一天就热火朝天地开始了。

2

工地重现“大跃进”年代的景象，学大寨时的声势。“水利是农业的命脉”八个大字用红漆刷在八页七五芦苇上。每个村组都有显著标段牌，牌旁插着彩旗。总指挥台是用几十根洋槐椽构架的，周围用高粱秆挡着。台子左右各竖一面红旗。台子中央放几张课桌，红绸裹着的话筒蹲在桌上，命令不时从这话筒发出，传到架在一株白杨树上的高音喇叭再扩出去，十里之外都听得清。涌动的人流，冲撞的架子车，碾出深深的辙印、辙面，一会儿就生出硬邦邦、白生生的路来。满山头的活力，把一个寂静得连野鸡兔子都觉孤独的荒岭蛮野操弄得热浪滚滚。好个敢教日月换新天的气势！

话筒前坚守着一个女孩。这女孩叫田禾，扎两根小辫。穿着朴素，素得像苜蓿菜。同披肩发的花枝般女孩比，确实土气许多，但她有一口流利的标准普通话。她是北新镇中学的学生。学校播音室的主播。这两天是召来掀运动的。她主要广播各小战区来的表扬稿。同时插播音乐和秦腔，鼓舞士气。话筒传出的也多有批评。这批评当然不可能是她温和甜润的语调，而是有权的镇村干部。他们谁心情好，想发威就口对话筒吼一阵。传出工地的多是粗俗的不客气的土话。那呵斥的、骂人的语词砸向地面，能炸起一柱尘土。然而，谁也不在意听。现时发性子的人是片上的负责人：师存水和王应然。间或也有各村头儿上去发发脾气来性子。批评本村迟到的、偷工的，指名道姓晒出来。

一晌结束了，量方的便紧忙起来。这户叫那户拉。量过后又为少量了尺寸大吵大吼，为多量的偏向了的盯举。为此常有打架事件。白墨村量土方的是怀东、国玉和一个叫稼娃的小伙子。稼娃不过只是受指拨的工具。国玉让他从哪儿起至哪儿，他就照做不误。亏谁他不干，向谁他无权。量方的这几个人中的国玉和怀东同泯义一样，本人和家里成员都不分农建任务。而稼娃却是干一天顶一天的任务，大体参照全组人均方量计数。村干部不分农建任务，据说是镇上默许的，但他们家里成员不分方量，不知是谁给的特殊照顾，或许是当干部的自我优惠吧。

3

村民因为路途远，有的村是十里之遥，有的村是五六里以外，所以清早都自带水和干粮，一直干到中午才回家。距工地近的回家吃过午饭又来上工。基本是三晌。太远的户，一天只干一大晌。欣欣妈这几天就是干一大晌的。前多日是和妯娌合伙，也是干大晌，本周趁星期日，她领着三女儿和十四岁的小儿子、十一岁的小女儿干了全天。休息下，她让儿子算还差多少了。她想在一两天内完成全家任务，腾出时间料理家务。按村上规定，到总工程验收日完不成的每方罚6到8元，谁家超方，村上每方付5元。说是当即兑现。大家都信以为真。老实人都宁多几方也不短半方，灵人嘴吃馒头心中有数，掐尺等寸，正好够数。小儿子荣荣指头在地下划着算了后说：“妈，还差三方。”妈说：“我吃谋差不多了。那就完个四方吧。”姐姐说，咱力气真的不值钱吗？欠多少就完多少。多流那些汗谁说好哩！妈抹一把汗说，娃傻呀，咱不比人家量方能占便宜，宁多些幅口！不就是多流几滴汗吗！

这阵子，工地上留的人不多了，大概就是八九家，车子来回也少撞挂。欣欣妈领着两小子又干起来。今天要压老晌争取完成。荣荣已上初中，他争着要替妈妈驾车辕，小男子汉，驾起辕牛犊子一样卖力，胖乎乎的脸蛋挣得通红，姐姐躬腰在车厢左边推，妈妈扒车厢右边弯腰推。小妹妹在前帮哥哥拽绳。好个愚公移山的样子！妈妈力在车子上使，眼和心在儿子的脸上。她看儿子稚嫩的脸颊上汗珠滚豆一样掉进眼里，灌进脖子，她急忙掏出手绢替儿子去擦。一连拉了十多回。姐姐劝：“歇歇再干吧。”荣荣说，这会儿趁空，待饭后，人上齐就窝工。妈说，那就拉个平车吧。荣荣一定要把车子垒得满满的，说这样拉一回算一回。一方土有六七车子兴许就够了。虽说着话，听他挣得蛤蟆一样，吸哈吸哈喘粗气。小妹妹拿着半个冷馍边帮哥边啃，啃着啃着哈哈笑。荣荣看着她蠢样子说，把人挣的得几个口出气，你还笑哩！姐说：“姐笑你，碎腿腿还欢得很。”荣荣说，不抓紧把咱占的那块运完，人多了运的就慢了。慢了今天可能就完不成。荣荣说的是他已占的低坎。说是低坎也有丈余。坎儿低挖起来容易也安全。如果是高坎，都在两丈左右，挖土困难，费力还不安全。完一方土量得花几倍的功。所以，每天清早，上工的人首先抢地盘，占低坎儿。现在荣荣想利用方都已量过，人又不多的机会找好下手的低坎，不失时机地力争多跑多拉。妈说量方是在运完土的地方，不是看你拉的回数。荣荣说，这个我知道，运得土多腾的地就多啊，方是按长宽高算的。土总要运走啊！姐姐说：“量多少，怎么量尺子在人家手里，凭良心哩。”妈说：“使坏心还是给良心都不由咱，咱尽管干，多拉几回挣不死人。儿子，让妈来拉！”荣荣向妈笑了笑："你别看我小，力气比你大多了。你和姐姐已干了多日子啦，今日只帮个手就行了。"妈心疼得抚了儿子头说："妈骨头硬着哩，不挣！"

这家人又鼓起劲来干。

4

"荣荣！你家完的欠多少了？"一个刚劲的男孩声。欣欣妈转身看，是凯凯。便问："你也来上工？""我也是趁星期日帮家里完方的。"荣荣听了凯凯话说："我也是。"又："你家快完了吧？"凯凯："快了。"又："我来一天了，咋没见村上干部？"荣荣姐说："干部没任务，他们只是量方时才来的。"凯凯感叹："噢，原是这样！"又："原是老传统，老做派！"荣荣："凯凯哥，你说农村靠这些人带头，有前途吗？没文化、没知识。自私霸气，他们还牛气得放不下。"凯凯："小兄弟，车子放下歇歇气。"说着，突然问："你中学上完上大学吗？""当然上啊！"荣荣说："大学毕业，我工作了要努力革除旧体制遗种给农村干部骨子里的不良意识！这一级干部的水平决定农村发展前途，发展快慢！你今年是高二了吧！准备学文科还是理科？"凯凯沉思了一会，说："我们已分了科，我在理科。"荣荣高兴地祝贺："预祝你考上北大或清华！"凯凯笑笑："我吗？毕业了看预选再定。考与不考还没拿定主意呢！"

荣荣惊问："你不上大学干什么？"

凯凯："我想上农业大学。"

荣荣信以为真："那就上北京农业大学。将来当农业部长。"说着畅笑。

凯凯："我不想步入大学殿堂，我是想上咱村这个农业大学。美名曰‘家里蹲大学’！”

荣荣：“哥，你学得那么优秀，回农村不是屈才了吗？你别开玩笑了！”

凯凯：“你看像吗？来，我帮你拉，让姨歇一歇。”他拉起车子和荣荣干起来。边干边交流。

荣荣：“凯凯哥，你说这农村改革，土地分包这一步走对了。可下边配不了个好干部，能迈出个新步，上新台阶？”

凯凯：“我也想这个问题。要发展经济，要农民都富起来，没个扑着身子实干的带头人，恐怕很难！我今天听村上人怨气很大，说干部在村上一事当前，首先谋图私利，不谋公益的事，我觉得这是一种隐性雾霾，荣荣，我感到有股力量在召唤我，所以使命感已让我对继续上学产生了动摇！”

“所以，你就不愿上大学了？上大学深造也是使命感在召唤啊！”

“大学的学历水平，不定就只是入了大学门那条路才能取得啊！”二人说着干着。不觉又拉了七八回。

5

午饭过后，上工的人又线串了一样陆续到了工地。蚂蚁般拥拥挤挤着玩疙瘩。有力气的抢先寻既省力又能沾量方便宜的地势。这种地势坎儿低，出土方便，量方能赖上。为抢地形，强者霸，弱者让，各组都有。好大的工地上土雾翻浪，细尘笼野。车轮滚滚，人声喧扬。喇叭又开始了秦腔。播过后，一个粗鲁的声音横空飙出，刺得人头皮发麻，心神发怵：“你们眼睛都长在尻子上了吗？看不见北边已填得太高，南边还有个大坑？把你们挣死啦，嫌远就坐家里去！”这熟悉的粗俗的语言，一听都知道是片上那个师指挥口里放出的。

又过去两个小时。

欣欣妈这会确也疲惫不堪了。腿上没有多少力气往出鼓，她给儿子说："荣儿，咱歇会再干吧。"女儿说："妈，咱叫量了方回去吧。没水喝，肚子也饿了。""荣荣，你去叫吧。"荣荣跑了半圈寻见量方的怀东，怀东说，等会就来。国玉听了拦挡："明天一块量。"荣荣："明天我们干的地盘咋看得清。再说，明天我家不一定就在原地干。力气不是白出了吗？"国玉斜瞪着说："你这人碎还盯住茬的很。那你自己量去吧！"无奈，荣荣和姐去沟畔折了几枝荆条，在周围插了个标记，又用镢头勾了个渠，拉着车子回去了。

已干了十余天，劳力强，力气壮的户已有不少完成了土方，渐渐退出工地。工地上不那么拥挤了。这就给体弱劳少的户腾出了空间。

第二天，欣欣妈起得早。她给孩子们把饭做好，荣荣吃过去上学，姐姐去学校请了半天假，和妈妈完任务。六里多路程，天还不太亮，母女二人高一脚低一脚赶到工地，天才亮了。已有十多户人早干开了，她们去寻昨天树枝的标记，已不见了影儿，勾的那渠也不明显了。但地点是记得一清二楚的。她们就又在这里干着等量方的。大半早上了，国玉和怀东才口叼烟卷，摆着来转悠。女儿叫量方，他们不吭声，呼了几遍才来。他们问界畔，女儿给指了一下。国玉放开大步划了个月牙形，让怀东量。怀东问欣欣妈："哪些是你家的，哪些是人家的，咋看得清呀！"

欣欣妈说："先天叫你量，就是怕混了，娃还做了个记号。今天来，不知谁拨了。印子还能看出，你们凭良心量吧，看我家还欠多少？"怀东量过，记了账说，还欠三方。欣欣妈呆了，说，"我让荣荣算了总账，欠三方，几个人黑水汗流，没歇没停，凯凯还帮着干，压了老晌才回家的，怎么还能欠三方？”国玉说：“那是你自己算的，这里用的是官造尺子。”

欣欣妈气得一时说不出话。稍停，诚石说给她的那句“忍得一时气，免得百日忧”又响在耳边。于是说，婆娘娃娃是傻子，你说欠多少就多少。力气是自己的，不要钱。她给女儿说，把车子拉过来。

这时，凯凯和他大拉着车子过来了。周围瞅拾了一下就挨着干。欣欣妈问凯凯咋没去学校。凯凯说，我请半天假，帮家里干完算咧。天天吊在这里，会把人吊死的。问：“姨你家欠多少了？”欣欣妈把荣荣算的，今天量的和欠的说了。凯凯说：“你们也个（昨天）干那么一片摊场，界畔我大体也记些的。咋才量了那么点儿，干了一天，没加反而少了？我不信！就算他们量的是两方，怎么还差三方呢？”他随手拿出自带的卷尺把高度和长度量了，“马上口算是四点二方，如此，你们不欠还长一方多哩。怎么能说还欠三方？不行，我去问。”欣欣妈拦挡说，娃，算了吧，一问就要吵架，还不顶事！人家是干部，有权！

“不行，必须问清。他们全家人不干，还亏其他人！我得问个明白！”给他大说，“大，咱和我姨家合起来就在这里挖，咱两家就按他们规定的方，也欠不了多少，半晌就完了。”

凯凯找到了国玉和怀东，直言问：“你把欣欣家昨天的方量得准不准？”

国玉：“你问得咋？准与不准和你有啥关系？”

凯凯：“咋没关系，昨天我还帮着干了不少，我不信就量那么一点。”

怀东：“他们的界畔看不清，怎么能准？”

凯凯：“看不清怪谁，婆娘娃娃干那么重的活容易吗？怎么让你们的尺子贪污了？”

国玉给怀东说，行了行了，再量一次吧！

怀东一个人来了。凯凯让欣欣妈和女儿过来指界畔。怀东见所指和国玉脚划的不同，迟疑着不下尺子。凯凯说，活是人家干的，又不是你干的。你说以你认为的算还是以干活的人说的算？怀东唔啦不清。最终还是以欣欣妈指定的界为准。量下来是四方三。凯凯要过账本，他亲眼盯住改正了账簿。

怀东无言以对。凯凯说，这世上还没真理了？请问，是你们的尺子有问题，还是你们的良心有了问题；是计算方法有问题，还是你老师教的算法有问题？大家选你们当干部不是活人的。今后再别看人行事。这么搞是不行的！凯凯仗义执言，很气愤。

怀东一句没回应。夹着本子要走。欣欣妈说长多少全给凯凯家顶了吧。凯凯说，行，我家欠二方。他把账本要来盯住账看着记好。怀东走了。欣欣妈说："今天多亏了你坚持公道。这世道，咋说哩。不再量一次，我们母女俩还得干一整天。对咧，咱两家合起来，你家欠的方半晌就完了。"

凯凯说："你们一家，真像愚公移山，那么辛苦，不但感动不了老天，还遭到了愚弄，真气人！"

几个人说着话干着活，没要多少时间就完成了方量。凯凯叫怀东量后还多出一方。今天干活，却没觉得太累，反觉轻松，愉快。这完全是心情的因素。

他们正擦掀擦镢收拾回家时，西边的人日娘叫老子的骂开了。原来是国玉和稼娃给辣子家量方起的事。和荣荣家一样，先一晌叫量方没请来，说是下一晌一块儿量。这晌完了才来，国玉又嫌界畔不清，量时抠掐，辣子吃了大亏，气得跳起来骂："把你驴日的懒死了，专掌尺子不流汗，全家躲在家里享清闲，大家为你们干活，你们在僻静处抽烟喝茶谝干传，挖坑搬砖赢钱。量方时三心二意的，又亏人！”他指着先晌干的地界说：“寸土难移。你以为那是飞着移了的？”

又有一个名六子的要国玉兑现多干的四方六的钱。国玉脸上肉又颤动起来问：“你那么爱钱！我给你泥捏的晒还是印板印呀？”六子问：“你们说话是放屁！骗人是不是！”

国玉：“那是鼓舞士气！”六子惹笑了：“哎呀！你是个娃娃的话，我就在你嘴上抽几下。你们是干部，人模狗样的在会上讲的话，怂不顶！多干的一风吹。那为什么欠方的一分不少，钱收的吃献饭了！”

有个叫蛇蚤的小伙蹦起来喊：“你们当干部的净亏人，多为儿孙积些德吧！”

荣荣他姐也来这里听。听后给凯凯说：“咱长的那方土也风吹了。”凯凯说：“傻妹子，给什么给？不向咱要就算大运了。”

6

回家的路上，他们仿佛下了战场的战士，一下子觉得浑身困倦了。走这段路用了来时一倍的时间。

凯凯走得快些，在前边，欣欣妈腿灌了铅似的和女儿半尺半尺地挪动，好像刚下沙场的战马，腿真的疲困至极了！

凯凯这阵脑子总想着一个问题，像解一道复杂的数理题。他往纵深的思考：白墨村这面旗子什么人举？农村党支部的堡垒作用怎么发挥？

“凯凯，你说咱村为啥总出不下一个村民满意的干部？”一只手拍了他一下肩问。凯凯回头看原是三组的黑抖。凯凯笑说：“江山代有人才出。咱村一千多口人，年轻人正一茬一茬往上冒，后来居上嘛！……噢，你咋突然问起这个来？”黑抖神秘兮兮地似问似答：“你来工地干活见咱支书大人了吗？我干了十来天，只在头两日见他闪过面。往后就不见了。你知道他干什么去了？”凯凯不解地问：“干什么去了？他是领班的，自然要对工地负责呀！我时间短好像也没见面。”

呵，干他的专业——睡女人去了！黑抖狠言狠语道：“狗忘不了吃屎，他真让人看不起！”

凯凯睁大眼睛看着黑抖，这话不能随便讲呀！干部的名誉很重要。黑抖说，我好干干还给他捏造？闲的没事干咧！

这次农建，受益村给各村的干部吃包饭。包饭的这家女人年轻，人长得搭眼，见男人都能说几句揣心的话，汜义不知怎么眉来眼去的就勾搭上了。第三天中午两个人关了门正在快活，男人端端碰见了。用镢把打得跪下叫爷哩。最后答应给800元了事。还写了保证画了押。真把先人的德丧尽了！凯凯将信将疑地问：真有这种事？那是怎么传出的？”黑抖说：“要想人不知，除非己莫为嘛。”

他俩说的事，叫一组的巧巧听见了。巧巧人称小灵通。她是稼娃的媳妇。爱说爱笑，嘴不安门。汜义常沾的几个女人，巧巧都知道，也有来往，他们的故事当然就知道得多。巧巧问黑抖：“你见胥月贴来过工地吗？”黑抖说：“我没见，工地人那么多，绣疙瘩哩，各完各任务，谁顾得看谁呀！”巧巧说，她第一天只干了一晌就再没来。黑抖问：“那他家的任务谁完？”巧巧说：“谁完？咱们这些瓷怂二不愣吧！”

巧巧是个爱说爱笑的响呱呱，她和中年寡妇高月婕是紧邻。巧巧说：农建开始前一天，我真的是去她家借洋芋叉子。去时，房门掩着。我看有点不对劲。就轻手轻脚走到门外侧耳听。里边真的有戏。月婕热乎乎和一个男人说话。都是酸话丑话。男的说，我心爱的，几天不见想死我了。月婕说，想死了谁爱我呀！接着是窸窸窣窣声，接着是嬉戏的吻响，接着是粗气声和拍屁股的响，随着是叫床声，全从门缝传出。男的说，你的“宝”真是“极品”！月婕说，玩够了快去，我还要烙几块饼上工地带。男的说，烙什么饼，你去闪闪面让人知道你来了就行。你家的土方你甭愁。月婕响响吻了一下说，真的吗？男的说，我啥时哄过你呀，每次不是都有毬（求）必硬（应）吗？我这才听出男人是谁了。后退时，不小心撞响了鸡食盆，赶快踮起脚尖向外走。谁知里面并没在意这个动静。该做什么还做什么，一会儿，还拉亮了灯。我回去安顿了些活，试探着去问她明天去迟早呀。月婕头伸出窗说，我受了点凉，明天起床后再看吧！第二天，她去了。只应付了一晌，往后再没见人影。你们说她的方不是咱们给完的吗！黑抖嘿嘿笑着说，“你也有资源呀，谁让你不献给支书呢？”巧巧骂：“闭住你的臭嘴。我嫌他脏！”凯凯听了巧巧说的这丑事，说，“真是这样，为啥没人反映呢！”

黑抖说，村上有人不只一次向镇党委反映过泯义作风。不知怎么总没得到重视。泯义那么放肆，却还上了新台阶。为什么？他有保险公司啊！

7

巧巧说得没错，黑抖说得不假。

大伟和冒子曾不只一次向镇上几届领导反映过泯义贪财贪色问题。多被漠然置之，或为无动于衷。大伟发现有人愤不过就在路旁白杨树上、涝池岸柳树上刻写“支书和某某××”（XX是画的是男女生殖器）“白墨村支书是个大叫驴”，字随着树长，越长越大越显。冒子也发现树上墙上有同样的字。有粉笔写的，有棍棒写的。这样不但污辱了党的光荣，而且把一个村子纯正民风搞得乌烟瘴气，更为严重的是危害青少年一代的心理健康。于是二人商量后，郑重地去找镇领导反映。书记田刚接手不到三个月，情况不熟。镇长是原副职提的，对泯义知是知道些小故事，原是当笑料的。现在新主执政了，还得学着前任对村级干部一贯态度：“爱护”。只有“爱护”才能发挥他们积极性，帮助完成征粮征税，计育流产，推动农建，摇旗呐喊……

大伟和冒子给镇长反映泯义任支书前后损民意，沦道德的事，特别是这次农建中嫖的丑事。镇长表示欢迎，应诺认真对待。大伟和冒子又去见田书记，如实反映了泯义一贯的不良作风和树上墙上的刻写。还提到农建大会战发生在某家的事。书记认真听着，拿出笔准备记，但笔在手中捻了几捻没写一个字，听后表示：感谢村民对干部的关心和爱护。接着说：“小伙子，欢迎你们对村干部的关心与监督。你们反映的这些问题，对一个村干部说，是值得注意的。”书记思量着停下来，寻了一下案头报张，又说，不过这些不雅之事不同于立场原则问题。他们都是成人。又都属私生活，个人隐私。农村干部嘛，只要能带领大家奔小康，把经济搞上去，让大家都能过上好日子就很可以了。只于那些枝枝节节臭事儿么，不足怪的！……也不宣传，言下之意：你们不要再到处讲了！

大伟站起来马上插话：“书记，一个村支书常在别人的老婆炕上搞，能有心思带大家奔小康？你听没听到村民给泯义起的大号吗，驴公子。一个驴公子当支书，光荣吗？好听吗？如果是一个村民拥护的有人格尊严的支书，是一个民众齐声称赞的支书谁敢这么叫？让人叫那耻辱的名号，党的脸往哪搁？谁还指望这种人带领大家致富？”

冒子也憋不住了，说：“书记，你恐怕把隐私误解了吧。他的事不属于法律保护的个人隐私权，是一个党员干部的作风，道德品质问题。你说现在的官员包二奶养情妇，是品质还是隐私？”

田书记可能觉得自己说话有错，纠正说：“二位别激动。你们提到的我都知道了，待农建这个中心工作告一段落，党委派人调查，我初来乍到，真的不好下结论。请你们回去，防止影响，不可多传播好不好？一个党的支部书记丑闻传出去，无非是给党员荣誉在抹黑！”

冒子：“这怎么能是在抹黑？我们没有个人动机，心理是光明正大的！要说是抹黑，只能说是他在抹黑！”

田书记：“还是以冷静为好。那类事不好拿证据，只是些传言，你们说是不是？”

大伟、冒子同声说：“群众眼睛是雪亮的，口里能说，传了这么久，不是空穴来风。他的那些丑恶事难道还要个裸照作证据？怎么能以一个‘传言’了之！田书记，泯义的嫖史比党龄长啊！”大伟直言不讳道：“田书记，泯义已基本丧失了一个共产党员应有的本质，在权力掩护下，忘乎所以地玩着两个字：卖和嫖。卖，凡合作化集体经济留下的那点残羹剩汤烂底摊，搜搜腾腾都卖光了，钱装腰包嫖疯了，嫖他能挂上的和得手的女人已到大乱伦理的程度。原本纯正的村风让他糟污得不成了样子！现在，他连承包后的一些家底也不放过……是该管管的时候了，苍蝇别看小，危害大着呢！”

书记对这二位敢于直言的精神，语言上的激烈并不介意。笑笑说：“看得出你二位说事是真心诚意的，没有其他目的。我深信你们。”这时，电话响了，他接过后问：“小伙子，你们在工地干，地修得合不合格？”冒子：“其他村我不敢妄下结论，就说我村。那战场吧。何谈什么‘海绵田’，真正才是‘铁板田’‘三跑田（跑水，跑肥，跑土）’。要把‘三跑田’变‘三保田’据我们当农民的经验，必须倒桃子，起开挖线，把熟土翻到上边，生土填在下边。挖三填三，保留熟土加深翻。才能达到增产目的。田书记你有时间可以来检查检查就知道了。我们村基本是推了‘光头’。死土种几料子也得不到好收成。你先时说农村干部只要能带领大家奔小康，把经济搞上去，让大家都能过上好日子就可以了。这次农建我村支书泯义是总头儿，你问他来过几天。这些天干什么去了？这样的干部能带着大家奔小康？你问他把精力和时间用哪了？寻花惹草，嫖风！”

书记好像难启口的样子：“这话或许不该我说，上上下下，那种绯闻多得很。都知道。谁也管不了，谁也没法管。老板有钱，公务员有权。愿搞就搞。真正高风亮节的有多少，真正操守自尊的有几个……”

冒子：“田书记，我明白了！”

大伟拉了冒子一把悄声说：“走吧，走吧！论三天也是白费口舌！”

出了镇政府大门，冒子胸间闷火中燃，《秦香莲》中两句唱词从喉咙窜出来，飘呀飘的飞向天空：“人言包拯是青天，原来官官相护有牵连。”

大伟百感交集地阻他唱下去，说你泄心郁有何用？

第七章　戏院有戏

1

全县农建已告一个段落，谁家完成任务，验收过关即可收兵，有的村转段后，战场摆到本村，在小范围又开辟新工程，继续奋战。

这期间，县里召开了两次大的现场会，有受表彰奖励的，有受批评检讨的，也有受经济处罚的。北新镇属下游。落中游的原因，不但是面积没达标，主要是质量不合格。70%是推了光头，就是说熟土没有填在耕种层，而是生熟混合全推到填方了。对来年增产无疑大不利。因为修好的地还是按使用权分属户下的。受惠村的受惠户发现后几次提出意见，指挥部没有认真采纳，只求速度和面积，还说是干吃枣儿嫌胡（核）大。工程强调“八字宪法”，可是干起后，却端端犯了“土”忌，检验质量时虽发现了，也没当回事的纠正，睁只眼闭只眼的过去了。评中游的另一个原因，是平整后的地成了中高漫坡型，这又端端犯了“八字宪法”中“水”的忌，水不收即“肥”随流，不用说难有好收成。县里指挥办提出，要镇上找差距，追赶上进。镇长一百个应诺。

之后，随即召开各村支书主任会议。下决心打硬仗，统一作业。

这次验收权交收益村把关。收益村又按土地所属户分下，让他们自己把关。这等于没把关。头天，各村蚁群一样涌来，抡镢舞锨，只做了表皮平整，第二天稀稀拉拉来了七八十人，佯工半晌就回去了。也不见个领导亲临。种地户谁能把关，他们以什么“权”？谁听他们的？怎么去把关？很快，这场应付动作就算结束了。如果是走马验收，表面还能哄过眼睛。但镇上向县指挥部汇报了返工的“良好”效果，这次农建战役大捷大胜，指挥部表示“满意”。两天后，电话通知到镇：新任葛县长带验收工作组来。

县指挥部特别通知，县委魏全德书记省党校学习届满，正好也回来了。马上要调市委去。他也要随着检查。镇上田书记听后坐不住了。十万火急召开了五分钟领导碰头会。全镇干部速赴所包村，动员力量上工地。标语、横幅要沿途高挂，工地必须彩旗招展。

这一次，一定要让书记县长对北新镇留下深刻的好印象。

蒙县长要去邻县当书记。在离县前要亲自看一看农建，同时和各乡镇领导最后作个礼节性告别。县委书记魏全德在本县前后工作十八年。十年是在公社任管区秘书，公社副社长、社长、书记、县革委会副主任、常务副县长、县长、书记。一路顺风，官运亨通。北新镇是他曾洒过心血的地方。整整六年。对该镇是始终深怀有感情的。坐镇县衙后，更对尧舜的农官后稷生地，周先祖公刘立国之基的这方宝地情怀有加。这次省党校一回来，知有下乡检查团验收农建，就不失时机地参与。验收组由县长带队，农局霍局长，土地局来局长、民政局喜局长，还有裤带上钥匙一样的县委办苟主任，大都是点将的，也有自告参与着陪领导的如公安局费局长。这天，坐两辆奥迪、一辆红旗、两辆北京吉普，早八点就从县城出发，去了北塬五乡镇。由东向西，依序验收。其中四乡镇花不了三个小时，听听汇报，给点好评当然也指出差距。因为乡镇领导大多是魏书记、蒙县长考察提拔的，所以这些领导深感魏、蒙对己恩重如山，都特备了丰盛的感恩酒席。

这时正是吃喝风日盛期，所以宴筵一个比一个具有特色，一个比一个档次高。做东的为表达对老领导的欢送和祝贺真情诚意，可以说良苦用心是全凝在了“报恩”二字上。魏书记盛情难却，蒙县长句句致谢，为了给以面子，更因行程安排的紧密，每临场只是干三杯，以表谢意，至于丰盛的肉菜只是象征性动动筷子，实际享受美餐的是劳苦了的镇上同志。

车队浩浩荡荡开进北新镇大门，冷冷清清。苟主任生大气了，他敲了书记的门，门里无人，敲镇长门，镇长不在。正要走，大门进来一个人，这人的穿着比一般白领阶层还讲究，头发光亮光亮，对人第一印象，他是一个很精干的干部。苟主任以为他是一个什么领导。态度很严肃地问：“电话早通知了，魏书记要来，你们不知道？”答：“我什么也不知道啊！”苟主任听了立马发火：“你们人呢？”答：“都到农建工地去了！”苟主任：“家里只留你一个人值班吗？”答：“我不是值班的。”问：“那你是干什么的！”答：“我是炊事员。留下给大家做饭烧水的。”炊事员叫王祯，王祯十分殷勤地请他们到会议室坐。“请先坐，我去泡茶。”他加快步子去提水。苟主任被镇上的冷遇激发革命的脾气了，口里唾沫几乎溅出来：“这个镇上的领导真不识时务，明知书记县长要来的，也不留个搞接待，却留了个炊事员，成什么体统了！”沉脸一变，把内心的愧疚压住，转向魏书记，说：“魏书记，都怪我，提前安排不周！”大书记无所谓地说：“这怎能怪你呢？他们都下工地了，公务第一嘛！好样的！”苟主任：“接待也是工作啊！”魏书记：“镇上的同志，能到第一线去和农民实行‘三同’是该表扬的。我们下来这本是普普通通的事，不接待不为过！”

农局霍局长征求书记意见："魏书记，要不先休息一会，喝喝茶水，让镇上这位同志去叫他们的书记回镇上来吧！"

"不了。咱来的目的是去工地的，不是在机关只听汇报，如果是听汇报，何必下乡，走吧！"

炊事员王祯给指了路径，车队向北沿村路开去。苟主任和魏书记同车坐着。苟主任在副驾坐上，路经白墨村，见一披着翻领外衣的村民。他让车停下，这里有个十字。苟主任推开玻璃探头问："老者，村上咋不见人，都哪去了？"他本该问方向，却开口问了这么一句。那人硬倔倔回答："人吗？都到热闹的地方去了！"苟主任："热闹的地方在哪？"那人还是硬倔倔："你鼻子底下长着嘴，边走边问吧！"苟主任火了："你咋能这样说话？你叫什么？"那人烦了："你能那么问话，你说我该怎么回答你？如今的干部咋都这样高高在上，说话像爷一样的。你问我姓名，是查户口？我姓墨叫馗，钟馗的馗。就是吃鬼的那个。墨，是黑白分明的墨，不是倒霉的霉。我告诉你，那热闹的地方距这儿还有六七里。听说今天县里要来大人物，天不明人都赶到工地了，是做样子给领导高兴的。"苟主任再没说什么。魏书记说，开车吧。车行进中，书记似有感触地说："现在农民觉悟高了，认识水平不是过去逆来顺受，敢思而不敢言。从刚才那位农民兄弟的态度可见，干群关系恶化的现状，真的值得注意啊！对立的情绪消除不了，工作难搞啊！"苟主任："书记的教诲，我记住了！"

这段路真的够长。颠颠簸簸，东绕西拐才到了阴阳岭。车前车后连环着涌起漩漩土雾。镇上几个领导听见车声，张开耳门听远近。朝臣迎驾那般依职位毕恭毕敬地上前来迎接。车停放在工地上边的一条大硷上。风尘仆仆的车子比人还喘，满面尘污像个乞丐。

工地上今天气氛非同往日，彩旗张扬，"热烈欢迎县委领导亲临指导”的横幅十分醒目地高悬彩门上。每个粗实宋体字都站得规规矩矩肃然致敬。工地上男男女女，老老少少，都专心专意地干着活。有一半的劳力只是低头实干，像在这片土地上种金子。而另一部分人呢，佯干着，目光却注视大领导的尊容，脸上映出当年红卫兵见到毛主席的那种神秘、崇敬和激动。不同的是没有狂躁的“万岁”声罢了。镇上田书记和秦镇长一左一右陪同着领导们在工地上巡视。领导们风采出众，谈笑风生。他们指点江山，评说规划。对劳动者的创造，赞不绝口，也挑剔了好些不足。工地上原“指挥们”也嗡嗡嘤嘤随尾着前呼后拥，转了不到半小时，就坐车走了。

镇上凡有衔的大小官员，包括会计和办公室秘书都一同回镇。甩在工地的是三几个干事和各村的头儿们。

车子开走后，工地上每个人都像刚下舞台卸妆的演员，松塌塌坐下来，好静好静啊！一时间无人躁动。一盘散沙生命休克似的，他们啃干馍的啃干馍，喝凉水的喝凉水，擦铁锨的擦铁锨，抽旱烟的抽旱烟。一窝无主蜂，谁也不管谁了。这个村上的村主任请走了各村支书村主任和镇上几个干事回去吃饭了。其他的人一看势下，也四路八斜地各奔家门。

这场没用彩排就自行落幕的演出完了，阴阳岭很快就恢复了寂静，回归到大自然的怀抱。

2

其实，镇上两天前就确知县级领导要来验收的。领导们即时就商议了迎接的方案：全体职工必须进入工地指挥劳动大军为第一要求。这关乎新旧班子交替、班子团结、工作扎实程度等诸方面的反映。关乎领导们的评价和印象。如果是一幕戏，只能认真地充当角色，出色地表演。

第二，安排生活，由办公室具体负责。在五福大酒店，提前安排后，酒店派出得力人员四方采购，甲鱼、土鸡蛋、土雏鸡、野兔、野山鸡、狗肉、钱钱肉。手工御面、荞面饸饹、手工丝面，酒不用国酒，而专酿的谷米黄酒。总要求是：得有特色有质量，做到至善至美。第三，为庆贺工程的完成，也为迎送镇县新旧领导，唱大戏三天。今晚开始挂灯首演。

这些安排筹划都是费尽心思别于其他乡镇的。

因为时下，上级下基层，级级皆效“五好”方向不约而同地暗自进步着。从起步就有非凡的创造性、突破性。何谓“五好”？吃好、住好、睡好、玩好、拿好。但到乡镇，再努力也不如市、县条件，只能因地制宜。今日领导到镇级，只能是吃好。虽比五星级酒店差，但在某些方面，会享受到他们难以尽有的特色。玩嘛，只有以戏助乐，这种与民同乐可歌可颂！虽无桑拿，虽无舞厅和专门美女伴舞，虽无高级麻将馆什么，然而，看场乡下外场秦腔，犹如大宋皇帝享受妓院之乐，别具风韵，滋味独特！——镇上领导自以为这种殷勤和忠诚是揣到领导心坎儿上了！

是这样安排：演员是专门请来的著名秦腔名家任哲中、肖若兰、郭明霞的真传弟子登台献艺。先唱名段折子，接着是本戏《游西湖》。仅名段折子戏几乎是一本戏的长。戏台是现成的。这是人民公社后时代留下的遗产——各公社在“文革”后期都有这个建筑，均命名为“人民舞台”。这人民舞台是由“五类分子”“九种人”义务劳动盖起的。名为“人民舞台”，当年的实际用途，是用作召开批判“人民”和“敌人”的高台。真正成为“人民舞台”则是在八〇年后。从改革开放揭开历史新的一页始，每年这里都有一到二次秦腔会演或文艺晚会。

酒店用过餐镇长领了工作人员已入戏院安排座次了。

台下的最前排距戏台五米的地方，是两排单位职工的座，担负护卫任务。紧后是两排沙发式条椅。条椅背上都贴了该就位的职衔：前排条椅是县委书记、县长和陪同的各部门领导、镇上主要领导，后排是镇上各副职和有关单位领导。如派出所所长、医院院长、工商所所长。其他场域才是芸芸众生可自由或坐或站的地方。芸芸众生者，广大劳动人民。场子周围是派出所专门召集临阵培训的纠察。皆为身强力壮的莽实小伙子。其中一半是退役军人。他们左臂戴着红袖标，每人配了三节电池的手电筒，手执几支竹条。眼睁睁警惕着周围，坚守在自己的治安区。

晚八点准时开演。

开场锣鼓已响了大阵子。这是农村演出前的序曲，整场戏的一个组成部分。起召唤观众进场的作用。等于大城市影剧院开演的电铃。乐曲中，领导们一行依序入座，魏书记蒙县长在前一排的正中心。左边为苟主任、派出所牛所长和镇上黎书记、田书记，右为公安局费局长、农局霍局长和秦镇长等，看来这是临时变化的。群众伸长脖子，抬起屁股好奇的目光看着，纠察发现有试探想站起的身子或骚动情绪，手电强光马上交织着射来。于是一时安定了。郭明霞的弟子演的是《赶坡》，任哲中的弟子演的是《周仁回府》中的《悔路》，肖若兰的弟子演的是《藏舟》。这几折合起来时间也不短。或许是名家演名段，大家并没觉得时间长。所以秩序还算安稳，气氛也良好。中间还有几阵子热烈掌声，又给演员披红的花絮。放鞭炮在场外，有礼有节，似乎本地干群关系之和谐，群众修养得很有文明素质。

看完折子戏，蒙县长不好意思地说，我得提前回县去。握过手就离开了。

本戏《游西湖》开了。这是群众最喜欢看的传统戏，又是全本。

像当今观众爱看电视连续剧胜于电影一样，来戏园子的没有不想挤到前边的。本戏情节完整，形象鲜明，个性突出，而又能得到充分的表现。好人坏人落幕时铜锣锤子一响定案。回家的路上，他们为好人好报而高兴，或为好人受冤而鸣不平，对恶魔与坏人受应得报应感天谢地，或为逃脱惩罚而呐喊不公。虽然都知是高台教化人，但总要和现实相联系着发感言。

戏没演到十分钟，长椅后硬压着坐定的群众，屁股里的血液聚结得难受了，忍耐着腰疼，无奈的安分，虽无明显的骚动，却有不少人试图挪动屁股底下的坐砖小凳，有的把佯蹴的腿已渐之直起，这一切都是在暗暗的酝酿中发生发展。周围紧绷警惕弦的纠察们，把一束束强烈的手电光交织着聚焦到这里，予以警示。当奸相贾似道恶煞煞和太学生裴舜卿游船又相遇，欲欢李慧娘，突然迸出火花时，群众忽儿一下直起身来，后边站着的也趁势向前拥，仿佛海浪冲岸，局势已无法控制了。此时，全场杂声海啸般怒吼，巨大的人潮打着旋儿向台前涌动。前边的领导被突如其来的态势撞断了专一的神经，手足无措，目瞪口呆，正思应对措施时，只听嘎嘣几声噼响，长椅腿折了，几位民警和治安员抡起皮带，竹条疯狂地抽打着维持安定。无辜受抽的群众双手抱头，杀猪宰羊的嘶鸣，这阵子沸腾的浪头即使倾盆凉水浇来也无济于事了。平常轰台，本是农村演戏（尤是夜场）常有的现象。目的是挤到前边，寻个好位子好角度，看清演员表演。听清优美的唱腔唱词。别无他意。但此一时彼一时，今晚的轰台在镇党委书记、镇长眼中是有政治色彩的，决不能等闲视之。这是严重的政治事件啊！是县委书记在看戏啊！况且镇党委书记调动在即，这场戏也算是欢送！这场如突然临头的地震预料未及，防不胜防的事件，太丢镇领导的面子，太煞镇领导一片真诚之苦心了！黎书记惊慌得失声喊“护好魏书记，护好魏书记！”田书记差点急疯，不顾一切地踩着人，更有人也踩着他，眼看挤到魏书记跟前了，一个浪头打过来，他又被掀远了。魏书记本有腿疾，行走或站立都不太稳。轰台的浪又使他更难立身。多亏几位局长和苟主任他们急中生智，像《龙江颂》合拢堵水的人墺，臂挽着臂形成一股力，围护着魏书记。他们这时心里是否默诵“下定决心，不怕牺牲，排除万难，去争取胜利”的最高指示，不可而知。当他们“千万别松劲，千万别松劲”地喊着互相鼓励，臂力更紧扣时，又一个无坚不摧的浪头袭来，冲断了其中一环，于是惊心动魄的一幕发生了。魏书记和紧护书记左右二人——苟主任和霍局长被冲到黑灯影里。霍局长不顾安危，苟主任奋不顾身向魏书记奔去。这时费局长拼命也挤到了魏书记跟前，双臂拥抱住魏书记，不停地问：“受伤了吗？”号称“三大作风”模范的苟主任伸出袖子给书记擦脸上的汗和土。魏书记边用手拦着，边连喊：“我的鞋！鞋！”霍局长问围观的群众谁有手电，没人吭声。有一个人打亮了打火机。苟主任接过低头找鞋。一个纠察打着手电过来帮找。恰在这时不知谁向戏台方向撇了一只鞋。打到了一个妇女头上，这妇女唧哩哇啦骂娘老子。轰台已近尾声，这期间若观景致，台上的戏一直在演。司机小马也凭着嗅觉来到书记面前。他满脸愧疚地检讨自己，安慰书记。霍局长让小马在原坐的地方找鞋。找了一阵子，无果。这些人啊，没想身移而水流，刻舟何能觅到宝剑的道理，再说书记被人浪冲击得打了多个旋儿，挪了几个地方，什么时候遗的鞋也不知道，怎么能找到呢？苟主任说，算了吧，穿我的！随脱了下来亲手给书记穿，霍局长抢说：“穿我的！”两人热诚都脱下了一只争着给书记穿，谁知眼前放下一双都是右脚的，苟主任已半蹲下身子，要背书记。书记不愿失态，更不能让别人光着脚丫，给群众留下狼狈的笑柄。仍坚持表现出从容、镇静的领导风度。书记问：“其他同志都安全吗？”苟主任同情书记，控制不住地唏嘘说：

“他们都不会有事的，人家比你方便！”又扎了个马步，说，我背你回镇上！书记艰拒不从。周围群众捂住嘴嘿嘿地笑。辣滋滋的笑声从鼻孔和手指缝间飞出来，在苟主任耳朵碰了一下，又返回来。苟主任闻而无闻，还光着一只脚丫子站在书记身边，一副孝敬相，可是苟主任脱鞋忘了一个细节，没问丢的是左脚还是右脚，就急忽忽脱下了右脚鞋，书记丢的却是左脚鞋。一向子鞋怎好上脚？正为难又尴尬时，小马开来了车停在场外。黎书记也来了，他让秘书按魏书记的尺码买了双新的。一伙人护着，把魏书记送上车，直开进镇政府。

他们走后，几个群众说：县老爷嫌剧院咋咧，没看够，竟跑乡间看野台戏，不知是体验生活还是抢热闹！另几个说，这就叫与民同乐吧！踩，活该！

3

回到镇上，霍局长和苟主任一左一右把魏书记从车里扶到房间。魏书记软塌塌的身子坐到黎书记的沙发上，深深出了一口气，秦镇长马上给沏茶，递杯的手明显发抖，脸色很不好看。黎书记深表抱歉，句句都是检讨。公安局长躬着腰连连自责：“费某失职，费某失职！”大官是大脾气，小官是小脾气。苟主任虽和黎书记是同一级别，但他是县衙门的官，整天和县委书记为僚。他处处觉得高黎一等，所以该发的是大脾气。他厉言厉色道：“田书记，秦镇长，你们都是怎么治民的？治安就如此的糟糕！这里刁民是否太多了，今晚的事件非同一般，必须查出个水落石出！对县委有个交代。向公安局有个交代！”

魏书记忙说，对咧对咧，别再扩大影响了！群众嘛，都是为看好戏的！怪咱们座位太碍眼了！农村轰台是常有的，我小时候见多了，也挤过，就是想到前边去嘛。

荀主任："不行！现在不讲阶级斗争了，阶级敌人就不一定不存在，坏人会伺机兴风作浪的！不揪出来是祸患。"

魏书记："不要上纲上线。到此为止吧！晚上没踩伤孩子就大幸了。黎书记不是也调了吗，文都发了，不要给他增加思想负担，也不要给田书记背个包袱！"他端起茶杯，抿了一口，响响地放下了杯，尽管话是那么说。心里真也不是滋味。怎么在将离开工作十多年的县时，竟留下了一个让人哭笑不得的经典故事。镇上秘书拿来了新买的鞋，让魏书记换上，书记问："多少钱？"秘书说，你问得还给钱吗？书记说，钱买的能不给吗？随手掏出50元一张。荀主任双手挡过，刘秘书已付了就付了吧！魏书记坚持要给，秘书只好象征性收了10元。魏书记百感交集。黎书记是魏书记一手栽培的干部，从公社秘书一路走来，最后晋为正科。离别本县前，按常规，领导调走前，一般都要处理清手上的人事安排。魏书记把该安排的同志都给了恰当的位子。黎春晖安排人事局就是其一。黎也有心，他想对魏书记感恩戴德，他觉得怎么报也欠情。好心好意和田书记挽留着看了场野台戏，谁知事是那样出了邪，黎甚为难堪，不啻用鞋底打了老脸，客观上怎么也消除不了对上级不恭的指责。他，真的是一肚子的不快。

这行人要走了。镇上全体领导列队送上车，站着目送上了公路。荀主任临走，上车前上车后还是那句话："必须一查到底！"

是，一定！一定！镇领导们一致应诺主任训示。

4

戏院的戏，经一场风浪并没影响正常的演出。群众照样专心看戏。越到夜静，板胡、笛子、边鼓、钩锣、铰特别的响，特别的欢乐，粗犷奔放的秦声秦韵，在一板一眼的旋律中，吼出来，整个夜空也陶醉了。

远看戏院的上空，半天白光透亮，谁还能想到这里刚刚发生过轰台的事呢！然而确是“月儿弯弯照九州，有人欢乐有人愁”。快乐的是与己无关的百姓，惆怅烦躁的是镇上几位领导。黎书记临走的人了，怎么能在这个时候得到了一个预料不到的“礼仪”。他辗转反侧，思绪万千。为官一方，造福百姓。他来这个镇工作已有六年，六年里他日劳务实，为这里四万多民众，并没少尽心力。想不到教化出这样素质的民众，在关键时刻不但没给面子，还响响地打了他一记耳光。他本是给魏书记献个殷勤，捧奉一颗诚心，让他对黎某有个定格的牢固的好印记，而报应的却是事与愿违，天翻地覆，名声大损。这个责任谁负？治安他是面交派出所和镇武装部长共同负责的，要当面训斥他两个吗？也不合理，不公平，他们还是尽了力的，他们也是不愿看到那惊心动魄的一幕啊！他又想，马上要到另一岗位去，何必惹人嫌。但他还没彻底交清手续，目下安排一些事，还有权有威，虽然新一任书记田刚已到职。下属还会听他的话的。

于是，他叫来了武装部长师存水，交换一下对戏院事件的态度。这个师存水是本镇人，工作不讲方式方法，长相又凶，乍看像个恐怖分子，粗眉瞋目，说话粗俗，振波动地，草木也抖。他干事猛冲猛打，不计后果，一句话出口像机枪扫射，伤害面就是一大片。计划生育他冲先拉人抬家具抱电视，收税费最后平茬他是一把锋利的砍刀。因此，他恶名在外，民众称“抿嘴狼”。据民反映，每年后季征兵，吃请，受贿“理所当然”。毛毯、被面、烟酒一一全收，竟连别人家院子的辣椒串也张口要。公社后时代，他在某些工程中整人治人创造了一套过硬手段，民众又给起了个外号叫“刀斧手”。就这么一个人，黎书记为什么要找他说事呢？

黎书记主要利用他的专项。即：认真态度和高度负责的精神。但书记明确指出：首先要走群众路线，用走访和调研的办法把那晚的事弄清。记住：不能采取强权手段和株连法，无证据就不能放肆地往下查了。

师氏领了这个大于天的任务，感到光荣而又有重压。光荣的是领导信任，他办好了魏书记会记下他的大名，黎书记上任人事局长后，或许能在他年龄红线到来前，好好提他一级。重压么，就不用提了，谁都理解，感同身受。他苦思冥想了一整天。戏园子人山人海，至少有三千，况且四个乡镇的人都有，还有毗邻甘肃正宁、宁县赶集来的人，更有镇上做生意开门市的外市县的人。他们脸上没记号，额上没刻字，谁敢举证谁呢？他悔在那两排条椅后没有安排强力的护卫，没有预先暗暗记下靠近魏书记的人的相貌特征。这案破起来多棘手！

天又快黑了，他躺在床上，细细琢磨，运筹帷幄。突然，眼前一亮：有了！他忽地坐了起来。

有了什么？那是一段“历史回顾”。

上世纪70年代，魏书记第一次来本公社干过两年副书记。他的基层工作比谁都硬。那也是他年轻气盛，打基础，闯路子为仕途拼搏的上进期。难免伤害过许多人的感情。也正是在那时，师存水刚从部队转业地方，分配到魏书记的麾下。二人有缘同事，魏曾伤辱过谁，他大体有个印象。首先进入脑屏的是墨馗。墨馗是师存水小学的同学，而且曾有三年同桌的缘分。关系亲如兄弟。两人有什么好吃好玩的共享。时下，任务在肩，表功心切的师存水，也顾不了什么同学关系，该怀疑的就得怀疑，办案就是从怀疑找线索打缺口的。他眼前的线索似乎越来越明晰。天亮他就急着去问黎书记做了汇报。

黎书记警示地说：“线索可以了解，但绝不能无据地认定。”师说：“我知道。”这位干将师氏之所以嫌疑墨馗，缘由是：魏书记刚刚到北新公社任副书记，正时值数九寒天，凛冽的寒风钻心透骨，师存水陪同到生产大队熟悉情况。那时，农业学大寨如火如荼，普及大寨县已提到政治高度，全国学大寨雷厉风行，不敢怠慢，有劳动能力的，也就是凡评了底分架子的都必须上农建工地。少数劳力组织起来打炕，换山墙，沟边破窑洞刮碱土，为大田搜肥。墨馗是饲养员。正在路边向饲养室运干土，魏书记问："社员都哪去了？"墨馗背向着，头也没抬地回答："你问社员吗？天寒地冻的，还能钻热被窝？早早地赶到人多的地方热闹去了！"书记气得哼了一声："你这人咋能这么说话呢？"师说："这是公社书记，你咋能这样不懂规矩，让人一看就感觉你不是个顺民？"墨说："你说顺民是怎么个样子？"师不客气了，他语气重重的："你呀，真不是个养爷的孙！"墨馗撂下推车，眼也红了，脖子也粗了："你和我都是人，不过，你是大干部了，我是戳牛尻子的农民，人民养着你，怎么张口就骂人呢？我回答你的有什么不对？他们就是到人多的地方去了啊！人多就热闹呗！"师存水这才看清是老同学。感到失口忙说："对不起，对不起，原是你呀！你村的农建今冬在哪？"魏书记说："不用问了，请带咱们去吧！"墨馗慢条斯理地说："甭急呀，我给咱先把饲养室门锁上，看阶级敌人在槽里投了毒，我这二斤干瘦的朵脑可担当不起。"他克里马擦锁上门，拿出旱烟袋笑嘻嘻地让："二位吸烟不？这叶子是羊粪油渣拥的，香得很。"魏书记说，咱走吧！路上，墨馗道歉说："二位别见怪，我就这么个难日脾气，话不顺耳却句句属实！"师说："都这年龄了，改改吧！"墨说："唉，改不了啦，改不了啦，和你们干部对社员的态度一样，习惯了！"师斜看了他一眼。

走到能看见工地，墨馗指了指就回去照管牲口了。

师给时任民兵连长的墨泯义说了问路的事。大队长说："墨馗那人，说话总带点刺儿，乍看是个不好玩弄的人。其实心里没多少坏，毛病就是说话让人听了不舒服。我们队饲养员也分了任务。他的已完成了。所以说话还那么牛。”师说，魏书记讲，有刺就打磨打磨。泯义说：“我原也想教训教训他一下，没个机会。你今天就……”师接着说：“明天就让到工地来做个检讨！看能否变成一个听话的顺民！”第二天，气温骤降，滴水成冰，按师存水的谋划，由民兵连长墨泯义具体操作，墨馗没戴手套，端着三用机，独自在几个生产队的工地上游了一晌。每到一处都说：“我是个大冷怂，王八蛋，名字叫馗。就是专门打鬼吃鬼的那个钟馗的馗。跟上臭嘴吃亏了。这就是我的罪。我把公社大书记得罪了！老子心里也明白，好汉不吃眼前亏。我他妈的不知脑子怎么进水咧，明知故犯，总是不识时务，有眼不识泰山，不知那是公社书记，说话语气不顺，才有今天的下场。”社员们都笑。他也笑，一笑了之后，墨馗吸袋烟。瘾过了，说，你们干，我要去另一队。到另一队，说同样的话。

一大晌游毕了，手冻得红萝卜一样，两只耳朵也红肿了。他把机子交给师存水，深深鞠了三躬，朗笑着说：“多亏咱是老同学。不然，按连长的点子要煮我肉了！谢谢你送给我的大礼。这下你感受到权力的快感了！晚上也可睡个安稳觉了！”又面向民兵连长泯义：“这下你就舒心了。也能睡个安生觉了。请你检查一下机子看好着吗？”泯义接住，拍了拍，不出声，墨馗说这东西嘴巴怕是冻僵了。你去暖暖吧！泯义知是电耗完了。说：“老先生，你回去吧，今后要灵醒点儿，管好自己的嘴！记住：那是吃饭的东西。不识时务，是要吃大亏的！”墨馗淡淡笑了笑：“我是个什么货，自己心里明白。我妈生就我的本性。怎么改？和你一样一天不整人心就烦，一天不跑邪路，那东西就蔫不下。算不算毛病，算不算本性，你改得过吗？”墨馗仍是那么的硬那么的不服！

虽被报复性地受到肉体折磨，精神打击，但他为了自己的尊严自卫反击后，心里痛快了许多。因为有机会面对面发泄积郁的愤怒。他觉得自己肉体和精神的被折磨有“价值”！他并没有丢失什么，反而得到了很多人的同情，引发不少民众对任性权力的仇视。师存水、泯义手一挥：去去去，你碰到南墙也不知回头的下家！一副花岗岩脑袋！

师存水整了老同学，又想法洗脱自己，当个“吕洞宾”。一天，他去找到墨馗饲养室，把魏书记要打磨打磨的话交了底，要他把“仇”转移到该仇的人身上去。师用心良苦，当了婊子又要立牌坊，他这人到底是个什么货色？

5

回顾“历史”联系现实，巧就巧在同一句话：“人都到人多的地方挤热闹去了！”师存水就抓住了这个证据。给定了个“一贯”捣蛋，认定为轰台报复，要给魏书记尴尬。案是墨馗作的无疑了！——可这位师氏全忘了即就是墨馗故意报复魏书记，那个出卖魏书记的人不是更卑鄙阴暗吗？

师存水来到泯义家，了解墨馗这几年的表现。好在泯义这次没全否定也没全肯定，一分为二评论了一番，说：“你调查一下他看戏去了没有？他可是个秦腔迷！”言下墨馗一定去了戏院子。

师存水煞费心机，要以破案向魏书记、黎书记卖乖，为自己的前程铺高速。他派人去策略性地问墨馗，头晚戏演得咋样？墨馗说，我这么大年纪了，昏昏颠颠的，夜里高一脚低一脚的去寻死呀！

师存水亲自出马，软一套硬一套，设圈套问墨馗。墨馗不惊不气，坦然道：“我连我的戏也看不完，还有甚心情看夜戏。那晚我在家给孙子辅导四年级数学。电视也懒重看。十点前爷爷孙子就睡了。戏园子发生的事，第二天早饭后才知道的。话又说回来，我就是去了，也不会挤到中间的，还怕把我踏死哩。你专来质疑我，是不是又想整我端上机子游队示众？老同学，我早认清你的真面目了！今天你上门来，是狐狸给鸡拜年吧，是不是又想嫁祸于我，是吗？我为什么要向魏书记挑衅！”师说：“你想想以前和魏有没有过结？”他这一诱导，墨馗不讳：“是的，几十年前我对他有不尊重，语言有放肆的地方。一则我不知他是官，二则，我年轻，就那么个难日秉性。再说，那个年代空气就是那样子，干部作风就是那样子，我寒风刺骨的天气里游着检讨，全是小人作祟的，我不记仇记恨他。他嘛，其实是共产党的忠实干部，身上保持着农民的本色，很有解放时期干部的优良传统和作风，当了县委书记，每年机关逮不了半年，大部分时间跑了基层，跑了农村，心没闲过，脚没停过。下乡去就直奔庄稼地、饲养室、养猪场。夜住饲养室，串穷人家。吃百姓的饭，不特殊化，爱吃的是菜疙瘩，是凉面，是辣椒、大葱、白萝卜这‘三大王’。他有句经典话叫‘进门就进穷人家，吃饭就吃菜疙瘩’。农村娃娃都知道的，他是那个作风。机关都没人愿同他一块儿下去。他是那样勤政、俭朴，对家属也要求特严。他老婆儿子去百货大楼买东西，穿着俭朴，连那小小售货员也下眼观。他给县上修泾河桥，办卷烟厂、制药厂、印刷厂、机械厂、磷肥厂，县城正街的国槐，县级公路的白杨，不是他亲自严抓管理，也活不成今天这个样子。”墨馗好像在述说最熟悉的老朋友，“可他呢，就是太‘左’了。比如，他为把农田修成海绵田，曾使几个妇女累小产了；为护路旁树，亲自逮住人家喂婴的奶羊，交队上宰了。这些过头事，在中央爱民文件下达后，他都做了深刻检讨，亲自到户下道歉认错。有错就该认，就是好样的。谁把那恨一直记心里能干什么，况我是个小老百姓，想干什么？对我他也来赔过礼，我们还握手言和了。你今天来拷问我的罪，你把我当猪脑子了。什么时代出什么干部。那是个极左年代啊！我把恨记到个人身上干什么？”师存水听了这么多，还不放过，追着做思想工作：“老同学，好汉做事好汉当，真是你所为了，说明了就完了嘛。”

墨馗说：“你别在我身上枉费心机了。告诉你，我并非好汉，若是好汉，才光荣哩！”

墨馗又说：“你走了吃公家饭的阳关道，我走了农民这条独木桥。前途不同，但我活得还算可以。我订了一份农民报，每天电视上看新闻。我觉得当农民也幸福。存水，记住：最能克服恩怨的不是暴力，最能医治创伤的也不是药品，而是真诚的理解和宽恕。相互理解才是美德，是解决矛盾的钥匙。这次轰台，如果是有意，那就是暴力，一阵暴力能解决什么问题？人若要记仇记恨，恩恩怨怨何时了！社会咋安定？”师存水没想到，他今天来查案，却无意间当了学生。他更没想到，墨馗能说出这么多的心里话，而且对魏书记了解那么多。针对着官场中人针对着他。存水琢磨最后一句“有的人”，似乎有所指。

尽管苟主任多次电话催问结果，到后来，谁也没个终审判决。七八天过去了，什么满意结果也没有。

县委书记看戏踩丢鞋的故事，在乡间在县城作为饭后茶余的谈资，慢慢淡化，无几人聊及。

但是这事牵涉到一个人物，那就是我们的魏书记。

有些资深的农民“评论家”，一分为二地评论了此人。魏书记在北新公社前后两进两出，“左”是够“左”，的确伤害了不少人。而他主事修的海绵田，维护的路旁树，谁都看得见。事后这些年众口皆碑。就说县级路旁树吧，他不手硬，路旁树早让砍光了。为了煞住偷砍风，他下令各公社抓典型。对逮住的十几个社员，罚他们扛着脏证背上干粮，游遍20个公社。每到一个公社检讨完了，还必须盖公章证明他的过程。

这个土办法一推行，再也没人敢偷伐了。要算是“伤害”，他“伤害”的是极少人，而维护的却是民众的公共利益！他不硬，坡边窄坎坎地就不会变成大块大块旱有收成涝也有收成的海绵田。真要寻问题，就得在干部关系上研究研究。现在的干群关系，有很大隐患，解决不好，迟早要出大事。魏书记被踩，不能完全排除干部关系恶化的因素。前边坐了几排高高在上的“领导”们，这一座本是平等的不平等了，群众能不反对？《沙家浜》《沂蒙颂》中用生命保护干部的动人事迹，只能是那个年代。放现在，很难说，很难说……

第八章　微服调研

1

县委副书记林瑞晗桌上摆着宣传部刚送到的一份《内部通讯》稿。部长已看过了。说可配合当前中心工作刊发。请主管书记最后批示。林书记是从市委组织部调任的，已来年余，具体分管组织、宣传。符合宣传工作导向，倾向性、敏感性的重要稿件，必由主管领导签审方可刊布。

这份稿子的题目是《寒寒的安良剑啊——农村的党组织整顿刻不容缓》。

林书记看过吸引人的标题后，先翻到最后看署名。年月之下写着白荣凯三个大字。接着他仔细看过了内容。重点是反映目前中国农村最严重的问题：掌权的党支部书记和村主任共同执掌着两把钥匙：一是经济。乱收乱支，不建账，混账；二是作风。工作作风，生活作风，已经而且生产着极坏的影响。一句话：工作浮而躁；经济不干净；作风很腥臭。

林书记又摊开来看第二遍，看到最后一页，目光又落在白荣凯三个字上。这篇材料语词犀利，事实具体，有的放矢，指点直坦，激扬之情，溢于字里行间。他脑屏上即排出一行明晰的文字：少数村级干部作风败坏伴随经济不清，已成恶性膨胀局势。税不纳，费不交，水电费也由村民摊负，农民养的老爷！书记心底在检讨自己的官僚时，全身感到寒意侵袭。他合上材料，一头初生之犊雄站眼前。其小小年纪的忧患意识，触动了他整天注重光明，注重成绩，而忽视阴暗和不足的心灵，他感到对人民有愧。一个党的领导干部如果眼里只看成绩，只看光明而无视现实中的问题，犹如一个癌症病人初期不把自己当病人一样可悲可叹！他马上打电话叫来宣传部的一位干部。指着材料上的名字问："这个白荣凯哪个单位的？他怎么对农村的事那么知底？"回答很干脆："这是县中高三一位文科学生。"林书记问："他的政治表现你了解吗？"答："他是预备党员，班上团支部书记，校团委委员。高考预选文科第一名。学校望他为县创记录攻读北大，清华！这篇文章是他毕业社会实践调查报告。"林书记知道高中学生毕业都得有社会实践调查报告的。因为他的闺女去年毕业时也写过。她写的都是社会上七彩风光的剪影。莺歌燕舞，鸟语花香……他向这位宣传干部点头，表示知情了。这位干部说，全文七千多字，有名有姓，实话实说，无学生腔，无官话套话，句句似火，字字中的，让人震撼。限于篇幅，根据部长的意思，结合当前农村真实情况，依据通讯要求进行了重点缩写，大约两千余字。

林书记："你见过本人吗？"

干部："稿子是他亲自送给部长的。"

林书记："他认识部长？"

干事："部长原是县中的书记。白荣凯就交给他老师了。部长看过后认为文中所列事件典型，也正反映了当前农村种种实情，决定选用。部长还和荣凯作了交流，聊了一些细节。小白说，他去年至今年利用两个假期跑过四个乡镇，十三个大小村子，风里雨里才弄到一手材料的。材料一稿给现任东坡乡乡长，即他娘姨夫看。姨夫哗哗哗翻着瞥了一遍，然后拍着他的肩膀说：‘好娃哩，好好念你的书吧，世风每况愈下，那些病不是一天两天得上的，国家领导人也很难管。我们也是睁一眼闭一眼的。你一个学生能管得了吗？你写的那些东西多是阴暗方面的，谁敢公开承认呢？中央电视台，人民日报文章也起不了大作用，点名写出能怎么样，一是惹人，二是无人理。等于白忙乎了。说不准还要挨骂。’荣凯咋回答的？他说：‘我自知人小言微，是管不了。但只要是共产党领导着，肯定有人管，管到底！’”

林书记站起来，在房里踱了几步，面对阳光明丽的窗外说，这小将一言中的，只要有共产党领导，必有人管！后生大望，后生可畏！

林书记说：“此稿本期就刊发。不要删缩太多，能再充实一下更好。不要怕长，只要有真实的内容。犀利锋芒！现在有人写文章越来越八股，文风越来越瘴，吹，拍，尽挑好听的往一块堆！美丽的词语往高的垒，把个好好的社会往瞎塌的吹！”

早饭后，司机开来了车子，带着要来的原稿，林书记装进包里，他要下乡去。宣传部小计又来见。他见书记忙着要走，就把带来的市委《党内资讯》第20期、21期、第23期呈于书记，说这上边还有白荣凯的几篇材料摘编，帮你进一步了解他。林书记进了车，即打开20期。目录上找到页码，寻到第八页：《皱纹里的泪痕与希望——我看改革中的农民问题》，文后几行黑体字注明此文获省级《改革前沿》一等奖；23期的一篇是《论新时期的农村基础工作——我对农村基层党组织的忧思》。这篇文后小字注明：此文分别刊在市省“内部参阅件”中。转载收于《陕西省重点中学校长会议资料选汇》。汇编时题目改为：《目前农村工作的几个严重问题》。林书记看到这里，给正发动车的司机说，再等半小时吧，说着打开门又到办公室去，他戴上一副老花镜，聚精会神地研读了以上几文。他感到文字结构严谨，论点鲜明，观点正确，论证服人。水平远远超过一个中学生。令人佩服的是他睿智的视角、敏锐的觉悟和论述的笔力。读着读着完全忘了考查撰文的作者，而是沉思在农村一堆的问题里。

林书记的目光被火辣辣的情感，沉忧的文字所吸引："高原上强劲的西北风塑造了那一张张布满皱纹的脸，清瘦的脸庞是浓重的褐色和黄土色的混合，沉陷的眼角边老挂着抹不去的泪痕。"

"中国的农民是怎样一个群体啊！土地是他们的摇篮，又是他们的坟墓，几千年的辛劳耕耘，伴着低沉的呻吟，重复着贫穷与落后，如今中华欲腾飞，农村也不再沉默。希望随着改革的阵痛降临了……改革开放的光辉成效在东南沿海和内地大中城市郊区的农村发展良好，而身处内地的广大农村仍然在温饱线上徘徊。加之重税苛费，农民的呻吟声越来越击痛人心……"林书记眼看着黑唰唰像是瞅着他脸在问什么的文字，眼里不觉溢出了泪花。轻轻合上材料。又让小计去中学找到那本《选汇》，他要带上去下乡。小计也被唤到车上，一同下乡。林书记在荣凯坦荡的文章中，第一次看到当代小青年大胆用了"猖獗"一词，这是用来描述目前"三乱"的。一件件举例，说明已成病灶的农村政权中，极为重要的万不可忽视的问题。综合起来看，大有农村包围城市之势了。材料用典型的乡村具体人和具体事，鞭辟时弊，分析了潜在的危险，指出这种危险正在损害着党和政府的公信力。强烈指出"官僚化""浊水衙门"正在直接腐蚀着党的战斗堡垒先锋作用。

林书记怀着沉重的心情，同县委办一名副主任、小计直去了白荣凯的家乡——北新镇白墨村。

2

车子进到村口公路旁一个土围墙的土门停下。步行进一户人家。

这户人住在公路南边，距路有十多米。他们几个人步进围墙土门。看到一个地窑。听见下面有群鸡在呱呱呱地噪，站边上观看，地坑院子里，这些不知今日为何日的东西，是快乐还是互为仇敌，相互追逐，相互啄咬。膀子扇得烟山土雾，细羽飘飞。有位半老的人披着件灰色夹衣，端着个筛子从一个窑洞出来，顺洞子上来直接进到崖背上两小间矮屋。他只顾低头走，没注意到这几个人。进去窸窸窣窣了一阵又出来，取了个木墩墩向回转时才发现有人，同时发现了小车。知坐小车的非一般人，所以站定注意了周围。

“你们要买鸡吗？” 他问。

“不，我们是路过这里看看。”县委办副主任随声回答了一句，随后也进了屋。就在几分钟前，书记让司机和小计出外，在路旁小商店那里打听，这是不是一个养鸡专业户。是的话想看看规模，了解一下发展状况，看是否有困难要帮。司机回来说那是个收鸡的，村方人称“鸡客王”。书记觉得有意思，说，那就进去聊几句吧。

他们推开半掩的柴门，里面很乱，一乱就更显不宽敞了。靠南边的小斗窗下是只能睡两个人的土坯炕。沿炕迎门这边从顶到地，挂一蛇皮袋串缀的大帘，幕布一样遮吊着，“鸡客王”见来了人，顺手正向一边拢。炕外的三分之二，空间正面墙上挂着大小不同的三杆秤（大点的两杆，一是卖鸡时用。一是收鸡用。），挨墙有一辆旧白山自行车。车后座处一左一右搭两个竹筐。车把处插一个染得花红绿叶的鸡毛掸。地下放两箩筐各色鸡毛和半成品鸡毛掸子。另有两个加盖的大筐里圈着几只吼着捣乱的公鸡。这一切已向客人介绍了这个“鸡客王”的人生事业——他的财力，他的生意和怎样做着生意。

鸡客王刚把那帘子拢在右边的木勾搭上，背向里从光线的反映，他已感觉到又有人进了屋。他没转身就问：“你们买鸡还是买掸子？”副主任陈正廉说，我们就是刚才那几位。鸡客王笑笑说你们不像是和我做生意的。您看我这又脏又土的窝坷多龌龊，也没个坐的地方。说着从炕上取了笤帚扫脚地，寻小凳。书记说，老人家！你忙你的，我们站站就走。

这怎么行啊？说着从炕背后取了两个玉米皮编的草墩，掸了土请坐。书记说，不打扰你，顺便站着就行。鸡客王从地下的大筐里拉出一死一活两只鸡。放到炕上筛子里，就盘腿坐在炕上。说，那就委屈你们了，只能站着。我干会儿活还要串村收鸡去。

他双腿盘着夹住那只死鸡，手一捋，那死鸡咯儿叫一声，手一捋，那死鸡咯儿叫一声，几个人看了很新奇。小计向前几步问，老人家你在干什么？他回答：“我拔毛。”他仍低着头专心一意地把那只死公鸡脖项和尾部的漂亮羽毛拔了下来，捋好，认真地摆进原筐又继续拔。这次是拔那只活的大公鸡。这只公鸡爪是绑着的，鸡客王还是先选中脖项，后是双膀和后尾，三个部位上那油光闪亮的迷人长翎拔了下来。他不是全拔而是分开挑选最漂亮的拔。每拔一下，这不屈不挠反抗到底的鸡就尖嚎狂动。它不理解主人如此残忍手段对待它的道理。“士可杀不可辱”，鸡好像以为这样喊会得到慈善心的。谁知任何作用也不起，主人继续着拔。有的毛拔下来还带着血带着皮。副主任不忍看便背过身去。书记也远离了一步。小计对这活拔毛的做法接受不了，上前拿了几羽。那刚放进筛的羽翮的根还冒热气。血皮软乎乎一股腥味扑鼻而来。脖上的翎拔过后，鸡已丑陋得看不得了。鸡的眼睛红得火一样乱转，像哭但无泪。小计问，大叔，毛这样拔了咋卖？鸡客王无所谓地笑着说，奇怪吧，这就叫活拔毛。鸡是称着卖的，几撮毛影响不了重量。隔三架五拔了好毛，这样一抚弄（他示范着给大家看）不注意是发现不了的。宰杀加工厂不会在乎的。

书记说，要么杀了它，咋活拔毛，让鸡活受罪？鸡客王把该拔的都拔了，下得炕来把已不漂亮也没原先洪亮吱叫劲头的公鸡塞进筐，说，我们这行大都是这样。吃肉的东西嘛！小计问，你拔的这毛作何用？老人嘿嘿笑着说，扎鸡毛掸。一个掸子十几二十元哩。

鸡美是羽毛，女美是盛装。这只被活拔了身上最闪亮羽毛的鸡，在筐里惊恐不已地东张西望着外面残酷的世界。像一个卸了妆的马戏丑角。雄鸡的风采一去不复，如一只土丢丢斗败的秃斗鸡！鸡客王在车后的污兮兮破毛巾上擦了几下手。拿出个旱烟袋让他们几位，几位都表示不会吸，他才在袋里挖了一锅，吧嗒吧嗒地吸着了，几股白烟从三个孔往外冒。他津津有味。涎水顺着黑刷刷的胡茬子流下，一小股顺烟杆流下，问："你们不买鸡，来这里弄一身腥图个啥？"

陈主任问："你收鸡，这是个不错的生意吧，一天下来赚多少？"

鸡客王从嘴里拔出烟锅嘴，鞋帮上掸了掸。挂到墙上。然后说："唉，我做重活干不了啦，是混自己呢。你这么问，我没法回答，赚这种钱，白雨似的。不瞒你说，搞得好，一月赚个五六百，不好，就是个三二百元。碰运了一天就上百元的净挣。去年有几个月鸡得禽流感，各村的鸡死的到处撂。半死不活的都提着来，数个儿买，多少给几个钱就卖。他们说比撂沟里强。一只给几毛，最多一元。几天就收半地窑炕子。卖，按市场价，一斤八九元。好运带来好利！"

司机说，死鸡咋敢卖，把人吃病了咋办？

鸡客王哈哈笑着说："谁管哩。死鸡我们有办法。杀了弄成白条鸡看不出来。"司机问都卖哪里了。

鸡客王："一是给烧鸡店了，一是直接给酒店了。"他又补充道，大都是卖烧鸡的屯积了。他们加工上色直接上市或送酒店。

"我看你们几个都干干净净的，不是捉公家事的就是城里当啥老板的。我说了，你们别指骂我没良心。

"这些鸡肉全让吃公家饭的那些人吃了。我们和烧鸡店、酒店生意上已不是一年两年，有八九年十年的关系了。烧鸡店处理后全送给酒店。上大酒店吃鸡鸭鱼什么美味的，都是有钱老板和当官的。百姓没口福，吃不起。说真话，我们赚这没良心钱，比那些当官受贿的得到的黑钱干净十倍百倍。至少是自己辛苦劳动的，我们秤星上克，钱上克，病鸡死鸡亏人，赚多了能怎么样？村上给群众挨闷乎，说不清也不敢清的名目就摊上了。辛辛苦苦多日，又亏人又黑心弄几个，不够人家一耙子搂。他们成群结队上门硬收，装粮、抬家具、抱电视、和我活拔毛有啥区别？该给国家贡献的钱哪去了？问不出去向。谁收谁花，吃了，喝了，嫖了，赌了。村上这伙子人谁管哩。毛主席那时，每年还清账，现在是一锅浆子，真正的糊涂账，百姓心里黑乎乎的，全被当猴子玩了。"老头儿说起来，气得脸变色，越说越起劲，像给包青天诉状。几个人直看着，书记示意，才进入正题，让说吧，说个完。

鸡客王继续说，群众受不了，质问村干部。你们估村干部他们咋说？他们把自己任所欲为推个干净。比如夏季征收，他们理直气壮说，这是镇上分的任务，镇上是按县里任务摊的。越推越上，还要推到市里省里，推到中央去。说他们只是跑腿下苦的。村民能说什么？还能寻江泽民去？村民说你们把嘴少到食堂蹭几次，百姓就烧香拜佛了。好你们几位哩，不知咋称呼。世事害怕得很，街上几个大酒店吃遍了，都挂着账，弄得四海倒腾云水吼，百姓看不下去了，说，解放台湾还用什么枪炮，派一排村干部，要不了多久就吃垮了！

几个人相互看着难堪地笑了笑。唯有林书记没笑，脸上只叠出几个苦涩的影子。鸡客王抹一下嘴角的白沫，继续说：“你们没到农村生活，不知家都在哪？我这个村子现在的自来水、电都是上边为民办的好事，积德了。可村上几个主要干部，整天光为自己谋利呢，水电不出钱地浪用。他们没办几样好事。唉，不说了，说着说着肚子里的气像椽戳，县老爷坐衙门喝五喊六的，哪知他们领的下面这帮子人干什么？猴年马月能等大官下到民间来？我每看包公戏，就想，包青天能活到现今，多好，狗头铡铡了他们！”

鸡客王真名黄利仁，刀子嘴能谝能说，说热了，什么也不忌讳都向外放，一股脑儿掏着往外撂。撂的都是大实话，句句落地砸个坑。

他继续说，我刚才说的你们几个听了怎么样？我不是在没爷庙里放光，我就是在支书主任面前也敢骂敢说。因为他们缺德，缺理嘛。我这边站的是多数，是所有的百姓们。

“我干的这行，叫生意也行。明人不说鬼话。多是损人利己，狼吃良心的事。这条塬上干这行的我知道就有八九个，我们这些货都是和婆娘娃娃打交道的，能少给就少给几毛，秤上也不公平，用的大秤，还在分分厘厘上克呢，人家四舍五入。我们是五舍四入。啥叫五舍四入？就是我付你钱五舍，你给我斤两，我五舍六也舍！这一舍就少开钱嘛，你找我钱四也入。”

司机问，你们把死鸡病鸡真的卖给大酒店了？

鸡客王又来了精神，说，别看那些四星五星的十几层高楼大厦，里面的东西并不全放心！全让那些穿得人五人六的人吃了。

你想，都是做生意嘛！奸商、奸商，他们也是为了钱，不奸咋商？何不便宜买贵卖呢？这就为我们销路多开了渠道。我们直接不上他们。我们和卖烧鸡的有交易，卖烧鸡的和酒店老板又是老关系。这样就自然形成一条链。人上世，只要有口气儿，不是你哄我，就是我哄你，你哄他。哄来哄去的都是灵人哄了闷人。比如我们白墨村干部，明知我鸡的来路，却常来要鸡吃。有时逮去活鸡自宰。有时我给收拾加工。我那病鸡煮时调料下重，他们吃着赞着。至今还欠我三百多元鸡肉钱要不下。收摊派，我要抵账，他们说豇豆一行，茄子一行。嘴从石灰窑出来的，想白吃！

小计问，你们收的鸡有问题的能占多少？

鸡客王：“好的当然是多数呀！那些瘟鸡是看季节哩，差不多每年都有一两月鸡瘟流行。国家叫禽流感。那病流行时，我们有的人也到沟里去拾，坑里去刨。我敢当着日头说，我没干过这种伤天害理事，至于来卖的，是娃娃们从沟底拾的，还是从坑里挖的，我就不知道了。你看城里卖的烧鸡颜色好看得很，肉不定是好鸡。可是卖的还快。农民说城里人见屎也吃！乡里人看不上的拿去都卖了。听说大酒店连灰条条菜也当名贵了，你们知道这种野菜哪里长？大都是乡里人从茅子周围摘的！”他越说越放肆了！几个人听得恶心，肚里开始翻江倒海了，头皮也麻酥酥的。主任也耐不住跑出去了。

鸡客王：“看看看，我说这个腥地方你们受不了，受不了！对吧！”

林书记这期间一直是听着，想着。这阵儿从想村干部转而又想食品卫生、想检疫……他反思为政一方的方方面面，看了一下表说，走吧。再不要打扰老人的事了。

鸡客王：“不要紧不要紧！我又没上班下班规定，自由人。无收无管的自由人！”

3

几个人心情都沉郁着出来后。车行一小段，见两个电工正在电杆上抄表。林书记说停停。下了车，他让把车开到偏僻处熄了，一行走着。书记站定了，手遮凉棚仰望杆上工人，提醒说，太高了注意安全！工人师傅说，有安全带保险着。书记问："你们每月一次吧？"杆上的说，是，每月底抄一次。地下作记录的那位说，月底到村上设点清费。书记问："顺利吗？群众有何反映？"工人回说："县上统一规定，照明每度0.4983元，我们按0.50元收的，另外每户不论用多少得加一度损耗，这样还对不上总表。只得每度按0.60收，不然……"

问："为什么？这合理吗？"

答："明知也不合理，有什么办法，不这样我们管电的就得赔上老婆了！"

问："耗在哪了？"

答："哈，我咋回答你？"

问："给群众总有个理由吧！"

答："每个村子都有几个主要干部。他们家里用电都不交费。有的还耗粉碎机、磨面机、榨油机等非照明用电，不交或不按使用量交。我们剪了他们的线后，来村上办事什么也得不到支持。只得采用加损办法弥空。转嫁谁呢？当然是村民了。村民问我们评理，我们就模糊着过。"

问："干部电费真的不交？"

答："是。白墨村墨支书至今还欠460元。主要是磨面机费的。原电工收时也怯火，两人骂过几仗，后来村上就不要他干了。所以，欠费至今还在电管所账上。后来统一取消了各村自管自收办法。改电管所统一管理。”

问：“难道再没办法了？”

答：“办法想尽了，可有的村干部就是厚着脸皮扛！”林书记不问不知道，问了心惊吓一跳！真的村干部就这么牛吗？他们几个人多走了几户以证实，知电工说的全是大实话。在路过一户门口时，里面传出了吵闹声：

“我家三口人，水表上不过两方，为什么要收三方钱？”

“都是这么收，不是你一家这样！”水管员说。“不照表结，安那垂子头弄啥哩！……水损，水损，你说都损到哪了？就说加吧，用十方八方加一方，两方三方也一方，合理吗？净亏人！”一个女人尖声传出来。

书记让主任进去看看是怎么回事。

主任进去，水管员往外走。二人碰上面，主任问：“你们和这家人吵什么？”管水员是外村的，叫刘九九，他面带难色说，一言难尽啊！淘气得很。水上没办法的办法，统一加损，各户一方，已是多年的老规矩了。我接这个村子管水才三个月，每月收费都得几次跑，有的人还日娘叫老子的骂。九九挠头皮说，县上统一水价2.80元时按3元收，每户还加一方的钱。下月可能按新价3.5元收。还得加，不加又补不平账。唉！

问：“为什么？”

答：“干部不交啊！”

问：“为什么不按原则办？”

九九又面现难色。“好领导哩！你是镇上新来的吧？”他低声说，“差不多的村干部害一个病，他家基本不自觉交费，即使交也是象征性的！现在的村干部都有果园，每次打药按最少的600斤算，打10次呢？三五亩地10次呢？一个村掌大权的按三人算，全年各户吃的，洗的，果园用的用多少水？这些钱不从加损解决，我们卖了老婆娃娃也抵不清啊！”

书记生气地说，把党和政府的脸丢尽了，难怪百姓怒声强烈得很！

4

多半天的走访，因为没和村干部接触，疲倦不用说，连喝的热水也没见。司机在小卖部买来几瓶纯净水，几个人在路旁的树下歇了会儿，又去了随近几个村子，得到的结果是大同小异。

午饭是在北凉村吃的，是小计找到一个远方亲戚的家安排的。吃饭间，知这个村原支书撤职的事。这家人说，老支书每年公社（群众习惯叫法）交税费返还的奖金，不论多少全公私分明地按户所交多少代分了。自新手上去，效法白墨村，干部私分了。上边给了多少群众不知情，反正一分也不见了。支书和主任还驴踢马咬拴不到一个槽上。你想拉套还能走一个辙吗？林书记问老支书犯什么错误撤职。

这家人不愿说。书记说你说无妨。他才说，这是已过两年的事了。公社每年夏收征税费，要按规定日子完清村上任务，在限定的几天里完不成，影响了镇上在全县的排名，就得上会检讨。村上只得纳息贷款，把拉腿的那些户给清了，保了村上先进。保了镇上的排名。后来这些户中的困难户还是交不了。交不上来，贷款就还不清。到了下年，新任务又来了，比往年又多了不少。讨旧债的追支书，支书没办法就把新收的倒手还了债，准备再贷。镇上说他挪用国税违法，当即就撤了职。老支书冤得三天没出门。这个冤案至今无人管。

小计问：“税费怎么村上收？”这人说，近年，粮站用钱倒，群众大都是交现金的，因为麦子没碾打完，也没晒干啊！村上为了速度就集中收，统一办理。

书记只听，没有表示意见和看法。他觉得县上每年实行评比，实行奖罚，做法大弊，才造成上行下效的。看来县上也该改变工作方法。但这事他一人是没法扭转的，得把这情况向书记和县长反映，以引起重视。

下午，又走访了几户。这一整天走了四个村子，接触群众27人次，不深入不知情，一深下去吓一跳。许多当解决而未彻底解决的问题，已在党群、干群、上下级间筑起了隔膜，看似不见，实则顽固得很。本来的鱼水之情淡漠了，鱼儿在池中看似畅游，只是摆着鳍子挣命。

荣凯调查报告所列举的事实，程度不同地普遍存在。这是顽性的“皮肤病”，然又非皮肤病。明显着却忽视着。放任着也就自然蔓延着。谁敢肯定不会发展成皮肤癌呢？谁能保证不会危及心脏呢？这是无声的杀手啊！不即以特效药救治，发展到一定程度，必危及性命！

回到镇上，林书记要去见党委书记、镇长。书记见县委林副书记来了，热情有加，茶水呈敬，水果招待，他以为是来检查工作的，脑子开始考虑汇报要点。林书记没提走访之事，简要提了对农村工作的意见。首先问他们对村支书、主任的情况了解知多少。田书记说，林书记，我们就领着那么几个兵，兵是强兵，将是强将，招之即来，来之能战。林书记平静地听他流利的夸赞之后又问，你们每年夏季税费奖励金如何执行？有没有具体文件，是专奖干部的还是给百姓的？问到实际问题，田刚说，秦镇长你给书记汇报这个吧！镇长说，没有形成文件，实施实践证明，设这项奖对加快缴纳进度还是大大有效的。说不上立竿见影，却是重奖之下有勇将！至于钱下去，干部拿了还是怎么了，没多干涉。有的村干部分配给纳税人了，有的村干部可能分了。干部拿了也利于调动积极性！村民分了也有理。

林书记严肃地听着，之后严正地指出：纳税的主体是广大老百姓，干部催交，是本身职责。他们有补贴工资嘛，给个表扬或集体荣誉也是可以的。那么大的数额，由几个人私分了，恐怕不合情理。这和贪污、吸农民血汗有何区别！现在不正之风，群众反感声浪不断，你们还是这样搞，要搞也得有个具体的细则。不少村是干部分了。这不是又在助长不良风气吗？田书记说，这的确是个问题，我们得很快研究出一个方案来。

林书记又严正提了农村两委主要干部特权问题。林副书记当着镇党委书记、镇长严肃指出：村级两委主要干部是你们直接带领的“兵”，是你们认为的“强兵”“强将”。带兵要善用。不能在你们手下惯坏了。他们中不少人，水费、电费不交，转嫁给群众。吃喝风盛行，乱摊乱派，不建账目，该负担的义务不担当，等等，尤其是乱伦，道德败坏，影响十分恶劣，难怪群众强烈反感。问题在于他们不自律。在于我们监管不严。如果不引起高度重视，党和政府的凝聚力哪来？许多利民福祉，广大民众如何感受得到？所以监督教育时刻不可放松。田书记连连应诺。

林书记要走了，车子已发动。镇上几位领导端端庄庄地站在车旁，送林书记坐好了，点头挥手的热情劲不用提了。

5

离开北新镇，林书记一直在想着装满脑子的事：今天群众给我上了一堂生动的课啊。

晚上，林书记把从县中拿来的文件选汇上荣凯的文章，还有其他几篇调查又看了一遍，他对办公室主任说，对于党政干部，百姓的眼睛是看你做什么，怎么做和为谁做，不是看表演花拳绣腿。百姓企盼的是看得见摸得着的实惠，而不是动听的宣言和许诺。但我们中的一些同志偏偏就善搞这些，所以就凉了百姓的心。主任说了他在书记面前第一句也是第一次的真心话：现在玩动听的行话，成了不少单位领导者的强项，所以我们无法得到下面的真情，得不到百姓的好感！——不接地气啊！

第二天，林书记一行又走访了西原一个全县最大的山区乡。所谓山高皇帝远，以前下基层依安排路线，坐车看到的全是五彩缤纷的兴盛景象。只听下属的好话、假话，必然与底层百姓两张皮。如此观花，最多是看花了眼球，怎知那花是真是假？是香是臭？能说准吗？下车伊始，说几句好听的了事。这样下基层不负责任的态度，怎能做百姓贴心人？只能让百姓敬而远之，离心寒心。这一次，把百姓的事真当回事的放心上，入户亲民，倾听心声，诚恳交流，听其所诉，了解真实民情，知广大民众疾苦，知民之乐好，民之所企。两天下基层，最大收获是全面深入地证实了荣凯那来自最底层的调查的价值：这对于治党律干，促进勤政为民谁能说不是一剂良药呢？

林书记上班来一坐下，就沉浸在深思之中。——人心！凝聚人心就是农村党支部的作用，带领广大民众向富裕进军就是农村党支部的作用！

我们农村的党支部，在民众中起了啥战斗作用啊！他们的所作所为与党的方针政策多有违背，有违背就寒民心。民心一旦寒了，什么信仰啊，拥护啊，热爱啊就溃了根基！这次下乡，他没惊动镇村领导们，直接融入百姓。百姓都是本本分分的农民！老实巴巴的农民！他们身上保持着中国传统农民的质朴本色。他们说话不投机，一句一个坑，真金白银，没有粉饰，全是珍贵的治家利国良药！

林书记提笔正在宣传部送来荣凯的材料上批道：此稿苦口良药。勿大缩大删，当保留其文字锋芒，保留其热忱精神。速交刊印，下发至村党支部、村委会。征集反映，送县委办。

他写完了，思绪仍在两天来调研的民情中，他忧思重重：我们共产党人若无先天下之忧而忧的思想，麻木地例行公事，何来后天下之乐而乐呢？他打开工作手册将所记要点和建议，作了整理。结合中央提出“三讲”，提了以下几点：①提议召开县级机关和各部门负责人会议。②县委县政府联合成立“治乱办公室”。③各乡镇组织清查多加于农民的负担，向县委报告。④加强食品监督，肉食检疫。对所有酒店职工进行一次食品安全和道德教育，对个体户必须进行“生财有道”教育，牢固树立“诚信为本”的职业道德。⑤民办教师工资由镇发放改为教育局统发。⑥水电必须严格执行物价标准，不许乱加损耗，坚决纠正农村干部特权。⑦农村财务必先自查自清。⑧县委对农村支部书记有计划地定期进县委党校培训学习。

同时向县委县政府提出：

1.所谓市政建设收费，到底用于专项的是多少？至今县城七八万居民没个活动场所，没一片绿地更说不上公园了；而各乡镇仍是旧街旧巷脏乱差；政府有关部门当重视。

2.教育附加收费是否专用于改善教学条件了，钱的流向呢？

3.农民的税、费（包括烤烟税），不能无区别地按人或耕地下指标征收。林特税应该准确丈量，以有果产入的面积交纳，烟也当如此；

4.国库资金应严格审批手续，有钢用于刀刃上。……

这几条提出后，两个正职都没积极表态，而且表现出不太高兴的样子。大书记说，“建议”都是值得重视的问题，我们以后在常委会上讨论吧。“以后”指的是哪年哪月？消字灵消了。——大书记一心想的是地方财政税源，至于民利民惠，他当然也得思考思考的。孰轻孰重，这就在他了。

第九章　飞马崖边

1

县委《内部通讯》下发到各村级各支部。这是第一次批示这样的发行范围。批示人就是县委副书记林瑞晗。

他亲自写了本期的按语，对白荣凯的调查作了推介，要求各级党政领导部门引起重视。指出，调查报告中所暴露的诸多问题，虽是程度不同地存在，但却普遍存在着。那些非重灾区尤不可无视，必坚持经常性教育，未雨绸缪，杜渐防微是非常必要的，极为迫切的。

白墨村支书墨泯义看过后，鼻孔张合了几下，把文件合起来往他睡的炕头一撇，哼了几声，点支烟抽着，他那一用力的摔，钉在一块的纸页弄得晕头转向，哗哗哗倒下了，还在作响。封面弄得鼻青面肿了。泯义越思越想，心里的那股气烟囱一样涌出来。这个野小子，我能干活的时候，他还是他大卵子里的清水水，没装进他妈的窑里呢，一个臭小子现在真见世面了。才念几天书，肚子灌了几滴墨水，竟给老子们寻茬茬。鼻子又哼了几下。跳下炕，提起热水壶，在不锈钢杯捏了半把二毛子送来的淫羊藿还有“伟哥”粉，倒上冒气的开水，盖好泡着。又找出巨能神力丸，加大量地吞下，喝完酽酽的淫羊藿茶，周身渐觉热力猛增，火攻内里，加上强烈的性欲心理，下边已控制不住地撑起来，他无所顾忌地直走一组仙草家。仙草正把镜子蹲到外窗台上，开始梳理那乌黑闪亮的发丝。仿佛是一种神秘感应，她媚笑着故作娇态，黑瀑布下一张丰润如脂的脸上，两只会说话的眼睛，把渴望的全部秘密漾了出来。恨不得把自己全部钻进那头骡子的心坎坎，享受个天欢地乐。泯义给了个手势，仙草在镜子全看到了。活似动物发情期，公母互相交流一下暗号，异性相吸了。她看手势知是“老地方”。泯义迅即回到家，捏了那个疼痛得还懵着的《内部通讯》，往腰间一塞，向他的“性宫”走来。

天渐渐地由灰变黑，由黑变为浓重的墨黑了。

“性宫”是泯义特留作的性福乐园——他的旧宅院。镇上有文规定，新宅修成后，旧宅归集体所有。但到下边，文件执行就自由了，上一级只要写在纸上，发下就完了。文件对村上干部和几个特殊公民是无效力的。其他村民，自新宅基批下，就收了旧宅。唯泯义和村上干部还都留着旧宅。村方不知是谁用黑漆，在他这个大门扇上写下“配种站”三字。下边又有人用铁钉刻了“配种中心”四字。这个聪明的人怕泯义擦掉就用刀刻了阴沟，把字的轮廓永远地留了下来。又用刀在门外的几棵泡桐身上刻了“婊子店”“配种站”等字样，门扇上的清洗了，字痕无法除去，树上的随着树的发达，字也在蓬勃发育、茁大。树的文身怎么除去呢？欲除，非得剥皮。谁都知，人活一张脸，树活一张皮，没了皮的树，还能生存吗？泯义多次站在树下想法子，一年多了没想出个正法儿。这树不是他家的，他建议人家挖树，人家怎能忍心挖倒这几棵树啊！

泯义先到这里，进得院去，开了正中的房门，拉亮灯，扯开被子，打开电热毯开关，放到高温上。灯下，又翻看荣凯疾恶如仇的材料所涉的内容。每项都触到了他敏感的神经，引发咬牙切齿的表情。

泯义前脚刚到，后脚就飘来一朵彩云，那就是仙草。仙草刚落定，泯义就热烈地拥进怀中，在那软嘟嘟的脸上响响吻了几下。仙草一手擦着涎水，娇喋喋道："你的水水给我流到脸上了！"泯义说，你这里香啊，不流这里往哪流！我恨不得吃了你哩。仙草越觉自己又升值了。今晚同支书共床一体，再献资本，虽不算第一次，可她特觉这次献身的价值。她一个年轻美丽的女人，凭她比稀土更贵重的资源要为丈夫，为自己的家，换得超过想象的利润，她用妇道的贞操交易的是什么？泯义最近有个深谋远略，要甩卖村上的林场了。要卖小学校，要卖原大队房产等。尽管最近搜腾的卖了吃水沟抽水的全套设备（村上70年代所治家当）和果园，村民一片声地追问钱的去向。同时，暗查实际所卖的钱数。至今浪声没止，闹绪激烈，他竟眼里不放村民，又无所顾忌地来了个拍卖林场的大动作。他得意地自我表扬：拍卖是农村改革的重大推局，不可挡的历史潮流。卖林场的消息泯义最先只给村上几个出名的人物说过。还在一次肉体交易中给仙草说过。仙草回去密透给了男人，男人力决要买下林场。但一想钱，男人白政君说咱哪来那么多钱？就是有钱不定能弄到手？仙草说，这你别多想了。通他的管道我有办法。你只要愿意就去寻钱。政君说，那就买。办法靠你了。只要把林场弄到手，咱就有聚宝盆、摇钱树。儿孙的吃穿都不愁了。于是就有了仙草今晚的不辱使命的干活。今晚，政君在家，为了利益，他心里十分明白，夜里把媳妇送给流氓支书，干什么，不用说了。他愿戴绿帽子，也不要属于他的灵和肉了。付这个代价他是心甘情愿的，仙草打扮得骚骚，稳坐漂流的船头，泯义岸（暗）上走，二人心领神会，大胆地往前走，走到热炕头！仙草手摸一下炕说，还不太热啊，再等一会吧！泯义抱住不放，淫腔淫调："我的小白兔，哥哥真撑不住了。"实际上仙草比他还高一个辈分。他叫姨哩。仙草用纤纤香指点了一下泯义厚得猪皮一样的脸皮：“你呀，真是只馋猫！”

仙草不是个纯骚着不要尊严的女人，他的男人也不是个没头没脑愿戴绿帽子的蠢货。他们夫妇到底投那么大的血本能否达目的？

2

果然，没出十天，政君顺利地包定了村上的林场。

林场的范围，从吃水沟到狐狸洞前后大小四条沟五道梁，两个平滩和一个扁平的大丘陵，共多少亩，也没个准确数。一没丈量过估计过，二没计算过统计过，有人说七千亩，有人说八千亩，有人说万亩不多。村民最记得清的是，从合作化到人民公社，全村人上阵，每年去那里流汗，每年在那里种树植树。只用一个“大”来总结。一夜间变成了一个人的私有财富，天理不公。村民又一次为林权而哗了，哗不是抵制上边有关政策，哗是针对泯义一手遮天，把群众几十年辛苦所结的劳动果实，当自家的一头猪一只鸡出售了。他把村民全没放在眼里！到底卖了多少钱，这钱都准备什么用场？一概不知。然而，哗归哗，一窝蜂而已。找谁呢？到哪一级也不给个完整满意的解释。镇上把皮球踢到村上。村上发生的事，让当事人怎么处理？村民只能失望又失望。泯义知道群情激愤，意见百条千条。才召开一次大会。说是“大会”，四个村组到会的不到三十个人。其中妇女娃娃占了一半。好些家有人就是不去，不去，不是不关心，而是认为这个先斩后奏，事后做善的事，是玩弄感情。泯义在会上先来个下马威。机关枪扫射地骂了一通。之后说，包山是上边的政策，是农村改革的深入，谁不相信，要反对就去北京进中南海问去！冒子、跃进这天去了。他当面问为啥包前不开村民会。包了多少年限，承包费是多少？泯义说，承包和拍卖是一个叫猫，一个叫咪咪，一回事情。叫承包时尚，称拍卖也没错。先是70年，往后到了重孙辈，那我也不知道了。钱是十万。再问，他不说了。再追问，他反问："村里谁是当家的？当家的不做主，要当家的干什么？"这事漫漫淡化了。不少人一声长叹，说你能行我就能行，反正是大家的利益，均各户有多少油水！也就不了了之。

政君自从弄到了林场，整天骑个摩托车在村边巡查。一月后，背上多了个电锯，车子往塬边一家院子一放，上锁后就下沟。以盖校为名卖给木头贩子推了光头的林从根也发了起来，幼林笼罩了山沟野坬。政君先伐水渠两岸的大杨柳，后伐林中粗刺槐，扛木头是雇人的。家里周围粗细长短不同的木头堆得山一样，隔几天就有几辆汽车来运。有人说矿柱是上了火车，运往铜川、山西、内蒙，其他木料是运往大型什么厂了。几个村民眼红，看全村人的汗水让私人独吞，不服。去问泯义："你就这样当支书？卖大家的血汗，袖筒卖猫哩！你见了多少好处？"

泯义理直气壮："你们知不知道，先让一部分人富起来的政策？少数人先富起来才能领军多数人共同致富！……"村民怒气突冒，指着脸骂："羞你先人哩，你就这样理解那句话！那勤劳致富怎么讲？"

拍卖林场一事，虽说谁也不能阻止支书，而茶余饭后众人聊话主题，都是以"一手遮天""独裁敛财"批评泯义。人都知道政君独揽林场是用女人性贿才得手的。但有人就反驳，你们傻头背上知道个什么，政君的媳妇是金的银的也不行，那里边还有人所不知的秘密呢！鬼是不走干路的，林场那么大一块肥肉能让政君一个人吞了？三岁娃也不信的。泯义参份子不说，政君不渗渠修路给好处行吗？国玉他们也不大干净的。这话传到国玉耳中，国玉冤得跳起来，发咒赌咒地说他一分也没见。只是跟上吃过几次酒。还发咒："如果谁见了好处，就把一家人死光，连孙子也搭上去。"为这，在班子里引发了地震。

后来知，国玉听到卖林场已成事实，找过泯义。泯义说，拍卖山林是深化农村改革发展的新事物，不可抗拒的潮流。科学发展观咱不是不知道，只有包给私人才能发展。国玉说，是包或是拍卖，咱几个人也得先通气啊，认识统一了，还要交给村民讨论。林是大家造的，财富是集体的。包也得光明正大地来包，你一手搞，村民不知情，后面怎么能不乱说呢？我跟着挨骂，挨了个莫名其妙，冤枉得很！泯义说，人上十口，七嘴八舌头，上千口人，各有各的说词。就算会召集了，如何统一呢？要那样的民主，不如我来集中好了。家有百口，主要一人，对吧！

国玉说："那我当这个主任是摆设了！算个球！"

泯义站起来原地转了几个圈儿，很不以为然地说："县市当摆设的位子多得是，咱这小小基层算什么！"

国玉："你把林场捧手给政君，村民说这说那的，我耳朵也塞不下了。泯义无所谓地笑了几声，这几声全是从鼻孔发出的。他说，那些货爱说什么由他去，别理！现在做事，你把他放到碟子了，还以为自己是山珍海味呢，其实是上不了席的野菜罢了！"

国玉："村民说得不是不在理。去年咱说过想承包山林30年。村民有几个想要，咱说开会定。人家打算出20万，咱初步提了30万，人家松口了，25万可成交。只是在年限上咱只给30年，人家才搁浅了。这次呢，你一人做主只10万又是70年。这怎么给村民交代！70年咱孙子都成老头了，这么几个钱，近万亩林场，不是白送了吗？全村人造了几十年，辛辛苦苦的，许多人连个榾柮把也没安过，你说他们心理上能容忍吗？30万元和10万元相差太大了。原先20到25万就成交，现在才那么几个钱，给谁都会怀疑里边有鬼呢。"

泯义顺便说，30万是咱心想的，人家还要愿给哩。……他妈的，我装我腰包了是吗？

国玉也睁大了双眼，脸上的肉控制不住地跳起来，嘴唇也抖得厉害。泯义，你骂谁，你是骂群众还是骂我哩！

泯义说我是骂那些想吃屎怕糊嘴的！我问你咱是代表一级权力，合同签了，反悔行吗？是女人顶着手巾说话对吧！

你俩喊啥哩！有话不好好商量。元魁扑腾从院子进来了。

国玉说，你说能商量吗？我是说卖林场的事，他一人做主，瞒着村民，也把我撇二鬓坬里。我跟上挨骂，被怀疑。老支书，你说我该不该来问一下情况？他骂我是好吃屎怕糊嘴。我能吃上什么屎！有屎让贪吃的连底摊也舔了呢！

泯义这阵子装着，不反驳也不强调自己的理。

元魁向着泯义说，这件事，你就是违民意了，你把大家知情权全夺了。我也想不通这个承包或拍卖。承包或拍卖这个政策其他地方也有例，得以群众利益为先，权利为先，把群众放在眼里，通过合理合法手续。说到这份上他再没延伸，截住了话头。问泯义，你们到底卖了多少钱？钱是怎么付的？钱准备做何公益？群众得有知情权啊，人说，捉猪娃猪婆也哼哼几声哩！林是集体财产啊！大家几十年的血汗！

泯义没马上回答。没马上回答是因为他没有现成的能说服人的理，他正在想“怎么说”。他看着元魁，元魁又问：“政君一次能付那么多钱吗？他的家庭状况谁不了解。”

泯义才说：“钱是分期付的。”

元魁说：“怎么个分法？”

泯义说：“10万元分三期付清。”

元奎问：“是你定的？”

泯义：“……”

国玉：“这和白送了有什么区别？和皮包有什么区别？人家已伐

木多次了。卖一茬给你付些，卖一茬给你付些。咱还不是用自己的骨头煮自己的肉，人家摊啥本来，再说这钱零来零去了，能为大家办个什么事？”

泯义讥笑地对着国玉，你这个主任今天怎么又成大家的贴心人了，把大家利益放第一？我问你，调整地你心公正吗？你没私心吗？弄得屄上都是屎，让我给你擦，今天你还顶我的茬，呵！他狠狠地呛了国玉一下。

国玉：“谁在这事上心里有鬼自己清楚，比谁都清楚！”

元魁：“对咧，对咧，都要以大局为主，过去的事就不要再提了，总之林场的事做得是不得民心的，村民骂也罢，议也罢都能理解。这事可能还要发酵呢！”他问泯义：“怀东在这件事件中态度呢？”

国玉：“怀东他大听村民一片声地骂村干部，把儿子痛骂了一顿。怀东也怕扯进自己，迟早碰上个运动，说不清，洗不净。干脆把账一卷，封起来，出去给煤矿烧锅炉去了。每月2600元，还清闲。”

元魁：“当干部做事，尤其是牵扯民众利益的事，慎重是很必要的！就是一个家庭，几口子人，家长也不能主观独断，漫不说咱这千多口人哩。这件事，你们都要想想，怎么给民众交代！不交代不行，这是迟早的事！泯义！我今天再重重说你一句，咱白墨要壮大起来，不能只想着吸血，必须想法造血才是，不造血就永远好不起来！”

泯义从来就是这样。自己要想做的事，谁也阻挡不住的。他用“青蛙呱呱，挡不住河流”说明自己的主宰力。不仅仅是林场一件事。国玉的话、元魁的话他这个耳朵进去那只耳朵就出去了。根本没放心里去。连个过站也不打。他手越来越长。弄钱源头有限，就打动脑筋，广开源流。他为什么要打着为大家谋福利的旗子拼命捞钱？后来确知，有这么几个因由：第一，他年龄已大，其他村子渐换上了有文化有知识的年轻一代，他想他揽权的日子不会太长了，所以对掌权时间很有危机感。第二，全县一二期社教已过，第三期即到，就包括白墨村。他从民心民意判断，这次社教凤凰落架，就是他的终点站了。在运动还未来之前，甩卖集体化留下的残余摊子就成了他整日的用心。用村民话说，他是“狗吃屎忘不了舔底摊子”，他是在舔底摊啊。他从经验而知，经济问题只有“毖后”而没“惩前”，这是他自己给自己壮胆的底气。

3

冷眼看花，方可透察花的本色，抿住嘴巴欣闻，方可验出花的真香。

人生在世，就似一枝花，花开花落，遵循自然。红是红不了几天，凋谢是个必然。谁也逃不过零落成泥碾作尘的结局。有的人终生保持着节操，红时红红火火，把温暖馈赠于他人。老了虽到最后那么一小段了，“残枝犹有傲枝俏”，活得价值！有的人，红着的时候，如“一团茅草乱蓬蓬，蓦地燃烧蓦地空”，进入到壮年老年，越是变本加厉地污染社会，危害他人，活得臭烘烘，人见人厌。所谓“轻于鸿毛，重于泰山”之别也！

元魁曾同他的前任和前前任，忆聊过自己昔日任职的功与过，得与失，聊起目下村上的事，无不忧虑。今日受他们的嘱托，要和泯义谈谈村上连连发生的一些事，严正地指出他生活作风的恶劣影响。元魁决心要劝他别再踩油门，赶快刹车。要力阻他悬崖勒马。

他来到泯义家。泯义正面朝天，八字形睡着，不知想什么。见前任来了，以尊重的态度接应坐下。他知道元魁是无事不登三宝殿的。元魁已戒了烟，他只让老婆提来壶给泡了茶。杯是一次性的，茶是铁观音。二人寒暄了一阵子触皮不触肉的话。之后，元魁拉开本腔，问：“你今天有工夫吗？”泯义说，有。有啥事就说。元魁说，有工夫咱就多拉拉。泯义悦色着说，好啊，咱俩老搭档好长时间再没谝闲了。元魁说，不是闲聊，是说正经事。今天咱俩坐下来，面对面。从私说，咱是爷孙俩，从公说，是两个党员。不论怎么说，算是两个大人交心吧。

元魁说，我犯错误后，自知不合格了。你接手，我抱希望。我当时就给你提过醒。不知你还记不记得了。我希望你超过我，为村上办几件好事实事。群众已不给我权了。我特希望你能严格要求自己，检点不良行为。你呢，开始还行，对提醒的有些改色。不久，就像没曲好的笼鋬，又弹回原辙了。不是我用旧眼光看你，你的作为自己也清楚。

泯义截住话头说，都是村上那几个瞎怂给我造的谣，脏的瞎。那些王八蛋个个没安好心。

元魁目光似火，对着泯义眼睛，说，你这样认为就太不对了。群众是以一个党员标准要求你，以一个支部书记的标准要求你。这一点绝没错。而你以一个普通民众看自己，怎么能说是造谣？你听到也见到了那些顺口溜了，哪句不是事实啊！

泯义口气很硬：“我看存心不良！”

元魁：“你的不承认主义是错误的。主帅不正，手下怎么能勤政为民呢！这是我干村上工作十多年后的醒悟和教训。今天想来也愧对父老乡亲了。我干不下去了，群众不再信任我，不再给我权。我想在人前说些公正有良心的话也没勇气。觉得说出口，村民也认为我没资格说。所以就多有沉默。过去，我们那届吃拿卡要也够严重的。咱俩搭着班子，这你知道。而现在呢，风更盛了，这不怪村民痛心。村民们强烈反感，正说明了他们觉悟。”

泯义好像有天大的冤屈，重重地叹息道：“当干部的都没好下场。我看透了。在位子上把力出了个尽，心费了个扎，路跑了，亏吃了，骂挨了，下台了众叛亲离，成了臭狗屎一堆。人见人恶，有时狗屎不如。”

元魁说，我不这样认为。为大家谋利，干下了实事好事的干部，群众心里并没忘记，也不会忘记，全县树的那几位先进村支书、村主任就是例子呀。

泯义说，我就是准备当臭狗屎的。

元魁：“人，既要长脑子更要长德行长记性的。不要听民众评价不好就烂罐子烂摔！你何不做个香草包，为自己留个好口碑。”

泯义长长叹了声说，我已经明了，再表现得好，还说我是个豆腐渣，不信任！

沉默，沉默……

元魁看着泯义。

泯义说，我就是那么一弄，谁有本事谁就上！

又重重地放了一句：“我看村上还没出下那个人！”

元魁说，村上不是没人，一代更比一代强，这是个真理。不要总认为姜还是老的辣！辣过了口味，就不行啊！元魁放过这个话题说：“当今，论资排辈不兴时了。你想过没有，怀东走后你用的人，为什么他们家里极力不让干，人家就是怕跟着你再懂麻达，把自己陷进去。现在，留那些卷卷账，迟早有清算的时候，那时，你打算咋办？”

泯义不在意地说：“谁卷谁往清的说吧！”

元魁说，人常说零吃瓦子趸屙砖，到时屙不出愁不愁？社教马上到咱村，可能要牵涉些人呢！件件事恐怕离不开你！当然，有些也涉及我呢。

泯义说，有铁扇公主，哪有过不了的火焰山。

元魁嘲讽道：“那你等着吧，恐怕你没孙悟空的本领！”说到这，元魁忽然想起了荣凯反映的那些事，他问："荣凯这娃写的文章，听说县市非常重视，都有好评，发到村一级，这还是第一次见。说明上级很重视目前农村出现的问题了。你看了咋样？"

泯义一听荣凯这个名字，脸上成色忽儿不对了，弹簧蹦起的那样，身子耸了耸，从牙缝射了几句话："别提那个碎龟儿子了，净搜寻了些雷管，想把我们炸死在堡垒，居心不良！"说着说着，声音有些颤，咬牙切齿的恨。

元魁见他强词不认理的态度。用手按他坐下，说，你先别激动。我认为不是人家娃安心要炸毁堡垒的。他是以敏锐的观察力，在审查堡垒上每块砖是熟的还是生的、半生的。如果说是炸弹是雷管——当然不是有意——有何不好？巨响一声，是块好砖好料必坚固完好，是块残砖必经受不了震撼，经受不了考验。当本相显现，方能整修加固，让堡垒成铜墙铁壁，你说这不是大好事？哪块砖合格，哪块砖不合格，在试金石前是跑不过的，忌什么？

泯义含着嘲弄的口气说，你下台后觉悟得那么快，没看出真成了马列主义者，真成无产阶级先进分子了！我的觉悟比你差十万八千里。我认为荣凯这小子太狂妄了！嚣张得不知天有多高地有多厚。不知姓甚为老几了！

元魁听完了泯义一番挖空心思的发泄，并不生气，也不见怪。他觉得自己苦口婆心地说了半天，泯义全打了折扣，听进的几乎没有。好像心是绝缘的。但他还是要劝要开导。他说，孙娃子，你不要钻牛角尖儿。我不是宣扬老子英雄儿好汉的血统论。这娃出生在一个光荣老革命家庭，他是烈士的后代，我不知他清楚不清楚自己的家史。以我的观察、判断，这棵苗子生长还是健壮的、有望的，没失老前辈的本色。少年强则国强。他能面对现实，心怀忧患，敢为光明开道，敢向龌龊挑战，书又读得好，人做得正，我看是青年一代中最有出息的！

泯义嘻嘻地说：“有出息！有出息就一心念书上大学好了，跑农村搞什么调查，他是在捣乱，大闹天宫！”

泯义自见了荣凯的文章，对荣凯就产生了忌恨，像吃了葡萄又喝了醋，水火不容之心已生。现在元魁又在他当面夸赞这小子，歌颂了这小子，一听见这名字，他如对着坛子放屁，鳖气得不得了。王八吃秤砣，他铁心要和那小子对阵。他敏锐地意识到元魁在支持荣凯。这小子是潜在的危险，对他已形成拆台的威胁。

泯义说，你今天原来是专来给我上政治课的！我看出了，你是撂过扁担就打卖柴的！突然成了党的忠诚战士，觉悟高得超乎想象了。

元魁对泯义的挖苦讽刺仍然没有生气。他知道一个人理智到了失控的程度，到了无理可占的地步，必然失态。他说，我并非是抡起扁担在打你，请你不要误会。说到觉悟嘛，我也是在跌倒后才清醒的，是事实教我反省的……

泯义抓住话尾说：“那你是不是也要让我栽一个大跟头，再反省？”

二人语言上的冲碰已发出响声，思想的裂口越来越大，因此，暂断了继续交流下去的必要。

第十章 星光闪烁

1

世上的人形形色色，千面孔万面孔，谁也无法探究各自内心的秘密。不过，什么年代，平凡人总是极多数，而拔萃者就是在平凡中发现，平凡中成长起来的。这是合乎自然的规律。

白墨村活在世上的人，掐指细算已六代人了。文贵和大善人是年龄最大的，已到耄尊之年了。辈分也在祖爷爷的尊位上。最小的就是上幼儿园年龄的嫩苗苗。这几辈人里头，从政的，经商的，为农的，打工的，参军的，上大学的，还有做贼的，坑蒙拐骗的，按古之说，七十二行，行行没有空白。

白荣凯，属村中第四代。货真价实的草根后代。在接受教育上，从“红幼班”起一直走来，上完了高中。在高中三年，曾任校团委会组织委员，年级组团总支副书记，班团支书，还是学生会篮球队一名主力。三年六学期的高中，蝉联“三好”，学习期满，师生眼里他是文科最尖的。高二时他就参加党课学习。向校党总支送上入党申请，班主任党老师一带一地培养，高三已成一名光荣的共产党员。高考预选，全县报文科的680名，预选指标是370名。他是第二名，与第一名只差0.28分，学校根据历年统考录取线，认定他在正式考试中潜力大于第一名那位同学。只要在这距统考的7月只剩二十来天里再加把劲，临场发挥好点，不但冲刺一类（现在称“一本”）没问题，而且达到全国重点如北大、清华、人大、复旦、同济的分数线不会没可能。党老师和几位主课老师对他满怀希望，充满信心。都在找奥赛题，单灶提高，独场练兵。靠他为学校为班级争光，为代课老师争荣。

学校每年到这学期，高三班主任和科任老师都要向学校签保证书。把学生排队分等，分析估计出各类（大学的一、二、三类学校）可考的具体学生、总人数。党老师不例外，他胸有成竹地第一个在保证书上写了党国秀三个字。学校向教育局，教育局向县政府，一层层签有此类书。在“升学第一”的擂台赛上争霸。在全市档次上超越他县。

参加全国统考学生中，中等以下学生流失十个八个无所谓，不影响大局，但保优秀生犹如保护大熊猫，当政治任务做好。若重点学生流失一名，学校整个神经就痛，引发骨痛肉痛。这与学校、县里有成文的奖罚制度有关。其实行时，条文中的“罚”最后悄悄忽略了。只给个不点名的批评。而奖是真金白银的。考一名北大、清华生，班主任代课老师、学校都有不菲的奖金和崇高的荣誉。各科也是一样的。哪一科成绩优秀，也有应得的奖金标准。9月10日教师节，上台戴大红花，被县电视台采访。学校如果考得名落孙山，早早瞩目的全县人民，会毫不客气地传来一片责备声。问教育局长是怎么当的，校长是怎么当的，教师是怎么教的……

这就是学校、老师、班主任连锁关爱优秀生的内在原因。但是谁也没有料到，预选锦榜在校门口，在东西南北四大街和十字口贴出后。荣凯却三天没来校了。有关老师也没在意，认为是娃娃考乏了，休息休息是正常的，一张一弛，劳逸结合是科学的。而到正式考试训练和辅导开始后，他也没参加。在自由复习的几天里，党老师突然得到一个震惊全校的消息，白荣凯放弃高考了！

党老师不信，科任老师不信，学校更不相信，都不相信这是真的，都不相信会是事实。都不相信他会放弃阳关大道，去当苦农当傻瓜，除非脑子进水了。知识能改变人生。黑色的七月，就是千军万马争抢独木桥改变人生命运的激战岁月。不少有为青年从这天开始了人生辉煌！连当今的农民都知道的。荣凯这样水平的学生，脚已踩上铺着红地毯的殿堂台阶，别人金钱难买的圆梦良机，他怎么能轻率地退却而不去图，不去进击了呢？真让人难以理解！党老师怀着复杂的心情，亲自到荣凯家里去了解真相。他一来，荣凯就知道是为什么。师生直言不讳，老师推心置腹，把最能打动感情的话说了一大堆。个人利益、家庭利益，然后是国家利益的动员、启发、甚至以鹏程、以名誉、以地位诱导，然而都没点亮荣凯心中执拗的那盏灯。荣凯恭恭敬敬地向亲爱的老师深深鞠了三躬。说，谢谢老师的好意。我会终生记着您对我的厚爱，也绝不忘却老师三年的悉心教诲。我已下定了决心，初心必须坚守的，我要在我可爱的家乡实现我的价值，把文章作在家园这片热土上。请相信，我绝不会为学校，为您丢脸的。

党老师大失所望，但还没到绝望的边缘，心中的那股信心最后又鼓起来，说，荣凯，你不要后悔！到想起时就无法弥补了，你还是慎重为好。须知上大学是更高层次的深造，出来一样是会报效家乡的！荣凯毫不犹豫，很干脆地回答老师：“尊敬的党老师，我既能下这个决心，我就不会后悔。虽然我放弃了考大学的志愿，我照样可以拿到大学文凭，甚至比大学更有含金量的文凭。成才的路宽得很。农村能学到好多好多书本上没有的知识。”正说着话，荣凯他大进来了，接着他妈也进来了。他大是个憨厚的农民，说话有礼有节，一板一眼的。他说，党老师，你俩的谈叙我全听到了，这娃我也不清楚是怎么回事，好干干不上了，是不是在校有甚麻烦？他妈也眼泪不干地说，娃书念得不错。奖状得的墙上贴满了。念不成的话我就不强逼了，他能念咋突然就不想念了呢？碌碡拉到半山滚下沟，多可惜啊！荣凯不说话。

党老师插了句："孩子在校什么麻烦也没，学校和老师都很器重他的！他是最优秀的学生，名校的阳光选手啊。"

他大说，不念了有啥办法，看他自己作何打算。我原本想，我还能干，哪怕多困难，我一定供你大学出来。荣凯才说，你身体也不好，农业社搞水利伤了腰至今后遗症常犯，妈妈也是个病身子。我不能自私地只为自己。党老师听了说，荣凯，你对父母的孝心我全能理解，而父母望子成才的心你咋慰藉？如果单考虑经济困难，在大学四年里我可以资助一部分，大学还有奖学金，照你那样的成绩和家庭状况，享受补助又得奖学金，学满是不会有问题的。毕业后即使不考研，也一定能分配到重要部门的。荣凯感激得热泪盈眶，握住了老师手，"党老师我向你表白的全是一片真心。再说人生大展宏图不只是大学一条路。"

党老师苦口婆心的启导，终未挽回这艘飘荡在茫茫大海中的孤舟。他最后把本不想说也不好开口的那句心底里话说了出来："荣凯，不是老师说你怨你，你脑子是否受到什么刺激了吧！"

荣凯他大听了老师掏心窝的话看着儿子，头摇了几摇，低了下去。妈妈眼里也水汪汪的，转过身去抹。

党老师把一片真爱洒到荣凯心上，荣凯还没回心，心里似乎也难受。老师不愿就这样失败而归。荣凯确实是个人才，在距大学咫尺之遥了！只要稍作鼓力，就能跃到一片崭新天地。他又去做其父母的工作。荣凯的父亲曾也当过六七年民教，是低标准时期吃菜咽糠过来的中学生。民教减员清退，他主动提出辞职回家了。因为他有几个孩子的负担，整天守在学校只给个工分，家里许多活干不了，于是毅然回家当了彻底的农民。他本有让唯一的儿子上大学的梦，也有让儿子补自己大学梦的雄心。但“八九”风波，至今让他对儿子政治前途怀有担忧。谁知他会放弃升学呢！得知儿子放弃考大学的机会，老两口几夜没合一眼。后来心也想开了，天高任鸟飞，海阔任鱼游，就由着他吧！荣凯他大把自己的想法、态度全亮给党老师。党老师也不好再努力了。“方舟”开到面前，他的弟子拒不上船，非要冲浪就让冲去吧！

党老师以失败的心绪回校了。

荣凯真的要安心于家乡，脚踏实地，如一粒饱满的种子落地生根，茂盛枝叶，欲结丰硕的果实。他已把自己种在了生他养他的白墨村。

2

荣凯留农村了。这是真的！无怨无悔！

村里冷言窃议虽不是席卷却也不少。按说，这年代高中毕业返乡不算奇，不是像50年代和60年代初，高小毕业的韩梅梅当农民也成新鲜事。而现今已是普通又普遍的事，本不算多大新闻的。却在白墨有人高兴，有人忧。高兴的是村方基层民众，他们对荣凯抱一种厚望，忧虑的首先是泯义，他对他早有敌意，认为他不是个安分分子。荣凯的回乡为什么有那么大的反响呢？因为他在校学习优秀已在村上出名了。大家一致认为他应该上大学。所以产生了像新世纪50年代小学毕业的韩梅梅回乡时的舆论。不过，这种种议言和风语只一阵子就过去了。有眼光有头脑的人却点赞：现在大学生回乡创业的也不鲜见了，荣凯回来就回来吧！是大好事！有眼光，有大略。而村上那位最显赫的带头人却担心起来，担心拆台、顶班，担心自己的位子安全……

荣凯不管是支持他的，还是有相反看法的，都概不管它。听而不闻，毫不在乎。想自己当想的，干自己该干的。他刚回来就和他大一块上地干活，见了村民就和普通农民一样，一起说笑一起赶集，一起逛农贸市场，了解农业产品行情。这一切如在校听铃声上课、下课一样的平常。

一个月过去了。还有些爱说话，多管事的人感叹着说，荣，你看人家娃娃考大学的通知书都来了，你不上大学不是把你大你妈的心血白劳了吗？

轲亮不热不冷地当面说，你这个大知识分子，再上一步就算是高级知识分子了吧，回农村这没出息的地方，恐怕太违心了！不管新式农民、旧式农民，背的还是农民皮！荣凯均以笑谢之。他想这些人虽然话不太好听，却无恶意，心还是希望他进步的。所以在第二次当面说时，他就笑着说，谢谢关心。以后再无人向他耳里说这类话了。

是的，荣凯是已站到接受高等教育殿堂的门口了，却决然放弃了夙愿，安心在农村这苦地方。以农村为根据地，拓展用武平台。他究竟想要干什么？有智者言，这小子有“野心”，而且是“野心勃勃”！他要潜入地下泥土中，吃泥、化泥，打出一个通道！把忍受着黑暗煎熬的白墨这只蝉蛹，尽快催蜕成渴望枝头歌唱的蝉，自由享受大自然恩赐的蝉。这观点准不准，拭目以待吧！

3

令荣凯十分高兴的是他并不孤立，并不会孤军作战。可喜有他的同路人，他们以“粉丝”的热情扑尘而来，紧随在了他的周围。有近届高中毕业录取到“三类”或“委培”或“代培”的他们，有打算重读待来年再考的，也学了荣凯。他们说，荣哥，咱们搭帮吧，你欢迎不欢迎呀？荣凯说，你们还是去上学吧。不继续上学，只要出自真心，不会后悔，不再见异思迁，也不被任何优惠所诱惑而动摇，真的是颗种子，就如愿扎根吧，我有啥权利反对呢！我举双手欢呼！

这些人是白肖肖、白鲤儿、白大鹏、田禾，还有初中毕业的七八位。这是一只朝气蓬勃的生力军！大鹏说，荣哥，咱村上就靠你拯救了！你是早晨八九点钟太阳，你是块磁石，我们是磁屑！

鲤儿说，话不敢这么讲，大形势这么好，无限风光啊，又不是在水深火热中，谁拯救谁？救农民只能靠改革开放的好政策，靠自己的智慧和努力。咱这些新型农民只要怀一颗热忱之心，驾驭大舟冲浪，随潮前进！

肖肖说，数风流人物还看今朝！你一回来，我们这些高中生、初中生就群龙有首，能撑起世事了！

田禾说，都在这广阔田野上龙腾虎跃，摆龙门阵，谁有甚能耐就都大显出来。

鲤儿说，我肚里墨水清清，学本事就依师父荣哥了。今后学农业是一方面，我还想跟你学文，深入生活哩！

荣凯笑笑，还没看出，你志向蛮大的！学柳青深入生活是吗？想当作家还是诗人？那好，就从蚊（文）末子做起吧！我一回来，像进了又一个陌生的课堂，还是一个小学生，一个学徒！大家都是徒。咱们的父母，咱村上的乡亲才是咱的老师。村上的土地、地里的五谷、果园就是学校，是教材是课堂是作业。我建议咱们每人应有一本《我的父老兄弟见闻录》，把父老的艰辛，社会的动态，人心的变迁，生态的发展和泛起的沉渣等全记录下来，好不好？

大家齐呼：“好！”

大鹏说，有条件了，咱也可办个广播站啊。田禾说得一口标准普通话，是学校播音室的主播，镇农建工地她也被请去播过几次。不用说，回村了，是难得的人才！田禾说，只要把站办起了，我当仁不让。荣凯说，我们目前还谈不到这个。待条件吧。田禾听着，温柔地笑了。那笑在这气氛里变作一股快乐旋律，滋润在每颗年轻的心田！她向着荣凯说，你也学得官腔官调了，回来了就得实实在在的，说农民爱听的能听懂的话，干农民愿干想干的实事。

荣凯畅然笑道："大家听听，田小妞说的什么？一开口，就抡起帽子了，说我官腔官调。民何来官腔官调啊！"

大鹏本不善开玩笑的。田禾一来，他就兴奋起来。今天特开笑口说，小美人闻到男人味，鼻孔都开窍了，是不是想荣凯了？一日不见，如三秋兮！田禾瞅了荣凯一眼，秋波荡漾。她跑过去拍了大鹏一把，"我警告你。要管好嘴巴。"然后演讲式地讲："咱都是掺进父老队伍里的新分子。物理变化不算变，要起化学变化哩。"肖肖插话，那催化剂呢？田禾说，当然是政策，是国家的政策。社会上讲官二代、富二代什么的，咱是什么代，是农二代、农三代。肖肖又插话，你的这二代那二代，别让人误解为作物种子了！大鹏说，其实咱就是种子。荣凯说，咱本就是种子，要落地生根的嘛！

鲤儿是个乐天派，开玩笑逗乐是个行家。他上前站在荣凯和田禾中间宣布："咱们都得听好了，都把自己的嘴拧过去，让田禾把香嘴给荣凯！"荣凯红着脸笑说，你说句文明话行不！大家都开他二人的玩笑，不是无风起浪。他俩是青梅竹马，从小玩尿泥到红幼班到小学、中学都相随着。上高中几年，感情如兄妹，又不是兄妹，旁观者看出了点意思。所以都给钵底加热，促其反应。田禾特长画画，也写得一手美术字，文章写得也不错，文采飞扬，所以鲤儿又说："那就让田禾成为咱们中的丁玲、冰心或铁凝吧！”

田禾和荣凯初中三年是同班，还当过两学期同桌，高中凑巧也分到一个班，到了高二分科，荣凯学了文科，田禾去了理科。预选考试，田禾因偏科，作为备录的三人中第一位。虽有参加高考的资格，却没多大录取的指盼，所以她为自己拟了两条路，一是跟着正式高考练一次兵，取些经验，复习一年再战；二是，学荣凯回家乡当农民。妈的意思也是这个。妈念叨说，娃，你年龄也不小了。花能开几日红吗？鸡能叫几日鸣？何必一条路走到底？不是上大学的料就别自找苦吃了！打工挣钱过一两年定终身事。田禾开始讨厌妈说这种话，后来默认，把秘密装心里。荣凯回来了，她随之下了决心。

荣凯避开扯谈田禾和他的那些事，说，既然咱们志同道合，就从今日起携手共进！

几个人谈兴正隆，大伟和冒子来了，真是物以类聚！大伟和冒子年龄能大几岁吧。大伟高中毕业，冒子初中毕业也几年了。他俩在父母早婚观念逼迫下，都做了爸爸。婚后出去打工时间不长，有了孩子，媳妇从心理上怕出去学坏了，就不让出去。农村几年锻炼已适应了农村，染上了农民的颜色，练出了农民的身板。他俩对村上不合理的事当学生时就常出头露面，为“真理而斗争”。村民因为他俩的正义，口碑较好。他们刚去了胜胜那里，又谈起对闲置学校如何利用的事。经过这里时，听荣凯家热闹就来了。他俩被招呼坐下，每人吸支烟，不时地笑。

荣凯接着对大鹏和鲤儿说，你俩都曾是班上的巴金、艾青。文学社的活跃人物哩，离校后又走南闯北经了些世面，算体味了人生一点坎坷。我有个新想法，说出来你俩看，符不符合农村实际，如果行……他还没说是什么想法，大鹏问：“是什么馊主意，你快说出来吧！”

荣凯说：“我想办个《芳地》或《农村天地》，是不定期的墙报，先设在村中腰那个十字口。如果办得好，可用落后的刻板油印。我到表兄家去，见他家有弄传单的钢板和几筒蜡纸，油印机都闲着，还有几盒黑油墨。历久了，我验过还可用，可兴废利旧。油墨完了再想办法。”

大鹏说，不是吹哩，凭咱几个的力量，不说办这么个小报，就是办个印刷大报也不成问题。问题是与政治零距离还是远距离。要办势必涉及方针政策，涉一些有权势的人，弄不好成了“裴多菲俱乐部”，我们可就惨了！

荣凯说，言论出版自由，这是有法可依的。但总原则还是坚持党的舆论宣传的导向。只要公心在胸，服务大众，促经济发展，会开辟出一块阵地，会有一片蓝天的。

一群年轻人，有缘相聚。共商村是，情投意合。正是：恰同学少年，风华正茂，指点江山，豪写春秋。

他们从着荣凯的思路去努力。

荣凯任总编，大伟任副主编，大鹏、鲤儿、田禾任编委。每个人都是撰稿人又是编稿者。肖肖说她跑外服务，跟着见习。

冒子听出了眉眼，问：“我干什么呀？”

荣凯说，算顾问吧，顾得了就问问。顾不上就忙你的去。说笑哩，哪里需要哪里帮。

大家都笑了，新鲜的笑声萦绕到整个村子里。让人感到了一股活力，一种幸运，一种力量。

4

白墨不是小脚女人，

她并非病病恹恹，也无臭裹足紧缠。

穿着厚实的千层底手工鞋，

抬起的是一双娇健的大脚板。

已建起了开启民智的草根舰队，

开始走艰难的路，越岭攀山。

脚已抬起，步已迈开，

前导有旗帜，装点娇家园。

不能再犹豫，不可再徘徊，

选择哪条路，最需是果敢、实干。

跟着领头羊，跟着挑灯汉，

跟着握斧手，跟着砍荆男。

看，年轻一代上来了，上来了，

在太阳升起的天边！

大鹏回到家，心情激动，提笔在报纸上写了这几行诗，记录了他的心感。

荣凯看了，激动得热泪滚动，重重拍了一把："好男子，好样儿！你真是只大鹏！咱们当农民的就是不要瞧不起自己。不要瞧不起农村，这才是最可贵的！"荣凯送走了大鹏，思绪万千。他想什么呢？

乡村——城市，区别在哪里？

城市——乡村，划分有历史的根源。

鸿沟深深，深似渊，

谁填，谁填，应是一代一代的青年。

乡村不可自卑，空巢正待产蛋。

城市也别傲慢！

五千年文明，史可鉴，

没有农村，农业，农民，一切都会成烟。

年轻人的使命感，在于改变乡村的古老命运，
扫荡污秽浮渣，加速毁灭
历史的偏见。
贫穷不可怕，最怕的是愚蠢，
工农要正名，不能视为低贱；
瞧不起自己，不是农民本色。
挺起脊梁吧，新型的农民最有资格说
看我们后继的一代新军。
乡愁正在年轻人心里蔓延，
何日把白墨绘成锦绣，
团结，苦斗，
团结，苦斗！

荣凯也把他此时的感想和抱负记了下来，把心中的梦变蓝图于眼前。西方人跟着摩西，一路地走着，多个世纪过去了，还踏着摩西的脚印不舍。东方人跟谁？各敬各的神，各跟各的主，有信仰就有光明，有梦想就有春天！那么农村——现代的农村，具体说白墨村跟谁？荣凯想来想去，跟红旗，跟乡愁。愁，即忧患，忧患方能振奋起改变她的决心毅力！

荣凯就是这么一个年轻后生。思考好了当干的事，坚决要去做，去实现，他毅然决然地回到农村怀抱，绝不是一时的冲动，也非心血来潮。更不是为标新而作秀。当几个志同道合的同学欣然相聚，畅谈了一番理想抱负之后，所发的一点颇具经验教训的感触，也让他思索了好几日。来在这个世界上，他已走了二十个年头的路。二十年里，是“长在红旗下”的幸福的一代。由于农村的贫困，农民生活的艰辛，他作为农民之子，活得并不那么快活。童年一晃就箭出弦那样地过去了。从懂得

世道、人生，一步步地攀过高山，穿过峡谷，钻进荆丛，当然，也在坦荡的广场舞过蹈过，尽情放歌了心中的欢快。在学校写过像样不像样的诗，市级报刊上发表过。那油墨之芳香，如今还能闻到。

5

这天荣凯吃过早饭，来到村中间人常聚集的几个地方，仔细观察了可制作墙报的最佳处。最后定在学校教学楼东侧的墙面。这里是东西一条南北一条，两条大路交成的十字口。恰好这里有棵大中槐，树冠庞大，夏日阴凉，冬季避风，又能受到夕阳晚照。平日几个村子赶集的人，本村几个组上的人都必经这里。这面墙上往常有各种牛皮癣一样的野广告贴着。经过的人都要站着看一看。现在换作墙报，再好不过了。闲聚的人傍晚最多，传道听途说的新闻，拉东家婆媳关系，议西家儿女不孝。墙报制在这里，全天都能起到宣传的效果。荣凯顺手拾个瓦渣，垫起脚尖画了个长方形轮廓。刚转过身子，肖肖她大骑自行车从南过来，见到荣凯下了车，一手扶着车把，一手按正眼镜，问："荣儿，你在这里干啥？"荣凯告诉他，想选块风水地办宣传栏。肖肖她大说，这才是个人事儿，叔支持你。这样吧，泥墙报，要水泥，墨汁，要花不少钱的。至少一袋水泥，还要沙子，还得有技术的人。没技术，那水泥还使唤不住。就是有技术做好了，娃娃们糟蹋，风吹雨淋，难长久，我家有两个双人床板，闲着无用，我抽空给你们捣一下，弄得光光的，刷一刷就现成。荣凯高兴地说，有现成的就好极了。他眼里笑出了两道光，"叔，木匠叔，那就谢谢你了！三五天行不？"木匠笑着说，"哪能要三五天。你等着我今天就做。到时你弄些墨汁就行了。走，到家看看，顺便看看新闻。"

时间已近傍晚，荣凯随着去了。

肖肖她妈去了舅舅家，已两天了。说给大表兄结婚。荣凯问“肖肖呢？”她大说，大鹏叫去了。这时，肖肖的小弟弟蹦着回来了。《西游记》动画片刚开始。他把遥控抢到手准准地一按就到央视少儿频道。他大拿过遥控器按到陕西一台，这阵正是《秦之声》戏迷大叫板，陈爱美主持，正演《三对面》，黑包爷上场了。他大哄小子说，我只看这一折，肖肖弟趁不防，又夺过遥控器，说谁愿听那挣破嗓子的疯吼怪嚎，这时肖肖和她妈回来了。肖肖用手按着看中央的文艺台、体育台。换台时，不知什么电视剧，几个只遮“三点”，其余全露的青年女人，扭着盆大的屁股，向几个肌腱发达的男子挑逗。接着拥抱相吻，肖肖也没再换，想看看是什么玩意儿。肖肖弟说，妈，快看呀，那几个人吃嘴哩。他大喊，悄悄坐下，小娃娃家胡说什么？爷爷从外边也进来了，一瞥不对，吭吭吭重重咳嗽了几声，返回去了。荣凯和肖肖也跟后回到小屋里。她大她妈也一个跟一个出去了。只小弟弟一人看动漫。兴奋得咯咯咯笑一阵又一阵。肖肖她大她妈又出来，到电视剧前坐下，叫荣凯坐了边看电视边说话。肖肖从弟弟手中要过遥控，按出北京台。正放广告。荣凯说，木匠叔说你家有两块大床板给咱办板报哩。肖肖说，有，闲着。那天咱研究办刊，我没想到那板。她大这时起身，开了院子一间小厦的门，拉开灯，指给荣凯看。荣凯看了十分高兴，说雪中送炭啊，叔帮大忙了！

电视广告是最后一个，是卖保健品的。毕了，电视剧又“连续”了。已到第十一集，是个抗日片。有国军，有解放军，激战打得白热，隆隆的炮声，喷着火舌的机枪声，冲锋的呼喊声，地下天空火药味和血腥味浓烈地散着，坐电视机前都能闻到呛味儿！然而头戴青天白日的几个男兵，和几个女通信兵躲在几间破屋里，难舍难分地捏捏揣揣，搂搂抱抱地骚情，一时又激动得狂跳起来。木匠叔气得拍着椅子骂：“这伙狗东西，前线打得你死我活，这里狂得你死我活，啥怂样子。像脱缰的叫驴，军人皮白背了。”差点儿跳起来。说，怪倒咧，现在恁大个娃坏眼眼开着，这么宣传教育下去，娃娃从小不瞎才怪哩。荣凯，你看这电视剧整天教的是什么？荣凯嘴微笑了一下，笑得很涩。老木匠的一番气话，进到他心里像喝了青皮核桃汁。以往在校功课忙看不上电视剧，现在看了几个电视剧，差不多都有言情，都有几个丑陋镜头，有的长达几分钟。这让人必然产生教唆的嫌疑。荣凯说，叔，有看法，遇这些片段，可以跳过去，不看就是了。

从看电视，荣凯发现一个全社会值得注意的，万万不可忽视的问题：宣传教育向导的重要。人的正确思想是在现实生活里，通过反复的潜移默化而渐之向健康修正、巩固和发展的。如若忽视甚或放任就会向恶性循环发展了。现在寓教于文艺作品中的主导，相当的既是“中和”着美与丑，善与恶；却也不乏诱惑（导）着不良的循环。这种慢性毒药渗入意识形态，社会秩序不能不令人忧虑了，难怪木匠叔这样的人气骂哩！

回到家，灯下走笔，很快写了一篇小品文，《电视剧里的情爱怎么看》。寓情寓理于事中，引导青少年正确对待不健康，不高尚，低级庸俗镜头故事。

他把稿修改交予大鹏，再看后定稿。由田禾画报头，刊于第一期。板报共两块。写得满满实实的，除过报头画，又插了两幅漫画。图文并茂地出现在大路十字一旁，吸引了不少双眼睛。看的人说说评评。有的说好，有的非议。有人问是谁办的？卡通人说，我能有这个肚才，就不在阳光下烤皮肤了。一男子问旁边叫卡通人的那位说，你能写吗？肯定是荣凯写的，我见他那天在这里看过地形，说是要办报的。他是高中生，写这么个小文章对他说当要的，小菜一碟！

群众对文章的争论评说反馈到荣凯耳里，他听了非常满意。他的目的就是要让父老乡亲有个是与非，正确与错误之识辨能力。

6

荣凯又写出了一篇短文。这是针对村子乱脏差卫生现状为实材写的。五天后作为第二期刊了出来。题目是《不讲卫生是陋习》批评了一些人乱倒垃圾，堵住大路，堵塞了水道，污染村上环境的不文明行为。批评了村容村貌脏乱差现状。文字里也批评了无人管理环境的不作为，提了五条治理建议。这次“指点江山”的激扬文字，看的人比上次多一倍。吸引人的地方，不是大道理大议论，全是身边的人身边的真事情。看过的都说，这文章写到了点子上了。早该捅一捅村上那些不顾大局的人。夏季垃圾堆臭得人都过不去。娃娃们还在那里拉屎撒尿，真不像话，可笑的是这些垃圾堆正在刷写着“讲究卫生，预防疾病”“人人讲文明，村村树新风”的标语下。垃圾竟连标语也埋住了。恰给了只说好话不干实事的人一个极大讽刺。更是一记响亮的耳光。村上干部常从这里过，躲着绕着行，看见当没看见，开会也不说……

大家议得正热火，话语像蒸锅的热气，没边没沿的，有火气无顾忌的人，直指村上那几个主要干部。泯义国玉这两个人，一个是“党”，一个是“政”，党政不管村上事，谁管？说这话的青年叫白义军。他指着板报说，支书主任辛辛苦苦，整天脚不挨地跑哩。旁边几个人大笑说，脚不挨地咋跑呀！是神仙了？义军说，坐车吧。自行车、汽车、摩托。接着又说，当干部是管大事。那卫生呀，环境呀，鸡毛蒜皮的小事，管了，低身份！掉价！

正说着，村西头鞭炮震响，波浪夹卷着浓浓的火药味来。忽然，一辆小车从这里经过。到了众人前，车停了。车门打开，泯义下来了。

大家看是二组墨九九开的车。九九头伸出看了看，又缩回去稳坐着。泯义问："都聚在这里凑什么热闹？"谁也没回答，谁也没理。泯义向前伸了眼睛，才知是看板报。他明白了，再没问。于是屈驾下车看了几分钟，问："这是谁办的？"义军说，搞宣传还要审批吗？泯义又问："谁办的就写明呀！"义军又说，宣传精神文明嘛，又不图名，不为奖，注什么名？泯义斜了一眼继续看。当看到"农村环境卫生到底谁抓"时，脸上滚动起乌云。乌云过后是雷霆！无政府，自由化！瞎放的甚炮？泯义乱轰炸了几句，手一挥说，走吧！上了车，车门沉重地碰严了，风驰电掣着开向镇上开去。

有几个问："不知支书今天又干啥'大事'？"

义军向东去的辙印看了看，从鼻孔眼儿里笑了一个难听的调儿，说，村民的事没大事，书记的事没小事，他整天还有什么干活？谁家买了车，谁家开了门市，谁家订婚结婚，谁家娃满月，谁家老人祝寿，谁家立柱上梁，他就是座上客。今天九九是给小儿子订婚，你看咱支书坐车上老岳丈那么牛气！我们都为他的胃担心啊！

三组辰生淡定地说："书记的健康就是大家的福，他是全村的主，一个村官，吃百家，有啥奇的怪的！"

义军知是反话正说，又加了几句："人家的胃是老天给特制的，多少东西都装得下，多难消化的也能消化，是铁也可化为水的！吃饱了喝足了，还要寻欢作乐。"

众："他哪来那么大的精力？"义军："嗨，他比别的男人多条腿，三条腿呀，高兴了就……哈哈哈……"

这些人没爷庙里发泄了一通，就散伙了。

7

这天晚上，支书“请”去了荣凯，荣凯以为给他有什么宣传任务，就清理了一下脑子，高高兴兴地去接受新思想、新任务。

荣凯去时，主任国玉和阿平在座。电视开着，几个人抽着烟，眼睛没在荧屏上，话说得热烈，互不讳言。阿平和支书一左一右坐在单人沙发上，国玉拉了把小椅在电视一米远的地方面朝这二人。他们见荣凯进来了，都转眼看了一下。国玉和阿平没说话，只有支书用手示意了一下。荣凯就坐在长沙发上，听他说什么。他们三人截止了对话。国玉这时转向电视上。支书还没向荣凯开口。他和阿平谈得非常融洽、投入。阿平内心难控高兴地点首、掬笑！荣凯丈二和尚摸不着头脑。看泯义态度是一副要修正他的架势，好像正酝酿情绪。国玉看电视入神入迷的样子，味不尽然。然荣凯一眼看出，他的心没在电视故事里，而在一件什么事的思绪中。荣凯被晾着，成多余的掺杂似的，勉强地等待着，他站起来，边看墙上那一张张辉煌的模范党员干部奖状和奖牌，边联系泯义在村上的“功绩”，进而想象评那奖的剧场。支书大概看荣凯耐不住性子，才开口笑着，又烫又冷地说：“你回咱村这么长时间了，我还没顾上和你拉话。”荣凯笑应：“你工作忙啊。”阿平这时起身，又给国玉和支书各递了烟，再给荣凯。荣凯说，我不会。阿平说，你们有事我就走了。他把刚拆封的一包阿诗玛烟，顺手放到泯义眼目下的茶几上。支书用手把烟盒推了推，和荣凯说起话来：“你虽是咱村上的人，整天在学校里，村上的实际你还黑着。村情复杂得很，什么工作都难开展，向前一步实在太艰难，想要办几件好事更不容易啊！村上就有那么几个人瞎戳腾搞分裂，大局搅得难安定团结。”他说着说着颇费心的样子，摸了一下小脑袋，那只生来就不太周正的左眼睛眨巴了几下。“你问国玉叔（泯义和荣凯在村上是同辈）我说的是不是？”国玉头没回，盯着电视，点头嗯了一下。泯义又说，现在你回村上来了，一个高才生嘛，村上多了个新生力量，很是欢迎。你在咱村就目前说算是文化程度最高的了。正需你这样的人来接班。他稍停了一下，二十秒后由浅入深地继续上课。今天路过，我大概看了一遍你们办的几块板报。已到第二期了，可惜一期没看上。这种宣传形式很好。搞精神文明建设嘛，人人当做贡献。文章写得入骨入髓，针对性很强，——他语气一转，锋芒直指地说，不过有的箭射得……唉，怎么说呢！伤害了不该伤害的。当然……当然，批评了村上的工作，我诚恳接受。荣凯听明白了。这时不想退让，笑笑说，没有调查研究就没有发言权。毛主席这样教导过。我们调查不全面，研究也不够深入，所以不敢冒昧地批评，那也不算是批评，只是就事说事地提了几点参考意见而已。荣凯知道这个人多年跟着风，学得很会说话。办事也有他成熟的“套路”。到底怎么应对，还琢磨不出个恰如其分的词。为了不让误解，稍作了解释：“支书，咱们村群众文明意识，说真的和形势要求差距太大，脏乱差的存在有目共睹啊！比如，公路两边住几十户人，沿线长，那么的脏，那么乱，太影响村上面子。这和一个人一样，思想意识怎样，初接触看不清，可是你脸不洗、发不梳、衣着脏就不体面了。你说是不是？村民的卫生习惯，不是一两天就能养成的，既是长期养成，要纠正过来也必有个过程。当然，责任全不在村委会，要人人提高认识，靠自觉。不自觉，是个问题啊！如果不自觉，照常的陋习就得教化。我觉得宣传是我们应有的责任。我们没有别的意思！”

泯义说，这小兄弟，你批评得尖锐，我不会计较的，要不了命吧！前边我说了，村上一直不安定，一直像在地震中。这时候，你们不正面宣传光明，只挑剔毛病——多健康的人让医生都能说出一大堆毛病，一个好人也会说成一个大病人的。——不是正长了那股“反对派”的志气，扇了他们的势焰了？瞎起哄，说三道四，下车伊始就发议论，是当三思的，对各方面都没好处。他看了一眼荣凯，笑声中带了几分严肃。你能写，人都知道的。你的那个农村调查，全县全市全省都出名了。我提醒你，往后不要拿笔伤人。像以前，你写在县委宣传部那个什么“内部”通讯上的材料，有些事有些话太过分了，那些现象其实放农村算什么，很普遍的，能犯什么大政策，大原则！坐不了牢吧。放在公务员中，和为官为臣的贪腐相比，不是小巫见大巫吗，其实呢，小小村干部，连什么小巫也算不上，何足挂齿！墨水不是白费了吗？

荣凯这才悟到了泯义特叫他来的本意。先礼后兵，先软后硬，又拧又拉，又拉又打。在批评中征服，在征服中利用，才是他的本策。泯义把对他的成见，今天说了出来，是敲警钟。再给个下马威，看你在我管辖下，能蹦出如来佛的手心！泯义说，咱都是党员，党员要服从组织，这是原则。荣凯正要用党性来交锋，泯义提到了话头。荣凯即接上说，你说对了，咱都是党员，你是“老”党员，我党龄才开始，但都一样地要遵守党章，严格要求自己。党内都是平等的，没有特权党员，我也不会成这种党员。咱都别做那种党员。党龄长的不能倚老卖老，摆资格，党龄短的也不要以新生力量而自负自足，了不起。党员不自律，不清廉，只说不干或不说也不干，当那种干部说话谁听，办事谁从？群众是通情达理的，群众是好群众，至于不同意见，他们能提就有提的道理……

听话听音，泯义想，我想教育这小子，他反教育我了，给我上政治课，你还嫩！

荣凯感到有些话还是要说明的。以前写文也罢，这次登板报的文也罢，我毫无野心、私心和坏心。是为文明为环保，为我们共同的健康的环境。一个医生，只有把病人的病诊确了，指出病人的病因所在，才能对症开处方，病人服了才有疗效！医生的责任也才算尽到了！这就是“救死扶伤”！这就是“人道主义”，你说咱村上的不文明要不要救扶？

一直在听而未插话的国玉把凳子挪个方向对着荣凯说，医生也有开错药的时候。拿着开错的药方吃，也会吃死人的！

荣凯笑说，那是不负责任的庸医，肯定是庸医。又笑了几声，说，不早了，我要回去，你们忙你们的去吧！

荣凯走后，泯义说，这小子是头野驴，戴不上笼头，真还不好对付哩！

国玉说，有文化的人不像脑子简单的人那样吃硬！慢慢磨，多利的棱角也能秃的！

荣凯回到家，把泯义今天的言行、训导的态度认真回忆了一下，默默思考着的情绪又被那可怕的“政治”阴影扰乱了！——权力，权力！

荣凯走了，国玉仍留着。二人就阿平提出的那件事交换意见。这时，各留一手，即好又怕。好的是从中可获一定的个人利益，而且为他们的“政绩”多加光环，多增几分价值。怕的是毁坏了耕地政府不答应，村民不答应。反倒把自己弄到火山口，下不了台，脱不了身，身败名裂！

泯义先说话：“这件事办成了，的确还是件好事，对全村有利啊。”

国玉：“现在地全承包到了个人名下，恐怕不好解决。”他又思量了一会儿，说，咱不了解土地政策到底开不开绿灯！

泯义说，是啊，这都是首先要搞明白的。办砖瓦场，用地面积大，面积大就牵涉面广，搞不周全，深层次的矛盾就会带出来，感冒会诱发多种症，咱要好好想想办法，促成这事！前边咱出了一连串问题，每每都遭村民反对。这次的动作比前还大，也得更加审慎。

第十一章　砖场风波

1

泯义今天破例地早起了床。——早一个半小时。

他叫了前任支书元魁。尽管上次二人谈话谈崩，都不快地散了，可事后，对元魁他表面还是很尊重的。用得着的时候，这面小纸旗子还得举着，尤其是一些他估计里面包着复杂纠葛的事，就要牵上元魁的鼻子当盾牌。而元魁不知怎么，也总把自己当泯义的教父，出面担当，显其存在。有看法就说到当面。要说的话还要说个完。听不听由你，泯义呢，像导游一样，高举着“为了大家”的旗子，用说唱的语言，让后边的人众，盲目地跟着他的脚印，盯准他的旗子，顺着他的路线别走散了。到了目的地，旗子一卷就不管了。出了事个人负责。

但白墨人不是游客，也没那么多的游兴。所以他手中的旗子，只能给他领的那几个人导航。而元魁也不吸取前多次要他参加“领导小组”的教训，一叫便来了。现在又把元魁扩充进“领导小组”。又去叫了致祥。致祥这个人他真的还是个“人物”呢。在泯义心目中，是个可支配的力量。这小子的特长是对什么人能说什么话，脑子活得不得了。头小而圆像个拨浪鼓。开始说话，小眼笑眯眯，头跟着灵动。他的话十句只能信三句。他从学校回村时，正逢“孔雀东南飞”。他也天南海北飞过，但从不扎寨。打一枪换一个地方，弄几个钱全作了交通费。中国的大都市他游荡过八九个，用他话说，“我什么世面都见过，谁也别到我跟前玩花样。”他大是个乡镇干部。口头比儿子10倍的方便。但和儿子比，儿子虚话、假话、废话、舔屄子话是青出于蓝而胜于蓝的。他娶的媳妇是个初中毕业生。小两口和睦恩爱。按新风，村上结婚青年，办过喜事入了洞房，都带着出去掏宝了。他却没有去，被媳妇拴住了，成了媳妇裤带上的一颗玉坠。学开了拖拉机，后来他大给买了个小车。农村几料耕种，他就开机子挣钱。其他时间跑出租。现在腰包有了几个钱，想去就去，不去就打个麻将，和他能投合的人谋算些是非，发展个人“经济”，混个油肚香嘴。他大干到第二十八年头，当了个副乡长。副乡长常回村，一回来就约上泯义摆酒场，把泯义灌得晕头转向，答应培养儿子入党，进村级班子，由此知，致祥已成泯义的一个工具了。

致祥因为听了他大的话，按其设计，决心把村级作为奋斗目标，宏伟志向的平台。把白墨视为发迹根据地。视泯义为他的敲门砖，护身符。所以在泯义麾下，“唯唯诺诺”听招呼就跑起了，忠实得小狗儿一样。

其实，这个小伙，孩提时代并不算顽劣，小学中学品学还不是太差，为什么后来越变越不受人喜欢了呢？俗话说，跟啥人学啥人。他全是泯义带歪了。

今天是致祥发挥嘴功的好时机。他充当两个角色。一是为本家阿平办事。阿平知致祥和泯义的互用关系，就启用致祥拉联了他和泯义的交往。不多日已热乎起来，黏糊起来。致祥决心最终完成阿平交予的使命。另一角色，当说客。一方面为泯义吹喇叭，颂功德，一方面说服村民顺从支书“为大家”“办好事”的大计划。

元魁知道了叫他的原因后说，这是件大事，要多叫些人，于是提出把泯义认为的“反对派”胜胜、大伟、跃进也叫上。泯义思量后说，那就把胜胜一个叫上算咧。人多嘴杂，有事难商量，不好统一集中。

胜胜来时，阿平、致祥、国玉、泯义、元魁都到了。几个人就在泯义家里上房的中间两间里，围一圈坐了。这里成为议事厅已有几年。村上要干什么事，小圈子的人多在这里决定。

这几个人集一起，到底要干什么？胜胜根本黑着，元魁也糊涂着。只是在路上从泯义口里知道了点情况。说真的他现在还是蒙在鼓里的。

泯义先说话了。咱们几个有件事要商量商量。除过我，国玉和阿平，你们几个算是村民代表。元魁笑笑说，村民代表要村民推举，他们都不知道也没托事授权，我们代表谁？胜胜也说，我们用毛泽东批评江青的话说“只能代表自己”吧！阿平甜蜜蜜笑着，又给每人递了一支烟。

泯义接着说，村上认准能代表村民的人就是代表嘛，——他说的“村上”就是两委会，就是他这个当权派。——他做指示的口气说：“来的人都是村上有威望，说话有影响，可安抚各方，代表各方面的人物，放心吧，所以今天的会可以说是个群英会。”

胜胜问：“到底什么事？咱农民喜欢的是直来直去，开口如实。”

泯义说：“是这样。咱村上什么企业也没有，是个空白。我心里不安啊，这多日想来想去，想我也干了这么些年了，没为大家搞个像样的有益的企业，心里亏欠。常想路子。现在阿平提了个项目，我想了一下，很好，全当招商吧！很适合咱村搞。咱村也具备这个条件！”胜胜说，唱出来吧！泯义说，就是把原废弃的砖瓦场恢复起来。在奔小康的形势下，恢复后，能大大利于各户的方便。这样吧，大家不妨先去看看那里地形，再提方案，再议。

致祥没等支书话尾落地，兴奋地说："这是天大的好事啊，支书有这新思路，全是为村民的幸福好日子！"

胜胜说，好事是好事。就看大家支持不支持。那个旧砖窑是公社时的，已废了几十年了，可……

元魁若有所思地说，事是个好事，好事办好了才算好事。

泯义说，是啊是啊，不办不说，办就一定要办好的。

胜胜说，咱村有好些事，本来都是好事。不知怎么了，一办就走样儿了，引起群众的不满。这次万不能再那么了。不然，就全失公信力了。支书既说是好事那就叫村民验证吧。

大家起身就往废弃几十年的砖瓦场址那里。旧址是和咽喉崾岘紧挨的龙首咀前边。走下两个硷头就赫然看到外观。虽有些残破，内部损坏却不太严重。这个旧式砖窑，下山劳动的人已把这窑当作茅房了。满地是干成硬撅撅或被蛆虫弄成一摊干糟粕的粪便。这么脏兮的地方，谁也没进去仔细认真地察看，只是站在外面几米远的地方指指点点了一会，走马观花不到五分钟，连"花"的貌样也没看清，就撤退了。

很明显来这里看只不过是个幌子而已。目标锁定的是哪里呢？

泯义和阿平前边引着，致祥紧随。走出了这个野草封路，长蛇野兔和山鸡光顾的地方。不过百步，他们放慢着放慢着，就刹住步子。泯义对阿平说了几句什么大家没听清。阿平面朝北朝东地侦察了一会，伸手划了个半弧，说，如果要办像样的场子，非得扩展规模不可，不然现代化设备就难发挥作用。我看能把旧场扩展到这里来，交通，水电都好解决。致祥帮腔道："你是内行，你指点！"阿平应和："我只是提个建议供参考。"致祥从众人中突出来，指着东西北三个方向说，废窑可利用。就说利用，也只能是暂时性，长远论，已没有多少使用价值。终了还得推平，备作废料场。以后主战场必得向东向北。他手指画着，说，房子就建在那儿，面南一座，面西一座。他仿佛成竹在胸，蓝图已绘，只待马上变成现实了。他代表阿平、泯义发了言。阿平和泯义对这位“民意代表”口中句句真言很满意。二人都点了头。一个说，有远见，一个说，好，就这么办吧！

胜胜听了说，致祥这么想很有超前性，只是……

泯义：“只是什么？”

胜胜：“你们看，这里几十亩地。公社六二年就全划了一组社员的自留地，农村改革后，全转为人口承包地了。全组有八成户种着。就是说，这里的地全在私人名下呀！”

泯义是外组的。他不关心与己无关的利益。于是随口问：“有多少户？大体多少地？”

胜胜：“大概是近三十户，总面积八十几亩吧！”

国玉没准备参加反对扩大的意见。虽也是一组人可这里没他家的地，于是打个老主意，随大流。暂不表态。

元魁说：“胜胜说的是个问题。办场要地，这地使用权不归集体了，就难了。”

泯义说，一万年地权都是归集体的！搞经济建设什么时候需要，就什么时候收回！

元魁说，土地所有权永远是国有资产，社会主义全民所有的。但按政策，现在耕种权和使用权都在户下。

阿平、致祥、泯义最担心也是最难的一关全集中在土地上。怕有鬼，端端就在这里出了问题——被胜胜准准提了出来。元魁显然也是倾向胜胜一边的。国玉作中立派。阿平他们决意先拉过国玉。泯义说主任你说说。国玉说，发展需要就占吧。能不能占了，得各户决定支持不支持？阿平致祥同声说：“这工作在村上。村上决定了，各户就得服从！”

元魁说：“没那么简单吧，时代不同了，命令不行了。得开村民会征求意见。还有土地政策、承包政策等等都得允许。”

泯义说，这些先不提。咱们几个先把意见统一一下。

元魁坚持说完自己的话。他向面西的沟和坡，说这片斜坡，是公社时留的公坟。有六七户在这里安了坟茔，再往前的平地是祯元家的老祖坟。所以，还牵涉到迁坟问题哩。

泯义无所谓地“嗯”了一声，又指着前面的果园，问是谁家的？元魁说，是金勇家的吧。看来已开始挂果了。他站地头用目数，共四行。说，估计在三百多颗。

致祥说，这几年果树形势不好。园子大都老化。正在衰败期。首先是干腐病。无可救药。老令树散圈了，幼树没长成就烂了，再务也是白出力。人说，务果园是自己给自己设的劳改场，真的！一年四季闲不了，到毕了收入不了几个，不划算！他把果园说得一分钱经济效益也不值，好像紧挖掉也迟了。动机是什么，会听话的一听就明。元魁反驳：“你刚说反了。果树形势越来越好。前几年每斤不上一元，有一年还不如落果钱。从前年起，逐年升值，现在光果每斤一元八九，套袋的商品果卖到二元七八，最高过了三元。”

胜胜说，群众的摇钱树就是苹果园。这几年村上盖了那么多新房子，每院子都在十万以上，还有供子女上学，给儿子娶媳妇，钱哪里来？就凭果园。我五亩果园。这两年收入都在七八万元呢！

致祥说，收入多少那还在人在技术。不说这些了。国家建设，发展经济，征了地，已成熟的庄稼，果园，该毁的就得毁。争辩间，远处一股尘土卷裹着小车驰来，车子停下。宏发下了车和泯义向前走了几步说话。元魁、胜胜和阿平还在继续着果园的话题。宏发是阿平的堂兄弟，他是为大老板表兄开专车的。这时来，有两个任务：一是了解选址信息，二是拉这几个人吃请。

泯义说，宏发开车来请大家街上吃饭，咱就去吧。先吃饭，边吃边扯，好吧。元魁说，我家里还有事，这晌是挪出来的。吃饭就不去了。胜胜不知其里，在几个人的脸上看了看，说我也不去了，地里还有好多活。不回去婆娘要骂。致祥和阿平一个拉元魁，一个拥胜胜。边拉边说，既然老板有心意，咱就给个面子吧！

国玉已习惯这场面了，主动向车里钻去。吃就吃，不吃白不吃，吃了也白吃。时下就这样，吃是时代的需要。他已坐到副驾驶位子上了，没给支书留。泯义上来坐到司机后面。致祥笑说，副驾驶是秘书的，司机身后才是领导和贴身保镖的。今天只几里路就随便吧。胜胜说："致祥到底是走南闯北的，坐车原也有这么多讲究哩。"元魁说，那是为领导的安全考虑。这阵儿大家喜气洋洋的，和谐到家了。

村口路上还有三几人等着车。胜胜和元魁跳下了车，说，你们几个先走，我俩骑车子就到。宏发说，也行。你俩在路边等着，五六里路要不了几分钟。我回来接。阿平说，挤挤就行了。上吧，上吧。元魁和胜胜说，我们给家里打个招呼，不然吃饭时寻不见。

小车后灯鸡屁眼一样地闪了几下红光，飞驰着向南开跑了。

胜胜和元魁各回家打了报告：今天有人管饭哩。

2

胜胜问元魁："今天这出戏你看出门道了吗？"

元魁："意图好像不在开发旧砖窑。泯义可能是被'绑架'了。"

胜胜："你前半句我同意。至于说'绑架'并非全对。吃了人家的口软，拿了人家的手软。人家把他拥得转不过向了，只好跟着人家设计的路线走，对吧！你说这窑是为村上开还是为阿平开？”

元魁：“不可能为村民。泯义说算‘招商’，屁！他这人我清楚得很，为大多数人利益的事他不谋，对他没好处的事不干。他的意图不在旧窑上，旧窑那只是个引子。目的是占上边那一大片地。你看他们看旧址，只打个照面，到了这块地上，一唱一和，话那么多。目的不是昭然了吗？社会发展到这一步了，周围那几个场，谁家不是现代化？全是机械。手工根本不适应了。”

胜胜：“我也是这么看的。你注意没注意，到旧窑那里，没一个人进去看看，到底能不能用。照面打过就走。阿平的眼睛早盯上了墩子那片地了。为啥到了这里，问那么多具体问题，为啥谈起来兴趣那么浓，为啥致祥要帮阿平说话那么殷勤，为啥宏发开车来请吃饭，这一系列联系起来，其中有大文章哩。人家早设好了套子让咱钻。牺牲大家利益为个别人谋财路，咱背不了这个骂名！抬咱是什么‘代表’，人家才是让咱背黑锅哩！”

元魁说，阿平不是在田家坎村开了一个大型建材场吗？听说生意特别好。手下平时有三十多个人打工。宏发给当业务经理，负责销售。砖价由早先的六七十元猛涨到二百多、三百。前一向货短，建筑用量大，一下长到千四百元。真正是财源滚滚！所以，资越多，心就越胜了，狼吃窝边草，贪村上便宜就成自然了。

胜胜用手挠了挠像帽子笼着的头发，说：“生意这么好，是不是阿平和致祥合股要办一个场子？”元魁否定说，目前致祥还没那么多资金投入。办一个现代化企业，没个一百多二百万不行。可能是阿平在扩大企业吧。胜胜说，你这么一提，我也理不清这其中奥秘了。我想，土地这关他过不了。咱先不说土地政策变不变，啥时变。支书为啥热心参和积极支持，极力推动，还口口声声给咱上郎的当（方言，上门道），说是为大家谋利益。利在何处？就说卖林场，他袖筒筒卖猫，把大家没放眼里，一家伙卖了七十年，七十年后我们的孙子也当爷爷了，这辈子当事人还活着吗？这和败家子踢了江山，嫖赌抽大烟有什么区别？全村人几十年的血汗让个别人吸了去肥肠长膘。泯义那种见利必图的人品没好处，能鼓那么大的劲？说他为大家？好多事证明，鬼都不信！”

远处的车声越来越近。一个小黑点，马上变成了一辆车。胜胜低声说，这顿饭好吃难消化！元魁说，是。到底去好还是不去好呢。不去他们叫，去，吃了咋消化。胜胜说，去就去，看看到底怎么回事。不去怎知底细呢。车到眼前，宏发热情有礼地开了门，一双亲热的目光落在二人身上。二人上了车，喇叭一按，嘟嘟嘟的，车前的小孩子们散开了，让出道。路上觅虫的几只鸡扇动膀子，嘎嘎嘎逃命了。二人上了车，就急着径直街上而去。

二人瞅着车前的反光镜。路边的树木和行人，全一顺儿向后倒去。他俩一句话没说。

3

酒席场子在太平洋大酒店的二楼聚贤阁。大大的圆桌，摆得满满的，花花绿绿。热的腾气，冷的凉爽。来的都是客，转盘在桌上悠然地转着，公平地周而复始为每个人服务。任你眼福口福共享。

酒足饭饱了。服务员清整了桌子，又泡了壶香茶。提了一抓青啤。桌上摆了一盘红烧兔块，一盘凉拌狗肉，又一盘黑木耳，一盘北京粉丝。都刚吃过，肚子还没开始消化呢。

大家吸着了烟，泯义开始点题了：“今天的酒席，不知各位满意不满意？”致祥溜着渠渠说，不满意再来吧。泯义说，今天请大家到初定的场址上看过了。现在饭吃了，酒喝了。咱边抽烟，边喝茶，边议办场事。土地问题是个关键。

胜胜言尖，怎么想就怎么说。他笑着问泯义："今天这单是你买还是谁买？"泯义说，放心，不用你买也不用我买。今天这里有财神。胜胜故意问："谁？"泯义笑着用眼睛示向阿平："大老板啊！"阿平笑笑："不用你们掏腰包。"

元魁看着胜胜，其实胜胜脑瓜子早弄明白了，今天这个场子是谁做东的。只是想用话把幕后的吊到幕前来。

胜胜笑道："为村上办事，咋能老板掏腰包，恐怕不合情理吧！我看当咱的支书主任掏。"

宏发："没什么，没什么，该掏的还是要掏嘛！"

国玉："不说这些了。掏就掏吧！土地问题是个难题，大家都说说咋办？"

致祥出了个新奇的主意："土地的集体所有制没变。我看村上需要，就把划在范围内的先收回来作机动地。变通一下好转弯。"

元魁："你想得太简单了。咱机动地留得够足了，还留呀。把人家地收了，拿那里地补？想当然不一定能达到想达到的目的。你知道不，土地是按人口承包到户的。先说三十年不变，后又改为五十年不变。后来又传说是七十年不变，实际是永远不会再变了。这是稳定民心的政策。不是谁要变就能变，就可以变的。"

泯义："政策是这样说的没错。文件上说承包政策不变。但发展经济，是利国利民的大计，需要占用时就得占用？至于如何做到既不违背政策，又不阻碍经济发展的两全之策，就靠咱诸葛亮会来决策！"

元魁又提了个难解答的问题。他说，咱是什么诸葛亮？我的意思得先召开本组村民大会，墩子有地没地的户都参加，说清讲明办场子的规模，性质和办法——得先把企业性质讲清。是集体企业还是个体企业，听大家伙的意见，大家思想通了，统一了，再向镇上县上报。这样一河水就开了！

又强调，正确的办法只能是这样。还有个传统观念问题。泯义瓷起了。片刻，问："你说的传统观念是指什么？"

元魁说，或者是我多余了。不过得考虑。那就是"风水"。在那儿开挖可行不可行。

泯义有点不太高兴。他挡住话头说，先解决场址，土地后边说。土地解决了，再说企业性质。一步一步来。这叫因时因地因人制宜。至于什么"风水"，如今谁还信这个哩。

现在全国的国有企业，都实行个人承包或股份制模式，咱把基础铺设好了，八字先有一撇，再议下一步也不为迟，是吧。泯义的这番话，其用意胜胜已听出了。

胜胜说，只要真为大家想，不为个别人谋利益，我想村民肯定会支持的。那个八字的两笔一次就写成了。

致祥听了立马为泯义助力，说，根据阿发承包砖场的经验，场址在哪里，哪里群众就受益。所以，还是顺应时势好。场子一旦办起群众利益自然就来了。

那几个场原都是乡镇插手办的，办着办着办不下去了。为啥办不下去了？镇上吃喝报销和场长贪污整烂了。后交给当地村上集体办。办了不到一年，同样的原因，又赔本了。维持不下去才承包给私人。私人救活了企业，越办越红火。质量也上去了，经济收入和诚信都成倍的上扬。这就证明：走承包路子是光明的路子，也是最明智的选择。致祥继续发挥："邓小平说了，发展是硬道理嘛！要把当地经济发展到一个新阶段，人的思想得跟上新形势。承包是主流，这个观念不能动摇。有人最怕把钱让个别人挣去了。眼红心短，这不对。鼠目寸光啊。这世界能人总是少于笨人的。人家‘能’，就让人家先富起来嘛！他富了，可带动大家致富啊！那时八仙过海，各显其能，不好吗？”

致祥一通道理没错。但他启发和诱导是有目的的。

元魁不愿听他夸夸其谈，说，场子这时连个眉眼也没的，就提出承包是不是为时过早！儿子没怀上，怎么能知他以后干什么？还是从具体出发说具体事吧！

胜胜说，听了致祥的一番话。我认为不能光那么讲。现今农村走的是改革路，人人吃的是改革饭，挣的是改革钱。政策开放得很。有多大肚子吃多大的饭。谁有本事尽能力的干，没错儿。但本事应在政策内施展。“生财有道”是老祖宗说的。别人挣了钱，只要是合理合法的，有什么眼红的？土地是农民的命根子，农民是靠地养活一家老小的，没了土地就无法生存下去。这是很简单的道理。咱办场就是在土地上掏宝掏钱。办大规模的现代化砖场，不是蚯蚓那样吃土，是狼吞虎咽啊，得占相当面积的地，吃山那样的土。这是和农民争命。我看电视，国家对土地十分珍惜，十分关注，耕地的保护和管理抓得很严格。说必保十八亿亩红线。咱这地大概也在红线内吧。红线就是底线。保底线就是护国策。我说这些话不是和咱办场唱反调。我是说，砖场这东西，一头是利，一头是害。利者是能赚大钱，害者是毁土地。这是谁都知道的。这一毁，几十年也难恢复产粮的元气。所以，咱得慎之又慎，把该走的路走到，得到政策的允许，得到民众的支持，才能开工。

泯义屁股坐不住了，用眼看了看阿平和宏发。致祥早想打断胜胜的话，批驳几句。他的目光对视了泯义，心中的火本能地升了起来。他又打几句官腔。十分激动但却慢条斯理，他说：“邓小平总设计师讲了，摸着石头过河。这么些年过去了，河也不是过来了吗？真的有一部分人先富了。这是诸葛亮的远见卓识。过山路的羊总要有个领头的嘛！农村经济要发展，就需这些有才能的人带头，是吧！”

国玉笑了。

元魁笑了。这笑都是一闪而过。只在一瞬间的表情上。

胜胜也笑了，他笑出了声。但幕后的还没吊到台前。不过听了话音，已有主角的味儿了。

泯义一看，今天席上的人并不是心往一处想的。这是他预先并没料到的。轻估了人心。他原以为精心谋划亲自选定的这几个人，经饭局的软化，会顺套路来的。依心想的事必成。眼下面对难统的局势，他又以协调的口气说，大家基本上已表达了自己的意见，我看今天咱就到这儿。酒喝了，饭吃了，算是筹备领导小组吧。元魁说：“这组，我就不参加了。”致祥说，爷，没你主帅这旗怎么树呀！你是德高望重的总领导嘛，有你坐镇，这个组就有脊梁了。

元魁说，如果是村民都支持，大家都认为是对公众有益，我一定不遗余力跟着干！

胜胜说，我算老几？参加进来不合适吧！

泯义听了胜胜几次的发言，已对他不放心了，所以当胜胜提出不愿参加进来时，就没表态。阿平宏发也没挽留。他们用排除法已从心中排除了这个人。

致祥早已把自己当作小组一员了，说，这个小组很必要，有个组织便于工作。

胜胜又说，既然要成立个领导小组，你退他出的，人少了这戏就没法唱了。那我暂留下吧。阿平、致祥脸上的颜色现出变化，互看了看没说话。胜胜说：“我想还有个问题。”泯义问：“什么问题？”胜胜说，各户的地就算能弄到手，审批手续能不能顺利办？泯义像成竹在胸，干脆地说：“这个大家不用愁。”

阿平和致祥从包里取出一条顶级芙蓉王，每人分发了一盒。最后，致祥点头哈腰地说，祝愿咱们合作愉快！事业有成！

4

那天，酒店吃喝后，泯义就不停地奔波。去镇政府找书记镇长。他说了办场的计划。把规模和前景重点地汇报给直接的上级。

书记镇长听了很高兴。书记说农民这几年日子越过越兴旺。吃的有余，腰包有钱。改变住房条件已成为最大愿望。建材中的砖料是最基本的也是最短缺的。你们能为民所想，兴废利旧，扩大生产是好事啊！镇长说，是好事，怎么能不支持呢！希望把实事办好，好事办实。你们搞个规划，搞详细点，附在报告上送上来。必认真研究的是土地占用问题。泯义没料有求必应，百步之路已过大半。高兴地说，有二位领导支持，我们就信心百倍了。书记最后强调：农民的事无小事，万不可马虎！更不能掺杂私心。泯义拍胸：“这是个原则啊，怎敢辜负领导厚望！”

泯义摸了镇上的底，腰劲更鼓了。回到家，老婆端来饭。他告诉说，去，给我炒几个鸡蛋来，再炒碟洋芋丝，多加些糖和醋。老婆不敢折扣他的派诉，全照着办了。菜来了香气氤氲，扑鼻沁心。他自言自语：“这才叫幸福生活在眼前！”跳下床，打开柜子取了瓶老太白，一看是一九九三年的，又放进去，另取一瓶华山论剑西凤。这是阿平前两天提来的。他打开瓶口，醇香醉人，便斟了一大杯先喝了。顺手取出阿平送的几斤清真腊牛肉，撕了一块填进嘴里，涎水立刻从口边掉了几滴。这肉越嚼味越厚。他唤来老婆拿去切一碟来。老婆拿着就去，他又喊住说，不要薄片，全切成大丁，就是一口一块的那种。醇香的酒，适口的菜，独自饮着品着。他品味着权力，品味着生活，品味着人生的意义。意义就是：有福就享不亏胃口，有权就用别让作废。没多工夫，便醉醺醺了。老婆把面条端来，他无节无奏地胡乱扒了几口，碗往旁一推。拆开阿平悄悄塞兜里的中华，到口边，打火机的火苗燎着，原是烟支的把把，含反了。刚调正吸着，便听大红铁门的小门咣当了一声，他细听是个动地有波的男脚声，他的判断是准确的。果然，门里进来的是这两个人。

一个是致祥，一个是阿平。他俩进来，泯义当然不惊，如同自家人的平常。二人毫无拘束，如同哥们儿相约，眉飞色舞。三人相聚，什么起承转合全省去了。你语我言，直入主题。

泯义问："你们的资金到位了吗？"

阿平答："钱没问题，首次投资一百万，干就干大，全是现代化。"

致祥说，土地是最主要的，你去了镇上，结果是喜还是忧？

泯义没马上回答。致祥看了一眼阿平，阿平心领，便掏出一个牛皮纸信封，从舌口亮出一叠硬邦邦粉红色的亮光，说这是五千。泯义看起来不愿笑纳。说，这兄弟，余外来这个干啥？办场是个好事，我们当干部的理当大力支持啊。阿平说，真让你多费心了。

致祥把那充实的信封向泯义手下挪去，两眼媚笑着说，现在市场经济嘛，什么都市场化。干什么都是有偿的。不能让你白出力，这算是劳酬吧，办成了再付一万。绝不失信。泯义嘴说"当干部的理当大力支持"，可他为谁的"好事"白干过？致祥阿平更清楚他见钱眼开，见好就收的品性。眼前，这只见了兔子才两膀猛扣下去的鹰，囫囵的兔子就成了他胃中美食。这个精彩的珍贵镜头可惜未能拍下。这种习以为常的交易，一点不遮不掩，一方舍得出血投好，一方毫无羞颜接纳，真可见草根干部的“直率可爱”了！

泯义已意识致祥把那信封推到手旁了，他还故作清廉，说，咱一起吃喝还可以，可拿这个，成啥事了！

致祥阿平说，不客气才能说明真诚！说着四目对向泯义酽酽地笑出了声。

张着血盆大口的特权官员受贿时，还要表演一幕清廉的小戏。这已成了这类角色的一个公式。

泯义不拒地接了那五十张红色纸钞，放在屁股的阴暗里。这才抖包袱亮底：“土地问题最大。可事在人为嘛，我向镇上领导汇报了开砖场的情况，他们一致赞好，积极支持。现在，只要把钱准备好，咱们配合着就开始做各户工作。”他问阿平，你每亩地每年打算出多少钱？致祥说400元吧。看情况，最高不超600元。泯义说，这恐怕有些低了。玉米每亩都收入千几元哩。阿平说，我私下和几个人交谈过。他们要800元。泯义说，这也不算高。先按四十年算，你们打算一次清，还是依年结？致祥说，还是按年吧。泯义说，那你们双方协议去。亩价尽量合理为好。能不能低，就看你们的能耐了。

阿平说，咱那个筹备领导小组，算不算数？泯义说，算啊！算啊！阿平说，那天席面上听音，意见不统一啊！

泯义说，是的。步调一致才能得胜利。我估摸了咱这几个人，这步调可能很难一致。我对这个问题，已考虑了个不成熟的办法。干脆把胜胜去了。把轲亮加上。致祥说，这两个人没多大差别。这一提醒，引起了泯义思虑。他把该二人大体分析了一下。胜胜这人硬撑硬顶，其实，私心也是很重的。伤着自己了那可万万不行！墩子地中虽没他家承包地，可是他怕留下骂名。轲亮这人脸皮厚，善趋炎附势，只要自己不吃亏，吃不了亏，就会闻着腥味跟着骨头来。二人相比，轲亮比胜胜好对付。不过他两个是远本家。还多少有些挂带的女人亲戚关系。每临有事，常互相请教，互为支持。白家是一组三大族最大的，人口几乎占六成。胜胜说话有感召力，能煽起；轲亮的威信差，说话作用不大。关键时却能搅浑水。咱们权衡权衡，看二人中用哪位有利。

泯义说依我看，筹备组的名义必须有，由你（致祥）和元魁二人为主。人少好办事。我打外围支持。绊脚石踢开了，前行就顺当些。

泯义今日分外的得意，醉乎乎的，一股醇香拌着积食的臭味，张口说话就喷散在空气中，令人恶心。唯有嗜好这种味道的蝇呀蚊呀跟他享口福。

5

新一天又开始了。太阳坚持正常上班，该吐哺大地万物的温暖不扣不增。农民们准时上地干活，不误农事。家里的老人清整了屋内外院落门庭，开始洗菜、和面、烧火做饭。忙前忙后地不停。村落上空飘悠起袅袅炊烟。

一波一波上地的人交头接耳传着村上的新闻。胜胜被泯义踢开筹备组的消息，已传得三岁孩子也知道了。这个结果是胜胜早预料的，他根本不想参加那种背民心的组织，也不愿混迹在那些人中的。所以得知后，不惊不讶，不怨不怒。以平常之心去自家的地上干活。这天他安顿完自家的事，给婆娘叮咛准备两个人的客饭。婆娘问谁来。胜胜说，这个你不要问。先做下，客来客吃，不来咱吃。婆娘说，整天白馍细面的，有甚准备的。胜胜说，多炒几道菜吧，说着就急急出门去。

婆娘开始动手，泡了一撮北京粉丝，又捏一把东北黑木耳也泡了，两颗洋芋洗净刮皮切成丝，津在凉水盆中，取了几颗鸡蛋，门上正好来了卖豆腐的，买了一斤。切成煎汤用的薄薄菱角片儿，再泡了一撮黄花菜，嫩葱也切得碎碎。一切准备停当。只待客人来。然后和了擀面的面揉好用面盆扣住局了。

快到中午饭时，胜胜领着一个陌生的客人回来。这个人她不认识只听胜胜称先生。农村人的这个称呼，除了教书的人多是指选风水的阴阳。他坐下喝了一会茶水。元魁也来了，称师先生。他们几人很投入地说了不大工夫的话，三个人就走了。胜胜媳妇就抓紧做饭炒菜。

这几个人直接去墩子地（这块地名又叫老庙地）。他们先来到老庙遗址，下了罗盘，全方位诊察。胜胜问："这个庙谁记得？"元魁说，小时候我们一群娃娃常来这里追兔子。那时还有残院墙。就是没见过庙是什么样子，不知怎么拆的，为啥拆？师先生很在意地说，这个庙址太西了，再向东三五丈就好了。太西，正在龙首的耳上，堵住了天音。龙折腾得村上不能平安。庙可能是没盖成，或盖了又拆了。他们又去了最西村民叫龙背岭的那块。说是龙背，实际是二百来步长的梁地。学大寨搞农建，村上都没敢整治。下面一片斜滩，叫龙涎滩。实际是一条向沟倾斜的坡地。这是"文革"时辟的公墓。师先生说，这里几座坟茔还是他偷着看的呢。元魁说，师先生你在这梁头看看。师先生刚下了罗盘，便摇头。元魁和胜胜不解意思。师先生问这附近是否动过火。胜胜说，不远处有个旧砖窑。师先生头点了几点。向东走了二三十步站定了。向东、向北、向南三个方向注目了好一会，说，这块平地是个潭，是龙游乐的地方。元魁问，可不可以动土？师先生说，你想，如果谁在你家侵扰，占据你的住地，你愿意吗？元魁说当然不愿意。进而说，这地方可能有喇嘛来过。人都传说，可这事详情谁也不知。师先生指了西南方向不远处说，这里可能曾有历史建筑，地形不凡，你们看，虽然夷为平地，可台形的基座坚固，形体不灭，仍然高于八方，你不妨站那里向八方看，极目所至，信息可达，如果有火有烟，或发声传令，瞬间有应。所以这里有九五之威。他如此说，胜胜和元魁都觉得玄乎。元魁说，对了，这里有过方台，农业社用土，五八年“大跃进”挖了。向回走的途中，胜胜问：“这方地到底能不能开砖场？”师先生哈哈笑了几声说，对阴阳先生的话，有人信，有人不信。信的从了迷信，不信的说是骗人。“所以可不可办场，要我说行还是不行，我不好说。说真话，信不信在你们。我只能这样告诉你，真的硬搞就搞了。至于后果我不敢保证。”胜胜给师先生点了支烟说，师先生请你实话实说吧，这关乎全村人的安危，说了无妨的。师先生才说，这里最好不要开肠破肚。避开为吉。这里有龙首龙背龙潭。龙静静地安宁着多好，为什么非要打扰它的生活，逼胁龙的生存呢？生火不详，吉去灾攘。“我说过了，那台地可能有生过火的事发生，一生火不是战乱，就是百姓遭殃。有时会有难预测的凶险。”他又向北说，最不利的是北方那个咀上的人家，他们首当其冲……元魁说，那是另一个村的。师先生说，都在一股龙脉上生存嘛，不能分你我的。吉凶都是连带的。你们开场，他们知道了，可能最先反对。胜胜说，这咱管不了啦。

回到家酒菜招待先生后，胜胜和元魁拿自己的80元付过。师先生只收50元，说，少收些，算积德费，漫不说咱还是熟人哩。说真的也是没多收。按平时，师先生出一次就收百元上百元。

元魁饭是在胜胜家吃的。饭后，师先生对他两个说，现在信迷信的人不多了。都信科学。新科学没错儿。这风水本就是科学。但只看权势不信命运就……当下，认准的是“向钱看”。祖先留下的风水文化，并不全是迷信，也有很深的科学道理。要说出其中奥秘说不透。总之不要只用迷信把它歪曲了。“人说我们当阴阳的好说空，是骗人的。那你去看仙家道家修行的地方吧，看一些名山上的古刹庙宇，看历朝的帝王陵园就能领悟出，咱们老先人发明的风水学的奥秘。看我们这些人是不是乌鸦嘴。今天看的说的，你们只作个参考吧。我不敢百分之百的说行，也不敢百分之百的说不行。因为是熟人我才这般告诉你。”

元魁说，叫你来看，就是相信你。放心你。看看就知底了。知了底就知该怎么做！

谁知师先生回家还没坐稳当，又来一个人请。师先生一见，笑道，又是白墨村的。这人是致祥的伯伯，他叫勤劳。他和师是表兄弟关系。勤劳的家族中，凡红白事都请的是师先生，请他为放心。今天来是宏发阿平和致祥几人商定后，特让他来叫阴阳的。目的首先是看这里办场子能不能发财，发大财。同时，要他们知胜胜去请了师阴阳，肯定有来头。于是也顺便想了解此地可不可办场。用“科学”断定来击垮村方迷信的“煽动”。师先生听了勤劳的述说，笑着实话告诉：“我刚从你村回来，就是为开砖窑请去的。”勤劳说，表弟你实话告诉我那里到底能不能开窑？他把发不发财，发大财还是小财暂放下，问：“开了对村上风脉有没有影响，有多大？”师先生毫不避讳地说，“是你来了，我就不隐瞒什么了。你们那个叫墩子的地形，是一条东西向的卧龙。龙首在西，龙体上大动酷刑，是必遭报应的。报应在谁家说不上。是一户几户或全村我保不了。你已过七十的人了。知不知那里有过什么筑造？”勤劳想了一阵说，“我娃娃时，知有个老庙院。墙半人高。西南方向也就是你说龙首的那一块有个烟墩。文化人称烽火台。有两丈多高，方方四五丈吧。老年人都叫烟墩，他们也不知是哪朝哪代的。传说是几千年前的。说是战争来了点火生烟报消息的。一个墩放火了，别一个也接着放，一直放到朝廷知道紧急军情。墩子地那名字就这么来的。”

师先生说，“你这一说，我就知道了。不过，硬要开场子，就看老板命硬不硬，能不能镇住，如果有富贵相，有发财运，或许能镇住遭遇，但那平安只能是一段。往后谁也保不了。如果是普通人，最好不要试探。不要启动。不出事不说，出事可不是小事。我今天说这些，不是吓你骗你，我还要告诉你，我也没被买通，你一百个放心。我只挣了50元，连该收的也没收够。”

勤劳就这样知底而不安地回来了。他把真情全告诉给宏发、阿平。阿平说，阴阳的话不可听。又说，不利办场的话千万别告诉泯义。要让他以支书的名，继续坚持对办场大力地支持，不松劲。

6

白墨村在墩子要开新砖场了。在前峪村人人传开。几个上年纪的就让一个副主任出面请了刘阴阳。这条塬上只有三个干这行的。最近的是师先生和刘先生。这个村主任先去了师先生家，师先生听后，婉言相告，我真的有事，不能去，因为他已知底细，不愿卷进两个村间的矛盾中，故意支走了。副主任才去了刘先生那里。刘先生来后，站在墩子地的北边也就是前峪村的地界，问了白墨村这块的地上地下情况。该村的几位老人——八十五岁的一人，八十一的一人，七十七的一人。回忆着你说句，他添句，补充着讲了他们记得的事。说了庙址、烟墩，还有后来的公墓，当然首先要说旧砖场。刘阴阳经这一“调研”，心中有数后，再下罗盘。罗盘是中国人祖先的伟大发明，不管谁拿的，科学原理是一样的。最后结语：这里至少方圆三里决不可剖土、生火。剖土，斩断朝北的龙脉。生火，烈焰烧燃的也是你村的龙脉。现在你们村子孙兴旺、五谷丰登就在白墨这条龙背为屏障，挡着南边和西边空沟的阴气。

谁说几个阴阳定不了一个牛橛，今天他们尿一个壶了！怪哉！

最终是科学战胜迷信，还是迷信战胜科学，是民心战胜权力，还是权力战胜民心。人们拭目以待。

7

致祥是最善于收集和传递信息的，胜胜和元魁用自己的钱请了师先生，前峪村请了刘先生，都是怎么说的，细枝末节他都像情报员一样说给宏发、阿平。之后又背着阿平汤汤水水地端给泯义。泯义听了，思量了好一会说，这下问题复杂了。是这样，既然床已铺了，尿也撒了，就得趁热打铁，加快步伐推进。

致祥说咋个推进法呢！

泯义说，我在喇叭上通知，这个组全体村民到十字口开会。专门讲讲开场的事。征求一下支持度。同步要进行的是，你两个去街上印几十份合同书，先把村上章盖了，我去镇上盖章。致祥问如何写。泯义说参考县上修公路征地合同，格式不变，内容和土地价格要变变。要省钱就按山坡地价，要有钱就按平原地价。阿平和致祥听了说，自然按坡地。说了就走。

泯义开高音喇叭，向一组发了开会通知，他以为来多少，算多少走个过程完事。一组人已在前边许多事中得到教训，也积累了些经验。不少人头脑清醒了。他们知道，本组相当的人一事当前，先考虑的是个人利益的得失。能得，如轲亮反对卖户口那样冲锋陷阵。若失，就像乌龟头缩进肚子里。只那么几个盯住江山的，为维护多数人利益，常当炮手对着干。泯义抓住这个组的弱点捏软蛋，采取安抚政策，笼络住常出头上阵的，给点甜头，只要这几个人不领头闹，其他就捏软蛋一样爱捏几下捏几下。然而，被糖弹征服的毕竟不可全部。

村民原听村上喇叭响了，以为不是要粮要款就是计划生育。讲生产，讲公益，次数稀得可数。正如村民说的，“喇叭响，好事少”。所以，每开会都不齐，不齐不是缺户少家，而是来的多是“不成形人”

（婆娘娃娃顶数儿）。可是今天来得迅速，人也齐全，都是各家主事的。泯义出乎意料，很高兴却很不安。他有胜利的欲望，但信心不足。他把国玉叫到场外，商量了会的开法。他要国玉带头表态，多讲些积极定调的话、动员成事的话。国玉笑笑，我是本组的人，话不好说，态也不宜早表。你是全村的头领。说话把党和村委会都代表了。泯义鼓励说，你就站在村委会的位置上说吧。国玉摇头摆手，不行，不行。我要是说话，我那几条儿子就造我的反了。

泯义只好出场讲话。他说，好长时间没开大会了。今天召集大家，有件重要的关系每家每户利益的大事，民主商议商议。他以特有的勇气，特有的信心，特激昂的语调，发挥着征服人心的攻心战。从全国、全省乃至全县、全镇、全村经济发展势头扯了一通。听的人听了个一塌糊涂。说错的比正确的多十倍。他以为百姓不懂什么叫GTV，强装有知识，他说的数字十有九误。其实村民天天看电视，知道得比他多，比他准。他在上边说，底下有人小声修正：真是胡诌，什么“GTV”，是“GDP”！东扯西拉，才到议题上。他说，咱村和周围村子比，发展后力不足。为了充分利用当地资源和有利地理条件，让大家共同富裕，决定把村上废弃的砖窑重开起来。我们看后觉得一是规模太小；二是太落后，适应不了发展要求。初步探定，在墩子地扩展。他一出口，下边人声遍起，三个一起，五个一起地议起来，不知谁尻子一抬放了股大臭屁。周围人捂住鼻子用手扇。你说是他放的，他说是你放的。忽儿又大笑起来。泯义也没像往常大发支书的脾气，温和地说，请大家安静，先不要讨论，让我把话说完。他咳、咳干咳了几声。接着说，现在咱们办就得追上时代，办就办新式的窑，设备全现代化的场，大型的全机械化的流水线生产，不是小打小闹。必具规模的，起码先有个二三十亩，渐之扩为四五十亩。他这一说，凡在墩子种地户坐不住了。

六子先站起来问：“那都是口粮田，地占了我们吃什么？给补地吗？”

新超问：“地毁了赔偿谁出？当多少的赔？”

逢事说话总怕撞碰人的老实疙瘩三星说，人家开砖瓦场都在荒坡，咱能不能变个地方？

全场有一半人随声附和：“对呀，好地毁了，饿死呀！‘低标准’年上把人饿得快收种了，你是不是心不甘，还要来一次啊！”

四维说，你把土地政策翻开看看，有哪一条哪一款说可以随便毁良田？村上有没有权征地？按你说要四五十亩，这么大的面积的耕地毁坏了，恐怕要挨子孙骂的！罪谁担？我看这得不偿失的事还是三思为好！有个叫“睡不醒”的耷朦着的眼也忽然睁大了，他勇敢地站起来喊：“这哪里是为每家每户谋利，简直是胡整，地毁了，还能叫发展！屁！”底下人全笑了，说，哎呀，“睡不醒”今天才真的醒了一回！

这里有先人坟的更是立坐不安了。中华民族，谁掘谁家老坟，这种缺德恶行，是要斗个你死我活的，几个人站起来问，先人的骨殖可翻吗？谁把你家坟动一下，你容忍吗？

有位已八十多岁的老人白天金说，墨支书，你知道那块地为啥叫墩子地？传说那是与褒姒的故事有关。褒姒一笑失天下，听说过吧！那里有个烽火台，百姓叫烟墩，那块地就叫墩子地了。“大跃进”才把那遗迹给铲平了。历史悠久啊！说不上底下还有什么宝哩，我们这些为子孙的能不能动，敢不敢挖，请个阴阳决定行吗？

泯义说，老先生，你思想还僵化着，啥年代了还信这些？你忘了“文革”把阴阳拉上游街吗？

众说，白先生（他曾于解放前后教过书，人都不叫名字，叫白先生）说得全对，要动，就得先叫阴阳看看，敢不敢！天金老人又说，北边还有个庙园。人叫老庙。有人说是文庙，有人说是龙王庙，有人说是老爷庙。庙没见过，那残墙到合作化后才推平的。又一老人说，支书，你是全村的当家，1600口人的祸福你能保？各户的黑子红瓢你能保？你今当面说，能保，你就随便干去！

一个中年人气很勇，他问胜胜说，你那天看过窑址你说说。胜胜本想听听大家发言后再说，这下被点了名，于是就站了起来向大家说，那天支书叫看窑，我也去了是事实。去前我什么也不清楚。后来才知要办个新场。我的态度很明朗：只要国家土地政策允许——他明知政策绝不会给毁坏耕地开绿灯才这样说的，意在用政策启发民众，意在用政策驳回泯义他们的策划。——先生已看过了，说这里是在龙背上，不宜开挖，不宜生火。这说法，是不是迷信？在这里大动土方吉凶如何，这是关乎全村人的命运，到底在这里宜不宜办？大家定！

这一连串问题，汹涌着呛得泯义头也晕了。一切都可巧辩，都可应付，就是这土地政策说实话，他吃不透，不实底儿。他开始后悔开群众会议的失策，但还是佯装镇定。他口气缓和地说，欢迎积极提问题，上面提的都很好，我们记住了，现在请问涉地的户谁都同意？话刚提出，金勇的媳妇二姑娘扑腾冒出坐着的人堆，站得直直的，说，我坚决拥护办场子。会场人头都偏过来盯着她。几个女的正拉着话也停下来，嘴憋着拧了一百八十度，显然是不同意二姑娘这种表态的。二姑娘称赞说，办场子是大好大好的事。砖场办在门口，大家方便。她还准备讲一串串好处的，人堆里爆出了这么一句话：“你说得那么好，老板会优惠你吗？”二姑娘扑塌坐下去，低了头。泯义走到二姑娘跟前问，你家墩子地几亩？答，我家五口人的地全在墩子，共七亩八分。有五亩果树已第二年挂果。阿平的两户本家也表态愿给地。这几个人表了态，正开着的会场已有一半人屁子一拍退场了。会场扬起一团尘。土雾罩眼，晦气冲天。泯义挡了几次，无效。国玉也挡，没一人听。会就这样开塌火了。

8

说快，真有“大跃进”的速度。致祥把合同样式拿到泯义面前，让修改。泯义看过后说，甲方不要填村委会了。直接写“白墨村集体”就可以。法人代表写白阿平。致祥问给各户咋签合同。泯义说，这很简单啊，各户主就是乙方，你和宏发出面，就说是阿平高薪请的管理人员。——这般一签，实际就说明了场子的性质：私有企业，个人所有。亮相的宏发是业务经理，致祥任销售经理兼会计。如果事成了泯义入一个干股。

关于土地赔偿费。泯义说，双方协议，定多少填多少。户与户不见面。要保密，只甲方知就行了。

阿平又求泯义说，已到最关键时候了，还得你帮大忙哩。泯义慷慨回应：“帮，我是肯定帮的。从开户看，阻力不小，推动艰难。我的意见，是各个击破为妙。”阿平问，咋个击法？致祥碎眼仁一骨碌，摇着小脑袋说，这还用问吗？想法子瓦解像胜胜那些对抗分子，争取像元魁这些老东西。泯义说，这办法我同意。还得想办法把荣凯那几个火力大的青年也争取过来。重要的是把心虏住。目下起码不让有反作用。而且鼓动他们用板报帮宣传。至于如何让他们发挥板报作用，你们都要想办法，动脑筋。

致祥说，自你和荣凯说了板报的事，他就和那几个人出去打工了。阿平说，出去了好。这不就万事大吉了吗！永不回来才好。板报可以要来为咱服务。

泯义最后说，合同上先把村委会章盖了，表示支持。再盖上镇政府章，显示威力。带上红印章的合同和土地户主周旋。只要把西边有地的几户降了，场子就可举行开业典礼。业开了，大势所趋，想对着干也就由不得他们了。

致祥说，那里我数了一下有七座坟。都是十几年几十年的老坟了。迁移费给高点，参考县上修公路，造公园的标准。这些具体麻烦事只能考验本事了。

一切已策划周密后，泯义又强调：“毛主席说过革命舆论的重要。致祥你写篇稿子。把群众欢呼，拥护，办场的心情和场子办起惠民的好处写进去。把二姑娘的话和心情点到。回去马上办，明天就和群众见面。”

致祥和阿平首先找田禾要板报。田禾说，不行，我们的内容已定。宣传是有计划的。致祥打出支书的牌子，田禾不认账，说你们想办法，别打我们的主意了。

他们要造舆论的目的终未达成。

阿平问，荣凯呢？

田禾说，你问我，我咋知道。田禾只能这么回答。她心里清楚，荣凯领着几个青年去县城包了一家建筑工程上的小工活。可能需一月左右。挣些钱回来，作为宣传资金的。田禾在家和肖肖、大伟几个继续按计划出宣传材料。下期是法制宣传。讲土地使用政策。下下期是农科。

泯义知道板报没能弄来。心中忌恨田禾他们，但找不到制服的理由。

他对以荣凯为火炬手的青年们已产生了想法。这是一派喷薄而出的红霞，他已无可奈何！

9

合同阴谋开始了。

阿平和致祥先到金勇家，金勇十分热情地招应进客厅，又是倒茶又是递烟，双方热乎了一阵。金勇自然知来者之图。宏发了解金勇之心。致祥一句道破用地事，双方一拍即合。金勇喜色飞舞，鼻子眼睛都亲热地紧抱一团，说，家家受益啊！致祥问，你的地实际是多少？金勇转身从抽屉取出一个红塑皮的小本，致祥一看上有烫金的“土地承包经营权证书，紫薇县人民政府制”的字样，“证书”二字特大特醒目的占居红本的中央方位，金勇又取出“紫薇县土地承包登记表”，长宽尺度，面积清清楚楚记录在上。阿平原怕各户瞒报地亩，自己吃亏，金勇这一忠实举动让他放了一百个心。受启发后他决定下面各户就要看这个。阿平和金勇谈着租地价码。致祥在一边打开本本看说明：第一条是“土地承包经营权证是农民获得集体土地承包经营权的具有法律效力的凭证”。再往下就看到第四条：“征用农民承包的土地，必须符合国家规定的审批程序”。致祥看到这些条款，心里突然感到不踏实了，但他压在心里，让户主忽略掉，也要让泯义忽视，好让路子，使预谋的计划水到渠成。一旦生米做成熟饭，好吃不好吃都得往肚里咽。

说到地价和果树，金勇说，得和婆娘商量，他们在另一房里咕咕哝哝了好大时间才出来。当家的二姑娘嘴很会说，两片嘴唇一碰，巧言巧语滔滔不绝。甜的时候比蜜甜；酷的时候，刻得谁都受不了。现在是该甜的时候。“哎哟，好咱的大老板哩。那天支书开会，我第一个表了态的。咱说话不顶手巾，不是头发长见识短的那种人。话已说出口了，一是一，二是二，绝不会收回。别看眼目下，不少人随潮打工，放弃了地，我眼里地是值金值银的。它是农民的刮金板呀！金饭碗呀！每年要刮多少金子的，地我定给的，不反悔，为大家利益嘛！给你。这就成了双方的交易。我先听你的给价。”阿平让致祥把合同给金勇，金勇看了看，给了二姑娘。二姑娘嘎嘎嘎笑着说，“我是一个睁眼瞎，字儿字儿黑刷刷，蹄蹄爪爪都向下，它认识我，我不认识它呀。干瞪眼。”金勇看着婆娘的样子，脸红了。他是个热脸子，动不动就脸红，能红到脖根儿。他抹了一下面目，说，一亩地怎么一年才400元，种一亩玉米再歉收也卖个八九百哩。种地膜丰产了卖上千元哩。致祥说每棵50元，咱不论大小了，一律儿拉平算吧！二姑娘说，我的树已长了整七年，挂果两年了。算算肥料，功夫和没产粮的代价，恐怕亏得太大了。宏发说，你的意见？金勇说，县政府收城区地，不论大小，每棵树平均千元，这已有价了啊！致祥辩道：“那是川道地，咱怎能比？”双方就地价，树价磨了有一个小时，最后地以每年每亩800元，树以90元（买断），签了合同。四百六十二棵树，一次付41580元，七亩八分地先付十年，共62400元，总计103980元。一式两份，签了三十年。后需要再续。阿平说，合同签了，树必须伐！金勇说，没问题，男子汉说话嘛！

金勇两口心想事成，大算盘如愿以偿，高兴得合不拢嘴。阿平和致祥头一炮就打响了，披荆斩棘的路迈开了一步。头难头难，头开了，下边就可以此合同为例了。他俩很得意，特叮咛金勇两口子，你俩要保守秘密，千万别给外说价格真情。致祥说，他们要看合同呢？阿平说，这好办。随叫金勇按每亩500元，树每株60元签了两份。拿着做宣传，兴兴地又到另一户去。

二姑娘还没拿到票子，眼前就像有一厚捆粉红色钱了。金勇说，这下你心就实了吧！把合同保管好。这就是咱的钱匣子。你拿钥匙你保管！

这家人为啥对征用土地一呼即应，积极热情？

二年前，他家已从沟边窑洞挪上了坳。盖了新房子，往返这里种地太不方便。得经一条胡同，路窄又凹。收种都要费神出力。再说，女儿出嫁，中师毕业已有了工作。一个儿子刚考上大学，往后不愁工作。所以对他家来说，种不种地不重要，长久说，也不会影响生活。所以早想把墩子地租出去，没人愿意务。最后只能自己务着。这次开砖场，正好用到他家地，这求之不得的好事，他为什么不积极呢？一次拿到那么多钱，存银行吃利息也够花的。他的算盘可会打了！

世上人心里都揣着一把算盘，会打算的能算出利，不会谋算的就失算出一个穷。于是有穷有富，有祸与福。这正是社会上说的，“吃不穷，穿不穷，打算不到一世穷”的道理。

二姑娘以为自己的算盘珠子拨响了，拨到预想的位置上了。

阿平致祥呢？正在打着另一种算盘。

在去另一户的路上，阿平和致祥互为感应的都怦然心跳，多了个忧虑。那本本上明明白白提到“国家规定的审批手续”，而且必“依法”。怎么办？

阿平说，先把合同签了，这就是法。合同一签字，就有法律效力。村镇两级章子就是法律，等于“公证”。即使到时反悔了，也必输理。

下一户是四维家。他们俩去这户人家，可有点战战兢兢。没进门就丧失了一半信心。把握只有二成。但还是鼓起勇气，迈进门。四维冷漠着脸，他当然知耗子入宅的意图。致祥见这副态度，先递烟过去，然后说明前边几户的情况。还把合同亮出给看。

四维坚定回答：“我家的地是国家保民生口粮的地，是农民命根子，命根子没了还活个屁。”阿平说，叔，你提个数吧！四维说，每亩十万我也不敢卖给你们毁坏，我怕给子孙留骂名！致祥还是那副媚态的纠缠着。“叔是开玩笑了吧！”四维很认真地说，叔不会开玩笑。玩笑看什么事呢，这么大的事儿能开玩笑吗？叔很认真地说：“我只有土地使用权。使用期间，得向国家负责，爱护土地！珍惜土地！保证每寸土地的安全！不负责任地只顾眼前利益，这和把自己的子女抛给狼口有什么区别？那是犯罪！犯罪！你懂吗？”

四维讲到这里，提了他两个张口结舌无法回答的问题。他说，你们的合同连政府的红戳子都盖上了，你们以为有尚方宝剑了，是吗？请问土地审批手续呢？如果有，还可以商量，没有就是违法。就是诈骗！你把事认清！

致祥和阿平到前几户春风得意，现在如见了阳光的霜。再费口舌，也没理来辩。便说，那以后再说吧！四维说，那就不送了。

10

今天吃过早饭， 村上几个闲汉，在村十字口树下蹲着玩土法娱乐——丢方。大伟见前几天制作的墙报，字迹被雨淋得不清了。上方几小块有大裂纹，他不禁产生几分感慨，又折身回家。挪出一晌工夫寻了沙子在脸盆和了水泥浆，修复了墙报，到村上的小商铺买了一斤的大瓶墨汁，刷得黑亮黑亮，让它的惠光普照白墨。

晚上灯下学习土地承包政策。中华人民共和国实行土地社会主义公有制，即全民所有制和劳动群众集体所有制。这就说明包到户下耕种的土地不属私有财产。户主只有使用权，不能私自出卖，也不能随便收买作他用。“公有”基础始终未变。如果任由买卖，不受政府监管，那社会性质不就变了吗？村上几个人办砖场，收买土地，不同转包，不同租耕，而是真正改变了性质，是赤裸裸的变相土地买卖。更为严重的是彻底毁坏耕地。他想，所有承包者应向国家负责，向法律负责。承包期间，当珍惜每寸土地。依法保护每寸耕地，才能保障农村改革的胜利成果。

他一时精神焕发，激动不已，把自己的感想写成一篇短文。题目是《珍惜良田，保民生基》。文中毫不留情地点名批评了毁坏墩子耕地的违法举动。他以一个母亲养育儿子的感情写了农民爱地如战士爱枪，学生爱书，那种赖以生存的情缘，以及如何呵护土地不受任何侵害的责任。最后又响亮地提出“保护良田，人人有责”“神圣红线，谁也别撞”的最强音。

新一期的宣传又出版了，风闻内容，来看的人过会一样。

有个中学生接受大家的要求，在那里一行行念，众人们觉得脚下这片土地太珍贵了，都众口一词：说写得好，太及时了。信息传到阿平、宏发、泯义和致祥的耳朵里，有些惶惶不安了。

泯义认为这是专意煽动民心，是和两委会对着干。致祥一马当先，怂恿以金勇为首的几个人，口出谩言痛骂大伟，骂四维骂胜胜，骂所有反对的人，是有意砍别人财脉，不得好死。他们的泼骂，遭到不少村民的指斥。金勇家那位二姑娘更是狂躁，嘴里什么话都往外掏，她能说出口的别人耳里真听不进。娃娃大人连看耍猴子一样围着她。冒子拉去他侄子，骂道，你这个碎二毬，看你娘的蛋，人家舍了地能活，你没地，喝风屙屁！

这一骂，围着的，散了多个。

阿平致祥气得没法控制自己的焦躁与冲动，又拍屁股又顿足的。两个人像烧红的两截钢筋，逢草触木就要起火。看谁谁不顺眼，看谁谁都是对头。他恨不能咬住四维吞住大伟撕几片子肉来喂狗。

之前，那几户盲目签了合同画押的人，还没有一人仔细推敲合同条文上的隐患，而今看了板报上的提醒，已经后悔猪脑子的愚钝，渐之醒悟，有了受骗的感觉。民众在不明真相时，虽然像被狼叼着了小孩，还双手紧抱着狼脖子，当意识到要吃他的肉时，便不再当傻瓜，当猪。谁知已迟了！泯义要手腕开村民会，发表演说，只是屁眼变了嘴巴，放出的全是臭烘烘的气味儿。会终没开成，他把罪全怪在大伟身上。大伟不怕这个罪名。他的文斗这一招真灵。新超兄弟知家里随意把二亩地卖了，电话上狠训了一顿。新超和土改商量了一下，二人把钱和合同交给了阿平。致祥翻到合同第五条，指着说，“违约者，加罚地款二倍”。新超说，受罚你罚去，罚多少由你！土改觉得理屈，又把合同拿了回来。等着看风向观大势。

11

泯义知这事越拖越复杂化了，他更加足马力，身体力行，既当帅又当兵。他叫宏发，阿平，致祥几人多路去跑关系，找人做土地局工作。宏发的姑父是全县建材创业最早，规模最大，发财最多的大佬。他作为非公企业家当上县政协委员。拜过各大名山，结识了各路神仙。如今社会，人都认钱。姑父陈吉安腰壮气粗，在县里四大家办公楼，出入主人似的。哪个领导见了都是笑脸相迎，口称陈老板。他如此的牛气，或许能帮上忙。几月前，他开的三个现代化砖厂和一个钢瓦场，已统了南北二原和县城周边的几个同行业。成立了达望建材集团公司，姑父为董事长兼总经理。企业家的桂冠更加辉煌，他的知名度如日中天，受人敬慕。

宏发找到姑父，说了遇到的坎儿。姑父知宏发事业有拌达，就有求必应地去跑。姑父说，只要有群众基础，一切程序合法，我可以疏通。宏发说，保证不会把你网进去，放心。陈总就在万鑫大酒店，请了土地局局长和部下有关人员吃海席，饭局上，陈总说了事儿，局长鲜明表态，发展非公企业是方向，而且，咱县建设战线拉开，材料供不应求，多办个场子是好事，只要符合政策，本局一定不遗余力地支持。陈总脸上阳光灿烂，又给局长敬酒三杯。

事就这么容易地走上正路子。

宏发阿平知姑父之恩，激动得喊了几声亲大大。

致祥阿平把消息传给泯义，他们几个人如娶媳妇一样的激动。阿平摆了两瓶剑南春在致祥家随便炒了几道菜庆贺。三个人喝醉了，泯义醉得如泥。致祥他妈给喝了半碗醋，稍好点，泯义说，别……别高兴得过早！致祥阿平只醉了六成，他俩把泯义放展到床上，三个人同时打起鼾声，强弱不同地混合起来，这个屋子变成了大音箱。

12

阿平致祥他们真的高兴得有些不正常了。

宏发亲自出马，和阿平，致祥，劲足足地进了土地局的铁大门，寻到门上有局长室牌子的房子，把打印的申请报告呈给局长，局长大概过了个目。在上写“请办公室调查研究后定”一行字，签上了自己的大名和日期。办公室主任只认局长签字，又把材料批给地籍室，这室接材料后夹在“群众来办件”中，说，你们先回去等候消息。宏发阿平这几个人还不放心。时间就意味着胜利啊，延误一分钟就有一分钟的担忧，他们恳求道，主任（他们认为坐办公室的就是主任），我们已投资了一笔巨额。血本全泡进去了。切盼能快点拿到手续。宏发已想法认识了地籍室查连升，当阿平几个到了后，宏发随着也到。宏发把早已充好3000元值的一年期购物卡，陪着笑脸给放到眼前。门里突然来了打印室一个小姑娘问话，姓查的赶快把卡拨到抽屉。小姑娘问话后出去了。宏发给阿平致祥，使了眼色，二人马上退出门去。宏发笑到，查主任，那我们就等喜鹊登枝了。出得门来，无意中看见对门超市门口有大伟、胜胜、冒子、小健几个人。他觉得蹊跷。脑子一转，马上明白了。心里说，来者不善，善者不来。他又反折回局里，找姓查的，去时，人已不在。进去出来只屁大个工夫，哪儿去了？他又自我安慰，情走在先了，怕什么？

说起宏发见到大伟他们几个也没什么奇怪，自他们四处活动要占墩子地起，就有了反对派。宏发是全知道的！他们进县的情报，反对派掌握得一清二楚。他们前脚走，大伟等几人随尾就到了县城，不过，阿平他们先一步进了土地资源局的大门，大伟，胜胜在三四十米外的超市门口盯着，待他们出来走远了，大伟几个人过了斑马线直朝土地局办公楼上了二楼。

办公室里这时坐着三个人，一个在座位上，还专心地按着鼠标，盯着电脑的屏幕，当大伟几人影子落在电脑上时，按鼠标的人停下，抬头看，有四五个大汉直蹶蹶站在面前，占了半个地面。他严肃地问，你们是干什么的？冒子说，我们和刚来的那几个人是同一事。

那位说，哦，不是把你们的申批材料批给地籍室了吗。大伟说，我们和他们不是一股道上的车。那位睁大了眼：那你们是？胜胜说，我们是“土地爷卫士团”的。那位问话的站起来，看着眼前几位陌生而又气势颇大的年轻小伙说，什么土地爷卫士团，咋回事啊？大伟笑着和颜告诉：“同志，我们是北新镇白墨村的村民，是来挡审批砖场用地的。”那位说，原是这样，坐下坐下。为什么一方要批，一方要阻，到底是怎么回事，还组了个团来。

大伟说，我们都是一些普通村民，没有背景，没有权势，只相信政策，相信法规。那位说，你们说的背景，权势是什么意思？胜胜说，比如没人替我们说话，比如我们支书是站在那边。那位用手示意叫停下，问：“你们有没有材料，有，就留下来。”小健把打印的几页纸递过去。几个人都以渴求的目光，看他接到材料后的态度是阴还是晴。还好，他是和蔼温煦的。大伟问，那我们咋知道情况？实则是要表态。那位说，有这个你们就不要管了，镇政府会答复的。

大概当胜胜几人出门不到一小时，国土局就给镇政府打去了电话，让土地干事去白墨村查看一下办场的地形，掌握实际所需面积，向局汇报。这位干事按照惯例先找了支书，支书说这个村上有那么几个瞎怂，是专门搞乱的，地，看不看由你，你相信我，我就告诉你。这位干事就按支书说的，当即就给土地局做了汇报。

说来有趣。回村时双方阵营端端乘坐在同一趟班车上。大伟，冒子，胜胜几位坐在最后一排。致祥、阿平他们几个来得早，坐在司机背后一排。这排在门口，大伟他们上来一个，致祥的眼睛翻白一下。阿平装没看见，直直瞅着司机头顶悬挂的电视看节目。

车到进村十字路上，他们先后下了车，车径直东开去。

阿平走在前头，大伟跟在后，相距百米。小健说，咱回去，一定要遭支书的打压。大伟说，违民心，反民意，不合政策法规的事，总得有人带头制止啊，咱们有什么错，他一个人遮得了天？说着朗朗地笑了。

大伟说，怕他咱就不去阻挡，正义的东西不怕打，不怕压。正义必胜！

13

回村的第二天，村中湖一般平静着，与其说是平静还不如说是沉默着。于无声处对峙的双方，都急待着各自进城的结果。

就是在这天下午，镇上那个民政干事和一位副镇长，陪同国土局两个人员来到村上，找泯义和国玉，说明来意。泯义热情接待后，便带着去了墩子地。他带着看了老砖场和周边坡地。泯义向上指东指西，指南指北。只说了西边靠老场的二亩多的一条坡田，向北向东拓展的几十亩耕地他闭口不提只字。土地局同志按大伟他们的材料问时，他支吾着说旧场恢复起来，看发展需要。这时候大伟和胜胜他们两个闻讯，也来跟着听。土地局那位叫章一鸣的问，村民强烈反映砖场已经和九户签了三十年的用地合同，已近三十亩。是不是这一片？章指着眼前平展展的土地上茂盛的禾苗。泯义坚决否认，说没有，没有。全是空穴来风，无稽之谈，这么好的土地村上怎么会开绿灯呢？章拿出几份空白合同给泯义看。“你说没有，这是怎么回事？”问副镇长，这镇上章子都是怎么盖的？镇长说这个我不清楚，章又拿出一份材料，“这是你们邻村交信访局的材料，信访局转过来的，他们明确表示不同意你们毁田。他们村严正指出，你们虽然毁的是本村的田，殃及到他们的耕地安全。”

泯义说，好地我们也舍不得。章一鸣说，有你这句话，我们就放心了。章又问，那你们申请的那些地指的是哪儿？

泯义随荅流水，我们是依法依程序的。先申请，待批下来了才能发展。章一鸣又说，你们的申请的是集体企业，村民反映是为某几个人谋取利益的，这到底是怎么回事？泯义说，是的，是集体企业，为村民利益的。至于往后是否承包出去，那是后来的了。村民反映是为个人谋利益的私企，这全是猜说。国玉跟着，他没参言。这时，大伟、胜胜、冒子、跃进等十几个人来到跟前。冒子说，县上的同志来得好。不来还以为我们是吃饱了撑的，是在捣乱，是在闹事，是支书说的那类瞎怂。是在阻碍经济大发展哩。我们不是支书说的瞎怂！你们来看看就知道了。我们是光明正大的以事实说话的还是故意生事。若有胡编捏造，怎么处罚问罪都认。章一鸣向他们解释，刚才支书领我们看过了，他说目的是利用旧砖场，先恢复再扩展，这个思路符合实际。胜胜笑了，几乎把鼻涕弄了出来。问，你相信他的话吗？上当、受骗！目的根本不在旧砖窑，两眼盯着的是这一大片地，这一大块平展展黑油油的良田沃土。他说是为集体的，根本不是，一开始就是为个别人谋利益。他说先恢复再扩展。你问向哪里扩，向西是沟，只能向东，向北扩。胜胜逼致祥拿以诈骗签了的金勇、六子、新超等多户签字画押的合同书给章看。章不觉汗颜，他问泯义，你把米已经下锅了，到底是怎么回事？泯义说这个吗……签合同，我还不太清楚，才正申请嘛！章一鸣指着合同上村委会的章子问，这章子是不是真的？泯义承认是真的。章又给国玉看，你说这是怎么盖上的？是不是要先斩后奏啊！

中国的农民历来是老实巴交的。生存中总处于弱势，受点轻伤，敷些干黄面面土儿，揉揉就不在意了。较重点伤，包扎一下，忍忍，也不放心上。但受到重创，比如在土地上谋取他们，他们就不再忍，如同剜心上肉，定要对着干到底。

村上一时来了很多人。围住，你一言他一语，问："你们还在上当受骗啊？""你们信谁，信支书还是信群众？"

镇长给村民做工作，"请大家冷静冷静。你们反映的问题会得到解决的。"他转向批评民政干事。"你那天不是过来调查了吗？是怎么搞的。"民政干事看着泯义，不说话。副镇长生气地说，你怎么向县上汇报的？民政干事说按墨支书所说汇报的。镇长问，那你没到实地查看是吗？民政干事说，我相信支书啊！村民齐声说，你相信他的，就从沟里弄下去了。

这场剧就演到这里。县上来的要回县，镇上来的要回镇。给村民的答复是：相信镇上会处理好这件事的。

两天过去了。

村上没有等到往镇上来虱大个人问及此事。土地局也再没个人影了。

14

就在县镇两级所谓调查之后的第三天。阿平、致祥他们使出先下手为强的势头，扬威自己的胜利。大伟、胜胜、冒子，后来又来了大鹏、跃进许多土地爷卫士团的人。他们相信政策的威严，拭目以待。对峙双方大有剑拔弩张之势。阿平他们已经谋划过好几次了。阿平说，咱村里的老太爷为啥能在白墨村有独霸一方的势力？他原本不是这村里的，最初不过十来亩地，一处破庄子。却把根扎住了，而且扩展范围，买地圈地占地霸地，发展成一个显赫四原八方的大地主。咱也得学习他的发展史，借鉴经验。先就签了合同的几户占了，边占边扩，不相信目的达不到。致祥说，那是旧社会，无法无天可以。咱现在受政策约束，得拿智取。阿平说签了合同就是智取。咱就由小到大地洇，像蚕吃桑叶一口一口吃。致祥手一拍，这个可以，不太扎眼，也不会引发争端。他们这么计谋，就这么来了。

宏发、阿平已在办新场中花了近百万。购得最有科技含量的制砖机，制瓦机，大型推土机，挖掘机，还新添了一辆小面包，一辆大卡车，在这里安营扎寨，搭摊子了。推土机开到地和屠夫剖猪羊的肚子一样，轰隆隆开过，地上就开了一道沟，黑油油的沃土翻向两边。再倒回来，像猪拱一般，拱过去，湿土就堆成一座小山。明早已有两座新坟迁移了。迁一处给1000元，他们说按县上的标准付的。（县上占用地，迁一座坟墓给3000元）

金勇家的果树按照合同要求已砍伐净光。树干和枝分别垛在北边的地头。多可惜的青春树，多可怜的摇钱树啊！没争得为主人贡献它全部的忠诚，就被剥夺了生命权。光秃秃的黄土地裸在那里，如一个被强暴了的少女。阿平他姑父派来了两辆自卸大卡车和一台推土机支援。实则是造势给人看。村西的墩子地刹那间热烈得快要沸腾了。十米高，二十米宽的巨型大彩门已经搭造成，松柏翠绿，塑花鲜丽，彩带如虹，把个傲然的彩门装扮得七彩缤纷，绚丽夺目。距离彩门十余米的地方是一米七粗的充气园门。门的左右各蹲一金色的大貔貅。这道园门上有金铂剪的宋体大字："亿鑫建材实业有限公司奠基典礼"。金光万道的门柱上，左曰："招财进宝"，右曰："发展经济"。庆典礼炮车也开进了场地。十几个花篮醒目地摆设在彩门和园门两侧。红飘带在和风中快乐地舞动着。一车庆贺鞭炮从县上某庆典公司专门送到，正在卸货。八个大型氢气球正跃跃欲试地等待升天。跑前跑后的几个热情青年已按捺不住激情，从车上抱了十几箱花炮摆了一个长阵，然后串起了导火绳。一个小伙子拿打火机点着，猛间轰轰隆隆，八盘万头鞭也噼里啪啦地响起。浓重的硝烟，刺鼻的烈味，搅和着细土和炮皮，遮蔽了半个天空，一派壮观景象。那隆重的庆典吸引了全村观看的人。几个小伙还从车上向下搬着更大的礼炮。

致祥和阿平洋洋得意，笑口不合。宏发眉飞色舞，西装楚楚，一副大老板的派头。他看着一群孩子钻进大人的胯下捡拾哑炮哑鞭时，高兴地撒出一大把糖果，孩子们拥着挤着去抢，逗得他哈哈大笑，心里乐开了花。

白墨村这种隆重的盛典是有史以来第一次。它彰显的是美好未来的发展前景。泯义自豪到忘乎所以，以对村民办了件大好事的功臣摆起了当家的架势。那歪脖子似乎不再歪了。青紫的两片嘴唇叼着香烟，想吸不想吸地在人最显眼的地方踱步，与其说是踱步，不如说是在思考着什么。你看他不时向村中大路遥望，盼星盼月的心情旁观者看得清清楚楚。

阿平和致祥在指手画脚。两台大型推土机已经在打上白灰线的区域内开始作业。机械的轰隆声震撼着在场人的心，几十米外都感到大地痛苦的颤栗。大大的厚嘴唇推着厚实的沃土层，轻而易举卷着浪汹涌前进，不一会就开出"V"形放射性口子，一大片半熟的黄豆苗被毁灭了。看到这目不忍睹惨景的血性农民不住叹息。再深入地推，便掘到了死土层，这死土层已预示着这片土地未来的悲惨命运。前一台势不可挡地冲锋，后一台不惜命地陷阵。突然推出一方死灰和残瓦破砖，还有一层青石料和礓土。无人注意这个细节，当机械倒回来又深入地刮过，扬臂推土时，土里滚出一个圆又不很圆的软乎乎东西。司机停下来好奇地拨弄。这东西一点土也没沾而且蠕动，细看没鼻没眼，没手没爪，再戳一下好像只能滚动。有个上年纪的来宾看后惊呼："啊呀了不得啦！这是太岁！太岁！快烧香，烧香敬送！"阿平把这人叫表叔。他问，表叔，你咋知这就是太岁？表叔肯定地说，我见过。去年我村一家打房根子，挖出一个和这一样的东西，人们害怕得不知所措，叫来阴阳先生，先生说，这就是太岁，不能再动土了。把太岁埋原地，另看了一处。白墨村一位老人一直在看着，这时他也说，要在太岁头上动土，可得个森煞人哩！就看咱村出没出下这人！一位接着说，别操烂心，看屙血。人家敢动就有森煞气！又一位客人说，别斗嘴啦，赶快把它埋了吧！致祥扛着锨端着埋到远处一个坡头。说也怪，这事刚平息，机子又开始作业，前边的机子把拱起的土扬起下倒时，土里跃出两条镢把粗的花蛇，麻花扭在一起，像是一公一母的对子，一条是鹅黄肚皮满背黑斑，一条是白肚皮，背是呈亮亮的绿斑，当土落定，它俩昂起脖子，张开一百度的嘴，口吐信子猛烈地闪乎，无所畏惧地四面观望。同人们所见过的蛇不同处是，红膜黑仁的小眼睛十分可恶，凶巴巴令人毛骨悚然。

这种异象引发了现场所有人的发怵。

北边邻村几个村民正在果园刮干腐，听这边机子推出了太岁和蟒蛇，撂下手中的铁铲和药罐跑来看。其中一个忘了放下手锯的大人说，这里弄出蛇，肯定有个老坟，蛇是爱钻老坟的。另一个指着东北方向说，这跟前就是老庙院，又指西南方向说，那出太岁的地方可能是叫什么台的地方。跟前的人说，叫墩子吧。不，我记起了，老年人说过是叫烽火台或烟墩。他不管有无人在意地听，只顾讲。很古很古的时候，有个昏君为了讨他心爱的老婆褒姒高兴而修的。有个青年打断他的话说，不知不要胡编，那是为战争修的。听过抗日打鬼子的消息树吗？那烟墩和消息树同样，都是传敌情的，一墩放火，墩墩放火。朝廷就能统一指挥战斗了。那墩合作化了才弄没了。这一说，围着的许多人都相信了。有人说，古人选这块地势，不是栽电杆那么简单，不是喇嘛定的就是风水先生定的，咱今揭出这土墓，恐怕有些……有些……留神观察的人定会看出，说这话的人被同阿平在一起的一位用手碰了几下，再没说下去。

井里放糖甜大家，杯里放糖甜个人。这么多人是看泯义给井里放糖还是给某些人杯里放糖。糊里糊涂的，只张着嘴似笑非笑地听人议论。

空前盛大的庆典，插曲已近尾声。主角宏发和阿平把几位主要贵宾请到一块，说对不起，再等几分钟吧！整顿场地，摆放凳子正忙。台上放两张条桌，桌上铺了粉色的新被单，话筒已放好，都试过几次了。现在大音响正放着眉户剧《梁秋燕》。“阳春儿天，秋燕去田间……”那欢乐的曲词感染着那年代的过来人，燃起美好回忆，不由得跟上哼，跟上乐。

15

泯义又向大路上瞭望。这是第十几次了。他自己也忘了。看得出他有些心神不定了。

两辆小车开着来了，远远的就停在村边，车里的人全是走着这条路到会场。泯义一眼就看清了镇党委书记和镇长。他们所陪同的好像是县里的两位领导，很有风度的样子。泯义急不可待地两步并作一步地上前主动握手、问好。接着是喜出望外的宏发、阿平，接着是致祥。他们一个个伸出热腾腾的渗出细密汗珠的手。镇长给介绍："这是国土资源局的李局长（他为了讨好把那个"副"字撤掉了），这是局办常主任。"阿平和致祥说，常主任我们认识。边说边伸出手去握。"常主任好！"常主任点了下头。宏发和阿平安排两个青年人——一男一女，男的扛个录像机，女的胸挂照相机，比记者参加接见外国政要还忙地前跑后跑变换角度、抓瞬间，留下领导的风采，以做本企业的宣传广告资料。

致祥跑过去，指挥几个年轻人把"热烈欢迎各位领导莅临指导"的大红横幅再升高了一米，小伙用力过猛，那边绳子断裂，横幅飘然落地。金光闪闪的"领导"二字掉得只留一角，其他几个角上的大头针一个也找不到了。让致祥当着众多人的面训了个狗血喷头。二人寻不到大头针，急跑着到崖边摘一把酸枣刺。

几位领导没休息，转着看了一下会场的隆重气氛，又去看了周围的地形地势。当看到已被推土机推开的庄稼地和砍伐一光堆放如山的果树时，局长问泯义，这是谁批准的？泯义说，申请送上去了，大家以为不成问题了。书记问："你说的'大家'指哪些人？"没等泯义脑子转过向，局长又说，叫支书把有关人召集来，开个小会。

宏发，阿平，致祥，还有几个跟随的，金勇作为合同的一方也参加了。泯义，国玉自然不敢不来。

镇长即席讲话，因为是站着，只说了几句。最后说，现在开个小范围人员会，请国土局李副局长宣布一项决定。李局长非常严正。他说，你们办建材厂所报材料有欺骗性，村民联合反映特别强烈。引起市委、县委高度重视。责成国土局核实，群众反映若属实，立即停止。最近报纸和电视报道了我市几起毁田谋私利事件，连央视《焦点访谈》都来了，土地问题全社会都在关注，这是国策，是红线。任何人不得违法践踏。你们搞集体或个人企业，是好事，但必须在政策之内。土地虽然承包了，可以流转，但务必坚持“依法、有偿、自然、安全”的原则。“依法”和安全是首先的。保证不了土地的安全，破坏资源，任何理由都不行。所以你们的申请不可能批准。当立即停止，另选地址。损毁的田地马上恢复！

宏发阿平听了软塌塌下了。泯义的脸也失去了原色。致祥腿软得移不快，但还是装镇静地走过去，让解下了横幅，收拾宏大的场面。

就这样，一锅沸腾的水，投入了一块“冰”，立刻凉下来，静了。

领导开车走了。也没有欢送的场面了。

群众也散开去。多数人春风满面，谈笑风生。

金勇两口坐到自己地头，手抓着土又捶胸又打脸。二姑娘看着地推得不成样子，放声哭嚎。没人去理。——说没人去理也不准，多少人投来了幸灾乐祸的目光！

已变各户承包地的墩子地，将近百亩沃埌，经过一番命运的较量。民意战胜了私欲，政策战胜了歪理。这片大地完好保留了下来。她给人们留下了许多许多的思考。

兄弟阋墙总有一个是太自私了些，或是太过利欲熏心。他从不考虑这个家庭永久的和谐，永久的利益和永久的完美。而主动对峙的兄弟总有他站得住脚的大理由。

白墨村办砖场的一场较量，文斗的故事暴露了这个大家庭的主干上，赘生的一朵毫无香味，却能迷糊人的假花，欲绽放却不可绽放终迅速掉落。这是白墨发展历程中极不正常异象。

白墨大支书心旺旺地要以支持发展民营企业，而大挣个荣光，捞些私利，没料到却露出了极不光彩的红屁眼。事实让自己把自己的口封了。这朵花为什么没有得到呵护而夭折在不该夭折的生土里，令人深思？

改革开放，正在路途，发展经济步伐越来越加快，每阶段还会有形形色色更能迷惑人心的应景奇花异草跻身。假花，虽以她特别的色彩，迷惑一些人，但它非大自然所孕育，所以永远放不出香味。欲识别真假，还得了解育“花”者。劝他别枉费心机。

16

几天后。泯义，阿平，宏发，致祥又聚在一起。这次是在泯义旧宅后的一棵大槐树下。树已不现荫影了。几个人都蹴着。泯义蹴得不舒服就站了起来。几个人开场都没几句话，冷了好一会，他们脸上尽是晦气，怒气，听到的是叹息是怒声。泯义安慰说，男子汉大丈夫，该忍时还得忍，该大度时得大度，识时务者不愁没路走。怪你们时运不佳。茅子门上等狗，总有等到的一天。过去了就让过，失败了再来吧！阿平和宏发说，这口气咽不下，肚子结了个大疙瘩。庆典场面花了我十多万，钱我就不说了。没了还可挣回来，面子丢得光光的，买也买不到了。毁了的田，伐了的树，签了的合同，这一系列的事还麻缠大着哩。泯义鼓励打气说，面子算毬，要说面子丢大了的是我。我都不敢见镇上领导了。不敢见还得见啊！其实泯义感到最吃亏的是跑前跑后的他。虚虚实实了一阵子，眼看宏发许诺的两万元到手，这下鸡飞了蛋也打了。那个干股也没影儿了。自己在村民中比臭鸡蛋还臭了。宏发说，这里不养爷，总有养爷处。致祥低着头丧气地在地上划了一大片道道渠渠。阿平说，宏发，哥不是一次两次打击就容易退缩的人。真金不怕火炼，为了发财就是要禁得起打击。场子在白墨村没办成，那几个场子不是照样红红火火吗？新办一两个场子是今年的规划。天下这么大，我不信没咱发财的地方。

泯义说，这次要吸取教训，另踩个点吧。不能再在好耕地上打主意了，只要交通方便，水电不成问题，就决定下来。

阿平说，我姑父正以他的名义，和旺荣村支书主任谈定一个地方。我看过了是个平顶荒山，山上十几条梯田。

那块地在新公路旁的坡头上。有七八条大硷，是准备退耕还林的。支书他们和村民商议好了。这个小组的户都愿意租让。有关手续村上答应直接去办。

泯义这时，声音高亮了许多。祝你们事业兴旺，成功万岁！

几个人说着说着精神又焕发起来。

17

白墨村经历了这场风波后，村民对土地的感情更加深刻了。人与地的缘分已无法割舍了。作务尽心尽力，也再不弃亩芜寸，惜之如金，护之如睛。

被推土机揭去了面皮的那块地三分之二是金勇家的。三分之一是六子家的。这几天，金勇家的窝着。二姑娘站地头数哔金勇：“你个窝囊东西，树也砍了地也弄得地不像地了，死土露出来，看你咋种呀！”她越看越来气，问：“你为啥不把机子挡住，让把地给咱恢复平？”金勇突然站起，“你也在场，你咋不挡？人家扑腾了那么大的摊子，白花了那么多钱，事没办成，气得脸都不如尻子了，咱好意思再追上去？”二姑娘两眼滚着泪花，狠狠咒骂起带头闹腾的几个人，天杀呀，雷劈呀，断子绝孙呀，什么话毒就骂什么，什么话解恨就骂什么。这女人生得粗短，人叫胖婆娘，别看平时还打扮成人模人样，今天头也没梳，脸也没洗，人也不顾了。袖子抹着泪，翻着的厚嘴唇比原来也更翻了！她是村上虐待婆婆最出名的人物，今天的发泼比骂婆婆更凶了几倍。上地的人见了没一个劝她。她见人变本加厉地撒野：“把他娘日的，都看我家笑声哩。看，看，我就叫你看！”她用脚踢地上的土。过路的村民走远后说，你是自寻的，怨谁哩。贪利的人就该那个报应！

六子家那个婆娘更厉害，是村上有名的刀子嘴，叨叨神，骂起人来，嘴不安分，嘴不困，肚子像有几梭子子弹，连珠地放射，六子怕人笑话，劝也劝不下，越劝她越泼，眼睁得鸡蛋一样的，指着六子鼻子骂：“你个卖屄子的，把个家弄不穷心不甘，就那么一点地，弄得烂糟糟的，死土上草也不长了，看你吃你大的腚子啊！”六子本也憋着一肚子气，没处发泄，骂急了第一次发了个男子汉大丈夫的火。“你口里长的是个啥，舌头由你的拨教，签合同是你做主，钱是你收了。如今事瞎塌了，反怪罪我。你像不像公社时的干部，百姓家里养了鸡，当资本主义尾巴割。没几天又派鲜蛋收购任务。不让养鸡蛋那里来？不讲理！你长着几张嘴啊！话里挑话，过来过去由你说，横说竖说都是你有理，真不是个好东西，怪不了人骂婆娘家是顶手巾说话，婆娘家的话听不得！”六子家住村级路西头，没有院墙隔音，他两口从地里吵着回家了，还不开绞地吵。那刺耳的吵闹声全灌到村里人的耳朵里。诚石家和六子家只隔三几户，吵声扰得心难安。

诚石今天正好在家。他给欣欣妈说，你去劝劝吧，六子两口又吵仗了。不好好过日子，整天价能吵出个富日子来？欣欣妈放下手中针线活说，那是一家子然然（黏黏），他家的绞绞翻不开！说着卸下围裙过去了。诚石自言自语，这个六子啊，什么经济头脑，自己整自己哩！

欣欣妈过去后说，你两口子又为啥来？六子说了墩子地被开肠破肚的事。婆娘哭着，擤一把泪一把地诉，人家一亩地800元，咱家一亩地600元，树也少几十元，地还推成沟了，你说，我叫哪个龟儿子平整呀！欣欣妈劝了这个劝那个，总算平声敛气了。

第十二章　胜兰映德

1

欣欣妈从六子家劝慰回来，手已进面盆了。门外飞进亲热的叫声：“妈，妈哎——！”狗叫了一声跑着，见了眼前的人，摇着尾巴，立起又是舔又是嗅，亲热得不得了。欣欣妈听见是儿子的声，赶紧把柴火往锅底塞了塞，就急切地往外走，正配药的诚石手没揩也往外走。见小花狗亲吻还在院墙外的儿子，说，这么长日月没见了，还认识自己人！二人刚走出院子，于国于民都站在了二位老人的面前。妈妈好几月了没见儿子面，现在两个儿子帅帅地站在当面，一堵墙似的，她激动得眼里闪着泪光，上下打量着儿子：“我娃回来咋不先打个电话呢！快进屋，妈给你提电壶去。”诚石问，你俩怎么走到一起的呢？于民说，是我哥约我的。于国说，我听见于民这几天工作不太忙了，就让他请了个假一同回来。妈的生日是4月22日，没有空，大的生日是10月15日。到时，不定能请下假，我俩商量把母亲节父亲节合在一起给二位老人过个简单寿辰。妈微笑着说没听过，国家还有母亲节父亲节，你们说起生日？我就记起你奶的生日了。于国问，我奶奶是几号的生日。妈说，是3月19吧！

记得那天我从地里回来，活干得太困，睡了一会儿，起来问晌午吃啥呀，你奶笑笑说：今天是我的好日，给咱做顿菜糊涂喝喝。那天上午全家就跟着你奶的好日喝了一顿麦面苜蓿菜糊糊，给你奶过了个生日，你奶喝得很满意。从那时才知道你奶的生日。过去的大人谁还过生日哩。娃娃生日，妈给蒸个鸡蛋，娃从吃鸡蛋才记住自己的生日的！今天社会好了，娃娃都定蛋糕过生日，大人也开始过生日了！于国于民说，过去那个苦日子熬到头了，如今我们兄弟姐妹都是成人了，您的儿子祝福您二老健康长寿，也是儿子的一份孝道嘛！今年到后季，能请到假，就把我姐姐，妹妹，姐夫，妹夫，外甥，全叫的来，热热闹闹围着二老，吃蛋糕，点寿烛，让您真正享享天伦之乐，也听二老对我们的教诲，我们回去工作也就更努力了！

诚石和老伴的“节日”过得十分愉快，二位老人感到无比的幸福，在幸福中，难免有愉快和不愉快的回忆。这些回忆尽在聊谈中……

于国于民只有一天半时间就要回单位了。在家陪老人的时间贵如金。于国在陕西省政府工作。他是大学毕业统分的，于民在西安市委工作，也是统分的，兄弟二人都是公务员，因部门的关系，都严守纪律，职守岗位，不敢半点自由。只好利用晚上和老人聊家常。这是人生最幸福的时刻了。

母子情深，说也说不尽，道也道不完。妈妈回忆起了不少养儿育女的艰困和缺少劳动所受的屈辱。两个儿子拉着妈妈干农活变形了的干糙手指，用自己的手抚挲着，心里有股难言的酸楚。两个儿子同时又一次默诵着孟郊的那首《慈母吟》：

“慈母手中线，游子身上衣。……”

于国眼圈红了，于民眼圈红了。他俩紧紧握住妈妈的手，越来越紧，妈妈的体温传导着骨肉情，海深的恩。于民问，妈，你的肩周炎还疼吗？妈笑着答："冷的时候就痛，不碍事的！"于国问，怎么能得这个病？妈慈目对着两个儿子说，你们兄弟姐妹五个，小时，妈喂奶，你们枕着胳膊吸吮，妈总怕被子捂住你们的头，就常凉着胸膛，肩可能受凉了，后来就……

于国说，所以有歌唱："世上只有妈妈好！"妈妈的伟大在于奉献。他俩想起妈妈在大公社终日艰苦劳动，生活缺少保障的艰难日子里，妈妈拉架子车的一幕幕情景。一个体弱的妇女，累死累活挣工分，任劳任怨做男人也难承受的体力活，牛一样的拉土拉粪拉庄稼，风里雨里出勤，收种跟着，加班不离。整天，挣不了二角值的工日。于民插话，妈，我二娘说你怀我大姐，临生的那月还去割麦子，是吗？妈苦笑道，队里评了架子，不去，队长喊啊！一家人这时沉默……妈在那年月，尽管如此，宁愿自己汗流尽，腰压弯也没耽误儿女的上学。五个儿女一个个供上小学，中学，大学。于国于民记得妈妈送他们弟兄上大学时，一连几夜为他们缝衣缝被，纳袜备褥。还烙椒叶锅盔让带着，妈妈就怕冻着了儿子，饿着了儿子。两儿子越想越愧疚。长大了都像鸟儿一样一个个飞远了。妈妈，亲爱的妈妈还辛勤不息地守着这个农村的家。感到几生几世也难报妈妈养育之恩。几生几世也难报爸爸带着上中学，既当爹，又当娘的教养。两个儿子用盈着泪花的眼，探测二位老人饱经沧桑的脸上那风云和霜花的编年。如今，都是两鬓花发，但精神矍铄，这就给了不在身边的儿女们很大的安慰。于国声音有些沙哑地说，妈，我大也快要退休了，家里没有生活负担，儿女也没要你操的多少心，你和我大主要是照顾好身体，人老了，健康就是福啊！二老健康就是对儿女的支持。于民说，妈，您青壮年时把不吃的苦都吃了，老了该歇歇了，不要这也舍不得那也舍不得，看这不行，看那不放心，把自己给个扎。妈说，娃呀，人常说，过去的年景都是好年景。现在人都过上了想不到的好日子，农民天生是闲不住的，闲了就生腻子哩。活一天就得干一天。哪有富死的回回！

两个儿子，依偎在妈妈温暖的身旁，说也说不完。诚石也就没多参言。男的总有男的特点，心里话，爱子情总是埋在心。放到有机会才说，所以不像做母亲的那么慈祥，总给人以“严”的感觉。他看时间太晚了，就从书架上取了两本早备好的高级笔记本，每人送一本，于国于民接到手，打开一看，扉页有题词：

于国无愧祖宗

于民不负父老

两人交换了看是同语。于民说，哥，大对咱的要求多传统啊！诚石说，优良传统什么时候也不能忘。祖国是咱们中华民族共同的慈母。父老也永远是咱们的父母，衣食父母啊！你两个都是农民的儿子，根在农村，什么诱惑，什么力量也拔不去的。是黄土地给了你骨给了你肉，是这片土地上的传统美德给了你做人的灵魂。给你铺设了脚下的路。你们要为国为民争光，千万不能忘了根本，千万不能裹足不前！当了公务员，不能只披红皮而不作为，做任何一件事，都要扪心问问可否对得起人民，有愧还是无愧。这里的“有”和“无”，不只是个简单一词之分，娃呀，你们还很年轻，正要发光发热。一定得记住：盗泉之水不可饮，民众之心不可负。勿以事小而不为，勿以非小而为之。你们干党政工作，尤要严于律己，遵守规矩。拒腐防变，清正廉明。只唱高调是不能清不能廉的！要一辈子修行修养的！你们听过吧！国正天心顺，官清民自安。干国家的事，吃人民的饭，拿百姓的钱，就得为民谋益。于国于民都得尽忠厚德。清廉正直，方能天心顺，民自安。二位儿子像一个小学生一样，用心铭记长辈一片苦心告诫。诚石又强调：“党纪国法，金科玉律，万不可无视！你们刚工作，前途光明，鹏程万里，就全看你们一步一步能否踏得稳，尤是在腐败日益严重的时下，若不小心有个闪失，掉下来可就不是平地而是深渊了！”

“我还要给你们说说信仰。古今以来，每朝每代都有各的主信仰。因为信仰是凝聚国家力量的磁场。是正能量的渊源。这像儿子们信仰母亲，星星信仰月亮。万物信仰太阳，没有信仰，国人就像一盘散沙……”

于国说，大，您谆谆教诲，我俩都会记得的，二老放心，我俩绝不会干对不住二老对不住乡亲的事？

诚石说，记住了就好，

当妈妈的关心儿女是无微不至的。知热知冷妈的心，知痛知痒妈的心。婚姻大事牵挂更是妈的心。夜深了，妈妈还有操不完的心，说不完的话。她说，不早了，妈还想说几句。于国说，妈，想说你就说吧，我不瞌睡。在单位，我们都休息得迟，惯了。

妈说，你俩都有了工作，年龄都不小了。该找对象了。妈和你大托人瞅下了，怕扯几处不方便。还是自己找吧。再不能推了。于民笑笑，拉着妈的手说，我哥哥结了我再找。妈说，各是各的，又不是旧社会，要按大小来。于国说，妈，你把这事说过多少回了！他逗乐地说，您说您记性不好，这咋总没忘这个。妈说，看啥事呢！于民说，背语录事还小吗？政治大事啊！妈哈哈笑道，你还记得妈给你讲过的那事——那是六六年八月三日，妈妈从大田劳动回来，随便吃了早饭，准备赶集买几尺花布给姐姐纳上衣。你哥哥要跟着去。妈边哄边心念着“要斗”什么来着？于民说“要斗私批修”。急往门外走，你哥撵着拌倒了，她转面去一扶。忽然一笑，“啊呀忘了”。奶问把啥忘了？妈说，把记的语录忘了！过不了“语录岗”！过不了“语录岗”集就赶不了啦！奶说，忘了就不去了！……于国笑着对妈说，四五个字的毛主席语录一转向就忘了，我俩的婚事你咋忘不了？妈喜飞眉梢地说，是急着抱孙子啊！妈手点了一下儿子，说，男过三十气刚刚，女过三十丑老婆。你三十了，哪还有谁家女娃等你呀！

于国说，妈，我们的婚事还不是你操的心了。您就别放在心上！他转过话题："妈，咱村上这几年像没多大变化。干部还是那么个样子？"妈说，泯义接上手还不胜元魁哩。他的名声瞎，太自私，公益的事不想不干，一个心思想着卖集体留下的那点破家当，吃水沟原抽水机子，管子全卖了，满沟的林场从前沟到后沟全卖了，原大队的房子，老学校那些房都踢达了。卖农村户口没卖成，集资建的校也打主意……唉，咋说哩，提起这个人，三天三夜也说不完。现在已没多少人说了，嫌泼烦！他照样还是个红人儿，谁也没有办法。

于国说，这种干部怎么行？诚石听儿子问村上发展情况，就插上说，他这人把村上的风气弄得乌烟瘴气。"卖"，是他的"看家"本事。正如村上人说的，丢下一卖头顶的航空线给小日本给美国佬了！好在政策越来越向百姓倾斜，谁有本事就能找到谋发展的路子。这几年有力气的青壮男子，都走出去闯江山打工挣钱。有的挣了钱，做生意，开门市了，有跑班车，搞运输的，路子广得很。好些户挣命地换了门庭，窑洞变瓦房，瓦房变楼房。在县城买地方的就有十七八户了，在咸阳市买房子的也有五六户。于民说，我说咋好些家大门都紧锁着。诚石说，有十三四户门锁几年了，地也租给别人种着。婆娘娃娃都引着出去了。所以，乡里各村学校儿童大减，城里学校挤不下。一个班有八十个的！没能力带的儿童留守在家。去年至今，全县已撤并小学四十七处，中学九处。今后可能还要撤并哩！教育在农村已现两极化倾向了。——一极进城为求更好的教育，一极仍在教育资源不足的乡下。

诚石说，也快退休了，正思考个不休的营生呢！一月前，我从咱村学校门前过，隔着生锈的铁门看，满院子的草齐腰高，连升旗台也淹没了，围墙几个大洞，牛都能进去。村委会对门就是学校，却没一个干部管。正好碰上了泯义，我提议把这地方充分利用起来。他出口就骂：别提村上那些驴日的了。学校租出去，他们撵走了。后来我才知他租给人养羊喂猪，还养兔子了。唉，学校怎能作那些场所呢？难怪群众反对呢！他每事的着眼点都在钱上。你说这样的支书叫群众怎么拥护？

于国说，现在办事出发点，都得以人为本。你闲不了，身体可以的话，利用学校办个幼儿园或者义务补习班，给留守儿童补课，或者办个农业科技培训中心。我估计村干部会支持的！一个村子要发展，有前进，选好带头人至关重要。于民问，咱村这几年文明程度进步得咋样？

妈说，啥叫文明，老农民不懂。只知礼节，德行，家风，村风。诚石说，咱村上的文明已现畸形。老年人提起道德沦丧就摇头。原来民风纯正，长幼有序，男女守节。现在呢？伦乱了。村民用“一团糟”来评。于国妈瞪了诚石一下，到娃娃跟前说那些啥哩。

于国说，总的看，对于干部选任不严，加上管理不严，就连锁着出问题，层出不穷地出问题。

诚石说，咱父子闲论这些，都是务虚，如果有人大代表，政协委员什么的来听听或许还能反映上去。

于民说，整党整风，农村社会主义教育运动，已搞了几期，历时一年多了。诚石说，咱县已搞过四期，第五期就轮到咱村了。于国说，农村社教是九十年代农村的奠基工程，如果不走过程，认认真真地搞，将起显著作用呢！

这家人坐在一起，国事家事一拉就是几个小时，头顶的大钟又响了。诚石抬头，已到零点。说，都休息吧。于国于民明天还要走哩。

于国于民兄弟俩睡一张床上，他们对父母的话，村上的事又讨论起来，又说了一个多小时。共同的感慨是：咱村咋搞成了这个样子？

2

起床最早的还是妈妈，她习惯先扫院子，扫大门外的路。到了于国于民房门口，便小心又小心地轻着，怕打扰儿子的睡觉。其实儿子早已起床了。

于国说，妈，走前我想去看望老支书元魁。诚石说，不常回家，回来了去看看也好。他也是个长辈嘛！互相沟通沟通，过去的不痛快就化解了。妈听儿子想法，不由得勾起了往事，他曾以权势余外欺负了咱家，按当时他那霸道的样子，还有咱活的路子吗？又一想，一村一院的，何必结怨结仇呢，随说，去就去吧。去，又不能空着手啊。诚石说，是的，不该恩恩怨怨的下去，看看好。妈说，儿子，今天学上出来了，又分配了工作，这时候去看人家，不理解还误为是专意糟蹋他的。诚石笑笑说，不要把别人想的那么低，瞎好人家是当过干部的，又是个党员嘛，他肯定在过去这件事的态度上有过反思呢！于民也说，我哥想去看也好，大说得对，互相走动走动，沟通一下情感，不愉快的阴影就慢慢消除了。人谁还能没个错的时候，总得要有一方宽容，大度，如果老记在心，恩恩怨怨无完期，这社会怎么和谐啊！

妈说，那你就去。咱鸡下了几斤鸡蛋，现在人都叫土鸡蛋，妈给你攒着舍不得吃。原想给你俩各带些回去的。那你就提上去，给他儿子吃。说着就找笼子去盛。于国说，不用了，我回来时带了两盒好茶叶，再有两包烟就行了。去说说话嘛！妈说，你去了看，人家欢迎就多坐会儿，二五不挂的冷淡着，你就回来。别贱脚踏上贵门，自讨无趣。于国笑笑：“妈，不会的！”

诚石说，你第一次去，礼带好些。我不抽烟，你就把那条“中南海”全带上，茶，我也没多少瘾，你把普洱茶全带去。儿子说，那我就带去了，我再给你买。于国正要走，妈把鸡蛋笼子递到手，让一定带去。

元魁家有五间砖木正房，面南坐北。正房右方有面西两间小房。伙房在正房东一间，他家没院墙。老婆正在做早饭。于国到得院边，看院子里静悄悄的，枣树下拴着一条狗。狗发现了生人，扑住汪汪。元魁听狗狂叫，就趿着布鞋急跑出来。看是于国，惊喜得叫了声：“欣欣啊！啥时回来的，快进快进！”向伙房喊，“欣欣回来了！”老伴听了急着出来，笑着招乎，她噤了几声狗，狗很听话，摇着尾巴卧下了，吐出红红的长舌头，眼睛不换地瞅着向正房里去的陌生人。

于国被让到正房的长沙发上。他才发现，原来元魁的老伴正在为轮椅上的儿子整衣，扣扣。他的儿子已到了上六年级的年龄了，大眼睛忽灵灵的，白面皮好像有点僵。他的手不由自主地乱动，腿也无节制地乱蹬，像想站起来。他心里似乎明白着什么，见人一直笑。可怜的就是不会用语言来表达内心感情！看表情和举止，心里是知道来者干什么。于国上学后，假期为自己打工赚钱，很少回家，大学毕业又上研上博，走上工作岗位，满腔热情，努力上进。对村中人和事不甚了解。只知支书因得儿子撤了职下台了。不知他的儿子有病，是什么病，谁知病成这个样子。他看在眼里，心中很不是滋味。一时无话安慰老来得子的支书两口。对眼前这可怜孩子的同情感，把过去的不愉快瞬间一扫而去，烟消云散。他极力控制自己的记忆，警告自己：不能，不能再想过去的事了。他真的为这正当快乐欢度童年的孩子，为眼前这两位年事渐高的老人的不幸而悲哀。可能是强烈的恻隐之心统治了情绪，他原本许多话要交流，要了解村情民意的，突然灵窍屏蔽，一句有关的词语也说不出，不好说出来，只是用很低弱的声说，我妈让把这点乌鸡蛋给你儿子吃。

但是，元魁思绪也不由自主地回到以前的那些事上，总觉得有对不住这娃的地方，很不美气的样子。他给于国取烟。于国说，爷，我不会，你坐下，自己人嘛，不必客气！我今天就走，平时很少回家，刚工作，不好意思请假，走前来看看你身体好不好，说说话。元魁老伴说，回来就多待几天，去过你舅家了么？舅舅家和他娘家是一个村子，而且是近邻。只是两姓。于国说，没，过年时回家后和妈一起去。元魁说，欣欣工作忙，可能是抽空儿回来。于国说，趁双休日，现在交通方便得很。路上要不了多少时间。福银高速正修着。通了车有两个多点的时间就到西安了。元魁老伴又给儿子洗脸，倒水喝。她边忙边说，这娃啥都要人伺候，饭要给喂，喂一口得喝一口水，往下冲。拉撒自己也干不了。唉！于国看这么大了，他还穿着开裆裤子，可能是怕尿湿了裤子。他的四肢太瘦了，干柴棒那样，皮包着个骨架。尤是腿简直和麻秆差不多，软塌塌的只几条筋拉缀着，像皮影人儿，骨架外的皮松皱皱的，太可怜了，太可悲了。本正是上中学的风华年纪，却残疾这么严重，到底是什么病啊！于国问，爷，你咋不求医呢？元魁十分悲凉地哀声叹气，说，快一岁了，发现不对劲，就去县医院查，妇幼保健站查，防疫站查，都没查出。只给了些钙补，又开了含微量元素的药。同岁的娃跑得腾腾，嘴里哇啦叫爸爸妈妈，简单话能说。他呢，呆呆的什么也不会，又去查，医生还认为是缺钙，营养不良。几月过去了什么效果也没有的。再去看，他们又说是小儿麻痹症，我心不甘，问，这病村上也有的，我娃咋不会说话呢？医生说，有的娃娃说话迟发育慢。我又去西京医院查，才知是先天性软骨病，同时也有脑瘫症。唉，我已失望得走不动了。为父母的天下哪有放弃的想法，还跑了几个省的医院，专家教授都看过了，诊断和西京医院差不多。他妈哭天扯泪，我也悲观绝望。天煞人，有什么办法？盼儿子就盼来个……唉，大人累，娃受罪。老伴伤感万分地说，这是命，是前世欠人家的吧！人的命不认不由你啊！这十几年我也熬惯了，泪也流干了。于国想说一句彻底否定命的话，觉得不好说，也不洽。人，不论谁，遇到不幸了总会和“命”和“报应”什么相联系，还不说农民呢。他们在不解遭遇的因由时，只能以“命”来解释，方能安慰自己！解脱精神的困扰。于国这时引开话题，问，你几个女儿书都读得好吗？

这个话题一出，老两口心情像好了些。大女儿上了个初中，毕业了，给私人幼儿园当教师，二女儿高中只上一学期就去打工了。三女儿大学毕业，县上招公务员考上了。分到乡镇，现在调县政府办了！

他又指着轮椅上不停动着，见人就笑就想表达什么的儿子悲凄地说，你看这娃能当个人吗？于国安慰说，如今社会，男女一样，老有所依不成问题。国家在社会保障，全民福利，养老等方面要赶上西方发达国家。残疾人国家更有法律保障着，你别担心了。儿子的病是病魔造的孽，天下不幸的家庭多的是，各有各的不幸，就看如何对待，看坚强与否。如能承载不幸，自我鼓励，有勇气生存，就能过得好一些的！

于国怕这话头再伸下去，会伤害了老两口的心。转个弯儿问：“爷，我看你两个身体还不错。”元魁说，论起同龄人，还算不错。“我给我大买了我国著名心内科、高血压、冠心病专家洪昭光教授《让健康伴随着您》等关于养生的书，我让看完给你。人上岁数了就要分外重视身体呢。健康一天快乐一天就是福气。”元魁说，你说的对，没大毛病精精神神的，自己扛得动自己是自己福也是子女福！你大的身体好，蛮有精神的，每早要上坳里锻炼。于国说，上了年岁了，多锻炼是有好处的。元魁说，农民天天做体力活，就是很好的锻炼！两个人拉着拉着，把元魁两口完全从低沉的情绪中带了出来。又拉到每年粮食产量、村上的发展和一些社会问题。

于国说，你说的确是事实。我也看到听到。有时也想不通深层的原因，分配不公，腐败问题可能是直接原因吧。中央虽已高度重视了，正在加大力度，民众一下子还不理解。情绪蛮大。元魁说，症结就在这些方面。权力腐败，金钱第一，物价上涨，把人心弄乱了。就说政策吧，上边好，到了下边一节一节就变了。各种税年年加重，农民怨声日高，加上村干部的放任，村干部不作为、胡作为的作风，弄得凝聚力消解了。信仰也淡化了，他毫不讳言地举自己和泯义任职时的情况。说这必然有损党和政府的形象和信任度。难怪群众说“天下乌鸦一般黑”。于国说，好干部什么时候都是多数，害群之马有，那只是少数。

元魁直率地说，孙娃子，我过去对你，有些做法太过分了些，你还忌恨我吗？于国马上回应：“不，不！不会的！已过去多年的事了，记下能怎么样。”元魁老伴说，事后，提到你他就自责。说对不起你。于国以笑泯怨。一家人哪有不碰不撞的呢，再说，那也是你在位上的职责嘛。他力避了感情上的问题，只说是分寸上的问题。

谈话又不能不说执掌权力的现任支书和后继上来的年轻人。

讲了泯义的一些事后，说，我听村民的呼声，这期社教来了一定要拉他下台呢！于国问，咱村上年轻一代有文化有思想的人有多少？有没有好苗苗？

元魁屈指算了一下，我知道的有十多个青年不错。是党员的三几个。目前看，这些娃还热爱家乡，热爱农村。有扎根农村，建设农村的志向。你文文叔的儿子荣凯，都是预选状元，高考临近了，放弃考大学回来了。我看他很有思想，很有能力的。眼光也敏锐，看人看事能看到骨子里。一事当前，首先想的是多数，是他人。于国说，那就好好培养他。村上这个头安正安不正很关键。

元魁说，这件事咋说呢！泯义爱的不是这样的人，他喜欢的是要舌头，卖乖摇尾巴的。他手上只发展了一个党员。党员会上还有几位保留了意见。勉强通过送了上去就批下来了。就这一个党员村民也很反感。他身边就是这种人，整天随着屁股转。于国说，苗子不正，接班了不还是不良循环，换汤不换药。元魁说，荣凯这娃，稳重得很，也很成熟。他能团结一群好青年。前不久，他们几个创办了宣传板报，不知哪里伤到泯义的疤，泯义给找麻达，还把荣凯叫去训斥了一顿。他想把这娃训成他手中工具，荣凯不买账，两人关系有点紧张。几天后，荣凯和几个青年出去了，说是打工。

于国说，这怎么行，有个好苗就不能断肥断水。不给生存空间怎么行？

两个人说了这么多话，说了好多事。都是在坦然气氛中的。

3

荣凯回家取件衣裳，听说于国于民回来了，就不失时机地相见。

于国回到家，于民正和荣凯亲兄弟般拉话。于民见哥要介绍荣凯。于国说，我已听老支书说了。他很欣赏也抱希望于这位后起之秀。荣凯说，不敢当，不敢当。你这么一说，我脸红。我还是个弱苗子，也没经风雨大浪的造炼。于民说，怎么没有呢？你还记得搞农建运土方、量土方的事吗，你已是初生之犊见风见浪了。还有一席谈前途志向的真诚，你忘了？壮志在胸，何惧风浪！荣凯当然记忆犹新。他说，我那时已产生了上完高中，打好文化基础，但不一定上大学的思想。你说还是上大学能深造。你人小志大，最后考上了全国名校北京大学。成为咱们县进这所学府的第一人。于国插话：“听说五二年县上派送过一位工农出身的干部学图书馆专业。”荣凯说，我说的是正儿八经的国考录取。于国这时也情不自禁。咱仨都是白墨热土上农民的后代，虽在不同岗位上，任何时候，目标都是一致的。家乡情家乡事永远在心中。乡愁无别！今后有信息得相通共享，有责任同担当。有一天，你当上村的带头人，有什么要帮的就告诉我和于民，能尽几分力就尽几分。荣凯听了这炽情话，如站在地平线上观日出，对白墨的未来满怀信心，恨不得马上把心中的家园脱胎换骨，跻身全国名村之列。荣凯感到不能再多说了。得把时间留给二位和老人，就主动离开了。

回家的一段路，他像充了电，全身是劲头。

4

于国于民当天就离开父母，各自回了单位。

走时，他们对父母说，您二老要保重。要注意生活。不能干的活，不可拿身体去赌，村上的是是非非少掺和。积德行善的事，只要力所能及就多做些。老支书家的儿子那个样子，让人同情。光有同情心有什么用，他家有解决不了的困难，您二老能帮多少就帮多少。

二老说，这还用说！

他俩走后不多日，荣凯就先回了村。鲤儿，大鹏，大鲲也先后回来了。肖肖、田禾知荣凯已回来，都来到了他家里。大伟和冒子知道消息也跑来了。荣凯好像成了他们的靠山，他们的力量，他们的磁场，他们的核心。这些朝气蓬勃的年轻人相聚，荣凯家里热闹非常。抽烟，品茶，嗑瓜子，吃糖，说说笑笑。好亲好热，宛如兄弟姐妹。这是一个新生的鲜活集体，这是希望的田野里蔚然向上的苗。他们沐浴着阳光，接受风雨的洗礼，将绽怒放夺目的花团锦簇。他们要让农村的家不再自卑，永远永远不再贫穷。昔日，他们走出白墨，最讨厌城里人看农村人的那种眼神，那种趾高气扬，颐指气使的恶心样子。农村人为什么要自卑？农村人得天独厚，脚踏的是广袤实地，头顶的是万里蓝天，凭自己的智慧，凭自己的勤劳，创造、生存、奉献。纯天然的他们，苦涩生活已惯了，所以才有勤俭的美德，无铺张的恶习，以顽强的生命力把自己的血汗供给城市，供给祖国。城市人享着农民种的粮，吃着农民种的菜，喝着农（牧）民养出的奶，还嫌农民的血汗腥臭，天下哪来的这种忘恩之理！

城市和农村，农村与城市是一对孪生兄弟，谁也离不开谁，谁也别嫌弃谁！

农村，可爱的土农村，是五千年生息于感恩于这片黄土地上的“自然农子农孙”们心中的神坛、崇拜的图腾。这里的一土一石，一草一木，一虫一鸟，马牛羊，鸡犬豕，清泉小溪，土墙宅院，窑洞坯屋，竹丛葡架，土石曲径，菜圃稼田，杏桃枣梨，甚至鸡舍兔栅，无不是农夫心中的宝，身上的肉，哪怕是尘尘埃埃，他们无不怀有深深的情感！

这就生动地回答了谁是农村的呵护者和建设者了。不是吃不惯大苦头的城市市民，不是精于赚利玩钱的商人，更不是只能动脑动口而不善动手的白领，是土得掉渣的农民，是坚守着支撑着农村蓝天，坚守着支撑着共和国大厦基石的农民！他们是书写历史的主人！他们是创造财富的主人！他们是各行业最值得尊敬和爱戴的衣食父母啊！天大地大农民的恩最大！他们平凡，平平凡凡，没有惊天动地的业绩和惊心动魄的故事，但他们历经磨难，历经坎坷，付出血汗书写在大地上的诗篇却是刻骨铭心的，韵味无穷的，是留于一代一代子孙读之不尽的经典。所以坚守并保护农民世代经营、发展到今天的农村，是当代人的必尽责任。如果没有原始进化来的农村这个根、这支脉，哪来肥大富丽的现代化大都市？农村是根是基啊，是亿万农业人口心中的图腾啊，任何时候，任何世代都当受尊重，不可施贱，不可嫌弃！弃之，就如同摘除了母亲体内的子宫，就是斩断了胎儿与母体相连的脐带，就是扼杀了孕育我们民族对美好生活向往的梦！

智者们如若有疑，请查青史，农村，农民，农业，到底在推动历史中起了何种作用？自修自学这门学问吧！

——荣凯提笔一气写好这点文字，合上本子同这些“战友”们谈起白墨的梦。

这伙年轻人要靠好政策，为自己，为白墨开辟一条坦坦大道，把农村建成城里人眼红的新天地。建设成与城市没多少区别的但别具特色的幸福乐园。这就是他们的责任！荣凯说，我们这次出去，月余天，完成了一处包工，共获一万二千多元的报酬。这是我们宣传的基金。大家共同商议怎么花。大鹏说，出去时，你就宣布了要做文化宣传基金，这还有啥商议的。鲤儿说，扶贫帮困也可以呀！大鹏表示，大家劳动所得，共同商议，不无必要，我看就按荣凯哥说的办，没有精神文明建设，物质丰富不了，就是丰富了也不会坚久。荣凯说，精神文明基金，这是一笔造血的资本，怎么管理呢？得有个可信的人专管账目才是。大伟说，我提大鹏和田禾。众口一词：同意！荣凯说，那就把这笔钱先存信用社。需要时随用随取。一分不能乱花，一分不可浪费。今后壮大基金有两条路走，一是咱自己挣，二是募捐。请大家扩大宣传。有多大力做多大贡献。肖肖等不及了，说，基金会光有会计不行，还得有个会长啊！鲤儿说，那还用说，当然是荣凯哥，大伙一口同意。荣凯说，既然大家信任我，那我就当仁不让了。再加上大伟，大鲲。这样共五人。有大开支好表决。二十元以内的，我和大伟批，二十元以上至五十元，五人共议。五十元以上全体成员研究。这样就透明了，公开了，保证了基金的安全。大家一致喊：好！大事议定，又热闹了一阵，唱着曲儿打着口哨各自回家了。

这股生力军回来了，如春草幸遇春雨，村子猛然有了生机，生发出活力。这新注的血液，在白墨的血管里汩汩流动。使白墨村这棵老树的根部春笋般枝抽叶茂，蓬勃向上。但是，泯义从致祥亲口中知这伙不安分的小子又回村来搞乱，心神不安了。

不怕蜂蜇才能吃到蜂蜜。怕蛰就别想品尝甜。这是荣凯爱讲的一句话。

荣凯不考大学执意回村，就是为吃蜜的。这次出去打工为吃蜜，又回来还是为吃蜜的。

5

他回来后，第一惦记的就是他们自己的板报墙报宣传阵地。他对支持维护的人万分感激。有那么多人看，有那么多人支持，他很欣慰，也更加坚定了坚持办好这块宣传舆论阵地的信心。在他的理念里，精神文明与物质文明从来是相辅相成，互为推进的。像双胞胎兄弟或者姐妹，不过是出世顺序而已。

这小小的几块宣传栏，就是一个文明的园圃，一个阳光的窗口，一部先进的播种机。是教化白墨人做人处事，敬老爱幼，遵规守法，爱国诚信的大课堂。他和他的伙伴不过是备课，写教材的工作者罢了。

荣凯没先回家，即去找田禾。他去时，她正好写完一个短篇的最后一个字，文写一位先进青年励志农村创业，受到种种阻力，他不屈地一一克服的故事。她让荣凯提意见。荣凯一看，明显是以他的事为素材的，就放下说："我初来乍到，脚在农村还没有站稳呢，有价值的东西无几。虚构不是凭想象产生。生活的实际观察和体验才能得到真实的素材。有了来自生活的素材，才能产生感人的情节，有感人的情节才能激发人的活力。你最好采访你所要的典型去吧！”田禾说，这几年兴起一种叫“非虚构”的文体。这种新文学比纯文学更感动人，震撼人。我这篇也是学习。

荣凯说，田禾，你画画的确有一套，写文章嘛，还是老师讲的，一股学生腔。一会儿豪言壮语，一会儿文词堆砌，农民看不懂，看不懂就不喜欢。到什么山唱什么歌。要写就学赵树理，学高玉宝，往通俗的练习，用群众语言讲群众的事。这才合乎群众口味，既喜闻又乐见，这样，我们的宣传效果就更佳！

田禾说，你当我的老师吧！白老师，你说怎么个通俗？荣凯笑着说，我没资格当你的老师，只会提意见。我建议你要学群众的语言，用群众的感情，写群众中事。弘扬群众的美德。咱抓思想建设，得毛毛雨慢慢润。润物细无声，这是春雨的功能。春雨效应。洋话土说，大话小说，深话浅说，虚话实说，长话短说。如此就可改掉老八股腔，新八股腔调。不然，就会把要读下去的人全赶走的。

二人讨论着，走到另一房间。

田禾：“你这次出去见到大世面了？”

荣凯：“那当然。人上有人，天外有天。白墨不过是个小泥丸，咱是坎井之蛙！”

田禾：“你还爱白墨吗？”

荣凯：“我的家，我怎能不爱她！我的青春就要在这里磨砺。在磨砺中闪光，让闪光点燃我人生的梦想！”

田禾：“这不成你说的‘豪言壮语’了吗？这种语言本身就是流光，一闪而亮，乍亮即逝！你的理想你的梦想，与其一闪即逝，不如……”

荣凯：“你别笑话我，这就是我的初心。我今天是要和你商量件大事。”

田禾：“什么事？”

荣凯甜蜜蜜笑着说，这要咱俩互相努力，共同努力才能实现的。荣凯说了自己决心在三年到五年内，实现没上大学而定要达到大学水平的计划。一是函授农大课程；二是每周抽3个夜晚去县上，听远程大学课。自学完成中文专业全课程。拿到两个本科文凭。田禾听了十分感动，表示支持说，你的基础很好，又是文科尖子，没问题，农科嘛，理论结合实际学起来更有利。有志者，事竟成。一定会心想事成的，老天会保佑你的！

荣凯用厚望的目光瞅着田禾问，“你呢？”

田禾：“我向你看齐，绝不落后。我看再联系几个老同学，共同前进，你看行不行？”

荣凯说，好极了，我也这么想。大鹏，鲲儿等都行，他们都有志也有基础的。人多了，咱可成立个学习小组。

二人谈得热乎。兴无尽意无尽，可谓志同道合！

第十三章　小荷露角

1

泯义家里的电话铃响了，他提起耳机细听，是镇政府的。那边“喂，我是王辉！”“您，王秘书有啥重要指示啊？”“县上社教工作组五天后要进村，请墨支书抓紧安排好住的和生活。”“好！没问题。”放下电话，很快叫来了国玉议事。没用多会儿事全议妥。国玉前脚刚步出门槛，电话又响了。那边的口气听起来钉子似的，势不可抵！泯义问：“你是？请说，是什么事？”

“喂，你们是紫薇县北新镇白墨村吗？”

“是的。”泯义听口音不是本地的，他耐心听，肯定有重要事。

“我们是甘肃正宁县公安局的。你们村是不是有个叫红兵的？”

“有啊，他怎么了？犯什么王法？”

“骗人钱财，传播迷信。叫你们村主任拿3000元来领人！”说完挂了电话。

红兵，村上叫他胡成。红兵是“文革”中自己改的名。

有时也叫红卫。他原名叫白生金。小名叫来运。名字那么多，到底那个能代表本真的他，谁也确定不了。渐之，大家猜测，他那么多名，可能是学狡兔三窟的诡门道，为遍游骗术职业而想出的。国玉问泯义，你知道这个货办身份证用哪个名？泯义说，不知道。咱不管他身份证上叫什么，让把那瞎怂关着去。真丢村上的人。

正是因为他俩都把胡成当害群之马放弃，才使一个可变为好人的人成了现在这个样子。现在继续放弃这怎么行？他总是白墨一员！

说起这个人，真说，是“文革”害的。是“文革”培植了他。当年，什么保卫红太阳、红司令的闯将，东杀西战的疯出了名。后来“文革”臭了，他还不如肥地的臭狗屎。辉煌过后，没怂事干，又不安分在土地上下工夫，为自己谋生存。好吃懒做，怕风怕雨，怕见太阳，怕出力流汗。四处卖嘴皮子，开始学说媒，混个零花钱，混个油油的嘴，圆圆的肚皮。不久，没人要他说媒。因为他不正经。常给人家正介绍的女娃打主意。外村人说他是白墨村的“土特产”，一个“人物”，一个活宝。他快五十的人了，至今没个正式的婆娘。人已知道的有四个。第一个是父母包办，不多日，自由自主去寻靠得住的人了。第二任给生了一个儿子，他像山鸡下蛋，遗了也不再管，后来他妈带走了。第三个是打游击挂名的。第四个是寡妇，来时带两个孩子，一男一女。他在家里蹲不住个三天两后晌，尻子土一拍游四方去了。丢个婆娘娃娃，日子过不前去。他也不牵不挂，不负一点责任。娘母子住在两间简陋的土坯破厦房度日。实在没法活就拖儿带女奔生计。至今那破屋子常挂着生锈的锁。

两天过去了，那边又来电话催。泯义让国玉去，国玉拒不接受。他的理由是社教工作组马上要来了，办公的地方还没收拾哩。他看泯义为难，就说，好吧，那就我去，办公室你搞。泯义生气了，说，这么个毬干事说几天了还没弄好，还要我来操心。那算咧吧，你留下。他思量了一会，说，你去叫荣凯那小子，拉个飞差，让他这回出去，试试他的能力，你看咋向？国玉同意，说，我想他会识抬举的。

荣凯听了国玉的派遣，随口应诺。荣凯为什么愿意而且乐意接受使命呢？他有自己的想法。对红兵这人，他听说了个七厘八分，但到底是个什么样，糟能糟到什么程度，不清楚。他真的是无可救药了吗？同时，对自己来说也是一次能力自测，一次社会锻炼。

他见了泯义。泯义以头领的口气下任务，要他把那个野民弄回来。至于费用和赎人的钱，他让和红兵本家商议。

2

荣凯开了信，去县公安局盖了章，又和红兵的侄子商议，凑了两千余元就出发。

去了后，荣凯要求先确认人。

红兵在守所暂拘。半自由的人，正在打扫看守所院子。荣凯不太认识，但大体有个貌相，一听他的口音和表白就确认了。红兵知是家乡人，像见了亲大亲妈。抱住荣凯说不出话来，然后就打自己的脸。荣凯拉住又抬起的手劝慰了几句。红兵看这小伙对他没有鄙视、没放弃，内心十分感激。几乎要下跪，乞求说，好主任哩，快把我弄回去吧，咱回家，我再不胡来了。荣凯说，我不是主任，也不是村干部，是村委会派差来的。叔，你知错认错，能下决心改过就好。红兵拉住荣凯双手说，感谢你，我害你跑这么远的路。荣凯去公安局城关派出所了解情况，民警大体说了群众举报的一些事实：

在相距县城十几里的村子，送病、捉邪、看坟地，骗了七八户人的财物。还有作风和为妇女取环的不法行为。

荣凯代表红兵表示道歉，认罪。民警看这小伙是受过教育，讲理懂法的文化人。于是把本不想说的事叙述给他听：

有一家三女户，本是多胎了，定要个儿子。他说，这有什么难？改咎一下就会心想事成，实现心愿。那家男主人问咋个改咎法？他说，这得先去祖坟看看。去了后，他转了一圈，直说，你家祖坟潜藏了野鬼，专在你家后继上日弄，天天缠较你媳妇。你问她，每次行房后是不是就爱做梦。男人说，是啊，是啊。红兵神秘地告诉他，只要能按说的办，就能驱除魔障，当年就可身怀六甲，生出贵子。不过有个绝方看你能不能办妥。那男的说，要王母娘娘的金钗都行。红兵说，那就好。记下，少女首次经血20钱，童男第一次的精虫10钱，混合了装瓶封严，埋在媳妇被下七天。你抓紧做爱，做爱时二人都要一心思想着你要的男孩那样子。三心二意不行。七天过后将瓶埋在你媳妇头顶炕下五寸深处。小伙子，你说这么大年纪的人了，为什么不从药理上想，偏想出这么个流氓气的绝招。更不能容忍的是他要了毛选四卷，用四个桃木橛，削得锋利，穿过书本钉在坟的四角。这家人寻了甲乙种本，他嫌是白皮，说白色不吉利，有丧星气，定要红皮的四卷。主人说不好找。他说，“文革”中用卡车往贫下中农手里塞呢，我不信没保存下。去找定能找到。那书里的文字可厉害哩，地富反坏右都怕，鬼还能不怕？后来才在一个教过书的贫农成分的教师家找了一部红皮四卷，20元买了来。他四只木箭穿过书心钉在了坟四角。民警怕荣凯不相信，把实证拿给他看。其中三个橛损伤了毛泽东头像。民警严肃地说，这种行为不纯是迷信，放在“文革”时期，是“现反”的铁证，这种政治犯罪，不枪毙也得把牢底坐穿！愚蠢至极啊！

民警说，更蠢的是主人，给吃了酒肉，还要感恩戴德。要了三百就给了三百。小伙子，都啥年代了，你村上干部咋就不收不管这种人呢！

他骗了这家，又到另一个村子的刘姓家，讨水喝，看这家的女人年轻漂亮，就生邪念。水喝了还不走，哄来这家五岁的男童狗旦儿，说，小朋友，你回去给你妈说，门外有个叔叔粜娃娃种子，很便宜，问要不要，要多少？狗旦儿回去原话告诉了妈妈。妈妈没生气，也没骂外面那个人。抚了儿子的头说，你去给那叔叔说，我妈不籴（方言读liáng）。去年籴的全是王八、坏种，全出了像叔叔这样的。你快叫你姑你姐来籴吧！这孩子高兴地蹦出来，把妈教的一句不错地告诉了。他摇着头骂，好个臭婆娘家，我真吃大亏了！孩子跑进去又跑出来，见红兵要走，就叫住。红兵问还有甚小屁放。那小娃娃指着他的下面说，你那个家伙很大吧！

问："你咋知道的！"

答："我妈说的。"

问："你妈咋知道的？"他以为那女人对他有意思了，十分高兴，转身向孩子走去，抚着头赞道："多乖的孩子，你去问你妈怎么知道的？"孩子不去，站着说，我妈说你妈生你时难产，是她接生的。你的全身都出来半天了，你的那个还在你妈肚子里塞着。红兵白挨了顿骂，猫腰拾胡基去打，那孩子已跑回去把门关上了。

民警再一次说，你们村能出这样的人，太不光彩了。村干部是怎么当的呀！

荣凯深深感觉村上有这类人，的确太丢脸了。说，他都一把年纪了，真让人哭笑不得！我原是不了解他的。听了你讲，我觉得他好像神经不对！

民警补充说，可能有问题吧。他一个大男人家竟给计育妇女违法取节育环。有次使一个妇女大出血，差点儿弄出人命来呢！

时间长了，荣凯还要赶回。他说，同志，他的家境实在寒酸，仅两间小破厦子，空空的。曾引过几个女人，现在一个孩子也没有，还是他光棍一条混日月。要罚几千元，哪能拿得出啊。你看能不能少处罚些，算是教训人。我带回去，一定好好开导，批评教育，让他重新做人。

民警说，罚款我得和领导研究后再回答你吧。

一会儿民警拿来600元的票据，让荣凯拿去叫红兵签字。荣凯说，他连自己的名字是几笔也不知。于是代笔签了。

民警领着荣凯见红兵。对这个人他既同情又可怜，既怀有希望，又甚恶心。耳边沉沉地重响起村民叫的两个字：人渣！

荣凯听了觉得自己也很不光彩，一再表示回去好好教育的决心，办完领人手续，很快就离开了这个让他没脸没面的地方，径直向车站。最后一班车刚开出，问有没有去陕西的过路车。站里的卫安员说，这要去东关等！

他俩又急惶惶往东关赶。不到二里路，胡成就撒了三四次尿。每次都是七八分钟。荣凯问，你坐长途车咋办？红兵说强憋一半个小时还可以，再长就遗裤裆了。他边说边用手在交档揉搓。荣凯问怎么啦？红兵声弱弱地说，一直想尿，尿脬憋得痛。裤子解开了，半天尿不出，滴哒滴哒几点子，全淌在鞋上。尿不净啊，还又烧又疼的真难受。荣凯一听知是前列腺病，气得说："你在外胡来，捣的钱都干了啥，不及时去医院看看。"红兵说，这种病给医生张不开口呀！荣凯叹了一声："你呀，叫人咋说你！病得下了有什么张不开口的！"

到东关路口等了快一个小时了，没有去陕西的车。只好找个小店，店主说房子有，先登记一下，明天结账。住下来，荣凯问店家医院远近。店主说医院早下班了。向右走不到二百米，有个诊所，大夫还可以。二人就去找。那个叫福康的小诊所，门帘上印一个大红十字。门上的顶端也有个大红十字，夜里亮着，十分醒目。就医的人十多个。两小间的平房，前边摆着两张桌子，有两位医生分别左右坐诊。后边是中西医药橱。两个女的正忙着包药。另有一护士准备给一位病人挂吊针。见有病人即热情接待。笑着请坐。不一会就排到跟前。医生着脉问诊之后，要红兵做个彩超查查前列腺。红兵说我身上没钱。荣凯觉着来看病说没钱丢人，打断话说，看病要紧，我有。这位医生姓梁，真的很凉，眼皮也没抬几下，略瞥患者面色，收了挂号票，说，做一做可确诊。不做就算了，开点药先用。随取处方，头也不抬地重新诊脉，边诊边问：

“你觉得哪里不舒服？”

红兵指了腿裆那地方说：“这里太难受！针扎一样。”

医生：“噢，你是生殖器有毛病，痛吧？”

红兵：“好医生哩，生气不生气都痛。”

医生：“生殖器有毛病，睾丸能不痛？”

红兵：“搞完搞不完都痛！”

医生摇着头控住笑。“那我先给你开些药。主要是肾阳太虚，虚得厉害啊！前列腺炎也够严重的。是不是想尿尿不出，尿儿滴还痛？”

红兵：“你真神，说得投投的。开汤药我没处去熬，你看……”

医生没理。低头写处方。开了两盒金鹿丸，两盒前列通瘀胶囊，还有五盒前列康。把单子交给他后，叮咛：“一定要记住，用药间，万不可同房。”

红兵不解似的大声疑问：“同房？”

医生：“同房就是性交。性交你知道吧？”

红兵睁大了眼睛。说，好大夫哩，我祖辈都姓焦，我爷姓焦，我大姓焦，我也得姓焦啊！

医生搁下笔，站起伸伸臂，展展腰。笑着说，老者，你是不是耳朵有点问题。不灵，可看一看。

红兵接话道：“我这人就是不灵，笨，笨得很。”说着，把自己蓬乱的黄白间杂的头发用粗笨的手理了几下。又把不很干净也不太适身的蓝衣裳掸了几下。看病的人都瞅他。他也不管，又掸了几下。

荣凯说，出去掸吧，到这里要讲究卫生。二人出来，荣凯先让他坐院子小条凳上，就去划价，交费，取药。共一百多元。荣凯提着药来到他面前。他问荣凯这么多药要多少钱啊？荣凯说一百多。红兵贼眉绺眼地看了周围无人，才悄悄说，我袜坷垃还有一百元，说着在鞋垫下取出给荣凯。荣凯接了过来，问，你整天在外骗人弄线，都把钱哪去了？红兵有点害羞的样子说，全叫那小寡妇透弄去了！她是个无底洞，多少都填不满！

荣凯说，你都这么些岁数了，要好好做人，过日子哩。你的病得好好看，身体很重要。再继续胡折腾下去，老了咋办？

说着话，二人又急往等车的路上去。站了一大会，果有一辆经312国道的西安班车。马上要走，顾不了告别店家。好在还有空位。二人坐在一起。车内的灯关了。有人开始打呼噜，有人吃东西，有人说闲话。有人打手机。真噪！开走了，厢里才稍静些。荣凯悄问：“你咋那样回答医生呢？你怎么又姓了焦啊？”红兵嘿嘿一笑，我是逗那个凉大夫乐呢！

荣凯说，叔，你一大把年纪了，这次回去，把儿子找回来把地收回来，本本分分过日子，要为晚年养老考虑哩！福要用汗水换，自己劳动自己享受。常想天上掉馅饼，没有的事。哄人骗钱是不道德的。你成年在外胡成八九的混，混不了多久，要犯法的。你把桃木橛穿过毛泽东的书搁过去就是死刑！不是死刑也要坐一辈子牢的。你咋能想起那么个怪点子！红兵才说了心里话：“毛主席是大救星，鬼怕神也怕，用他的帝王气势，用他的帝王威严，我想定能镇住一切邪魔鬼怪！”荣凯说，那是书，是用来武装头脑的，埋地下就灭了朽了，怎么能发威力呢！怎么能镇住牛鬼蛇神？

红兵听了也真有道理。悔悟道：“我错了，错了，原以为毛泽东那么伟大的人物，活着时说句话叫最高指示，一句顶一万句，句句是真理。可恶的五类分子都不敢乱说乱动，死了，到那个世界，和阳间一样，哪种鬼敢不服从啊，所以，就出了这个鬼点子。”

这次出差，荣凯又有新收获，新感想。对于本村的实情既忧虑又抱希望。而忧虑总是多于希望。

何时让希望才能大于忧虑呢？他脑子一路在激烈地思考着。

3

当晚回去，已下三点了。

荣凯把红兵叫到自己家，叫妈做了现成饭吃过，给腾了间房子，让睡觉了。

第二早，二人同去见泯义。

泯义看墙上的挂钟已到八点半了，正要出去，荣凯和红兵来了。荣凯汇报情况，泯义不言地听着。这时国玉来了，说社教工作组明天就来，镇上叫把办公地方给收拾好，“我看了一下，只找了张旧桌子，还缺凳子。咋办？”

泯义很不高兴，绷着臭脸道：“这么个毬事都要我操心，去谁家借不了个椅子。”

国玉也生了气。转个向边走边发泄情绪：“你是支书你不操心谁操心！”

荣凯不管他俩谁对谁生气，谁生谁的气，说，我任务完成了。你和胡成叔要说话就说会儿，我去他侄子那里有些手续清清。

泯义说，我和这个胡成有什么好说的，转面对胡成铁着脸厉声厉气："你把先人脸丢尽了，也把白墨村的脸丢尽了。一个大男人长一双手，哪里没你吃的一碗饭，偏要出去骗人！你想，领你几回了，咋不改吊子呢！再不安分，让车撞死算咧，死外边也没人收尸！"

红兵没回应。只搔头弄首说，好支书哩，你别生气了，从今，我死也就死在白墨村！低着头溜出去了。

出得门去，直回了自己的"家"。

荣凯把剩余的钱交给红兵侄子，叫侄子给红兵打扫房子，整理家什，先让他安居下。

他们都走后，泯义独自在院子转转，走走。走走，转转。满脑子活动着荣凯的影子。通过这次考验，他心里对这小子还真有点服气。原是让出去多碰几个钉子，头青面肿地回来。面对尴尬，顺便给个教训，打压一下气焰，平了在村上出尖兴风的锐气。谁知他出使只一天就胜利归来！看来，往后不敢再小看这后生了！他差点喊出：后生可畏！

第十四章　大地来风

1

紫薇县第五期农村社教工作会议在县政府第三会议室召开。会议由农工部部长兼社教办主任郭锦琪主持，学习了邓小平南方讲话。县委副书记林瑞晗作重要讲话。接着是住北新镇白墨村工作组组长孙耀辉代表全体工作队员表决心。最后，郭主任宣读了县委安排意见，组织部马海涛部长宣布各工作队队长、小组组长和队员名单。强调了队员、组长和队长请假的规定。

林书记讲了这次社教的指导思想、目的意义和主要任务、方法、步骤，特别强调了两点：一、必须相信和依靠群众，坚持群众路线，二、一定要把南巡讲话精神贯彻社教全过程。多做实事，少说空话，打好奔小康的坚实基础，在有限的时间内完成这期的光荣任务。

一个上午的会议紧张结束后，按组领了《学习文件汇编》和《九十年代农村的奠基工程》一书。四百多名队员，立即各奔往所分村组。

北新镇的队员进驻各村后，按第一阶段的安排意见，广泛调查研究，宣传教育，熟悉村情民情。这一系列工作，官话叫“务虚”。驻白墨村的共五人。县委宣传部副部长孙耀辉任组长。其他四个队员是：县机关党委办公室关明哲（兼负简报稿），县火电厂炊事员张七雄，县中已近退休年龄的后勤人员王友仁、东山镇计育干事洪钟秀（女），这四位各包一个村民小组，就是常说的交通警察，各负一段。

白荣凯听社教工作队在村上已彻响起来，组长是孙耀辉，他兴奋得吃喜糖一样，春风得意地来到社教办公室。见了孙耀辉，二人就热乎地谈起来。

荣凯高中时几份社会调查报告就是他亲手交与宣传部孙部长的。孙看了那真实反映社会现实的内容和犀利的文笔，就喜欢上了这位敢于面对现实，志向非凡的青年学生。耀辉激动得握住荣凯的双手道："缘法，真是缘法，没想到又遇见小兄弟了。你?……"荣凯从眼睛里读出他要问什么，就简述了自己放弃高考，自愿回家乡的思想和决心。然后请求："若有要我帮干的事，喊一声就行。一定招之即来。"耀辉满心的激动化作满脸笑颜："你，小白，就是协助咱工作组的生力军！"荣凯道："算作一个志愿者吧，你能接纳我，我就十分荣幸了啊！"

耀辉说道："目下生产正忙。秋播，秋收拥挤到一个季节了。本应召开村民大会的，大家腾挪不出时间来，为了不使社教和生产矛盾，决定各小组利用休息时间在田间地头宣传。听说村上那几块宣传报是你主持搞的。宣传的是政策法规，登的都是身边的人和事，贴近生活，反映实际，群众喜闻乐见。你来了就和你商量商量，能否密切配合社教，发挥它的阵地作用。"荣凯说，怎么配合，你提个要求，耀辉道："这期社教，时间只三个月，任务多，每阶段安排都有重点。第一段是十五天，主要是宣传教育。你先把社会主义思想教育的指导思想、主要任务、方法、步骤，分两次摘要刊出。次后的内容就突出奔小康主题。这些得让家喻户晓，人人明白。"

荣凯激情答诺：“没一点儿问题，你咋说，咱咋办。都是一个共同目的：用新思想武装农民头脑。目标一致，我也借东风了。前一段我们就精神文明搞了几期宣传，幸好，社教来了，继续推动！”

说干就干，毫不拖延。荣凯如春天的草木，春风得意。上街买料，当天就办出了三块新面貌的板（墙）报。生产虽是忙忙碌碌进行着。人说种麦如收麦，不少户同时还抢时间解果袋，趁阳光上色。村民大都连一顿消闲饭也顾不上吃。可是来回路经墙（板）报处，都要站几分钟浏览浏览的。他们看了，觉得社教与他们的利益息息相关着，一天天关注的人就越多了。

2

工作组进村三天了。

三天里，白墨村支书墨泯义只闪了两次面。一天不到一次，在工作组的感觉里，这不能算是积极态度。泯义在消极地观望着形势的走向。第一天接应工作组，他不能不见面。第二天不知干什么，没种麦子也没收玉米，反正没见个影子。第三天，是老孙亲自找他了解村情，要他帮助开展工作，才在他家谈了一次“长话”。谈到后来，老孙发现他心烦意乱，终止了谈叙。

临走，泯义淡淡地说：“孙组长，你们有要干的事，叫国玉和致祥。”孙耀辉这才知道，安排住处、吃饭的这两个人，是受泯义的支派的。他这才知泯义原是好动嘴怕动腿的一个当家人。

和泯义谈话后，孙耀辉回到办公室，取出工作手册，把必掌握的资料追记了下来。土地，人口，支柱产业，经济发展，干部状况，存在问题等诸多方面都涉及到了。孙组长记了多条要点，又停下来。谈话的情景再现眼前：谈起成绩，一条一条，有板有眼，如在博览室，摆设展品，品类齐全。他讲解员熟背解释词一般流利。一听可知他预先是准备了的。至少是重视的。泯义说，我们白墨村是北新镇最大的四村之一。原没经济基础，或说很薄弱。造血功能不具备。十有八九的户辛苦一年，只能维护最低的生活水平，从不知什么叫余粮，从来不知有钱是什么滋味儿，也没想到还会有今天这么幸福的好日子。这十来年，改革开放给农民带来了不少甜头、享到了福音、分到了红利。果园让不少户腰包鼓了起来，新住宅一处一处亮了起来，经商使一部分人发了财，政策让每家每户阳光。现在村貌有了改天换地的变化。真的是旧貌换新颜了。民众安心乐业，1400多口人，有近半已达到或接近小康。党支部、村委会两委班子团结，九牛爬坡，挣死命地出力，不图私利，愿为村民当黄牛。孙耀辉问村风民俗，问人的精神文明程度。泯义略打了个坎儿，说，这个村的人都是很传统的，各大户都有先人的家训家教，不枉做人的。但毕竟是旧东西多。这些年已开始打破封闭，思想从僵化中挣脱了出来，看新事物有了新眼光，想问题有了新思路，总的说村风民情还是纯正的。这一点，泯义没有举出个典型的例子，就是一般的好现象，也没举个具体例子。

孙组长问到贫困户情况。

泯义是这样介绍的。他说，全村有八九户吧。说是贫困，其实和承包前比，足够中农水平。每年国家扶贫、照顾什么的，来了都优先享受。

老孙把这些谈话尽量追记得清楚。记完了，合上本儿。脑子又转动着眼睛瞅着本子，对今天的谈论很难满意。因为社教不是来光耀成绩、荣登光荣榜的，而侧重点在于发现问题，解决问题的。是要知民情，解民忧，开拓发展前景的。他站起来，又坐下。坐不住又起来走出院子。自觉地又向支书家去。见到支书，以商议的口气问："墨支书，村上有没有木匠？”

泯义不解地问：“有个半不啦的。要木匠干什么，是不是椅子不稳当？”

老孙：“请给咱做几个意见箱。”

泯义这才明白意图。他轻视而又心怯那个不会说话的死板东西。表达了认识：“这个东西啊，和毛泽东兴的那个大字报大鸣大放有什么区别！”

老孙：“那不是一码子事。意见箱是一种永远可利用的民主形式，有了它，民众提意见，建议什么都方便。”

泯义无奈地继续了自己的观点：“这种方式过去也用过。到最后，像病人吃药，有抗药性了，治不了病，还误诊吃死人。”

老孙：“那除非庸医。或不可救药。”

泯义：“有那个样子货摆设着，最后像‘文革’中的大字报，成了攻击诬陷他人，揭发仇人隐私的战场。这次社教，要用，就应该实名。好让干部心服口服，心底明白，特别是对我们这些多年村干部。当干部谁不冲撞人，惹个人，结个怨的。”

老孙笑了，墨支书请放心。我们绝不会是庸医，也不是白鼻梁判官。好与坏，善与恶，真与假，都会判断出的。这次社教，林副书记一再强调，要相信和依靠群众，走群众路线。咱都是党员，这一认识该是高于一般民众的吧！

泯义心里还是装着难题，他强调：“这个村的民众中，有些别有用心的人哩，唯恐天下不乱。捣乱是他们的拿手绝活。要提防才是。”

孙组长听了他的预防警告，笑了笑说，咱两个可能你党龄还比我长。长，就意味着觉悟高。俗话说得好，身正不怕影斜。真是正南正北的怕他什么？再说了，群众吗？认识不能都那么全面，那么高。有话就让公开讲，有意见就让大胆提。只要肯讲，就是好事，大好事。真话假话都得听。是非分辨，理解和验证，都得靠群众。

泯义不再说下去，点了点头，连说了几个好，好。不知是有情绪呢，还是要看戏呢。

老孙说，你给咱把木匠问问，看腾得出功夫吗？

3

白墨村原有四个老木匠。目下只有白老三一个老木匠，没放弃他的手艺。虽然从十几岁就学艺，骑着一尺宽的板凳推刨子，把个端端正正的双腿日久曲成了个大罗圈，走起路来，仿佛两个括号“（ ）”，看的人都不舒服。

泯义把孙组长交代的事根本没放心上，过了一天才给致祥和国玉交代了寻木工做意见箱的事。致祥和国玉分别去了原有木匠家底的人家。元魁他叔父黄寅亮也是过去出名的把式。他说，好些年没捉家伙了，锯子斧头全生锈了。又去问墨臣子，这个人手艺也算不错。他就是嘴不饶人，心里有什么就放。他鼻子哼哼着，像管子堵着气地说，别再装样子哄傻社员了，用那毬干子顶个屁。你们那些干部，说轻了，毬皮一样；说重了，立马打击报复，谁没事寻事呀。致祥和国玉被掸怂话熏得骂着走了。致祥说，这老怂不做就不做，还臭口熏人。不是来这个运动，给他个颜色看看。国玉说，他话难听，也有点道理。意见箱那东西，历次运动证明作用不大，有时反成了……

二人各自回了家，就没给泯义说。泯义从来是任务一布置就不管事的人。他在家还等致祥把东西拿来，他拿着去孙组长跟前表表功。又隔一天的中午，还不见消息，叫来一问，原是那样。泯义脸色大变，训斥道：“你两个人拃着顶个怂用，那么个小事也办不好，我还给姓孙的吹咱班子硬，硬个怂！”脾气发过，又去孙那里佯装负责，佯扮热情问：“孙组长，咱的意见箱要做几个，做多大？”孙耀辉说：“能装纸片就行，做多大看材料定。但必须结实，保证安全。最好每组一个吧！”泯义应诺，好，好！低头向外走，元魁抱着一个崭新的泡桐木小箱来了。拴子也钉好了，还有一把小锁。箱的正面入口下写着“社教意见箱”几个毛笔字。泯义想接过来，一同进去见老孙。元魁两只脚已进了老孙房门。孙耀辉接过放到办公桌上说，谢谢，谢谢！

原来国玉他们问叔父时，叔父沉沉的几句打发话被元魁听见了。待国玉走后，元魁就过去到老人跟前做工作。老人已七十八岁了。这老人见不得忽悠人的什么意见箱。曾公然骂道：“当面说了都不顶屁用，写个纸条塞里边能起作用？以前村上挂过多次这玩意儿。举报箱，民主箱，等等，没几天连个尸首也没了。”正发牢骚，儿子来了。见是元魁在向老人做工作，就帮着说情。老人于是才答应给做。做，自己又提不了家伙。就给有点基础的儿子指导，元魁帮助，玩弄了半晌，总算成的。

就是在元魁找叔父做好意见箱的同时。那几个组的工作人员也主动找木匠了。王友仁、张七雄都开始找到了半拉子匠人。关明哲打听到有个白天顺也会点木工。就是不知道门。打问到荣凯，叫了一起去。原来白天顺是荣凯的五爷。荣凯在家找了几页干杨木分板，抱着，随即去到五爷家。荣凯一进门就喊：“五爷，给你寻个活。”五爷胡子一摸，乐哈哈道：“孙娃子抱这么多板子做啥？是不是媳妇做梳头匣？”荣凯笑道：“你那臭手艺兴不上了。工艺店买的比皇宫那还漂亮呢。孙娃今天来是借你巧手做个意见箱。”五爷一听是意见箱，随口说，又玩那个。以前我做过不少了，都烧柴了吗？荣凯说，五爷这次做了一定保管好。关明哲看老人并不推辞。就添句恭维话。爷爷身体还硬朗，就是福啊！五爷乐了，说，这贱骨头还行。社会越来越好，我还想多看看哩。荣凯说，再活二十年没麻达。五爷说，阎王再给我五年就不错了。五年都八十四了，刚到门坎上。关明哲笑着解释。人说的七三、八四两个门坎，那是孔孟两个圣人死时年龄。凡人感到圣人都没过了这个坎儿，凡人怎么过得去。实际，不是每个人都到了这个年龄必死的，现在人的生活好了，医疗条件好了，活个九十，一百不算高寿！

热火到老人心上。老人心里高兴就取刨子墨斗锯子。开始详端。没要了一个小时就做成了。还剩一页多板。五爷问一个够吗？荣凯说，五爷，那你就再做一个。这些材料还能凑合一个。我给孙组长说给你上个光荣榜！——写到尿盆额上。五爷说，你碎崽娃子敢！

五爷笑得满脸纹儿都活了，说：“只要这次社教结个果，我这小力就没白出！”

4

静流则深。深则静流。

意见箱都亮相三天了，每次启开都空荡荡的。奇了怪了！是村民不相信这个冷面热心的东西呢，还是惧怕它呢？一时揣摸不透。孙耀辉思考来思考去，寻不到根本上。观察群众对它的冷漠态度判断，定是怀疑它的作用造成。他就主动接近路边大树下常聚的几位老人，聊闲中，他亲切问老人身体可好，赞他们春色容颜和温良的好心态！老人们向着他笑笑，就互相拉起话来。有位老人主动问他：“这位先生，请问，你们社教队进村子多日了，咋听不见响咚！光见挂了几个木箱子，这就算社教？”孙耀辉说：“工作已开展了。那箱子就是请村民讲话的。不知怎么几天了，不见一言半语的纸片。”这位老人把烟锅从嘴里取出。地下掸了几下，找个柴棒掏了烟屎，又按上一锅，让他。孙说，我不会抽。老人吸着了，吸一口，鼻孔两股白烟冒出来。又停下说，意见箱那东西，是个把戏像我鼻孔两股烟，散了就完了。你知道狼来了的故事吧，三番五次的骗人，最后还不是个他他他！群众提了能怎么，不提又能怎么，干部人家该怎么个弄法还是怎么弄！这个村，只一个人说话算数，就是那个支书。他把上千口人不放眼里，能变钱的就卖，卖了也不见公布账。公益事没干，问钱呢，嘴一张，轻松地说，问审计呀！这个明摆的问题，还用得上意见箱？另一个接着说，意见箱从来是用作哄局面的。群众已不信它了！

原来是这样！老孙说，群众是不是不相信社教？几个老人一齐说，那就看做得怎么样，解决不解决问题，大家满意不满意呢？

孙耀辉知彼之后，回到办公室踱起小步来。好大会儿才出了房子，锁上门到各组跑了一圈。各组工作队员反映，村民们虽然忙于生产，还很关注工作队动向的。群众的口头意见句句都是火辣辣的。集中到一点：就是不满现在的两委班子。要求必换汤换药。只要能做到这点，村民才会真心信社教，支持社教。孙耀辉说，我们一方面做细致的思想动员，一方面要解放我们的思想，真正掌握群众顾虑、希望和要求。张七雄说，顾虑只三个字，对社教“不信任”。村民说，三个月一满，尻子一拍向后转了，挨挫的还是他们自己，把手往磨眼里塞谁不痛呀！

老孙到了二组，到劳作的田间去，几个妇女正忙着解果袋。他问：“这次社教你们知道吗？”她们嘎嘎嘎地笑着说，知道和不知道一样。把戏看破就不神秘了。几个妇女的尖利声又一阵撼动了树上密密的叶子。老孙被笑得没了意思。他深深意识到这是信任危机。我们相信群众，群众不相信我们。难免给工作造成了难度。时间在一天天过去，到头来交个白卷，就真的对不起群众了。

他又逐各组找工作队员，找村上干部，晚上召开党员和村民代表参加的会议。

大家挤在老孙住办一体的房子里。大伟、大鹏、冒子作为代表参加，国玉、致祥属村干。泯义说身体不适没到会。工作组全参加。老孙看了会场上的人，说来几个就先说吧，请大家集思广益，说说我们怎样才能发动群众，打开局面。目下，首先要把“三室一校”办起来。冒子问啥叫三室一校，和“文革”中政治夜校一样吗？如果是一样，按小靳庄的书戏球，村民恐怕有逆反。荣凯说，别顶瞎茬了，说正经的吧！冒子争辩道：“这怎么能是顶瞎茬呢？‘文革’时办的那个政治夜校不学文化，不学农科，不学政策，就是唱语录歌，唱样板戏，纯是耍花架子，撑门面给领导看的。百姓地里干一天活，腰酸腿痛的，谁把那政治任务当回事，后来门锁了，散伙了，人的心也没拢住，魂不是照样跑了！”

老孙听了说，小伙子你说的那是“文革”，办那个夜校是为政治服务，给“四人帮”贴金，咱现在是搞文明建设，提高人的素质，奔小康走共同富裕的路。办好了，“三室一校”的作用就自然显出来了。

大鹏说，怎么搞，你安排吧！老孙说，眼目下要解决的就是地方，大伟提议，我看就把村委会这几间腾出来，这房子闲着已久了。谁来这里办过公？支书在他家里，干部会在他家里。把“三室一校”办在这里，还算大家的钱没白盖。主任你看怎么样？国玉说，行。还得给支书说。老孙说，好吧，地方先这么定了。

荣凯说，我负责把宣传搞好。随即把一篇小稿交给老孙。老孙展开看题目，是《社教大事，人人有责》，里边举到群众活思想，讲得实在，语言通俗。孙组长说，这样的文字很合咱农村人的口味。大伟看了说，咱农村上年龄的白卡儿多，用农民耳熟口传的话说道理，就像我们吃家常便饭，习惯！

老孙对大家你一言我一语的意见，建议，点评表示感谢，继续鼓励发言。会场一时热烈起来，又来了十多人，抢着说了大实话，活跃气氛令人感动。齐说，“三室一校”办就办。要新瓶新酒香。散会时，老孙拱手向大家说，今天来的，思想先要解放，不能保守，别把那几个木箱箱冷落了，让它孤零零伤心！

人都走了。荣凯和孙耀辉商量着改了稿。荣凯说，据我知，村民人虽在田间，在树上，心还是牵系着社教，他们都是憋着一股劲的，真的“放”开来，就会起火带炮，五彩缤纷，花团锦簇！

5

村上几个干部，这些年事干久了，拿自己的资历摆架子，都牛牛的，老功臣那般，以“土皇上”的身份驻庙装神。他们预测着，这几日怪怪的静默的意味。各站各的哨点，运筹各自的对策。国玉采取不近不远，不即不离的态度，呼我我来，不叫不会主动去；致祥一反常态的殷勤，为的争个好印象，运动毕了，弄个显位子；泯义呢？社教未来，先闻村民要赶他下台的风，干脆深居简出，神仙那样修行着。对工作组采取冷漠而又远之的态度。有事你寻我，别想让我寻你门上去。

孙耀辉照常地开意见箱，收集情况。今日，门子打开，塞得满满的，开着的，叠着的纸，哗啦啦掉了下来。他下意识地“啊”一声：丰收丰收！又一天，两天，还是丰收！

从盈满的纸页，可以看出是村民憋足的语言，爆发式地冲击到纸上的。扭扭歪歪的文字行间，可见他们像注射了兴奋剂，对社教寄了很大的期望。孙耀辉细细研究了每条意见，每个字的分量。他叫了关明哲和白荣凯。三个人把三百一十九份意见，归类排次，装订起来。然后一字不苟地分析研究。一半以上的语言看起来过激，细品，过激有过激的缘由。言词多有尖刻，尖刻有尖刻的道理。除过少几份有搅混水之嫌，翻第二遍，发现三指宽的报纸边上，铅笔写了几句话："流氓泯义大残渣，握权只知捞民钱。人民代表不为民，从不为民去谋算。这先进那模范，都是嘴把上级骗。吃喝嫖赌五毒全，白墨要好他滚蛋。"后一句还加了着重点。又在下面的空白处用铅笔写了一句特苛特辣的话："毬毛擀不了毡，瞎怂当不了官。"下注"广民"。查册，村上并无这个人名。可能是"广大民众"的意思，话虽粗俗难听，字里却涵渗着千言万语的表达和愤懑的发泄！农民嘛说话不会裹糖衣，大都一句透，无矫饰，鲜明而不隐晦！这大概就是农民之所以为农民的特质——本色！农民最喜欢的是和他们心连心的人，能为他们谋利益的人。对那些不去卖红薯，强占着茅坑不拉屎的官儿，是多厌恶，多不欢迎啊！

老孙拿红铅笔在这句尖刻语言下画了一个杠。

这句话的诠释在哪？

三百一十九条中，有二百八十六条就是有的放矢现任村上两委主要干部的。

关明哲边整边说，群众反映的问题，是一个干部标准问题。干部任用管理和监督问题。

老孙说，从根上说，关键还是培养、教育的疏忽。孙专心地翻阅每条意见、建议。翻过第三遍耀辉便在笔记本上记了以下几条：

A、实行农村土地承包后，村上每年卖机动地。果园承包，还有集资等等，收入不建账，支付不透明。钱都花哪里去了？支书随便花，主任随便花，公益事没办成一件。他们花大家的钱不疼，比花自己的还方便，上边谁问谁管过？

B、干部吃喝风日盛。查查街上几个大酒店的挂账就知道。他们的牙齿和胃把百姓吃怕了，集体吃干了，干部吃肥了！

C、主要干部披着共产党员的皮，打着共产党的旗，紧握手中权，不把群众放眼里，掏卖集体资产像妇女卖只鸡，当成了私房的。

D、道德败坏，恶习不改。支书不好好当，当种驴。把个纯正的村风民风搞得乌烟瘴气。这种“尙驴照子”的干部不下架，百姓能指望他什么呢？精神文明能指望他什么呢？

E、干部利已主义太严重。表面看，似一团和气，背后勾心斗角，贪欲不足，驴踢马咬，窝里杀斗，这样的班子，村民咋能有好日子过？

孙耀辉跟据意见，归记了这几条。详细事实，有原件可查。他停下来想，从群众举报的事实判断，十有七八是有其事，至于严重程度，他没把握。他翻了几遍笔记本，又反复看原件。他问关明哲：“你看焦点在哪里？”关明哲认真地说，焦点很明显，也很突出，意见十分集中，那就是对干部班子不满，尤是对支书。孙耀辉看了自己记的几条，说，是的。焦点是认为班子不得人心，目的是要推倒另选。

孙耀辉分析，群众在社教前几天只所以静观动向，就是试探水的深浅哩。测试工作组的态度。看是顺向哪边。自开过会又搞了板报宣传，才打消了顾虑，放了心中那筒花。传来的信息集中一点就是把现在的班子赶下台，选满意的班子上台。这次社教目的不在这个啊！群众的心愿是积极的，没有恶意的，我们完全理解。但他们的认识有些偏激，和64年以“四清”为中心的社教运动混一起了。他们认为社教就是整干部、大换血，把不受欢迎的人赶下台去。这种倾向如何纠正呢！弄不好就和群众情绪相抵触。我看还得抓好宣传工作。关明哲同意老孙的看法，说，继续搞好宣传，不放松政策教育。不然，这次的思想教育很难深入，群众积极性很难调动。老孙说，这样吧，你下去再把林书记的讲话和省市有关文件多看几遍，还可找找63年《中共中央关于目前农村工作中若干问题的决定》和65年《农村社会主义教育运动中目前提出的一些问题》等社教的资料，必要时还得学学《后十条》。结合群众的认识，和小白商量编写个宣讲稿。分期专题宣传。把以前以阶级斗争为纲的社教与今年社教的历史背景、性质、目的、方法等方面，用通俗语言讲给大家，让群众心里亮堂。关于换不换班子的观点，不要太明说。把“不能”强调得重，会打击群众反映问题的积极性，若表态可以换班子，本来消极观潮的干部会更消极。不利于社教工作的开展。

老孙找到中央《二十三条》又取出中央二号文件，把邓小平南巡讲话的几个部分用红笔杠了，又翻出村民委员会组织法，把当让群众明晓的条款页码折起来，给荣凯说，你脑子灵，理解快，看那些条文可引用，有说服力。你两个商量分工，一人写一篇。荣凯很有信心地应诺：“尽力吧！”

关明哲和荣凯去准备材料了。

孙耀辉开始考虑这样一个问题。这也是社教必须判定的事：就是白墨村班子的定级。根据民众强烈意见和调查掌握，支部班子一类肯定不行，二类相差也远，只能是三类。三类班子，这次社教就负有干部培训的任务。三类的要培训为二类，就得付出真诚和努力。用政策规轨，用理论提高水平，增强基本素质。

老孙本身是宣传干部，而且是领导干部，视宣传为使命，落实宣传为职责。他准备熬夜。泡杯茶再点支烟。展开纸写一份简报稿。想了想，在稿纸上写：“下茬立势，打好开局第一炮”。写好一稿，反复改后，清誊毕，已到一点。大脑的兴奋还难平静下来，一点睡意也没有。又考虑下一步工作的开展。刚倒下没睡多久，村上的公鸡一声接一声地啼，鸡一鸣，狗又叫，一个狗叫，全村狗汪汪，他也无法安寝。这时天破晓，东方泛白，窗子泛白，屋子泛白，渐渐光明到来。他即起床，洗漱。稿件装在包里。去关向明、王友仁、张七雄的住处，安排工作后说，要去县里一趟。

孙耀辉顺路向镇工作队长（文化局局长）曹大山口头汇报了开局工作进展情况，就乘班车直去县社教办。

6

县社教办共十一人，正副主任三个，六个办公人员，又配一司机一打字员。办公室设在农工部。郭锦琪任主任。这几天带全体工作人员，下去协助工作组推局面。昨天下午才回来的。郭主任正召集会议。见他来到，郭说，老孙，你先坐我房里歇会儿，会要不了多长时间。老孙说，郭主任，不影响你们开会的话，我坐一旁等着。郭说，可以，那你就坐办公室等等。老孙坐在南窗下翻看报纸。开会的在北边围着。实则，他成了一位列席者。宫副主任宣布了分工。根据实际，共编三个组：综合组，宣传组和办事组。这和省市社教办对口。宫说，我重点把宣传组的任务提一提。归纳说，主要是“三教育”“三整顿”和干部培训与管理。具体讲，就是阶段检查、验收和办简报。平时以办好简报为主要任务。孙耀辉听到这里，心里庆幸，可知简报稿的要求和每段的导向了。

郭主任接着说：“组虽分了。工作还是要互相协作。下去一把抓，回来再分家。这里我就简报讲几点意见：简报是咱社教办的喉舌。县委的指示要及时传下去，各工作组的情况要及时反映上来。全凭这个媒体发挥功能。所以，搞好简报极为重要。下面送来的稿，采编应该做到：稿件综合性要鲜明。每稿得具‘三性’，即指导性、典型性、开拓性。

一事一期。一篇（点）经验一期；稿件还要有超前性，即有指导下一阶段工作的新构想、计划、措施和内容。”郭主任看耀辉已放下报纸，认真地记笔记，笑笑说，请孙部长到前边桌上来记。孙耀辉敬以笑容，说谢谢，这里行。主任接着讲：“第三点，就是稿件必须把握及时性，真实性，即新闻性。或交流经验，或指导方向，都必紧随阶段中心任务。文风上，绝不要那种似是而非，观点模糊，模棱两可，含混不清的语言，观点必须鲜明，凡打官腔的官话、大话、套话、坚决不可取。总之，简报要达到五性：综合性、真实性、典型性、超前性和及时性。最后我再强调一下节俭问题。大家都知道，县上财政十分吃紧，职工工资也欠着有两个月了，没有工资，家里老小生活怎么过，这种滋味都尝过。所以，办公经费不会有宽余。不会有宽余，我们在开支上，消费上就得注意节俭。印文件份数要算准，过版可用旧报纸，废纸；打电话要简练，可以不打的就不打，必打的要长话简说。文件、简报能捎能带、能亲自送的就不要贴那八分钱的邮票了。是不是规定一下，城区的一律跑路亲自送达。信封不一定要用新的，有旧的就翻过儿用。小车只供远途用，县城区域骑自行车。社教社教，咱办公室里的人先得教育为先，起模范带头作用。还有，用电也得节约。”

郭主任讲完话，很温和地笑笑，老孙冷落你了吧。有事这下可谈了。孙耀辉说，郭部长，这里有篇稿你看看。主任略看了看内容，满意地说，正准备组稿哩，好，你送来了第一期就用你们组的。接着问，你们的工作有困难吗？第一步开局可否顺利？孙耀辉趁着机会说，讲了两点：一、群众对这次社教的认识，二、村民对两委班子恳望，尤是对村支书反感。大概有十分钟吧，县委打电话，郭主任去了。

7

第一阶段，只安排十五天。按市县的要求，“三室”“一校”是要分开办的。一入农村实际，哪来那么多房子呢？公社散伙后，架子垮了，至今百分之八九十的村委会，把原来属于集体的房屋卖给了私人。办公的地方也没重盖，不是在支书家就是在主任家。电话，扩音机都随着村干部到家。白墨村几间砖瓦房还是集资办学时沾的光。院子不算小，约过二分，四间房，给社教组腾出一间住办一体，孙组长住着。那三间门一直锁着。门楣的框子上用破箱纸写着“党员教育室”，“法制学习室”“农科□□”（后几字撕得不见了）。留着模模糊糊像墨不是墨写，成了古迹文物。更令人不可目睹的，是雀子屎白堂堂，累累的干成小山小丘。孙耀辉走访了几个组都没闲房子，这里正在几个组的中心点上，于是打定注意把“三室一校”，合为一体确定在这两间。几个组员开始拔草、打扫院子。房里的钥匙，孙亲自找主任国玉要。国玉说，孙组长，村上大小事支书一人说了算，其他人都是打二号，跑腿听喝喊的。门钥匙没在我这里，他拿着。孙又去找泯义。泯义冰冰的面孔在回敬：“我都成活靶子了。齐向我开火，我还能干什么？和靠边站有甚区别，臭气熏天，谁敢近我？说话不顶屁了。”说着将钥匙从炕上的小柜取出，说，给。你不要我也会交的。老孙并不生气，脸上还是和颜悦色说，墨支书我也是和你商议这事啊，各组问到了都没闲地方。就只好利用这几间了。那就只能放在村委会地方了。孙站着面向泯义：“农村社教就是靠乡镇党委领导农村党支部支持开展的。群众有群众的觉悟，他们有他们的认识，提意见，反映问题是很正常的事。咱是党员，是干部，心胸、器量不同一般，要正确对待不同意见嘛。和群众对阵，或撂挑子，你想这个态度对不对啊？”

泯义说，党支部是坚强的，这个堡垒是坚强的。“文革”中造反派乱党，党的核心始终没动摇。现在谁要想推倒它，也难！——他有点示威、施压的味道。

老孙听话中有话说：“墨支书，党的旗帜谁也倒不了。你说得对。党支部堡垒的作用永远起着。你是村支书，是带头人，应该举旗领队。你现在不上趟了。没人叫你不干啊！”

泯义颇伤感的样子说：“老孙啊，孙部长，你今天来了，把话也说这份了，我就说说。我干村上的事二十多年了，力出了，心劳了，谁认可，谁理解？骂挨着，气受着，谁领情？我为了啥，图个什么？人人都有饭吃，有衣穿有钱花，老婆娃娃都欢乐，大家奔小康了。我这带头人能不高兴，能不光荣！可是我把心掏出来了，谁知道呢！”他的小眼睛骨碌了一下，手抹了抹嘴上的白唾，很亏欠地叙说农民干部的可怜。上边这中心那中心、这任务那任务一股脑儿地向下布置，担子一挑一挑地往下压，你得不驳二话驮着杠着跑着干，干不好上边不满意，批评工作不力，说班子软懒散，还要评个一二三。你们在机关不常下乡吧，我们下边直接对的是民众。民众民众，七嘴八舌的。嘴不安门，爱说什么是什么。孙部长，农民干部在农民堆里干工作，怎么能不惹个人呢！比如计划生育，叫人结扎，刮宫，流产，比如征收税款，比如落实集资摊派，都按上边的政策，怎能不得罪人呢？天长日久，积怨多了，还落个土皇上、地头蛇、伪保长的恶名。你一定也听过这个顺口溜的：“分田到户，不要村干部”“有吃有喝不求你，不批不斗不怕你，有了问题就寻你，稍不如意就骂你”。现在的村民难弄得很，难弄得很啊！刁的多，顺的少。讲理的少，横来的多。你再多些日子就知道了。什么坏事瞎名都给村干部往头上安。有屎有尿都往村干部身上泼。把本是干净的人弄得臭烘烘的，还指着你说，大家看，干部自己把自己弄得多臭！孙部长，我说这些话你可能不愿听，不爱听，你可能认为我是发泄怨气，你可能以为我向社教工作示威，当然这是你的理解。你看我能干吗？你说我还能干吗？干得成吗？干不成了啊！真干不成了！这次社教，我下台，谁能干谁上台！谁上去我都双手拥护哩！

老孙耐着性子认真地听完。泯义不咽唾沫发泄了多日的牢骚，他说了那么多怨气冲天的话，一半是对着提了意见的村民，一半是专让工作组听的。老孙对他的满腹牢骚是理解的也体谅的。不过，他对泯义示威性的撂担子是不能原谅的。他拍拍泯义的肩道："别闹情绪了吧！说一千道一万，你不积极向前干，是怎么也说不过去的。工作还是要干的！群众嘛，认识水平哪能一致？他们绝大多数还是通情达理的，说话实是求事的。至于很少数的人怀有不正确的想法，言过其实甚或趁机伤人，也不能排除。咱是党员，从入党那时起，就比普通群众觉悟高。对吧！不然，怎么能说是工人阶级的先进分子呢！"

泯义说，正因为是共产党员，我才处处严以律己，时时以党员标准严格要求自己。以党性维护党的形象。孙组长，我一个光明正大的县人民代表，先进党支部的模范党员，先进工作者，连年保持着荣誉。我就这么能轻易地被诬陷被打下台吗？

泯义亮了自己的"品牌"，"资质"，现出自己的名片，闪耀了头上的光圈后，来了一个"哼"，已现出了较劲的决心！

老孙当然不是个傻瓜，木瓜。

泯义知老孙这阵在想什么。又说，孙部长，今天咱两个谈话，你不会计较吧！老孙笑了笑道："咋有啥私怨呢，都是为了工作，计较什么啊！"泯义说，你才来三天两后晌，村里的底还摸不透，复杂着呢。偏听偏信，一面之辞，会制造冤假错案的。老孙好笑，没有笑出来，心里想：你还给我敲警钟哩！我脖子上这个疙瘩不是光为吃饭的！他看着泯义的眼睛说，现在不是在听两面之辞吗？泯义一时无话，半天才说了一句：“我相信你！”

8

老孙住在这间社教办公室，虽已多日，门口已踩出一尺宽的路上，小草半死和已死的贴地爬着，已失去放纵生长能力，抹去了往日的绿色。早死的变成泥土，迟死的正在粉身碎骨过程中。没利用的几间门前，平日无人光顾，草封门槛不为惊奇。那多半个院落长满了蒿草，菅草，刺苋几十种杂草，也是自然。瞎老鼠地下犁出了纵横的沟，湿土隆起，如老农腿上曲张的静脉，纵观野草无所顾忌地统治着全村首脑地盘。那房沿下的电线和窗台、门楣全让灰白相间的鸟屎装饰成玲珑奇巧的险峰，仿佛雕塑。关明哲昂首细细观察了一会，指着说，这鸟儿屙屎也挺能的，你们看，这些丑陋的创作，有塔有树，有锥，有人，有车，有马，还有桥，确是一组群雕呢！老孙说，干活吧！张七雄拿起刚拔的一枝高的蒿杆向群雕一击，刷刷刷全溃下来，明哲紧跑慢躲，已弄了一头一身，惹得大家哈哈大笑。老孙去开那几间的锁，钥匙下不进，硬穿入又转动不了。荣凯肩上扛把扫帚和一把闪亮的铁掀来了。老孙说，小白，你给咱找点汽油或煤油把锁孔锈除除。后来的致祥说我家有。荣凯说菜油也行。到隔壁取了一小盅。蘸后果然咣当地开了。

双扇打开，屋里一股霉气味猛冲着散发出来。屋内放一破架子车厢，几页杏木案板和塑料桶，还有十多支椽。架子车下老鼠打了几个洞。洞口溜得光光的。槽渠外堆起几个小墓冢。靠窗有张烂课桌，一张无油漆的三斗写字台。老孙说，大家先不要进，让气味跑跑。咱先收拾院子吧。大家开始拔草。这时田禾来了，大鹏、大伟也来了。这几个青年是荣凯叫的。他先叫一个，他们会一传一地都来。一会儿国玉也来了。老孙问房里的东西是谁的，叫拿去吧。国玉说，除桌子都是支书放的。致祥自告奋勇，去叫支书来取。大伟说，全成私人储藏室了。老孙和国玉把里边看了一下，建议国玉找个人把里边的鼠洞填填，墙壁涂上白。国玉思量了一下，说，我尽量想办法吧。说过他就走了。

老孙面对房子和院子，心里一股难言的滋味。这期工作组进村前，镇村是通知过的。其他村组都有安排，单是这个白墨村好像置若罔闻，没见行动。草草收拾的只是他住的那间内外。他住进后，也没多少时间顾及以外的环境，村干也视而不见。现在，他才算真的认识了庐山真面目。可想这个村上往日状况。老孙知，正是农忙季节，农民恨不得一人当三，还是咱自己干吧。大伟荣凯他们已猫腰拔草。

不大会儿，荣凯拉来架子车，后边还跟了肖肖和鲤儿。这肯定是荣凯唤来的。车上又放了耙子，铁掀和一把新竹扫帚。荣凯袖子卷起，双脚向前一推，腰一猫双臂一揽就抱起一抱草往车里塞。田禾后边拿个耙子楼遗掉的。大鹏笑着说，男女搭配，干活不累。加油！逗得大伙一阵的乐。

致祥这时也把架子车拉来了。大家以为是拉杂草的，后边跟着泯义，他二人把房里那架子车厢抬上去。房角还有十几枝椽棒，还有案板什么全放车上，拉到院外。致祥才捉起掀铲草。泯义看见院子蒿草清除了，顿有清爽轻快感觉。但他没参加干也没说什么。心里的想法表现在脸上和眼中："干，你们就干吧！"

泯义在院子东张西望着，不动手干也不进房里去。老孙主动叫他，陪他进了两间里边。

房里霉气淡了许多。但仍还有味儿。

老孙，仔细观察，心中十分感慨。芋子构架、报纸糊的顶棚四周都脱开了墙壁，门上的那部分幸有几颗竹钉拉联着，其他的都裂了，吊在半空。几只老鼠听见有人声，唧哩哇啦叫着，领上它的家眷逃亡了。房里潮湿的阴处和透风的阴处都结着蛛网。东角那片大网里有几只正逍遥自在地荡秋千，西边有几只正舒舒服服地躺在卧床上，享乐着无忧无虑的安逸。荣凯拉完草也进来看。见那种状况，出去拿起大扫帚以摧枯拉朽之势，快刀斩乱麻之力纵几下，横几下，完全彻底地捣毁了蜘蛛们苦心经营的网盘。又前去开大了窗户，让里面的乌烟瘴气窜出去。房里还有什么？老孙把靠窗的旧桌子动了一下，看可用否。刚一动，一条腿退出了卯，他快速稳住给安好。桌面上留下了狼藉的手印。泯义很不自在。老孙又用手摸墙，试潮度。手一抹，抹出了“文物”。这是一个早已退色的彩纸贴着的长方形大框。中间仿井田格隔成一畦一畦的小框，正中顶部有“学”“园地”几个剪字。是用钉书机钉上的。钉子已锈成铁红，那个“学”字少了“子”字的一横成为“了”。那个“园”字只留个四堵墙，成了大“口”字。残留着的不死不活地挂吊着。下面的畦里可能是没有下种或是下了种没能出苗，于是一直荒芜着，没有收获的迹象。老孙故意伸出脖子，端详了门外顶部那些模糊不清的“党员活动室”“农科培训学校”什么的硬纸牌。一股忽悠的感觉让他这位虽才任职一年的宣传部副部长脸红。靠桌的墙上有一张县民政局78年印制的本县行政区划图。自然这已是远离时代而不能与时俱进的“文物”了。地图上方又发现几张奖状，两张是“先进党支部”，一张是“先进村委会”，可能是特质纸特高技术所印，字迹什么都清清楚楚的。他特留神是哪一级所颁，哪一年所评。当目光落在北新镇党委，镇政府和1990，1991字样，心里的五味瓶倒了……

此时，泯义已意识到孙耀辉脸上的反应，他已感觉到了不光彩，于是改辩道：“村上开大会什么，一般都在学校院子，干部会不是在我家就在主任家。所以，所以这个地方看起来像没有了人烟。”孙耀辉听到了还是没听到，他没应声没理睬。在场的人或找了条帚，或找了抹布，还寻了草帽把头顶遮住，进行了紧张的清洁工作。泯义不好意思再站在这里，妨碍大家干活，给老孙说，孙部长，叫致祥在这里帮着干，我把车子拉回去。孙耀辉见支书又要溜脱，就说，我叫主任找个粉刷工不知怎么样。泯义说，这个我问问。孙耀辉说，这事得抓紧，最好就这一两天内。

房子全部清整完了，只待粉刷。

饭后，有两个村民来找孙耀辉，问房子怎么粉刷。顶棚咋办。

孙耀辉说，弄就弄得体体面面。顶棚仍用芋子绑架，白纸糊。采光一定得好。墙壁就用好点的涂料。

每天老孙要来看三四次。每次都递烟给他们。

他们两分工，同时进行。各干各的，各又帮手。由于气温还保持在20度到26度间，干得也快。第三天早就全部完成。

下来就分了任务。党员活动室里，党支部工作制度和民主生活制度，由孙耀辉和支书泯义搞；入党誓词什么由荣凯搞。文化室和广播室，把扩音设备从支书家搬来，放到公家地方，大喇叭先架在院外大槐树上。找到高杆后另架。再搞一台大彩电。孙耀辉说这个他和宣传部李部长解决。

农业科技学校，理所当然也得挤在这个小房里了。

王友仁和关明哲去镇上订镜框，买伟人像。田禾和肖肖女孩子心细手巧，就负责广播和文化方面的布设。

安排好了，各司其职，雷厉风行。

9

金秋，在人们的概念中，它是一尊金身之神，玄机难以释译之神。白墨这幅丹青，这个偌大平原中心位置上的村子，放眼是一抹彩色世界，比春华更富迷人之光。早熟的地膜玉米已开始收获。金黄的棒子，赤溜溜已扶上风干的床架，旋上了百尺之竿头，家家户户的院子竖起了高耸的金塔，阳光下，放射着灿灿光芒。庭院房前，串串辣椒火焰般红艳，彰显着红红火火的日子。入户，扑面是丰衣足食的太平福祉。户外，条条村路上都是忙不迭的人群。小曲儿哼着，自乐心怡，浸浸于各自劳动的场地、田间，一堆一堆秸杆，浅绿的黄褐的，点缀在地头和阡陌，晚播的玉米刚到成熟的后期。秋风光顾，青纱帐掀起粼粼波光，奏起大自然美妙的乐章，让人油然产生进入神圣殿堂的感觉。就在这碧绿与灰黄调合的广阔景象间，那脱了果袋乍露奶油脸蛋的苹果，喜纳阳光的吻，忽地亮出羞答答粉红，路人目睹，欲滴馋涎；微风拂过，刷啦啦的叶响，仿佛看不见的纤手弹着天键，把郁芳之韵萦于万里碧空。果农正忙着搭棚腾屋，修箱缝袋。全家总动员，为其“出嫁”筹备“嫁妆”。

果园的发展，成为农村经济大发展的支柱产业。农民已尝到大大的甜头。尽管果价已有几年不稳定，每斤八九毛至一元二三的跳荡。去年却每斤增到一元五六。今年双节已订二元多了。农民把果园当作自家摇钱树呵护，当金娃娃的怀抱。有人说，务果园是自己给自己设的劳改场。话虽这么讲，谁不知钱在黄柏树上长着呢，不苦不流汗，钱能从天上掉下来吗?

社教低调地进行着。少了过去历次运动轰轰烈烈的阵势。孙耀辉和工作组的几个组员各自在本组和村民一起劳动，谈论。看到农民们对收获的喜悦，他们也一起共享。

近月又传，县委书记要走市上去，按例，一个地方一个部门的大官走之前都要“安排”一批自己的和收礼应诺了的人。这就有壮大了“跑”“要”的队伍，无意间扰乱了干部队伍的稳定，也直接影响了这期的社教工作。

孙耀辉是宣传部副部长，他能不知道人事上的机密吗？官话好说，严律难执行。人事定夺最终还是一把手说了算，其他人的意见只不过是个“参考”而已。曹队长更清楚内幕。他这样劝郭主任道：“郭部长，咱这期机遇有点不吉，遇到改选，换届，有的同志心不在焉，总关心自己的仕途，所以对社教工作难免敷衍。跑官要官已成了一种风气，不是一个人几个人，一个部门几个部门能防控得了的，咱就当作平常事待吧！”

郭主任说，老曹、老孙，咱都负着这期社教的责，负就得负到底。林书记本人也有糖尿病胃病，可他不休息地工作着。咱搞不好工作，对不住他的心愿。孙耀辉知道，郭主任上期社教，中途也生病住院。经查，发现有多发性血管瘤和脑萎缩症。医生让住一段院，好好治疗，可他只住了一周，就要求开了药随身带着继续工作了。他虽是办公室主任，但在办公室坐不了三分之一时间，大量时间去了工作队，下了村组，他办公桌上的日历每页都密密麻麻写着急要做的事。许多的事中又在重点项划上记号。这次他计划用两天时间跑完北新镇十多个行政村。

孙部长让荣凯提了壶热水，倒了杯给郭主任吃药。吃过药，要去另一个组。临走郭主任给孙说，老关回来要问清干什么去了。检讨必须写。曹说，对不守职的组员，我当负主要责任。郭主任道：“自由离职的可能不止已查到的。有钻了空子的我们不一定查到！这要严肃对待，不然，就把社教流于形式了！”

10

社教办第六期简报下来了。果然点了几乎二分之一工作队。不守职的组长和组员中最典型者37名。这37位工作人员中有跑官要官买官的，有经商包工揽生意的，有回家种麦收秋的，还有贪玩麻将而不思工作的。简报编者话中特指出：“这期社教是最后一期，意义重大而深远。不能以换届影响社教。每个组员应以诚待诺，要增强责任感、使命感。以换届保社教促社教，……”不知县级主要领导、主帅看了作何感想，有多大反应。

这份简报是县委副书记林瑞晗亲自带到白墨村的。林副书记是县委常委中主管组织人事的官。科级干部对他无不敬而生畏。而他本人因是管干部的，总有着公明正直，严以律已，以身作则，率先垂范的天性。几期社教，他都是代表县委，直接领导社教作指战员的。所以，以勤为民，以德范众，以廉政风，在每期社教人员中，在村民大众中享有崇高的信誉。换届的来临，让他遇见不少跑官要官的，正面教育的责任，严厉批评的态度，身正影直的作为，受到一些人的诚服，但也遭到不少怨骂。然而原则面前，没有丝毫的灵活，变通或碍于情面的应诺。该点名的就点名，该曝光的就曝光。绝不在自己手下为官场腐败开一线绿灯。

上期社教，三个月里他几乎一半时间跑了乡镇，下到村组。把自己风吹日晒得像个农夫。他批评过那些混混领导和好好先生。深入基层时，发现有双手抓把稀泥抹光面的；有得过且过倒记着时间磨洋工的；有急功近利弄虚作假的；有工作方法简单，伤害了群众感情的；有不讲实际，为争名利搞大洋全的；有只讲条件不发挥主观能动而等靠要的。如此种种现象，他在这期转段工作报告中，还特作了强调指正。这一期，他作为一位主要领导者，如一位有丰富临床经验的医生，内科外科神经科，都能对症下药，给以根治。对犯错误的干部他不是抓住辫子不放，一棍子打下致人死命。只要你知错认错改错，能惩前而毖后，他就心安理得地放过。

这次下乡，凡简报点了名的，他都要一一查询。这是他和郭主任商定必采取的举措。他二人交叉进行。

来到白墨村，林副书记首先约见了孙耀辉。因先天晚孙专门进县拜见了他，征求对自己工作的评价，谈到要求进步的话，林书记已知其心愿。由于接着又有几个乡镇领导的到来，孙耀辉截住了叙谈机会。现在书记来到面前，他已有一场心理交锋的准备。他以从未有的殷勤接待书记。很虔诚地沏了最好的西湖龙井，双手捧给书记，便站着聆听训教。官场上，有一种上级，架势威严，比皇帝的老子还要老子。言出金口，如下刀子，似箭出弦，挖苦骂娘，随口倾喷。挨批的人如儿似孙，不敢驳嘴弄舌，以理争辩。日后心里种下了逆反的种子。另一类领导，对犯错误的下属，如兄弟姐妹，动之以情，晓之以理。刚柔相宜，治病救人。挨批评的如暑天吃冰淇淋，舒坦诚服。像听佛陀经训，感恩戴德，永铭不忘。林书记就属这一类。他是一位文人气质的批评家。书记看老孙站着，用手示意，说坐下坐下。他又向司机和回来的同志说，你们去其他组转转，和村民聊聊吧，我和老孙拉拉话。

老孙一坐下，就开始认错。还写了两页的检讨。检讨组员的流动，检讨自己多日前曾以“请教”在领导跟前探听人事的私心，林书记看了检讨后放下说：“你是共产党员，宣传口的领导干部。又是负责一个村的社教之责的。工作不错，局面开得好，成绩有目共睹，组织不会是盲人。没有必要苦费心机。大凡跑的人，多是自己不相信自己，也不相信干部政策和用人原则的人。这种人就是跑成功了，上台也没多少人服他，尊重他的。”老孙惭愧得脸发烧。书记又说，跑官这种风尽管刹而不止，一些人花了钱并不都能达到目的。你呀，何必跟上凑热闹呢？

孙：“谢谢书记的教诲，听你一席话，胜读十年书啊！”

林：“没有那么大的作用的。只要你能记住一些就好了。《论共产党员的修养》还须再读读。现在是不是可以谈谈你这个组村干的情况？”

孙耀辉谈了干部的问题和群众强烈要求后，把写的一篇调查研究呈给林书记请提意见。林书记接过一看，题目是《农村干部、思想状况调查及对策》。书记戴起眼镜，认认真真翻着看。老孙一直站着，他把目光全落到眼前这位已近暮年的人民公仆脸膛。他看书记目光已到后一页了，又把意见箱整理的意见，和走访群众的笔记拿出来，让书记全面了解。书记又一页一页往下看，看完又翻阅他的笔记、日记。全看完，取出自己的笔记，摘记了一些群众观点，问：“你们把这个村支部班子划归到哪类？”

孙：“划归二类还有相当差距。我们意见基本统一：归三类。”

林：“看了以上这些，我也同意归三类。要记住，组织整顿是社教很重要的一项任务。农村的支部班子一定要慎重，要选好组好。支部书记是带领群众奔小康的带头人。一列火车的头，这个头，科技含量要高，劣质的料是制造不了的。选好选不好，对这个村子的前景至关重要！”

孙：“就这几天，村上好多人来找工作组，强烈要求改选支部书记。这些人中有党员，有群众代表。呼声广泛！你来前，这里就又来了几位。……”

林：“我看群众的反映材料，是决心要拉支书下台的，是吧？”

孙：“是的。目标集中、意图明确。我正要向你汇报这个问题呢！

他们用‘文革’前的社教政策对照和要求这次社教的。我们利用板报专题宣传了几期。重点讲了这次的指导思想、任务、目的、方法。效果比较好。”

林：“你们的宣传是抓住了问题要领。政策要向广大群众讲清楚。那次社教和这次社教历史背景不同。那次是以阶级斗争为纲，中心是‘四清’，这次是以‘三个教育’为纲，中心是发展经济，奔小康。本质上是不同的。路线、目的截然！”

这时，一个妇女追着一灰一白的两只兔子，追到院角逮住抱紧在怀。伸头叫：“孙部长，叫你吃饭哩。”

孙：“林书记，咱去吃饭吧。”

林：“距这里远近？那二位还没回来呀！”

孙：“就在前边，二百来米。是包的。那二位我去看看。”

林：“社教要求吃派饭呀！怎么是包饭？”

孙：“是那么要求，其实都是包的。过去要求‘五同’，下面并没在心底落实！”

林：“怎么个包法？”

孙：“听村主任讲，每人每天7斤麦子。这个村我们来后给减了2斤，没人包，最后6斤包了。另外，油、盐、酱、醋、菜都是村上付钱。”

林：“这都是额外给群众加的负担。不符合要求啊！”

孙：“没办法。村上不这么做，吃饭问题解决不了。”

林：“这样算下来。全县5乡镇257个村民小组468名工作人员，平均按每人各6斤算，一个日头下来，农民就重负将近3000斤麦子，还不算现金。工作再达不到百姓满意的程度，心神何安？”书记下意识地抚弄了一下忧思的脸。

孙："是的，这是值得深思的。"

那二位回来了。几人共同去用饭。

11

县委书记来村上了！

县委书记来村上了！

午饭时这个新闻在全村风传了开去。

村上几个提刀要菜的人聚拢一起，商量着去上访的事。胜胜、冒子、跃进、二虎、旺年共八九个人。他们在村上生产路口蹴着。冒子说，要抢机遇哩，不快去，县委书记可不像咱那小支书，整天摆着架子寻逍遥快活的人。人家管着全县三十几万人口的大事，恨不得一分钟干一小时的事呢。虎子说，冒子说得没错，吃过饭，车一开，日儿一股烟走了，咱还追县里去不成！众说，就这么办。这时轲亮也来了。他说，去了说什么，谁先说，得有个准备啊！轲亮这人咋说呢，说话口气很大，推快倒的墙那样，猛力一击，墙倒了，塌什么他就不管了。有时，听他话像君子，仁义又公道，但这种情况很少。今天他来参加，是大家没想到的一个人。他脑筋活，吃谋事能揣人心，照人下线，看形势说话。谋事时，掌握这事办成对自己有利没利，利大还是利小；有利可图就扑着冲着，一马当先，冲锋陷阵；无利可图，就王八一样脖子往肚里缩。所以，人对他可信又不敢信，可以靠又不能全靠。不过刚才的话，他还说出了个理。大书记太忙，说话得有要领。抓重点的讲。不能枝蔓，不能拖泥带水，让书记听不出所以然。大家都同意他的意见，但对他立场易变，善看风使舵的活脑圈病，还是留着神。一会儿，大伟也来了。大伟稳重，说话做事在青年人中，还是有一定市场的。他说，见到大领导，不能七嘴八舌，不能不按板路地胡说。"我看主要反映村民强烈要求的两件事：一是建议撤换支部书记，坚决不要泯义当支书。”胜胜打断了插话。“咱又不是党员，有什么资格向党提这个问题。”大伟说，等我把话说完。咱们中大部分不是党员，做为党外群众，也有权向书记反映民心民意嘛，又不是罢免。对不对？我看完全可以。第二件，要把这多年的账——就是他上任来的账给村民们算清公布。他变卖了村集体那么多资产资源，钱都哪去了！不能不明不白只肥自己！这次社教清的是87年以来的经济。他驳不过去，混不过去。

胜胜说：“我同意。重点就说这两方面问题，其他的少说或不说。”

旺年说：“书记若问换泯义还有什么理由，我看他的一贯流氓作风也有必要提。”

大伟说：“看菜吃饭吧！”

说着，便撒起来一行向办公室门口的车前去，等着。

这群人，一个踩着一个的脚印；这群人，一个比一个心情紧张。刚到办公室门口，老孙，七雄，王友仁，关明哲和几位大家不认识的陌生人说笑着来了。走在中间的是一个留着短平头，面容清秀，精神饱满的中年人。他没扎领带，穿着半旧的黑西服，个子修长，步伐刚健，眼里闪着睿智与笃诚，很有平易近人的感觉。已使这些没接触过大官的百姓心理上舒缓了许多。看气质、风采，大家断定他就是县委书记，大官！

孙耀辉看见门上突然一下子聚了这么些人，内心的惶然，已产生了一种不好的预兆。他不得不先问话，而且得问个明白：“大家有什么事吗？”众答：“我们是等县委书记的。”这一说，老孙更惶然了。问：“有什么事向我说，行吧？”

旺年抢先道：“我们想和书记反映村上一些事。”

孙耀辉看了看林书记，温和地向大家说，林书记可能没有多少时间。书记微笑着说，没关系，没关系。难得群众有话要说，欢迎欢迎。请大家进去说，坐下讲吧。孙把旁边两间的门打开来说，这边宽敞些，请便。

三室一校里，坐了一圈。

林书记说，今天有机会能和村民见面交流，实在是机缘！欢迎各位到来，随便谈。心里有话全说出来，利于推动咱们的工作啊！老孙，请把我的包拿过来。随来的人去取，司机已先拿了来。

二虎一紧张，说话就断线。他挠了一下头，说，听说六几年那次社教，搞得大张旗鼓，轰轰烈烈的，那才叫“运动”，可这……这一次，咋像煮牛肉，文火熬，连个大泡泡也不冒。这叫啥“运动”？三个月，能……能炖烂吗？

轲亮说话猛。他一改话出口像点了药捻子的风格，说：“咱搞的社教真让人纳闷，开场锣鼓没响几声本戏就演过腰了，台下人都仰着脖子睁着眼！咋不见开堂问审？”

胜胜听了前边二位的话，忍不住的直言：“林书记，孙部长，大家今天挡驾拦轿见青天，心里的确还怯，怕引起闹事的误会。”林书记把笔停住，笑出了声，说：“这是哪里话，我并不是什么青天，大家反映民意这怎么能是闹事呢？大家关心社教，厚望于社教，是多难得的一种主人翁精神！有什么要求，有什么不明白的政策，及时反映，及时提出，多好啊！不交流不互动怎么知道呢？说吧，心里怎么想就怎么说，别顾虑了！”胜胜平时说话有些口吃，听书记鼓励可能心态好了些，口也奇怪地不吃了。他说，各位领导，今天我们来，主要想说：一、工作组来这么长时间了，对白墨村党支部和村委会的班子成员是怎么评价的！二、白墨村的账，一定要清。对一千多口人有个交代。农村人都知道，一个家庭，当家的到年底也要说清全年的收支，让家庭成员心里明白。白墨村这么些年了，收了多少，开了多少，都用哪去了。村民全黑咕隆咚的，糊里糊涂着，谁也没明白过。群众听厌了什么公开呀，透明呀，这些好听的词。起码给傻社员有个说词，是吧？也说明当家的把人当人了。

大伟接着说：“这些年，税费越收越重，镇上搭车，村上加码，搭车加码的名堂那么多，都哪去了？群众迫切的利益村上没干一件，就说脚下的路，书记你看见了，能卧牛，吃的自来水还是‘文革’时学‘龙江精神’引上塬的。电是县上统一解决的。请你们问村支书，钱呢？”众插言：“除了自己装腰包，多数送街上酒店老板了。”

冒子说：“机动地政策有问题。制订政策的想法好，可实际事与愿违。各队都超百分之五地留着。全成了干部乱支乱花的钱匣子。起先有偿包种，每亩从50元升到80元逐年增到100元。种一半亩的交了。往后来，软的交，霸道的少交或不交。干部谁没种几亩啊，他们一分也不出，白种。电费，水费赖着不交，都让村民抬了。这就是我们村上的干部。”大伟说，“村上几条路，下大雨把人都困在家，出不了门，上不了地。夜里拌死人。果农跟上吃了多大的亏。果商不来，来了就压价。理由是车来不了，运不出。群众呼号了多少年，解决不了。支书回答，要修就集资，主任说集资了还得出劳！集就集吧，把账算清公布了，欠的摊多少是多少。可是他们又不干了。”

旺年说：“他们干什么呢？他们不是带领全村奔小康。带头人支书干什么？他给党抹黑脸。正事不干，不谋。骚眼整天盯着女人的裤裆。把个村风民俗搞得臭烘烘，人伦搅得乱糟糟。老年人生气的骂：村上原来风多纯很正啊，人人守规守矩，讲辈分论大小，可是这些年，越来越不像样，有出去骗人偷人的，有烧人柴垛的、毁田苗的，砍果树的，偷羊偷兔的，抬门扭锁的。嫖赌成习的，说起来真丢人，谁负责？上梁不正下梁歪嘛！就这样，还说是‘文明村’。不知上面的是怎么评的。支部还是‘先进’，又是‘模范’的真叫人想不通！”

跃进说：“林书记，咱整天讲村看村，户看户，群众看的是干部，泯义那种干部能作榜样吗？见利就图，各往各交裆扒，你问他们政府给的扶贫钱物、退耕还林款谁都领去了。由他们分配。该享的享不上，不该享的领了面拿去卖，卖了打麻将。林书记，我不是党员，冒昧说一个党外人关注的事。白墨村党员到底是多少？我知道的几个党员，还是‘文革’前和‘文革’中火线上发展的，年龄可想而知了。前年才吸收了一个，还是他大给儿子通的路子。这个人进了党，思想呢，还在野地窜。不交党费，支书竟在一家的红事礼桌周围追着要，最后还是他大给代交了。那么多人面前耍这丑戏，他当支书的脸都不红一下。可想这种党员党性了！每月两毛钱也不交，算啥党员！大家说这算不算新鲜事！算不算是大笑话，这个新鲜血液里带着甚菌，不值得思虑吗？这就是当支书当出的光荣！‘先进党支部’‘模范支书’够格吗？”

孙耀辉看时间不早了，知书记下去要开常委会，站起来说：“各位畅所欲言，反映的意见很宝贵，我们都记下了，大家所提的，作为后段工作的任务我们努力解决。林书记太忙今天还有会。是不是就先谈到这里吧，还有要说的就向工作组反映行不行？欢迎当面讲，写材料也可以。”

林书记温良地说：“会是不影响的。让大家说完。我晚间迟下去没事的。”

大伟对来的几位说：“书记有事，我也同意谈到这里为止。”他向林书记恭敬地笑笑，道：“谢谢您能听我们的呼声。请你理解民意，重视民愿。”

林书记合了笔记本，目光一直在大伙身上流连。他说：“今天能与大家面对面交流，机会实在难得。我非常高兴，非常高兴。大家的心愿我非常理解，你们所谈的问题，有一定的代表性，具体又典型，谈得理性，语出内心，意在发展。对社教既是促进，又是一剂良药。充分证明了广大群众对社教的信度、支持和期望。下面我想利用机会结合大家的意见说几句：

“工作组的同志今天全在，也听了。今天来的村民，都怀一颗公众的心，良好的愿望。积极的态度，全是为了早日脱贫，早日富裕起来。目的是肯定的。这是新的历史时期，广大农民对党和政府的信任和依靠。我们不能愧于百姓，妄为‘父母官’这个美称。你们有意见有诉求，用访的形式是你们的合法权利，也是法制渐渐深入民心的新气象。民主是社会主义的特色，今天大家反映的问题，都是违背民主的行为。善于倾听民主意见，努力解决实际问题，是我们干部的职责。不作为的作为是失职。我再向乡亲们说说，大家始终要明白，我们还是社会主义，基本路线要管一百年不动摇。天下还是共产党的天下，天，四季都是蓝的。有时天空可能会飘来几朵乌云，出现短期的阴霾，或有几声雷霆，有几道电闪。这些注定都是短暂的。太阳总是永恒的，光芒的。没有党的领导，改革就没保障，四化也无从谈起。大家提到‘文革’前的社教。那个社教叫‘四清运动’。那是以阶段斗争为纲，中心是‘四清’。历史的讲，那是在极‘左’背景下开展的。那次运动后来又成为‘文化大革命’的序幕。我们这次是农村社会主义思想教育，以‘三个教育’为纲，以发展经济、奔小康为中心任务。这次有两个不整：即不整干部，不整群众。所以，听名都为社教，而指导思想，中心任务，方式方法等都不同，不同的要害是指本质。希望大家能明确。你们提到的干部班子、财务问题，是这一阶段的任务，要整顿的，大家请放心，希望协助工作组搞好‘整顿’任务。”

“看大家还有什么要说的，你们意见、要求我记着，工作组也记着。”老孙站起来向大家恭手应诺。

在座的站起来热烈地鼓掌。书记临走对孙部长叮咛：百姓的疾苦忘不得，民众的心凉不得。对农民任何时候不能高高在上，不能脸若冰霜薄情寡义，也不能有任何偏见，更不能歧视或挞伐，不然，会离心离德的，加速信仰危机。得道多助，应时刻记住这句古训。

书记的车开走了。十多个人向着车开去的方向，站了好久好久。大伟说，真是阎王好见，小鬼难见。没想到大官这样好。说话和气，句句贴心。事能不能办，人听了心里舒坦。好话瞎话都细听，没一点大官的架子。你看咱村上那几个货，整天绷着个臭脸，阎王殿的判官，牛得皇上他爷一样。个个是咱的爷，有事进庙烧香，还嫌香钱少。

冒子扬起声道：“今天见大官，人觉得暖烘烘的，听了他讲的话心里滋润，想生气都生不出来。相比咱村上那几个搋毬都怕亲动手的煞神，别指望领大家共同富裕了，再领几年就引到沟底死谷了。”

深灰的夜幕已拉下来，放眼是一片浮动的灰影。朦胧的月光时收时洒，村上的那条土路仿佛绽开的破带子，穿过两边住户的房屋中间，紧贴大地肚皮伸去。这几个平民百姓站在这样的路上，感觉眼前似有条宽阔大道展现在了脚下。

12

诚石和荣凯商议，想借社教东风，把二组闲置的一家独院子的六间房全利用来，办个幼儿园搞个公益。望社教组协助。老孙问这是谁家的地方？荣凯说：“我问过老支书，这是村上一户农转非的人家。他家欠村上账多，顶账给集体的。76年大地震，让给两户受灾人家住着，现在这两户人新房已盖起了，刚搬走十多天。”

孙耀辉说，咱们的思路是一致的。幼儿园很必要。一是农民生产忙，家里顾不上照顾儿童，二是打工的越来越多。大人出去了，把孩子都甩给老人，老人又操不到心，误事误人。这样吧，村民对泯义出租学校意见大，经与镇政府和学区研究，三年级以下的本村的孩子回来，近几天校院教室整修一下，就可上课。其余的教室把幼儿班放进来。那个院子先不考虑幼儿园。荣凯说那就把农民学习文化、学习农业技术的地方放那儿。宽敞又清静。老孙说，好啊，我也这么考虑。社教已转段了。就是要为民谋发展。你们和村委会通过气吗？

诚石说，我问过国玉，国玉不管事，后来他还是过去那句话，支书说行就行。我看过了，那地方院子还挺大的。从外看，房子是安全的。再说，刚住过人。收拾一下就现成可用。荣凯说，我专去请求过支书，他冷淡得很，说，往后说吧！往后到什么时候呢？靠他支持当下可能不行。孙耀辉说，村上几个干部表面是背着包袱，观察形势，看着动向，自动撂挑子，实则是怕丢位子的。大有给工作组摆阵施压的意思。你俩倡议办幼儿园，支书放话：社教工作组想为自己脸上贴金，建功图名，还不如让地方闲着。这种思想意识，作为一个党员，我为他难过。他咋能这样思考问题呢！为百姓办好事实事，谁能把名和利放到最前头？为百姓办好事实事，让百姓得益受惠，怎么能和贴金撑面子扯一块呢！是这样，你俩先按咱说的方案准备，我再和支书主任商议这事。有眉目我告诉你们二位，好吧？

荣凯说，只能这么了。他顺便递给老孙一篇文章说，我以咱办文化室为素材写了一篇小说，叫《挂像》，请你提个意见。另外我找了一些资料，以村民和县委林书记对话为题材，准备把下期板报改为问答形式。我意思再办一期关于这次社教的再宣传，从思想上提高大家的认识，才能深入推进转段后的工作。

孙耀辉很满意这个选题，说，据林书记接待群访情况，群众对有关政策还是混淆不清的。以为社教就是搞运动，既是搞运动，就有批有斗，要大换血的。你熟悉群众心愿。这一剂用了，肯定会帮他们提高认识，坚定信念。

诚石很赞同荣凯的认识和对未来的展望、努力。他说，我先回去做些准备。

荣凯没先回家，他先去了田禾家，叫上田禾又去叫大伟、大鹏、鲤儿等。他要借社教东风打造一个理想的青年航母，作为白墨村强盛起来的航母。

13

社教挂起的意见箱，这几日又憋得胃满肚胀。这与村民听说社教期满临近有关。

老孙打开箱门，里面揎得坠了下来，他又惊又喜。拿回办公室，堆放到桌上。他一页页敷展，一句句往下看。头遍看完，花了一个半小时。他还是分类整理了起来。又仔细再阅。焦点这次比前几次更集中，第一是强烈要求撤换泯义的支书；第二，清这多年村上的经济账。意见箭一样的尖锐，语言火一样的灼烫。其中有几份是联合签的名，特用粗笔描了一句口号：“我们要为真理而斗争”。好家伙，强烈的迫切感，让老孙坐不住了。他把烈焰熊熊的重点意见，用红笔杠出记号。通知工作组的组员来开会。关明哲、王友仁、洪钟秀、张七雄来后，孙让传阅了几份主要的意见。再议如何落实的措施。决定晚上再召开全体党员和村民代表会议。白墨党支部在册的是19名，实到12名。还吸收了6个要求进步的青年：冒子、肖肖、田禾、大伟、大鹏、鲤儿，村民代表有胜胜，轲亮。这次让村干部回避了。孙耀辉转达了村民顾虑和意见，讲了对待的办法。

会还是和风细雨的。大家一致意见是先清经济。关于班子，孙耀辉掌握着上边的政策、原则，他以个人的意见说："这个问题还得慎重为好。以稳定为要。"

对清经济，参加会的表态，基本是两个字：可以。但对班子采取"加固"的办法，都拂囊着鼻子，离开了会场——大部分保留了意见，少数几位态度是：听社教组的。

泯义没参加会，向家走了个半途，又返回来等会散了，说，孙部长，我已看到自己的下场了。到站了就下，我也不想干下去了。希望你也不要违民意。

说毕，没听孙的意见就走了，其实他还是试探自己的根基到底是动摇还是稳着。这时，碰上了返回来的荣凯。泯义用眼瞭一下，脚上带着重重的力，急步走了。

荣凯来到孙耀辉那里没说什么，只拿了新近几份报纸就走了。

过了几日。经工作组和镇社教领导组研究，镇党委同意，决定增加一位支部副书记，一位村委副主任，协助两委工作。孙说，副支书提一名，主任提两名，最后各选一。后天无记名投到意见箱。

14

为物色好一个村民理想的、认可的、拥护的副支书，副村主任，工作组孙耀辉特造访了健在的几任前支书，分别听他们心目中的人选。又通过听、访来验证候选人的群众基础。通过基础预测白墨人的未来。

第一任支书已故三十多年了，他来到第二任支书白福儒家，他已85岁了，身体硬朗，精神矍烁。每逢三六九集，还能骑着老掉牙的飞鸽，去四五里外的镇上赶集市。他在村上的辈分高，多数人称叔呼爷。他生性喜与人往，所以卸任后，了解村上的人和事也全面、准确。

老孙拜见他时，他和老伴刚吃完早饭，坐在炕上正收拾了盘子。见到老孙，老太婆麻利地下炕，准备提起条帚扫炕扫脚地。老孙挡住道："都是自己人，坐一块聊聊闲。"福儒端上笸篮自己抽旱烟，把哈德门香烟给老孙。茶泡好搁茶几上。自己顺手拉出一个马扎坐了。

老孙发现窑右处，有两口塑料膜苫盖的棺材。他笑笑，你二老已把"房"给自己盖了啊！老支书笑道，都这副年龄了，我说阎王爷可能把我忘了呢？他请，我随时到！

老孙笑道："忘了好啊！说明你还没够格到他那里报到呢。"二人又说又笑地对面坐了。

老孙看了里面传统的老旧家具，怀着崇敬说："毛泽东时代培养出来的党员，仍然保持着艰苦朴素的优良作风！可贵可敬啊！"

老支书听了说，跟不上步子了啊。老支书以为他没参加会，老孙是来批评他的党性的，所以先认了过。说，晚上开会我实在不方便，缺席了，这样不对。老孙说，高龄了，不能参加我理解。你来家里人也不放心。老支书问："您来是社教方面的精神吧？"老孙说是的，还涉及到村上些实际的问题想和您聊聊。老孙先从他的家庭破题。问道："老支书你几个儿子？"

老支书："三个。"

孙："他们都住哪儿？"

老支书："都盖了新院子。就在跟前。"他随指给老孙。

孙："你为啥不去享受新房子的福气？"

老支书开朗地笑道："我住我大给我盖的，他们住他大给他们盖的。"他说得痛快，幽默，风趣，笑得很爽。他说，"你没到我这个年岁上，说老实话哩，人老了和年轻人住不到一块儿。住不到一块不是儿子多嫌，是为清闲。人到老年就喜欢暖窑热炕。住土窑舒服习惯，两个人也安静。现在还能照顾自己，到不能自理时，看他们怎么办。”说着又乐观地笑了。

二人说笑间，他老伴摆提个小竹笼笼，坐门外一棵核桃树下的石头上拆旧衣服。把拆下的破布片一片一片敷平叠好，一句话也不说。阳光悄悄地洒在她身上，一群鸡咕咕咕在脚下扒布絮。小花猫忽地蹦上她的膝盖温顺地卧了。一会儿朦起眼念经文。

老孙看着大娘如此恬静安逸的农家生态，有股幸福的感觉。他问：“你干了多年支书？”老支书平淡地告诉他：“共产党打江山，我跟着打了三年多游击，后来土地改革，查田定产，合作化跟着干，只任个副手，我的前任55年就下世了。我是接他手从55年干支书到66年被打倒为止。按红卫兵说的，踩上一只脚，永世不能翻身。谁知我还是翻了过来。”他说着笑着。老孙问：“你对现任村干部有什么看法？你对咱支部或村委会后备新生有数吗？”

老支书早有思考地摸了下胡茬，掸了掸旱烟锅，又装上一锅吸着，坦诚地说：“唉，农村干部嘛，打几个滚还是个农民啊！土生土长，应当为咱农民自己服务的。以前不像现在挣工资，那时的报酬就是记一个中等社员的工日。其他什么油水也没的。那年代运动多，折腾大，村上干部还是没黑没明的，天阴天晴都趟着身子干，谁敢要求个人的什么呢。每年青黄不接的二三月，有次反销粮，年关有点照顾款，十爷九供下到生产大队，生产队基本上是公正供给该供的户下。干部想暗吞，还没那么大的胆子。现在村上正头儿，每月补贴从200元不断地增，已长到上千到两千听说还要提，又实行了正职连任15年还领固定退休金。就这样的待遇，他还不满足，胃口越来越大。实事好事没干几件。吃喝嫖赌倒创了纪录。我看这都是上边给惯的病。政府给农民政策性补贴越来越多，他们日神捣鬼，先利己再分配，先满足圈子里边的关系户，然后才考虑那些吃了几代领导人好处的老照顾户。庙小神大已成为咱们农村支书主任的神气。这与大环境的影响，比如物质的丰富，比如腐败的环境，还有攀比的意识，权力的滥用，总之，情况复杂，一时也说不清。老孙同志，我们那年代过来的人，不会说虚话假话，说让上边高兴的话。哈哈，我这些心里话，是只对知己的才说。”

“没什么！个人的感受和看法嘛！”老孙说，“你下来的几任咋个样？”

老支书说：“我被打倒后，也生了场病，上任的是白存会。存会后是白有林。这两位基本顾大局，都比较本分、实在，工作跟着中心转，没有突出成绩，也没多少强烈反对意见。那可能与大锅饭有关。集体利益与个人利益血肉一体。凭工分吃饭，社员也事不关己。谁吃集体，集体养谁，都不管的。有林后来交给了元魁。元魁工作也是平铺直叙，照上边文件行事。人也比较正经，没多胡来。接手后几年土地承包了，他因计划生育犯错误撤了职，墨泯义接了手。他接支书本是不够格的，那是趁了机会，碰上时运。当时真的没有党内外群众打心底认可拥戴的好人选，加之他在下边活动就上任了。当时村民一片呼声说，槽上没马把驴牵出来了。”老孙插话：“这么大的村子，才十多个党员，真的是青黄不接啊！”

福儒感叹道：“现在的党员，一半是我手上发展的。后来几任发展都不多。这与宣传和党员模范作用有关。泯义手上只发展一二名。按党章条件要求就差劲了。所以目下基本老化。而且多为文盲半文盲，思想难免落后于形势。干村上的事，不要看是农民，还得有文化的人来主持。”老孙插言道：“老支书，从你的了解和听村民反映，年轻党员里有看中的吗？”

福儒老人忽然眼闪光亮，身子挺了挺坐端，响亮地说：“现在是年轻人的世事，是有文化人的世事。农村要从根本上改变，必须有一个好的领头人。我说的好，不是一般人心中的好。是上边下边都公认的那种好。咱村上这几年回来的初中生不少，高中的也有几个。高中生中有一个叫白荣荣的，官名叫荣凯，这个娃听说在校就入了党，很优秀，多次评为三好学生。他放弃了考大学，是一心回到农村来的。这娃诚实、安分、素养高。他爷爷是个老革命，烈士，他大是个老实农民，过去是讲成分的，现在不讲这个了。家庭情况对一个人的影响很重要。他是在校入的党。学生时就能入党，证明他信仰的坚定。回村后，时间不长，影响很好，深受村民好评。是个可培养的好苗子。现代办事兴青年人，我看，村上的希望就寄予他了。他磁石一样团结了周围一把子年轻人。老孙，别忽视这股新生力量啊！如果他进了班子，我担心泯义会被搅得放不开手脚。”稍停，他感叹道：“泯义这个人啊！让人咋说哩，干，不好好干，撂，他又舍不得撂。不拉屎还强占着茅坑，怎么行！不知他是怎么想的！社教又是如何考虑的。这次，趁社教一定得选个好苗子好好培育，让把基打下。这样全村人才能放心。”

老孙听老支书提到了泯义，便顺茬插话：“你对他本人和这多年工作有啥看法？”

老支书不假思索，摇了摇头说：“这个人啊，真让人无从说起。他这个人，脑子够使唤，做事太有手段，能挟住各种人。他要做的事，不管你反对还是拥护，都以霸道独断达到目的。私心太重，个人生活作风臭，这方面风声很大，影响确实很坏的。群众反对强烈。村民多次向镇党委反映，没被重视，有的领导还说，那是个人隐私，是私生活，成人和成人，双方情愿，就算不了大节。唉，看农村干部，咋能是这种态度呢。上边主要看能不能推动工作。所以支部还多次被评了先进，他自然也成了先进，还选为出席县人大代表。群众一看他被层层光环裹着，就说，人家有根，小风撼动不了的。所以他始终任性放荡。他是这样的行为品性，村上经济发展显然滞后于周围村子。老孙同志，我一个人的话，或许有偏见，你可以听听村民的呼声。他干的时间长了，心态已变了，倚老卖老，摆起了资格。把人民给他的权力，党给他的荣誉，已私有化，特殊化了。任意消费着公有资源，消费父老的情感，消费他盯上的女人的贞操。到现在，他胃口大了，胆子壮了，病根深了，心胸野了，眼睛馋了，势必就和民众距离远了，难怪成了孤家寡人。虽然身边还有几个溜尻渠子的人，整天瞎嗡嗡着，那是要利用他的。从前景说，泯义这种人迟早得下马，如果再继续下去，白墨村就倒八辈子霉了。村民盼这次社教，能从根上解决问题，导引千多口人走出峡谷。声浪一片，我想你也理解。”

谈话不知不觉过去了一个多小时，老孙看了看表，握着老支书的手摇着说：“感谢你能赤诚坦言，毫不保留观点，你的谈话对咱们社教启发很大，对咱们的社教也是真心的支持，谢谢。”

老支书留他吃饭，说老婆擀面还不错，吃过再去吧。

老孙说今天不了。先留着有机会来吃。他又急急去了白存会家。

到白存会家这是第三次去了。存会昨天是参加了支部会的。他是个木匠出身，由于长期骑着木凳子刨光木料，双腿已经固定成个“（ ）”型，活似括号。蹴下去起身得一手撑地，很艰难。背也驼得厉害，像扣着锅，他曾任六年支部书记，那正是“文革”大乱，疾风暴雨过后，有短暂的死寂。因为他在公社木业社当过部门的负责人，他回了村，公社党委就把支书担子放在他肩上。他家是贫农成分，依靠的对象，他就没推卸担当了起来。脑子里多是“大跃进”年代装入的烽火大队那一套干法。社会上虽然高喊“抓革命，促生产”，实则是以革命压生产，冲击生产。面对逆流，他阳奉阴违，不能不跟着“左”的路线走。边走边周旋。他想尽办法和贫下中农组织，造反派组织组搞联合政府，共撑白墨这片天。他同周围几个村的支书碰头，几次协商，联合成立了“三忠于”毛泽东思想宣传队，巡回唱样板戏，宣扬“龙江精神”，赢得一个引水工程。把白墨村清幽幽，冬暖夏凉的深沟泉水引了上来，解决了全村的人畜用水。这是他倡导干的一件成功的事，一件几个村的民众称赞的大好事。他还想学烽火那个劳模王保京修居民新区，要把土壕胡同两边，全修成花园式住宅。自个儿爬灯下绘图，实地规划。后来“文革”越搞越乱，一年比一年升级，搞得天下大乱，茅子尻子不宁，社会不可收拾。人心拢不齐，凝聚力消失殆尽，终以失败告终。他的这个梦想破灭了。给他留下了遗憾。

存会好谈，他讲了自己的出五关，斩六将战功。对目前村上支部书记本人，对急需培养新生力量提出了建议。和福儒老支书的观点不谋而合，他极力举荐荣凯，认为这是一个有志于农村，大有作为的好青年，好材料好坯子。培养他一定没有错。他笑着说，千里马还得惠眼识啊！

他又说起，他下来接任的白友林。友林参过军，后转石油队干了多年。饥饿年代眷顾家才回来。接他手干了三年村支书，学大寨按公社规划在平展展的坳心挖了五亩大的涝池，搞什么水浇田。咱是黄土高原，多有旱情，三百六十天能下几天雨啊，哪有那么多雨水积蓄呢，但主观上还是为民造益的啊。那人固执得很，谁请吃饭也不去，后来生病死了。交给了元魁，元魁也没干下几件利民的事，不过比较而言，他还干净些，没有多少坏风气。后来交给泯义，这一交，就不要传统了，不讲规矩了，把纯正的民风民德破坏了。搞得人怨天怒的。“我说这些，是供你参考的。社教这么些日子了，你也了解不少。现在，以前的村干部，包括我自己，都是些跟不上形势的人，只能听吆喝，没有创新意识，没有带领村民走新路子的魄力。白墨要发展，还需培养全新的人来举旗。”……

一整天时间过去了。孙先后去了三位前支书教，听了五位村民意见。对上次会提到的两个方面，从采到的意见建议，汇总结果是白墨村支部划为二类不够，划为三类却似乎是太下了点。暂为三类。增选的副支书人选比较集中，百分九十八九提了白荣凯。另有一人提黄致祥。增选的主任人选有三位，他们依次是白大伟、田禾、白大鹏。按三人选二的原则，最后分别由党员大会和村民大会选举确定。

老孙和工作组人员交换意见后，向村支书和主任通报了情况。征求泯义和国玉意见时，两人奇怪的相似，都是轻飘飘地一笑，没异议，说，欢迎新生力上阵。

咱是炮（公）牛卵子吊不了几天啦！他二人落魄地说。

第二天村上疯传着这么几句话：

“是骡子是马拉出来遛遛也好。”“牛犊子驾辕，看他能不能稳住阵脚。”好，那就拭目以待吧！

15

又是新的一天，早饭后。泯义的老婆从伙房出来，突然问泯义，凯凯这娃这几天来了多回了，有啥事？泯义气嘟嘟地用脑勺回答，弄啥来了？是抬槽来了。老婆把这类话已听不止十次了。她知道说的是什么。她顺口道，这槽还要人家抬？去拆？我看你早早的撂脱吉利。说也怪，每到关要时，致祥和轲亮就被魂勾来了。轲亮笑着问：“你两口子说啥甜蜜话？投入成那样。”老婆见来人很快离开。泯义从熟悉的声音知其心，把和脑勺对应的那部分现过来。表现出欢迎的样子，三个物以类聚的人，聚在客厅的长沙发上，致祥掏出猴王香烟，三个人各吸一支，轲亮的打火机已经燃起了火焰，三股白烟从三个嘴巴六只鼻孔发了出来，先是一阵沉默。才各表一衷。

致祥：“支书，增添的副支书是荣凯那小子。”

泯义：“明茬摆着，我早就看出来了。事实证明了我的眼力。我提的你，没争上席位。”

致祥：“原来那一票是你的！感谢了！可惜，人家把咱没看做一路人。就是进去，班子里也是受排挤的对象。”

轲亮感慨万千，失意地说：“这小子进去了，翅膀硬朗后，就会架空晁盖的。”致祥颇妒忌地说，“他放大学不上，回村就是为了‘闹革命’，创个根据地改朝换代嘛，这下给露馅儿了吧。野心勃勃！”

泯义面向致祥：“你别小看荣凯那小子，他满脑智谋，你不甘拜下风不行。你呀，弄不出名堂，只能是个嗡嗡叫的小苍蝇，我说这句话你别见怪，也别太泄气。那天会上，我说了压心里好久的几句话，发泄了些怨气，你呢，够明白的，一个屁也没敢放出个嗡声来。但是提副支书人选我还是没忘了你，希望你能占上一席之地。以后替落架的凤凰遮个荫。说真话，荣凯是个人才，有文化，有理想，能说能写，文的武的都能来几下，遇事有点子，沉着不乱，处事把握度，人际关系处得好。你得承认人家啊！将来他上台了，村民拥护那是无疑的。至于以后私心会不会膨胀，工作会不会出大岔，这谁也不敢保证！”轲亮大白眼翻了翻，厚唇上翘了翘，带恨地道：“新沙皇比老沙皇厉害？你没听过？前任的养肥了，后任的瘦坷朗又得养，这话村民成天吊在嘴巴。他上去到那位子上还不是个变质分子？”泯义听到这话很不自在，说：“群众嘴里有好话吗？分明是坏我的，恨我的，你也当真！什么养肥了养瘦了。”

16

老孙和镇社教工作队曹队长，就白墨村这一段的进展，和将继续要搞的工作交换了意见。曹说，这期社教眼看到期了。怎样才能留下一个“永远不走”的工作队？县委林副书记，特别强调社教不能一轰而来，时间磨到屁股一拍四散离去。过程走了，好多的问题还留着。最后呢，只能招骂名。

“那你认为还得抓哪些方面？”孙耀辉说，“请指导。”

曹稍作考虑道，首先要建设好基层组织，把党支部这个堡垒，坚固地树立起来，树立在广大群众心目中。树立的班底，应是能带领大家奔小康的一个班子，应是党员和村民认可的班子；其次，要把完善土地承包制工作做好。给群众吃个定心丸。不要产生“变”的思想，当然，建立农村财务管理制度，建设文明村，搞好社会治安等工作也是必须要做好的。扎实打好这些基础，才能保证主轴润滑运行，不在关键时刻出故障。

提到“堡垒”，孙耀辉说，白墨村是镇上大村之一，但是党员少，团组织无名无实，只几个团员还是散兵。有的还忘了自己是团员。党的先进模范作用，实话讲是很难给好评的。曹问原因何在。孙说，老党员本无多少文化，基本是老化的。政治素质较差，最突出的是无后备力量。这是很值得关注的严重问题。曹插话：“这是农村较普遍的一个问题！”孙接着说，造成的最直接原因，是支部书记的不作为和违纪违规。他的不良作风影响了他的人格。成为党风，民风和精神文明的污染源。这个人很不自律，过分放荡，又不接受批评，在男女关系上，长期不改，影响极坏，村方家喻户晓，人人指责。因此，他说话没几个人真听真从。越是这样，他就只能用权势压，。他的行为，据不少党员讲，镇上驻村干部听之任之，村民把不满反映上去，没得到足够重视。认为这是个人私生活，太计较了会影响积极性，不利于开展工作，同时，还给以荣誉。如此姑息，久之村上原本纯正的德范，良好的传统衰败了。伦理更加混乱糟糕。曹队长听了说道，支部书记是一个公众人物，是代表党的形象的。孙看着曹的表情说，党员和村民把动还是不动墨支书，看做社教是否有果的标准。其他的都看作次之。若让继续稳坐钓鱼台，霸住茅坑不拉屎，不足以服众。动，又是怎样一个动法。这一段时间，党员和我谈的最迫切的就是这个问题。认为，不疏不流。书记换了，一河水就开了。有的还不止一次。至于村民要求就更强烈了。曹说，党内外群众的认识是正确的。事实证明，建设好农村支部班子，选好一个支部书记，直接关系这片天地的前途和村民的福祉。老孙，我先听听你的意见。

老孙直接表态："我认为换是必要的，也是必须的。至于什么时候得慎重。"

曹："这样吧，你考虑行不行？"

孙："请说。"

曹："关于白墨村支部书记，我考虑也长了，我在镇党委会上提过，和镇党委书记也多次交换过意见。为了稳定局势，让新老交替平稳过渡。白墨村支部书记采用掺沙子的策略，村委会也可采用这种办法。你们不是都民主提议了候选人吗？这办法很好，先让新人掺入去，选好了，只要是好苗子，经过一段磨练，就会成为堡垒上一块合格的砖。"孙说，我们已送了选举结果。曹说，你能再说说所选者情况。

孙耀辉说："副书记全票通过的是白荣凯。这个年轻小伙有文化，有理想，有组织能力，善动脑，工作方法多，能团结周围群众，很有党性，话语贴心，诚实公正，处事总想着多数人的利益。他热爱农村，村民也信任他。相信他进班子，一定会从本质上起色的。身任副职，虽还未拿掌舵定向大权，可他的支配作用已经存在了，锻炼一段时间，是会拉套扛梁的。”曹说：“这是你考验证明的，那白墨堡垒上这面旗帜就有人举了。明晚你通知全体党员会，我和镇党委田书记参加，宣布荣凯任副手的批文。”

一天后的晚上，党员首次无缺席地出席了会议。

镇党委田书记在场，泯义不得不亲自主持会，孙耀辉学习了党章有关条文后，田书记庄重宣布了党委的批复，全场一片掌声，真正的是经久不息，热烈得令人振奋。孙耀辉走到荣凯面前，说，小白，你说两句话吧。大家又一次鼓掌。站起来鼓掌，这在白墨村支部大会上是头次。

荣凯站起来向台上几位领导鞠了一躬，又向大家深深鞠了一躬，说：“谢谢组织对我的信任，谢谢全体党员对我的信任和支持。我党龄短，还很不成熟，农村工作经验欠缺，要担负这么重的工作担子，还得依大家监督与帮助。能力得好好锻炼，但热情我是自信的。立志农村，建设家园的初心是坚定不移的。今后的日子里，我不会辜负众望，向每个党员学习，向村民学习。借此，想向领导同志们说几句心里话：大家信任我，支持我，我一定会为村民服好务，决不搞特权，绝不会把‘支书’当官做。如果要说是个‘官’，永远是个农民官。永远接受农民的检验。农民官是来自百姓的始终接地气的官，和农民心贴心的官。手中有权，绝不会高高在上，眼里不放百姓，不放父老，当老爷。各位领导，各位党员同志，我会珍惜能为父老服务这个机会的。干新时期农村工作，我不会凭一时之冲动或心血来潮。一片土地一方天，白墨要真从根上兴旺起来，必有忠于这片土地热爱这片土地的人。白墨村都是忠于和热爱这片土地的人。广大党员就是撑起这片天的人。我回农村后，实践给我的启发实在是太大了，农村需要青年人！更需有文化的青年人！现在村上正好回来了不少伙伴，我们会群策群力，协助和支持支书工作的。这些青年都是热爱自己家乡的有志者。诗人艾青有句诗‘为什么我的眼里常含泪水，因为我对这土地爱得深沉。’中国第一村华西村，陕西第一村袁家村，改革开放第一村小岗村，所以冠号以‘第一’的经典词，首先是有一个典范的两委会班子。这个班子都是能发挥集体领导的智慧，带领全体民众干实事，闯新路，让大家都富裕。他们是白墨村的老师，是白墨村的目标。当然，白墨村的来日更离不开上级党委的领导和支持。”

荣凯的即席演说，又博得第三次掌声。几位领导站起来带头鼓掌，萦绕不息地传达着一种真诚，一种力量，一种厚望。

会散了，走出会场的路上，有人说，荣凯这个青年人，说起话来景德镇的瓷器，还一套一套的。很耐味啊。这回算瞅准人物了。

有的说，别看他还是个副的，可算个准支书了。谁能知泯义这回是咋想的？回到家，老婆问吃面条还是饺子。泯义狠狠地骂道，真不知道天高地厚，自以为老几？你再能脅天，能脅驴，我不解缰绳，干急死你！老婆听了莫名其妙的骂声，出去了。

这一夜，有两个人彻夜未眠，一个是泯义，一个是荣凯。

第十五章　风宁致远

1

早上起来后，荣凯端了一盒彩色粉笔，一盒白色粉笔，叫上田禾就去换板报，这期是普法宣传的第四期。是配合社教抓社会治安综合治理的意见。这篇稿子是他和老孙拟定了提纲，由他编写的，准备三个版面一次登完。田禾已画好了版头插图。让荣凯写字。荣凯说，我的字能上墙吗？还是你承包了吧！田禾说，我的字还不如你呢。我看你是安心叫我一人干的是吧？荣凯说，你这样认为，你就来写吧。你的粉笔字写得好啊，美得和你一样端庄。田禾把沾着粉笔沫的手伸过去，轻捷地打在荣凯肩头。荣凯佯躲着笑道，好舒服啊！再来一下吧。田禾止住了，说，你要挨，我还不给呢。我舍不得手上的粉笔尘。玩笑是玩笑，荣凯还是抓紧时间写，田禾捧着稿子念，连标点符号都读，已写了大半版面。肖肖，大伟，大鹏几个人找着来了。他们说，老孙让来叫你。荣凯从凳子上跳了下来，揉了一下鼻子，问啥事。田禾见他脸上沾了粉白就笑。几个人一看也都朗声地笑了。这伙小青年的笑声，给清晨恬静的村庄注射了兴奋剂，快乐的主旋律即时传布开去。

“啥事快说吧。”荣凯边擦脸边问。

肖肖说，县幼儿园的车给咱把赞助拉来了。

“哎呀，太好了，太好了。”荣凯蹦跳了几下，随手在路边揪了一把草蹭了蹭手，给田禾说，“你写完后也来，我们先走了。”急跑着说，“老孙可帮咱大忙了。”到幼儿园时，老孙已经在那里忙活着。大家齐动手卸下车厢里的跷跷板，木马，跳绳，皮球，小汽车，还有二十多套小桌凳以及教育局和文化局赠送的300套儿童读物，30张卡通画。肖肖专招待司机和随行。喝过了茶，走时，一位男老师指着一位女老师给荣凯说，这是刘茹老师，幼儿园决定让她留下来支教15天。老孙和荣凯热情地说，欢迎欢迎。田禾写完板报也急着来了。荣凯给她说，这位刘茹老师是帮咱的，吃住由你负责招待，田禾喜得随口道：“有朋自远方来，不亦乐乎！你就放心好了。”她牵着刘老师的手说，先去我家吧，喝水休息。

诚石刚到家。听到消息，也热乎乎地来，帮着摆设。全村得到喜讯，一片称赞，一派欢欣。小孩有人管，在外打工的安了心，守家务农的放了心！

2

白墨村的可耕地十之有九是平原地。山坡很少。合作化后，三组分的是老城堡十几条小坨。四组二组是袁家山和余家岭，听说是岭是山，合起来不过二十来亩坡坬地。（白墨村并无袁，余二姓，没人考察，不知名是怎么叫到现在的。）袁家山原为一组所属。为平衡山坡地，也为都能吃到柿子，才调整给了二组的。一组仍分了火石湾和衡家山。这样，几个组的人都有柿子吃。公社化时，树上柿子不等成熟带色，中秋节前就被偷得稀里吧啦，树枝梢头挑几个灯笼，还被鸟儿盯着。整个秋收完了才统一摘。按人口分等级用秤称。人均不到二三斤，数一数不过七八个。有一年人均不到五个，大水柿每人一个，还有一年水柿两人分一个。土地承包后，柿树统一编号折价，按人口参照分地亩数，中年大树有两户一株的，有三户一株的，老树、小树一般都评价低，多为一户一株。

物以稀为贵，树分到了户。这种树耐旱，对土质和生长环境无太苛要求。勤快的人家每春都挖树周围的荒草，还上些土肥再把土弄松，亲娃娃一样待遇。为防某些手脚不好，照管自己的偷人家的行为，每到秋来村上就派一人看山护柿。花狗就是一组选派的看山人。待秋深红叶满树，累累柿子与叶不分，火焰般燎起，鲜艳夺目，映到遍山彤亮时，方统一去收。这天拉车挑担，各户都能收得几大袋。硬的酱着（去涩味）吃，晒柿饼，软的拌炒面，做醋酿酒。物尽其用，一颗也不浪费。

说来也怪，自承包后，每年都是硕果满枝。今年，更是大丰收之年。每树比往年长得都喜人。由于收苹果，秋播，秋收，柿子比往年在树上多挂了几日，软的就多了许多。各户得到去收的统一时间，都连夜做好准备，梯子，绳子，筐子，袋子，车子，等等。天刚放亮，满村子就有人噪号着出发。抢先恐后，怕那些眼角小的混水摸鱼，打着摘自家的幌子摘别家的。

一组七成人柿树分在火石湾，跑路远，要经几村，还得爬长坡。大概五六里路才能到。三成在村子西头的衡家山，不到一里就到，而且路较平。架子车直通树下，省人省力。坡最大30度。国玉家人多，五个儿子都娶妻生子，已十余口人了。所以在这里分得一个中年大树。国玉领着两个小孙子和一个儿媳拉着架子车，快快乐乐地来。车子上放一麻质长绳和竹梯。到了树下，孙子眼尖，盯上了几个软柿子，要上树摘吃。

国玉拽了下来，训道：“你猴脚绺手的，掉下来要了你小命！好好在下面接笼。”儿媳妇要上树摘，他也挡了。说，你到园圈奔着折就行了。我一人上树。他把梯子靠硷根，上部分依在树枝上。梯一旦负人，就闪忽起来。一弹一弹的。他接着笼和绳索。先把笼挂在树枝，再用绳子把梢头细枝拢在梯子周围，如此绞拢在身边，好摘也安全。这是柿园人家传统的采摘办法。孙子昂头看着爷爷在上边开始摘了。喊着要软柿子吃。等不急地连喊。国玉看身边树上的人工序还没好，就叮咛：“都得站稳了啊，小心！”说毕，想伸手去奔头顶一个细梢，摘下红彤发亮的小灯笼喂孙儿馋嘴巴。脚同时向上攀了一阶岔，站在胳膊粗的横枝上，手向上猛奔，脚的力量无意间加大了。上边的枝没逮牢反弹了一下，体力全鼓在了脚下，嘎崩一声脆响，只听“哎哟妈呀”的一声惊呼；国玉和断枝甩到硷根又干又硬的墙上，随之又反弹到树身上。树下的人吓呆了，不知发生了什么。待反应过来时，看着国玉嘴只张了几下，一句话也没说出口，双腿就蹬直了。这时，各树上的人全下来。突然发生在面前的惨景，吓得大家都不说话。国玉脸成土色，口流鲜血，双目已闭了。人们赶紧跑着叫他儿子。儿子要送医院去。几位老年人说，这娃傻了吗，你看人已殁了多时了，快往回拉，该办的事快办去。

这事发生得太突然了，也太吓人了。不幸把人的情绪一下子煞蔫了。有的只摘了树围的，有人干脆不摘了。噩耗传到火石湾，树上的人也全都下来了，搭梯的，拿绳的也收了摊子。

人的生命太脆弱了啊，几秒钟就没了一个鲜活的生命，气绝成尸，像那树枝，只嘎了一声，就脱开了母体，变成一枝独独的干柴火。

国玉的安葬是在村党支部和村委会共同主持下办的。

没有开追悼会。这事前后仅五天，泯义、荣凯、大伟、元魁和孙耀辉都一日几次地去。分头买棺，选寿衣，箍墓。这几天全力于这件丧事上。

人吃土一世，土吃人一口，埋了国玉后，泯义情绪一直很低落。一个活生生的同僚，怎么说死就一声不吭地死了呢，可叹可悲，人活着有什么意义呢！他预感到自己可能也有一天来个不幸的意外。他头皮冷森森，心里寒嗖嗖。总觉身边有个幽灵睁着绿眼，射着绿光盯住了他，狰狞地笑。于是想象着阎王殿那森冷无情的情景。他哀叹着心里说，生死路上难料，人活一天就得活个洒落，活个快活。于是又无所惧，无所谓了。于是打开柜子，提出一瓶西凤酒，半蒙着眼睛，坐椅子上翘起二郎腿，自斟自饮起来。他仿佛念佛陀的人，这阵儿心里如坐禅的情境，似到红尘之外了。忽然听到脚步声越来越近，随着铁门在水泥门壁上碰撞声，撞出了招呼："墨支书在吗？"这声音给对着正房上的白门帘。泯义已接收了先声，知其是谁了。他收拾了酒盅。

3

老孙今天是第三次正式到他家来。第一次是刚进村驻下，来了解村情的。第二次是鼓励他以党员的责任担起村上工作担子的。这次来是干什么的？或者是应"来者不善，善者不来"之言吧，泯义这么想。

泯义的老婆出来接应道："他人在里边。"老孙随进去，泯义见老孙已到了眼前，忽地睁开了眼睛恢复了原态。说，请坐请坐。老孙见他眼前放着酒盅，闻见醇香的白酒味，他知是泯义正养生哩，酒，一是助兴，一是消愁。泯义今何意，老孙未猜。老孙站着说道，不坐了，是这样，镇上中午要开一个欢送会。欢送成副书记调到县委机关。镇党委，政府请各村支书主任参加，让我通知你。泯义忽然焕发起精神问："你参加吗？"老孙说各社教组长也去。泯义高兴地站起来，好像有许多感想，说："上级领导升了，按惯例都这样。属下应该参加，应该参加。"老孙说，好，你先走，我还有些具体事处理一下后到。

泯义硬缠住要让老孙坐下来喝两盅。没办法只好给个面子。喝了一杯。泯义话多起来："我呀，每天至少半斤！"老孙说，少喝些对人好，多了伤肝。泯义说："唉，我也不纯是瘾了，是借酒消愁啊！"孙看着他问："你愁的什么？"泯义又长叹一声道："我是愁怎么死啊。你看主任说死就死了。谁知他就那样的下场！"老孙说，人嘛生的路只一条。死的路有多条。不过结果都一样，就是离开这个世界。泯义又满满斟了两杯端起说："来，孙部长咱兄弟俩这么长时间了，还没在一起碰过杯，今日到一起了，你覅嫌酒不好，咱农民干部就这劣酒，来！"双杯咣的一碰都干了。老孙说，不敢了，我真的还有好些事呢！泯义又撕住让坐说："毛主席都说了嘛，慢慢来，莫着急！"老孙说，再有机会，好好喝。他忙着走了。

4

中午，镇上的欢送会真的人不少。送一个人，不算工作人员，正式入席的有六七十吧！先在政府会议室开过短暂的会，到中院子几棵塔松拥抱着金光闪闪"为人民服务"毛体字碑前合了影。便高兴万分，万分高兴地涌向天辉楼大酒店，上到二层大厅。都是十人一席的大桌。桌上早标好了席号。主要领导自然是首席了。那种热烈，那种丰盛，那种长度，当了大小官员的，能奔上桌桃的不用想象，就能知其盛情盛况的。有条件反射的早嗅到酒美肉香了。

罗汉请观音，客少主人多。席间，半醉的客未倒，主倒灌醉了六七人。真是新时代新潮流中具有"中国特色"的灿亮浪花。

白墨村墨支书是闻酒不要命的人。上饭前就喝得两眼如血，几次差点瘫在桌下，还要一手提瓶，一手端杯给大家敬。这是他一贯的酒场精神，也是他的特色：出风头，夸海量。他给成书记斟满又给自己斟满，“亲爱的成大书记”地叫着让喝：“酒逢知己千杯少，你不喝就是看不起我墨支书，看不起我们农民干部！”大家都劝说算了吧，墨支书你已醉了啊。可是泯义却没听进去。同桌的人给撕了一只鸡腿，让他把嘴塞住，他一手打掉了。嘿嘿一笑，谁说我醉了，我没醉！一口把杯倒吞着喝了，再杯举半空，扣着转了个180度。“大家看，滴一滴，我把这瓶子全喝了！”正狂躁地喊着，扑塌一下嗵地倒在桌下躺平了，接着吐天哇地，浓烈的酒菜喷得人都抢餐纸捂嘴捂鼻。服务员端半碗醋给灌了，才像个死猪一样抬了出去。后知是派出所田副所长，就是泯义的麻友田辉，扶他到酒店一间房里的。躺到晚十点才弄到他们所里的。十一点后方慢慢酒醒。眼睁开了，问，你把我弄这里是不是又摆场子呀！这位警官说，好我们的大支书哩，你醉得狗熊一般，不是哥们儿救你，你就被酒焰火化了呢，泯义伸手一拳，你谝怂去，我能醉！说着就要回家去。田辉说，黑灯瞎火的，你骑摩托会出事。泯义喊：“我命大，死不了，不交报名费，阎王是不收的！”田辉把鞋给藏了。说，快坐下，晚上给你欣赏合乎你口味的肉麻片，开开眼界吧。泯义惊喜，真有美味！警官小声说，几次扫黄，我们在地下收到不少光盘，我私存了几部，你要看哪个就挑挑。他从床下的纸箱提出一个袋子。好家伙有二十多部。看两个钟头，快到五点了。门外有人问：“田所长，白墨村支书回去了吗？”两人细听，真有人问话。先关了DVD，问：“等不到明吗？”那人说，墨支书家有事了！泯义三而两下穿好衣，开了门，原来是镇上一名小干事。这位干事不慌不忙说，墨支书家的孙子天快黑时，拿空农药瓶在龙头上玩水，可能是中毒了，半夜发紧，村卫生室治不了。泯义吓得脸煞白。“天啊！我老二就这么一个男孩！”

泯义骑了自己的电驴，狗撵兔子的速度向回赶。这时天快亮了，但黑暗也就更浓些。视线必定不清。他是操小路走捷径的，这条路有几个急转弯，他虽熟悉，但心慌又急。进村是个大十字，九十度的直弯。猛一拐，一下栽到村民为防地被车侵碾，故而深挖的大坑里。车子压着他的腿脚。他拼力往上忍疼着爬，试站，站不起来了。时令总是到了秋天。他浑身发冷，冷得打颤。幸有早起的人发现了，才把他的车弄上来。通知了家里人。拉来架子车，送进医院。真乃祸不单行！他头缝四五针，腿不能动，拍片查是骨折。医院没专门骨科医生，打电话叫县院救护车。待住院手续办好后，他才知，在他从派出所回家时，大伟、荣凯几人陪他老婆已把孙子送医院了。幸是空瓶，残留药不多。而非磷化类的巨毒药，是没过大危险的。洗胃后住一半天，观察观察就可出院。

泯义听了，低着头只是流泪。下午，荣凯大伟还有老孙找了车，专程进城看望安慰了他。

泯义虽在床上，还在心里关注着社教消息。当知第五期工作组快撤时，他心在腔里就不甚平静了。

各工作队、组正着手总结并推选先进工作者，准备迎接检查验收。按部署，就是元月下旬即春节前结束。

县社教办安排初验开始。县委林副书记、社教办郭主任和两位副主任分作两大组四小组按计划就基层组织建设，财务清理，社会治安综合治理，广大群众对社教的满意度、奔小康的基础工程等诸多指标进行调查、坐谈和实察，一项项进行验收。一定要在工作组撤离前，把抖开的摊子整顿好，而不是用稀泥抹，包袱包。一定要给群众一个放心的交代。以“群众满意不满意”为验收的主要标准。

林副书记多次强调，必须实事求是。提到怎样程度就怎样程度，只要是努力地去做了，到什么水平就什么水平，遗留了什么问题，一一列清。绝不许弄虚作假，文过饰非，吹嘘成绩。谁家缝口子，挽包袱，拿队长组长问责。

白墨村是林副书记带一个小组来验的。他让孙耀辉请了各方面的群众十几位，给社教工作组评价。他中间占了十多分钟，通报了所了解的几个问题。对（个别）小队支持某些人争权夺位，企图拿稳党权引发宗族斗争的小分队等等，都提出了严厉的批评。最后，他用一句名言指出："醉心权力之病，至于病己病人而病国。"讲了这些后，他让社教办主任主持继续座谈。他急着要单独多跑几个村子，全面了解一些经验教训、成绩与遗留问题。其中最主要的是掌握教训与遗留问题。为这期社教总结收集可信材料。

白墨村社教工作组属中偏上的等级。

一些村民说，有社教和没社教有啥区别呢，鼓还是原鼓，捶还是原捶。这情绪是针对没动班子这事的。他们担心，大权还是在不被信任的人手中。社教走了，一切"复辟"，大部分村民，已看到了光明，前程充满了希望。认为社教为白墨清扫了基地，打开了阳台上的窗子。新鲜空气流通了，发展的新局面已呈现了。理据是：党支部委员新增了有作为的荣凯，村委会又增选了新生力量大伟，田禾又是做着半边天的工作兼负计育。有了这朝气蓬勃的力量，白墨村的前景定能越来越好。哪怕道路曲折，前进的步子都会随潮流而奔腾。但也有人散布：穿红的穿绿的都一样。天下老鸨一般黑！谁上去都是吸百姓血，咥百姓的。还不如原喂的喂着，瘦的饿的别再让上槽了好。这些人安的啥心，针对的是谁，明白人一听便知。致祥原一心要争的副主任，让大伟占了去。这怪谁呢，怪他啊，从他骗搞砖场作帮手，村民已认清了他的真面目，对他从心上放弃了，尽管他以泯义作靠山，当上了会计掌着印，却引起了人们对他的惊怕！轲亮呢，碰见致祥总要说些消极的，但不忘点火地唆言唆语。用激将法轰致祥当炮筒。致祥并不蠢，他会预测风向。应对时局。他向轲亮点明："荣凯任老板已是大局了，你也不要太猖狂。说话做事得注意点，自己得管好嘴，想成多大气候，要从长计议。"

全镇有七个村的支书，或因软散，或因作风，或因经济，或因老化，已不适继续再干下去了，动议是：物色配备年轻有为，德才双具的人选作副手。压一定的担子，在实际磨练中提高、考验。这个决策当天就传达到这次社教的村民和党员中。

现在的白墨村，因支书墨泯义目前身体状况，为稳定局势，不误工作，党委一致同意：党支部工作由副支书白荣凯主持，白大伟任支委（入党申请党委已同意）兼村主任。

白墨村党员和村民得知消息，喜出望外，奔走相告，拥护声一片。

白墨绘

下

马宇飞 著

百花洲文艺出版社
BAIHUAZHOU LITERATURE AND ART PRESS

第十六章　浇根催茵

1

经历数月的农村社会主义思想教育，党的基层组织整顿中雪融尸出地露出了一个很突出的问题：先不说农村党员的先进性表现，就数量质量说，太不适应改革发展的需求了。

上世纪五六十年代入党的老党员，逐年减少。忠诚尽责，遵规守法的仅占一部分。另一部分观念定势，看不惯新形势下某些党员的表现，消沉下去，混同于一般群众了。新吸收的太少，白墨村1970年为31名党员，90年减到23名，又过15年，仅留19名（党籍在村的）；文化程度：小学三年级的和文盲各占半。年龄：70岁以上的占半。另一半为60岁上下和50岁左右。近些年间，组织只有瘦身，没能发胖。停滞在次寒带上。党员中有人说，新时代年轻人讲苗条哩，咱白墨村党组织也在减肥了。在政治素质上，组织生活不正常，很少开会学习，不少党员对党的基本知识了解无几。更谈不上懂得党的方针政策。党费半年甚至一年一交，追着要，更有在婚丧事礼桌追要的奇闻。如此状况，党性何来？党威何来，党的形象何来！

党组织力量薄弱，新老接续断层，荣凯了知基本后，十分担忧。白墨村要阔步跨越，怎么办呢。

他忽然地记起了一位世界著名科学家说过的话：“教育应当从远处收罗各种天才的每一道光线聚集一堂，用这集中的光焰使年轻人的心燃烧起来。”荣凯想，我搞支部的工作，不能走单骑，独来独往。身边必有一班靠得住的得力人马，一个好汉三个帮。我要努力地用好周围可用的资源，使一群有志青年把心尽快地燃烧起来。

2

荣凯约来大伟、田禾商议，如何给青年们一个学习阵地。决定充分用好社教办起的文化室，动用宣传基金增添新版图书、增订省市报刊，继续办好板报，加强政策学习和白墨发展研讨。保证每周一次党课学习。通过教育提高吸纳一批追求理想的年轻人，让新鲜血液注入到白墨村党支部这个既缺钙质又贫血的肌体里。他现在虽为副职，但已深深感到了这个位子，这个角色的责任。

农村党支部书记不是一个普通的岗位。是一村之主，群雁之首，火车之头，团队的旗帜。荣凯思虑这么多，不是他要标新立异，干一番惊天动地、一鸣惊人的什么奇迹来。他感知自己这个副职，在支书还不能工作期间暂且主持着工作，主一天的事，就得给村民一腔三冬暖，不能是土皇帝的六月寒，不能产生“有权不用，过期作废”的邪念。做公众人，必须一身正气。这是他做人做事的准则。荣凯明白，伟大的空话，骗人的豪言，是不能当饭吃的。他要谦虚谨慎地做好每一件能做到的事，一步一步脚踏实地地向前走。在生他养他的这片土地上，把人生的价值写成一部益世的大书。

荣凯脑子这些美好图画、清新文字沐浴着春风春雨，正在发芽抽枝，眼前的亮点，连缀成一条光芒四射的中国龙，映照出一派宽阔壮丽的地带。一个城镇化的安居环境，一种亦商亦农，亦工亦农的新型农民坚守的新农村闪亮于眼前！他，青春的脸上映出了笑靥，笑自己是不是想入非非，是不是理想主义或空想主义者。

荣凯毕竟还是个副职，所思所谋都不能自作主张，必和支书交谈而定。他径直去了泯义的家。泯义正准备洗脸吃早饭。老婆端来一盆温水，取来毛巾肥皂，放在炕头高凳上。见荣凯来了，泯义让坐到沙发上。荣凯没落坐，他帮泯义挪位前倾了身子，把被子卷给填到后背上，按着靠好坐正。保持矫正腿骨的原姿势。老婆把毛巾泡湿，打上肥皂递过去。洗罢，饭就端来了。泯义叫荣凯共同用。荣凯说："我已吃过了。"其实他还没吃。如果是平时泯义身无病，他会像在自家一样，端碗吃个饱的。他看这是专给病人做的病号饭，他只能说自己已吃过了。

饭是小盘子端的，搁在炕上的小桌上。泯义半挺着上身，用手弄着往口里送。荣凯见他行动很不自若，就问："从医院回来这段你感到好多了吧？"泯义道："唉，你看我一个好好的人，活受罪。"他说得伤感了起来。荣凯安慰，人有旦夕祸福，天有阴晴圆缺嘛，谁能把头铁箍了。否极泰来！一坎过去就是平地，一难过去后就会安康！已成这个样子了，就得安心静养，坚强面对。已好长日子了，再要不了多久，就会好起来的。泯义低沉地说道："骨头上病，怎么也得过百天哩，度日如年啊！我屁股都生出褥疮了。荣凯说，"是的，骨要恢复原样，得用时间熬，急性子人真的受不了！"

泯义长叹一声："这是命！像主任，好好的一个人，谁知就把命要了！躲不过的一劫啊！"他看着荣凯问："你来没啥事吧？"

荣凯这才说到正题。他说了村上党员年龄、文化程度和数量的现状，提了要发展一批新生力量的意见后，聆听支书的意见。看他的态度。泯义稍加沉思，说：“党员年龄真的是老化了。有发展的对象就发展吧。凯，你回村虽有一个时期了，真正的村情民情你还不甚了解。要吃透还需一个时期。村上鸡骨头马牙的不少，正儿八经守着家安安分分过日子的没多少。况且留守在家种田的多是老弱病残。剩下的就是年龄太小的学生娃。妇女中40岁以内也没几个在家，能飞的都飞出去了。常年在外胡逛荡着混日子的就有六七个。这就是咱村的现状。共青团‘文革’时只有个架子撑着，说真，现在连架子也撑不起了呢。找个团支部书记也难哩。目下七零八落的，谁是团员也搞不清。过去说共青团是党的后备军，现在也不这么认为，不这么讲了。说实话，溃不成军啊！本应团里的优秀青年，再要进步努力争取，就可成党员了，可是哪里去找这样的青年？”

荣凯说：“墨支书，正因为党的力量薄弱，骨干作用不强，团组织名实不一，这些状况明摆着，所以，咱党支部应负起健全的责任。”泯义问，你说这责咋负？荣凯说，近三两年，村上已回来了不少中学生，他们有知识有理想，是咱白墨村一股有望的新生代。这其中一半是团员。我摸底接触过了，好些是有入党的愿望。只要咱想办法团结住他们，让他们把热爱家乡、热爱农村、建设家乡、建设农村的心安下来，党团就有了发展壮大的基础。泯义用双手撑起沉重的身躯，向挺地耸了耸，说，你的热情和想法我支持。党员必须具备条件，经过严格考验，关口是要把好的，不能敞开大门，谁愿进就让进啊。荣凯说，门得敞开着，不符合条件当然不行，闭门拒外，冷冷清清，寺院那样会挫伤青年人的积极性的。不挫伤积极性，也不是谁想加入就随便收的。党章这把尺子，对谁都是一样的。……

今日，二人的谈话气氛较平和，倾心也坦率。都没隐讳，各表了意见，态度明朗。荣凯感到乐观。回去的路上就想着当做的工作。

泯义在荣凯走后，自得地笑了。笑从何来？他想，我的庙还立在白墨，我的这尊像谁也别想扳。老大还是我。一时的奇妙感受使他浑身顿觉轻松。他让老婆叫来了两个听话的党员。一个叫戊辰，一个叫丙寅。都是墨姓。年均在50开外了。这两个人都没多少主心骨，你说长虫他说出溜的人。支书的话无不唯命，绝对踏着支书指向走。哪怕前有陷阱，有悬崖。但要说有什么坏心眼，他二人却没多少，无害人之心也无防人之意。这两人有一个共同特点，就是口无顾忌，肚里藏不住话，善传新闻。泯义今天叫他俩来面授旨意，就是利用他俩“善传”这一长处的。二位只要捕捉到了头号新闻，哪怕饭不吃，觉不睡也要当军令“传”出去，不然胸憋得难受。茶续着。闲谝了几句。泯义见火候正恰，就说，你看自社教组撤走后，村上这些天工作咋个向？戊辰说，好着哩，比社教时还好。丙寅说，人心还是向你的。说话间，致祥也参来了。他见天要来一回，表示对支书的忠心义胆，表示关切支书早日康复。刚才的话尾他逮住了，马上焊接了茬口。“荣凯这小子太张狂，主持工作三天两后晌，八字还没见一大撇，就要拉帮结派，树自己的山头，占山为王哩。在党中建党，夯他宝座的基础。算不算是野心勃勃！”那两位应声虫，互相看了看说，你这一说，好像真有些影子。泯义看着致祥蔑笑了一下，说，不是影子，看得见摸得着啊！致祥进而煨火：“他趁支书不能主政的机会，先架空再篡权。你们看吧，他身边网罗了一股力量，这力量之势日见强大，到时候，水到渠成，不架空也自然架空了。”泯义这时风助浪涌着说：“一朝天子一朝臣嘛，没什么奇怪的。”致祥说，这小子借口发展党员，把壮大力量和组阁同时进行着。他要变白墨为自己的天下，这是首先必做的！

泯义在家养骨，却养出了一种恐权症。他从心里佩服荣凯这后生，也从心底忌恨荣凯这后生。

3

荣凯这些天一直在想，怎样把白墨人引到共同富裕的轨道上，赶上时代的节奏。如果能真的成为这样一位带头人，就是名副其实的党员，乡亲心目中信得过的干部了。他从要求加入到被考察吸收成为正式的党员的过程，血液里已注入了老一辈党员身上传承的为人民大众谋利益，全心全意做实事的素质。回村后，他从村上已有四五十年党龄的第二任第三任支书那里学到的优良传统，聆听了“不能让一人掉队、受穷”的教诲。自然就勾沉起村上几个被村干放弃、被众人看不起的“人物”。

从眼前走来的首先是胡成，胡成是无人不晓的一位“名人”。年方四十又八。正是年富力强季节。但他一身懒膘，怕出力，怕流汗，干起活来，稀腰马胯。遇到脏活累活，人骂他“像个溜光垂子”。他说见风眼钻沙，见日头皮肤扎。当农民哪能回避风吹日晒啊！他说话真是个半吊子，噙不住板。你看他的形象，身上衣裳斜披吊襟，扣子丢三缺四。脸十天半月洗不了一回。头活是个柴草垛，住的屋子如狗窝。平日吃用的水瓮太阳掉在了里边。他的叔辈指着脸骂：你死懒骨头怕动弹，吃寒鸟老鸹屙的还得接端哩。整天光养膘，是不是等五保呀！村方邻居咋说的：

拉地渠渠也划不深。

这个小子为啥能成这么个东西呢？他长在红旗下的安乐里，但他不争气。念书爱逃学，都十五六岁了，小学四年级留了一级，五年级没攻上去。尽管妈望子成器心盛，终了还是辍学了。他大呢？村人骂他是个肏娃不管娃的懒虫一条。腰展得平平的躺着，靠吃了几代领导人的救济扶贫，滚爬到20世纪末。钱粮领回了，寒号鸟一样的不出勤。他的地收获没人家一半多。婆娘一人辛苦，里外忙碌。日子总难起色，可怜巴巴。骂他，如骂石头。骂轻不顶事，骂重了他还动手动脚。这老人家没过六十就跟上严重胃病送了命。村人都说他是懒死的。

胡成，首先是村上的头儿放弃他。他失学后，不听妈妈指教，那小耳朵经常被拧得红红的，拧过了妈妈又搂住儿子头痛哭。他答应要学好。可是出得门去了，还是任着性子野，唆使几个同龄孩子逃学，偷家里钱，准备走少林寺学武术。自己家里寒酸紧迫，没值钱的偷出，有的就是讨饭的挡狗棍。混混的妈妈给儿子跪下，哭着说，碎大，你学学好吧！他拉起妈妈，说：“妈，我再不学瞎了。”但出去，又让一个孩子偷了家里四代的传家宝一副石头镜。

村上大小人，谁也看不起他了。干部谁也不把他当白墨人。

胡成还是未成年人啊。无收无管的就流浪大社会了。

胡成名字多，后来得到的最有名的叫“混混”。

“文革”，兴的就是那些二膘子货。混混有了出头日子，他一跃当上了白墨村红卫兵头头，更名红兵，又叫红卫。光胸奶头上别上了许多毛泽东纪念章，破“四旧”，剪女人长辫子，烧字画，烧族谱，勒令“残渣余孽”游街串村，出村收秋修路，盖公社戏楼，一时成为本原上的大名人。武斗掀起，胡成疯天疯地，冲锋在前，不顾性命，学生派斗，他进城支援。两年后，村上的农民认识到了这场“革命”的真相，他也成了众人恶之。“文革”寿终受审，他从“牛”气一夜间变得“鬼”了起来，但在这场史无前例的动乱中，他练了胆，养成了“懒”……

这些就是混混人生中昔日“花絮”。

后来，便光棍一人走四方，串天涯，算命，看阴宅，捉邪，凡能骗下钱的营生都干。谁也难知他的流向。幸在甘肃案发，荣凯受命领了回来。现住他的小屋，但还是魂不守舍。

又一个更有名的人物叫戚巴鸠。人叫七八九。这小青年原来不是白墨人。是从一个极贫苦的山沟，招赘来哑巴家当上门女婿的。这小子人长得脱条，体态匀称，白皮嫩面的，可算是个帅哥，说话也有礼貌。他劳动也在行，每到收种季节，他大就扛着犁耱，赶着牛驴来帮工，为儿子过日子。没一年，八九随着打工族出去到广州、惠州、东莞历练了两年。在外面见了形形色色五花八门大世面的同时，结识了社会上的三教九流，人渣人垢。在哥儿们堆里混，在东莞一家厂子偷财物，让炒了鱿鱼。回村后，显然成了另一个他。二流子气重，油嘴滑舌，日屁溜慌，还贪色采野，寻花折柳。于是人见人趔。没多日，不知从哪弄来了配方，自制自销卖起了老鼠药。药有真有假，真假相混。老鼠不管南方北方，是到处都有的害人精。于是他像老鼠一样无边界的闯荡。逢集赶集，无集串村。邻村一新媳妇和婆婆吵架，喝了他的药死了。丈夫找到他暴打一顿，要棺材钱。要人命价。害得他大东借西凑出了一股血。从此，他就洗手不干这行当。他却瞅准了一门既省心又赚钱的热门生意。他适应时下一些权倾一方的大小官员和身价不凡的个体暴发户、企业大老板们，醉迷人肉，婪餐女色的特需——社会上独有特色的性服务。此种行业一度明里暗里崛起，进而到猖獗地步。应时的他便经营起“伟哥”一类的春药。提起这门生意，他还忘不了一改态度，对他大力支持鼓舞的白墨支书墨泯义。他初回村子，是被泯义当作渣子倾倒的东西。聪明的八九调查了支书的作风。在知底知面，知己知彼的某天，第一批货到手，即投其所好，尽其所需。支书享受到立竿见影的效果后，作为首先得益者便大赞他的经济头脑，说你才真正寻到发财的路了。说，你这一善举比菩萨功大十倍百倍，比得上送子娘娘的恩德！往后，政府每来照顾钱物，七八九是必有的一个。七八九以恩报恩，每进新品必先投送泯义验证。如此，二人成了深交。谁也离不开谁了。

八九的生意摊一赚二，摊二赚四。他在各地采购，又办起了《男性快报》随药广散。一年后，在县城办了一个“男女专用品”门店，再后改为“男人雄风专卖”门市部。由“店”改“部”，还制了大招牌高悬门面顶额。现在去看吧，他三间门市，雇用货员二名，一台电脑帮助生意。红红火火，昼夜人往，顾客如流。里面的宝典奇名满目：“罗马·肾坚”“金刚片”“虫草九鞭丸”……他还特制了“挑战美国伟哥的首选精品特效药”大幅广告词，悬于门市里的正中。该门店公开问世，在县城实属首家。其轰动效应不提便知。一时间，戚八九成了县境有名气的超级名人。不少人打问他是哪方人氏，答曰：白墨人也。于是白墨也名扬四海。

荣凯在村上有了一官半职后的一日，八九绽开一张笑脸，嘻嘻笑着，双手送荣凯一包东西。荣凯以为是烟什么的。问他是啥。他喜滋滋说，是给男人性福的。荣凯问它能给男人什么“幸福”？八九嘿嘿笑道：“这是男人的加油站、发动机。”荣凯不解。接了取开外包，原是男女相拥相抱的裸体和几包“伟哥粉”。荣凯吱儿几下子撕成小雪片挥扬上天，无数蝴蝶纷飞而去。忿忿地斥责：“小戚啊，你把我当什么人了？侮辱我的人格！”转向就走。荣凯叫住，语气缓和着说：“你年轻轻的啥事干不成，干这恶心的生意。对你有什么好处，对社会风尚有何贡献？你还嫌干部腐败得慢是吗？这是间接犯罪！”八九又厚着脸皮道：“你呀，青春似火，别白白浪费了年华。你看照片中那对青年，人家才活出了人味儿，活出了乐趣，活出了质量！”荣凯喊：“住口！你不自尊，别人还要自尊呢！你别把耻辱当光荣行吗？”

荣凯看到这位眼前的年轻人，心里感到有缕缕的悲凉漫过。都已而立之年了，还不务个正业，往后的日子长着哩，到底咋办呀，作为白墨村的带头人之一，他甚忧心！忧心这种人的人生！

荣凯想过前边这两个人，脑屏上又映出一个大名人，他叫鸡客王。这鸡客王，白墨人，本塬人都不生。鸡客王，一听就知他是做鸡的生意的，为何誉以“王”呢？他除收鲜活的鸡，还是大量收购病鸡、死鸡的专业人。他收的货，按合同基本全交邻县一家烧鸡坊。他本名黄利仁，后来因一贯的收死病鸡兔名扬方圆，人就叫他鸡客王。“王”者忘了做人本意而“妄”为人之音。日久，人们就不叫他本名了。

关于鸡客王这位老牌名人的一些有损于诚信，不道德的作为，荣凯听了不少。他的行为已违犯了食品安全法，危及到人的生命安全。虽为一个法盲，想到的只有钱，而真到出了事故，那就是人命关天的大事。他作为村上一名干部，也有推不脱责任的。一句话：“难逃其咎！”

荣凯脑子过了这一个个“名人”。想他们出入社会，不轨行为，代表的不是他们的本人而是白墨村，首先因为他们是白墨村的人。身为村干部，在管好自己的同时，当管好本村人。

社教中，县委林副书记和老孙谈起过此人。荣凯也和老孙曾谈过村上这些名人，二人对他们有过教育的考虑。在社会治安教育阶段，想把他们全召回来进行教育，以规其行为，培养成有利于社会，又利于他们本人的人。老孙认为，这是一种主动承担责任的大局观，是公益于社会之举。也是综合治理的有效举措。荣凯说，对他们蔑视、放弃、推向社会，是完全错误的。都是兄弟，都是白墨子孙，不能让他们那样混一辈子。他们中不论谁掉了队村上都不光荣！后来，因社教时间和任务关系，这事只口头议了议仅在法治教育中，动员出过一次现身说法会，如何扎实进行引导，许多想法先搁肚里了。现在社教已打了一些基础，荣凯觉得那些可行的种子已到了浇水松土，促其出土拔节放绿的时节了。

几日后，他同大伟、田禾他们一伙年轻人商量，先打听那几个的下落，然后想法联系。如果在外打工干正经营生，就支持鼓励，让坚持干下去。如果继续当混混，在人渣堆里，就想办法叫早日“脱胎换骨”。

四五天过去了，他们分组进行摸底，把所有出外打工的做生意的，人数，地址，干什么活，收入多少，全弄清楚，造了一个总册。全村有127名青壮男女出远门打工的。分散在北京、上海、广州、惠州、深圳、内蒙古、山西、新疆、西安。那几个人，没个固定地方。

白墨村地邪，说曹操，曹操就到。戚八九始先未料地又在村上现影了。这个清瘦高个儿的小伙，头上扣个很不适合的小小墨红色六棱帽，帽子下盖着的是染成西洋色的发，发还卷着。鸡屁眼似的眼睛上，戴个咖啡色蛤蟆镜。镜片遮住了瘦削了三分之二的脸面，身着类似马戏丑角的上衣，裤子紧得勒住尻渠渠。他和原先不同的是左脚走起路来像踩烙板，一弹一弹的。听说是被“哥们儿”用刀割断了脚筋……村上小孩子见了当怪物的跟着嚷嚷。大人见了当景致，笑着说，“啊呀，咱八九混得成鸡泥屎了（吉尼斯了）？”有的笑道：“不错啊，可与国际接轨了！”接着就问关于他的故事。他呢，光荣得咧个两片唇，舌头挽着花子，听不出是外文还是中文，是河南话还是乾（县）礼（礼泉县）话：“无可奉告。拜拜！”屁股一左一右地拧着走。于是人们见了冷漠一瞅而过。仿佛遇见了一棵树，一只山鸡，不再理他。村上多数成年人十分惊奇，惊奇并非是他这个活宝回了村，而是和他同时回来的已失踪多年的利平。

利平已26岁了。他是兴发的大儿子。兴发以“贫农”的身价进入村级领导班子后，给这个成分的人抹了黑，丢了脸。以权玩女人，弄得身败名裂。到病危时刻，讨账的人还跟尻赶尻踏门槛来。见兴发已不能表白只用手示意，就凉了心。他双腿一蹬，黯然去了。不说贪占了集体的，就外边私人的六七千元也够儿子还多年的。父债子还，这是古理。儿子被围住要在条据上画押。利平并不否认，账是认的，没钱是事实。家里没一件成形家具，比难民强不了多少。埋了老子。他把老子兴发给他攒的十几张欠款条据塞给他二大保存了，欠村上的，知道的不知道的糊里糊涂挂着。媳妇一看这日子没法过下去，几天后也鸟儿一样飞奔林子了。利平寻媳妇，一出门也不知音讯。从此，这个家就破了。好些年月过去了，没人找没人问，地荒了一两年，村上收了。现在突然回来，算这门子人中的一件大喜事，他的叔父（二大），他的堂兄妹也来看。

荣凯得知这个意外的好消息，高兴得入夜难眠。第二一早就见了戚八九，也专门见了利平。给了故乡情，亲人的爱。荣凯没批评八九。没全否定他的过去。对利平寄与新的希望。他代表村上两委会鼓励这两个人重新做人过日子。他们拉着家常，拉着拉着，互不介意了。荣凯看八九情绪渐渐好起来，也放松了许多，便不留情地道："你这人就是爱健忘，应该多长点记性。你年龄占优势，力气有的是，脑子又活道。你看吧，政策这么好，你把承包地荒下，老人给留的房厦闲着。整年整月在外逛荡，终了咋打算的？进养老院是吗？快些回头，媳妇跟别人了，你就安下来过你日子，成个家吧！"八九没信心地说："我留在村上，怕村上人看不起我，自己孤立。"荣凯拍了他一下肩膀，道："这你就错了。你首先自己要看得起自己，做几件人样的事，给自己树树威信，争点气，人就会改变看法的。你得先把发理规整点儿，不要再染色了，咱中国人是黑发黑眼睛。衣裳也很本地化，别吓着人了。现在，村上年轻人安心农村的多了，立志改变家乡命运的人也多了，你参进来就是份力量啊！"

八九半天不表态。荣凯问："你县里的大门市呢？"八九说，红了两年，一下子冷冻了，已转让做服装店了。

荣凯说："你不敢再心野了，要回心。多谋些正经事。好了，我该说的话已说了，你看着决定。啥时想通了啥时见话。村上欢迎你！"

八九才慨然应诺："我听你的！"

荣凯拍了他重重一把道："这才像个男子汉！像咱白墨的子孙！"

荣凯过路约上田禾、鲤儿，又叫了大鹏到利平家去。利平不在，问邻居，说是到他二大家吃饭去了。几个就先进到他家的院子。说是个院子，围墙早坍成了残垣断壁。几个壑口像城垛。实际上已是没门没户的敞院了。满院野蒿枣棘灰条，没膝掩胸。它的老辈枯尸干撑着，黄褐的黑灰的死尸下几代的绿色齐茬茬挤出峥嵘的头，凄清地拃着，表现着顽强的存在。野狗寻儿子在角落压倒一片片草丛。半伏的草上几泡狗粪散发着恶臭。黄鼠田鼠老鼠打洞的新土，在那间一人高的矮房墙根壅了几个小土丘，丘上鲜土被鼠们溜出光光的大槽渠，它是鼠的家族愉快活动的甬道。田禾扒在没了窗棂的斗口向进看，土坯炕已坍陷，挨炕的锅台也残了。尺七的铁锅没了，只留个黑窟窿。后锅有一个趔趄着的铁脸盆。尘土封罩得看不清真面目。这真如人们常说的"倒灶"景象！墙上挂一个竹编的筷子罐儿，小案板缝子可填进指头，几绺板潮出了一层厚厚的似蓝似绿的绒毛。荣凯几位拿了铁锨，拔草的拔草，平院的平院。好半晌功夫，院子清理出来了。他们对着半明半暗的地坑发愣。让人对这坍窑烂庄子不禁产生悲凉之感。这家人本是三组的，三年困难时，他独户住守在吃水沟西的沟里。耕种原有的几条硷外，在沟渠坡丘自由开荒，扩大耕地，杂粮有余，农业社社员半饥半饱着，他家每过年杀猪，请村干部吃转了，就答应迁到一组。爷辈豁出去，流汗过日子。到了父辈一天天烂下去。兴发当上干部，懒得再下苦，养了个馋嘴，惯个嫖瘾。土地承包到户。同样的政策，同样的耕地，人家都蒸蒸日上富裕起来，衣食住行都有了新变化，而他家呢，却不改老样子，几乎穷困潦倒到靠国家救济维持生计。

荣凯这阵子不想再提他家过去的历史。他是这样想的。他想利用这个烂摊场为活教材，让利平在这里得到些教训，受到穷则思变的启发，激起奋进的心。他叫来义务劳动的几位问，你们看，怎么能把这户人扶起来？鲤儿说，到什么时候都得靠自己，自力更生嘛。田禾说，鲤儿说得没错。自己的努力是关键。大鹏说，话都没错，我看咱也要给他创造个能安下来的环境才是。荣凯问，大家都说说我们能给他什么条件？这时，利平和他二大来了，见院子站这么多人，停住脚步看着，不知所措的样子。

荣凯说，快把房门打开，让大家帮着收拾收拾。

利平对眼前几位好像陌生，用眼睛在问。他二大一一给介绍。荣凯温良地笑着说，你不认识了。上小学时，咱还去卧马沟，阴山坡着过柴呢！利平还在野狐沟掏过呱啦鸡的蛋，追过野兔子，你忘了吗？利平嘴角闪了一下笑影，说记起了，记起了。提起小时候的那些事，呀，真有趣的。咱还在社火山用软柿子打过面仗哩。几个人都哈哈哈地朗笑了。笑声给这被冷漠、凝结得似乎早没了生命的地方带来了复活的契机。利平他二大叹了口气道，你们看，真的像个没人烟的地方，让老鼠兔子唱了乱弹。全成它们的天下了。荣凯说，地方就是要有人住的。有人住，多差的地方都分外温暖和亲切。田禾卷起袖子，要给洗案板、清理锅灶。利平他二大说，对咧，要这没那的连个吃饭的碗也没了，风箱人偷去了，锅也让娃娃偷着卖铁了。让先住我家，这里得彻彻底底拾掇哩。大鹏鲤儿说，我们也算半不拉木匠，今天把门窗先修修。涝池还有水，和些泥把墙和锅台修补修补，顺便把房厦顶漏水的瓦也换一下。炕，现在没泥坯子了，有水泥的，买两页，花不了多少功夫的。荣凯说，先支个床吧。天还不是太冷。铺个电褥子，我看还是让他就住这里，人住进来动了烟火，就有个家味了。我家苹果树剪的硬柴多得很，利平你去拉几车子暂烧住。吃饭先到你二大家吧。利平不好意思地说，太对不起大家了，让我怎么谢呢！荣凯笑道：“咱都是一大家人，怎么能说两样话呢！只要你把这个家当家，就算谢大家了。”他二大也说，多亏支书关照。那就好好住下来。家里弄好了，出去打工挣钱给你成个家。这样就能对得起大家了。人，没家没舍，就没根。没根怎么活？一会儿到家来背些面，我刚磨的。利平说，那我就先称些。他二大说，背自己的过秤像啥话！

说干就干，几个热心的志愿者鲤儿、大鹏、田禾各干力所能及的。大伟、冒子找荣凯也来这儿了，参加了一会劳动。村上有事荣凯走了。他让大伟领着干。经过多半天的忙碌，这个破烂不堪的小家，焕然一个面貌出来。呈现新天新地的样子。利平有了安居之家，第一顿饭由利平的二娘、田禾动手，包了鲜野菜和韭花馅的饺子。这庄基重生起了烟火，白龙似的烟柱在微风里活跃着升腾到屋顶，再升变成袅袅的白蛇，钻入蓝天，宣示说，这里的主人回来了。小厦房窄卡，六七个人就围在院子，热乎着吃了顿促进的团结饭。半锅热汤也当酒喝了个光。利平今天特别高兴，特别感动。这几年跑外，只今天才感到家乡人的温暖，他给大家散他认为最好的三门峡牌香烟，激动得不知说什么好，眼里的泪花已代表了他的心。快要散时，荣凯又来了还带了电工，大家笑着说只剩一碗面汤了。荣凯说，我吃过了，但这碗汤我得喝，表示一下欢迎和祝愿。电工我请来了，给把电接上。有人就得有光明嘛。按班辈，我叫利平小叔哩。小叔，今后乐不乐业，脚下的路怎么修，这就在你了！有什么困难你随时告诉一声，尽量帮你解决。他二大接着说，今天这顿饭吃饱没吃饱是另一回事，大家在一块图个亲情，图个热闹。支书在这儿说的话，利平你别忘了，要争气，活出个人样儿，活出个大男子的气势来!

荣凯说，你们看还有什么不周到的再干干。我和大伟去一下戚八九那里，看他把家安得咋个样。

路上，大伟说，八九这个东西，能说人话，也能说鬼话，几次证明，狗改不了吃屎的。荣凯道："人是肉的，识量不透的。只要金盆洗手，还是个好农民!"大伟不作声了。

第十七章　夏征风云

1

新一年的夏收马上要开始了。农民又喜又有忧。

他们看着满年辛勤汗水灌浇的农田，那金黄的麦穗风动浪掀，沉甸甸，香喷喷，带着满脸的喜悦回报勤劳的人们，熨慰着万千期盼的心。麦黄一时，糜黄一晌。这几日，大清早各家的地头上都站着眼放光彩脸堆笑容的人。他们伸腕揽来一撮麦穗细观成色，判断着该搭镰的准确时刻。有的还摘几穗揉搓了，左手倒右手，右手倒左手，鼓起嘴噗噗吹着，扬弃麦壳儿，将光溜溜麦粒含口里嚼几下，从硬度确定成熟程度。颗粒硬朗证明粉已充实马上就能收割了。不然中午烈日暴晒就会落颗，甚至连拧腰的秸也找不到了。如果粒儿还软着像奶样流面水，就得等到午后或第二天、第三天。掌握收割时间很重要。这得有经验的老农才有这个真本事。认真的老农到什么时候收割为宜，真有掌握得恰到好处的能力。就像中医望闻问切诊断病情那么神。他们决不会把吃到口边的粮食绿收了的。

人民公社时，夏收开始了，都是大兵团作战。社员们跟着溜场子。

没几个真心卖力的！要收净地里的粮食，至少拉半月到二十天的战线。运回场上先垒成大垛，一天碾一场子，牲口拉着碌碡转圈圈。先里后外，转着碾过头遍，开始翻场。几十人一个挨一个拿着杈挑，然后又碾二遍。赶牲口的社员在太阳下晒得半眯着眼打盹儿，待场上麦子起出扬成净粮天就大黑了。如此这般，全料麦子颗粒归仓成月四十的走了。若遇几天连阴雨，麦垛就冒白气，垛盖垛底全成了芽麦。芽勾芽绣结成块。颗粒变红了，鼻子闻到的全是霉味。磨出的面又黏又甜，吃起来黏牙。那时人骂人“你就不是好粮食吃的。”那个大集体里，说真的能吃到好粮食的并不太多。而现在呢，分户各收各的，随收随打。有场地的运回即摊即碾。手扶或四轮带碌碡飞滚，十几分二十分钟碾一场。大块的地还叫收割机，轰隆隆地里跑两回，就等着运麦粒了。过去扬场人等风。有时等到半夜甚至第二早。现在是扬场机，电机一开，突突突，这头倒麦子，那头出净粮。口袋随时就装了。运回家只是晒晾。这种收获的速度，三五天全坳净光。入仓的干粮，色亮色饱，芳香沁人。虽说是夏收，人们感觉不到累，夏收已结束了。所谓“龙口夺食”，龙还没来张口，地里场里，粮已不见影儿了。

这么好的年景，农民还有什么忧呢？说实，农民还是怀忧啊！

农民们最忧心的是纳税。税者，农业税，皇粮国税。明代称税粮，清代称钱粮。民国称田赋。百姓叫皇粮。意思是百姓种着皇家（国家的）土地，就得为皇家纳粮交税，这是天经地义之义务。几千年了，也是爱国的表现，祖祖辈辈都是明白这个道理的。而且是责无旁贷的。

四九年建国，农业税“依率计征”“依法减免”，稳定负担，增产不增收。五〇年实行金额累计制，年人均负49斤，亩均负13.1斤。五一年据农税新条例，全年一次计征。五二年核查土地评定产量，实行统一金额累进税制，依率计征。五三年“查田定产”。参照常产，依率计征。五八年改户征由公社统征。“文革”中，“左”风日盛，除农业税，在“深挖洞，广积粮，不称霸”的宣传中，又横空加了贮备粮、战备粮、支援亚非拉的国际主义粮等许多新名堂，坚持“先国家，再集体，后个人”的原则，留多少是多少，能分多少算多少，谁也不敢说什么。农村经济体制改革后，农业税停止了起点计征，实行余额征收。又将队（集体）纳变户纳，人均25.2斤，亩均8.6斤。如果按这个标准征收，百姓完全可以承受，并积极拥护。然，从八三年开始又加了名堂：开征农林特产税。起始还有个控额，笆藜扎人还有个坎坎儿。八九年后，中国词典中的“税”字，已不再是狭义的“税”了。从广义到“任义”到“疯狂”飙得“无穷”了。

各种税收上一台阶再上一台阶，从上到下，一级比一级胆大，一层更比一层跳跃。正和世纪赛跑着创最优纪录。千吨万吨的负担最终全由农民驮着。税成了一面旗子。一面黑色旗子。农民真有招架不住的感觉了，不少的地方发出呐喊声！

重负来自方方面面。有合理合法的、有合理不合法的、有不合理也不合法的。市、县、乡（镇），以政府的名义下达所谓“两税一费（二费）”任务，乡（镇）、村名为贯彻，实则乘机搭车、加码。滚雪球那样越滚越大。建校、卫生、助残、交通、水电、市政建设、农建、救灾、民教工资、教育附加、现役军人补助等七股八样名目繁多，汇聚成一支势不可挡的巨流冲到寻常百姓家。好像中国农民真是取之不尽，用之不竭的物质源泉。“两税一费”人均二百七十元，个别村达到三百元。其中农业税才不到六十元。其余诸多名堂全归于“一费”。“一”者，笼而统之，模而糊之，朦而胧之，不详说明。农民把钱出了，心里不明白为国贡献作什么用场了。北新镇每年向县交税费九十多万元，而加码收入的高达三百万。白墨村加码的那不可明告的项目：村上包了饭的、干部吃喝了的、栽了电杆的、放了电影的、给畜禽打了针的、果树专家讲了课的，都倾盆浇到农民头上，比村上鸡客王还可恨，有毛没毛都要拔，哪怕撕掉皮肉呢。这正是：

“针大的窟窿碗大的风”！

何故？古语云：“浊其源而望清流，曲其影而欲景直，不可得也！”试想想：乡（镇）戳了个针眼儿，到村上哪能不成碗大的风口子？古有“国正天心顺，国泰民自安”之经典名言。此时“国正”“国泰”无说的，而“民”却“心不顺”，难“自安”，这非妄言矣。谁再口巧舌能，“理论”驳不了事实！

社会随之有这样的民谣：

“经济要发展，税收得加番。

税收不加番，何来大发展！“

又：“财源滚滚哪里来，农民身上做文章。

千只大手都来讨，农民真是一窝宝！”

2

按老规程，夏收前一月，县上就召开税费征收专门会议。接着从镇（乡）到村，级级下传，级级抓“中心”，层层压任务，今年依然如故。

清晨，各村干部就陆陆续续向镇政府去，参加新一年的税收动员大会领受任务。填写各户应纳的通知书（单），雷厉风行发放各户，村干催交定时完成。

往年，这样的会一般是早饭后，稀稀拉拉摆着去。会散后，支书主任们相约着，你铲我我铲你，在酒店吃香喝辣，谝够了才回去。

但今天，自由散漫的会风改了。这次会，从通知到开毕，如军事会议。准时，精短。前后仅四十分钟。先由镇长传达县委县政府夏粮入仓，税费交纳的具体安排，并就镇政府的几点硬性要求作了强调。最后宣布了各村具体任务和完成任务的严格时限。

书记只讲了几句，大意是：税费征收是当前中心工作中的中心，重点中的重点，政治中的政治，时间短，任务重，完成时限没商量，无余地。哪个村子拖了全镇的后腿，必拿支书主任是问。积极完成了的，按该村任务的百分之五奖励（时尚词叫“返还”！）以5、3、1之比发给。反之，按1、3、5的档次处罚，如此效仿镇罚村，村罚户，连锁反应！

下来，副镇长老江宣布了下乡抓村抓点的脱产干部名单。上火线那样的紧迫，有人磨蹭着吃过饭再下去。书记说，不行，下村上吃。随即令炊事员停伙。所以会开毕，午饭前全到位。不到位，肚子造反。

3

墨泯义的腿已痊愈。就是走起来不太灵便，看来要恢复到以前兔子一样快，猫儿一样捷是很难了。走久了肌肉就通体肿胀，压也压不下个凹，强压下去，忽地就弹着上来，恢复原状。病腿这样是有因，可是那条好腿也株连得拉不动。因此不去办公室就有充分的理由。

但是村上事无大小，荣凯都要和他交换意见，听取指示。大点的事项首先尊重泯义的意见。若不通气，泯义就传出话来：张狂！其实，泯义已把自己当成垂帘听政的老佛爷了。有时，事不关己地模模糊糊哼几声，有时高兴着，就说你们怎么想就怎么干吧！而更多的是嫉妒和冷嘲。你工作干着，精神折磨得受着。遇到这种情况，荣凯都以包容和微笑对应。在实行中，民意的要求是什么该怎么做，他是尽其力不打折扣地朝正方向行进着。

泯义总以自己的老资格而气壮，自以为在白墨村自己就是个挑线的。我让你动手你就别动头，我让你动腿你就别动手。我还是老大，老大的位子谁也别想抢着去。我不死抢班夺权别做梦，他一想自己的威没减权柄还在握，心劲就来了。他要名正而言顺地当权，紧握权柄不放松。

荣凯的脑袋不是白长的。他对泯义的这种思想，这种主脉是早有领教和感受的。

夏季税收，是一次“战役”，是个季节性的“大工程”大动作。近几年每临夏收，都是以“运动”形式和规模轰轰烈烈开展的。初出茅庐的荣凯他必进泯义的庙，向他请教推动之法，同时通知镇上的会议。泯义这次意外的悦意，态度反常的和蔼。荣凯通知开会，泯义即应：“那好吧，骑车子还是可以的。”问：“你给通知大伟了吗？”荣凯说通知了。泯义修整了自己的容貌，骑了数月没动的摩托，放到慢档上准时参加了会。

会场，大伟和荣凯是坐在泯义的后边。听完了，大伟和荣凯直接回村子。泯义和季家岭支书季生文、衡佑村支书焦展三人同行。这两个村是白墨村左邻和右舍。“文革”中是同一战壕的战友，“三忠于毛泽东思想文艺宣传队”的成员大队，用今天的时尚语讲，算是战略伙伴关系。几十年过去了，这种同志加兄弟的关系保持传承，永葆着青春。因有这种缘分，凡有大事都互相了解、交流、听取意见的。作为同路人，并排前行，无所顾忌，坦白吐露，相互取经。热乎的讨论，汽车过来鸣号，他们也不理不躲。

焦展：“这国税皇粮说的是一定三年、五年，不知为什么这几年年年变，越加越重。今天领的任务，数字咱咋向村民张口？”

泯义：“国家变总有变的理，再重，是上边下的指标。咱只是催粮催款的，尽管催就是了。和中央保持高度一致嘛！有啥难张口的！”

焦展：“我们村，五十年代不到二万（元），六七十年代也才三万多点儿，八十年代四万多元，九十年代起，各种项目总计已过十二万了。现在已飙到十五万三千元了。我头像笼大。硬逼着收，群众骂我是黄世仁。有的执问：水涨船高的水从哪涨的？收不起，上边逼，天天评，落后了就批……”

季生文：“咱这些小官实在太难当，难就难在每年这一关。群众给咱编的什么‘催粮催款，刮宫流产’。刮宫流产比这好搞得多！结恨的是少数人个别人，催款惹的可是全村人啊！去年，镇上按规定时限完税费，不许有拖有欠。我村向私人高息贷款。又东拼西凑才结了。一年多过去了，高息累着，旧账没清，新任务又来了。你俩说，我今年咋办？”

泯义和焦展说：“你的那种贷款交的办法，非你村一家，好些村都是，我们也搞，只是数额不大！”

泯义：“咋办？自己屙的自己擦吧，办法是人想出来的，活人还能让屎尿憋死！”

生文：“啥办法，你给兄弟说说啊！”

泯义：“鸡毛出在鸡身上。就这么简单！”

生文：“有毛你拔，没毛拔什么？”

泯义：“没头梢毛就拔二毛、三毛吧，有甚法子——一种是借新任务指标下达，加摊各户；一种是村上把镇政府时限再提前，交不上的户就罚他交滞纳金。这样加摊的和所收滞纳金基本就能把拖后腿的那些户眼眼填平了。填不平也差不多。我们村就是这么搞的，不然，你一年压一年累的就塌了蒜，哪年能清？”

生文：“哈，怪道咧你白墨村每年能得先进领奖金，原是有秘诀！”

焦展：“加、加、加，你们没听群众骂咱这些人‘不如国民党保长’，叫咱‘吃人贼’！”

焦展的村子到了，他下了车子。泯义、生文也下了车。焦展说：“听你们白墨村的任务我也出身汗，数字吓人！”

泯义：“是的。我们村民兵训练费，现役军人补助费，民办教师工资，还有防雹费，市政建设费，农建费，救灾费，我都记不清项目了，综合起来，大体是17万多吧！去年是16万8千元。”

生文：“这就叫‘年年再上新台阶’吧！你们今年加不加，准备加多少？”

泯义：“不加日子咋过？开销多啊！我吃谋了一下，每人加10元勉强可维持，往后看形势再想办法！一次加得过重不行，不仅难收还会惹出事的。总之，不能让事把咱顾住吧！”

焦展（以劝善的口气）：“咱都是农民，农民种地长拉拉一整年，只收成一料子，要养一家老小。咱是直接给农民父老当官，也得为他们考虑。恐怕再不敢搭车了！”

生文：“焦支书说得对，不敢再雪上加霜！咱得想办法雪中送炭才对。想办法为集体创些财富，加上机动地款什么，不再加就完全可以了。”

焦展：“勤俭节约！咱不能把穷日子当富日子过。咱农民土地承包后，才解决了温饱，钱财积蓄并没多少，咱们都是清楚的。各村都没什么企业，每人只种一亩来的地，种粮本是没有多少利的。这个咱并不是不知道。农民交的粮多时三等四等，有的还给评五等。小麦三等每斤一毛五分八，四等一毛三分七，市场价也只六七毛钱。产一斤粮成本大多是相当，有的地质差，成本大于交售价。咱这地区，烤烟业农民交售吃亏，都不干了。果业才开始不久，效益还不是太理想的，况且不是户户都有果园。好在政策宽松，多亏农民打工挣钱。挣了钱作补贴。农民再伤了元气，咱们的工作可就难了，你们想没想到！”

泯义：“农村的底子谁能不知呢，农民的情况谁能不知呢？问题是轻松的口一张好说，可是事难办啊！不搭车，招待费，村干部工资，村上一切开销哪里来？”

焦展：“农民的心再不敢伤了！现在社会腐败风越来越不得人心，百姓反对之声极强烈，大腐百姓反不了，身边的就盯着咱这些人，你不是没听到对咱们的画像民谣吧：

烧酒把眼睛喝红了，
白吃把脊背吃平了，
女人把人玩得不行了，
麻将把胳膊打痛了。

群众对咱这伙东西的讨厌、憎恶、愤怨可想而知！本来名声就不好，再胡作非为，会为安定埋下危险隐患的。”

泯义：“安定，安定，总吊在嘴上。安定不是咱能管的事！咱操咱的心就行了；说到腐败吧，已是一种疑难的社会病，咱这些小毛毛能怎么样？”

焦展（不愿再论再争）：“不拒，那就兴风吧，过去喊解放台湾，喊近半个世纪了，至今还没解放。就如大家说的不需去动抢动炮，只要派去几个营的嘴，要不了多长时间，肯定吃垮它！要省多少炮弹呢！也算‘吃星’们对统一祖国的贡献！”

泯义：“你谝怂的话，把嘴巴说得比核武器还厉害！”

焦展：“你以为呢？蚂蚁都啃倒泰山哩。你说那小小的嘴厉害不厉害！再不严管就把共和国吃了，你信不信？他腿一夹，拐个弯走了。”

季生文对泯义说："咱三个刚等于开了个小小的辩论会，讨论了焦点热题，不过，我认为焦支书的话还是值得思考的。"泯义不以为然，他边上车边说，都是牛皮人儿替古人担忧掉眼泪哩！"

突然，周边几个村子的高音喇叭打开了，秦腔吼得耳膜痛。生文说，开始了！

"喇叭扎尾巴，就知要放什么屁了！"许多村民向着广播声说。

边吃饭的放下了碗，边走路的停住了步，边说话的闭上了口，他们条件反射地说出同一句话："肯定是说征收税费的事了！"果然，喇叭传出："村民们，村民们，请注意，夏粮和税费，从明天起开始征收，限期七天。各家的睡梦各家梦！……"

4

白墨办公室里，坐着村委、支委和各组长，共十余人。泯义召集和主持。

泯义看人来齐了。他说，很有一段时间了我没到这地方来，好多工作是荣凯副支书和大伟主任搞，搞得雷厉风行，成绩显著，我自愧不如。今天咱们的会没有别的，大家已知，就是交公粮，收税费。镇上的会我和荣凯、大伟三人参加的。任务总额17万3千6百元。比去年又加了些。加在哪不清楚。总之，咱如数按期完成就是。县上考虑到南北各塬麦子成熟期差别，决定15天全县清结。镇上是10天，要求各村以7天时限公布。咱村再提前1天，以6天为限。今天先宣传，连夜加班赶明天得把各户交纳通知书发到手。

泯义春风得意，以战士接受战斗任务的振奋，发扬以往的一贯作风，总是不可更改的，权威的气势斩钉截铁地说，致祥和大伟负责填写通知单。荣凯到广播上讲一讲镇上会议精神。大伟一改往日做事说话风格，慢条斯理地问："总数如何分配？按人还是按地？"致祥说，两个人抬木头，每人一头的扛，按人按地没多少差别。他胸有成竹地说："公粮油菜按地均，其他税款一揽子通统按人头摊！"其他参会人不说话，他们知道说了也是白说，于是把自己当作坐会的。

荣凯思量后说，墨支书，会议精神还是你讲比较好，夏季税费征收这可是个大事，镇党委书记鲜明强调这是目前工作中心的中心，政治中的政治，你讲更能说明重视，我讲在分量上怕有些轻。泯义听了舒服，把目光向在座的扫视一圈，微微笑道："你们年轻人敢说敢闯，底下有那么一大帮子后生响应召唤，给你机会你却不愿出头了。那好吧，我这个老不中用的就接受抬举，黄忠上阵，也不怕讥笑了。下来把抓的组分一下，荣凯抓一组、二组，大伟抓三组四组。各组组长要积极配合，不可懈怠。每日完成税费，由致祥负责统计和评比，并向我向镇上汇报。散会，谁误了事谁负责。"

散会后，致祥独自去了泯义家，问，各户通知单就按镇上数摊吗？泯义指着致祥道："我说你这碎脑袋今天咋就糊了呢？放过了机遇，那招待费、干部工资、村上杂七杂八的开支跟谁去要？"致祥问怎么个加法。泯义出口成法："我说你和大伟负责填写通知单，因为他是主任。实际大权在你笔下。每人先15元，每亩地加4斤小麦，油菜半斤。你先吃些苦，抓紧算好，拿上和大伟共同填，这样群众闹起事来责任就不是你一人了。还有建校集资款，有些户还没清，这次给加在统筹栏目。以上不要说是领我教，记下了吗？"致祥点头哈腰："这一点我脑子始终清着哩！"

下午三点，村上高音喇叭放开声地高唱《斩单童》《金沙滩》，唱完了。是泯义讲话：各位村民，各位村民，紧张的夏收已经开始，今年又是一个大丰收，再过三两天，地里就全收完了。希望抓紧时间碾打晾晒。把最优质的麦子交予国家支援建设。莫要忘了，没有改革开放，就不会有咱们今天的好日子，该收的税费，大家踊跃筹集，积极交纳。县委县政府、镇党委、镇政府都已开过了专门会议，村两委也开了会，完成夏季税费这是中心的中心，政治中的政治。咱们要上下统一，集心协力在规定的六天内完成任务，拖延的得交滞纳金，积极交清了的给予奖励。个别钉子户不要看老皇历，打老算盘，等“平茬”，那阵子就不体面了……

社教后，泯义重新用权的机会到了，不幸身体又生麻烦，才让荣凯几个年轻人得势，这几个人发挥新思维，初试锋芒，着眼整顿——从人的思想，人的生态环保诸方面着手狠抓。谁知一抓就灵，全民拥护，镇上青睐，使泯义心里很不舒服。不舒服又无反对和阻碍的理由，只能沤在心里。目下，身体基本恢复，已能上岗。正逢夏粮征收，税费交纳，这是县镇最重视的一环。也正是验证村级干部能力和村级干部彰显自己的大好春天。催交争先恰是泯义的强项，大显才能的平台。他决然上阵，当仁不让地挂帅，表现“姜还是老的辣”的资质，给镇党委看，给白墨人看，也更是给荣凯这些不自量力的小子看。

白墨村接受的分配任务，加上村委会随心所加，已超过20万。征收的难度，泯义也有估计。荣凯拿了几户交来的近三年“通知单”向大伟说，按镇上的指标，人均又加了大码，这是怎么回事。大伟说通知单是致祥填好的，得问泯义个究竟，荣凯思虑了一下说，通知单已发下去了。解铃还得系铃人，谁日的鬼谁解套。大伟说，尽管真相最终会弄清，可现在去收，我捏一把汗啊！

驻村刘柳根和抓片的师存水下村，正好碰上荣凯大伟二位。师存水朝廷大员巡视的派头，口气铁铁地传达了镇党委书记的旨意：全镇各村即日起开展挣红旗运动周。办法还是老办法，即把有效时间分为三段：三四三，共十天。镇上专设办公室，各村见日早午晚三汇报，参考时段，按完成额的百分之五、三、一奖励。时限外，二二一，共五天，参考时段，按拖欠额的百分之一、三、五交滞纳金并处必要的罚金。县委开展各镇（乡）一日一评比，电视公示。镇上日日评比，电话、板报公示。奖罚当日兑现，红旗白旗分明。县上规定为7月18日下午12时为限。镇上提前了的时限已公布。白墨村又比镇上提前了两天，具体都在下午12时。上行下效，时间感原则，只争朝夕的紧迫感让人燃眉，心跳腿颤。为什么有这种心态？又不是国民党拿棍子打着催逼，何来威逼感？群众也说不上个因。客观说，镇上还是给了农民喘息机会的。学过农，种过田的都知道，麦子过了夏至才渐渐正式开镰收割的。级级设时限，不明明是逼农民绿收吗？

农民实践结论："麦过夏至自死"，有其经验之理，但颗粒熟透，达到粒粒面粉都饱满是要个过程的。遇到阳光不充足，或阴雨天气，肯定是要推后的。目下，夏至刚过第三天。白墨村地理环境是这样的：整个麦子田块集中在坳心。这"心"远望是平坦无垠的。身临其中细心观察，实际是中间凹周边稍突的碟式地域。只因广阔，方无碟或盆之感。犹如我们人类处在地球上，看脚下环境不认为是在圆球上一样。村民称这宝地为金盆养鱼。贵之爱之，珍之如母。由于地形的原因，麦子成熟期，比其他村子迟三几天。就是提前收割了，期间还有个碾打、扬净、晾晒等几个环节。况且当时的农村还没有大型收割机具。就是中小型的也罕见。全是人工收割。峰期，主多客少，麦客供不应求。叫不到麦客的只能自家人上阵一镰镰割。割了，又没个场面，多是各在自家崖背上或公路上碾打的。

泯义放开喇叭，大讲特讲税费征收政治意义的时候，这坳里的情景还是这样的：

全坳的麦田，一浪掀一浪，变色龙似的，早上还是浅绿莹莹，波起浪掀，午间就呈现鹅黄，浆稠溢香，夕阳下表现金黄，壳干粒僵。有经验的老农说，定收割时间每日上地是看两头：清晨看最为准，傍晚看只是参考。两看都是站田头，搭眼观色，采穗取粒，口嚼硬度，刈限就判定了。他们凭一生的劳务实践，说，麦黄一时啊！收迟了连下（拧）腰（捆绑）的秸秆也没了。倒霉时还会遇上风雹灾害的。判不准，收早了，少磨面粉。所以，啥时收割，把握时机是甚严甚严的。农民在这关口，一点也不马虎。宁让成熟过火，也不愿绿收一镰。泯义高音喇叭里擂战鼓，擂得人心惶怵！

这些情况村镇干部比谁都清楚，但每年到这时候就不实事求是了。只是一个劲地催、催！

这几天农村可热闹了。镇上组织的宣传车，巡村展播县上十项要求和镇上的六条补充意见，震得田间里汗流浃背的村民耳门都痛。有的还在耳孔塞了个纸蛋儿。村上高音喇叭一个不足，又加一个。一南一北，高架屋顶，从早到晚，定期不定期地喊。喊叫的人有时是总指挥泯义，但更多的是没给分包组任务，只搞统计汇报的会计致祥。他喊得口干舌燥，嗓子时宏时哑：某组已交多少户了，某人用去年的陈麦子提前交了，钱也清了。像火线飞捷，展播表扬。几个组的排名，每天几变。泯义眼前放着统计表，一、二组稍后，他叫来致祥让上门入户统计，并叫来荣凯问责。荣凯说，一二组正在凹腰，才正式收割，泯义严厉指出：“村、镇的时限是个要命的法定日子。倒计时融雪一样快。每天各组早午晚逐级汇报。早午晚公布名次，表扬批评，旗帜鲜明。你要负责任啊，要拿出你们搞卫生村的那股劲那种力度来。别怕惹人，怕惹人就……”师存水又来了。荣凯走了。

5

已过去四天了。

白墨村完成了60%。三组第一，一组第二，二组、四组第三。据经验，剩下的40%得用攻坚才能解决的。这在时间上谁也说不定。这个意义如战斗中抢占制高点，谁占了就是英雄。因为这时间是关乎村上荣誉，关乎镇上面子的。泯义、大伟、致祥，加上师存水、刘柳根两个镇上包片下村干部，共聚一起谋划了“怎么办”。荣凯是班子新成员，而且还是个副职，在泯义与师刘中说话影响力并不大，他说得对与不对，人家可听可不听，由不了自己。在泯义眼里荣凯只是个以老带新的徒儿，见习的。参加不参加无关重要，就没专门通知，只是给一个村民捎了个话也不知捎到没捎到。已到的几个人在路西一棵树荫下蹴着议策。致祥说，正方子是加重滞纳金。倒计时迟一天按20%加，迟两天按30%加，迟三天按40%加，迟四天以上按60%加。大伟反对，说，剩下的大多是困难户。再说，有的连麦子还没碾打呢。坳心里才开镰割着，割了还要碾、要晒，总不能带杆交或湿交。你越累越重，扛不起来了咋办？泯义小眼睛珠子滚了滚，白多黑少地连眨了几下，批评道：“照你这情绪咋个催呢？这么说还没办法了？”然后俨然一副权威一个智者地提了个上策：“今天，给你们一天时间入户探底，两天内谁家的公粮和两费（岂止两费！）交不来，就到信贷员那里给贷。”大伟说，人家不愿意呢！泯义两片嘴唇轻巧地一碰道：“不愿？还由他了！叫不去人，村上给贷。还有一个办法，谁家粮没碾或碾了没晒干的，动员去粮站用钱清。这一向，各村都是用这办法搞的。人家进度一天一个样儿。咱不采取这措施就落后了。”荣凯已来一会了。他在外面听泯义批评大伟后，又站了一会才轻轻蹴下。泯义问，你咋才来？“咱催人家，自己得先交。我赶时间去交粮纳税刚回来。听说你叫开会，我没歇就来了呀！迟了？”荣凯回答后，说，这些人本没钱，才等着用粮去交呢。到粮站去清，还得倒贴不少钱。宁要他们用钱交，得做思想动员，通不通就难说了。泯义立马插话，思想工作不是万能的，再说，这个火候上哪来工夫去磨牙！大伟听不下去，说，剩下的户有一半用粮已交清了农业税，只是欠着果林特产税和其他的费。泯义斩钉截铁地说，两费交不上就去装麦子，麦也能卖钱，卖了顶嘛！马杓还能长在树上下不来？这时，荣凯又不得不说话了：“好多村民问我：苹果、烤烟、柿子、枣这种税怎么能提前收，收多少的依据是什么？果实正在生长着。比如枣儿，才从花里出来几日啊。有个村民问，谁家女孩刚生下就出嫁的？我被问得张口结舌，无理答解。我想，他们问得有道理。对咧，有人还问，如果说按面积纳税，有三分之一的户没果树，有二分之一的户没烤烟，这税是怎么摊下来的？就说有果园的人，也得等挂果有效益才可纳税啊！……我们应该恭听、分析。”

泯义坐不住了，站起来又坐下。咄咄逼人地说：“小伙子，你是党员，是村干部，立场哪去了。你站在哪一边？你是借口说心里话还是为民请命？”和农民有着天然情感的荣凯，精神世界是充满阳光的，他已锻炼得能适应白墨的生态了。他沉若平素地对话：“支书，我的工作经验和方法都远远不如你，不过我觉得农民父老说得全在理，我把实情反映出来大家研究研究，也利于推动工作有何不可呢？”师存水说话了：“上边如何规定就如何办，那些政策不属咱研究的。这些都不用说了。今天等于火线办公会，是研究如何完成任务的问题。争取时间不拖镇上腿就这么简单。”泯义接道：“自85年国家开征这项税，咱县都是每年夏季一次性收的。谁能顶住！群众瞎提一通，还不是白提！谁有本事上国务院提！给总书记去提！大伟咳嗽了一声说，听其言村民提的都在理中。苹果树有的刚栽下，有的还没开始挂果，烤烟大部分人没务，务了的正长着，成熟还得一两月，谁知产量是多少，受灾不受灾，能卖多少钱，全是未知数，这时候就来个先斩后奏把税先收去，似乎有些不合理。老师同志，你知不知道，烟果两样都没有的，按地都摊纳着税，有的人为完成烟税，出高价买甘肃偷着来陕交烟（陕价稍高于陇）人的烟票……这都成什么了！不合理也不合法啊！我在专门会上提供这些实情，望能上通，让税收合理合法。咱农民不是扛，心里亮堂了，才能踊跃呢！存水与泯义头对头嘀咕了几句。泯义说，“今天咱是要办法的，看有什么妙招，把工作能推动得快一些，好一些，结果提了不该提的一大堆问题，纯是反调。我看就不再往下谈了。再谈连咱这些人的士气都瓦解了，谈也都是白谈，咱又不是国务院不是省委省政府。能作决策的。咱只是执行者，绝对的执行者。”

荣凯站起来说：“这怎么能是白谈，是瓦解士气呢？那今天为啥开会，开会就是了解下情，就是听群众呼声啊，为了咱们工作的顺利、按时，针对咱村具体情况具体研究，有何不好？”泯义打断问：“什么具体情况？大伟和荣凯把你两人抓的组说说。”

荣凯：“从我抓的一二组看，农业税或交粮或去粮站用钱交，90%以上完清了。下来就到其他税费上卡住了。大概完成不到60%吧。”

大伟：“我包的两个组，自支书说可去给干部包饭的浩群家交，也基本完成了农税。其他这税那费完成的不到70%，有的户拿着通知单问‘其他’一栏，‘统筹’一栏都包罗什么鬼项目？问村上加那么多，依哪一级法？”

泯义："问题都不要摆了，只说咋办？"

荣凯："农村经济体制改革后，农业税实行了余额征收，队纳变为户纳。90年人均负担25.2斤，亩均负8.6斤，对个别纳税确有困难的实行减免改革，一是歉收的，这一条，我掌握咱村不存在；二是缺劳的老弱病残，烈军属以及遭受意外祸害，纳税有困难的；三是起征点减免。"参加会的问什么是"起征点减免"。荣凯说，就是对于粮食人均低于340斤，现金收入达不到60元的人和户实行减免。

"关于农林特产税，苹果梨按销售收入的12%计征，柿子、枣、核桃等杂果按销售收入的10%计征。这些都是依实际收益计征的。上边的政策很明确，很合理，不知哪一级把经念歪了！"荣凯说到这里，参会的有人搔首弄姿。

师存水双目对着泯义，泯义好像不理解师意。致祥发言了。他像在野地说话，毫无约束更无顾忌："白副支书，你是研究政策的是不？咱把本本都发各户了，已完成得差不多了，你讲出这些意图是什么，是不是又要对着干啊？"他恃泯义而无恐地放肆。

荣凯沉着地微微发笑："你不要先拿帽子扣。这是干部会，是讨论办法的。我讲这些，一是让我们收税催税的心里亮堂着合理合法的'成儿'，二是分析一下，剩余的户都是怎样一种情况，如果属可减免范围的，咋办？照收呢？还是减缓、免呢？你说我哪错了？这就是明人我的意图，你认为这是在'对着干'吗？我和谁'对着干'？如果研究解决了该减该免的户，就可腾出精力抓其他户，这不是办法吗？有什么错！"

大伟："荣凯是副支书，掌握政策是他的责任，说出来有利于工作！"

泯义："算咧算咧，不争啦，下去各负其责，按既定的执行！"

会就开了这么个结果。——等于没开。

泯义早饭后要去镇政府表功，之前，来到收租院观察。浩群家门外排着队，院子的大镑正过着粮。浩群验麦子，比粮站验收员还严格，睁眼不认人，晒得不干扬得不净的绝不收。牙齿咬得麦粒嘎嘣嘎嘣，有节有奏地响。凡验上的均以四等计价，比粮站还低1—2个级别。粮站虽说没有一级的，却有二级，大多为三级。他验过后，就去坐高背椅上一手端茶壶，一手吸烟或嗑瓜子。他婆娘拿着计算器过秤。泯义把她叫到一旁，眉开眼笑地说了几句酸话。浩群婆娘露出两排不规则的白牙得意地笑。泯义走出去，又返回来，高声喇叭似的叮咛："收够了就截止。"到底多少就够了？到底是真截止还是假造声势？交粮的人糊涂着。听到泯义的话，排队的人立刻紧张起来。怕不收了，就得苦着拉到街上去呀！

不到午饭时，闻讯拉来的麦子已在浩群家装了两大席套囤。沿着梯子往上倒。据有经验的老农估计，不下4000斤。浩群亲自把已交了公粮的数字及时送到泯义手中。没交上的只能运去粮站或用钱去交了。正午，太阳火样地烤着，人走一步都是一身汗。拉着重车子，跑六七里路拉到粮站，验不上又得拉回来，脚掌子也要磨层皮的。于是有的户宁让钱吃亏不要人受罪。干脆借钱去粮站。

干部踏着门槛催。

坐镇的泯义，真人不露面。四个喇叭喊得人头痛。村民噪得受不了就问着喇叭骂："这热的天，屄不干吗，烦死人！"

今天中午没听见泯义喊。因为已到关键时期了。对他说可以叫非常时期。他让其他人这头催，他要到粮站坐班登记、收票、统计。晚上好亲自向镇上领导汇报。

6

粮站的世事可大了。

两丈六入身的七间大库十二个新建土圆仓，每个跟前都围着黑压压的人。有的戴着草帽，脖子搭着腥汗湿透的毛巾，多数人还是光着头赤着膀，晒得发黑的皮肤上滚动着晶莹汗珠，散发着特刺的腥汗味。他们争先恐后地往前挪车位，袋位。偌大的水泥地热炕一样烫灼。其上分三大摊验粮。白草帽白衬衫的验收员到了谁家粮袋跟前，主人赔笑脸唯恐不及，怕笑得不到位，又低声下气地递烟。当甜言传入验收员的耳里，就能接到一个条子，这就可拉去过风车（过风车是百分之九十九的！），风车跟前也排着队。过了风车才能去过秤，那里还是排队。几个队就把人排疲了。三个验粮点、五个大风车、三处过秤。这三个队如龙摆阵。最后到开票结算窗口又排队。

这热闹的场面就是用粮交税的情景。

有经历的人一见，就知是在高峰期。每年如此局势至少有四五天。下午两点，粮站大门开来两辆小车，小车被人堵得进不来。只鸣号，没法让。进来也没它的位子。于是又退回去放到街上。

原来是县主管领导和粮局局长来巡察。他们一行五人，转一圈后，在广播里宣布：

“广大农民朋友，感谢你们的辛苦！为了方便大家，为了为农民兄弟服好务，也为了进度，县上决定从明天起，粮站派三分之二的人下乡分片验收，减轻不必要的劳苦……”群众听了向着喇叭拍手，欢呼。之后，工作继续进行！可能是领导的过问吧，院子专设了饮水处。这才解决了好些纳粮农民到处找喝自来水的情景。

用现款缴纳和结算是在办公大厅进行。说是厅，其实就是五间砖木结构的老旧房。只是里边通着。外有五个窗口，每个窗口都贴着字条。里边办公的摆着十多张写字台，两两相并排成一字阵。每个人面前都有一个十多杆的算盘。在娴熟的手指拨弄下，听起来欢乐美妙。有的农民尽管很累，眼睛却盯着灵活的指法欣赏不移。正中的写字台是粮站的结算点。左边是镇政府的三张桌。桌上都竖着毛笔写的牌子。一是收教育附加费的。一个是收统筹款的。一是统计各村今天进度，准备向县里汇报的。偏右的几张桌给休息和视察的领导摆着茶水，桌旁有脸盆架，架上搭着白毛巾。

在这个大厅里，除农业税、林特税必在此清，其他各“目”中的费在另一桌结算，这里有县乡（镇）两级的人。各收各的。你一片他一片地撕扣后，所剩全由村上收揽一包袱背。国家的、乡镇的收取了，村上收包，包了多少无法无则制约。

泯义来到这个大厅，小眼睛东瞅西瞄了一会，在专招待各村头儿的席上坐了，用二席草帽边扇凉边喝了茶水，搭暄了几句就出来。在大厅西边的两个窗口前观望。这里是粮站专设买粮缴税（粮站卖议价麦）的窗口。两个窗口前站着抢购奇缺物资一样眼巴巴两行人的平行线。一寸一寸向前挪动。如果和交粮验粮的长蛇队比，视角上仿佛时针相对分针。长队中的每个人热得满头大汗，个个都盯着窗口上堵着的头和伸进去又抽出的手，埋怨办公的太慢。有人喊：“喂，喂，你们坐凉房里不知外面日头晒得头痛！”还有不时为插队引发骂仗甚至动手脚的。有人因拥挤放开老声在骂，有人喊：“不许走后门，老子排队一天了，还没见饭哩！”“不许给他姐夫姑父方便！”泯义站一旁，把帽子往眼前斜了斜，遮住强光的一面，用目光向心里报着白墨在这里的人数和姓名。他记下了本村这里二十一人。因为热得实在受不了啊！他屁股一拧去了阴凉处。

好不容易，窗口下一个三十岁不到的壮小子，原是白墨村的墨耿耿。他呼喊着用力拔出了楔紧的身子。脚没抬离，一只鞋踩得不见了。他两眼被流下的汗水蒙住睁不开，只听他喊我鞋我鞋！不知谁用脚把鞋给踢了出来。这小伙用光胳膊抹了一下汗，才睁开眼穿上了鞋，像蹦跳的蛤蟆肚子一鼓一鼓，口里呼着粗气，一屁股坐在不远处的山墙阴凉处。歇了一会儿到大厅外的山花墙报前，昂首细看。墙报上公布着今年较大幅度调高的各等级小麦价格和粮站出售的各等级价格（粮站在夏收前，以便宜议价在外地收购的小麦，专用来在这个时候“为群众服务”的。程序是“钱——粮——钱”，依这样的规则最终大赚一笔农民的钱！就是你掏大钱买我站的粮，再按通知单中的粮数交农业税。收农税的桌上又以压一级的低价折算。）他边看边记。然后又来到阴凉处，一边啃着兜里的干粮，一边找个柴棒在地上列了个乘法式，然后列加法竖式、减法竖式。结果出来了。他把柴棒一撇，破口骂道：”日他妈的，几分钟就把几十元钱弄去了。叫我买油买盐够吃几月哩！这就叫为农民服务？趁火打劫啊！“

怎么能没了呢？耿耿说，他是按每斤0.87元从左窗口买的二等麦子，不挪地方，里边办公的把票转到另一人手，只听算盘咣咣咣响几下，又以每斤0.69元的三等麦付给你。这小伙就是从这窗口共买130.50元小麦交粮的，交粮后折现金96.60元。三二分钟粮站通过“为民服务”净赚33.90元。天啦！原来他们合伙从等级从价格上刮农民！小伙气得想哭哭不出。大男子也不敢哭，不能哭，就笑！他傻子一样的大笑。笑出了冷泪两行！这时同他一样从那里拔出的一个中年，忍气吞声却似心平地说，小兄弟，别生气了，气下病是自己的。钱是个啥，宁让钱受症，不能让人受苦。没钱可以挣，人没了什么都没了。你没想想，粮站也是做生意的。他不纯是个“服务”机构。不过这也太缺德，真会乘人之危，既省力又省时的赚农民血汗钱。为啥在等级上搞鬼坑农民？不知是哪一级给的政策。这几年我是用钱来交的。去年，我买的是二等麦，从这个桌倒到那张桌，票一倒竟降一个等级。把咱口渴得快破了，也舍不得买几牙瓜吃。几分钟净亏63元7角2分。你说我气也不气啊！可是一想，世事就是这样，你倒我，我倒你，倒来倒去都在这世上。谁死时一分也带不去的。小伙子听了，气还不消。说，我口渴得喉咙都快起焰了，想吃两牙瓜的钱也没了。旁边站着听的一中年人顺便掏出2元一张的淡绿票子说，小兄弟快去喝牙瓜吧，我还急着回去碾场去。兄弟，别生气，别生气，那几个钱，你咳一声，全当丢了！不就完了嘛！小伙说，啥子丢了，是从百姓兜里掏去装粮站兜里了！中年说，好了，知道就行了！装粮站的兜里更安全，更放心啊！哈哈哈笑上走了。

议价转平价，平价转议价到底是怎么一种规定？农民交粮，因路远运不来或是新麦湿按时交不了，就只能用钱买粮站议价麦，买了后拿票去交任务。那票一转手就按平价结算了。如此一算，粮站就坐得了差价。这是哪里的政策，农民不知。谁给粮站赚农民钱的权，农民也不知。渐渐得晓：政府为了“保护”农民“利益”，在收购价格上实行了平价和议价双轨制，就是说，农民在完成定购的公粮任务后，其余部分粮食施行按时下的市场行情予以收购，价格高出定购部分由国家财政补给。收购的这部分粮叫议转平。平价是当年国家规定的，议价是据市场的。这应让国家主人明白的，但没能明白！

可是粮站贵卖贱收的法则是哪来的，谁解其中秘？

满目的情景和贯耳的对话，泯义看在眼里，也听在脑里。这种事已不算是新鲜事了。他看排队的人后面继续着。他找到白墨村曾当过粮站站长已退休的白民哲，商量好让他从后门里给本村人办理，免得排队受苦。民哲答应后，他就从长队里叫出墨拴住，让他把白墨人的钱和粮本收起来交与老站长。老站长拿了一叠本本和厚厚的票子。为难地说："现在换的职工我大都不熟，原有的也退得没几个了，他们没权。这样吧，钱你们拿着，谁和我一块去，我试试。"泯义说，那好。拴住，你去抱两个大西瓜，提两抓啤酒，回去给会计打个条子领钱，我和老站长去。民哲说，一会就到饭时，咱去找人办。

泯义又买了几盒花果山香烟同民哲见会计。会计很为难，但看老站长的面情，应诺了。会计把瓜切开，红沙瓤摆了几桌面，啤酒已分散开。十几个人吃了喝了，又吸上烟，先没开窗口的孔。没要多少时间就给办妥了。泯义高高兴兴地拿着交了的票去大厅镇上那个桌上登了记。翻看了其他村的进度，满面春风地哼着小曲儿回家去。

7

泯义听怀东请假回来完税费，就去了他家。来时，大伟已早到了。泯义询问了今天的进度。四个组的排名是二组第一，三组第二，一、四组第三。几个组还有17户拖欠"两税"（农业税、林特税）、"两费"（何止"两"！）。这其中有五户是历年老欠户，账越累越多，俗话说的"虱多不咬，账多不愁"。有三户是老弱病残。地到种时种不上，收时收不回。连生活也过不前去。有两户是有瘫痪病人的困难户，其余户有主劳出外打工托人收割的，有地转让他人种的。打电话，人没回来，说，谁种地谁纳税，种地的说，我们出了租耕费了。就这样扯皮。

这些户拖着，村上不能向镇上交卷。村上两委又聚一起想办法。

泯义说："这样吧，只能去给各自名下贷款交。"大伟问："到期了谁还呢？"泯义说："先不说这些，只能这样了。"总不能让这几户把白墨村争先进的路挡住啊！距镇上截止奖励时限到了。他们今天再完不了，只得高息贷款了。只要和镇上清了，按奖励标准，可得不小的一笔钱呢。这时致祥也来了，大伟说，如果返还的能补空缺，贷款可考虑。泯义拍板：贷，就只有这个办法了。

“哪里贷？”大伟问。

泯义说，在私人跟前贷手续简单。如今不缺有钱的人。至于那笔返还金，还是照往年的办法处理。咱们辛辛苦苦跑来跑去，既要挨上头的批评，又受下面群众咒骂。为什么不拿。致祥也说，奖励的钱是奖村干部，调动积极性的，拿了理直气壮，光明正大。这时，他说，前几天碰见老支书元魁，专问夏季征收税费返还的钱。他说，咱近邻两个村两年都把那笔钱按交粮户分下去了，咱村咋没听着响动。我模糊着回答，今年已有呼声了。得统一口径，把事处理得严密些。

泯义听了，睁大了眼睛，说，不管这些。谁爱汪汪叫汪汪去，闲弹牙茬骨哩。致祥，你说说村上该收的项目还欠多少？致祥翻开册子说，拖欠建校集资的还有十多家，村上包饭的粮已按人口摊过了，只多不少，就是平时招待所花的钱摊下去后，大多人扛着。义务工、机动地、村上办事费等共六项，大概近万元吧。泯义说，按户算出来列成表，咱们上门收。

大伟说：“不声不响的就去要恐怕不当。我看召开个会，做个说明比较妥当。这中间的几个项目钱我也不清。”

泯义说：“你是主任你不清谁清？”大伟声大了：“我就是不清啊！”

荣凯因为好些款额具体说不清，找着泯义和致祥，他把村民上交的二十几个“通知单”往泯义眼前一亮，问咋办。

荣凯瞅泯义，大伟瞅泯义。泯义火了，今年是咋哩，都成反民了。

荣凯说，他们问的不是没理。或许是咱们把要收的没讲清。泯义气不打一处地说，过去本本上写的多少就多少，没几个人放屁，今年把怪事出了？致祥装起哑来不说话。都加了什么名堂，共加多少，他心里清得水一样。荣凯说，不然这样，大家看行不行？距镇上时限没多少时间了。先把应完成国家税费的欠户列出来集中收，欠村上的搁后边研究。泯义只得同意。

8

老天自开镰收割，没滴一滴雨了。按自然规律，往年起码下过三两次大白雨了。可是今年怪了，天上刚有乌云，飘着飘着就淡了，稍有风动马上四散，不知躲哪儿去了。又是红太阳，又是大晴天。这对夏收是好不过的。但是，田里的玉米苗，蔬菜都烤得蔫不拉塌的，快断气的样子。连最耐旱的菅草叶子也从深绿变成灰色了，狼汲了血般的惨黄惨白了，玉米杆靠地的已干到第四叶了，上边的虽为绿色，却叶叶全卷着。地里的虫子，树上的鸟儿，烤得唧唧吱吱呱叫，刺进人的耳朵，不禁心跳加快，让人烦躁不安。

目下，地比炕热，热浪滚滚。站在大田头，浑身膨胀。每天精光晌午，各家的地头上都站着人，瞅着自己的庄稼，有不少村民已倡扬着取雨的事，以安惶惶的人心。大小的人一睁眼就先看天。太阳每天照常从旸谷出来，先在咸池洗个澡，清除忙碌一天的腥垢，又升起天空惠普人间。它是不管下雨的。正是在这“野田禾稻半枯焦，农夫心里如汤煮”的时刻，村上近二十个人，在村委会院子中槐下围了一圈，又一次，机不可失地为拔毛商议良策。

关于参加这次会的人，按泯义的主意是叫些没棱没角的“民意代表”，向外忽悠一下，该怎么做，以既定的算。后来突然改变主意，说，叫那些放屁没嗡声的坐冷砖的是白费时间，会开了等于没开——这些人下去不宣传，就是宣传了也没影响力。所以让各组寻两三个能“吃铜咬铁”“兴风作浪”的人，同调整地那次一样，不稳住他们的心，拢住“对着干”的势力，要顺利征收就别想了。现在围坐的正是按唾口唾沫都是钉子的泯义的要求叫来的人选。他们坐砖的，坐椽的，坐木墩的，都集中在一个话题上：咒怨，骂天。这死老天爷若是个人，定要千刀万剐他！

泯义瓦盆嗓子笑道：“多少刀也伤不了天的皮肤！谁能捅出个血来呀！来，说正经的吧！”

大家还是怨天，骂天。泯义唉地一叹，说：“看来这天也是很难当的啊，热了骂，冷了骂，旱也骂，涝也骂。世界这么大，中国这么大，那片天能把下面的人都照顾到满意处！”

会场不知谁放出这么一句话：“当不好怎么叫天！”

大伟站起来，目光巡视了圈，说，天旱人心焦，大忙天咱还是言归正传，开咱的会吧。

泯义要致祥去隔壁小卖部叫谝传的师存水和小刘。二位闻声就来到会上，坐在泯义并排的长高凳上。老师一副高高在上的样子，严肃地瞅着前边。支书让他说几句，他摆手示意“不了”，小刘坐了几分钟，下去挨坐在荣凯旁。

泯义开门见山：“今天的会有两项内容。不说都知道，是关于税费征收问题。一，如何按时扫尾交清；二，几项费的落实。”

刚撂“落实”二字，三组的醒娃就接上道：“干脆说是摊派好听些。别遮遮掩掩了。用落实好像你们是爱国的，所收项项都是合理合法的。实则，正如群众所说：不摊派不开会，不要东西不开大喇叭。”这小伙子说话时鼻孔的粗气冒着噗噗的响声。

荣凯说，有意见就心平气和地全说出口。

致祥以村干部的身份站出来发言。他是泯义手中的一根棒，惹人出风头的事都轰他打前锋。他声音很炮地说：“这是商量问题吗？刚开始就吵架，又不是台湾的民进党和国民党。”

泯义：“税费征收多日了，县镇的时限已到眉睫，咱还有几十户扛着拖拉着，咋办？”

胜胜说：“土地承包后是分户各纳各的粮，又不是公社时集体交的，谁家没交催谁家呀，给大家要啥主意？是不是想让大家抬！”

致祥说：“这是一大笔款，村上要向镇上负责，负责就是要完成任务，打扫清摊子。这么多钱从哪里来？”

轲亮身子前倾了倾说：“这些户又不是给谁把大头孙子肏下了，有什么功开会拷大家！”荣凯看情势，急说：“剩下的户得先搞清楚家里情况，好区别对待。真正是老弱病残的生活有困难的，村上想办法帮着把公粮运到粮站给交，已帮了二十多户。至于其他的费可与镇上研究，是不是用减免解决。”泯义听着，眼睛一直圆瞪着。没等荣凯说完，他说：“现在扛的户都说有困难，给谁减给谁免？镇上给你咋说？”

荣凯说：“这就在于咱掌握实际，公心公断了。照一组的贵民老人，两口子都八十岁了，早失去了劳动力，那个养子带养媳妇常年不回，现在又不知踪影。这种家庭毕竟是少数，可也是欠户。我的意见，这些户的费暂记在账上。电话催儿子清。目前首要的是帮他们交农税。让他们准备好，咱村上帮他家把粮运站上交。我已给说了。”

冒子也在会场。他说：“荣凯讲得对，剩下的这些户，得按实际情况。像贵民这种家庭，村上可帮着解决。我现在要说的有两笔款。一笔是在各家粮本上多摊的。包饭的到底吃了多少，收那么多就完了！全村1400多口人，算算是多少？这第二笔。有两项：一项是全村机动地，也是一大笔收入啊，那么多地，收了这么些年了，这笔钱哪儿去了。社教搞了一场，没彻底解决，干部要说清。社教过去了，你们又想穿新鞋走老路，过去钱收了，毬背宽个纸绺也不给，账也没公开过，幸好镇上今天有两个领导参加，这糊涂账还要糊涂到哪年哪月？咱不能只知摊！”一时参加会的抢着发言。天亮问：“咱村上干部成啥人了，光知道要，儿子给老子要钱，老子还得问声干什么？儿子编慌了，尻蛋子还得挨揍，你们把村民当摇钱树了！当娘老子了！”

镇上小刘，是个不善言语的小伙。小刘乍到村，有人就瞧不起他，认为他是抬槽队（顶替）一类的人。实际他来白墨村后，和青年人，朋友兄弟一般。对村情民意，尤是干部工作，生活作风，可以说了如指掌，然而只能铭记于心，从不和支书大人对阵，他是为前程计，而不敢公开。他听了前边几个人的发言，笑了笑说，大家有意见可以摆，目的是解决问题，和为贵。我也同意实事求是，据实地区别对待。

胜胜情绪激动地说：“小刘说得是。是要解决问题的。我这人说话就这么粗，可是话出来比抹着糖的可靠。村干部要争先进是好表现，可是我想问你们争先进的目的是什么？无非是图名，图利！为什么不顾困难村民的实际？镇上奖励目的是为推动工作。村民不解的是咱村的左邻右邻把那些钱都给纳税户分配了，咱村呢？多年都是干部独吞。请问，你凭什么受奖，不是民众积极完成你得一个屁！不给各户分就算了，可以拿出照顾村上极困难户呀，为什么不？”

荣凯坐着，听着，分析后，又二次发言，说，那奖金如果真的是给了，分配到纳税户是合情合理的。干部就是为大家服务的。而且每月还有补助工资。不该拿的就不要拿。大伟接着说，镇上奖励像大家说的，是因为交纳户踊跃完成任务才给的。既然上边给了，不向下分，就可以拿出照顾困难户，还能体现社会的温暖！

泯义和师部长转眼转色，如芒刺背，舌头在嘴里打旋儿，话滚上滚下，到口边又咽了回去。底气不足的样子让参加会的人看得一清二楚的。泯义无趣地点了支烟，堵在两片薄唇间，唾沫洇湿了二分之一，原来他的心思没在吸上。致祥低下头在地上划渠渠，划了又抹，抹了又划。一会儿出恭离开了。

按平时，师存水要大发一阵火，以显镇上领导的权威。今天还算识时务，不和泯义穿一条裤子，不出一口气，一改旧习，从粗野转到文明温和，出来为村干部圆脸气，收场子。

他站起来，表示对大家的尊重。两手在胸前极不自然地抖动了几下。可见他用仅有的控制力在稳着可恶的神经传达的内心慌怵。他说："各位乡亲，大家该说的也都说了，管实与不实，对与不对，都把窝在胸的吐了出来，我代表干部诚恳接受，深表歉意。至于村上的难处，望大家理解。顾全大局嘛。"他下面还说了许多有关和无关的话。参加会的，知道这是贴狗皮膏药。师以为这下可收场了。可是他的话准备画句号时，一位老人发言了。他是元魁任上一位前任的副支书，年事也高了，他说，既然来了，也说几句。"刚才姓师的说的'对与不对，实与不实'，我觉得同他最后的歉意有矛盾。我讲出来请批评，今天会上基本都发了言。我听了觉得都是些实在憋不住的话，忍无可忍的话。我也当过几年村干部，说实话也没脸表功，可是并没敢放开胆子做违背政策的事。没那心也没那个贼胆。那时都把党纪国法看得神圣。不像现在口说一套，实行起来大打折扣，变着法儿挽套套。那时兴发给我们摆了一大摊意见。这里我声明不是我报复的。如果我报复，我就全失党性和人性了。泯义你也许还记得清吧，他手指着我的眼睛说：'你要记下，牢牢地把意见记下'。我现在向大家说，我没忘。他提的好些意见值得深思，到现在还没忘。我下台了，我不适合民意，我滚蛋！我们那班人都没让村民满意。包括你泯义。今天，泯义仍在台上，我也要你们都记住，牢牢记住大家的发言。阿弥陀佛，望你们莫要再以权谋私了。”

泯义要起来说话，师存水拦挡了。今天本是要想办法完夏季税费任务，却开成了一个揭发批判会，这种会也有多次了，再开下去会不好收场了。师存水和泯义碰了个头，执意要截止发言，散会了事。

9

该走的已走了，最后留下的是泯义，大伟，致祥，荣凯，还有师存水，刘柳根。

他们又聚于村委会，继续商量事。

致祥丧气地说：“今天开了个什么会呀，真给人装气。”泯义怨致祥：“你气，我比你还气哩，参加会的人就没叫准嘛，为解决问题来结果是引火烧身，倒给咱们开了个批判会！”师存水说，开会没有不对，问题就出在参加的人员上。叫怎样的人你们原没有确定好。荣凯说，也不是出在参加的人身上，冰冻三尺，非一日之寒。村上的矛盾不是一天两天形成的，村民们的怨气，也不是一年两年积的，有怨气发泄是必然的。也有好处。主要责任在于咱们，打铁还得本身硬嘛，所以咱当反思！

大伟说了一句：“病是得在井里——深了！”

泯义说，社教中，他们发泄了一通又一通，还没完？我看是有意不让安宁！说重了，是破坏税费征收！

师存水是包白墨村的，他巴不得这个村事事能为他争个面子，你们务树我吃桃子，捞个光荣。但推动起工作来的确十分困难，症结在哪？他比谁都知底，这个村的头儿，工资领着，大多时间花在麻将，酒店和女人上。完全脱离着父老乡亲，比官僚还官僚，镇上有中心工作，泯义只会在广播上哇啦哇啦一阵子，具体事都分给其他人了。村民知支书的存在就凭喇叭里的声音。如果说群众中不见他也不公平。这些群众是谁呢，就是他常光顾的几个破鞋女人，还有能盯住行行咬住他软肋的“毛不顺”。破女人都在他的掌控之中，如玩猫逗兔子，关系火热，如胶似蜜。而对“毛不顺”的，他采取的是既拉又打的双重策略。他懂得安抚不好这些人，就会发生地震，就会余震不断。他要刮地皮就无从下刀子。光安抚也不行，还得给点颜色，让他们时时知道马王爷长着三只眼。管束他们的有长官。今天的会为啥开炸了，反而抖晒出了不少陈谷子烂糜子事，又来了次秋后算账？存水虽万分懊丧。答案却全知：一切都在泯义所为。致祥说，早知会开成这个怂样子就不开，该怎么办就怎么办，看谁能上天！刘柳根道：“群众有怨迟早要发的，今天说了也好。”刘柳根的意思很明确。会开得有效果，虽事与愿违，却开出了一个大大的教训——百姓的心是不能亏的。他们已不是过去各种制度束死下的民众了。觉悟高了，思想没包袱了，他们把对干部的不满积蓄于胸，在必要的时候发泄出来，为的就是维护政府政策，就是教训干部：别以利已之心，为我之欲，损害百姓利益，损害了就不行！

致祥冷丁丁直白：“还是公社大集体好，干部说啥就是啥，叫咋就咋，不服从就罚工分，办学习班，开批斗会，他乖得猫一样，如今土地在户下，有事难组织，有意见集中不了。他们说话自由，行动自由，村委会党支部的鼻子还被牵着。”泯义说，咱中国人从来奴性十足，你不当人他好好的，你把他当人看，他就不知道姓甚为老几了。这样吧，没完成的几户继续催，剩下的极少数和往年一样，平茬时处理。村上收的那部分。致祥下去再算算。义务工再加大点，每亩地按20个工日，每人5个工日，每工日从原3元提到5元或6元。地和人口都负担些，地多人少的，地少人多的谁也没说的。村上一年来支出的款项同包饭粮一样也按地摊。摊多少是多少。分解到各户名下。机动地钱，社教中解决了一部分，以前没结清的得结清。从今年起，谁要种一次付清十年的，往后不再年年收年年挨骂了。泯义的新对策新点子一出口，荣凯想，机动地一卖10年并不恰当。让村民一眼就知干部真的是向钱看的，肯定要反对。于是说，“关于机动地的事是否听听村民意见。地是属于集体的，每个村民都是集体中的一员，他们有权监理。义务工政策马上要取消，今年的我建议让会计算一下，需义务的要多少应据实摊。工日值按1到2元就行了。义务义务，就是村民不计报酬的心甘情愿为公益的一种劳务。一种责任。既然村民是白尽责的。咱怎么能白收那么多钱？”泯义马上堵口，说，听谁的意见？给民主听民意全依了民意，就把咱烂到泥潭里了。还是咋想就咋办。他，还是不改家长作风。

——他的唾沫真的变成铁钉了！

第十八章　平茬运动

1

一年一次夏季税费征收，高潮过去已近尾声了。但对紫薇县乃至白墨村的农民来讲，年轻力壮的已算突围出了一道关隘，剩下的那些老弱病残还将面临严峻的考验。这个考验就是时下广为宣传也令农民惧怕的“平茬运动”。“平茬”这个词，在民间过去偶有所闻，是专用说明庄稼人清理耕地，除去不利播种的杂草和收获作物后所留茎干根部的劳作。谁料这一词，在20世纪末，幸运地被地方政府官员赋予以新鲜含义。对“茬”之前的动词加重语气力度，并大张旗鼓的实施，颇彰显出了政府行为的特色。它向社会证明，“平茬”这种创举性的动作是合情又合理，合理又合法的。而被当作“茬”的农民听之却怯惧变色，深感被“逼”的无奈！因为一个“平”字殆尽了温良和仁慈，同情与耐心，那无情使百姓已感觉不到些微的爱意了。

夏征工作，本是一种爱国的义务。是民族情怀与忠诚奉献的集中表现。照章征收，天经地义，责无旁贷。如此万分光荣的事情，农民的自觉行动和积极性是大大的有。原本的好事却搞歪了脱轨了。这就势必引发看法和情绪。省市都有具体政策。但到县乡村三级，节节对政策就有由地方任性的理解，市上还守些规矩，而县上出于财政收入考虑，任务下达，不管黑猫白猫只要按时完成，其下属镇（乡）村就放胆夹杂“不正之风”，大折大扣，民自然有了“乱”和“腐”之嫌。群众说，这是“歪锅对歪灶，歪嘴和尚对歪庙”，“有血没血都要见红”。有谁实事求是了解真民情？！

县委县政府召开第四次税费征收紧急电话会议。要求全县各乡镇必须在5天之内结清任务。若有拖欠，拿书记乡（镇）长之职是问。一听事关纱帽，都下意识地双手去摸一摸脑袋上那顶来之不易的宝冠。甚为仕途担心了。有哪位愿以纱帽为代价！但后面还有个积极创意：机关，企事业单位，各中小学教职员工等，除保证自家完清外，必各包1—2户未完税费的。这个未完成的户由村上提供。三天后拿交费条据和有村委会签字、当地政府盖章的证明，交本主管部门（局，委，办）。完成与否和当月工资挂钩。未完成者扣发当月工资。副科以上的得考虑能不能胜任。这一来，全县各角落立刻闻到打歼灭的火药味儿。

北新镇按南北两片组建了两个工作队——实际上的平茬队，——由镇领导挂帅（名誉），财政，税务，派出所等各方面人员和在街上选的猛虎上将，共四十人开着四轮机子分片下乡了。

小娃娃听见机子响，看见拉那么多人进村了，跑着喊电影里的词：“鬼子进村了，鬼子进村了！”

北新镇几位主要领导就落实县委和政府关于改变征收作风，谨防引发事态的电话会议精神，开了几分钟的碰头会。会上开始意见分歧，强调力扭强硬手段，速归温和、以人为本，另一种坚持已行办法，暂不宜扬汤止沸，影响运动顺利推进。最后的决定是先不公开宣传县委精神，实行暗暗纠正的举措。各领导下乡参与，分片负责，掌握分寸。徐副书记仍在北片四个大村。这四个村正在由村级两委会催清。各村的驻村干部和两委会的人是当然的编制。白墨村师存水和支书墨泯义是正副负责人。

师存水能睁硬眼下硬茬是全镇出了名的。后边遗留的“茬”等待师存水率领的队来平。白墨村已平过了两个组，剩余的两组估计今天就可结束。徐书记找见师存水和泯义，当面郑重强调：要缓和紧张的猫鼠气氛，尽量做到政策暖心，力争理解，争取支持，积极配合着共同完成任务。马上解散招兵买马聚来的莽汉。不能再有拿东西、装粮、恐吓的行为。干群关系搞炸，一切事情难办。泯义认为前有师存水，不出事好说，出了事有他堵风挡箭。自己只是个助手摇旗呐喊罢了。他以尊重的口气说，有师部长掌大方向哩。师存水以他和徐副书记都是副科的牛气，一直没给徐副书记肯定或否定的话。徐书记叮咛后又去了其它村，给注预防针去了！

师存水这才发泄了一通情绪：“好听的话谁都会说也容易说。茬平不了时，舌头一转又批评实干的。说到底，出力的总不讨好。”泯义煨火：“你才说对了。”

师存水这人，生性好强好斗。各村村民都以“全镇最打硬的干部”来讽刺他，他还以为是称颂他的能力呢！比如，搞计划生育，拉大肚子孕妇堕胎，入户扛粮抱电视顶罚金，他打头阵是出名的，每年平茬，他是挂帅出征不可少的一名勇将。因长期的历练，亲民爱民的感情在他身上是难得产生的。他每到一处，总喜壮阵扎势，飚扬军威，以土狗充藏獒，扑着吼着行事。他最善暴风骤雨般雷厉风行地运动开展工作，他自以为这就是养兵千日，用兵一时。运动之后，剩余之光阴就贪在麻将和吃喝上。运动来了，招之即来，来之能战，战之必胜。就说夏征平茬。他的老经验是“逮不住雀子掏蛋，摘不下大瓜拔蔓”。如果和尚不在就拆庙，让你认认狼的麻脸。有声有色大打歼灭战，他的神经这阵子全激活着，心身顿生万分的快感。在他眼里，抗着不交税费的都是“钉子户”，是“硬茬茬”，是钉子就用钳子拔，是茬茬就得挥镰平掉它。好言好语谁有那么多！对这种人讲什么政策讲什么理呢，那全是对牛弹琴的。所以，进了谁家，都是一副凌气、盛气和霸气。神圣就是我，我就是神圣。泯义和他搭班子已有历史了。二人本性有异有同。最大的异，在泯义比他狡猾诡赖，老谋深算。他呢，手段只是猛，心态总是杀无赦。泯义进了户，虽也官声官气官架势，但总是在窝边打转转，在本土表象还注意着言行，为自己的后路顾望。总把师让到前锋，正如村民说的好吃屎又怕脏嘴。让村民对他泯义有一种不得已而为之的感觉。其实，谁家该苛，谁家次之，谁家是走过场，都是泯义内应和师存水谋划的。

现在他们进了一家两间低矮厦屋。厦顶是直角三角形，斜边朝着迎面，门就在这铺瓦出水的方向。这家人的瓦铺了三分之二，三分之一是用塑料膜和旧牛毛毡片苫着。没苫严的地方，还滋长出了一拃高的绿莹莹的蒿草。门是单扇的柴板门。厦内用胡基垒着隔墙，算是两个卧室。厦外西边搭了能碰上头的简易厦，作伙房用，师存水步入人居的隔间。里面是满间大土炕，被子是退尽本色的红毕叽大牡丹花案面，蓝色土布补成的里子。半叠放着，炕上是光席一页。挨炕向进靠墙支架着一页厚厚的杏木板（农村叫条桌）。上面搁两个瓦瓮。条桌下有一袋半玉米，口开着。师存水揭开面缸看了一下，盛的是红面。这个家境，连师存水这样铁石心肠的人，收费的心也凉了半截。但既然来了，就不能空手回。他问这屋里吓得转眼转色不知站哪儿好的老妇女：“你儿子呢？”

“寻钱去了。”她只回答了这么一句，就低下了头。

啥时走的，多会能回来？师存水又问：“他媳妇呢？”

“给猪寻草去了。”她又简练地回了一句。

“你儿子寻钱，能寻下吗？”

“不知道！”她越回答越简练！

“你媳妇去哪里寻草？”

“不知道。”她刚说出“不知道”三个字，媳妇就进了门。她其实没去寻草。自村上一阵惊慌，都在议论平茬毫不留情的情形，她就已慌了神。连生活也顾全不了，还能顾上猪的饥饱？她见平茬队进了门，提个笼子就从后院溜了出去，惶惶然无目的地转了几个圈儿，连草叶也没揪一片又返折回来了。师存水发现女主人回来了，就不让走。女主人一想，不让离开就不离，看把我能吃了喝了。这个女主名叫田秀珍，她是北新镇街面上一户农家之女，上中学到初三，算个有文化的。她沉着地问师存水：“皇粮国税我们依法交纳了，你查一查，看我家欠一粒一颗了吗？你们趁机拔毛，累负的零头比趸的还多，我这个家一下子拿不出。就是要，也让我们缓口气啊！”师存水叫来泯义，让他说话。泯义批评说：“你家掌柜不在你就得想办法，怎么嘴还驳啦哩！”秀珍说，我们家没掌柜，过日子都是个出力的！平等得很。你们今天要拿走钱，得一股一项说清讲明。师存水发火了，声特别大地喊：“你们村咋咧，都似得了同一种病。告诉你，凡上了通知单盖着公章的都是合法的。你嘴比刀子利，一分一厘也少不了！”秀珍咬住“合法”的说辞问：“你说的法是大法还是小法，是国法还是土法？前年收了费，你们组织各村的头儿逛北京，上长城。去年又去了苏杭、上海、南京。大家的钱花着不疼是吗？今年是否要去台湾，去新马泰……”师存水脸上的色变青变紫，呵斥道：“你交你的税，纳你的费，我们哪怕上天，你管得着吗？是你管的事吗？”秀珍不让步，似乎越斗越有信心，像斗鸡场上的鸡梗起了脖项越有勇气了。高频的音量传播着心里的积愤：“我怎么不能问？我娃给我要几毛钱，我都要问做什么用！他敢嫌我问吗？我给他个抖嘴子哩！”

“秀珍，你吼什么？”她的丈夫银科回来了。

谁也不看一眼问一声，在一旁站着听着，好像不是别人家的事。

工作队上忽地前去把银科围住了。你一言他一言，问着同一句话：“借的钱呢？”

银科凄楚地说：“穷人借钱太难了。跑了几家亲戚，都说这个季节各村一样。大年三十借甑背，你蒸我烙呀！才凑合了70块钱。说着掏出单元单角的一沓币，无气力地说，你们不要嫌少，先拿去吧。”

师存水忽然记起了去年的事。狞笑的影子在脸上晃动着：“你年年就是用这办法对抗？”

银科耳熟地又一次听到这句话，双腿发抖又发软地似跪似坐地扑塌在地上。“唉，我怎么年年遇着的是你呢！——”

银科余悸未息，昨日之阴影眼前飘来荡去。

师存水问：“你这点钱不足你欠的三分之一，是打发叫花子吗？其余咋办？”

银科想了想明天有集，急中生智说：“明集上把羊卖了行吗？”秀珍问，羊卖了老人吃奶咋办？医生说老人病要靠奶养着，我看你这当儿子的丧良心了！残忍！这和在婴儿口里夺奶头有甚区别哩！

银科嘴唇微颤着，低声说：“医得眼睛前疮，剜却心头肉。有甚办法！这页揭过去，再说下页吧！”存水叫荣凯过来，说这户交给你了。荣凯说行。平茬队撤出了院子，荣凯问：“你再能想下别的办法吗？奶羊不能卖。得给老人留着。”秀珍说：“我只能去求姨妈家借了。”荣凯说，你先去借，借多少是多少，剩下的我帮你想办法解决。秀珍不好意思地说，这怎么行。荣凯说："师存水已推给我了，我怎能让你一人为难呢？"

2

平茬队撤起队走了。泯义领着去了一个名叫范民的家。

范民家是一个六口之家。三个月前，他的三摩与一拉货大卡车相撞出了车祸。范民又第二次住院了。打着双拐按医生指导锻炼。老母亲因他的惊吓突发脑溢血，在家用药维持着生命，至今生活不能自理。两个孩子一个上小学，一个上初三。父亲本是积劳成疾，是个药罐子，又加腰椎增生，常痛得冷汗淋淋。但还得既要照顾老伴又要护理范民和作务耕地。只让范民媳妇一人卖豆芽维持日常开支，顶梁柱似的撑着烂泡的家，顽强地拼命干。今天早上他东拼西凑了200元，进城给范民送医疗费。家里唯有能行动的老父亲了。

平茬队的人只进来了一半在院子里。师存水和泯义领首进了这家小土屋。屋看来是上世纪五六十年代祖上的遗产。全是胡基坯子箍的当地人称箍窑的住所。外观是房的样式，其内是窑洞形。泥皮已有不少脱落，斑驳四面可见。只有炕的周围新补上了泥皮，如人脸贴上的创可贴，显然得很。进门左侧炕旁地上卧着只小花猫，抬头看了几眼，又蒙起眼与己无关地把头缩在脖项下。呼儿呼儿出气。老人问了一声二位，给半躺着的老伴眼前放了碗米粥，米粥上飘着白色塑料羹勺。如大海荡悠着的孤舟。他慢慢说，等凉一凉再吃吧。他又走进了伙房，几只苍蝇急不可待地嗡嗡着爬在碗边上，试探着从碗沿上零星米粒开始，企图饕餮碗内仅有的那点食物。头脑还可半用的她见来人了，用力地去奔碗没奔着。泯义问"你还没好啊"。妇人没听见。泯义又问"你媳妇呢"，没应声。师存水放开音量问"你家里人呢"。老妇人像听出个意思。只见动嘴没有成句的话出口，抬起能动的手向外指划了一下。这时，老汉手捏几支青葱进屋来。泯义告诉了来意。老汉点头道：“嗯！”

师存水问：“老汉，你家欠的税费打算咋办呀！”老汉知道这次来是下刀子就要菜的。他如何回答呢？回答是唏嘘，回答是哭泣，回答是叹息，回答是乞求。孙子回来了，怯生生地望着突然来家的这么多人，又低头抱着爷爷的腿抹眼泪。荣凯上前去抚了抚孩子的头，扶起来哄进伙房，说，乖乖，爷爷有事，你在这里吃饭吧。孩子好在还听话也能听懂话，点了点小脑袋，拿了一个馍，馍看着他，他看着馍。孩子没咬一口。荣凯心里怪不是滋味，控制不住心酸，两眼湿淋淋了。他为这家人的不幸祈祷，祈祷好人真的能一生平安、幸福！泯义和师存水这时也沉默了。把这家又巡察了一遍。确实是一贫如洗，像样的家具没一件，粮也没几袋，老汉愁眉不展，哑巴似的，形容憔悴，枯态可掬。半天才颤巍巍说了一句话，好人啊，无奈了！哽咽得说不出话。这个家真的是一个大公鸡不够驮的！

“你媳妇春花呢？”泯义问。

“进城给送药费去了。”老汉答了一句，就背过身沾眼泪。他看两个人指划着柴棚，他意识是发现了柴棚里放着的旧自行车。很快转过身乞求：“车子不敢推走啊墨支书，它是儿媳卖豆芽用的。我全家就靠它开销呢。”师存水说，一把黑火棍能卖几个钱，卖，也没人看上。泯义悄悄给师存水说了句什么。师存水说，先推去放着，让媳妇回来镇上领，不然，叫不来人。老汉听了木然地定在那里。对门一个妇女提着大笼生柴风风火火的进来，打开炕洞门，一股脑儿地倾倒在地上，尘土已飞扬起来，她又一股脑儿往里填，填满了，就生火。一排子白浓浓的烟夹混着火焰滚动地打旋儿向出窜，强烈的刺激味呛得人喘不过气来。这妇女没有向里捅，任其漫延，肆意猖狂。她只给炕上的老妇打开窗子，帮着把面朝里了。给了个手帕让把嘴捂住。师存水和泯义受不了，掩着鼻跑出去了。这女人才把火捅进去给煨了。挡上炕洞门，烟速速速才顺烟囱冒了出去。这个邻居妇女叫韩玲巧，30岁刚过，很有正义感，更有同情心。她在门外已关注这里动向多时了，抱不平的气冒了。该出手时就出了手。尽管用看来很怪的手段轰出平茬队。师存水和泯义虽说出来了，但没收获心不甘。帮手们还是在众目睽睽下硬刺巴捞地推走了那辆旧自行车。一个搭手要拿门外几小页案板和半袋泡豆芽的黄豆，被老人哭着要下了。车子眼巴巴看着推走了。老汉脸上被岁月刻深的沟壑一下子变作泥石流，他放声痛哭说，车子，车子，……支书啊，你把我老两口老衣拿卖去吧！可有谁听？他们已走远了。荣凯心软，劝老人："怎么敢拿你寿衣，这成啥社会了！先回去吧！先回去吧！"这泣鬼神的凄声传播出村子，他感到大地在颤动。平茬队一行离开，唯荣凯又折回去，咽语着安慰老人说，形势就这个样子。你儿媳回来了，按师存水说的到镇上去。车子领不回就推我家的车子用。最好不要误她买豆芽。左邻右舍的人听见哭声都跑着来了，以为是老妇殁了。当知情况后，他们都用心窝窝的话安慰。谁都知道这许许多多慰藉的善言善语，当不了饭吃，当不了药用，当不了钱使。只能证明人心所向罢了。老汉边抹老泪边说，这个破家就凭媳妇一人撑着，娃起早贪黑，忍饥挨饿，见个日头到县城卖一回豆芽，赚几个辛苦钱操家务，照顾了老的照顾小的。我们一家就可怜了她啊！你们说这车子没了咋办呢，这不等于要她的命吗？

村民们愤愤不平地劝慰："叔，天无绝人之路。天会给活路的。心放宽活着！"

老汉泪涟涟地一吸一顿地说："媳妇回来我咋交代呀，我连个门也看不住。可怜的娃到我家受苦，我真是心不忍！一家人害了她！"

这就是师存水"逮不住雀子掏蛋，摘不到大瓜拔蔓"的具体行动。

3

“平茬”运动是1985年农特税开征后，本县在税费征收史上的一大创造性举措。今年夏收还在扫尾，征收风暴之后接着的运动又“动”了起来。在浪头汹涌、众怨遍地、部分镇村已出事件的情况下，各级领导不知耳闻了多少，目睹了几件——旁观者清：他们多有听而不闻，视而回避，或作糊涂状，依然我行我素。作为县委副书记的林瑞晗当然不是在真空中，听到了而且早就听到了民声民怨。这几日他心里十分不安，茶饭无味，忧心重重。他感到自己这个官做得太窝囊了。什么“为官一任，造福一方”，很有辜负党旨，愧对百姓的检讨。已有几个镇村发生了干群厮打致伤案。镇干部住进了医院，民众还抗粮对峙着。北新镇白墨村继续入户抬粮、搬家具而不收手。再不出面解决将会酿成更严重的后果。上级问责，将如何交代！

征收税费是全县这一段工作中心之中心，重点中之重点。主帅是县委书记和县长。他们一定也听到了呼声了。但还稳着，每日多是听办公室汇总来的进度，眼睛盯着谁家第一第二、谁家是倒数第一第二。面对基层目下不正常的势头，也没多关注，到底咋办也没研究。仅对上湾村事件作过批示。算是打了一下浪头，虽没再推波助澜，却未力挽狂澜啊！

早上起床，林副书记洗漱后用过早餐，叫了办公室小冯和司机就去了北塬。因为这条大塬有五个乡镇。是粮食主产区，也是主要纳税区。他知道有五分之三的地方干群矛盾已尖锐化，形成不安定的局面了。所以直接进了村子。车放在隐蔽处，身临田间，深入户下，听民声民意。到得任村，群众毫不避讳，心直口快的，反应了夏征的疯狂和重重不合理的摊派。他诚心诚意给群众作了解释和承诺。又开车到白墨村，直向田间去，正好碰见一个拉着麦草车子的小伙。这小伙在路旁树下歇了，用衣襟擦着脸上腥汗，执起草帽扇凉。见来了个干部就站定看。林书记走到他跟前问，小兄弟，收完了吗？问话间路上又连来了几辆拉柴草的车子，听干部问话都想听听。林书记问，坳里麦子收完了吧！答："嗯，差不多了吧！有钱的机子割，没钱的自己人割。碾打不方便。晒也没地方。上边急催着清粮清费，把人急得没办法。"林书记抓摘了一个穗搁手心捻了捻，吹了皮子，细细看着说，熟得挺圆实哩。一个群众说，原茬早收完了，这是回茬。比原茬迟收好多日呢。林书记看着手心的麦粒，赞美道："又是一个大丰年啊！"

"哎，是大丰年。自土地到农民手这些年，风调雨顺，年年都有好收成。国家的政策好得很。"这位年龄大点的这句话出口，年轻点的直率道："国家政策好没说的，是歪嘴和尚念歪了经还是曲解了经本，咋到农民跟前就没政策了。"年壮点的看着他说："呆娃，你说话怎么还那么呆！"这个叫呆娃的放开嗓门粗朗地笑着："咱农民说话，不藏不掖，直直肠子敞敞口，心里有啥就说啥。我一眼看出今天和咱能说一起的官是咱百姓的官。才放胆量说的嘛。土地到户二十多年了，这几十年，农民感谢党和政府给了农民土地使用权，可就是这税太苛了，农民辛辛苦苦流血流汗，全年就那么些收益，几乎一多半叫白拿走了。我真想给总书记写个信，反映底层民众的呼声，就怕手下人半路压了，通不到天上去。这位领导，你说底下这么乱来，县长书记、市长、省长知不知道，总书记知不知道啊！我们想总书记他一朝天子，总会爱他的黎民百姓吧！"他说着蹴地下折了个柴棒认真地在路边一片广地上边划边说，"现在的征粮征税新名堂太多了。农民种一亩地揭（按两次算）、种、收，化肥、农药、地膜、种子没劳的还要叫工，工时费一天天涨，一亩成本200多元。就以小麦说，是农民整年的全料子庄稼。亩产均按

500—600斤计，目下价值就是600余元吧。国家征收呢，农业税、果特税，附带摊派一长串，许多名堂搞不清。问干部给一鼻子灰。只能哑巴吃黄连，照数纳。层层加码搭车，一亩地又过了200元。村上隔一段又来收这钱讨那钱，抓到手装兜里就走，一指宽的白条也不打。什么都以地摊。烤烟摊，果林摊，义务工摊。土地真的成宝葫芦了。这每年的收获季节，本来人人都是满怀喜悦的，可怎么也高兴不起来呀！为什么？一半或多半被白拿走了，剩下那点儿，一家老少要吃要喝要穿要戴，生病得看医生，孩子学龄了得上学。儿女们大了要娶要嫁，还得盖房等等，这么多的支出都靠这点收入呀，好领导哩，你说农民的日子咋往前过呀！”

林书记用心地听，用心地记，他面露愧色，如喝了五味汤，一股刺鼻味弄得眼睛红红的，湿湿的了。一时间无得力理由说服眼前的百姓。他慰言道：“我已感到了大家心的跳动。我是咱县委的。”这一说，有一个村民说，噢，怪不了眼熟熟的，是林书记呀，社教时见过的。林书记笑道：“好啊，算老熟人了。你们反映的情况我已了解，我也是农家出身，父母都是种地的农民。种地投资大这是事实，乱摊乱收确有些过分了，回去我们马上研究，该向上反映的即速反映汇报，该纠正的立即纠正，好还农民一个公道。”接着又去了附近几个村子，下午天将黑时才回去。

回县的路上，他坐车里，一路的话莫过三句。他脑子疼痛地在想：毛泽东倡导“大兴调查研究之风”，教导全党“没有调查就没有发言权”，“调查就是解决问题”，“一切结论都产生于调查情况之末尾……”他把党的实事求是心怀百姓的有关指示细细回忆了一番，甚至把曾称红宝书的毛主席语录在脑子一页一页翻着，对照当前的指导思想和工作方法，承认农村工作只是浮在上面，挂在嘴上，以为农民的日子好了，对农民多索取是理所当然。堵着窝掏麻雀，过分苛征已大伤了农民的感情，打击了他们对农村改革的热情和努力奔小康的积极性。如此一来，对社会稳定，对民心凝聚，对干群的和谐团结都产生了严重的影响。在一定程度上，是对农村深化改革泼了冷水设了障。他想得层次越深，脑子越膨胀，但他还是要忧思要自责。回到办公室，他决定，还须像搞农村社教时一样，把亲自调查得到的确实情况和个人建议整理出来，用具体事实向县委向书记汇报，为民请命。坐在办公室，他闭门半日，把材料搞了出来去面见向书记。建议召开县委常委扩大会，很快采取强力措施制止制造麻烦的土政策。严肃整治“三乱”(乱收费、乱摊派、乱集资)，用暖心赢回党和政府的好声誉。书记房子就他二人。他照着笔记本有主有次，有理有据地说了多半小时。书记不停地续烟细听。时而搔首，时而手托下巴，时而看他，时而点头，心里到底是怎么想的，自始至终没多说话，最后说了这么一句：“咱最近连发了两次通报，又开会又检查，怎么还没纠正过来？如果情况都如你说的这样，就要严肃对待。但这些不该发生的事件，不全是由‘三乱’引起……”林瑞晗听了“如果”一词马上回应：这不是“如果”，是活生生的事态，是尖锐的事实啊！不妨让有关领导分片下去调查研究，调查也是解决问题的好办法嘛！向书记说：“我们的中心工作这么忙，从全局(县)看，目下税费完成不到七成，任务如此艰巨，调查研究恐怕还得往后……有必要的话。”

林书记又多次下乡，深入广泛地听取了农民的呼声。然而，谁也没料到，半月后，他在县电视台的画面中没了镜头。下面开始有了猜测，有了议论。白墨村支书白荣凯进城打探可靠消息，得到的准确信息是：他去省党校学习了。

基层的话题很多，集中一点：向书记对他不感冒。说他的“思想和举动不利经济发展……可能得离开！”

北新镇和其他镇一样，“平茬”在继续。只是火力已没原来猛罢了！

4

荣凯参与税费征收，在“平茬”运动中，跟着师存水和泯义领导的“平茬”队跑一天，心里难免装一腔满满的悲怜与同情，装一腔反思与检讨。回到家父母又要提醒他：“娃，千万千万别伤村上人的心！”“做事要拿些良心”！父母的训诫他铭刻于心。于是，他就将感想全写在日记里：“农民，我们的衣食父母！他们的贫穷是有历史原因的，何时才能彻底摆脱困境啊！改革开放几十年了，虽然大多农民挣出了困局，迈入发家致富的快车道，可还有潜在的种种因素，所以仍有少数日子挣扎在艰困中的户。这是事实啊！太阳升在高空总有享得晚的地方。农村干部的责任是什么？关心这部分人的疾苦，指明过好日子的方向，给他们创造自立自强的条件，给他们以信心和力量。如果连这些起码的职责也尽不到，要这一级‘两委’干什么？……收一户税费，我感愧一次，入一家之室，我伤惭一回，他们不是真抵触的，确实拿不出应交的钱啊，村方不但不想法设法为他们解忧，还为他们额外加重负……”

当他放下笔，在百感交集中看到正读着的路遥那部《平凡的世界》，小说中穷山沟农民的儿子孙少安孙少平为创心目中世界，同众多衣衫破旧的父老佝偻在黄土坡拼日子的一幅幅情景，一拨拨群像栩栩眼前时，那种无法自控的情绪震撼得他那赤热的心，怎么也平静不下来了，人，来到这世间都怀有一个梦想，心中都有自己美丽的世界。荣凯的世界，就是把家园白墨村建设得多娇、富饶，全村没有落魄的户，人人都能过上幸福美满的生活。达到如此水平他才欣慰。他知这并非心想想，口头宣扬一阵子就能到来。他想起了县委林瑞晗副书记社教中来白墨村走访群众时铿锵的箴言：“农村党支部应起的堡垒作用是什么？就是凝聚民心，让他们感到温暖、亲和；就是带领全体民众致富奔小康。”从此荣凯常常掂量这十分光荣而又艰巨的历史重任，掂量承担自己应有责任的分量。

他总以农民的儿子而自豪、骄傲。因为他的根是深深的扎在与农民有血肉不可分离的土壤里。他选择了自己的路，力创自己的世界，就是要为父老搭建走向外面大世界，和大世界构建一体化的桥梁、通道。架起了桥梁修起了阔道，农村将不再是传统的“农村”，享受城市生活将不会遥远。他理解农民的心理，悉知他们心里装着的世界：土地承包初，人们企盼的是有饱饭吃，能吃好；有衣穿，能穿暖；有钱花，不短精神；有房子住，安居可保；孩子能上学，不再是文盲、半文盲；随着社会潮流的涌进，奔小康步子的迈大，他们不再满足起先的渴望，心里想的，眼睛看的，努力奋斗的是不能只有白馍细面，还要有酒有肉吃；不能只满足有新衣穿，而要上档次、时尚；不能只满足砖木结构的平房，而要住洋楼，摆设现代化；不能只满足自行车、电动车、摩托，而要有自己的小卧车，还是名牌的；对子女，不能只满足初中、高中，而要供上大学，上研上博……荣凯真的不敢再往下想了，“不敢”，是他怀疑自己的能力。怀疑自己的思路，怀疑自己的才智。有怀疑，就止步不前了吗？他给自己说：荣凯，别松劲，有奋斗、有追求，有梦想，一切都会变成现实的；“平茬”，在他的心田种满了问号，也播下了连连感叹。

5

维权是每个公民的权利。掌握它、利用它，就能保障生存权。

“平茬”队在范民家的所做欠缺人性的事，一石激起千重浪。浪涌高峰腾向青天。激起民愤，釜底火劲。白墨不少村民不依从了，三五成群汇聚。荣凯得知，即速告诉泯义。泯义与师存水并不当回事儿，随口道，民不纳税还反了，看他们能上天！荣凯想将事处理在萌芽期没得到支持。荣凯又去找徐副书记，他笃定徐书记会有拿法让师退兵归帐。徐听师又制造麻烦了，赶紧奔向白墨消防。说是快却是迟。他来时，20余人向镇上出发已半个多小时了。他们是秀珍、银科、玲巧、文革、跃进、轲亮、胜胜等等。有几位还扛着农具。到得镇政府排队进去。他们向横在政府中院子那金光闪闪的毛体“为人民服务”语录碑前停住，深深向这几个字鞠了三躬。尔后，向挂着“勤政为民”“以人为本”八个大字的办公楼去。这时，大门快步进来几位民警。个个一副威严姿态，他们怒睁着灯泡一样的眼睛大喊：“谁胆敢干扰公务！”边喊边十万救急地维持秩序。他们在大楼楼梯口雄赳赳立定着。秀珍那女高音说，我们不是来闹事，更不是要打架。她几句一出口，后边齐声地问：“上边哪一级文件让用粗暴的办法来对付老百姓？国家哪条法叫入户抢劫，暴力征收！”

民警：“领导都下乡去了。大忙天的，请你们马上回去！”

民众：“我们知道都下乡了。家里总不是连窝腾了吧？”

民警：“我们是执行任务，请大家理解。”

民众：“百姓有了案情，神一样请不来你们，今天咋这么的忠实，忠实得让人难以理解。神速到场！谁通知的！你们，你们执行啥任务？”

几个村民要上楼看到底有没有人在。民警极力劝阻。文革喊："人民政府不让人民进谁进？这是圈狼狗圈虎豹的地方吗？"轲亮指着楼层栏杆上那醒目的"执政为民""爱民如子"一类牌说："小伙子，谁叫你们来执行任务的？你不让进，请给我们解释一下这些好听的词，是给自己贴金还是忽悠百姓的。让我们百姓活不活！"

民众："你拦挡我们，就给我们把'人民政府'的'人民'说说，人民指的哪些人？"

民警甲："我们没解释能力！"

民警乙问："那你们扛家伙干什么？"

民众："我们娘老子生下就是扛这家伙的命，谁不是凭它吃凭它喝，不扛它扛什么？今天扛来交给政府，不干了！"

吼声越来越大，言词越来越激。

民警丙去打电话。打过后告诉大家。各位村民，大家不要太激动，书记镇长马上就回来。有什么事多大也会解决的。

大书记的消息是从徐书记那里飞传来的。荣凯要徐书记想法处理已激化的干群矛盾。徐听后，神经马上紧张起来。他是一位做事十分注意分寸而且万分慎重的干部。他最怕脱轨的事发生。他想起一句口头常挂的话："群众的事无小事。"矛盾尖锐对立即将不可收拾。就及时汇报给一把手田刚书记。田想，这件事闹大了，群众上访到县市，可就成非常事件了，要比三门乡上湾影响更坏！况且是在县委发文通报上湾民众集体"抗粮抗税"之后。他越想越怕，马上向派出所汪所长打电话，让派几民警去镇政府防止事态发展，接着通知秦镇长火速赶回镇上。

田、徐、秦几乎是同时进大门。见院子那对峙的局面，头嗡的一下快要炸了。近几年，为占百姓耕地，为征收税费，本县已连连发生群众上访十多起了，有三起上访到中央到国务院。对社会稳定造成了极坏影响，大损党和政府形象。为此，中央、省、市都指出，要求各级党政关心民事、民疾、民生。况且县委刚刚又开会又发文件。白墨村的事件再张扬开去，县委县政府定要拿他是问。田刚想到这一步，意识到自己不可推之责任，即上前去，亮相于大家面前。村民见他和几位领导都到了就让开道。领导们谦和地招待大家会议室坐了。有两位女干部给大家沏了茶水。书记问波澜是怎么起的。有四五个村民争着发言。书记让办公室一个小伙子拿记录簿来。书记说，请一个一个地谈，把心里的话全讲出来。我们诚恳接受批评监督。第一个是讨要车子的媳妇计春花。她哭诉了家里目前的窘境，说那辆破自行车是她一家的命。她说案板、黄豆可以不要，车子必须还给她。不还的话，三六九、二五八就没法赶集，也更不能进城卖豆芽了。不赶集不进城卖豆芽就揭不开锅了。后面是田秀珍，她也委屈地为丈夫银科鸣冤，诉说了师存水、泯义送进学习会受的罪。接着跃进、轲亮、胜胜一个接一个地发言。重点都是问哪一级订立的规，每年要大张旗鼓平茬，不问青红皂白的入户装粮拿东西，把农民当什么“茬”的平！税呀、费呀，从县到村雪球越滚越大。各种名堂一年比一年多，一年比一年重，雪球越大越不透明，越不透明越狠心！百姓心里越来越糊涂，积怨成山，怎能不爆发呢！他们举了一个例子。说村上那几个老照顾户，只要维持住自己就不错了，可是年年还按人按地给摊。这次，平茬队去春花家讨钱，年迈多病的公公婆婆把寿衣拿出来让卖。好书记哩，这事发生在社会主义的中国农村，传到满世界不成大笑话了吗？啥影响啊！轲亮说，田书记，我们村机动地一租就收十年费，是领谁的教？胜胜说，先不要说那么多了！纪检董书记叫来民政干事陈某，拿出近几年扶贫济困的发放底册。找出白墨村的照顾对象。陈某只念了近三年的人名。黄振山、白范民、白银科、计春花都有。大家听了都惊讶得叫起来。银科、春花等五六人当场问：“有照顾，怎么没见钱没见物呢？”银科说我家写了两个人名，这几年才见过一回。也只是一个人的。陈某给大家看册子，真的有签名也有指印。秀珍手快接过册子给跃进。接着又随过来几个人，十几双眼睛聚焦一处，一页一页哗哗哗翻看。之后，胜胜他们传看。看过了，哈哈大笑，大笑爆开了。真是不看闷糊着，看清了吓一跳。怪道了村干部一直不敢公开村上的事。党和政府利民惠民的春雨全下到他们的地上了。支书主任的婆娘，还有他们的娃娃名字在上面。这里还有三个没听过没见过的人，是捏造的。泯义、国玉、浩群、致祥每年领。致祥的儿子才几岁没大还是没妈，没奶还是没爷，怎么也领扶贫救济！胜胜问，解玉莲竟也领油和面！她凭什么？众笑，凭什么？就凭她那点金三角宝地吧！田书记看了一下胜胜。

事情已到这程度，要揭要翻就翻个清楚。跃进说，白墨村每年征收税费大加码，只知要，请问这多年国家补的退耕还林款是多少？都发给谁了？

田刚叫来管这项工作的介新升。到了书记面前，新升才知叫他何来。当书记一提白墨退耕还林款，新升脑屏马上显现出白墨那位叫占山的半老头，他是个秃顶，缺全牙的。脸上带着笑非笑哭非哭的表情的人。说话出口似说似唱的浪漫。他领不到钱就直到镇上上访。站镇政府大院子吆喝：“他家有七八亩多坡地，这多年了政府让退耕，他按要求植上了柿树花椒树，说最低补贴三年的收益。他只领过一回。册子上记的只一亩八分地。其余地其余钱呢？”问会计、问支书都说不清讲不明。干部没坡地却都领着，连村上干部不敢惹的人也领半分儿（领到后一半得交给会计）。白占山定要查账看册子。新升把事汇报给主管副镇长。镇长让哑哑的一笔给了150元堵住口，说好别再乱宣传了。占山拿到钱，低着头一张张点过票子，喜洋洋地说，只要我不吃亏，干部哪怕把银行搬他家去与我无干。

农村这项款都是下边报的。里边鬼多得很，谁下去丈量呢？新升心知肚明。惹谁呢！哪个能惹得起！发的是国家钱，就照册子上报林业局。像白墨村那种事，不止白墨！很普遍的事实。田书记当面叫拿册子让村民过目。显然，村民不是无据猜疑，这几年发给白墨的还林专款让野蜂采了花。该得的没得或少得，不该的却饱吞了。

田刚知道了这些问题，也自愧官僚。当着大家的面检讨："乡亲们，今天大家拿着针刺破了政府在农民问题上的大脓包，大大的好事！我们不会讳疾忌医的。以往的错，千错万错错在主导思想上。主导思想千怪万怪都怪到我这个班长上。下情掌握不清，管理制度不严，监督过问不到，才使农村矛盾纠纷不断发生，才使一些贪得无厌的村干部钻了空子。请你们回去，回去还要安心地生产愉快地生活，一心一意过日子。收费工作队拿了谁家的东西，按'三大纪律，八项注意'物归原主。低价卖了你们的麦子抵了税费的，让把价给补合理。刚才提到的照顾款和退耕还林等问题，由民政干部、林业干事、财政干事共同调查，依规处理。该领的领到，不该领的退回。干部吞了的吐出来！"书记给大家安心丸，大家各吞一丸。轲亮问："书记的话是真的吗？"胜胜说："君无戏言，他又不是在风地说野话！"

书记站起来向大家鞠躬："一定，一定！"

大家于是深信不疑地投以温和的目光，之后，把扛着的农具从肩上落下夹在腋下出了镇政府大门。路上不知谁起了个话头，又热议起了经本与歪嘴和尚，阎王与小鬼的故事。

胜胜好动脑子，从始自终没过早地高兴。他分析了一下，当官的应急处理棘手事，都是恩威并施软硬兼用的。救火都是好警！火熄后怎么收拾摊场得看事实！

6

当下，为争取生存权利的公平，已得到权威人的说法，矛盾的“结”算是初步化解。

他们心安理得地回到了村上。

工作队仍在平茬。不过锐力没上午那么残酷无情，多少有了些可以接受的人性话。能拿出多少先拿出多少，能收几个暂收几个，总比空着强。抢东西、装麦子的恶劣行径已有收敛。雇来的野蛮打手，也不见张牙舞爪了，全辞退回老窝了。

春花到了家，进门就目光四处寻觅关系她一家生计的依托——她儿女般亲爱而又知性的黑火棍自行车。它胆怯地靠在住屋的外边。春花下意识地扑过去，双手抓住久别重逢的亲人一般，忍不住的两行委屈泪水泉涌了出来。她哭出了声。案板和黄豆也退了回来，她无心照应——原来她这些破烂东西，根本没运到镇上去。拉走后堆在村上一家空房里。村民一拥去镇上了，他们才叫人马上给送了回来的。春花回到屋子一头倒在炕上，全身软瘫下去，一丝劲儿也出不来。她身心太疲倦了，多需要休息啊！老公公知儿媳回了家。门口转了几回，心痛得两眼红红的。春花，多好的媳妇！好好休息去吧！这个烂家太亏待太对不起你了！

泯义知“闹事”（他的认定）的回村子了。主动去找胜胜和轲亮。他知道这两个人在村上的势力，既能煽起事又能压灭事。属村上的“人”。“宁可得罪君子，不可得罪小人。”“小人”是他从二人的影响力，尤是轲亮这类双面性的阴面说的。他要从二人的谈话中讨得有价值的信息。尽管泯义在村上的所作所为，常受到此二人的为难，使他推行霸道的土政策每每掣肘，可是在面上还是和气无隙的样子，嘻嘻哈哈，骂着逗着。表现出大人不记小人过，宰相肚里能撑船的度量。胜胜和轲亮平日见到泯义也是“和气致祥”的。表现出“对事不对人”的度量和正义。可是今日却给了泯义一个软钉子。二人没被招安。因为今日方证实：以泯义为首的原几个村干部多年的骗领（贪污）国家爱民扶贫款，表面还以人模狗样的公平公正对民众。以清廉自律欺民心。当今日识透了他们不择手段，无视党纪国法，刮民辱党，贪腐无厌的伪君子面目而恶心！难怪他官瘾发了如猪羊发情，四处活动着争夺元魁的权柄。

时代不同了，村民已不是任被“权”欺的那种鱼肉了！他们正拭目以待今日之事的后续！

第十九章　“三乱”治理

1

“尚方宝剑”任何时候都是最具权威性的。省市都接连下发了坚决贯彻中共中央关于治理“三乱”的文件。“三乱”：乱摊派、乱集资、乱搭车，这已不是两年三年了。“三乱”是大违民意，甚悖政策的行事。县以下山高皇帝远，无法无天，令人发指而悚然！

夏收间赶集，有人路拾纸片，上有这么几句：“热得结冰，冷得冒汗；正常季节，反常怪见；天地人，是何缘？谁言人能平安到天年！”

纸片上的话不仅在乡村流传，其实早在县城广为传播了。“三乱”已到非治不可了。

紫薇县县委县政府召开治理“三乱”专项会议，再学习了中央文件，传达了省市文件精神后，作了“策略和部署失误”的检讨。四大家又分别召开座谈会，县委首先进行。反省前段工作。从上至下一级一级彻底治理。谁的过错谁承担，该向民众道歉的就道歉。

严治才能治好，敷衍则是对百姓的无视，也是对中央口是心非！县委召开常委会，政府召开行政工作会。清理合法税费以外强加于百姓的十多种名目摊派。逐乡镇检查、乡镇逐村检查，梳子篦子都用上。然后，由县物价局、减负办和监察局三家监制红塑皮的“农税征收监管卡”。下发农户。农民看着烫金的法卡吃了安神养心丸。

其内容为：

项　目	税　额		
农业税	正税数额 7%	附加数额	正税的20%
特产税	正税数额 8%	附加数额	正税的20%
“一事一议”	用于农村公益事业，年人均不得超过15元		

物价局

紫薇县 减负办 监制

监察局

2002年6月×日

白墨村村民户户都领到了这卡片。卡正面盖有县政府物价局、北新镇农业经营站大红圆章。第二面是紫薇县涉农税费公示领导小组《给全县农民的公开信》。信开宗明义：“发放涉农税费监管卡，是为贯彻落实中央和国务院减轻农民负担的政策，规范涉农税费行为，提高透明度，保护农民合法权益。”指明：今后只交农、特两税和附加税，镇（乡）村两级不能再收任何费。还提拱了举报电话。说这次的透明，亡羊补牢也无不可。

农民打开来端详后开始琢磨。琢磨不透这已经是合理合法的卡，有个正税，还要来“附加”？正附各流向哪个库了？种国家土地向国家交税是几千年的老规矩，没谁敢拒。爱国义务理所当然，凡公民都应积极响应！村民看了信，并没从内心太高兴起来。税费虽说“规范”了，却并没减多少“负担”。宏儒家两口，种3.04亩地（包括村上附加纳税的7分坡地），农税正附41元，特税正附275.6元，人均已158.3元。他家没果树，任何特产也没有，这项仍按原办法摊，还是不据实收。拿着本本问泯义，泯义说，要问就问盖章子的单位。宏儒老汉咳了一声，把本本装兜里回家了。而“一事一议”，在白墨村，还是没把民众放眼里，卡中强调：这项收费必须“由村民大会讨论通过”，镇批，报县两局一办备案。规定年人均不超过15元。白墨村并没严格执行，当年几万元的收去，如雪片落在火上，连个影儿也不见了。上级这般“周到”的考虑，设了“一事一议”项目，农民说这和“机动地”一样，是为村干部乱支开了绿灯。因为仍无检查、仍无审计，不是放绿灯是什么？

虽有各种看法，但芭藜扎脚——已有坎儿了。不再是没沿的涝地，也不敢割韭菜了。所以还是朝天喊了声：“谢天谢地！”

2

镇上召开夏季税费征收总结表彰会。田书记作重要讲话，指出工作进展基本顺利，群众认识明确积极配合。镇上名列全县第10名。这与广大干部的努力和全镇民众支持分不开。但从全镇看，发展很不平衡。比如白墨村率先完成，位居全镇第三。（他把村民上访的事删除了。这一删除，干部的功就突出了。）但是有的村就滞后不前，比如季家岭村。后边还既有批评又有表扬的点了几个村。会议尾声时，党委秘书抱来一叠文件，很利索地发给大家。又是田书记讲话。他很严厉地讲道：“各位同志，你们手里拿的是一份通报。是对季家岭村支书季生文同志处分的通报。——季生文是公社化就任村干部，1965年就任支部书记至今的老党员、老支书，一向是兢兢业业，不违纪也不贪腐在民众中有威又有望的好干部。怎么能背处分呢！”都急着看文件，一时间揭纸的响亮声、小小的议论声向台上扑卷着来。田书记手示：“大家不要议论了。是税费问题。书记说，农业税与特税是国税，是要如数上交国家金库的。任何人不能动用、挪用和扣除。私下动是违法的。但季生文同志胆大妄为，无视国法，却用今年收的部分税费还了村上的旧债。造成村上税收缺口，迟迟不能如期完成，直接影响了镇上进度。因此，针对其原则性的错误，镇党委研究决定给与季生文同志撤去季家岭村党支部书记处分。”他的讲话，若一舀凉水泼洒出来，讲的下面的人沉寂了下来。有人低声说，给个“免去”还行，怎么能“撤”呢。

生文突地站起来，无望的目光在会场飘了飘，作最后的陈词：“首先我不委屈，因为几十年的工作习惯了。撤我的职我好高兴。当不当无所谓，只要我还是一个真正的共产党员就满足了。我没文化，人也老了。不适应要求。自己有掂量。可是我还多少有些自知之明的。我作为一个党员有权在党的会议上作个申明：这多年的就不说了，就说近的吧。去年，按镇上的严格规定，为在限定日前完成税费任务，不拖镇上在全县的后腿，顾大局计，我村和其他村一样，以高息三分五厘贷私人款3万，把各种情况不能如期交纳的户全包揽了。维护了镇上的面子。按约还本息的日子一天天逼近，跟尻赶尻子追，我们东拼西凑本息还的仍有8000。实在没法了，推至今年夏征。人家趁机追讨，大家研究后，只能把今年收了的暂且拿出还了去年累的8000元。大家想想这旧债是怎么来的？该不该还债？还了债就成了我的错。后来又贷了填今年的坑。如此，就狗撵兔子，搨了蒜。税是国税，费是国费，我不含糊，可我实在是逼得没法子了。背处分我背个明白。冤不冤自有公评！”下面低头议论：这处分应给始作俑者才公道呢！

生文说得很激动。他又说：“过来过去都是我的错。对咧，宁让我错不能让党委错。我不下地狱谁下？是油锅我也得下，我认了。”

董明书记制止了生文的发言说“老同志就少说几句吧”，生文坐下了。

会散了，参会的议论纷纷走出会场。许多支书表示同情，颇有兔死狐悲之感，围着生文说慰平心疾的话。也有抱不平的：“领导翻来倒去会说，挑着说。这哪里有个真理啊！”焦展说，这就叫兔死狗烹，卸磨杀驴！另一个说，这就是扎住驴嘴抽鞭子！

白墨村支书墨泯义紧随着来到生文身旁。他虽非幸灾乐祸，却从他脸上可读出心中的自得，读出一个顺应潮头识时务的“俊杰”之明哲。他说：“季支书，世上的事就是这样，绝对服从领导，始终与党中央保持一致，任何时候都得当圣经念。”焦展听见了，反驳：“党中央的方针政策无可置疑，可是下面各级贯彻谁能说不会走样。照你说，对与不对都得执行是吧，这和林彪江青一伙什么理解的要执行，不理解的也要执行有何区别？依你的观点，和尚就没有歪嘴了？”泯义嘿嘿嘿笑着，小眼珠在眶里翻了几个跃子说：“我说的都是经验，要和领导辩理是辩不过的，‘对着干’的态度是要吃亏的。焦支书，我想你是已有体会的了。面对领导装孙子，前后左右长眼睛，顶事的说几句，适可而止，不顶事的就封死闷在肚里，憋着去。沉默才是咱这些九品官的生存计。”季生文说：“你总算说出了几句人话。不过，你说的‘对着干’没多少人会接受的，维护大多数人利益，坚持原则，怎么能说是‘对着干’呢。”

焦展拍着泯义瘦削的肩膀：“啊，你这十品小官儿还当出理论来了。学问还是一套一套的，你说说你今年怎么又争了个先进？”

泯义好似也有苦衷地说：“你以为先进就那么好争？把人简直挣死咧，碌碡拉半坡，只得攻。既不挣死牛又不要挣断绳，你可想那个难了。”

“到底咋弄的啊？总结一下吧。”焦展追问。

“一句话：两手抓，两手都得硬。既是刀子又是耙子。全是铁家伙！要钱才是硬道理！”

“你把理论学精了。‘两手抓两个手都要硬’都运用到征收税费上了。黑猫白猫逮住老鼠的就是好猫。我幸运，算逮住了耗子。”

“你有本事，你有本事！”焦展和季生文半赞扬半讽刺说了这句话。骑上车各自走了。

泯义拐个弯，朝自己走熟的捷路去了。师存水正在村口路上等着分享光荣。二人见面，师存水说：“祝贺你！”泯义说：“光荣属于你！”他俩回到泯义家，打开6年西凤，痛快至极地各显海量。

“三乱”治理后，全镇传下话来，各村遗留的个别户可以缓交，分段完。话这么放出来了，这些户松了口气。各做各的梦，凑多少先交多少。哪怕到年三十哩。该交的尽量交清。对于村上搭车的他们拿出“监督卡”，问不明白还是不交。

“平茬”队，已听不出声势了。村民说，可能冬眠着，谁知新一年又变个什么面目！

3

在“三乱”合理合法无人出面纠正，群众又无力抵制的日子里，荣凯亲眼所见亲身所经“乱”风之狂势，心神真有些难安。他这时记起一个人——社教中几次来过白墨，他亲自聆听过教导的县委副书记林瑞晗———荣凯真切地感到他才是代表党的形象的好党员，知民情解民意的好领导。他多次打听过，想当面对话，谈谈心，多聆听些教益。同时反映一下“三乱”狂刮下去的危险，反映一下农民受不了的愤怒，也有利他的从政。可是无从知道林书记的去向。

这一直是浮在心上的一件事。

不料，今天从镇长手上接过一封信，荣凯打开一看落款，激动得热泪盈眶。他马上看内容：

荣凯同志：

你是农民父老最可信的新一代好后生，好干部。你的每一步都能踏在向上的台阶，为大多数民众谋福祉。我支持你，鼓励你，加油！深信你在建设家园的奋斗中，定能实现自己夙久的梦想，描绘出一副光彩灿烂的愿景！

我知道你打听过几次我的去向，现在我告知你，就是在“三乱”正盛时，我曾在常委会上提了一些意见和建议，使会议气氛有些不“和谐”，没多日，我就没有思想准备地突然离开了紫薇县，去了省党校学习。两月后，从学校就直到了新单位山荆县任副书记。这个县自然条件和经济基础都远比不上紫薇县好。但我不怕。为百姓做好事，为大众服务，怎能讲条件论职位呢！我会一如既往，遵纪守法，严于律己，严于用权，以焦裕禄为榜样，当好人民的公仆，一心一意为人民服务。我虽离开了紫薇县，但我却时刻记挂着这里的百姓，记挂着曾工作过的日日夜夜，记挂着勤劳艰苦过日子的广大民众，我更记挂着下乡多次见到你的情节。努力吧，我的朋友，我的同志！(有些话本不该说但我说了，这不是情绪化，而是说，做人民的事，应该坚持的原则、正义，任何时候、任何情况下都不可变异，这是做一个人民信得过的干部的基本条件。)再见！

林瑞晗

2002年8月1日

荣凯读完信，手捏信页，坐了很久，很久。林瑞晗，林书记，多好的书记！

他负责组织人事，负责几期社教，都以广大民众利益为先，坚持原则，实事求是，兢兢业业，深得民心。紫薇人民需要这样清廉正直、忘我工作、造福一方的好干部，他有什么“不宜”在紫薇县奉献的理由？调走就调走吧，那是“工作需要”，但还是个副职，这么好的共产党员，知民温饱，体民爱民的领导干部，怎么得不到很好的任用？

而那些混官，无能官，缺才缺德，凭关系、凭嘴皮子的，甚至百姓厌弃的贪官却一升再升，不声不响坐上了高位，这太不公平了！荣凯抱不平的同时，真后悔没能亲送他一程，真后悔没有机会亲聆他的教诲。他太激动了，他的心情难以平静。他又一次展开那只一页纸的信，一句一句地品，读着书记的鼓励，心亮堂了许多，书记的人品，为人做事正是自己的榜样，一面镜子。自己决不辜负希望，扎根白墨，在平凡的事务中做好父老期盼的事业。

泯义和存水今天两个人喝了二斤半白酒，三碟菜也吃得光光净。前后两个多小时酒兴，为胜利完成税费征收庆功，两人都酩酊大醉了。

二人互指着嘿嘿狂笑一阵，用农村妇女哭丧的那种腔调调侃一阵，然后在酒疯的情境里迷糊着睡倒，一个鼾声如牛，一个吐天哇地，嘴上衣上弄得令人恶心！大概三个小时吧，二人酒方醒过。泯义颇有失落感地拉住存水手诉说：“兄弟，你到我的地盘来，咱搭档工作至少有七八年了？不，是八九年了。哥对你咋样？吃的喝的玩的，没堵你的道，没短你精神吧！”存水望着泯义那真诚的脸，热乎乎地回答：“咱哥们好得哪分你我，这些年来，你大大支持了我的工作，兄弟我知足了！知足了！你工作硬称，中心任务都为我争了面子。有机会我请哥，答谢你。”泯义死死拉住存水不放，“兄弟，你看出来了吗？哥的大势已去了，日暮途穷啊！正在一天天烂去啊！凄凉和悲伤已敲过我的门槛了！”

存水贴紧头慰藉："你哪来这种感觉，您辉煌时期还长着哩。"

泯义："兄弟，咱两个吗，你对哥要说真心话。我对你句句都是掏心窝的，我说的不是感觉是真实的事。你看，我已面临众叛亲离的困境了。关键时期——非常时期！最听我话，唯命是从的致祥都不干了，不干就不干了，他还反叛，咬我，把所有的事都给我往尻子上推。荣凯、大伟他们如日中天，势力不断强起来，民众都磁铁一样向着他们。你说，这是不是叫得道多助，是不是叫得民心者得天下！我，泯义已真的成了孤家寡人了！"

存水："您把形势估计得太严重了吧！别悲观了！毛泽东说，牢骚太盛防肠断，风物长宜放眼量。高瞻远瞩向前看！柳暗花明又一村就在眼前！"

泯义："不，不是的。眼前明摆着嘛！诚石这个东西，可能是天意吧。人说，人算不如天算。他恰在这时退休了，还要回村上住。他就是给荣凯他们摇羽毛扇的。"

存水："一个教书匠，回村子起什么屁作用！别理他！"

泯义："咳，这你就说错了，他这人在村上可有威望了，老辈人看重他，年轻人尊崇他，他说句话，就是老师在课堂上的那种作用！"

……

酒后吐真言，存水回到镇上，躺在床上细细回味，泯义的句句话确也有些真。自己不觉间也有一种悲观了。社会的发展，民众的觉悟，政策水平的提高，自己事事冲锋在先地要二毬，苛对民众，需要他这种人的时代快要过去了。只有爱民亲民，诚心为民服务，实实在在干事的人才有前程，不然将会被时代淘弃，被民众唾弃！

他，也开始反省自己，总结自己了！

第二十章　命途短板

1

泯义今日一早上起来穿裤头，习惯地触动了一下那个东西，猛然身体里那股邪邪的魔力在鼓动，它电流般传导全身，召唤起那根野马般神经，刹间淫兴闸门大开。他吸大烟那样瘾发而不顾一切，眼前闪现的全是朵朵迷人的野花。他偷偷取出八九送的“中华霸王”加量用过，坐下看着表，等候那最佳时刻的到来，他不换眼地看表，按捺不住漫长的半小时，身体里的邪感和热力加上意念那怪物，全身灼烧，如烈焰烘烤，活力顿然飙升，那根魔棒不安分起来，他揉搓一下脚掌，按摩了病腿上的肌腱，偷鸡摸狗鬼祟着直去鸡头玉莲家。她家的大门对泯义来说，一直是开放着的。只要泯义有兴，有精力，就随时可来寻欢作乐，现在的门半掩，单人进入，不需推扇，不推扇就无铁门的碰撞声。奇怪，他每次去，多是这样：玉莲洗衣刚直身。她捞出大红裤衩和花上衣背着身往铁丝上搭晒。泯义这阵如同公羊闯进母羊群里。猛地，激情奔涌，他全忘了自己支书的身份，卸却脸皮，脱去伪饰，人格算什么？讲人格、讲人品，还要不要人性的解放、人性的浪漫？

泯义被早晨太阳的曙光照艳的红裤头逗兴了，恰似关关生所言：“从头到脚风流向下跑，从脚到头风流往上流”。他顿然感觉自己腿超往的健壮了，年龄已回到了青春的季节，那欲望春潮般涌来，风暴即起，他澎湃了！澎湃了！解缰的叫驴，下意识地冲上前去，伸开双臂铁钳般箍紧肉囊囊的美人鱼。玉莲虽然背着，心却灵犀地感到是谁了。她轻喋喋道：“你就别骚轻了，来就来了！”随即转过面来，双手挽在这位常客的脖颈上，狠狠地吻了一下。那吻，极有力地“吱儿”响了一声。她又故作生气的娇嗔：“你多长没来了，我当你把我忘净了。老实交代，是不是又玩年轻漂亮的妖精去了！”泯义淫笑着，“你说的哪里话，真不知我这身子难受，你看，”他拍了一下自己的那只腿，“它还不利索啊，我不就带病来了吗？你说我心还不是你牵着！”

“你哄我，猫总是忘不了吃腥，你肯定又盯上谁家年轻漂亮的女人了。”玉莲认真地说着，但手不闲地在泯义那个地方上抓挠。

泯义涎水已吊到下巴上。说：“瞎（丑）婆娘，好（漂亮）婆娘，脱了裤子都一样。你就别冤我的一片孝敬心了。”

“真的？”

“真的！”

泯义即抱起玉莲跑向房里去，撩到床上。这位支书大人长期练出的基本功，使玉莲那盈不满的洞每次都得到充足的贮量。

二人的快活结束，都已筋疲力尽，腥汗遍体，粗气大喘，只出不进。快活是快活的，可那超乎的透支使他实在累了。软绵绵休整了好大时间，玉莲又把泯义的那个逗得勃起来，激情速来又一次行乐。但心有余而力不足了，尽管玉莲如干渴的大地急不可耐地等着猛雨浇灌，泯义毕竟不是年轻时代那朵云，求雨就会下的。泯义有点悲感地击了一下那不争气的东西，大叹了一声，咋成八十岁的那个了呢？

他还有不服输的最后期盼。但心情怎么也高兴不起来，回到家时，农村人已是早饭时间了。——十点以后吧！老婆以为他是为“公”事的，把饭热了，双手端到他眼前。他只吃半个馒头，喝几口稀饭。稀饭是绿豆拌汤。就是在煮烂的绿豆汤里搅拌上面糊而成的汤。加上炒好的葱韭花绿漂其上，好看好喝。泯义没有食欲。他饱饮了半斤装西凤酒，又喝了两筒冷酸奶，一杯凉茶水。他为那个不给面子的“东西”生气。生着生着，又觉可笑。过了三天，它竟变成烫了猪的水，上了竿的猴，犁过地的牛，倍觉困乏，乏得连个眼皮也觉有了千斤重，四肢无力启动。他躺倒在床上，仿佛抽空了气的皮囊，再也充不起了。眼睛看什么都虚幻成灰黑的影子。别人眼里美丽又鲜活的世界，斑斓多姿的大自然，他的眼睛再也无法享受了。勉强挣扎着抬起眼皮，全是晃动的死尸般的黯影。

一家人都傻了眼，他们不知导火真情，为什么突兀冰山倾溃，谁的心里都纳闷。有病求医，是对病人的负责。儿子急速请来中医，——这是赤脚医生自修的——医生摸了泯义的额和腕。一样的冷森，一样的透凉。似乎有噗噗噗的寒气在面部敷开。诊脉后，察眼球看舌苔，他的舌头似乎有前紫后白，厚厚的霜松毡毯般铺在舌面，舌懒惰得不伸不缩。医生好费心思。最后还是多留了点医德，说，病来如山倒，还是不要大意为好；病去如抽丝，去县医院再查查。看有啥新药奇方。泯义听了，舌头攋攋巴巴地求：“你还是开服药吧，吃着看命大小。”说毕，头不自主的耷在胸前。他老婆吓得转眼转色，儿子急得脚筋抽，把医生叫到外边，问：“我大的病情你怎么诊断？有几分好几分坏？”

这一下把医生考住了。怎么说呢？他挠挠头捋捋下巴，思量不出一个恰当的说法，最后说，最好还是去大医院查查。

县院医生独自对晓候说，“我说了你别见怪。”晓候说，“你说吧。”医生说，“令尊的病可能与色有关，色毒入骨，治是需要时间。本次是因色导火而发，……希望是有的，望去市医院请专家献技吧。本人医术浅陋，愧无良方，让你失望了。”——他，其实是真心实话，为他揪出了致命之魁首。

这话听起来有点恐怖，如果用欺骗包装或许能使他们一家高兴一阵子，但会误了治疗大事，那时，医生就有了难逃的罪责。

泯义的儿子老婆沉默了，长时间的沉默。……

医生走了，给一家人留下的是难题。

2

荣凯听说支书突然转安为危了。及时前往了解究竟。门上正好来了卖鸡蛋的，他买了两盘提着来。先暗问了泯义老婆，她未开口先掉泪，说了医生的断言。荣凯道，病突发肯定有内因的，医生捉几下脉就那么下定语，真不负责任！我去和支书说说，还是去大医院复查为妥。泯义见了荣凯，强用臂肘支撑起沉重的身子，荣凯扶着让半躺在被子上。他一副惨淡，一腔欲言。人，一有大病，最易和死相联系，也不由已地去回忆往事。不知是怎的，他眼湿了，盈着欲滴的泪水。荣凯顺便递了块餐巾纸。泯义见老婆偏过头去偷偷抹了一下泪之隙，才把药汤端过来。

泯义这时在想着许多个“悔不该”。悔不该和解玉莲、胡毛仙多个女人玩，玩，玩，已打了“死结”。悔不该，以权易色，把她们当成自己身下合法的发泄器，爱什么时候玩就去玩，爱咋行乐就行乐。而她们也把他看为她的人，她的靠山，她的摇钱树，她的护身符，她的庇护港。使他的生命从那时就不声不响地开始了倒计时。悔不该，把宝贵的生命耍儿戏，玩赌博，任性而不刹车，拒善劝而任欲为……他还想到村里向上反映他的几位的善意。

荣凯的安慰才使他从“悔不该”的情境中脱出来。他说，吃过几服药不见起色啊，人倒越发的乏力了。他同意去咸阳或西安，明确病理，了却心事（实际，他是知病因的，怎么能不知呢！）。他颇悲观地说，这次去，也就听天由命了！荣凯很有信心地鼓励说，哪有查不明看不好的病？增强信心坚定意志，坚持治疗，定会康复的。

经两天的准备，最后住进四军大西京医院。医生叫从CT、彩超、核共振、血化验直至各种现代科技检查手段全部用了。专家一一详细看了片子，问泯义：“你饮酒和吸烟有多长时间？要实话实说。”他心里最怕的是癌症。泯义满怀信心，以为病有救了。他神经很快放松下来，随口答道：“五六年吧。酒史长些。”医生摇头笑笑道：“不至于，你是村干部吧？”

“是村支部书记。”儿子说。

专家盯着片子说，“你的烟史也至少在15年以上，酒史比这长得多。”他指着片子让泯义和儿子看。那上面的阴影和黑洞类的斑痕真可怕！专家说，这种病不是很短能发展这么严重的，得马上绝对禁烟禁酒。

嗯，泯义顺应道：“一定！！”

专家看着泯义的眼睛和脸色，不好意思地说：“你的肾亏虚已到极点了。这是房事过度透支所致。精、气、神掏空得皆不充盈了。”泯义见儿子在当面，尴尬得脸泛烧意。专家说，这样吧，最好住下来，多观察几日。

“住，住。就是专来治病的啊！”泯义的儿子满口回话。

住好后，儿子独自找专家了解底细。

这位专家姓魏，是老教授。他的医德很受患者的好评。魏教授说，你父亲的病，实情只能给家属讲。别让病人知道了。他知道的只是病与烟酒有关。他不知道的是酒精中毒已久，肝脏已异变。硬化晚期，腹水积盈。这是一种；另有雪上加霜的更为致命的……专家似有难以启齿的话。

泯义儿子央求，“病已到这坎儿上了，有甚您就实说吧。”

“我说了你鉴谅。你父亲平日生活检点吗？”

“我大私生活是有些风流。”儿子感到脸红。慢慢告诉教授，“我们多次提醒他注意影响，他说，我的私生活谁也别管。”

难怪这样。魏教授说：“人活精气神。他太放荡，性生活频率超度，致阴虚至极。阴精枯竭到几乎掏尽。人固肾，树固根，根出问题了，能有茂盛的枝叶浓密的绿冠吗？这道理人人易懂。”

壮年魏大夫是位很负责的白衣天使，说，“你父肝癌已到晚期，加上肾亏危及，两敌夹攻。铁打的骨架也难以招架啊，……是这样，已安排住了，把腔里的水再抽抽，带些药想法接他回县或家。住在这里也是白花钱的。以后不好回去。病人能吃和想吃的就给吃，我告诉你实情，有悖医德，但考虑给你还可说明的。你是来自农村的，农村有农村的民俗。”他再没往明白说。

儿子听医生的忠告，低头慢步地到病房去。说，“大，这病主要在养，医生开了几疗程的药，回家服用。药完了咱县可买到的。”

泯义已有不祥的感觉，他要儿子跪求治疗。儿子尽孝即遵父命。又去恳求医生。于是又给用了进口药。药再过硬，病魔顽守阵地，无法攻克。泯义的脸色已显灰暗、铁青、骨吃肉，皮肤一天天干燥松弛打起了褶皱。饮食不进，时昏时迷。生命已向他亮起了红灯。阎罗王向他狞笑。

消息传到村上，传到镇上。人之常情嘛，不远三四百里路程来探望的亲戚五六人。镇长这几日正在市里跑项目，书记在省上招商引资，他们都专程来，送了花篮，慰藉他安心治疗，早日康复。

昨晚多半宿了，荣凯看完新闻，拿出前几天从农大领回的大四教材，从省农科院新购的资料，学习了很长时间，已很困倦了，开始收拾床铺。有人咚咚咚地敲门，妈问谁。门外答："姨，是我，正升。"荣凯看书加上下午地里干了整晌的话，确实乏了，洗了脚，坐床边擦着，隔门叫："妈，快把门开开。"

正升进来了，荣凯招呼在自己房里坐。正升说，不了，就站着说句话，正升是胡成的侄子，在药材公司当经理。他说，"我二大在西安。"没等说下文，荣凯高兴地问："在西安哪？好啊，几月前有人说他在西安，我们欢迎他回来，再不要在外颠闯了，回来好好过自己的日子。"正升说，"唉，还过啥日子哩。"

"咋咧？"荣凯惊问。

"是这样，他人得了胃癌，住院已迟了。"正升说得很低沉，"医院已下了病危通知，说就一周左右时间，让准备后事呢。我回来安顿完事，明天去。我们意思是村上干部或谁去个，有些事好处理。"

荣凯一扫几秒前的喜悦，脸笼悲情，说："咋能这样呢！真没想到。本想打听准住处，我亲自动员他回来安心过日子，怎么却生了病，又是凶病，我正准备去西安看支书，那明天一块去，先看你叔父。"

"那就谢谢了！"正升很感激。

"应该去的，应该去的！"

正升走后，荣凯妈就进来，问儿子："胡成在西安也住院了？"荣凯说："是。咱村咋总出人想不到的事哩。"妈说："咋想不到，都是自作孽的，不幸是迟早的。""妈，话不能这么说。"荣凯很不同意妈的态度。人都成那样了，命不知今明。还提往事干啥。

“报应！人活世上决不能干缺德事。泯义当上权，和胡成一起谁哪里痛他就往哪里扎”。妈耿耿于怀着往事，一想起来，就有疾恶如仇之愤，“在你爷历史问题上，把咱一家害死咧。”

“妈，都过去几十年了，不提为好。我大说得对，那也是路线上的错，胡成也是个受害者。他是跟着胡闹腾的。过去就让过去，老记着，总提起没好处。”荣凯知妈为啥还记恨泯义责怪罪胡成。外人不知，听了要说妈不通情达理，是幸灾乐祸呢。妈不止一次提过关于胡成控告爷爷叛徒的冤案。那年代，胡成参加的是三司派。一身黄皮凶巴巴，为表忠心，奶头上也别毛主席像章，领着无敌战斗队，把九种人指挥着没冬没夏地白干活，秋收，做水利，给公社盖戏楼，不记一分工，动不动批判挨斗。荣凯他大也叫着去，说是叛徒的儿子，也得改造。荣凯说：“妈，人，不要记死仇。如果辈辈都恩恩怨怨地记着，那这个社会怎么和谐共荣呢！以德报怨才是处理这类事的好办法。”荣凯说服了妈妈，以一个公众人物的身份，代表党支部村支委去西安看望胡成和泯义。

第二天七点赶长途头班。正升、荣凯一行六人，直达西安，到玉祥门站下车就坐公交到医院。上了交大二院住院部肿瘤科病区见胡成。

活人没见着。医护说，他的病已无法起死回生了。两小时前就死了。现在到太平间。正升、荣凯几人去太平间见了遗体。荣凯很感慨，他第一次去甘肃领胡成时，还是能说能笑的一个大活人，怎么说殁就突然殁了！看他，已成干柴一把！缩得短小难看。他们点了一对白蜡，烧过阴票，插三炷香就去准备寿衣。荣凯问正升土葬还是火葬。正升一脸为难道：“大城市尸体是不好运出的。再说，医院不开死亡证明。听说有规定，这里死了的如果放走了，要重罚医院，所以只得火葬。”这样定了后，荣凯去医院办手续给火葬场。正升联系殡仪馆买寿衣和骨灰盒。

3

泯义的病这几天忽由轻缓而加重。一日几次地不稳定。腹水见天在抽，渐渐减少着。他说下身刺痛，比肝更疼更残酷。阴囊充胀如针刺，半晌滴答不出几滴。尿里已有血丝，熬一天比一年还长。

荣凯买了一束鲜花，提了一箱牛奶，见到泯义，吓了一跳，才几天啊，他已瘦削得不像原来的他了。完全成了另外一个他。他看病人痛苦得难忍，自己也觉得痛苦了。他真不知用怎样的话来安慰泯义那颗受折磨的心。他的同情心顿然不安起来，看病人来了，得说话呀，可话从何说起呢？儿子大向站一旁。绝望已使他也觉无话可叙。荣凯问过病情和治疗方案及药效后，用温热的话熨平泯义已冷却了的心：“生病是谁也难免的。已得了就要面对，积极配合医生，坚持治疗，中国医学是世界公认的。中西结合疗效显著。况有新药不断研制出来。临床试验，只要你坚强坚持，会有奇迹出现。”泯义勉强挣扎着，脸上丝丝悲观僵在眼神中。他说：“你的安慰、鼓励我感谢。我的病情我知道，就是华佗在世，也回天乏术了。”

荣凯重复着刚说过的话：“你不能那么悲观，要增强信心，相信科学，坚强抗争。病人的心理作用也重要，精神的力量支撑希望之光。有不少例子证明，被医生断为不治之症，在病人顽强意志和乐观精神下，出现了奇迹。”

泯义看荣凯如此真诚，眼神的微光亮了几下，点头道：“嗯！有道理。”荣凯问钱能不能转得前去，大向说，亲戚六人那里借凑，问题不大。出院时再说。

荣凯掏出纸包的一叠钱给大向。“我没多的，这是3000元先拿着用。”

“算了吧，你家也不宽裕。”泯义微弱的声音，让人听得很费力。

荣凯说：“我来两位老人亲手交给我，叮咛一定给你的。你若不收下，我二位老人会怨我的！”

“好，你有心，就收下吧。”泯义给儿子说了，大向才接了钱。

泯义这时心生很深感触，愧疚之色浮上了脸，不是悲壮，却似悲酸。阳光下的冰山那般哗啦啦在崩溃。他下意识地低下了头，酸心反映在眼眶，表现在脸庞。他愧疚地醒悟到以前对这位年轻人在许多的时候许多的事上偏见、猜忌、嫉妒、压制、打击、冷嘲、太过分了。自己心胸狭窄，不松权柄，不信任年轻人；而荣凯虚怀若谷，不计前嫌，忍辱包涵，坦荡做事。事实证明不是为了权，而是为了白墨的美好明天。一件件活生生事实，使他认识到谁是真心诚意对他的。又是谁用甜蜜蜜的嘴利用他的。相比之下，忽然联想到和致祥一样的那种势利的小人。他们谁在台上，就当爷的敬重奉迎，下台了，投石下井，连当孙子看也不愿看一眼。他痛心地记起在和致祥交往甚密的那段，一次酒局上的情景：泯义酒兴中说，“我在台上你紧跟，和林彪一样捧我奉我，为我唱赞美歌，有一天我下台了你还会好吗？”致祥甜蜜蜜笑成一朵花，说，“当然好。我发誓，我不像狗，有骨头摇尾，没骨头就汪汪着跑开。相信我吧，我绝不会是条喂不熟的忘恩负义的狗，也绝不是没奶不认娘的王八蛋。”所以，泯义就吸收他进了党还给了点权。但在税费征收中，村民揭发出了许多问题，二人为责任而吵翻后，便断绝了情意。泯义住院几次，直至生命朝不保夕，连他的面也没遇过一次。可是荣凯呢，再一次证明，他是没野心的真君子，肚里能撑船的宰相，他不挽结，包容一切，大局为重。他从眼前这位年轻人身上看到了白墨的前景！他伸手想握荣凯一下。荣凯知其愿，理解他现在的心境，于是温情以应。满足了这位令他同情，也令他为之悲哀的领头人。

一切皆在不言中……

荣凯走时，又是一番安慰的知心话，然后给倒杯热水放到泯义眼前，扶他躺平。泯义眼睛潮湿了，努力说了一句发自内心的话："日久见人心啊！白墨的发展就看你和……和那些年轻人了！"

4

回程的汽车上，荣凯捏着双号车票找座位。满满的不见空。最后的横位上一位军人。虽穿着军服却没领章和红五星帽徽，但从他的一身正气一身风采，可知是转业了或退伍了。军人向左挪了挪说，"就挤这里吧！"荣凯说了声谢谢，就坐下了。

"你去那里？"军人十分谦恭地问了一声。

"紫薇县。你呢？"荣凯即答又问。

"我也是。"

"正好同路。你好像熟熟的，哪个村的？"

"北新镇白墨村。"

"啊呀，原是一个村的呢，我咋说熟熟的……你是几组的？"

"原是第三生产队，现今是三组吧。"

"我是一组的。可能咱还在一起上过学呢。虽不在同一级，可能天天见面，或同路去同路回。"

"呵，越说越亲了。"

"亲不亲故乡人，美不美泉中水！你是哪年参军的？"

"我叫白壮民。89年高中毕业，当年没考上大学，就重读，冬季招兵我幸运验上了。先在云南，后去北京。转义务兵后，学机修，学开车。给北京军区某领导开车至今。"

"你学习机会那么好，单位又利于上进，为啥要转行？"

“不错。说起来也算老兵。学习条件，环境都有利于我的进步。我父母年龄大了，我又是独生子。参军当时是不收独生子的，我是高中文化程度，加上找熟人疏通关系又出了些钱才去的。转业时就因独生子，领导才批准的。”

“家里不是有媳妇侍候老人吗？”

“哈哈，原有个女朋友是河北石家庄人。她嫌咱陕西太远就拜拜了。后来家里父母说了个幼儿教师。开始嫌我没正式工作，拖到我转义务兵后才正式订了结了。她一个女孩子家里活拿不下啊！”

“那你转业回来，打算去哪个部门哪个行业？”荣凯问，“你有安置卡吗？”

白壮民很认真地说：“安置卡我有。是绿的还是红的还得撞运呢。说行业吗？金融、矿业、房产、保险都是发财的地方，没打硬人帮助是不可能去的。党政部门当公务员不用说是个金饭碗，难争抢得上，况且还得应国考才过门槛。事业单位也好，恐怕没通行证也难进。地方企业多是被承包或还没承包却很不景气的破摊子。我不想去涉。”

“为什么？去，你起码有个公职！”

“这些企业工资没保障，今天去，说不上明天就下岗。这和没安排有甚区别。”

“听你说，你对当前社会情况了解还挺多的。那你打算呢？”

“我先到人武部和民政局去一下。听听情况再定。”

“我听好像只有军官才直接安排的。义务兵得先由自己联系单位，有接收单位才给安排。”荣凯思忖良久又说，“你先有个着落也好。后来的前景，跟大局势走吧。”

“咱是农民的儿子，有先人给的农村这个基地，只要肯出力能耐劳，冻不死饿不死。更不愁下岗失业。”壮民这时对能否如愿安排好像也无所谓了。他乐观地问荣凯：“你看我的组织关系先转镇党委还是先拿着？”

“你先联系单位吧。能有安插合适的单位，一次转好了。”荣凯说。

一路的交流，福银高速已进入第二个隧道。洞里的两排灯哗哗哗，一条鞭地闪亮着越过。仿佛热烈欢迎的笑脸。壮民感动不已地说，“家乡变化巨大啊！我走时是从312国道去的。那时还没听说修高速的事。这才几年啊，已通车了。”车出洞口，一派光明，开阔的视野，山岭重重，路两边的山峦映翠，野花烂漫，阵阵草香从窗而入，泾河银光闪闪，从桥下滔滔而去，沿路不少新建居民区和商部——旅店、超市、食堂、汽修、网吧、酒吧、咖啡馆、美容室、肉铺闪亮于眼底，如画的情景迷住了壮民，他推开窗玻璃，伸出头去观赏。赞不绝口：“这里原是荒僻山野，这么短的时间，就变成一个新世界了！”

荣凯振奋起来，颇自豪地说：“这一切巨变都是在来了一位民心县长现在的书记。”壮民欣慰道，“能遇上好官，就为民造福一方！”

车子开进县城，进入泾河新区，这里的飞跃发展，壮民几乎不认得，更不相信是他心中的紫薇县了。车驰公刘街，两边新颖别致的高层建筑鳞次栉比，路灯如龙，通街光明，华灯奇饰，流光溢彩。壮民看表从西安到县城才2小时25分。

车进新站。荣凯说：“你在县城逛逛看一看变化。”壮民说，“以后慢慢看吧，还是先回家，给老人一个惊喜！”荣凯说：“也好！”壮民情不自禁：“我梦中也想亲人呐！”

从县城到北新镇，每天有22趟班车。北新镇是上高邑镇的必经镇。每隔半小时就有一趟。晚10点前都有车跑。就是班车停了，出租车、黑车到12点都忙忙碌碌为钞票而战。荣凯帮壮民拿了行李从长途转短途。

上了车，壮民如同回到了母亲膝下，他热腾腾的心不停地急跳，眼里已汪了激动的热泪。想起课本里学过贺敬之《回延安》中的诗句：“心口呀莫要这么厉害地跳，灰尘呀莫把我眼睛挡住了……”“手抓黄土我不放，紧紧儿贴在心窝上。”拭过蒙住眼的泪花，收不尽的新鲜美景，蒸蒸日上的气象，勾起一件件幸福的记忆，激发着久酿的美梦。心里在说：亲爱的家乡，久惦的爸妈，千声万声呼唤您，儿子壮民我回来了。羊羔羔吃奶眼望着妈，儿的心早早飞在您怀抱中。荣凯知其心境，不再多言。说了声明天见。壮民背着提着行李急步回家去。

荣凯站在分别的地方望着这位淬了火的好钢材，一股难以自控的欣慰跃在心头。

5

泯义的病情已很不乐观了。好似一盏油灯，已到油尽焰熄的时限了。人躺着，又不安，躁滚，但无力。用过药，时昏迷，语多言鬼，惊恐不已。话无论次，倒四颠三。双手乱抠着下身，龟头一段溃疡刺心，肝又是一阵逼一阵地烈痛，如烤如榨，头汗淋漓。两眼恶瞋，十分恐怖。医院主治检查过几次，最后一次叫来泯义两个儿子晓侯和大向，建议马上出院回县。说这话时，他们已断定：弥留不过三天。大向请求给挂上针，一为孝心，二为找运车辆好说。医从德出发，遂家属请求照办，一为人道，二为推医院手。

信息时代信息灵通。

人未回到家，村上已有消息传开：一种是说他人已殁了，和胡成一样，回来的只是骨灰匣子；一种是说，人快不行了，假挂着吊针，不然进不了家。总之多是不吉不利“新闻”。

但实际，人已在垂危中维持，有时还可清醒一阵子。明知为时不多，还是先去了县医院，这对病人也是精神的安慰。医生检查后劝道，“快回吧，不能拖延了。”于是准备车子。求生是人的本能。这时病人有些反常的清醒，问：“又去哪？”儿子说，“医生给了药，说在家服用比这里环境好。”泯义已被绝望击垮。惊人地说出了这多日最清楚也最有分量的一句话：“我满以为药到会病除的，谁知科学在我身上不灵了。天啊，在杀我……”他慢慢地合上了困倦的眼皮。

回到家，门上已有很多人。他们脸上的神情基本是一样的，沉默，哀怜。当然，其中少不了怀着复杂的感叹人生的观者。本族的长辈、晚辈和同辈络绎至家。接着有村方邻居。村邻中，有两人最引人注目，她们本是避之不及，但都先身而出。一是胡毛仙，一是解玉莲。她俩为什么不怕丢人现眼，也不顾廉耻！说起来也全应在那句：嫖客“上身去时藏，下身了就扬”的经典语。“藏”好理解，可是“扬”对一个有身份的村支书是不该有也不敢有的。但还是公然“扬”了出去。

平日，村上人见了这两个名女人的影子就恶心，故意要向着影子吐口唾沫，不唾不快。现在她俩竟然厚着脸皮子来，不是让人更贱她厌她吗？泯义的老婆心神毛乱，不知当干什么要干什么，见二女妖现身，就想上去咬一口解恨，儿子看妈的脸色，快些前阻，悄声说：“妈，今天人多，你就忍着吧，不招也行。有理不打上门客，来家的咱都领情。”妈没回应，转身躲开了。

这两个女人，都拿来泯义最爱吃的。玉莲端来的羊肉饺，毛仙端来的韭黄蛋卷。她俩先后贴近，手掰着一小块一小块给泯义嘴里喂。泯义强逼着自己的意志接纳了一口又一口。其实三口也抵不了平时一口多的。再送口边的就不行了。泯义几次想伸手过去触摸一下他熟悉的人表示感谢，可是理智那根神经出面挡了回去。他无力地空嚼着饺子和蛋卷留在口腔里的余香，眼里渗出了冰凉的小泪珠。泪珠随即掉进了嘴里，特别的苦分外的涩。毛仙掏出香帕去擦，玉莲凑到耳边，苍蝇似的安慰：“你要好好给我活着！”

泯义老婆等不住她俩离开，端来一碗水上前去，问她俩：“你俩有个完吗？我喂水！”二位抬眼望了望，无趣地出了门。没人招识！

荣凯和大伟已来好大工夫了。见玉莲、毛仙偎在病人身旁，都没前去。待离开后才上前来。他们看病人睡着了似的，这会儿安静着就没打扰，把大向、晓侯叫到一旁商量事。大向的姐姐制了一面党旗。问镰刀斧子图案对不对，怎么个摆法。荣凯给纠正了一下。大向说，我大是个老党员了。为党尽力一辈子，今天他要走了，按他曾说过的心愿我们给缝了面党旗想给覆盖上，这是一个光荣，也是一个慰妥。说明他生是党的人，死也是党的鬼。

荣凯看着大伟，意思让他表个态。大伟说：“这是你大的心愿，也是做儿女的心愿，好吧。”荣凯接着说：“那就让灵魂安妥吧！”

背过了大向、晓侯，大伟问荣凯：“共产党员覆盖党旗有没有级别或功劳上的规定？普通党员能遂意如愿吗？”

“这你还真把我问住了。咱只见中央领导和有贡献的名人、英雄死后盖党旗，普通党员没见过。盖党旗或国旗都是件极严肃的事，到底什么资格的人才可享荣这待遇，旗的大小有什么规定，一概不清。今天遇到的是新问题。一时说不清也解决不了。既已缝了，盖就盖吧。我想，这也没有特别的错，原则的错。不会是政治性的错误吧。”荣凯说。

大伟说：“这件事，咱现在要不要请示党委呢？”

“以后说吧，现在请示，如果党委也拿不准，阻挡了不是会引起对咱的误解了吗？”荣凯补了一句。

二人正说着盖旗的事，老支书元魁急切切地来了。低声问二位：“泯义的病到底有没有救？”二位说，很不乐观，恐怕……元魁心情沉重地去见。他提着十几个家养鸡蛋。说也怪，泯义这阵子眼睁了，心里好像亮堂了。他用手示意要喝水。老婆把水喂了后，说，“他大，荣凯、大伟还有老支书爷来看你。”泯义在自己身旁指了指，意思叫坐下。元魁他们挨住坐下拉住泯义手说，“快躺下，躺下说话。”

泯义强打精神点了点头。

鸟将死，其鸣哀；人将死，其言善。泯义好像在最后的时刻有闷在心里的话要给元魁说。他叫老婆出去，让身边人都离开。荣凯和大伟也自觉出去了。他声虽小、沙哑，可语言还是可表白清的。说：“老领导，咱俩搭档干了那么多年，你对我看得起，我很感谢，你没独揽权力，该主任的责，放手给我。我没给你出上力。”元魁说：“都过去的事了不提为好，你一心好好养病。”泯义说话有些气力赶不上，歇了一会。但还是要挣扎着说完的，“我任支书，干得确实不好，作风上确实有毛病，没听你的善劝和批评，好好去改。今天想起很觉可耻，这个臭名就带到土里去了。”元魁说：“认识到了就好，不迟！也别太放心上去。”泯义嘴唇动了动脖子似乎软奄了。元魁扶他半身坐了，背垫上被子。给喝了口水。泯义忽然不知哪来一股力气，一把拉紧了元魁手，声音哽着说：“对不起，有句话我不愿带去，不说，我瞑不了目。今天你来了好，趁我还有口气，说给你。”元魁不知什么重要的话，鼓励他慢慢说，泯义不好意思目视元魁，低下头说：“老领导，我对你做了件不光明正大的事，你憎恨我吗？”元魁愣了，他不知是指什么事？泯义说，“你超生，是我一时迷了心窍，为急着替代你，我要了小动作，鼓动几个和你有结的人向计生委告发的。”这句话一出口，他土色的病态脸深秋的树叶那样褪去了最后一丝神气，两只下陷的眼眶也湿了。“你就恨我吧！我不够人！”元魁听了，沉默又沉默，说什么好呢，他对将别之人只能安慰。他微笑着，拉住泯义干巴巴渗凉渗凉的手说：“我不怨你也不会恨你。我违犯国策是实，而且是第四胎了。作为专抓这项工作的党员干部，背处分是心服口服的。你想，当干部哪有不得罪的人。咱把人家怀了八个月、九个月，还有临生时的媳妇逼着去流产。有的流下来还是男娃。这种断子绝孙的事咱都做出来了。一村一院的在一起，人家怎么理解你容忍你呢，给咱咱也要记恨一辈子的啊！所以说，你不举报也有人举报的！”泯义说：“你宽宏大量原谅我我就心安了。”元魁几次慰妥说：“过去的事就别再提了。你静静地养病，什么也别多想了。”泯义眼眶渗出了浑浊的泪。头埋了下去。

眼泪这东西是情感的产物。有时代表痛苦和悲伤，有时反映内心的激动，幸福和高兴。泯义今日的泪是什么？它代表了一个将去的人的悔和疚。

两个支书最后一次说心话说了有十多分钟，为了让泯义好好休息，元魁动身回去了。

回家的一段路上，他心里很不是味。在泯义面前，他话虽是那么说，说的也全是心里的实话。可他对泯义不那么光明正大迫不及待地投石下井有点不理解。不就是为了个权吗？你明知我向镇上写了辞职报告，还有必要要再投一石吗？

回家把这事给婆娘讲了，婆娘说了一句话，人心隔肚皮，难认啊！元魁叮咛道：“泯义举报的事，对任何人不要说。就让烂在肚里吧！”

下午7点过，泯义就去世了。他的眼睛还大开着，嘴唇未合拢。老年人说，他死得不甘心，这种样子是有话要说的。常说的死不瞑目就是这样。老人们说，趁刚咽气，快叫儿子跪下烧纸回奉。几个儿女跪下点香烧票，回奉道：“可怜的老人，你就安心去吧，我们会按你的心愿过日子！您一路走好！”

泯义的一位叔父用手捋了眼皮、口唇，才全敛闭了起来。

按当地风俗，亡者有儿子有孙子，已属老丧。魂归天堂，入土为安。阴阳先生掐算日子。跟头七安葬。

泯义死了，死得的确太早了。他才62岁啊，只能算个小老头。确是没活够该活的寿数。人死后，对其所言，为盖棺论。镇党委和政府的花圈写的是“典范启后”；亲友挽幛是“德范常昭”，“流芳百世”等，村党支部和村委会的花圈写着“典型启后人，生命贵珍重。”三十多个花圈从灵堂摆到院门外，其中各村支部以支书名义送的都把挽带亮在外，概书“缅怀”“纪念”“千古”之词。傍晚拢收时，发现有一花圈的挽带上新帖了一联：

生来有声有色，

死去无脸无面。

这是粗中性笔行书。像学生稚拙的习字，却藏有功底。后边又用粗炭笔续了两句：

不光不彩故事多，

子孙听了好纪念。

总管知道了，速去处理。一把撕毁，破口骂道：“谁真不够人极了，和一个死了的人较量，算什么德性！”

他赶走围观的，自叹：唉，悲哀，悲哀，一个人竟活了这么个名声！

“官声人去后，民意闲中听”。真是这样！

第二十一章　维权白墨

1

荣凯由准支书“转正”为名正言顺的支书。粉丝们高兴地庆贺：你储君登基了！

荣凯并无“储君”扶位的特殊感觉。思想却突然感到一种特别的压力。正职前，他虽在团结着几个联手青年，开展了力所能及的当干的工作。因为泯义在前头，有事可与他商议，稳舵的还是他。定航向的又有党委。现在泯义不在了，他得独当一面，作为锻炼还不成熟的犊儿，能驾驭白墨这驾车吗？他的思虑很多很多。是的，他当上了正支书，坐的是“第一把交椅”。这“第一把”只能说明一种责任，对上对下的责任！而非“大权在握”就高人一等，天王老子唯我独尊，可生邪念可任所欲为，这种人绝不能做！这天他一出现，村上原在背地说三道四，煨鬼火的也嬉皮笑脸了，一改过去冷刺的目光，尽量用谄的甜的语气尊他。荣凯并不洋洋得意、摆架势、翘尾巴，而是与往日无异地干他应干的工作，而且更出色，更低调。

荣凯回村是安心实现夙愿的。经多年的磨练，特别是农村社教，税费征收，文明村创造及各项中心工作，他的经验积累，处事方式方法的探究，都为他适应农村工作，完臻自我给予了理论不能补养的资源。支书养病期间，实际是他一人在顶梁，做了什么，怎么做的，为谁而做，党员长着眼睛，村民有目共睹。泯义走后，白墨的头谁带，推举的形势就全在预料之中，也在期望之中，——他，成为白墨最佳人选。荣凯呢，自进入班子，并没有掌大权当家长的“野心”，他心里只为能参与研究、制订、践行村级经济发展、民众幸福的所有工作而尽力，仅仅这一点而高兴而满足。然而今天。因白墨的需要让他负了全村的责任。他该怎样担当呢?

轲亮的嗅觉比警犬灵敏。眼光灯泡一样的亮，心眼筛子样的稠。就在泯义病危住院期间，启动了看风而使舵的选择走向，聪明的他决定抛弃那只船，登上这只船。见面礼是主动地出卖。他与泯义曾因气味相投，说过做过不利荣凯话，眼下180度大转弯，把往日泯义如何人身攻击的秘密也坦白出来。目的是与荣凯融洽关系，洗清荣凯对他不良的记忆。

其实这正是所谓“以小人之心度君子之腹”。荣凯并不是上台了就会打击报复的那种人，他很宽容人，最能换位思考，将心比心。他认为，人是会变的，基本是向好的方面转变，在“坏”的路上一直走下去的人是很少很少的。比如轲亮，比如致祥。他心里都给四六或三七的开。缺点小于优点。如何利用他们的用场都在考虑着，总之，荣凯这阵子想得很多很多。他不愿一上任就树对立面，凡白墨人都是可信可靠可用的力量。

荣凯给架子车打足了气，就去接水配药，准备给果园喷。花前杀菌灭虫卵的药是极重要的。喷洒不及时，药量配不准会直接影响坐果和商品率。他推出果园专用车，抬出大型塑料桶和手压喷雾器，荣凯拉着车子。他大推着专用车。轲亮远远地笑着大声地叫着“六爷六爷”，很快上前来。荣凯他大按排房为老六，村上同辈人不叫名字称老六，低一辈的称六叔，低二辈的称六爷。按农村尊老爱幼的传统，这样称谓很正常。但今日轲亮突然那么殷勤地叫，让人有种陌生而不舒服感，因为他平时见了先叫名字才加“爷”的。如“安民爷”“安民六爷”，今日在荣凯他大的记忆中像是第一次。荣凯也觉是第一次。这一叫引起荣凯探究——生活中普见的一种现象！尤在白墨村不为鲜见。谁当上了支书或主任，一家人的辈分都相应升高了一档。全家人的地位也都变了。变成一品鲜，一盘香。而这一切非真心“实意”。被巴结者往往自以为荣，得意洋洋，觉得自己真的是个“人”了！荣凯绝不给它以生存的环境！

轲亮笑容可掬地抢着逮住了车把，要推车子上地。“六爷，我没事，帮你去打药吧。”荣凯他大拦挡说，“这机子刚润了油轻得很，我摇得动。”轲亮不放松手说，“真的六爷，我没事儿，邻居嘛，谁家没个忙要帮的？”荣凯已换上了喷药专穿的蓝长衫、戴上口罩、手套。他不想在刚上任就给村民一种坏影响，给干部留下遭人斥骂的话柄。口气坚决地说：“我家人手够，你就忙你的事去吧。”轲亮还是不丢手。荣凯的手已搭在车辕上，说：“你掌柜里饭前不是叫你快下林场去吗，你怎么能说没事呢？谢谢你的好意，如果真有要帮的忙，我会叫你的！”轲亮才慢慢收回了手。说：“林场没紧要的活，就是看山护林。”这时大伟来了。说有个事要商量一下，一看荣凯要上地，就改口说：“算了，你先忙去吧。”大伟看见轲亮，心里说：这个人让人没法下结，脸皮够厚的，看风使舵可有一招哩！荣凯急着问：“你啥事，说吧。”

轲亮见此情形，笑道：“那你们商量，我就走了。”

大伟说：“三组强贵出去打工多年，都说失踪了。刚得到消息说病得很厉害，正在西安住院。派出所来人扑里扑腾地说了，他大连夜就去了西安。儿子住院其他人把他妈没瞒住。老两口就那么一个儿子。他妈当即病倒，多日吃不进喝不下，昨晚去世了。”大伟连连感叹：“真是祸不单行啊！”

荣凯说：“唉，那天收税费，因推走了春花家的自行车，引起民愤，村民不依了，我想法稳住大家情绪做工作。工作队去了他家。进去没多久就离开了。原是……”

事已至此，只能先办丧事了。荣凯问：“你去过他家了吗？”

“去了。他家门自己的人都来了，正忙着办哩。”荣凯说，咱得去看看。村委会应去个人协助啊。

“那自然。你忙，我去吧。”大伟说。

荣凯说：“走，一块去。”

“你药已配了，不能久放啊！不然，咱去给你打完再去吧。”

三四个小时不要紧的，走吧！荣凯马上脱掉衣衫，给他大说：“大，我有事，等回来再去上地。”说罢，边走边问大伟：“没听强贵打工的老板是哪里人？”大伟说：“这我还不清楚。肯定不是个干事业有良心的好人！”

走着走着，荣凯有了新想法。“你去和壮民说说这事，不妨让他先去医院，看望并了解情况。我一个人先去看看，回来咱们再好好合计合计，最终还得拿起法律这个武器维权，为农民工讨个公道。”

2

荣凯到了强贵的家。这个家真的是家破人亡了！太惨太惨。家里像河冲了。死者停在遮蔽芦席的背后一个门板床上，用旧被单盖着。几个人正忙乱着设灵堂。连个放供献牌位的桌子也找不到。一个人已去借了。荣凯不觉地冒出了自愧和自责。怎么没早了解情况呢？阴阳先生已到。先看好了坟地，回来才写挽联、剪灵前要挂的白钱串什么，还要封牌位、出纸（依血缘亲远及辈分列序写出受服丧的人名）。阴阳在碟子倒了墨汁、默不作声地在剪好的纸上写着三年级学生水平的字。一切草草办完，又开了头七至百日忌辰与当纪念的具体日子的“七单”，就要走时，主事的强贵他二伯。听先生要走，忙留吃饭，说正凑钱。阴阳也是个很有同情心的良善者。他叹息说，这样的家，亡灵连个供品也没的献，家穷成这样，我怎忍心收钱呢。二伯问看一个坟地多钱，阴阳说，你问这干啥。看一个坟地，七八十元也收、上百元几百也收。看家境，由他们给。今天，我一分也不收，收了我就不是人了。钱是个啥，身外之物啊！唉，天煞人咋能煞到这个家！先生说着，心情很不是味地摇了摇头。眼圈也有些红了。

荣凯上前感谢先生的仁德。一直送到门外，连说谢谢！谢谢了！

按习俗，老丧跟头七埋。这当然也是老丧啊！亡者已过50且有后。但不幸事相聚，儿子病重，老头不在，经商议，阴阳先生将日子定在第三天入土。

荣凯和大伟、壮民谈了强贵的事。决定丧事后马上调查上诉。一会儿田禾、大鹏还有冒子也来了。荣凯说：“这个家得马上报低保，大伟你办。现在为解燃眉，就算是雪中送炭吧。我先拿500元，你们各尽其力，咱能捐多少是多少！先把老人的丧事办了。才能一心去涉强贵的案。”大家一致赞同。大伟也是500元，其他人有200的，也有100的。由大伟拿着，又买了香纸送了一个花圈过去。

丧事由强贵几个叔父主办。本家也是量力集钱。300的、500的，最多700元。抬了中等松木棺，寿衣也是中等的。只请了三个吹手，不杀不献。只买了七八斤大肉做献饭、招待强贵舅家人。村方的客全挡了。但来行奠仪的不少，奠仪上后，不吃不喝就走人。村上三分之二的户都上了礼。算是对亡者的追念和祭奠！

农村的丧事，都以家庭经济状况而定。有钱埋钱，没钱埋人。这种家只能先顾着活人再说死人。因陋就简，丧事完了。荣凯和大伟就这个案子如何办各谈意见。大伟说，先要为强贵讨工资，可能不会顺利。荣凯问为什么。大伟说：“现在的老板遍地都是。尤是那些搞矿业、搞房产、办厂子的老板。讲人性，有人道的还不是那么多，他们的良心让狗吃了。加上黑包工头，心太黑太黑了。钱就是他爷、他老祖宗，宁亏人死不松那个‘命根子’。心比旧社会资本家地主老财还毒！剥削农民工失却人性，不择手段。可怜的农民工当牛当马，当奴隶为他们卖命，可是他们贪婪地榨油，千方百计克扣、拖欠工资不付。不然国家为啥每年要为农民工讲法，讨工钱？新闻媒体、披露的像山西黑煤窑、黑砖窑，还有黑社会性质的皮包公司，什么什么集团，还少啊？”荣凯天天看电视，看新闻，当然知天下事，他点头承认这些事实。他说，为了钱，这社会就有不公，有强者，有弱者，有残酷的竞争，就有免不了的受害者。贫富两极，必然局势。这在历史前进中也难免。强贵是社会最底层的弱者，所以成为命运的不幸儿。“我这样想：首先得了解清强贵事案的背景，发生事件前后的情况；第二，找一个可靠的有能力的律师随同调查、掌握一手材料，交涉不成功，便上法庭，由村委会出面依法打官司讨公道；第三，待事件调查有眉目了。我找县报《今日紫薇》、市委报《咸阳日报》，还有《华商报》、省电视台《第一新闻》栏目记者。把事件原本报导出去，伸张正义，争取广泛支持，维护农民工生存权。”

“对，就这样办。人软人欺、马善人骑。单靠咱力单势薄，跑断腿三年六个月也解决不了呢！”

“咱县委来了个新县长，是从陕北吴起调来的。叫穆志民。是百姓贴心人。工作出色，已升书记了。他知道了，肯定会过问这事的。”

3

强贵是全村数一数二的本分户，他大的“本分”可用老实疙瘩形容。按过去唯成分论，是天下最光荣的老贫农。那个年代他的幸运是享受几代领导人照顾。土地承包后，一心务农，决心甩掉“照顾户”这个不光彩的名称，温饱问题基本解决。在政策鼓励大家致富，努力鼓钱袋子大好局面下，过去只知种地打粮的百姓已清醒认识到治贫先治愚的道理。人老几辈没出过读书人的强贵他大，鼓起穷筋供儿子上学。儿子上初中，义务教育刚完成，就被打工潮诱惑着外出打工了。政策对每个致富人的路子都是公平的。心眼多眼睛亮，老壳儿活的（时尚话称“有经济头脑”）跻身于捞大钱的快轨道。心眼实眼不明，脑袋笨的就被控在老板掌心当打工仔。强贵，一则年龄小，二则没技术，自然就成了为老板挣钱的机器。他在广州被“招”上车，七拐八弯拉到一个深山野岭后，蒙住眼车拉着穿森林鉆峡谷。黑带解掉揉揉双眼，才知这里全是骗来的农民工。有三分之一是童工。抬眼望四周，群山层层锁。只一条出入路。沟里边是个小煤窑，沟口是一个砖场。这是哪？有人说是山西，有人说是河北，还有人说是安徽。时间久了，才确知是山西。许多衣衫褴褛的中壮年和童工在忙碌地干活。工地四面的山坡有岗楼式的建筑，不用说这里边昼夜有人，他们这些铁杆打手重庆歌乐山上的恶匪一样严密监视这些骗来的劳工。工地上如狼似虎的打手，动不动就狠揍，如果跑了拉住就打个半死不活，不给吃不给喝，两天后才给个吊命的饭食，还要逼着干活。有的致残了，吊几天命，就蒙住眼夜里送出山，搁下死活不管。强贵去先是在砖场，一年后转到煤矿下井。他接触的有几位就是残疾少年。有十六七岁的，还有十四五岁的聋哑人。他分的那个班，班长是个快五十的人，络腮长胡瘦挑个。腰别电棒，心狠手辣，，最能毒打人。一个哑巴被打得受不了，上地面后，栽下井自杀了。井下的粉尘特大。每天两班倒，每班至少10个小时。干一班人油都榨干了。吃过饭，不能自由行动去看看生活环境。只能在低矮潮湿的宿舍和很小范围里走动。入了这个狼窝，不许和家里打电话或写信，一旦发现，肉体就得受罪。实际上电话没法打，写信也发不出。要说电话和发信，必是暗里通过渠道。强贵几年里因为苦役加之吃不饱又想家，繁重的苦役致他患上了尘肺病，肝病，人瘦成一把干柴。来时怀着梦想的美少年，一心想着穷家变命运，大翻身。现在20岁了，看似个半老头儿。眼睛掉进了深坑，干皮包着骨头，破絮衣裳不遮体，老板看无油可榨，不愿白养就蒙了眼送出山，撂在一个坡道口。半天后，他缓过神来，辨别出自己已出死亡谷那活墓穴了。于是爬爬走走，走走爬爬地乞讨，求助，历二十多天才到了西安。人到西安像回到了家。幸遇善良，为了他的健康，与有关方面联系，才送进医院住了。一住定，他就请医院联系上了家里亲人。

——这就是壮民在强贵床前了解到的基本情况。他随即电话详细告知了荣凯。荣凯让大伟和强贵的一个堂弟带3000元看望，并进一步了解必须知道的一些不被人知的内情。

死了的人土为安，活着的生路艰难!

壮民和大伟在西安两三天。大伟从医生那里得知强贵的病是够严重的。得住相当长的时期，抓紧治疗，或许命运能给一个福音。强贵他大干急没办法。这要一大笔吓死人的钱啊！听医生说，要成一个健康人，最少得十余万元!

壮民和大伟转告荣凯的话："叫放心治疗，静心疗养。钱的事别发愁。"

强贵得到精神的支持，情绪也好了些。能坐起来叙话，往事记忆犹新。他疾恶如仇地诉说着黑老板无法无天的罪恶——那老板姓钱，真名谁也不知道。平时都称钱大老板。很难见到面。在西安，在大同还有几个什么厂子。听说政府里还给有官衔。好像是市政协一个大委员。头上戴有"民营企业家"的光环。各厂子都在他的遥控下运转赚钞机。这里的头是他儿子，儿子人称豹子，真名也不知道。矿和砖场就是由豹子和他手下的一群打手严管着。……

荣凯得知钱家父子之所以有恃无恐地非法对待农民工，以"招"骗工，以绑架残疾人和未成年人为主为他们劳役，可见是一棵根深的大树。要拔掉这棵树并非易事。拿定主意！打官司，依法求真理。

大伟听要打官司，问："看过《秋菊打官司》，路漫漫，棘遍布，多艰难！你还看过《杨乃武与小白菜》吗，反映的虽不是同一时代的事。说明官司不是好打的。不好打，是看和谁打。和姓钱的打，恐怕非付血的代价不可！"

"你未上阵就打退堂鼓！怕了吗？"荣凯笑问。

"不，我不怕。我是想，人家能弄到市政协委员、'民营企业家'这些保护色、护身符，肯定神通广大。要讨出个真理，背后的势力先得摸清。所以，怎么个打法，能不能讨来公道得好好议议呢！"

"这官司由村上出面，壮民的劳务组织打头阵。这一炮胜败至关重要。我不信天下没有真理。我更不信国法会失去尊严！"荣凯信心百倍地说。

4

诉状由县律师事务所洪律师所写。县法院立案。这是全县同类立案中最具代表性的一案。原来的多是讨工资、违合同的，而且多是本地区的。这是一件触目惊心的伤天害理的人权案。当天案情就汇报给管司法的副县长和政法委书记。县委穆书记很快也知道了。他叫办公室要来诉状亲自过目。看后，拍案而起：世上竟有这种黑心肝的人，恶劣至极啊！共产党的王法不是一纸空文，它的尊严岂容侵犯。随时通知民政局和合疗中心，扶贫办几家共拿出五万元，由县长助理带司法等相关部门，同北新镇一位副镇长、白墨村支书白荣凯，一行五人前去西安专程看望、慰问受害者。强贵和他大没想到自家的事惊动了县上领导，感动得不知怎么感恩。二人双膝跪下放声哭了。医院知县委县政府已插手治疗，就又把好药给用上。白墨村两委也交了保证金和加盖公章的诚信文书，诚望医院增强治疗组力量。医疗费绝不拖欠。县长助理说，请尽力治疗，药费别怕！强贵心情好了些，吃饭较前多日大有增加。在老人精心照料下，身体也明显恢复。

这是皆大欢喜的消息。医生说，只要能有如此的好现象，治愈的希望康复的春天不远了。

案子已有半月了，县委县政府督促公安、政法委、检察多部门调查取证，又过10余天。司法人员向县委书记汇报：那个姓钱的大老板是省级劳模、优秀民营企业家，大同市的政协委员。在当地有盘根错节的关系网，省上有保护伞。正因头上有光圈，脚下有深根，身后有靠山，前路四通才无视法律，为所欲为，用黑社会的一套对待农民工！

“法律面前人人平等。只要犯了法，哪怕谁，都得受应有的惩罚！”县委书记坚定地说。

谁知真正的法律平等对普通老百姓，总是被某些人拿着作教材的学生课本。罢了，要依法落实到现实案件中并非易事。

案事到了他们省市，这理由，那原因，层层是坎——原是地方保护主义及关系在作祟。荣凯知此讯息，带上壮民直接去找他们的省委。到得门上，大岗肃立进不去。又返回来另想办法。一个外省的平民百姓，来这里两眼摸黑，能想出个屁办法。只好等机缘吧！这里有一个独家水果超市，荣凯见了女老板，问了有关情况。女老板也是个正义人士，便掏出善心指点迷津：“你看那大门里进进出出的都是些什么车子？宝马、奥迪、皇冠、雪弗莱、奔驰。你们带着土气的能大摆着进去吗？不行！岗上说不准还把你当恐怖分子哩！这么着吧，每天保卫上要我向里送啤酒，正好到时候了。你在这儿等一会吧。我叫帮手把青啤送去后，了解一下里边情况。帮手出来说，这里除非常时期，严格检查进出人员和车辆，平时只认车不查人的。确知这样的信息，女老板建议二位租个名车直往里开，二人照办。果然，到门上只登记了车号就放行了。摄像头照下的也只是车型车号。他们入G栋，上到F4见里边坐着十多人像办公又像拉闲。他们问：“你俩是干什么的？”答：“我们找政法委反映个案情。”又一个问：“你们是哪里的？”答：“陕西。”正在专注的盯着电脑上的两个年轻人警觉起来，对视了一下，告诉：“到前面靠右的三号楼三层找。”二人说过谢谢噔噔噔跑下去，又噔噔噔跑上去，正放亮眼睛寻牌子，楼道上来了两位身着武警服的小伙子挡住了，拢回楼下一间小房子盘问了几句，责令快点离开。说领导开会去了，这几天是见不到的。二位满怀着的希望成了泡影。失望地出了这个深沉而神秘不可“侵犯”的院子。

原来，他二位是上了玩电脑的两个干事的诡计。刚下楼，电话就打到门卫室，被保卫科当可疑分子及时驱赶了出去。

这一次，花了冤枉路费，白苦了一趟。

5

荣凯是个不易放弃的人。

夜已来临，大都市的繁华、大都市的车流、大都市的灯海霓流，他无心观赏。寻了最便宜的小旅社住了，便打电话给大伟，让他带上有关材料去县政法委盖章加意见后专程送《今日紫薇》报，《咸阳日报》和发行量最大、影响最广的《华商报》，请他们如实披露强贵案情。同时向陕西电视台第一新闻栏目组也送一份。

第二天上半天又跑了几趟，门不能进，人不能见，才丧气地回到了西安。正好，几家报用醒目版面、标题向社会披露了强贵的遭遇。电视台还配发了医院的采访。讲到目前医疗费的困境和病情的危状。呼吁全社会有大善大爱之心的人伸出救援之手。两天后，咸阳市红十字会，紫薇县民政局和几家民营企业，有良知的个人共捐来9万多元，直接打入医院账号。

强贵的病情正在向好的方面转化。

强贵他大叫出荣凯悄声问："黑老板找到了吗？"

荣凯说："你好好照顾儿子看病、养病，其他事有我们跑。你已看过电视，看过报导、正义的声从四面八方发出了。有正义的社会舆论，相信会有个结果的。正义就是真理！"

他们回到病房。强贵强打精神说："我已好点了，咱共同去找，不信他还能上天钻地！"

荣凯说："养病要心静。你的任务是争取康复。只要有人，什么都会有。何况找不到黑老板，他跑不到外国去！"

“百姓事无小事！”这不是好听的漂亮话，更不是时尚口号。主要是官方真的会有人这样认真践行。荣凯带着壮民回去向镇党委、镇政府当面汇报几天来的进展。镇长说，县委书记亲自交代了为强贵讨理的事。接着同去向县委书记汇报去他省吃闭门羹的事。书记说，这案件媒体已作了报道，引起全社会强烈反响。得到市政法委的重视。相信法制社会法律的尊严性。市政法委书记和县政法委书记已约了有关方面就我市的农民工受伤害的典型案件，已同山西省大同市政法委交涉，他们反馈：马上和钱老板前来看望病人，并承担所有医疗费用直至恢复身体健康。这说明案子已有了进展！

案情如何依法处理？强贵多年的工资、母亲因儿子危情而惊吓身亡、豹子父子的刑事责任及其黑社会性质的支持庇护等，均托洪律师另行起诉。

大同市政法委表示：钱老板、豹子的黑矿黑砖窑已查封，涉黑案情另立案调查。依法处治。

紫薇县县委书记和政府两位副县长又专程去西安在医院看望了强贵，代表县委和政府送了三万元和充足的营养品。安慰他早日康复。强贵父子感激涕零。感激不尽地连说：“谢谢政府！谢谢领导！”书记问对案情还有什么要求。强贵这时仿佛吃过什么精神振奋剂，一下子语带震撼：“书记，全国解放五十多年了，谁知钱老板这样的矿还没解放！求求政府解放那里被骗去的农民工！童工、残疾人吧！他们正在生命线上挣扎着……他们太可怜了，过的简直不是人的生活……”这位身体还未彻底好起来的农民儿子，他心里想的首先是被骗的农民工！

书记这时的心被这位年轻人大爱心所感动，点头道：“年轻人，好好治病，解放那些苦役工是必须的，你相信！你放心！——矿已查封，钱家父子、打手必受应有的惩罚！”

6

强贵案件的努力，总算有了效果。所欠工资、医院花费、精神赔偿等依法处理。那个有许多头衔、光环辉煌的钱大老板也被司法部门立案彻查。不多日，山西黑煤窑、黑砖窑再次公然揭露！给了遭受不幸的农民工及被骗残疾童工以法律的支持。强贵案的教训在北新镇也引起了强烈的震动。荣凯、大伟、壮民他们认真就这方面的一些实际问题研究了半天。最后决定召开一个在外打工人员家属会议。请了洪律师、张律师结合案例就如何用劳动法、合同法维权作了一次生动的报告。

散会了，几十个打工者家属蜂拥着围住律师，提出了一个个问题。

荣凯站在外围听着。继续有人抢着诉说自家的事。他听着听着，一种忧患之感涌上心头，村上这么多潜在的问题，为什么能掩着担着这么久呢？还是法制的意识太淡薄而致。他上前去，说：“请大家不要怕，把你们的难处都向壮民那里反映，让他记录一下，洪律师，张律师是咱白墨村的法律顾问。大家都认识认识。根据不同情况依法商讨解决办法。明天，给各户印发有关法律文件，自己看，不懂的再咨询。免得今后打工吃了大亏还寻不着个解决的门路。从今一定要告诉外出的家人，不知底，有嫌疑的工程承包人，千万别跟着去。不签合同就别盲目，别见到是个饭碗不管稀稠就去端。”

几个村民高声问：“啥叫律师？律师是干什么的？”荣凯像被学生突然提问挂在黑板上的老师，一时不知答案在哪里。拳头自击了下额头才击出了个话头，他不知对不对，准不准的解释道：“律，是法律的律，它含有法的实质。律师，就是领有国家发的许可证——资格证——谁要打官司，受诉讼人委托，他去法院作辩护或者在法院外调查取证，协调处理与法律相关事务的专业法律工作者。我这么说，不知大家能不能听明白！”

“能不能再说具体点！”村民好像对这个新鲜的名词很感兴趣，才打破砂锅地问。

“好！我就知道的肤浅说说吧。律师是早有的一种职业。世界各国都有的，早有的。咱们国家也早有。不过，那时是在大城市。改革开放后，咱们要成法治的国家。要以法治国、治人、治社会。所以，这一职业成为有中国特色社会主义不可缺少的一种热门行业。干这种事业的人如洪律师、张律师，他们是知法的专业法律人。他们都有温情、善良、真诚、公正的品质，对国家、对法律，对当事人都有着全面负责的精神。他们在办案中，遵法依法，既维护委托人的合法权益，又肩负维护法律的尊严实施，维护社会公平、正义的使命。总而言之，诚信是律师执业之本。请大家相信。今后，哪家有与法律相关的事，需司法协助，最可信的就请托律师代言。有他们守护正义，建设司法公信力，你的官司就能在法制的轨道取胜。请二位律师，你们再讲讲吧。”

洪张二律师向村民微笑着说：“我们愿意全心全意为大家服务，如果需要，随时通知。”接着公开了手机号。洪律师又十分认真地说：“法律就在你身边，随时拿起来卫权。”

第二十二章　文明在“实”

1

举行文艺晚会是田禾和本届毕业回村的中学生提出的。开始是以歌曲、舞蹈，小品给村民娱乐的。为调节单调的生活，以乐改变精神状态，以乐传承传统美德，以乐充实文化生活，给人人注入新鲜活力。荣凯同时想，农民对国家免收林特税，又免收农业税万分感激，振奋不已，于是建议突出感恩的内容。这一加，不但丰富了晚会内容，更加鼓舞人心。幼儿园、小学也参与过来。“王老九”式的农民诗人拿起笔写诗写快板、编顺口溜。能玩杂艺、魔术的也自告奋勇报了节目。田禾是总编导。她鼓励说，能怎么乐就怎么乐。搞得越不亦乐乎人心越畅，越活泼生动越乐人。谁有绝活都可献出来。能让大家开心，把人的精神激发起来，就达到目的了。

到晚会议题上，冒子提出，庙经二善人的奔波和操劳也快落成了，七月十五是古庙会。趁机会恢复庙会，把庙会和晚会同时举行不就更热闹了吗。台子就搭在庙院。大伟不同意，说：“这是两码事怎么能一起呢。要合，就只能把庙会合在晚会里。不能主次倒颠。”荣凯惹笑了，说："谷子合糜子，糜子合谷子，过去过来一回事。既是两码事，两个主题，不妨分开场地办吧。为了热闹就闹个天翻地覆。台子分开搭。庙会带有迷信色彩老味道。娱乐主要是秦腔。秦腔是上年纪人的味精，老年人的兴奋剂。妇女小孩也爱看爱听那秦声秦韵。所以就在庙园闹。晚会是歌颂性的乐，是中青年、少年儿童的欢乐场。要乐咱就皆大欢喜地乐个够。大家辛辛苦苦也多半年了，戏可以多唱几场，精神食粮嘛，该享受的就享受个够。往后，咱再买部放映机，隔几天放场电影，露天的，尽场子坐。"大家谈得非常热火。田禾不同意荣凯意见。理由是咱晚会是歌颂，更是宣传。反映老少对好政策情感的，应该让全村子人参加听。大家听了一致支持田禾。最后决定：先举行晚会。庙会推后举行。晚会内容应再充实，节目再精彩。还得彩排，优选。这一来有节目的开始竞争优胜。练的氛围热气腾腾。又决定，晚会必须坚持节约原则，电费、扩音、化妆品村上支付，服饰由角色各自借着解决。舞台由村民义务搭建。庙会选出热心人开始筹备。戏班村干部可以联系。出资由村民自愿捐献，不足的可由香钱补。演员吃住分户包。大伟问冒子塑像和壁画搞得怎么样了。冒子说，正赶时间装修哩。壁画很一般。和崆峒山古建筑里的壁画比，有天地之差。画匠的技艺也差，画出的像年画。颜料也不美。现在这类人才青黄不接，老祖先的手艺丢得不多了。大伟说，人才多得是。美院就是专门培养这类人才的。就是请不起。神像吗，筹建会意见很分歧，一种是泥塑，说塑得逼真，是古传统。一种说，塑像只少需三个多月，如果塑得没神气，全失模样了作何处理！强势一方要去外地请玻璃钢的成品。最后决定去福建请。可能近几日就出动，一周内就可回来。

荣凯插话："那些神，都是历史上有贡献的人物。那些古人谁见过，全是想象罢了！对咧。这事就不扯啦。让田禾把县文明办来咱村考核的事说说，好有个重视。”

大家听县上要来考核，都集中注意力。文革问：“文明办考察什么？有甚考核的？”大伟示意不要打岔，让田禾讲。

2

文明办来白墨考核创文明村的情况，是镇政府早上电话通知的。田禾接电话并做了记录。田禾说，镇政府刘秘书早八点打电话来，据可靠消息，白墨村和圪崂村是镇上报的两个文明村。考评已开始。县文明办宫主任一行五人后天要来考核。实际是来检查、验证的。

大家听白墨马上要被誉为光荣的文明村，高兴得情不自禁了。冒子说，原来是要验明正身啊！田禾顶了一句：“别胡说，又不是公判！”冒子说，就是公判，公评评判啊！

“不要高兴得过早，大家可议一议，卷子发下来了怎么答。”荣凯说。

大伟满怀信心地说，卷子发下来了，就一定要认真答好，答它个完卷。抱回金牌也是全村村民的光荣。冒子自信地说：“这有啥问题。”他好像有百分之百的把握。大伟说：“咱早治理过组、户卫生环境，基础已打下了，但和文明村的条件还有差距。现在得马上通知各组，动员各家各户再认认真真不留死角地搞一次环境卫生。把各家有碍村容村貌的乱堆乱放彻底清除掉，把小花园修得潦潦的。各户整治好了全村自然就好。一进村就会有清新感。村口再挂个热烈欢迎的横幅，把气氛搞得浓浓的，看谁有说二话。”冒子说：“主任安排的也是必须做的。现在干什么不讲包装是要吃大亏的。”文革说，包装了，恐怕只能得40分50分。二虎问，那60分呢？壮民瞅着文革的口等下边的话。文革很流畅地淌出一句话：“你们把个极重要的规则忘了，不上档次地招待上级检查团咋行啊！你们听哪一级评优评模不遵守这一条的。”冒子说：“你说的这些，早是公开的了，这还用提吗？不就是吃好喝好，一切都好。”

荣凯仔仔细细地听。每个人发表的意见对他都是个警醒。他对“答卷”人的“答案”逐一复审。作为班长，他既是“答卷”者，又是评卷者。他说，“大家献计献策，都是表面文章的做派，为了文明村，只能用具体事实，你不用介绍它就替你说了。看得见摸得着的事实放在那里，与会不会说，说多说少没多关系。观者一看就会给分的。不过，咱们的事实不能是刚才大家讲的那样。文明村的要求很高，咱不能光注重表象。大家恰恰把最关要的忽略了。关于文明村，上边发过专门文件。条件和要求我就不重复了。我想咱应主动寻差距，从深层找不足，多发表看法抓机会弥补。刚听文革提的那60分——用吃喝堵嘴、贿心争取。这个我是不敢认可的。虽然文革说的也是现实中有的事实，但咱不能这么做。采取不正当办法，骗取的荣誉并不是真正的荣誉。无光无彩，含金量是零。在座的都算是咱白墨村领导班子成员，堡垒上的一块料，引领大家致富的带队人，应该站得高一点，看得远一点，做事要严一点。”文革听到这里说：“咱班长说得全对，可现今说的和做的能统一的有多少呢，嘴说反对吃喝，你招待不到心上，人家稍来个心思就会把你一切全否定了。我好心不让你成为焦展第二。”荣凯慨然一笑，“我不相信我会成焦展第二。因为姜立本那样的顶风书记已不敢冒险了。”这时大家静下来没人说话了。荣凯说：“咋不说了呢？我刚听大家争先恐后的发言，感到……”冒子插话说，一定是感到无比的高兴是吧！能被提作文明村候选村，皆大欢喜。”荣凯却沉思着说：“艄公无能要翻船。咱这团队乘船航行，目标去哪里，掌舵人负很大责任。选我为班长，大家一块共事，我的头带得不很好。我们的思想受社会不正之风的侵蚀，思维还没从自私、本位和虚荣的气氛挣脱出来，这是必须改造过来的。在座的七成是党员，'实事求是'，'为人民服务'，这些好听的话谁都顺口会说，真正做到，就真不易了。今后咱们得多学习补上这一课。这样说，不是标榜我有多觉悟，多高明。我总以为：思想正确，才能步调一致。步调一致才能得胜利！"

冒子很快接言："我说班长啊，你的要求是不是太高了些。咱村听老年人讲，原也是风正，人正的。后来，泯义当大队长，村主任又继任支书。他不务正事，作风败坏，污染源的坏影响，留下了好些后遗症。他带歪头，一船人都那么糟。你上任当该慢慢来才是。要一下子扭转航向，干部群众都难以适应啊。"大伟立刻将道："毛主席发动了'文革'，十年大乱，搞得危机四伏，千疮百孔，四害横行，人心涣散，'四人帮'灭了，党旗依然高高飘扬，不是很快拨乱反正，启航奋进了吗？泯义的影响虽很不良，只要我们认识到了，动员起来打扫屋子、清除阴瘴，就会迎来大好春天！"荣凯沉思着说："支书人已不在了，过去的事就不要再提了。我们的责任是什么，大家清楚。该干什么不该干什么，头脑都应有个考虑。还是围绕文明村再说说个人的看法吧。"壮民响亮的表态："支书正能量的思路我们应理解，照着做没错！"

文革说，已经都说了，再说就那么回事。务虚与务实两手抓。下去就照安排的干行了吧。

荣凯站起来用信任的目光看了看大家，说："大家觉得没啥说，那我再提个问题。大家考虑，咱们够不够文明村标准，先自我评估一下，几斤几两，自知个轻重。经济发展水平，人的文明素质，文化、法制、卫生、健康等等指标都得符合要求。咱答的卷子是及格、不及格或是优良，这得评卷的权威来判分。至于百分，我是不敢做这个梦的。从全国说，哪个文明单位都不可能是满分。"冒子说："全国第一村华西村，咱陕西的袁家村呢？百分不止，可能还得加分。咱当然不敢比，得不到百分也得争取个九十九分。”

荣凯郑重道：“你提到这两个村，我就联系着说说我对‘文明’的理解和看法。我不认为名扬四海的发达村，他的村民精神世界就都是高尚的。他们的大名恐怕主要是经济指标的亮点在闪光。我们常说的两个文明一起抓，而实际呢，重中之重还是物质的。不错，物质是基础。可是有谁说过精神不能为基础呢？二者是血肉相连，相辅相成的。物质始终第一，精神自然成了陪衬。喊得多，抓得少，即是抓，也是想起才抓的，表面的运动式抓的，这样做难免金玉其外败絮其中。这是多年来的惯弊。就华西、袁家而言，富是第一富了，谁也不能否认。但不见得人人都有雷锋的思想境界。”大伟说：“你咋有这么个认知呢？”

“咱中国人爱走极端。‘文革’中，全国以小靳庄为样板，只说书戏球，不管粮棉油。现在发展经济，人们把眼睛都盯向钱，拜金、积钱成了‘硬道理’，硬指标，钱把人思想腐蚀得散了凝聚力，崇高的信念淡漠了，高尚的情操渐泯了，社会公德社会责任不顾了，难道这不是事实吗？谁敢承认当代人的道德水平达到了社会风尚、社会公德的要求！”荣凯笑笑，“远啦！又扯远啦！”

大伟半开玩笑说：“钱多就有危害？你是不是受到‘穷’就是社会主义的影响？”

荣凯：“不！我是说不要把钱看成是万能的！这世上有好些事用钱是买不了的！人，生命是最宝贵的吧；钱最多的是皇帝吧！他们是超级的富翁、大财主、大贵族。他们从坐上金銮殿的龙位就在万岁万万岁、万寿无疆的山呼海颂声里活着。他们一个个谁能在阎王那里买了小命，年轻轻的就死掉了，所以，任何时候不要把钱看得那么邪乎。有钱还要有德，有利于大众和我们的国家！灵魂被金钱统治了的人，他的道德，他的信仰将歧向选择。精神半死半活，人善的本性瓦解，老实人被嘲弄，奸诈者被吹捧，好事没人敢做，见义勇为的，仗义执言的难有支持，雷锋精神没有存射的空间，一句话，美好的公德被积压到不可回旋的死胡同。一个国家，一个民族，任何时候，‘人’是最根本的支点，在‘人’的根本问题上出差子，就是大问题。可能又会出现鲁迅笔下的愚昧、麻木、劣质的看客式的百姓。我确认国家真正的振兴需从一个县区，一个乡镇，一个村子的每户每人的精神内核，在良性化健康化上狠下功夫；从幼儿园，从小学，从中学；从少儿，从中青年人群中狠下功夫。就咱白墨村说，经大家共同努力，人们物质条件好些了。吃得好了，住得阔了，多数人钱也不缺了，这些都是表面上的喜悦。咱们虽进行了几次法制教育，这只是‘人’的工程的开始。是奠基的序曲。生活中光脸子不定就比麻子心底美。实说吧，咱村虐待老人、遗弃老人的事，家庭暴力，打村骂社，拉帮结派，造谣生非，扇风唆事，男盗女娼，赌博迷信种种不良社会风气，污秽沉渣时有浮现。人不爱人，不讲诚信，想占他人便宜，嫉妒他人富有，我敢说占比不小。试想，大人不能以身为则，小孩岂能优秀！女儿不贤，嫁出去能成好媳妇？我这样的拷量，是请大家评估咱村到底值不值得承受那含金量十足的‘文明村’荣誉。”

“我们差距真有那么大？”大伟问。“你的心志太高了，严要求是对的，可你那么一说，给大家泼了凉水，让大家干起事会退了信心啊！”

荣凯胸有成竹回答：“我讲了那么多，可以这么说，物质丰富人品高尚，才能有格讲‘文明’二字。这，是我们要努力奋斗的目标！”

“你这是理想主义深层次的标准。”大伟说。

田禾说：“荣凯把该说的都说到了。我觉得，十全十美很难有。过高的要求是对的，得逐步实现。真按文明村的条件，我们差距是存在着许多不足，但就目下状况，和周围村子比，争文明村还是有资格的，有条件的。”

大伟说：“不知哪位伟人说过，不想当元帅的士兵不是好士兵。现实中，市县乡（镇）个人为争荣誉，你死我活的，造假的造假，出血的出血，咱是镇上看好的候选村不造假也不出血，总不能把送上门的好又还回去吧！”

参加会的齐声说，争取，争取！先得到再说。

荣凯解释道：“我不是不愿争取，也不是放弃，放弃的态度是自暴自弃。今天召开会议，花这么长的时间讨论，就是在争取！我是说，争取之先，必趁良机照镜子，细察己，实清底子。实清底子，才能夯实根基，从质量上去创去努力。”

壮民一直在听，半天的会，荣凯苦心所言那么多，颇受感动的他坚定地说：“我完全支持支书的观点。趁创文明，严找差距是很必要的。就要用文明来争取。文明地争，用事实争，这次不行下次争，这样荣受的金牌才值，才能经起考验！也才服人。”壮民的发言受到认同。

散会后，大伟和田禾、文革去幼儿园和小学找老师，把节目靠实，叫抓紧排练，让文革几个得力的选址搭台。二虎给准备横标。二虎问横标写什么。大伟说就写：“白墨村群众娱乐暨歌颂‘三农’文艺晚会”吧。二虎随时掏出空烟盒，撕开哗哗写了下来给大伟看。大伟说，“你十六个字写别两个。”笔拿过改“既”改为“暨”，把“诵”改为“颂”。二虎接过一看敲打了一下自己的头说，都怪当初没听老师的话。大伟说，算咧算咧，把这些留作你儿子的家训吧！你再摸底找几个能吼秦腔的练几段。《红灯记》《智取威虎山》《三娘教子》任选。二虎兴奋起来，放声大吼：“他大舅他二舅都是他舅，高桌子低板凳都是木头”“为王的坐椅子脊背朝后，人面上摆设这嘴巴鼻子和眼睛。”大笑一阵，说，“啊，不行了，我肚子造反，回去先咥个馍，再去找。”一口吹双杆唢呐的献技。大伟说：“你回去先唱你家的‘三娘教子’，然后去也行！哈哈哈……”

3

村干部按分的任务，各司其职地忙碌着。

县文明办考察组领导因要参加全县年度工作述职会，下乡推迟了几天。这几天之后正是白墨村晚会举行的时候。五天过去了，宫主任带着三个干部，镇党委一副书记陪同。和前几次县镇领导检查工作一样，汇报不是主戏。荣凯看了发言稿，基本是按文明村几条标准逐一摆成绩表功劳的，和先进典型材料一个模式写的。满纸是经验介绍，怎么听，也不会听出个谦虚、谨慎、戒骄戒躁的姿态，而直接的是固步自封、自以为荣的感觉。连自己都不满意，哪能给领导有个好印象呢。时间正在一分一分地逼近。他只能以稿为“照子”（做样子）重新思考理出汇报腹稿。因为是亲自做过的事，所以讲起来没有多少难坎。在10多分钟里，在汇报做法的同时，着重讲了不足和今后的目标、措施。从宫主任听讲时几次点头和脸上微笑的态度，可知满意和信度。完了，主任说，下来我们在村上转转看看，不需村干部陪同了。显然，这是要通过自由行，走访出真实的一手的材料。为了避嫌，村干部也就没跟随着。村容一放眼就看出个八九。又整又洁，没多少弹嫌，户户的门窗、院墙内外干净清爽，许多户院内院外春种的牡丹、菊花、芍药、玫瑰、鸡冠花皆姹紫嫣红，一簇一团，争奇斗艳。没到绽放期的也枝茂蕾硕，等待怒放的一天。鸡归笼，猪有舍，干干净净的。红辣椒、蒜辫子，房檐前挂得齐齐整整。每组人居中心设着垃圾屋，因原整治环境卫生已有基础，现在临阵动员，都知是争取文明村，集体荣誉感激发了村民的积极性，他们热情高涨。显然的事实，谁都一眼会看出是光脸或麻子。重要的是人。这好比体检，眼、耳、鼻、脑、五脏六腑，各气管都得查验，一关一关过后方知你是健康、亚健康或患病的结论。宫主任是个凡事不马虎的人。一般干事随他出去，都觉他太过认真。他们在一组，有对70多岁的老夫妇，面对面坐着剥四季豆。宫主任问："老人，你几个儿子？"老人说："三个。""日子过得还满意吗？""好着哩，好着哩。""你们和哪个儿子在一起。""我老两口另过着。""为什么不在一起？""图个清闲吧。"一直低头不说话的老妇这才略抬了下头，说，"年轻人都喜欢过小日子，就让他们三几口过去吧。别犟着跟谁去。惹儿子两口不和气。""那你再不能干活了咋办？"老人豎牙亮着泰然地笑着道："我那几个儿子还行。不会像电视上放的我村那几只白眼狼。老太婆养了四儿三女一大群，儿子都当爷了，把90多的老妈撂下不管。天打五雷轰的，禽兽不如。"老妇唉地叹了一声道："这是啥德行啊！"几位听了互相看了看，没再问，也不好论。说"你们忙吧。"再往前，过一二组交界的沟弯，有股臭腥味扑来，原来，这是一个废弃的地窑，专留作填埋垃圾的。烂菜破衣塑料袋，果皮碎砖腐烂杂草，还有死鸡死猫。掩埋土层太薄，鸡刨狗抓的好些外露。宫主任看了周边环境说，虽距人居住的地方远，也当埋严才对，大热天会传染病疫的。他给随同的同志说，记住给村上指出来。

他们转了两个组，又到四组。碰上一户盖房子。楼板累在大路一侧。另一侧又堆放着沙子和石料。这条路是通向煤矿扩修的专线。来往大型车辆每天上百。这时正有一辆运水泥的大车，行至这里过不去。五六个小工拄着掀看杂技一样睁着圆圆的眼看着，没人肯动手排障碍。司机伸出头来要求把沙石往起堆堆，腾些路面出来。小工们无动于衷。主家出来看了看，不声地回去了。司机没办法跳下来，又是递烟又是赔笑脸，小工还是不肯动手。司机要来锨亲自翻沙倒石。满头大汗一大阵子才勉强开动，车道还是局卡，车尾把前边一家大门瓷片撞掉几块。那家妇女出来了，司机是个年轻人，赶紧赔不是，问要多少钱。青年妇女很平淡地说：“不用赔，不用赔，我家那口也是个开车的，也常遇这事。你走吧，以后小心就是。”宫主任对镇上副书记说，同一事两家人两种态度。人和人比，素质差得太奇了。问：“这盖房的人家为啥那么牛？”副书记说，这年头，人有钱了嘛，财大气粗啊！感叹道：“风气！风气！”

已转半天了，快到午饭时，荣凯让大伟来找。

副书记问大伟，那是谁家盖房子？小工是本村的人吗？

大伟说，那是在×县公安局当局长的××盖房子。咸阳有房子，县城有单元楼。听说西安还有。家里没人住，他把旧的拆了扩盖。他哥给负责着工程。小工全是大工雇的外乡镇人。大工骂小工不出力，小工怨大工苛工钱，都多半月了，还是那样子。主任用鼻子笑笑，“我说那么牛的，原是仗势啊！”宫主任又指指被车碰了瓷砖的那家，问家里都是什么人。大伟说，几辈的农民，老实疙瘩。儿子是现役志愿兵，转业回来不久。主任问叫什么。大伟说，叫白壮民，共产党员。他找了个单位不理想，停薪留职了。现在和我们一起干村上事。

宫主任看看表说，你先回。我们再走走就回。他们又走了几户，入室叙谈拉家常。从中了解民情、民意和民愿。了解村干部的群众基础。正向回走。有个中年人提着电锯，扛根木头撂下，骑上摩托走不到百步停下来，和一个年龄相仿的人说话。远远看有点怪异。手舞足蹈的很激动。看上去有点诡异。宫主任他们故意放慢脚步，撑开耳门听说些什么。那个拿电锯的鬼鬼祟祟说：“致祥，你知道吗，听说支书已为兴财家扶贫贷款为名贷了七八万，他从中拿好处费，还在兴财面前装好人。

兴财那儿子游手好闲，勾引人家媳妇快活哩。借了我表弟100元要不下。那个不争气的儿子透了贷下钱的风，我表弟去讨，兴财亲口说钱在支书手里。钱在支书手里啥意思，就是开支权没在兴财本人手里。你看成什么世道了！”致祥也煨鬼火：“以前他们攻击泯义这不好那不行。我看是换汤不换药，穿红的死了又登基个穿绿的，一球色。”拿电锯的说：“猪客还笑老鸹哩，天下乌鸦一般黑。”一字一句都被宫主任听得清清楚楚，心克愣了一下，想：如果连支书这个核心人物都腐败了，这村上还有啥文明可言，糟蹋文明两个字哩。

大伟等不及又来叫了。宫主任才从深沉的思考中惊过来。镇党委副书记叫过大伟，指着那边摩托跟前的两个人问：“是你村人吗？”

“是的。高个儿的叫轲亮，另一个致祥。那两个人村上人都叫瞎怂，是村上的是非精。整天捕风捉影，有了编上没了捏上地给村干部抹黑。东头说贵，西头说贱，踏得两头晃，戳是弄非，唯恐天下不乱。他们的话十句有九句就不怀好意。哪个村没有这种人！走，回吃饭。”大伟把轲亮和致祥的人品一口气给亮了底。“物以类聚，人以群分。那两个宝贝是枣木垂垂一对对！说是一对对，也常撞车！”

宫主任问：“你们这个青年支书在村上的影响咋样？”

大伟感到问得有些突然，问，你们听到什么了？

没。宫主任随口说了一个字。等候大伟回答他的问题。

“你们不要陪同去村上，他就没强调。他还叫我也别跟。就是让你们了解真情。如果他怕发现问题，宁要派人跟着当眼睛，耳朵，那就不是荣凯了。”大伟如实说。“他这个人嘛，一言一行不掺假，也不允许我们任何人掺假。见不得哗众取宠，见不得为虚荣不择手段；见不得争名夺利，搞宗派拉山头。”宫主任边听边嗯嗯着。他是要落实那两个人说的贷款事。主任没点到，他又不好提示。只有耐心地继续听下去。大伟说：“有次，他为迎接县计划生育检查弄虚的做法，用粗话批评我们，说驴毬抹粉再厚也遮不了黑，黄金埋地下千年还放光。（大家笑）话虽粗，把真假的本质说透了。提起他，我多说几句，我们村创文明村是他倡议和推动的。当初村民的习惯观念给的阻力不小，认为这些各家的小事，村干部也是管得太宽了，干部中也有人认为是小题大做。认为支书应抓大事。管这鸡毛蒜皮算啥本事。他听了说，国务院有总理哩，兴不上咱。村干部抓这些实事还错了吗？不管怎么样，他要做一定做到底。就目前这个样子，他不很满意。他多次强调：文明乃是我们中华民族几千年珍贵的文化遗产，也是精神遗产，像金子般闪亮。他说，文明的核心是教化人。提高人的综合素养。所以他不满意我们目前这些外采，说不能停在环境卫生整治上。他说，人不变，难万变。”宫主任对大伟的一番话，从内心是接受了，可是想要知道的还没答案，于是侧击地问：“他作为一村之头，以身作则帮助具体户具体人有典型事例吗？”大伟说了为农民工讨公道，教育浪在社会的盲流等几件事，其中之一，提到为兴财翻身想办法贷款，确定养殖方向的前前后后和为村上共同致富而谋划的要点。宫主任这才紧扣贷钱事在问：“钱贷到手，是否专款专用？”大伟要说清，不得不提兴财的儿子。把他儿子的原本晒出来，支书应兴财请求暂为代管现金一事也就真相大白了。主任听了，心里才明白，这其中没有一点私心，没有一点侵权，没有一点花花肠子，没有一点猫腻的嫌疑！

大伟因说话走得缓些。看宫主任已不打算再问什么了，说：“你们慢点走，我去叫支书！他可能是在我刚说的兴财那儿。”镇党委副书记说，走，顺便一起去吧。他们来到兴财盖兔场的工地。看到了荣凯正提着锤子打胡基。他猫腰去端。双手一端，胡基腰断了，他刮净残块又来。旁边那位说，这活不单是用力气的。这有窍有诀：“一把灰，两锨土，踢哩嗵隆二十五”。要给示范。荣凯笑笑说：“不浪费你工夫了。”他看两个砌砖活的大工在两头各做一段，小工有些紧张。兴财和他侄子供料不及。（小工本是要雇的。荣凯说，一个小工全天工价八九十元，能节省的就节省，节省几个是几个，所以兴财叫了侄子，只管饭白使力。）墙已砌到高处，只两个小工紧张。他挽起袖子抱砖。兴财说，哎呀，这怎么敢当。大工瓦刀忙着敲得哨哨响，开玩笑说，那就让土地爷背回麦草吧！就这样，他干起来了。书记见荣凯干得朴实，这才前去说：“白支书你这支书真的是当到家了！”大工听了停住手上的活，向着他们说：“这才叫勤政为民呢，说到做到！百姓能多有这么几个干部，还有说二话的吗？”

大伟说，回家吃饭吧。荣凯问宫主任几位安排谁家了。大伟没大声回答，过来低声说，两手准备着。一是去街上酒店，二组小民的车正好在。二是，他们不愿去就在诚石老师的家里。他老婆擀面是呱呱叫。面都弄停当了，还烙了葱花饼！荣凯说你问书记看去哪里。

最后去了诚石家。

4

这顿正宗的农家饭，不论是主食或小菜，吃得津津有味，大家满口称赞：真比大酒店鱿鱼海参更具味道！吃了心里舒服啊。他们都是农民的儿子。赞农家饭不是虚情假意。农家饭真的味浓味厚。能吃出干群情，吃出一家之亲，吃出农村感怀！

荣凯单独与大伟商议：晚会彩排，不知文明办宫主任愿不愿意看看，指导指导。镇上副书记征求意见后，主任慨然答应，看看好。荣凯给大伟叮咛，不敢出现大书记镇上看戏被踩那种事。彩排成功，那就正式举行。宫主任表态，农民亲自编排组织晚会不容易，有民俗风味，乡土风味，这是精神文明鲜花的绽放嘛，一定得看看。荣凯得知，宫主任一行愿看晚会，不单是与民同乐，其实是检验白墨村精神文明建设的成果。传统的民间娱乐，多为竹马社火，秧歌锣鼓什么的，凑凑合合，快餐似的热蒸现卖。演艺的和观看的互动着，其乐融融。一阵事过后，就投入紧张忙碌的有头无尾的农活中。而要组织一次称得起是“晚会”的文艺演出，一没灯光设计，二没内行导演，三没专业艺演人才。说“不易”并非谦辞。今天，白墨村人不怕献丑，不怕行家笑话，为了表达对“三农”政策的感恩深情，就丑媳妇贸然地见公婆，土头土脑端出来了。舞台是用建筑钢管搭在党员活动室前的文化广场。广场建设正在收尾，中间设计有小喷泉，还有假山也已堆垒成了。虽有栏杆护着，荣凯还是让两名村民负责着养护。整广场的四周，皆冬青，黄羊球，樱花树和松柏植了风景墙。给人以馨香和韵之美。因为是植了不久，正在生命需呵护阶段，所以，也由专人卫护。广场可纳上千人。只留一个出入口。上写“出口”“入口”四个大字。两边各站二人，维持入场秩序。入场的已有三几百人了。外村人不少，正络绎不绝。负责台子的冒子，文革在搭好的台上试安全，脚踩木板，咚咚咚，咚咚咚，有节有奏地响。舞台顶是蓝天，大背景是广阔的田野。正在膨大成熟的果香，伴着风吹掀浪的玉米清芳阵阵飘来，只用个心旷神怡来表，的确是远远不够的。秋伏已过，晚间，农村得天独厚特能享受的那种清爽凉意还是准时惠顾，观众有序地按保安员的指挥坐了。月光盯着幕布上那一个天真活泼而又调皮的大“乐”字。有的大声地念台口的对联：“三农政策遂民愿，万众恩意从心激。”接着有人纠正那个念错的“逐”字。两人说声高了调儿，治安的瞅了几眼，鸦雀无声了。

场子已挤满了人，早来占据中心地的，没带凳子的就自觉站到两边或后边。台上灯光照射下，场下齐蓬蓬人头像一大张黑色苫布，微风吹皱似的掀动着，但没人现眼地站起走动。秩序良好。喇叭里欢快的歌曲停了。两名主持说了几句开场词，娱乐就开始。简单直接。因为是彩排，上台的还算放得开。

镇党委书记也请来在陪同宫主任。他们几位领导坐小低凳在场子左边。节目开始后，荣凯也下去陪同着。

第一个节目是幼儿园的舞蹈“小松树”。可爱的小朋友，扮得红富士一般的甜脸蛋，蝴蝶般的舞衣，活泼的舞姿令人羡慕他们今天的幸福。下来是肖肖的《梁秋燕》，全场掌声潮起。随着“阳春儿天，秋燕去呀么去田间”的眉户曲，台下互动地也跟着唱起来。这曲子从60年代初民间就广为流传。现在60岁以上的人都会这段经典唱词。除“文化大革命”的那十年，禁演许多优秀传统节目，到改革开放后，《梁秋燕》《血泪仇》和《祝福》一样普及，所以台下互动者不全是上年龄的人。扮秋燕的肖肖和扮春生的照民（高中学生）鞠躬谢幕，一组和三组两个村民插空跑上台去，站在了中央。主持人因节目单上没列便问：“你俩这是？”二人笑逐颜开回答道：“我俩不是看节目的。”说着各指自己的心口说，“我是想表达表达这个。”主持不解地问表达什么。两人同声道：“表达表达我们怒放的心花！”说着打起竹板来。

竹板打，响连天，乡亲父老听我言：

甲：父老乡亲端老碗，

口口白面惹人馋。

就大葱，嚼大肉，

问问幸福咋的有？

乙：问得好，问得妙，

回答之前我先笑，笑甚哩，

一笑生逢盛世了，

二笑政策条条嫽。

知民心，解民意，

民生大计列第一。

甲：林特税费免光了，

国税皇粮不再缴。

不再缴，开新纪，

谢天谢地好班底。

台下从鸦雀之静一下子热起一片浪来，掌声激越头顶，“好！好！”“这话说到我们心上了！”在后不知谁放了几串鞭炮，鞭炮带着冲天的闪光，使气氛一下又火了，为了节约时间。节目继续往下演：

乙：几千年，几千年，

个个皇帝睁圆眼，

苛政猛虎血盆口，

吸得百姓骨髓寒。

甲：骨髓寒，残残残，

百姓昼夜盼青天。

乙：谁知盘古至今纪，

梦想成真蜜样甜。

税费水牌一抹净，

谁敢巧立名目乱集摊。

种粮补偿民心喜，

年年丰收贺国兴。

甲：家电农机惠于民，

娃娃念书不掏钱。

医疗合作民受益，

实惠宗宗记心间。

（掌声四起，笑声朗朗）

合：记心间，颂不完。

有人把恩抛后边。

福地洞天当珍惜，

怨这怨那要析辨。

国家主人得像样，

防腐防变须把关，

放眼量，宜远看，

过好日子建家园。

国家梦，人民梦，

实现梦想要长征……

说完鞠了个大躬，要向后台跑。田禾问：“你俩啥时练的，给大家说说。”二人都不好意思。田禾笑着说，这么多的人都能扯开面皮表演，说几句顺便话也害羞吗？站台口给观众说说吧，二人说，听村上准备晚会，我俩悄悄一起编，一起练。练了两天时间，怕说不好。没敢报节目。今天看了幼儿园的节目，他们那么小都敢登台，我们就豁出去了，大鹏问：“稿子谁执笔的？”二人说，这是心感相碰，落在纸上的火花。二位主持说：“谢谢，你们为白墨争气了。”

下面报的节目是：壮民表演的口技：火车、鸟鸣、机枪、大炮；片上小学五年级两个小学生三句半，题目是《我爱白墨我的家》。再后是两个小品，一个大合唱，还有几段《红灯记》《沙家浜》《智取威虎山》的经典秦腔唱段。晚会共历时两小时，最后在《五星红旗迎风飘扬》歌声中落幕。

宫主任他们坚持看完，十分满意地连说两个“过瘾”！说了又笑笑。这场别开生面的晚会，正是一餐滋味厚道又鲜美的农家乐！民心所向！镇党委书记接着评道：情真意衷！反映了白墨人已在起跑线上了。节目多自编自演，看似粗糙，却是五谷杂粮食府，是农村土地上纯正的绿色食品，大益于民众心身健康啊。宫主任说，利用文艺这样的形象宣传，今后可多搞，能大大促进精神文明建设的进程。演出本身就反映着文明水平！党的“三农”政策的落实，不仅是对市县镇党政的考量，也是对村级组织的考量。精神文明建设的过程每进一步，是否取得了成绩，成绩大小，民评民说是鉴证，民德民志是目标。创文明村，做文明公民，就得像白墨这样的班子来引导民众，自觉从我做起。今晚白墨人的心声，说明白墨的两委成员没有失职。白墨的堡垒是大有希望的，旗子已举起了，何时插上顶巅！须付出艰辛努力！

荣凯看领导们很欣慰，心里踏实了许多。很虚心地说，知道的！知道的！我们会一如既往地努力！

半月后，县上文明单位评选揭晓，颁奖大会在县城大剧院举行。奖牌还是发给了白墨村。上台领奖的是主任大伟。熠熠生辉的大铜牌，悬挂在党员活动室的正面中央。它承载的不仅仅是荣誉，不仅仅是对白墨前段创卫工作的肯定。在荣凯看来，它是一双明眸，时刻在注目着每位村干的举动；它是一个大大的警钟，时刻在发着响亮的警鸣。

第二十三章　螳臂蠢动

1

清晨，眼前觉得比往日更豁然开朗。阳光普照，万里明朗，瞩目远眺，多彩的世界，尽收眼底。荣凯在自家的田里看了长势蓬旺的青纱帐，累累喷香的果园。沿生产路前行，家家的硕果和农田呈现的都是丰收的景象。他欣欣然，脚下轻捷地又返回到自家地头。他大扛着锄又复除冒上来的杂草，他蹴下身，拔了一大会。又沿村南那条生产路而去，看到果园一家比一家务得好，一派诗情画意的美景，使他心中那股难抑的乡情，又倍感白墨的吸引力。他鼓励自己：年轻人，努力吧！白墨千多口人，就看你怎么领头的！他顺便又去了兴财家的兔场，建造基本竣工。他关心的是兴财那个儿子生生的表现。期盼浪子回头，成为金不换。兴财说，真对不起你，那天几个瞎东西讨钱要债，就是内鬼通的风。他们狐朋狗友，混混搭混混，没一个好粮食养的。都是些家里管不住的人渣。荣凯说，人都是会听话的，你得好好教育儿子，让他回心转意，浪子回头金不换。相信，只要你们全家动员起来，合成一股绳，拉一辆车子，肯定能致富的。有信心就有力量。都是人嘛，别人能干成的事，咱为什么不能呢？有些活如跑路，如学技术就让儿子干，内部活路你干。兴财说，是啊，年轻人的世事，就得靠年轻人。

“你的钱现在还剩多少？”荣凯问。

“盖场子大体两万元，其余的买兔种，买兔崽，估计差不多。就是不知兔贵贱。我想去几家兔场了解了解。多大肚子吃多少饭吧。”兴财说。

“你想得对，规模先不要大。因为技术经验等各方面条件还不具备，待掌握了技术，积累了经验，有了经济基础，再扩大养殖。钱如果不够就说声，咱想办法。”荣凯转着看了新盖的兔舍说，“不错，还真像个样儿。这下就全看你了。”

兴财万分感激，“多亏你的关照，我真不知怎么感谢你！”

荣凯笑道：“好好干，干出成绩来就是最好的感谢！咱上千口人都是生活在同一块土地上的。有一户落下了村上就不光彩，当干部的更不光彩！大家都富裕了，才算实现了共同的梦想。”之后，又去了村南头。镇级三十里的大寨路直线贯通南北，县级公路东西穿过，形成一个大十字。这个十字口正是白墨的南大门。从十字口由南向北依次是白墨的4、3、2、1四个组。两月前，县委县政府已召开了本塬五乡镇领导和沿线所涉村的支书、主任会议，宣布这条县级路已不适应发展的需求，正在重新勘测设计，将改造为市级二级公路。沿途三十多公里的两侧已开始登记要拆的建筑物和树木的赔偿。这个喜讯给白墨也带来难得的发展机遇，可依托交通之便，兴创业之实。白墨人应树立科学发展的坚定信念，乘势而上，谋求创新，豪情跨越。作为带头人的白荣凯，对这片土地商业价值的估量，脑子已孵化出了一张壮丽的蓝图。这蓝图已生动地呈现在他的视野里。两腿不知哪来的那么大劲，他边走边给大伟打手机，叫他来办公室召开两委会。通知了大伟后又通知其他委员。没多会儿，人都到齐。荣凯高兴地向大家说明了自己的设想。他说：“今天我又去村南口看了一下，市二级公路界已划出线来了，原来的两车道改为四车道。加上两旁绿化带，好宏伟的。它与大寨路相交十字，有一个大候车亭。每天从这里进城、去咸阳、西安，从这里去铜川、去甘肃。人数都在数百。平日邻村闲聊的常聚不散。这地方自然形成人市，人的集散地。咱白墨在这里有得天独厚的黄金地段。我看要不了几年，这里会发展成一个繁华小闹市的。”他拿起笔在一张大白纸上画着规划蓝图。面朝十字口的门户，可参徽居映月牌坊古为今用。改两柱三楼冲天式青石坊为四柱两楼冲天式钢筋水泥坊，继承其“高”大敦厚凝重的气势，借鉴中国传统大户牌坊精雕细琢的特色。上书“今日白墨”四个大字。“如果技艺可能，其上可雕改革开放给白墨人带来日新月异的变迁图。昭示我们在文明大道上创造性迈进的姿态；昭示新世纪新型农村新型农民的非凡风采。”大伟听荣凯思路明晰，大胆说：“从十字口可以向东发展。地域更宽广。”荣凯说，向东暂不考虑，大寨路两侧向北延伸，可和居民区一体化。便可搞一个像样的“白墨新村”。统一格局，统一规范，但不能死板，式样当求新颖、别致、明快而又精巧，要留一定的绿化苑。总观，得表现出时代特色，具有观赏性的看点。总体体现一个“人文、田园、市场”的白墨来，新村的东边规划一个体育场，兼有休闲广场功能。休闲场周边可办洗浴、理发、餐饮（以农家乐为主题）、医疗、小超市等服务行业。统由新村发展服务中心管理。西边，头排是白墨果业社（服务行），接着是图书阅览厅、农耕文化展馆，文娱活动吧。这些统由新村文化服务中心管理。冒子听了说，也可以开网吧、麻将馆这些娱乐场所。大伟反对说，麻将有赌博性，网吧对青少年尤其是正上小学初中的娃有诱邪性。咱这新村，应以“新”为特色，以“洁”为实质。不可有污染的业务入驻。荣凯也表示相同观点。他说，咱的新村以推进精神文明为要旨。我考虑文化服务中心还可设一个“荣耻堂”，以落实总书记的“八荣八耻”为重点，把村上对创业和公德有贡献的优秀人才事迹和照片公布出来，让礼义廉耻的传统美德发扬光大！总之，一切以传导正能量为主流教化人完美人。树人，是一个艰巨的工程，必从细节做起，从儿童做起，这样坚持下去，在奔小康的奋斗中，富裕、幸福、文明、和谐的特色社会主义才不为空谈。田禾、文革、大鹏、肖肖等参加者都发表了看法。提了建议和意见。荣凯说：“上面是我考虑已久后，看过实地提出的主观构想。是否切合实际，大家研究。形势发展，需要新思维。所谓与时俱进，就是这个意思。咱们现在是坐室内谈，相似纸上谈兵，我建议咱都去实地看一看，议起来好下结论，也是对村民的负责。”

2

于是大家都去了大寨路南口。大家边看边议边指点。最后认同：一、机遇不可失；二、黄金地段，天时地利人和俱佳。大伟想了一阵说：“天时，地利真的可以，目下令人头痛的是人和。”荣凯问：“人和问题有多大？”大伟说：“你听了别生气。”

“这有生的什么气！”荣凯心平气静地问，“你又听到什么了？”

大伟十分生气地说道：“过去泯义认为主正义的我们是瞎怂，搅他的台，实际上唯恐天下安宁太平的正是追随他的那几个人，他们把造谣生事当营生的干。村上不是给兴财联系贷了些款吗，有人就到处散布你是名为帮人，实为自己捞好处。咱在这里搞工程。他们肯定又要造谣抹黑。”荣凯笑了，“我以为是什么。原是那个。我还是那句话，不吃生冷食，不怕肚子痛。你正南正北走，就不怕崴脚。给兴财家贷钱，我捞什么好处了？真无聊。”

“他们说你收了好处费。名有了利见了，两头得好。这是咱的文明村验鉴时，有人故意放话给宫主任耳中的。多亏宫主任是个清官没冤你。不然，咱的文明村被吹了事小，你的人格人品会大受伤害的。”大伟替荣凯的名誉考虑，说，“咱搞白墨新村建设，不知他们又要来哪一招！”

田禾说：“这种人胡说妄捏，不怕嘴上出疮流脓，真是疯狗！是疯狗，牙齿里必带着狂犬病毒。”

大鹏说：“从我手上起，入一分都进账，出一分都有据，不怕他谁说。这一关我敢向支书负责！敢向村民保证！”

荣凯看了田禾疾恶如仇的脸色，说：“我都不生气，你生什么气呢！”

大伟很替荣凯抱不平，他看出他内心的复杂，便对田禾说：“你去诚石老师家一下，看在没在，在的话，请他能到这里来。”田禾被有意支开，他才单独对荣凯说：“刚才田禾在当面，我不好说，我还听有人传你把田禾诱到什么地方去了半天，可能干了见不得人的事，我骂他别放他娘的屁，无凭无据的，小心把嘴撕得淌血！他有鼻子有眼地说，谁谁见他两搂着亲嘴。他还说，当支书的或老或小都没个好东西。传槽子了。天下乌鸦一般黑什么什么。这不是明明在污辱人格吗？”

荣凯平淡不惊，声色不动。

“人言可畏啊，与论杀人可不是没有血的教训的！大人物小人物，老百姓都有例在先！你，一次如风，二次不理，三次不再反击咋行呢，人说有个再一再二，没个再三再四的。三人成虎。不明真相的村民以为你不斗，可能还信以为真哩！再不说啦，不反击，不是长了那些歪歪嘴，坏肠子的人妖气了！”大伟把自己的看法全盘端出，说，“你这是一种软弱，不是宽容！结果是姑息养奸！”

荣凯冷冷地笑着道："这些人是天生的吧！他们特长搞那些玩意儿，是利欲决定的。如果有事实，就当面来吧。他不敢，所以只能在阴暗处造谣煽风！无聊至极！无聊至极！也无耻之极！整天把心思全用在这上边，也不怕劳心伤肝，何必那么累！多干些正事儿嫌咋咧！"

几个人沉默了一会。荣凯心知是几天前与田禾在村边说话，让轲亮看到了，于是掀风起浪的。青天白日，荣凯田禾光明正大的，怕什么，胆正压邪！他问大伟，"这些谣，你信吗？"

"这怎么能呢？"大伟说，"无非是小人之心度君子之腹！"

造谣中伤的会是谁呢？荣凯不知是问大伟还是自问。大伟说："我追问轲亮，他说，有个献猪献羊的，哪来个献（现）人的？其实，正是他！"

"算啦，算啦，不追究是谁了，咱不是司法部门，就是追究出来谁能把他们怎么样！兴师问罪，咱没那个权！"荣凯沉默了一会，从从容容说，"妖言不定能惑众。是谣诼谮语，到一定时不攻自破。真正的人心是不怕剖给大家看的。给兴财贷款是咱两个商议，咱俩请信合来人给经办的。钱是当面经兴财手的。因为他那个不争气的儿子透了风，几个混混以讨诈钱。兴财想了一个计，说钱到我跟前，开支必经我允许。那是逼出的灵机对策。那几个混混就传到臭味相投的人耳里。至于男女之丑事吗，那全是捏造。事是这样的：一天，田禾来办公室找我说阅览室增添书刊的事，我说要去看宫主任指出的垃圾填埋坑，她说那一块看看去。从村边路上去，路途站着说了一会话。可能被那些多事的人瞥见了，就编出了那些离奇可耻的故事。他们要泼屎泼尿到我头上就让泼吧。我堂堂一个大男子，披一张人皮，腔怀人的心肝，干那些龌龊事，不说有失党性丧人格，也当顾先人的脸面吧！"

"大男大女，也到当婚论嫁的热恋时了。花开堪折真须折，莫等无花空折枝。心爱的人在一起，是正常的，也是光明正大的！为什么要借这个攻击呢？”大伟说，人都有七情六欲。但那种失去道德准则，不守节操底线，乱伦泄欲的人如泥义，一只老鼠祸一锅汤的毕竟是极少数。唉！荣凯又唉了一声。摇摇头，农村这层干部中是出了些败类，不但滥用职权，而且权色交易，而且欺男霸女，而且色胆包天，连累了不少纯洁正派的人，使群众对干部的公信感大减，甚至逆反，认为当了村干部就成了国民党的保长了！成了令人疾恶的色狼了。

说到这份儿上，大伟趁机动员荣凯说：“你和田禾是天作一对，地合一双，在一起工作时间也久了，感情上互信，事业上互帮，大伙都晓得你二位的爱情关系。一棵桃树上的桃子熟了，又鲜又艳喷散着香，到该摘的时候了，难道你要等到冬来了再光顾空枝不成！年龄不饶人啊！青春对人有几天呢！当珍惜啊！我看今年就把你俩的事办了去。看那些人放啥屁，你没看田禾和家里都在等你开口呢！”荣凯说，“这事我也想过，家里也着急。等这段工作有个眉目了再……”正说到关要处。田禾进来了。人没到眼前声先到了：“诚石叔去县上了！”

几个人就又转回原来的话题——十字路口规划的事。荣凯如指战员在临阵部署战事。他拿出已草绘的规划图。指着南大门说：“门联我也拟了腹稿，你听：

白墨回春春色浓，

红旗引路路朝阳。

“你们看能不能反映白墨的今天。如果可以，让诚石老师请县里的大书法家介老先生献出墨宝，以励我志。我者，白墨也。”说着哈哈大笑。田禾说，意思很好，大伟说：“我不懂对联，听说对子是要讲什么平仄的。”荣凯说：“是的，下去我再推敲，请诚石老师审审。咱这道门可不是为标榜虚荣而建。这可是一道严格的‘海关’，白墨人从这道门出涉社会，不能出次品，更不能出残品。出去了，就得气昂昂，珍爱白墨荣誉，让人一看是闪亮的白墨品牌。”大伟说，闪不闪亮，就看能不能保得住文明德行。立德极要！

“梁任公说过，少年强，则中国强。底线的基是在青少年一代。青少年是国家的希望，他们思想的堤坝最脆弱，最容易出问题的。所以，家庭教育，幼儿教育得向社会负责。田禾，你是抓幼儿教育的。这方面，你得给咱认真，绝不可松懈每一个环节。”荣凯特提田禾的名，就把担子交给了她。

田禾回应道：“咱要给白墨人打上白墨的烙印。创品牌，只保底线也不行。底线也不是一成不变的。严要求育人，高标准做人。坚持崇德崇礼，博仁大爱。勤劳创新，永不满足。才能无愧咱们墙上的文明村铜奖牌给予的荣誉。”

说到容易做到难。荣凯说：“只咱几个人的力量不行，得壮大干事的主力。得动员，鼓励、团结全体村民携手共进。”大伟说：“事在人为！”田禾也送上一句：“以人为本！”

3

荣凯几个人哪知他们在这里为使白墨更上一层楼而运筹美好图景，心想成事时，却有人以“射人先射马”的狠心蠢蠢欲动。为新班子——不，确切讲，集中向带头人荣凯下注了。无中生有，捏造事实，充当毁誉抹荣的冷杀手。轲亮、致祥成头拉了没头没脑的墨战胜、白星光几个，以“白墨广大村民代表”之名，去了信访局，又去了文明办找宫主任，揭发支书十大腐败罪迹。首条是借帮他人而济私，以给兴财贷款为己谋利，独吞万元；第二条伤风败俗，生活作风腐化，和妇幼主任田禾关系极不正常，“群众”反响强烈；第三，为捞文明村的虚荣，以强硬手段搞外彩，欺哄检查骗取荣誉；第四，上任后，搞山头，拉帮派，排除异己，壮大自己势力，独裁专权，蛮横跋扈，比前任有过之无不及，造成宗族激烈的斗争；第五，收罗村上人渣，如在外流浪的，骗人的，安排在村企业里，分争大家的利益……他俩一条一条地摆，又一条一条地插话补充。宫主任让干事小陈在会议室端茶倒水接待他俩。认真听，仔细记录。致祥和轲亮。一股脑儿说了十条。最后，致祥义正词严说：“我们不知镇党委是咋想的，就看中了那个荣凯。选好一个支书，关系全村命运。像他那种人能称职吗？他随心所欲胡来，村民能服吗？”轲亮说：“就是，他以为骗取了文明村的荣誉，他的头上就有佛光了，脚下的路就直了平了，我认为，（话出口，又觉不对，即改口）村民认为白墨村真没资格领那块牌，领了也是对文明的辱没，也有损文明办的声誉。”这时桌上的电话响了，响得紧迫，激烈，有火急的味道。宫主任叫小陈去接。小陈放下耳机说：“是信访局的电话，请你过去一下。”宫主任点头道：“知道了。”转面问轲亮、致祥二位，“还有什么情况需补充，全讲出来。”致祥看轲亮，轲亮示意完了。宫主任说：“你们反映的问题精神很可贵，也及时，我们马上调配人员进行调查，希望能积极配合。”致祥神情有点紧张似的说：“那就盼青天了。顺手掏出包里写好的材料交给宫主任。”主任双手接了，先揭着粗略看了几页。共六页。文字占五页半。列条指控白墨两委会，重点集中于支书荣凯。宫主任交小陈登记收管，然后说：“好！那你们先回吧！”

他俩出去时，其他几人已回去了。他两个头低头说着有关话，直到街对面的拉面馆，各要一盘牛肉炒面，又弄两碟小菜，两瓶青啤。边吃边饮边聊今天的事，预测着事情的发展和结果。聪明人往往被自己的聪明所误，尽管机关算尽，图未穷而拙劣的做派便暴露了出来，这是后话。现在面对面坐着的二位都怕专人入村访查，倒露出他们的虚伪和用心。所以心虚得忐忑不安。只是互不公开，互不坦言。

因为心怀鬼胎，许多不实之事怕晒了馅，二人头埋下，筷子欢实地向嘴里扒面，咽不及，噎得伸脖子，咥得满头是汗。致祥抬头抹汗，隔着临街玻璃窗，看见诚石和一个人并肩向这里走来。他俩把还有残剩的碗推到一旁去，撕了几页餐巾纸嘴上抹几下，各又占便宜狠狠多抽了几页捏上，背过身溜了出去。尽管躲着诚石的目光，还是被看见了。诚石想，这两个东西走一起，鬼鬼祟祟的样子，多是没好事的。

二人出了饭馆，不自然的神态越有加重。致祥说："你看见诚石了吗？他是不是荣凯派来跟踪咱哩？"轲亮说，不会吧，别猜疑了。

和诚石一起的那位是信访局的同志，是诚石的学生。他问："白老师，你认识刚出去的那两个人吗？"诚石说："那是我村上的，你怎么问起这个？"那人也没意识到诚石的在意，随便道："他俩刚到我们信访局来过，离开后，局长给文明办主任打电话。我来时宫主任已到了。局长交给他两份材料。主任看后说，'这一份我文明办也有，材料是同一版的。'另一份只两页很简括，是反映文明办和镇政府下村考察白墨村创文明的实绩，说跑马观花，很不负责，连是什么花，啥颜色也没看清，一顿酒肉席喝糊涂了，晚上还观赏了晚会，最后凭外彩，凭印象就轻而易举地给了白墨一块大奖牌。要求信访局向领导反映，重新考察收回奖牌，取消白墨文明村称号……"

却说宫主任在信访局看过材料后，心平气和地问局长："你信吗？"

"这材料（指反映文明办的那份）本不能给你看的，就是因为我相信你的一贯严谨认真工作的态度，同时，因涉其事终要摆出来，所以还是给你来看。”宫主任恳求局长，“白墨两位村民能专门进城，既当面反映又交书面材料，说明很当回事的。反映支书的十大问题，该是你们协同组织部门调查的事。我关心的是对文明办——准确说是我，还有镇上考察白墨创文明村不负责任的态度，可作调查。我不考虑对自己勤政还是误政、清廉还是腐败的指责。我以为只要对白墨两委的成绩，对白墨支书本人有个客观、公正、公平的评价就行了。请下去走基层，访民户，多看看多听听，定能真实清楚的了解这几位村民所反映的问题真实性到底有多少，反映问题的出发点是什么，为什么要那样做？”

宫主任把当天下村如何走组访户，和所见所闻择要讲了一下。他说：“要十全十美，条条目标都达标还有欠缺。之所以授奖于白墨，是和其他上报的材料，实际调查记录相比还是较优的。他们不足的需改进的方面已向镇党委、村两委都一一指出了。有一点我觉是值得赞扬的。支书白荣凯坚持认为本村还不配一个名副其实‘文明村’。这种谦虚谨慎，实事求是，有自知之明的态度是可贵可扬的。说实，这种风格的干部今日是不多见的。由此知，那几个村民反映的所谓以‘虚假捞誉’是不真实的。这一点我敢百分之百负责我考核的可靠性。他们所揭发的其他问题，那是组织上当了解的。你的意见呢？”

“我意见，先把材料转组织部，商讨后，各派人下去和党委共同调查。”

宫主任说：“你这样考虑也较恰当，也符合原则。”

这天中午，镇上一位新副镇长和民政干事陪同县上几位同志——一位是信访局的，一位是文明办的，一位宣传部的——他们直接到白墨村群众中。先去的是兴财家。家里没人，就到兔场来。场子只兴财老婆一人干活。她见一下子来了这么多干部。一个也不认识，心里想是不是儿子又干什么坏事了。她把想的装在心里，一声不响地低头干活。把草根整得齐齐的，然后一把把用刀砍去，放一旁。再清扫土块。那几个人转着看兔场，她快干完了，几个人正要问话，兴财拉着满满一车子干土倒在兔舍前的场子里。掸身上的土。老婆才从紧张中缓解出来。很快上去，悄悄说，这几个人来一会了，不知啥事，还不走。是不是儿子又做啥坏事了，兴财一听也蒙了。那几个人走了过来，问："这兔场是新盖的吧？"

"是。"兴财回答得干脆，简要。

"白手起家的？"宣传部的人问。

兴财答不上来，呆看着自己并不白的手，看得发愣。宣传部的同志看出他是不理解这句话，就解释说，"是不是你没借贷的情况下盖的？"兴财这才明白。说，"哪能干手入面盆。我家日子过烂干了。哪能攒下钱？全是贷的也有借的。"

民政局的同志问："怎么贷的，哪个银行的，贷了多少？"

"是我们的白支书和主任请来信用社人贷的。共5万元。"兴财据实对答。

"钱是不是直接交你手了？"

"是。给我贷的当然交我手。是信用社人和支书当面交给我的。上门服务啊。"兴财不知为什么专问这个，却不敢反问。

"怎么开支的？"

"买建材。水泥，红砖瓦，还有石棉瓦、匠人工钱。"

"支付是经你一人吗？"

"我和支书跟工人面对面算过一次。支书怕我把专款花不到该花的地方才关照的。"兴财又多作了几句说明："你们不知道我那儿子。我不怕丢人。他不成器，让人不放心。我经手，支书在当面，我那个东西就不敢为钱想横（方言读xuē）眼子了。”他不好意思地笑笑，“唉，人世不下个好后代，给干部也添麻烦了。”

这几个人相互看了看，心照不宣地点了点头，知情知底地笑了，自然也为干部品质放心了。之后，镇长道：“场子办起来了，要多学经验多懂些技术，还要有兽医知识，摸索着搞，从小向大发展。养兔是致富的一条好门路。”宣传部的那位说：“请你把贷款和支付的情况写写。”兴财不好意思地说：“我舌笨口拙的，只能乱无头绪地说。拿锄握镢没说的，提那细小的笔杆真没本事。”宣传部的同志把刚才的谈话记录给念了一遍，说：“你听有没有出入，没有的话，请盖个指印。”随取印泥到他面前。领导们开导得很起作用。兴财说：“你们也和我支书一样关心我。费心了！我这一下就指望这些小动物翻身呀。”镇长说：“有决心就好，靠这翻身比你翻祖坟强呢！”说着笑了笑。兴财脸一下红了，也不好意思地应笑了一下。之后，他们几个又去了村里。宣传部的那位问镇长：“你咋提翻祖，是怎么回事？”

镇长说：“咱这农民，有好些把财命子孙命押到祖坟的脉气上。这个兴财穷得翻不过身，就听阴阳先生胡说八道，翻埋老先人，这是不久前的事。全镇人都当新闻传。”大家听了笑说，真算头号新闻。文明办的人说，全是愚根所致！

他们一行，叙说着见闻，在村子里转了几个巷子，看了看村上的环境，路平院净，垃圾有集中收转点，特别是又看了那个垃圾填埋坑，他们也见了七八个村民，闲聊中，策略地问了那两位上访者罗列给村支书的10个问题。事实证明，都是不实之词。已基本否定了那无根无据的诬言。一行人正要离开村时，恰巧碰上了荣凯、大伟，还有田禾他们几个，从大寨路口斟绘发展图回来。荣凯惊曰：“各位领导光临，真有怠慢，去办公室或家里休息会儿。”镇长随介绍了几位同志。荣凯问：“有什么事吗？”

“也没多大的事，顺路来村上看看，搞得蛮不错吗！”信访局的同志说。

回到办公室坐了一会。他们看到那个铜奖牌，却有意回避了关于它的话题。十多分钟后，就离开了。

4

他们走后，大伟几个又返回到办公室。

大伟不安地在房子里踱步说：“我看今天好像有点不对劲，好干干咋一下子来了几个人。而且还是县镇两级，县级又是几个部门。”荣凯也疑虑，但也不觉得不正常。说，咱又没做违规违纪的事，来就来了吧。沉默了一会儿，又说，或许是路过吧！又沉默。沉默中想：前几天，诚石去县里体检，回来时遇见了轲亮、致祥也是进县去了。于是脑子敏感联系到所听谣言。信访局和文明办，还有宣传部等，他们今天来是否与这有关。但没什么证据，都是瞎猜。翻过去又想：就是轲亮致祥背后玩啥花招，能玩出什么名堂，身正不怕影斜，只要自己正南正北行，我怕什么？荣凯往心里沤着，表现出毫不在乎的样子。但是田禾却不愿看到他忍事的软弱。她凭自己的见识和感觉，启发说，做领导的哪一级不是权力加霸气，为自己统治地位营造权威的？当然，好官的权力并非专权，霸气并非跋扈。尤其是当头儿为班长。没几分威怎么行呢？领不住班子也带不好兵的。当村上的头，整天打交道的是农民群众，这个群体，男男女女，中青壮老，思想五花八门，行为各有所向。不能没了好心和善心，但只有善心和好心又得不到理解，怎能变为大众利益的开心果？该让步的时候让步，该使威的时候就得使威，不然，就被那些不知好歹的人当马骑了。

田禾这一说，几个人都严肃起来，荣凯也沉浸在另一种思索中……

大伟几次想把镇长的话说给大家，又止了。

冒子在门外撑自行车，车子后撑咔嚓响了一下。震荡传导得车头上的铃盖也咣儿了一下。田禾转身看是冒子。她叫了一声："是你，从哪来？"冒子没直接回答她而是直问荣凯："你见到县上来的那几个人了吗？"荣凯没言喘。大伟接言道："他们走时才碰上了。怎么啦？"冒子耐不住地问："他们没说什么吗？""没说别的，只说是路过顺便在村上转转看看。"大伟应了一句。

冒子口袋倒核桃，口儿朝下咣唧唧。"我在镇上给弟办深圳暂住证出证明，听到村上有人又把荣凯告到县里了。县里来人查证了。"大伟问："你没听他们都诬了些什么？"冒子说，"我只逮了几句，帮人贷款拿好处费，文明村是虚假等。听说还专调查了信用社的经办人。"

大伟气得脸都发青，骂道："无耻！真无耻！每次都是无耻！有影子就编，没有就捏。真是疯狗！不怕嘴上出疱流脓！他们一而再再而三地劳神，到底想咋？"

荣凯从冒子说起话就只是听。因为那种事已不是第一次了，所以，每临都是等闲视之，淡定地听了后说："为了痛快吧！我还是那句话：身正不怕影斜。爱说就满世界去说吧，他们那样做，不知是搞臭别人还是搞臭自己！"

田禾也非常恼怒，女孩家发起怒，抱不平也特个性的。她不忍心有人故意坏荣凯的名声。

她说："痛快？他们痛快别人不痛快！我们不能让他们拿着别人的难受痛快玩！"

冒子："我看得追究他们诬陷罪！"

大伟："对，就这样。煽风，造谣，这村子咋能安定！"

田禾："这次不能饶了他们！"

荣凯仍然淡定。似乎不在心上搁。说："他们那几个人之所以热衷于那么搞，正说明咱干的正经、值！搞来搞去搞出什么名堂了？他们越搞得厉害越现出他们心理阴暗，越暴露出他们面目的丑陋。追随的人也就越来越少。这一次，他们不光对我，对两委班子，还涉到镇和县里的部门。我想，他们是要交学费的！"沉默一会，又道："人嘛，咋能要求统一。社会就是个大舞台，要允许各种人上台表演啊！不论谁上去表演，观众都会鉴评出真伪与优劣的！所以还是宽容点好，如果总要纠结在恩怨中，要讲什么和谐就是空话了！"话虽如此说，多少还是有几分人格的谴责！

田禾："那么的求和谐，是典型和稀泥，抹光墙！是无原则的和平共处！"

大伟、冒子坚持道："必须向党委反映，不然村上以后工作难进展！诬告村上不说了，竟敢告镇县，够厉害啊！"

荣凯："人间大路好走，祸福总是相缘。正气永远上升，邪气必然怯缩。白墨村的天是不会塌下的。如果想从生事弄非中求福谋利，绝不会得到想要的！对白墨的父老我是坚信的。坚信他们是知好识歹的。向何方去，心里都有自己的主见。但是在这片热土上要培养仅具有传统美德又有雷锋精神的全新人，需经艰巨的系统工程莫能，我理解这就是'以人为本'的真正含义和价值理念。"

在场的几位听了这番话，觉得在理。于是都不再争辩。

荣凯脸色严正，平静如湖，中流砥石似的坐着说："当村干部，得经考验。得经百炼，百炼才可成钢，考验方可取信。人嘛，不干事就不会招惹蜚言，既然想干在干，就不怕风雨雷电。你们几个按分工包抓，咱们新规划的工程实施抓紧。方案再具体点，开群众会，听取意见和建议，确定投资兴办户。”

田禾：“我提个问题。”

荣凯问：“是不是幼儿园的。”

田禾说，“我想给幼儿园专请一位医生。在园内设个医护室。既可为孩子们保健，又能为村民服务。”

“行啊！”大伟说，“你物色了人选吗？”

田禾说，“咱一组白原的大女儿白荷宝鸡卫专已毕业，她有从医合格证。我两交谈过，她愿留在村上，为大家服务。”

荣凯一下来了精神，“这好啊！好得很！你得征求本人志愿，是否真心愿为村上服务，还要征求她家里意见。女孩子，终要出嫁的。”田禾说：“有对象了再说吧。我可以跟着学，接她班。”大伟故意说：“那你嫁出去了呢？”田禾脸有点热了，说：“我愿为白墨服务一辈子！”荣凯当然知底，说：“好了，那么你一定得负起责。人品、医德、技术这些不能马虎。她定下了，可和医疗站合起来。问一问是否需要卫生局审批。要的话，由大伟协助。至于你提的校车。我和镇长谈过，他也支持。他说咱和教育局谈谈。我想也对。外村的儿童你就已有二十多位了。咱先征求一下这些家长的意见，目前，车子还是得收油费的，他们愿不愿接送。总之，迟早得有。等目下一些事安排妥了，我去县上联系。二善人已叫我几回了。我去看看首次庙会筹备。”说罢他就直向二善人借的议事房那里了。

5

今天是个好日子。天气特别的晴朗，头顶的天洗过一般青得映蓝，蓝得明净。太阳光芒普照，大地遍映金辉。气温适可，热烘稍微。草木青青，鸟雀啾啾，户户炊烟，袅袅摇升。正是做早饭时分。荣凯春风得意地沿着村路，脚步伴着心声，得力地前行。他解开脖下的衣扣，拉起两襟慢慢扇了扇，凉飕飕的细风随即钻进了上身的空间。上午的九、十点了。有微凉贴肤，多爽快啊！路过村西头，再走百步，就到二善人立身栖居的地方。这地方距轲亮家只隔四户。今天他不愿遇见这个是非人。若遇上了，不知又会演义出什么“致命”故事来。但世上事就奇怪，有时真的奇了怪了。越是不想见谁，却会偶然的碰到面上。他加快脚步前行，争取用鱼跃的步子闪过轲亮的家的门前。正当第五个跃脚刚落稳，马上又要抬起头来时，轲亮家的门“咯吱”一声，紧闭的两扇门像人睁开的眼睛大大地张开来。轲亮见是荣凯，本应继续前行，可他拐出那个巷等荣凯。他估计荣凯要去二善人那里。去必经他站的十字口。荣凯过来，轲亮笑嘻嘻，殷勤可掬。“支书，你……？”

“我到前边十字去。”荣凯认认真真地说。

轲亮：“去十字？”

“是啊！现在正是十点，太阳正升，我想在十字口站站！”

轲亮：“你一个大忙人，时间金贵，站那里干啥？”

荣凯：“十字不是有四个方向吗？我正南正北的站着看自己的影子是正的还是斜的。”话一出口，马上觉得太直了，但话已出口。听话听音，轲亮也即理解，知是有所指向，如芒刺喉，一时难有语应。就没笑强笑了一下说：“日头遮云里啊，况且影子的正斜与站哪里何干！”荣凯本想再呛几句，心想，再呛，就太不大度了。老年人常道：“为一个人是修一条道，惹一个人是打一堵墙。”同居一村，身为远邻，每天抬头不见低头见的。再说，他也是自己领辖的一位村民。宽容，包涵是为了和谐。然刚才的话就算是辣了点，辣了就辣了吧。算是矫枉过正吧！他把乌云怎能遮挡了阳光的话也压在肚里。轲亮如果是理智的，会以此引子把苦药咽下去，扪心反思以往过分的作为。可现在怎么收场怎么圆脸气呢？荣凯又以平和之态度含笑道：“我是开个玩笑的，别计较了。”狡黠的轲亮也明白装糊涂。不往双方纠结的病区边上靠。你双关也罢，指桑骂槐也罢，我都忍了，让了。他嘿嘿一笑，“咱两人事好着呀，怎么今日见面给我一闷棍。”

“这怎么是闷棍呢！”荣凯说。

“我也是开个玩笑，玩笑！”轲亮点着头说。

尽管两人都把话说明了。心里都不快地各走南北。好学生老师课堂上一点一指，便触类旁通，题的难点就迎刃而解。现在，荣凯重重点了一下，轲亮能不能打开思路，当个“好学生”呢，荣凯希望他能成为一个受欢迎的好学生。

大伟后边骑着车子过来，下了车叫住荣凯说：“镇上叫你哩。”荣凯问什么事。大伟说，不清楚。二人走着。荣凯把刚才见轲亮时说的话重复了一遍，问大伟是否太过分，显得心胸太狭窄了。大伟说：“那类瞎怂嘴不积德，心不怀好意，早就当给点颜色了。我看还不够力度。”

“我本去二善人那里，那就改日吧。”荣凯说。

回到家，妈妈已做熟了饭。他大从地里还没回来。他先吃了就骑着车子去了镇上。

大伟、田禾他们这几天自听到轲亮和致祥进县告状事，心里一直不安。不安不是怕事，而是怕上边处理偏公不正。打击了荣凯的积极性，更严重地想，如果停职反省，给那些心术不正的人以口实，就助长了他们的邪势，灭了正直正义之志。荣凯是他们的班长、他们拥护的带头人。虽然一言一行，他们知根知底，但是隐私和背后的那些事不敢打保票。万一“落实”出几条来，也会大伤党支部的脸面，降低党的威信的……他们想得很宽，想得很深也很实。有必要吗？必是必要的。同僚嘛，人之常情。

其时，他们不知，这阵子荣凯正在书记的房里和镇长几个人，同一位踌躇满志的帅小伙谈笑风生。

书记向荣凯说清了“告状”事，欣然又同他叙起白墨村村情来。他刚来就遇上学生样的帅小伙安坐着倾听镇上领导的谈话。荣凯觉得今日非同平日。

第二十四章　大鹏添翼

1

两位领导和荣凯交谈过所谓的“广大村民”反映的问题及其调查结论和处理意见。他以为就完事了。——他的确不清楚领导约他，主要是交代一件他没料能很快如愿的大喜事。

书记房里的长沙发上，中间是那位年轻的帅小伙。荣凯和镇长坐在两边。书记坐在茶几对面的一把软椅上。四个人喜气洋洋地面对着面。先是喝茶闲聊。荣凯不知其理，看见二位领导也都是喜出望外的样子。他揣摸肯定有什么好事来临。他手摩挲着杯子神思等待。书记先开口了。他的话和目光同时亮亮地投向帅小伙的脸膛。“小白啊（荣凯忽一惊，以为呼他），你从大城市来咱这小镇，放眼全是土里土气的农村，恐怕一下子难以适应！”荣凯迷惑的眼光盯着书记。书记灿烂地笑道：“我应先介绍介绍小白，”他指着帅小伙说，“这是县组织部给咱镇分的一名大学生村官小白同志。指明是任白墨村副支书的。”荣凯这时脑子的窗子突然敞亮了。社教结束时，工作组就给他许诺的。今天终于兑现了承诺。心喜得站起面向帅小伙伸出热情的双手去握迎。“原是一家啊！欢迎欢迎！”瞬间四只青春的手紧紧握在了一起，形成一个坚定的大拳头。书记给帅小伙说：“这就是白墨村的支书，一位立志农村，梦想建设美好家园的文化青年。你二位联手，如虎添翼！”帅小伙说：“幸会幸会。同一战壕的战友了！”

荣凯火辣辣的脸上泛着不尽的喜色。他说：“书记说你乍到农村，脱离城市生活，首先环境对你……”小白笑着道：“这是很好的考验！”荣凯说：“那就委屈你了。谢谢！”

小白喜盈盈地道：“我小时，奶奶爷爷就常讲，老家也是农村的。农村好啊，广阔天地，大有作为！”书记接言：“这是毛泽东主席说的！”

荣凯兴高采烈起来：“这么说，咱本也是同根生啊！一母同乳，亲得很啊！”

小白忙说：“是啊，是啊！祖先的根扎在农村又热又厚的沃土中，子孙们走到哪，哪里始终都带着乡音乡土气！”

“咱这个镇不算太大但也不算小。除过城关镇就数全县大镇，不是山区，但不全是平原。镇长说，山坡地仅占百分之三四。你到岗，就会明显感觉到与你长期生活过的大都市和大学校园天地之别了。”帅小伙谦和地笑着说：“我工作单位已确定了，却又推辞了。到这样的地方是我心甘情愿的选择。人一踏上社会，就钻到优越的环境对个人并不见得好。即使是块璞也得精雕细琢才能显出玉的润美。大学培养了我四年都是书本上的理论。现在到了实践基地，既来之，则安之，就是来锻造的，磨砺的！”

书记说：“你们这些风华正茂的年轻人，真是幸福啊！沐浴大时代的精气，脚踏阳光大道，同当年知青上山下乡，接受贫下中农再教育的生态，是两种情感，两种心路，两种结果！大学生村官现已纳入公务员录用系列，就是说录用公务员，在同样的条件下，有优先录用资格，而且十分优秀的列为接班人梯队培养。就这一点也当庆贺你！”随即从柜子取出一瓶干红，荣凯接过打开斟满一杯递予书记，书记让予小白，又取三空杯，让斟满，几人端起正碰，人大常委会主任和统战部长进来了，荣凯又斟两杯。整斤的干红已剩不到一半。

六个红艳艳的高脚玻璃杯从朝中心一聚，恰似一朵绽放的红梅。咣地嘹响，各尽了，齐夸自己的老实。

书记说：“酒已喝了。白支书，党委就把小白交给你了，从今，不，从现在他就是你们白墨的副支书了。有他辅佐，你就如鱼得水，如鹏添翼了。望你俩好好配合，大鹏展翅，翱翔万里蓝天。”

“一定不辜负厚望！”二位小白一口允诺。

小白坐镇长的桑塔纳，由一位副镇长陪送，荣凯同车，算是迎接。车子向白墨的路上开去。小白新奇的目光一直透过玻璃窗子，欣赏着壮丽而有充实的田野。荣凯脸贴窗子指着挂满枝头的果园，已呈深绿腰别大棒的玉米田，还有一排排标致的红瓦房子，再过又见一片毗连的塑料膜房子。小白问：“这房子是住人的吗？”副镇长解释说，那是专为种菜建的大棚。从那里采的菜叫大棚菜。冬季，初春西红柿、黄瓜、芹菜、菠菜供应市场，超市，价钱不低呢！荣凯说：“咱们北方，冬季里反季节菜啥都有。”小白说，这都是现代科技带来的春天！司机开得很慢。像野生动物园里的浏览车，十多分钟才到了村上。

车子开进村委会院子，谁知大伟、田禾、冒子、大鹏好六七个在那里眼神惊慌地聚焦于车门。车停了，荣凯满面春光地跳下来向车内说：“小白，到咱村了，快下来吧。”他还没注意到站着的大伟他们。但他们主动围了上来，像是从一个口里发出的最强音：“你才回来啊，把我们等得发慌哩！”荣凯所答非所问，指着小白说，“这是大学生小白，到咱村任副支书的。”几个人齐上前：“欢迎，欢迎！”副镇长最后一个下车，笑道：“不欢迎我，是吗？”大家笑着进了办公室。

大伟边倒茶水边说：“真是塞翁失马，又带回了千里驹！”

田禾才从别一种心境切换出新镜头。荣凯走后，她心就提到半空，她去叫了大伟等，联系轲亮告状乱猜了一通，心里暗暗祷告吉安。就是没猜到这眼前的幸运。现在脑子回到原点，于是热情地接过小白手中提包。走到荣凯眼前，低声说：“我以为你去派出所任所长了。”荣凯暗耍了个鬼脸。说：“我还没那个资格呢！”这一切被冒子等听到也看到，惹得捧腹大笑了一阵。

2

村上暂无多余公房。住办公室，影响小白学习、休息。所以征求小白的意见怎么住。小白说：“最好能住在村民家里。便于知民情民意，更好地向父老学习，为他们服务。”因为事先没有这种思想准备，一下子想不出既有闲房子，人又善良和气的一个整洁的家。大伟说：“晨旭爷爷家你考虑怎么样？”荣凯没多思量，说：“这我还忘了，他家太可以了。”荣凯给小白说：“他老人家是个老秀才，人厚道，家教良好。他有大儒风范，儿孙也知孝悌，遵伦理。小白住一起虽是忘年，却不乏共同语言。”

田禾道：“那是肖肖的家。小白去，她可照应，沟通。这家人干净卫生，环境也静。”小白听了十分乐意。于是几人随即去了。老人打心底欢迎，还文质彬彬地捋着美髯，笑殷殷道：“贵人到来，蓬荜生辉啊！”

荣凯说：“秀才爷，小白住这就麻烦你了。”老人立挡话头，“你这娃咋能这么讲！你把爷当外人了是吧。你放心，小白就是我家一员了。”即唤来孙女肖肖，本就很整洁的床铺，又换上新床单新被套，桌椅抹了又抹，擦了又擦，窗子玻璃擦得透亮透亮，窗帘又拉试了一遍。她的热情和麻利让小白感动。肖肖是上过中学的，人很开朗大方，出水芙蓉般迷人。她迷人并不在于外表时尚，而是一种自然的美，丽质的美，朴素美。她从不画不描，不涂不妆，发是挽个后结，刘海也无别式，两条细眉配个大眼睛，这窗户的灵气一下子就飞了出来。她收拾完毕，又细查一遍，微笑着说：“小白，将就了。”小白满口道：“对不起，太烦劳你了。”肖肖说，既住咱家，就是一家人了。不用客气，要什么尽管答声。说着掸了下普通的牛仔裤，整了一下圆领花T恤。出去提来水壶，又放下快速电热壶，指了插座说：“用水就这里烧，水就在院子龙头接，或去伙房取。咱村这水是大都市享受不到的！”她待人热情有礼，弄得小白有点不好意思。连说几次“谢谢！谢谢！妹妹，太对不起了。”肖肖笑着问：“你叫我什么，你多大了？”小白说，二十二岁了。肖肖咯咯笑着，“我比你大半岁，你当叫我姐姐才对。”女孩都天性的细。那眼神和芳心都一样的敏锐。其实，她在打扫房间，整理床铺时，就偷偷注意到了这位家庭新成员。小伙子确实帅气，一米八几的个儿，幼松般的挺拔、俊俏，稳重而又谨言。他晨光似的温和，未蜕大学生的书生气。白皙丰润，甜甜的笑涡漾溢着新一代人的气质。出言有礼，风度勾魂。虽是生面不熟，初次接触并不觉陌生。她说了大半岁的话后，等他反应。小白脸扑地红了。说，“那我当然该称你姐姐了。”肖肖站住问：“你也姓白？”

“是的。”小伙子说，“咱村子姓白的人多吗？”

肖肖听他说“咱们”，于是心有灵犀地回答：“白姓是一个名望大族呢！你融于其中，就是一个大大的名望圣族了！”肖肖小声说，“不打扰了，那你安顿吧！”她走了。他目送到看不见，还不收回目光地站着。不知怎么了，突然产生一种难以言表的感觉。——农村还有这么好的姑娘！

小白半掩了门，挂了背包。打开箱子取出一大堆书籍、笔记本。认真地在桌面靠墙处摆好。又摆正笔记本电脑。离校时通讯录、寄言册放到桌右。然后把系总支书记颜体书法“奋斗”二字挂到房子正面壁上。再然后，取出相册。相册里有中学、大学时的同窗好友，也有同父母弟妹的生活照，翻着翻着，思念之情从心涌起，一股热烫烫的泪花花盈满了眼眶。雏儿留恋母巢那般离不开母温的呵护。但很快被社会接纳的兴奋又唤他激动起来。他讥笑自己，对着墙镜看镜子里那张白嫩嫩的脸上泛出的情态。他没有擦那泪花，抓紧用手机自拍了下来，用微信发给爸妈，让二老共同分享快乐。也留作他人生永久的纪念。他把手机拨通给爸爸、妈妈，那边马上传来了熟悉的回音：“是儿子，你到哪里了？”小白一时激动，一时哽咽，十多秒钟，说不出话来。“儿子，儿子，你给妈说话呀！”“爸，妈，我是你儿子星星。——小星星，亮晶晶，颗颗永远朝北斗……”他唱着，唱着，喊，“爸，妈，我很好，我真高兴，告诉你，我已到了该工作的地方。在紫薇县北新镇的白墨村。我住的是姓白的一个望族。”“你能告诉我年长的几个人名吗？”“我刚到，住的这家老爷爷叫白晨旭。我们村的支书是个青年人叫白荣凯。其他还不了解。”父母再没问，只是静听着儿子的话。“爸，妈，村上待我像亲人，我没一点陌生感。我住的这位爷爷家，对我和亲孙子一样！”他恨不得把自己初来乍到的一切一切感受尽说给亲人。可怎么能说完呢？那边的父母可能认为是农村，一定很艰苦。交通不便，生活不好。儿子一定是报喜不报忧。又把电话打了过来。“儿子，你要注意身体。儿在千里母担忧啊！别太累了！最多两三年，一眨眼就过去了……”小白听妈妈激动得说不下去了。小白把手机一直贴在耳边聆听妈妈的教诲，句句都录了音。父母又开始说话了。先是父亲说：“一定要入乡随俗，不要违犯乡规民俗，要搞好群众关系。父老就是父母！不要高高在上，脱离群众。”妈说：“儿子，你听爸的话，常给妈来电话，妈常能听到你的声音，妈就高兴，妈就感到你在妈身边！”小白感激难抑：“爸，妈，一万个放心吧！您儿子已不是小孩了。这里全是亲人，您知道吗？我告诉您个将解的秘密，这里可能就是爷爷奶奶讲过的根！”

“好！爸等着你的喜鹊音！”他听爸声音里有股激动的波传来……

3

诚石知村上来了一位大学生村官，就急着赶来见面。他到晨旭家如进出自家。他是本家侄辈，所以出进随便，不论迟早。晨旭戴着老花镜正全神贯注地看一本万年历。眼前还放一部老版套装监本《四书全解》和一本清代汪吉相《四书心解》，旁边打开着《推背图》。当眼前一道黑影遮在书页时，才抬起眼来：“原是你啊！”“哈，您当范进还是当状元！”“别笑话了，人啊，到了桑榆暮年，看书学习只是治个心慌呀。”“没错。我也是一样，一天不看几页书看看报纸就觉空虚，日子好像也长了许多。所以，阅读是咱生活不可缺少的一部分！噢，不说这些了。听说县委给咱村分来一位大学生当村官，是吗？”“是的。西北大学，今年毕业的。90后吧！”“贵姓？”“姓白，还是一家子。一个白字掰不开的一家人。他们都叫小白，真名我还没问。就在东边那间。”“走，见见这位少年吧！”

晨旭爷爷摸一下下巴，自荣地说，“忘年交啊，初见就有了缘分。”他低音量说，“人很聪明。看长相，真的还像咱白家的血脉。要证实，我们还得慢慢了解。”

“那就好极了，梧桐树上招了金凤凰，是咱白墨的福气啊！给荣凯配上，可就是珠璧搭档！”诚石高兴地说。

“好搭档是好搭档。”晨旭悄悄道，“但愿，将相和！”

到了房门外，稍站片刻后，轻轻走了进去。

小白正伏在桌上写日记。见二位长辈到来，马上合了本，站起让座，以主人待客的身份，倒水沏茶。二老人分左右自动坐了。小白坐对面的小凳子上请教：“二位爷爷，今后我要给支书当帮手，开展工作，您如果听到了什么议论，看到我有什么过错，诚望像待孙儿，毫不客气随讲当面。”

诚石哈哈爽笑道：“我们的脑袋已落时代之后了，步尘不及！你们是锋芒所向的初生之犊，白墨就寄希望于你们这帮年轻人了！”晨旭看桌上有几本相册，毫无顾忌地拿起翻看，先看那本大册。第一页，被一张合照吸引住了。他拿到小白眼前，指着中间的一位问：“这是你的？”小白说：“这中间的是我爷爷，左边的是我爸，右边是我妈。前边蹴的是我和妹。”晨旭说，真是幸福一家人！看你爷爷享天伦之乐，乐得眉开眼笑，多开心啊！他又戴上镜子再端详。心里暗暗感叹：四十多年了，再没见过面，那时的青年如今的老人了，似曾相识，不敢轻易认定。他既高兴又感伤地叫诚石过来看。诚石到底比他年小，视力还行。他一搭眼就认出了爷爷。惊喜地“啊”了一声：“这不是咱振乾吗？就是他！”小白惊讶地愣起来。不解地看着诚石的脸，心想，他怎么知道爷爷的大名！莫非我们真是白姓一家！心里又否定：不是梦吧！诚石按捺不住心头的高兴劲，问：“你爷爷今年65岁了吧！比我大3岁！”他越说越近乎，奇乎，巧乎！小白说：“爷爷，你是怎么清楚这些的？”晨旭爷爷本想要解这个迷的，门外有人答声，没得应和人已进来了，是荣凯和大伟。

大伟刚进门就兴奋地说：“这么多人为小白接风，真是吉星高照，喜气盈门啊！”

诚石高兴的脸上皱褶也全熨平了，好像一下子倒退了许多年。“呵，喜气盈门！喜气盈门！说对了，还有一件更喜的事！”他没马上点明。荣凯拉住小白的手，说：“今天是双喜临门：一喜小白光临白墨；二喜是统战部通知镇村，台湾有个白姓同胞不日后要到白墨寻根访故。大家猜是谁？”

晨旭爷爷一时迷糊，半眯着双目思量道：“台湾的同胞……”他用干枯的指敲了一下脑门，说，“你让我想想，想想咱村上辈有谁去台湾了。”一时想不起来，他问：“不知是他亲自还是他的后代？”这里谁能答上呢，没有！只有晨旭爷爷在记忆里寻觅！

晨旭已耄耋之岁，除他对陈年旧事有所了解，其他晚辈都是小学生翻辞海，不知从何部首寻起，就是他也好费回忆的。老人摸摸下巴，敲敲脑袋，好一会了才说：“咱村新中国成立前两月出去了一个墨斗金，据说是跟了国民党正规军，当了班长还是连长，后来一直杳无音讯，不知牺牲了还是去台湾了。他如果在世，大概也是近80的人了。再早点的是白家——白老太爷的大公子白战武，他在世的话，估计在九十开外了。除过这两个人就再也想不起来了。”这一说诚石也记起了一件事。他说：“你说的墨家那位我不太清，说起白家大公子，我脑子还留有些印象。1963年社教，我当时在村上教书，社教工作组要我把白家剥削压迫百姓的罪恶写份阶级教育材料。我访几个受过欺压的贫下中农口述，写过后，也没留底稿，至今已过几十年了，大多细节忘掉了。有记忆却不翔实了。90年县志办编修的新志出版，我看了现代人物部分有他。

名字同，籍贯正是白墨村。我就认定了他是咱白墨的人。我为这个人和白墨村能连在一起特别高兴，特别自豪。——如果在讲阶级论路线的年代，因他是为蒋家王朝效忠卖命的。谁敢承认这烫手的山芋呢，谁敢张扬！那阵海峡两岸正协商小三通，争论得厉害，那边李登辉、陈水扁阻力重重，我暗记心里，没在本村宣传。——现在通过政府正式文史资料，白战武就是白墨人。咱就能无所顾虑迎接他了。那时看作祸水，现时当亲人。全随政策啊！”

大伟说，现在最有资格回忆说明的只有二位长辈了。晨旭道，“十有八九是白家大公子的后人。当年我只见过两次，那时，他还是青年人，相貌已模糊了，但他的一些情况还能记起。他在他们弟兄几位中为长，身体强壮，高大魁梧，天生一副军人形象。他少年时在县城隍庙小学读书，后于省立西安中学上学，后考入陆军学校，25年毕业后跟随杨虎城、汤恩伯、胡宗南部，从连、营、团、旅一路干到陕西省公安局督察处长。抗战爆发，他率部在河南周口一带抗击日寇，捷有多次，打得鬼子哭爹叫娘，屁滚尿流。抗战胜利，鬼子投降，他任陕南师管区司令，新七军中将军长。新中国成立前夕，随介石逃到台湾岛。后再无确切音讯。再后，传说好像84年去世了。”

老人这一述说，提起诚石兴趣。这一话题又继续延伸。他说：“白家大公子我孩子时也见过一面，那时他带一排兵为老太爷（其父）送葬。我跟着爷爷看热闹。爷爷指给我说，看吧，那个一身白的高个是他大儿子。他素帽素衣，被兵护着，我垫起脚跟见了大貌。他啊，的确是个比普通人高一头大一膀的天生军帅。中国有句老话：狼不吃窝边食。用在大公子身上可准确了。”他记起了村民广传的一事，说他对村里乡亲父老庇护如伞，风雨有挡。有一段时间，他奉杨虎城将军之命回咱县整顿地方民团，准备扩大其军。他被任命为保安总团团长。摊派兵丁，交纳款项都对本村多有照顾。他和大太太住县城。多不回乡下的家。事由手下人催办。他的小弟依仗兄之权势，依仗家财万贯，依仗土地连片，欺男霸女，贪色贪财。酒肉满足后，骑马寻乐，践踏田苗，引发全村怨怒，招惹四村共愤。大公子得知恶少作为，便派部下请往城里，到得办公地，不审不问，掏出手枪子弹上膛，对准了脑袋。小子深知兄长豪暴脾性，绝不只是吓吓就罢，吓得浑身抖檁，尿了一裤子，副官见此危局，劝小子跪下认错。自己也跪了，四个站岗的兵士也跪了。齐刷刷跪了一地，连声告饶，方化险为安。团长飞起一脚，大皮靴狠狠踢了过去，小子踢得人仰马翻，头碰墙壁。如雷一声大喊：滚！小子夹着尾巴逃了回来。谁知这小子是记吃不记打的下家。没一两天就把那幕险情忘个一干二净。重蹈覆辙。反而变本加厉。他一边寻找报消息的人，一边干他性情中事。强占村方百姓新婚之夜。平日下人中的女性看上了也不放过。地块的邻畔，他指使伙计大车直践。若有抵阻，连片毁灭。他疯了一样，任性而为。有次骑马压骡过村时，狗见他张狂劲扑着咬，他一枪击毙。在村方如此，对亲戚也甚是无礼。他家住村边面临深沟，宅有城墙抱围。城墙有洞门。婚后第一年年三十岳父给女儿送礼，守城的不经他同意任何人不敢放进。下人传话于他，说老丈人背着褡褡给女儿送年礼，已来多时了。他呵斥道，“让那穷鬼回去吧。”新媳妇也哭求见老人一面。他拒不放话。远在邻县，爬山过泾百十里，父女终未见一面。丈人放着哭声回去了。如此的恶行恶德，再没人敢向大公子报信了。村方正义人士觉得这没人性的东西，敢欺天、敢违理，留下是个祸害，与其不共戴天地生活在一村，不如想个法子除灭了他。不除不足以平民愤。有识之辈共谋，采取地下行动。终等到一个冬天，他的命倒计时限，自己给自己掘了坟墓，被活活烧死。这就是所谓图未穷而匕首见。

大伟问："他那么有势力，谁随便轻举妄动收拾了他？"

"天怒人怒，恶人自有天帮诛！那时，地方民团发给各大户人家（多为甲长）的枪支，由保长管着。事起，各持枪人本该听到枪声，便会追剿'匪徒'。但这晚特怪，他家院子的大火把半个村子映红了。早眠的鸡，雀也惊飞着哀叫。持枪户只对空放了几下就再也听不见了。他家院子大门内的小炮楼也无人进入护卫了。整一夜，少爷家的院子红彤彤的。第二天早上火虽灭了，那窑比砖瓦窑还烧，烘烤得不能靠近。中午他们本族人来，在窑脑的圄下才找到烧成焦疙瘩的少爷，只有几个黑骨节。盛了一木锨。却说，全村人人自危，不敢出门，不敢吭气，恐怕大公子带团血洗村子。一天过去，两天三天过去，第五天还未见动静。全村老少不见屠村才哈了一口气。从这件事，村上为大公子翘拇指，传佳话。

"这件命案，其实大公子第二天早晨就知晓了，并非没有打算，也并非无动于衷，但一思一想那浑小子多端积恶，便把心收腔里，不再过问。不再追查。只便装的来了几个兵丁，送了纸钱，看着草草安葬了。

"这起除暴安良的大举动者谁？村方人都心知肚明。闷在心里不透一言一语。几十年过往，谈及这桩谜案，仁者智者各有说词，都不愿点出真名实姓的领头人。只隔一层薄纸稍戳就破，就缺那一指力。所以现在仍是件稗野的传说。"

作恶过甚必有报。大家静静地入神听着，完了，都感动地说，啊，小小白墨村竟也出过大故事，革命的大举动！小白说："大公子可数咱村上的历史人物。白墨可是个神往之地！灵秀之地啊！荣哥，这次回来的如果真是他的后代，独享桑梓之美，咱当怎样欢迎？"

荣凯乐然大笑："打扫屋子，迎接亲人吧！除准备家乡饭菜，还得有些礼物呢。"

大伟说："土特产吧！再什么多好的，人家也不稀罕呢！"

"二善人主修的庙装饰快成了，赶古庙会时间已连不上脚步了。不行就把落成庆典和迎接同胞搞一起，把白墨准备的感恩及表彰晚会当作迎接台胞晚会好了。更热闹些！"晨旭和诚石都提了这样的意见。

荣凯说："以前准备的晚会侧重歌颂，表达百姓对党和政府政策的感恩和拥护，这次，主题应加进'两岸一家亲'和'血浓于水'的内容。节目仍由田禾、大伟去和学校老师商定。小白你也指导指导。"

小白说："好的！我想是不是把白墨村的变迁写份介绍，把村上现当代有影响的起旗帜作用的人也写进去。比如老革命烈士；比如白家大公子。同时也为今后发展描绘个蓝图。国家有'十二五'咱也搞个小'十二五'，大家看行不行！"

"好！"诚石满口赞成，"还是你们年轻人脑子灵便，想得合时！"

荣凯道，会议顺便就算通知了。

诚石说："小白，会完了，你有时间可以到我家来聊聊，了解一下村上情况。"

"求之不得啊，一定来！"小白应道。

4

会毕。小白回到住处。见了晨旭老人，小白已亲切地直呼爷爷，说："我想到那位白爷爷家去，他家在村子哪头？"爷爷隔着门喊肖肖。肖肖应声了。爷爷说，"去把小白弟弟引到你六爷家去。"诚石在本族按排房为老六。肖肖乐意带路。

路途，小白贸然问肖肖："姐，你贵庚是？"肖肖没先答，她问："你呢？"小白直言："我已说过了，刚21岁，腊月18日生日。"肖肖说，“我也说了，大你半岁了，是6月20生。你多幸运，大学毕业了。我呢，才是高中肄业。命不好！”小白看着她笑了。“你还信这个啊，现在进修条件那么好，成人高考，电大，函大，就是为没机会正式上大学和有志读大学的年轻人铺设的成才之路，你只要有信心有决心上进，我帮你复习。”肖肖心上的灯好像一下子被拨亮了，说：“我外语难过关的，上高中就因外语太差才退了升学心。”小白说：“可以买个录放机，有专门的自学辅导光盘，还有远程教育，还可上网学，课堂多着哩。”肖肖信心鼓起来了。说：“人说近水楼台先得月，那就沾小弟你光了。”

快到诚石家，一辆摩托开到面前停了下来，车上下来一个人，他是二虎，二虎从车网斗取出了几本大书，急着叫：“六爷，六爷，你看对不对呀。全是照你开的单子买的。”诚石可能耳不太聪了，还没应声。小白、肖肖随后进去。诚石开心笑迎着，“小白，快坐快坐。”二虎把书捧给六爷。小白替六爷接过。看是新版《幼学琼林故事》《易经智慧》、新版《四书》等，便到六爷跟前：“爷爷，你这么大年纪了，还潜心学识，孜孜不倦的，真是活到老学到老啊！”诚石笑道：学无止境嘛！饭一天不吃可以，可书不看就觉得空虚，读书是我生活质量的重要部分！老习惯了！”肖肖说：“六爷总是那么好学习，做老师的天生和书打交道，把书当馍饭！像咱农民和镢头关系离不开！”小白赞赏道：“爷爷是我们年轻人的好榜样！村上青年人的学风肯定是很盛的啦！”——他想通过无意中的谈话，了解村上民情文化。诚石一向是不愿听别人对他的表扬的。听到话音就想法打断话题或引出别的话题。迎他们坐了，把话引到村上公益方面去。他介绍：“村上50岁以上的初小文化程度居多，60岁以上的至少有三分之一的文盲。青年人享普九的实惠，百分之七十已是初中文化程度了，近三几年青年中高中毕业逐渐多起来了。大概有二三十吧。有几乎一半只念到高一或高二，就自动退学加入到打工族中了。上大学本科和专科的合起来不超过15人。近几年上一本的没几个。唉，咋说呢，这么大的村子，许多孩子受社会和家庭影响，把心思集中到钱上了，就是说，被眼前利益迷惑了。”小白说：“据说村上还有考上北大和交大的呢。”

诚石说：“那是以前的记录了。上世纪90年代考了一名北大生，那是全县至今正儿八经考取的第一人。据说52年吧，从工农干部中保送过一名，是学图书馆专业的。考清华的全县可能有八九名了。你说的交大，那是84年考的。至今全县上交大的已过10名了。”

肖肖补说：“北大，交大两个高才生你知是谁家的孩子？”“谁家的？能不能拜访一下他们的父母。”小白急待回答。“远在天边，近在眼前！你猜。”肖肖打了一下谜，马上说，“你问六爷爷吧。”

诚石幸福而又酸然地笑道：“那还是教风学风正盛时的幸运事儿。用呕心沥血评颂各科老师精心培养学子的精神，毫不为过。现在，读书无用论、教书为钱论已悄然渗透到教育阵地的每个角落了。表面看硬件与时俱进，甚至超前于时代，高楼幢幢，设施现代，满园放绿，花簇郁茂，实则潜藏着许多莠草、蠡虫……如今，家长信得过的辛勤园丁没那时的多了。从生源上看，生育无政府主义高峰时的孩子基本也到了尾声。农村学生逐年大减。家庭情况好的都带孩子进城上学去了。农村学校撤并的有半。普九集资修的高楼闲空的不少，在校学生学风不正，而且两极分化，认真学的拼命学，不想学的长着身体混文凭，有的还捣乱，早恋、上网、抽烟，甚至吸毒，这就是令人忧虑的问题。”

小白说，这是主管部门工作上的问题，农村要发展，经济要上去，没文化不行，文化水平低也不行。即使硬拼着上去了，也巩固不住的。显然，文化普及不了，科技普及不了，不仅经济很难上去，就是出去打工，文化底子薄也吃不开啊！电脑像手机一样普及了，你是科盲，怎么能端金饭碗吗？

诚石思绪万千，他又要多说几句了。“就咱村说吧，近几十年，之所以秀才不多，与村上是否重视教育不无关系。”肖肖道：“这也是个事实。前些年，咱村有的干部，嫉妒心可严重了。谁家考上了中专生他心里都不是味，考个大学生心里就更不平衡了，连个平安觉也睡不着。不鼓励不支持，还百般刁难阻碍打击。”肖肖抱打不平似的边说边看六爷爷。六爷爷知她说话有指，便说：“过去的事不说也罢。肖肖，你回去吧，帮奶奶看还有啥活要干！”

小白越听越有感触，便道：“村方怎么能这样呢？教育是基础的基础，十年树木，百年树人啊，民族的兴盛，国家的兴旺，教育是极重要的关键。更关乎千家万户的福祉……哈，我说着说着就又是大道理，大套子……，爷爷，村民的文化素质还没有突进，你是老师，教育家了，咱俩能不能把提高的担子担起来？”

“你说吧，只要能做到！”诚石满口应和着。只有想不到，没有做不到。

小白说：“我想咱村上能不能办一所业余文化学校，分别提高原是小学的，初中的，高中水平的基础，高中的以自学加辅导办法，小学初中的用多讲加自学办法提高。自愿参加，每周三次，具体的学习时间定在晚上。这样不影响生产。”诚石道：“咱们国家，农村教育这方园地，根并不扎实，表象上苗茂，但却很脆弱的。咱要办就办出个名堂来，你再仔细考虑考虑。”小白高兴地说：“好，我考虑成熟后，再向支书和主任建议。”说罢要走。诚石叫住道：“小白你等等，我这里有几年前写的一篇文章，你拿去看看，提个意见。”接着就从抽屉取出。它是用老式打字机制版，油印机印的十多页油光纸文稿。小白接过，那醒目的标题《苜蓿漫忆》映入眼帘，深钻心里。

5

小白回到晨旭爷爷家，灯下聚精会神的一气看完六爷爷的文章。里边写到的情景，甚至连凄悲的小故事他也似曾听爷爷说过。故事起根发苗的年代虽远，可那情那景不知怎么和他有一种必然的关系。他不再往下想，又把精力集中到办业余学校的方案上。夜深了他也有些疲倦，枕边又换了本《读者》杂志，看了几小篇，呼呼睡着了。

睡着睡着，梦见了爷爷、爸爸、妈妈，都把目光对着他。都张着叮咛不完话的嘴，一会儿异口同声，一会儿是一个接一个地说，老婆纺线那样越拉越长，慢慢的他就睡实了。不觉就到天亮。

晨旭爷爷家起得最早的是他老人家。人说，人老爱钱、怕死、没瞌睡。其实这并不全正确。这三个方面，晨光爷爷只有没瞌睡这一点对他适用。天刚放亮就起来，先洗漱，再开大门。大门一响，小白也就起来。小白也是在校养成的良好习惯，起居有时的。衣服还没穿整齐，爷爷和谁说着话向他这房子走着来了。他侧耳听，是支书的声。支书已答声："小白，起来了吗？"小白随声迎出去，"啊，你来这么早没啥事吧？"

荣凯很认真地说："是这样：昨晚镇党委和政府来电话，今天上午九点在村上要开一个村民大会，要咱通知人，确定会场。太迟了，我就没过来和你商量，只和大伟说了这事。"小白听了，问开什么会，传达哪一级文件还是解决什么问题，布置当前工作还是……

荣凯说："今天的会内容你是不会想到的。内容特殊。是县镇两级研究决定在白墨必开的一个会。由两个村民公开作检讨的。"接着简略介绍了致祥和轲亮这两个人的人品和在村方的影响。小白问："会是咱主持还是镇上？”荣凯说：“因为这样的会性质不同已往，镇上要咱只通知会、组织会，主持由镇党委和政府负责。因为村干部——具体说是我。”荣凯心里很沉也很复杂地沉默了一会，说：“我是被他们批评的当事人，若我参与主持，定会给大家造成打击报复的误解，甚至会把上年龄的人引到过去阶级斗争年代，回到批判会或斗争会的情景。党委可能出于这方面的考虑吧！”小白说，这样的考虑也正确。既能起到教育群众，也能起到爱护、支持清廉干部的作用。

八点钟，村上开了广播。通知村民饭后到党员活动室前的广场开会。会场布置是很简明，只有两张桌子，桌上放一个话筒。今天凡在家的村民都参加了。秩序良好，空前安静，听得专心。

党委王副书记主持。他开宗明义，没枝没蔓。当然这种会不可能是不痛不痒走走过程。书记重点讲了两点：一、干部的权是大家给的，他们上台就是为群众服务。接受群众监督是必须的。他们如果不作为、胡作为，有过失或错误，甚或有违法乱纪行为，不论谁都可及时地毫不留情地但必须是实事求是地批评举报。这是宪法赋予公民的基本权利。第二点，说说“惩前毖后，治病救人”八个字。这八个字对民众对干部都是良药。不惩前则不能毖后。要想挽救一个人悬崖勒马，就必须先治他的大毛病。害上病的人不能讳疾更不能忌医。群众有了错误，干部有责任批评，但必须与人为善，以教育为目的，干部有病，群众要监督，要提示，但不能捕风捉影，更不能兴风作浪。干群都能做到必要的程度，我们的群体就会和谐共融，亲如兄弟，和如一家，日子会越过越带劲，越过越兴旺。所谓家和万事兴，就是这个意思。

领导讲话难免理论，难免干巴，但今天群众还是忍耐着都听进耳里了。

下来就是致祥和轲亮作检讨。书记在前边的讲话一完，主持人就宣布第二项议程。轲亮和致祥因为会前就和他俩谈过话，所以在台下群众中坐着。听到提他们的名字就站起来。主持人问：“你们就站那里还是前边来，由便吧。”尽管给了他两的自由。两人还是到了前边，先是致祥作检讨，后是轲亮。

这两位从大家让开的空隙里一步一片地走到前边，头略低着似有羞愧，亦觉形秽，但却有石头过河——不浮（服）气的表象。脸上略显笑影，飘浮着无所谓的影子。虽然二人的态度不那么严肃，检讨还是有些“老实”的。会场的人大都自始至终昂着头，看着他俩的脸，看着他俩的嘴，看着他俩每句话出口后的表情。只有他们家的人因为事先一无所知，目下一直不光不彩地低着头眼睛扎着地。村民看到他俩好汉不吃眼前亏似的，大家很有“识时务”的感觉。听众里特有人议论：“他两个都是不知天高地厚的人，癫狂的病！”“说啥哩，他们这种人，是月里娃害病，胎里得的！不易治好了。”

其实村民哪知会前的一些细节。

荣凯被镇上叫去那天后的第二天。镇上派人专“请”去了他们二位，书记很严正地当面指出他们假借群众名义，捏造事实诬告干部的错误，同时鼓励他们能以积极的态度监督、关心干部。要求在村民大会上作深刻检讨，并当面向被诬告人致歉。致祥的小头还倔乎乎的梗在脖子上，而轲亮一看势下，语气软了下来。恳求在小范围里——在干部会上跪下叫爷也行。书记明确告诉他俩的底线：“这种处理，也是鉴于你俩是普通群众，又是初犯才从轻的。为了正民风树正气，只要你们认识深刻，保证以后不再犯就行了。本应是要依法严肃处理的。”这一说，二人才焉奋下了，满口的服从。所以，才有今天的效果。二人上前去时外里平静，心里却空虚，各有手片大的几页纸，眼前那么多人，那么多眼睛，一时间乖顺得猫一样。这短暂的形象和往日张狂样子简直不同于一人！会后，主持人问荣凯："你说不说几句话？"

荣凯早有腹稿，不管领导问不问，他都要说说的。这是他明智的选择，也是责任的昰示。

"各位父老，前边二位作了检讨，今天我心里也很不是味，在此，我也必检讨几句。自己经验不足，对大家的事想得不周，做得不细、不实，不能令大家满意，我诚恳接受批评，欢迎批评。批评得对，坚决改正，即是不对，也不辩解，不计较，不忌恨。一定和村民打成一片，倾听不同意见，多为大家干实事，好事。诚望大家监督、协力。"他深深鞠了一躬。

荣凯的一段话，博得全场的鼓掌赞同。

为预防把检讨会这件出于与人为善的好事变成坏事，不使村民产生戒心进而不敢向干部提意见、建议，破坏了民主风气。会散后，荣凯招来小白和大伟几个人在一起郑重商议了一个善后方案。方案中的主要措施：一、很快充实"七嘴八舌百姓会"。欢迎对干部揭短亮丑，治病救人；不要把小感冒误延成大病；不要让身上一块红肿发展到溃疡生脓，能单方治愈的就不找专家开大方。在白墨要形成人人当医生，处处有诊所。由大伟负责。每组只少选二人，全村不少于10人。加入者必是能敏锐发现问题，踊跃提意见者，而且是知无不言，言无不尽者；二、两委会的干部（包括组长）每月不少于一次生活会。述职、自律、照镜、洗脸、洗澡，清除尘垢。此由小白和荣凯负责。三、成立一个道德沙龙。由荣凯负责，设在文化室。田禾自告奋勇参加。愿把半边天的妇女动员起来参加活动，树立善待老人、尊老爱幼的正气，弘扬传统美德。——这些都是深化文明村建设的必需。

荣凯提议把轲亮吸收进"七嘴八舌"的人员中。大伟说："你怎么提他，我正想说怕他进来呢。”荣凯说，怕什么，他进来大有好处，可代表一些人的意见嘛！冒子说，他那么多坏心眼，谁当主他都捣乱。参加了来，这个组织就会变味的。以前不是也参加几次会吗？会上说得好，下去马上给泯义讲，间谍一样……荣凯坦然说：“这世上黑与白从来就是分明的。从无洗刷不净的白，也没可能洗白的黑。白黑就是如此的。一个人有缺点，有毛病是正常的，只要本质不是黑的，污点可以洗净的。”大伟插言：“那就得用‘强力’牌……”荣凯说，人，在于引导啊。最终大家意见统一了，同意点名轲亮参加，致祥愿来也欢迎。

小白回到住处，心情久久不能平静。今天的会开得令他太震撼了，现在，他心灵上的弦还在拨动着。

他在日记里写了这样一个标题：“我的社会第一课”，还用红笔把每个字给走上了边子。写什么呢，感触太深了，感想太多了，许许多多的话，排着队要他用笔来接生。现在得熟虑熟虑。搁笔，又看到了六爷爷诚石那篇《苜蓿漫忆》。顿时，燃镁般放亮的灵感力掘思泉而喷发。

苜蓿是个什么样子的东西？小白没见过也没吃过。以为是一种树，能结出累累硕果来；以为还是一种庄稼，能丰产饱满的粮食。他问晨旭爷爷：“咱村上有苜蓿吗，我想见识见识。”

老爷爷捋了一下下巴，拢了一下银色的胡须，哈哈笑道：“你真是大都市长大的孩子。走吧，跟爷到屋后，那是咱种的一片苜蓿。原是为养着几只兔子种的。春天，芽子上来了人也吃鲜呢。”爷爷来到已尺把高的苜蓿地边，深缘的细枝头部腋间偶有紫色的小花絮，花絮是萎的样子。爷爷说天太旱，这已老纳，人不能吃了。他捋了一把叶子，叶片都如风干了的鱼鳞片。没有生命的朝气。墨绿的叶边现着土白的僵态。爷爷向地中间走了走，在割了一茬秧后生的嫩秧秧上揪了一把，自闻了闻。一股青草香的味浓浓沁入鼻窍。他伸过去让小白闻城市人享受不到的那种味。“孩子，你闻闻，说说感受。”小白近到鼻孔跟前，吸了吸说，“清香清香的草腥味。”爷爷说，是草，自然带着草腥味儿啊！这是一种多年生蓄根的草本植物，是牲畜的优质食粮。可它，在中国大饥荒年代，有救命的大恩！救过千千万万老百姓的命啊！说到这里，老人百感交集，那历史留给他的难忘记忆，颇有酸楚，语不成句地说：“人饿到饥肠辘辘，吃它比仙肉还香！比唐僧肉还珍！这个味你们这代人，你们的子孙都是无法‘享受’了！没享受到它在那年代的滋味，这也是你们的福分！”小白看出爷爷说话时满脸纷飞的“苦”字下眼里滚动的晶莹。他不再多问。

小白是不太理解老人这阵子情感变化的，不过他感到这泪花一定不是因福而流的。聪明的他又提了一个话头，问：“爷爷，苜蓿一年里哪个季节可供人吃的？”

“春天胖胖的新芽，鲜绿鲜绿嫩得滴水，可做菜饼，可拌疙瘩，可制绿面条。如是雪白雪白的面条，飘上翠生生的苜蓿春芽，调上油泼辣子，加些小蒜小炒，你不吃都流口水呢！夏天，可就不那么香了，五六月间紫花絮絮，一大田块一大田块，蜜蜂成群采蜜，可迷人啦！它长杆开花结籽时，便作饲草割晒，为过冬储存。秋季，三镰是最后的芽茎。味也很美的。”小白问：“爷爷，啥叫三镰呀！”爷爷说就是割了第三茬后长出的芽。农民说，苜蓿一年吃两头儿。来时香，去时香。好些人说去时比来时更香。它的草腥味不那么浓了，有股芳菲之香呢！小白真的流口水了，说：“爷，你这一说，我真想品尝呢！”爷爷说，你住一年两年，定能享上口福！爷爷突然问：“孩子，今天你这个城市娃娃咋能想起苜蓿的？”

“我六爷爷给了我他写的一篇文章，为苜蓿立传，感恩苜蓿的，我才看了一遍，因其他事还没仔细拜读二遍呢。”小白说，“不过已知道了些故事。”晨旭爷爷说，“噢！你这一提我明白了。他写之前还和我一起拉过一些往事。我们两人当时都心酸了。苜蓿值得感恩、追忆，可是也有不堪回忆的啊！孩子，我给你说苜蓿一年只吃两头香，夏季是专为牲畜长的，可那年代，有的人还吃不到呢！孩子，我们那辈人，现在真为自己幸运，幸运没想到能吃上白馍细面，也更为你们和你们的儿孙幸运，再也不会遇到那种苦日子了！你应当认真读读，设身处地地体会，看爷辈们是怎么逃过那运那劫的……”小白回屋闭起门窗，专心读起了六爷的那篇文章。一页页，一行行，一字一句细读。读着，想着：今非昔比！过去的（他只从文字上）和现在的生活比，爷辈的和孙辈的比。那年代的人生活同牲畜已没多大区别了，真是“牛出力来牛吃草”的苦日子。记得小时有次他把吃剩的半个白馍撂垃圾桶里，爷爷怒斥了他一顿，他委屈得哭，爷爷说，孩子，你们真是把福拿脚踢呢，于是就讲了中国“大跃进”奔共产主义，奔来的是饥年荒月，是八亿人吃菜咽糠，我还不相信呢，现在才知还真有其事呢！怎么让爷爷辈晦遇上了！当他看到六爷爷和爷爷上中学连菜疙瘩也填不饱肚子，常常是空腹咬得肠子痛。无奈之下的一念之差，爷爷“偷”吃了同宿舍一位同学一个菜馍，背上了“三只手”的耻名，校无立足之地，含泪辍学，离开母校，从此踏上了人生大转折的悲剧故事。他为才十八九岁的爷爷命途之舛而遗憾、而惋惜！人的青春上帝只能赋予一次啊！失去长知识的良机，对一个有志青年，无异于心上刺把箭的！那伤痛，那内伤永远是不会安舒，不会愈合的！爷爷当时的学习是那么刻苦，那么优秀，门门课是4分、5分，记分册上很少出现3分，更不说2分了。（那时一切学苏联，学生成绩不是百分记，而是5级分制。5分即满分100分）。爷爷前途的牺牲，那是残酷的时代对他的命运的扼杀。难耐的饥饿咬出了一个可悲的闪念，咬污了他的清白，咬灭了他的宏志，将他推下一个求救无应的深渊。“江南春尽离肠断，草满汀洲人未归。”小白看着这一段文字，目光在字的行间凝滞。年轻时爷爷俊秀的影子，忽地又幻成一个青发稀疏、红顶光亮的老人。爷爷一生与大学失去了机缘，终生的梦再也无法圆。可幸，孙子受到了大学教育，这不就是对老人心灵的慰妥吗？

他看到六爷的文章写他在车站送别爷爷的一幕。小白的目光又一次被酸涩的泪水模糊了。六爷从爷爷的手中接过那支农民娃劣质的新华自来水钢笔时，双手不自禁地颤抖了。两个年轻人的眼里都装满着千言万语的泪，低着头没说话。这是多么值得珍惜的历史瞬间，凝固的瞬间！爷爷最后从靛蓝色土布衣的胸前取下白底黑字的校徽（“紫薇县中学”）沉重地说了一句话：“望您忍饥挨饿也要上完高中！”六爷问：“五哥，你还这么小，去哪儿？”

“天无绝人之路！”爷爷说，“我想，中国这么大，总会寻条活路的！”

六爷爷看着手中那支刻着“振乾”二字的黑杆笔，掂一掂那沉重的分量，心如针刺，他说什么呢？这阵子说多说少，对一个青春的心已毫无援助的作用。他们哭问苍天：“是谁剥夺了一个年轻人学习的权利！难道仅仅是自己吗？”两个年轻人互抱着肩，头偎着头，哭出了声——哭命运，哭时代。终送爷爷上了远去的车。

小白看完文章，爷爷年轻的悲剧角色，总在那个灰暗时代的背景下不甘心地游荡，徘徊，彷徨！小白不能自拔，那是血浓于水的缘故，爷爷是他的亲爷爷，他是爷爷的亲孙子！

肖肖把刚烙的洋芋葱花饼端来了，热气腾腾，浓香氤氲。她一进门，就“小白弟小白弟”地叫着：“来，快尝尝，可好吃啦，你们大城市的人大鱼大肉吃腻了，这个还没吃过哩。”随即取出一饼，那是四折叠起的。向开一展，葱花韭花还有椒叶芝麻，这些芳香的味儿汇聚一起向他袭来，他站起双手接过，说，啊，真的香啊！虽然只说香，就是没咬一口。肖肖发现他眼圈红红的，像是哭过，便问：“小白啊，你真是个孩子，来没几天，是想亲人了还是不习惯环境？”小白揉了一下眼睛，演出一个笑来，说，可能是书看时间太长了发酸吧！肖肖随抽了几页餐巾纸递过去说，“你得保重视力，今后看书的日子还长着哩！”

吃吧，趁热好吃。肖肖要亲自看着小白吃，她才舒服。小白见她不走，就蘸着蒜辣水水，大口咬着细细嚼着吃了两片。还剩一片，肖肖还要他吃。她看他的吃相既文雅又大方，欣赏着催道：“你一个小伙子，这几块合一起，至多是一个馒头，我不信你吃不完。快吃光吧，你觉得好吃，我再去拿。”小白嘴一抹，笑着面向肖肖：“姐姐，真的饱了。太香了我才吃了两个。”肖肖傻笑道：“这饼没有苜蓿的青草味儿吧？不吃了算啦，饭时再吃！和自己家里一样，别亏了肚子呀！”

小白起身说，“我到六爷家去一趟，之后到支书家说些事儿。”说着就出了门。

小白到了六爷诚石家时，六爷正和支书商量写迎台胞寻故的材料。荣凯转过身来拉小白坐下，说：“说曹操，曹操就到，正说要你这大学生用曹魏的文气给咱润润色哩，文无采拿出去他们会笑大陆人水平的。”小白谦虚道：“我是学理工的。文笔生不了花啊！不过我懂得文贵在真情，不在辞藻多么华美，多么的夸张。就像一个人的品行，在于德在于行而不是看巧舌如簧一样。荣凯把稿交给小白，小白认真看了一遍。不住赞口：“语言朴实，事实生动，清楚，情感动人。如果让我润色，可就把一个漂亮姑娘涂成丑八怪了。”荣凯说：“你别太谦虚了小弟！”小白说：“我说的是真的。我看过六爷的作品，感动得流了几次泪呢。那正是他的真情，他的实感的感染力，而不是华丽词语，悦耳而不悦目的修辞。还是多让六爷多加几笔工力吧！”

说到六爷和父亲的话题，六爷便问小白：“孩子，你看完那篇东西了吗？有何感想？”

“六爷爷，我看过几遍了。”小白说，“感想可写几万字。这篇文章可算是我下乡村第一宝贵收藏。我想和爷爷通话，让他对六爷的文章作诠释口述补续。只有他才最有资格倾吐作者感情的真谛。六爷，文章中提到的那支钢笔，你还保存着吗？”六爷目光炯炯，向着眼前那张还带着稚气的帅小子脸庞说：“孩子，不是保存是珍藏！”他随即打开立柜上的暗锁，揭开左扇掩着的暗屉，屉上又有嵌锁，内有一小木盒。当面打开，里面躺着一支仍然黑得发亮的钢笔。笔旁有一张小白爷爷俊俏的黑白脱帽一寸照。六爷说：“这是你爷爷初中毕业照。他一脸的天真，一脸的烂漫，一脸的稚气，一脸的抱负。笑眯眯，却未卜前程啊。”盒里还有六爷两则日记：一则是记送别瞬间的悲痛；另则是说明产生这桩人生悲剧的背景。小白捏着那支冰冷的文物一样的笔，渐渐感觉到了它内里发出了温，渐之成火山沸浆的力，他手心于是也渗出了汗珠。刹间，他不认为只是支笔，而是这考古发掘出的几千年的地下国宝。他本能地珍爱，本能地尊敬，不忍放下。六爷说，“孩子，这支笔我就当着荣凯的面交与你了，这算有了一个彻底的放心的交代。四十多年了啊，就等着他的后代能回来，我亲自交予。无巧不成书啊，你就来到老家这片热土了！”

这是一个幸福的时刻，这是一个人终生难以忘却的时刻。在荣凯的提议下，用手机给六爷、荣凯、小白三人拍了一张合照。小白在中间双手合抱小盒，眼睛正视远方，笑靥里盈满着幸运的美酒。小白看后满意得合不拢嘴，孩子似的跳起来，说："再拍一张咱村子景象，让爷爷把魂牵梦绕的故乡读读。我马上发给爷爷，让他高兴得三天睡不着觉。"

"六爷，你能不能给小白说说家史？"荣凯说。六爷开心地应道："只要是咱白家的子孙，讲不讲，迟早都会清楚的。"

后来的日子，小白慢慢知道了想知道的关于白家家族的信息。

爷爷白诚德和诚石的父亲是同一父亲，都在诚字辈上，晨旭的父亲和爷爷、六爷的爷爷是亲兄弟。晨旭爷爷的孙女肖肖是他的大外孙女的女儿。6岁时妈妈死于结核。父亲招赘他乡。晨旭劝他的大孙子抚养了这可怜的赵姓女孩（村方习惯叫白肖肖）。女孩嘛，养大了，将来多个亲戚，肖肖就成了"妈"的贴身棉袄。白姓一家人待肖肖胜过亲生，宝贝似的，太爷爷更把肖肖当作心肝处处呵护着，吃穿玩从没短过，肖肖一天天长得水灵灵的可爱。一家几代一心要供她上大学，可她上完初中，高中也考上了，只上了一学年半，高二就退学了，在打工潮的涌动中外出打工。时断时续在西安、宝鸡、咸阳，本省跑了一年多。作过保姆，作过家政小时工，酒店当过服务生。后来，荣凯回村，一些年轻人被吸引到身边，肖肖也就收了打工的心，回村建设家园了。

知道得越多，小白对这片母土的感情培养就愈加深厚。如同生他养他的一样爱之不舍了。小白激动不已，一天两头地和爷爷、和爸妈通电话。电话交流长叙不便，他就倾心写长信息，做文章那般用心地把回到老家的心情，老家父老的厚德、勤劳，几位爷爷的慈爱，有详有略地向远方的亲人一一告知，要他们放心，自己一定会干出让家人满意的成绩，也会从这里起飞，实现梦想。

6

诚石要亲自带小白赶一趟集。让城市娃享受一下农村集市的乐趣，看一看日新月异，蒸蒸日上发展着的北新镇风采。

二人轻松地散步式的边聊边走，五六里路程，走得捷径，也没觉累。没一个小时到了街上。北新镇集市是全县南北二塬两大集市之一。每逢集日，不到8点各门店就全打开了，不到10点街面划了白线的区域，沿街两行摊点都开始了支架，设棚，百货商品——成衣布匹、化妆品、家用厨具、农业所需，一应尽有。传统手工艺和风味地方小吃是一大特色。特诱人眼球和调味口的豆腐脑、凉皮、凉粉、御面、饸饹、油饼、油糕、麻花、烤肉、包子，还有本地水果和农家种植的真绿色水果（干果）有机蔬菜：核桃、大枣、酥梨、苹果、柿子、黄瓜、西红柿、大葱、萝卜、蘑菇，等等，形状各异，色彩斑斓。任你挑，任你选。这满目的繁荣，活教材一样介绍了农村活跃发展的景象。显示了改革开放的丰硕成果。而诚石今天，除了要小白看这些，还要特地带他到老街巡视一圈的。让他像读一本书一样先读前言，再从首页到最后，一节一章地读下去，把感想种在心里。

旧街。

这里展示的多是七十多年前的老街残存和遗骸。

老人指着两边靠沟的几处残垣断壁和塌陷了屋顶的几间破房。小白投过目光，那是生满了蒿草和刺槐的小院子，荒凉狼藉目不忍睹。老人介绍：旧街全长不到二百步，宽不过十步。别看它瘦小得可怜，像饿成病体的小老头。追溯历史，它过去的年代太繁华了！它是秦陇交通枢纽，是这条大塬上的星级街市！不说国民党时期那农耕文化的胜景，民俗文化的画卷，单就上世纪五六十年代至“文革”结束，这块宝地作为经贸中心，牢牢吸引着人们的心。招来八方人众。老人从北向南，顺着西边，边走边叙介：北边沟湾处的崖畔原有两间简陋房子，是上世纪

50年代一个姓惠的回民创办的牛羊肉作坊。老板人都称老惠。他黑黑的皮肤，满脸麻子，入乡随俗，能说本地话。很讲诚信，性格和善。待人诚恳。他宰牛羊赛过庖丁，做出的牛羊肉烂如细泥，香飘十里。一块肉填口里不用嚼就化开了，香味久留，舍不得下咽。陕甘两省四五个县的人，每逢三六九，早早来赶集，好些人慕名排队买他制的腊肉酱肉，馈赠亲友。每集两三头牛七八只羊半天就销售一罄，连下水、蹄肉也是争抢得光光。有副联说："生意兴隆通四海，财源茂盛达三江。"真像是专对他写的呢。再向南，紧挨的是兽医站，就是刚看到的那个荒芜小院子。四五间砖土木房，药房、诊疗、办公、住宿为一体。紧挨着的是公私合营几间门市，卖布匹、油盐、碗碟和生产资料。再前是乡（后为公社）医院。名为"院"，实际这里不过七八间砖土木房，只有四五个医生，一名药剂师，没有护士。无病床和先进仪器设备。仅凭听诊器和诊脉。如今也只残存个断壁了。最南头是个洞子。洞子是砖石箍的。大车（牛车）可通过。传称"南门洞子"。洞背驮有小小的古戏楼。每到夏收忙罢，七月份吧，举行古庙会。方圆四五十里的民众，从四面八方汇集这里，挤破街的跟会。本地"六民社"戏班热闹五六天。土特产，名小吃，民俗工艺品，花花绿绿，琳琅满目，清明上河图一样大饱眼福的民俗画廊迷你流连忘返。那个楼伪乡公所占过，"文革"中，那小巧玲珑的传统精美建筑，被视为"四旧"而毁掉了。其址上修了房子，派出所办公。不久，洞子和房也铲除殆尽。黄鹤一去不复返了。

洞子外有个大土壕，是猪羊牲口交易市场。也是配种市场。西边介绍完了，转个"门"形折回来，又从南向北的指点着介绍东边。这里有多间地盘，原是几家地主大户开的商号，有"天盛德"有"龙致祥""永福堂"什么。土改易主，分给了穷人，开了几家小馆子，就是咱今天叫的食堂。再往北有九间砖瓦房，是上世纪60年代为供销合作社经营所建。花布、油盐、小百货、小农具什么。适应着当时物质生活水平的需求。集市最繁华的是秋冬季。农耕已告一段落，不少人家倒换牲口，买卖猪羊，所以南头土壕牛羊猪市特兴旺。同时，上市的有鸡腿大葱、尖顶柿子、油饼、麻花、蒸肉和白吉馍等土特名品。新中国成立后二十多年，这道老街，没扩也没缩的固守面貌。那时媒体总是自豪地以“市场繁荣、物价稳定”，鼓吹计划经济优越性。小白，咱这条塬上五乡（镇），北新镇集市是陕甘两省光顾的大集，经贸算是最发达的了，但几十年没有个突破性发展。人站街北头一眼就能瞅清南边的尾。谁到那头放个屁，这边就听见嗡声，满街就闻到臭气。街面的宽，可说悄悄话，想吸烟时两个长烟锅可对火。繁华吗，每集不过三五百人，流水的动着。小白说：“以前国家人口也不过几亿吗？”小白忙着边拍照边和诚石对话。诚石说：“刚解放全国人口才四亿，后来是六亿。再后来是八亿、十亿。你想咱一个芝麻小区能有几个人？三五百人六七百人的集就也够大的了。把这空间揎得满满的。集最盛是中午。不到下午四五点，人散摊撤，门店全打烊。近黄昏时分，常有狼狐出没，有小孩的家也早早闭了门，旧街老史，留给我们的记忆特深特深，旧时的繁华常常浮现眼前，令人回忆。”

“小白，你给爷说，看过了老街你有何感想？”诚石认真地问了一句。

小白即答：“根子在于生产力低下，生产关系不甚适应急待发展的国情吧！”

“你说对了。”诚石说，“就是太封闭，坎井之蛙，过于自信了啊！外面先进的科学技术不愿学，不虚心学，没法进来，加上苏联模式教条约束，又错估形势……不探究这些了。走，去新街看看吧。”

巡察完了老街，诚石说：“我有个想法，你支持不支持？”

小白很爽地道："您说吧。"

"真实的农村家园，如果荡然无痕的和老街一样被彻底抛弃，后代人想要了解真切的乡土化的原汁原味的农民曾生存的生活环境，就只能从影视和文字的讲述感知中国故事、农民故事了。"诚石说，"所以我与荣凯谈时，他的想法与我不谋而合。他看中的也是那个村中村——白家地主为中心的那块。那里曾保留着古老城墙，上世纪60年代群众用土挖完了。城内临沟的村边有白家深院大窑，也有贫农，下中农的狗窝一样的小土洞。现在基本完好，保留下就是一部生动的村史，一部动人的故事书，也是一部农民史的活教材。开发好很有意义。如果全部塌损、毁灭了。要复原一个真实的乡村形象就不易了。我真怀念小时候绿荫环抱、幽静安然，鸡鸣狗吠、炊烟袅袅、耕牛哞叫，邻里互往的风俗画般原生态情景。小白，爷的想法是否有违大局墨守旧规呢！"

"不，您的思想是有积极意义的。"小白说，"用范公的话评，是先天下之忧而忧，后天下之乐而乐。因为咱们从哪方面讲还是处在社会主义初级阶段啊！"

"高了，高了，不敢当。"诚石说，"我对老街对原本的乡村情怀毫无拉倒车的意图。你理解吗？对土地我们永远要高呼万万岁的！用现代化思想诠释，就是千万不能践踏土地红线！"

"爷爷的真意我全理解。"小白很感动地说。

"能理解就好。"说着话，由诚石向导着去了新街。二人从老街北口向东前去，就到了新街的中腰。二人站在班车站。顺着正街向南向北望，诚石说："你能看到头和尾吗？"这时集市已人潮涌动着。小白赞美道："啊，真大！一目看不透的勃勃生机！我初到镇政府来只看了个大概。今天身临其中了，就得好好看看。街面好宽，像现代化的县城。"街面两行深绿色的国槐，大冠接着大冠，如油画家创作的两条平行的绿色长城，绿荫中又半空冒出两行太阳能路灯。二层三层的小楼肩并肩手牵手，列兵一般雄立，多层的北新大厦装饰夺目，十二层的北新医院鹤立不凡，楼顶鲜红的“北新大厦”四字和北新医院主楼顶上的大红“十”字，把整街的时代感一下子提升了起来。以镇政府为中心，布设的派出所、法庭、邮局、工商、税所、电管站、农科所、为民服务中心、果业行等显示了这个镇子的完备。摊点遍设，太阳伞花色杂丽。小吃荟萃，馨香浓溢。诚石说，逢集，低估也不下两千人，农闲时节会有三四千人。人找人都是手机联系的，堵车是常有的事。“我们所需商品，大城市有的，几个大超市购物广场都可买到，现代化在这里同样大放异彩。”小白耳听诚石的夸赞，心口随之附和，其实他已将五彩缤纷、琳琅迷人的景象全收眼底。又用手机拍了十多张照，要发给爷爷和爸妈。赶集的人穿着打扮时尚，他们并不比大城市市民差。年轻的男子和女子发型、化妆都挺随时的。几处车辆管理区电动车、摩托车、三摩、自行车摆得满满，他上前询问了存价，管理的说很便宜的，自行车1元，其他3元，每集可收二三百元。诚石说，现在人上街很少有步行的了。小白说，发展繁荣是连锁收益的啊！诚石说，是啊，经济上去了，一荣俱荣！

“新街和老街比，至少扩大五十倍。”小白无比感动地说。

“五十倍？光步行街就有七八条，每条都有老街的四五倍呢！逢集白天是这般热闹。晚间路灯如昼，夜市才火爆哩。除街上原住的和移民，乡村也有不少人下地回来骑着摩托、开着小车带全家来吃烧烤，砂锅米线，有的年轻人带着女朋友弄几个小菜，提几抓青啤逍遥着消费，吃饱喝足到大众广场跳舞、健身、打篮球、羽毛球，玩到十一二点才散。现代人懂生活会生活，在生活质量里寻求快乐，在快乐中提高生活质量。”诚石滔滔不绝地赞赏当代人的时运和幸福。他问小白：“你哪晚想来，我叫车，我买单，你只张口就行！”

小白爽朗地笑道：“那不是反了吗？我是该请你的。好，有空一定来体验一下乡镇的夜市！”

7

赶完集，小白就去找荣凯。荣凯和大伟正头碰头地讨论新区规划方案的调整。小白来了，二位高兴地道：“科学头，你来得正好。”接着把图纸拿给小白，让提意见。小白看了一下，说，闭门造不了车，还是去实地吧，三人收起了图，径直工地。

路途，小白欣然把同诚石旧街赏新街的感想抒发了一阕又一阕。他提到老人修复城内白家大宅院，保护旧村落面貌的构想。荣凯说：“构想甚好甚好。保留一处完整旧村落，很有历史价值。不然，住上宽敞明亮楼房的子孙们，若干年后，就全然不知先辈居住的是个什么样儿。这样的建议正和时宜。按他构想，以白家大院为中心的旧村落恢复原貌，作个历史见证。大宅院周边有十余户，这些户多为贫下中农。他们的窑洞又低又小，院子都很局限。回归旧貌，花不了多少钱的。之前，咱们回耕老宅弃荒我有意保存了这块。崖面削整削整，门窗做一下修补油漆，里边设备还原。通过不同人群生存生态可看出贫富两重天的历史，启发后人们更加热爱今天来之不易的生活。”

大伟：“是件大好事。但，是不是让人感到又在搞‘阶级教育基地’那套？”

小白：“不会的。这是社会发展史的课堂。主题是热爱社会主义新生活。”

荣凯：“除了这个，我还有一个考虑了很久的想法。其实，咱们已经做了相当部分的努力，实施了不少备件，像创文明村，办幼儿园，农史展，文化室，这些都分散着，如美丽的花枝，东一丛西一簇的，没形成供人观赏怡心的乐园一样，就待整合了。就说那块文明村的荣誉牌吧，虽挂在咱的墙面上，其实质是否达到了标准，咱心里都清楚，差距还很大呢，差在哪？一个字：德！人无德不立。人有德，文明自然显现。所以在这一最基础的工程上，咱村还远远赶不上时代要求。德要上去，这需一个漫长的历程，或者说，是一个永远的历程。必须有一个充分的教育措施跟上去。因此，我想，能不能搞一个'白墨村立德教育中心'。这就是我想的另一个'点'。把文化、娱乐、体育（全民健身）培训、科教、阅览、幼教等综合统领起来，成立一个总机构，列出活动日程，长期运转。白墨有了这一中心点支撑，白墨这架机器就会立于胜算之地。也及时补救了农村成空巢的局势！"

小白："那时，可能成了城里人眼热的金窝窝！逍遥的理想地！"

荣凯："我们不是想入非非，更不能纸上谈兵！"

三人高兴地谈叙白墨的未来，越谈心越热地到了工地。工地上工程支架林立，塔吊臂横，砖的嘹响，工人的热情，砼浆机的飞转，好一派昂扬气象！荣凯说："你们看立德教育中心设在哪里好？"

大伟说，"要在这里建，只能放在文化广场北边。那里可避开嘈杂声，距村中心也贴近些。"

小白另有意见，说，不必再花钱了。学校教学楼那么多教室，作以调整，充分利用。全可以的。操场添些健身器材，后边盖几间大厅，开会、跳舞、娱乐、完全可以满足要求的。新区这里规划就不必变了。省出的地皮随着时势再作他用。荣凯说，那就在这里搞个"白墨接待站"。劳务、果品、蔬菜、贸易洽谈，接待方便。大伟、小白都赞同。

几人商议后，就把立德中心设在学校，由小白设计搞一个醒目的标志。

第二十五章　荣凯婚志

1

荣凯晚上先复习了成人自考资料又换脑子，写起文章来。快到零点了，头真的有些闷，他喝了几口水，手狠狠地捏了几下额头，又捶了捶脖项，脑子还是不太清，就顺便和衣倒下去，拉起被角捂住肚子，将灯关至最微。他今日身体的确是乏了，眼睛的确疲了。身板刚挨床就迷糊了。忽然，妈妈、舅舅和诚石几个人推门进来了。一个个都气嘟嘟地向他发话。舅舅说："荣儿，你是个孝子吗？当和尚呀是吗？"诚石说："荣凯，你个人的事该放心上了吧！不小了，急死你妈咧！"妈泪花在滚动着："娃呀，和你同岁的，人家娃娃跑得腾腾，跟后边叫大哩……"荣凯拉住妈的手说："你们的心意我理解，我的事我怎能不放心上呢？等我把要拿的另一文凭拿到了，等我把村上的事引上正轨了，不用你们费口舌我会办的。"妈说，"你的啥平（凭）不是领回了吗？我也不是以前的岁数了，妈想抱孙子啊，妈托人介绍，你又不上扬，你到底咋想的呀！"荣凯说，已领到的文凭那是经济方面的，还有一个农业的正在考，再说村上的好些事才铺开啊。诚石说："村上事和你的婚事有甚矛盾？”荣凯说：“谢谢你们的关心，这么晚了，你们都休息去吧！”几个人摇着头，无奈地走了。这时田禾又站在头顶，喊：“哎，天都大亮了你还睡下干什么？”荣凯说：“舅舅和妈妈逼我快娶媳妇呢，我娶谁呀？”梦正酣，田禾打了他一把笑着跑出了门。

荣凯这时惊醒了！他感到自己那令男子汉引以自豪、引以骄傲的东西不安分了，它要造反。晨勃给他的一股无限快感涌动了全身，他笑了，暗暗自语：真的，该重视终身大事了！但是，起床后，一到当天，接触了村上的一摊子事就搅得抛到脑后了。这天，他参加了镇上传达县委农村工作会议精神后，回村时，遇见了田禾，田禾同一个伯叔姐姐正向村外去。荣凯先开口问：“田禾，你去哪？”田禾没回答，她姐说这么大的女孩子去外村，你想要干什么？荣凯说“我不懂”。田禾还不说话。荣凯感到有些异样，放下车子挡住前路问：“田禾你今天怎么啦？得说明白。”田禾说：“我好好的。”姐姐又说：“既然碰上你了，我就回去了，你俩说说，明集镇政府门口见。”

原来姐姐缠住要叫田禾相亲去的。田禾不去，妈也知道女儿的心愿，当着姐姐的面，好言相劝：“你姐叫你去就去吧。愿不愿意由你，又少不了什么。”田禾这才随着走过程的。打算回来和荣凯要摊开说个章法，刚巧就碰上了。这恐怕是命中的缘分吧。

两个人敞开心怀，直言谈了终身事。

荣凯说：“对不起，孙家兄弟（路遥《平凡的世界》中主人公）为了梦想和贫穷抗争，终创出了自己的世界，我为了梦想，一心地扑在村上干工作，还没有看见我的世界呢。推一年又一年已成了超级晚婚年龄了。用父母话说，同龄的人家已有孩子叫大了！”田禾说：“你到底咋想的？心上有没有我？”荣凯拉过田禾的手放到胸前，说：“你扪着吧！心上没你，我大我妈早就给我订下了！”田禾说：“你骗我。”荣凯说："我骗你是狗！一日不见如三秋兮！"田禾问："那你为啥还不把咱的事公开通知双方老人？"荣凯说，别急，水到渠成，马到成功！田禾突然提了这样一个问题："碟子碗都有个私碰撞哩，你现在嘴甜，将来吵架咋办？"荣凯说："我从不求举案齐眉。也不愿在我眼前见到日本女人对丈夫的猫儿态。"田禾说："我也不图相敬如宾。"两人同时说："那就好！"田禾说，一起过日子，哪有不磕碰的呢？只要不公鸡斗仗就阿弥陀佛了！

荣凯说，你知我底，我知你心，前次已明讲了吗？从今起，咱谁也别去相什么亲了。二人说得投意，几辆去矿上的大车拉着建筑材料过来了，一股细尘铺天盖地，二人急着躲到房侧，又说了好大工夫的话，并着肩走了一段路各回了自己的家。

2

这天大伟提了一兜青皮核桃，来到办公室，见荣凯正和小白面对面十分投合地谈话。小白高兴得哈哈大笑，时而孩子般天真地站起来蹦几下，时而又近前说几句什么。两人情真的样子，大伟看了很感动。多好的搭档啊！缘分！这句话不禁脱口，二位听到声音都把头抬起，"啊呀，是我们的大主任来了！"

大伟问："你们兄弟俩——噢，我们的大当家，你俩刚才谈什么，那么兴奋！"荣凯故作认真地回答："除了工作还能是什么？"

大伟："该不是黄段子吧？"

小白："什么黄缎子绿缎子？"

荣凯："大伟，我说你别狂了，咋还是十几二十岁的样子来，咱们还是说说村南大门口经济新区开发的事吧。"

大伟：“今天，咱不论公了！”

荣凯：“在姓公地方，不论公事还有什么？”

大伟：“要说公事也是公事——‘工’作的事！算是村上的一件大事，也是你人生的头等大事！”

荣凯：“我？（他已有些脉感了！）我的事怎么能和村上的事扯到一块？”

大伟：“来！先尝尝青叶核桃的鲜味。边吃边谈吧。”他先给每人手里送了几瓣白生生的核桃仁儿，在各自的口里嚼着品尝着清脆，赞不绝口：“啊，鲜极了！真的是清清的油香，油香清清！”大伟又拿了一个用小尖刀剖开，别出仁儿给二位，说，这么鲜，这么脆的仁儿到该吃的时候就得吃，过了最佳期，熟透了那就是另一种味道了，只有油香，没有清香了！想尝那特别滋味就难了！有句大家都不生的话：“花开当折直须折，莫要花败空赏枝”对吧！

荣凯：“你说的‘花’到哪儿去折？这话我已听几次了。”

大伟：“那朵花在哪儿，你知道，大家也早知道，这公开的秘密，你还要守口如瓶到啥年代？掩耳盗铃！是吗？”

小白：“还有个故事叫此地无银三百两！”

荣凯：“你俩一唱一和，把我比喻成什么了？哈哈！是花，就让她开放吧！反正我还不想过早损她！”

大伟：“人常说花能开几日红，鸡能叫几日鸣，青春是有限的啊，别让虚晃了！你不去折，要当和尚啊！中国的青年都像你这样当晚婚模范，还能有十几亿人口？再晚就成话柄了，不知情的人还以为你生理有什么毛病？我比你大不了几岁，儿子都上二年级了！”

荣凯：“你们的话我都听几十遍了！迟就迟了吧，儿子迟早会跟着我屁股叫爸爸的！我说你别皇帝不急太监急了！”

小白："荣哥，你心爱的花枝在哪个花园？小弟想欣赏欣赏嫂子！"

荣凯："还没有啊！你别听他冒猜！"

大伟："别听他的，他早有了心上的人！"

荣凯傻笑着说，你这个"太监"急得快长角了吧！既然大伟今天关心到家了，我就公开了吧！对象是瞅准了一个，不过我们从没郑重其事地敞亮各自的心。中间还有层纸呢，当面去说，怎么说，说什么？我还……

大伟："你又不是个傻瓜，不是个茶子，这还要人教吗？"

荣凯："怎么说……"

大伟哈哈大笑。"我问你，你娶了过来，洞房花烛夜该做什么，也要人教吗？"荣凯过来给了一拳，你把话屎说出来了！大伟早有预防地一闪，荣凯的拳打到桌沿上，碰疼了，不停地揉搓手！

大伟一个箭步蹦出了门，边跑边说："你呀，狗咬吕洞宾，不知好人心！"

他再没回头。他知荣凯刚才是装出来的势，他也看出荣凯口在哄心，压抑心底的欲火都扑出了焰。今天提着青叶核桃就是专来逗他的情，催化他的火，而荣凯呢，他更了解大伟对他的关心，对他的美意。自己呢，只是外凉而内也是岩浆一样的滚烫着。天下哪有身体强健的男子神经质地折磨自己，练就和尚心态的？心里问：傻瓜，你说是不是呀！荣凯这阵子情也动了，心也动了。说："小白，你看大伟出门去向哪里了？"小白故作无意地答道："急太监的事去了吧！"荣凯说，去就去吧！他取了张报纸，一版二版三版四版地目飞标题，哗儿哗儿地响动着，无心像往常一样认认真真看上一文。小白察颜摸心问："荣哥，你真不想结婚？"荣凯笑着，"你还小，你说呢。"小白道："我到结婚年龄定不拖一天！”

大伟出了办公室就直奔荣凯家来。二老正为儿子的婚事抱怨着。

大伟正要说这事时，荣凯和田禾突然站到眼前。

两个老人看着儿子不禁又惊又喜。四只眼睛对着四只眼睛，一时无语——不是无话，真的不知说什么，从哪儿说起！

大伟扑到荣凯面前，重重拍了一下胸膛，“你也学会演戏了，狡猾狡猾的！”荣凯非常高兴：“我就知道你暗度陈仓了，你比我更狡猾狡猾的！”

空气一下子活跃了！大家的心都落在腔里，脸上浮现出幸福的喜气！

大伟甜甜地叫了声：“姨，叔，你儿子不是把媳妇给你引当面了吗？”接着问田禾：“你说是不是啊！”田禾脸红着低首掩面只是个笑。一会儿，故作忸怩：“谁是他的媳妇了，我们是来找你的！”大伟说：“别装洋蒜了！人常说，家里有娘不愁衣裳，家里储粮四季不慌，你两个呀，心早安妥，自然不慌不急！姨，你白急了！还不快招待儿媳呀，看有啥好吃好喝的赶快取来。”白母幸福地笑了。脸上浮现一朵大菊花，这花是那么的艳，香是那么的浓。叔原来浓云密布的脸也顿然开朗，晴空万里了，喜上眉梢的他也亮起白牙，随着儿子和田禾进了屋。

原来，大伟走后，荣凯就跑到田禾家去，说妈叫她过来帮包饺子，有客人来。田禾推诿，她妈说，荣儿专来叫你，快去吧！走在半路，荣凯才给说了真话。田禾含情脉脉地面向荣凯：“你现在才记起咱们的事了！”荣凯一听话音，也更摸清了田禾的心理，就放了一百个心，说“二十年前我就记着了！”

田禾终于盼来了幸福快乐的一天！第一次要娇着把两个拳头轻轻地

鼓点般落在心爱的人的胸膛。现在情感的发展已到迸发火花的时候，两人的激动已到万分，万分的激动！二人加快了步子，不觉中就到了荣凯家，站到了二位老人面前。

荣凯说："妈，我们商定了后天就订婚，儿子圆了你的梦！"大伟炉中添柴，风洞鼓气，道："趁热打铁，来个大跃进，国庆就结！"

荣凯他大这时站出来要尽一个父亲的责任，他说："不行，既然你两个小子自愿恋爱，我完全同意。订婚完婚必须按乡俗礼仪的规程有序的来。"

荣凯说："大，都21世纪了，你还那么多曲曲套套的讲究，有必要吗？"

老人回应："老祖宗传下的那套不能丢。儿女婚事，人生大事，不是孩子们玩家家！首先得有媒人，议彩礼，择吉日！再说，我们两亲家，虽在同村，日常遇面，要成亲家，得正式见面！"白母也参言："是！得按礼俗来！"田禾羞答答地说："叔，你们老人天天相见，又不是生人！"荣凯用臂膀捣了一下，悄声说："怎么还叫叔啊，叫大！"田禾抿着嘴笑："到时候了当然改口！"

荣凯见老人如此的固执己见，也就只好顺从习俗，遵从父母之命！

3

父母之命，媒妁之言。婚姻必有介绍人从中牵线当红娘。将这条红线一头系男心，一头系在女心，他在中间为零距努力。荣凯和田禾虽说是自由恋爱，心心相印爱情纯真，但中间也得有个永结同心百年好合的黏合剂，荣凯他大固执着要请媒人，大伟一马当先，毛遂自荐，保证不辱使命。按习俗，媒人必有两人。男女方各一，各代表本方利益，维护乡规民俗，一直负责到结婚。这犹如原被告请律师，公开的讲是公平公正，仗义执言，其实各自都有偏向，然而，在荣凯与田禾二人的婚事间，要不要媒人无所谓，要了也只是形式，是程序罢了。当大伟自报自荐后，荣凯高兴地说，这正中我意，我本就是要请你当这角色的。不过当了贼媒婆，想要嘴吃得油活活可办不到！大伟拍胸道："我充个红娘志愿者行吧，义务的，义务的。"

田禾去了荣凯家，田禾的父母见今天好像不同往日，心里就有了猜测。这时大伟来到，一提亲事，二位老人一口音："两个娃早有来往，越走越近，我们早已看出，也有心理准备，就依他俩愿吧。"

"开门顺"给了大伟以信心。大伟提"彩礼"（又叫财礼）。田禾他大说，过去老人讲，养女十几年，不够盐醋钱。我不像有的人卖女子为儿抠财。我也不指望女子发财。荣他大这人我知底，他就那么一个儿子，我既同意女儿嫁过去，要多要少还不是掏了我女儿的腰包。由左兜掏来装进右兜，有啥意义？大伟说，世上难有你这通情达理的好丈人！田禾他大说，只要娃能找个让我放心的好女婿我们就无忧了！大伟说，彩礼多少得有个样子，你得说个坎儿！田禾他大很为难的样子，看着田禾妈，半天才说，你看去，既是这样有个意思就行了！田禾他妈补充了几句："前几天有几个人来提亲，说女大不中留，留下结怨仇。"我笑说，我这女子大了不愿走，硬赶才结怨仇呢。那几个人才没再来。彩礼给得多与少，我们不说。人不议论我是把女儿白送人攀枝就对了。田禾妈说，女儿嘛，不给点彩礼也贱身子！田禾他大用眼斜了一下，说，你把话说沟里去了！大伟，你看着办，不要让荣凯娃为难，不要为几个钱把美满婚姻污染了。

4

有情人终成眷属。缘分！

订婚的日子，荣凯定在农历八月八日，他大说不行，该放在本月十六日。这是月最圆最明的一天，也是个双日。六又是个吉数，有“绿”就四季常青，生力活鲜！终身大事得有讲究，马虎不得。老人要放到街上万鑫酒店。荣凯说铺张浪费没意思，咱不张扬了，还是放家里能节省些。哑哑地举行个仪式就行了。这个意见父母顺应了。

这天荣凯特去街上澡堂洗了澡，又去美容美发店一回，衣还是平时的白衬衫，蓝牛仔裤，但却风度翩翩，风采夺人，更显倜傥。田禾也是日常便衣，上为淡红T恤，下为蛋青筒裤，今日的神采、风韵，更添了青春活力，气质超群！天上的红日高照，春天一样的温煦。该来的客都来了，喜气盈门，满院生辉。

中午。开席前，厨师收拾了八个菜，五凉三热，摆在中间的隔房，两个媒人，田禾父母，荣凯父母，还有荣凯和田禾各自的舅舅，加上荣凯的伯伯，共坐了一席。荣凯和田禾给大家斟酒。共同举杯相碰，一饮而尽。菜吃着，酒喝着，互相介绍了在座人的关系。双方父母拿出红线绳拴着钱的锁子，通过媒人手交换给对方父母。荣凯父亲接过，他妈接了给儿子。田禾父接过，她妈给了女儿。这是定终身的带有“约”与“法”的定情品，吉祥喜庆，是一对男女将终身已相许相伴的见证。同时，当面交清彩礼。荣凯他大将红布包裹的“礼”托盘端上。由媒人大伟转交给田家一方的媒人，再转给田禾她大。大伟敬上一杯酒道：“从现在田白两家就成一家了。一家不说两家话，相互顾盼。祝贺您！”按习俗这礼金是多少，今天必在当众唱出来，所以大伟郑重地说：“田叔，这红包是18888元，你点点吧！”田禾的舅舅说，不必了。问没有“底”和“面”——所谓底和面就是在该给的钱数外，男方多加进的礼金。上面或下面或上下多放几百元，算是一种诚意也是加深情谊的大方体现。如果有，女方就高姿态高风格地退回。荣凯他大说，加底500元，面盖500元。田禾她大一定要退回，二人礼让不休，终退了面上和底的1000元。大伟笑着，你二位亲家都够意思的。叔，你点一下吧，田禾她大说包起来就行了。大伟道："不点，有假币我就不管了！"大家都笑了。小小圆桌酒杯相碰，其乐融融！两个孩子给大家敬酒，荣凯他大随手给了田禾1000元，田禾她大给了荣凯1000元。这是敬酒钱。接着是两亲家互敬互喝，连喝了三杯合欢酒。

订婚的最后一个程序是借此公布七姑八姨，舅舅外婆，父母姐弟和同学朋友给新媳妇的礼品。有成衣和毛毯，鞋袜和首饰，多数是现金。这程序是冒子和跃进主持的。一人记账，一人收礼的。他们特宣布了荣凯父母各给田禾一千元的喜礼。同时还有手链、耳环、戒指、项链四金买全。手机一部，手表一枚。从头到脚服饰齐全。接着宣布：田禾父母给荣凯买的品牌皮鞋一双。西服一身。宣布完，冒子和跃进一个递钱一个递物到田禾面前。田禾喜滋滋地接过，转身给娘家来的一位姐姐代他装到包里。

最后又宣布一个消息：婚礼初定国庆举行。全场鼓掌庆贺。荣凯约田禾商议婚事。一对情投意合的美男靓女，都从内爆发出不同往日的欢快和特别的激情。

田禾问："你约我出来要说什么。"

荣凯说："要说的话可拉一火车，往后说的机会多着，今日只一句：啥时去登记领证呀？"

田禾故作冷静："把你急出牴角了。婚定了按你说的，不就是水到渠成了吗？"

荣凯来一句双关："渠成了水未到呀！"

田禾问："什么意思？"

荣凯伸手牵着田禾的手："领证！证到手即合法，合法，不就是水到了吗？现在就去行不？”

田禾的手被攥得紧紧的，说手“痛”。荣凯骑上摩托，田禾坐在后坐双手抱着腰，刚出到村口，几个小学生斜挎着书包，大的逗小的玩，小的可能输了，大的要他背唐诗。小的就背：

“床前明月光，李白爬上床；举头望明月，低头想婆娘。”

另一小学生说，是这么背：

“床前明月光，李白爬上床。看见明月光，吓得尿裤裆。”

荣凯听了停下车，一腿撑地问：“小朋友，你们不快上学去在这干啥？”一小的说：“背唐诗呢。”荣凯问：“谁给你教的？再背一首。”又一小的随口又背：

“春眠不觉晓，处处蚊子咬。夜来闻臭脚，因为没洗澡。”

路上，荣凯说，现在的小孩子聪明得很，但去歪路也快得很，那么优美的诗，编的挺有趣的。就是思想内容太差了！小孩思想活跃，但活跃不到向上就易出问题。咱有了孩子可要从小抓！从小扶正！田禾说，还没结婚就谈孩子！两人朗笑了一阵子。田禾说，是的，孩子必须从小抓，老师听了歪诗都笑，连责任也忘了，这怎么行？家庭教育很关键！……小时学的东西还可记些，后来学的好诗文忘了不少。咱们现在的记性已大不如少年时期。荣凯说，真的现在有时丢三忘四，过去初中念的诗文还能背过。他顺口朗诵：“看罢香香归队去，香香送到沟底里。河湾里胶泥黄有多，挖块胶泥捏咱两个；捏一个你来捏一个我，捏的我像活人脱。摔碎了泥人再重和，再捏一个你来再捏一个我；哥哥身上有妹妹，妹妹身上有哥哥。捏完了泥人叫哥哥，再等几天你来看我。”荣凯今日像变了一个人似的，从平日的稳重，变得轻狂，话又多，笑又多，故事又多了。田禾说：“你真坏啊，咋想起李季这首诗。”荣凯说：“我也不知道啊，突然，诗人送上门的。这后两句，该你说的，快说呀！‘捏完了泥人叫哥哥，再等几天你来看我。’快说呀！”田禾狠狠地捏了一下荣凯。

婚期一天天临近，双方的父母都忙得不亦乐乎。

田禾的父母忙着为女儿置办陪嫁品，荣凯的父母忙着儿子喜事的操办。他大请来油漆匠油漆了门窗。请来装修工粉刷房子，妈妈几个集都没空，今天来北新镇集市，窗上重新换了落地帘，挑选了大红缎被面和洞房红门帘。又买了二十多斤棉花，叫儿子带了回来。请来小姑姑，院子铺上几页彩条布，爬在上面，一针一线的缝了两条大被子和一米八的厚褥子。本月最后一个集又专去几个家私店为儿子采购床、柜什么，走了几家，不是看不中颜色就是看不上样式。和儿子商量说要进城去选。儿子说床就暂不买了，马上到冬季，有热炕就好，要了床也闲占地方。妈说，置办就一次置全，置得妈心里得满意。过了好日再买就没意思了。荣凯笑着说，妈，还不都是个家具吗。妈灿烂地笑道：“傻儿子，当下买是喜上加喜，喜添喜，以后买的就叫过日子置家当。去，你忙你的事去，我看你把结婚就没到心上搁。”荣凯心里笑了，“妈，我的事我怎么能不放心上呢。”妈有点生气的样子说：“你总是忙忙忙，没时间。忙你就别管了。”

一切紧锣密鼓地进行着。荣凯把婚事好像搁脑勺背后，他和小白、大伟几人脚不离地地忙村上几项工程中。每天早午饭都像火烧屁股，晚饭都在鸡上架鸟回巢时候，荣凯吃不到饭时，嘴也烧出几个红泡泡。妈生气又心痛地指责说：“娃娃，你能不能把村上的事暂搁一搁，结婚这么大的事，你像是别人的事没在心上放着，你照照镜子，把嘴烧出疤，结婚那天怎么见人哩！”

荣凯咧个大嘴巴，伸开双臂，抱住妈的肩，“妈，有你和我大里里外外张罗着，我一百个放心啊！好好忙，儿媳娶回家伺候您老妈妈！”他来到村南新规划的商贸一体的馨丰社区，几个人展开图纸，仔细周密地谋划之后又实地量了面积，寸土寸金地使用，图纸修正已是第五次了。大寨路与（正）宁鳞（游）市级交叉的十字口为入村门户。南北贯通的大寨路两旁为商部门面。这里可开小超市、餐饮、小吃店、娱乐吧、发屋、文化室等。二三层楼为居住室。小楼后留有小院，根据农户实际可放柴草，也可养家禽，门面前为绿化带，全以风景树和观赏花草美化。东边有三亩大的文化广场。广场紧接20多亩大棚蔬菜区，西边规划15亩花卉、风景树木培植园。主育塔松、油柏、国槐。供本村美化和市场需求。丈量完毕，长宽全标在图上，纸上的东西怎样才能变成美好现实，钱是个大问题。荣凯也为这庞大开支心怀苦思。一会了，他似乎乐观有底地鼓励道：“不怕，只要有信心，决心团结奋斗，两年雏形，三年规模，四年就会见成效的。”小白说，跟着中央走，政策会给咱鼓东风增智慧的。大伟说，坐等天上不会掉钱的。说着他向小白使了个眼色，小白会意了。说蓝图已有了，落实就靠咱齐心攻坚。“我看，目下对你说头等大事是婚事。时间已日日逼近了。村上的事你放心的话，就交由主任和我同各组组长协商推动，你就把心思放在自己喜事上。等把嫂子迎进门，蜜月过了再投入进来，行不？”大伟助言，“小白说得全在情理，人生大事婚为首。人嘛，就只这一次，怎能等闲视之呢？”

村上的事，就这样决策了。

荣凯的婚日只有两天了。——两方父母决定在阳历8月8日完婚。荣凯不得不同意。

5

迎亲日。

婚礼婚宴在家举行。荣凯为不张扬、影响小，一切都以低调处理。

两亲家的家大路小道加一起不过两千米，荣凯的父母至少要叫八辆崭新的墨色小卧车。荣凯说，这件事上不能攀比，那个排场摆大了影响不好，再说也没必要，这么近的距离，田禾家又没余外提条件，咱何不顺水推舟呢！

结婚按习俗，男方娶女的要在先一天去女方家。处理、协商还未谈妥的细节、要求、什么的。因为白、田两亲家都是通情达理讲文明的。田家没有余外的苛求，白家又乐意大方，这就没必要提前过去，而是当天的早上由荣凯姐夫充当这一使者角色。荣凯和几个陪同半小时后接着到了。一辆小车拉新人，一辆农用车拉嫁妆，又两辆小面包拉女方客，这是双方商定的。客至，马上端来油汪汪的汤，热腾腾的白蒸馍。荣凯按妈的指点先抓了馍盘上两个顶放一旁。大家汤泡馍各吃一碗。第二盘馍又端来了，荣凯又抓了顶，放前边抓的一块。大家嘴一抹就准备返回。

田家的一间房子里。田禾吃过了两个鸡蛋（这是祖宗传下的为防新娘上厕所专备的食品。）穿好了红装，洁白的婚纱素裹了。满院子、大门外，村方的大人小孩过会一样的看热闹。荣凯把胸花拿着去见田禾。两人以笑相见以笑相通。噼里啪啦的鞭炮声，嗵嗵的炮声中，田禾顶着绣有鸳鸯的大红盖头，由长辈扶引出来，荣凯喜盈盈向众人打过招呼，便一大把一大把地把喜糖抛向人怀。大家笑着喊着抢。田禾由女方抱到车门前，娶女的给手上塞了红包，田禾很快上车，田家人即速给换上她的红皮鞋（习俗是不能沾走娘家的一星土）荣凯也随同上车，挨田禾坐了。他听见田禾的心在欢跳，田禾也听到他欢跳的心。路近车缓，这么短的路走了十多分钟。全村人夹道庆贺。张张的脸无不欢笑。没感觉移动车已到了荣凯家门前。唢呐声中，田禾又得了一个红包，红包捏手才开门下车。荣凯不知哪来那么大的劲，一下抱起了田禾，田禾双手拥抱着荣凯的肩头，没人数到底几步就入了洞房。到了洞房，盖头还顶着。按新式的礼本来就是荣凯可揭的。还是遵守旧礼俗，荣凯妈早安排好扶田禾的姑姑衣襟撩着核桃、花生、枣什么的，唱："双双核桃双双枣，生下娃娃满院跑。"唱几遍后，把这些全从田禾背后倒下，惹得看热闹的娃娃哈哈大笑。荣凯也笑，田禾更笑，不过今天她没敢出声。然后才用擀面杖挑了盖头。荣凯知这是旧俗，说，姑姑，让我来吧，他亲手揭开盖头，看田禾的脸和盖头一样的红。那不是平日的红，是一种粉红，一种含羞的带露的红，只有这种氛围这种时候才有的红。这红美极了！——那么多风俗礼仪，到底是怎么创造出来的，什么用意，上千年，多少辈的传至今天，谁也说不上来。反正是糊里糊涂"清规戒律"地实行，似乎越循规越显隆重，越显喜庆，越张扬了。

吃过汤泡馍，田禾又由专人引着去灶前给灶君爷叩头，意为"添丁报到"吧！

下来的一项是添钱。原则是添多不添少。——新娘从娘家带来的陪嫁钱，岁数钱几种。一包连报数一万八千八百。这边没说二话取了个吉数"8"添了一万八千八百八十八。大方得令送女的女客无话可说。他们接过钱给田禾，说，你有这么好的婆家，真是幸福！不知你前世积的啥德。另一女宾说，人家是两相好，添来添去都到一个匣匣嘛。荣凯的一个嫂嫂端来一碗水，递过一条新毛巾，让田禾洗脸。田禾奇怪，迟疑着怎么用碗洗，问："这是啥讲究呀！"

嫂子笑道："今天只准到碗里洗！女人一生就值钱着这一次。管他啥讲究，先人传的就有传的道理吧！不是没脸盆，这是祖先传下的！"炕上的几个人都笑，说，媳妇多值价！婆家把你看得高啊！警告您，可别沿到荣凯头顶啊！

荣凯这时披着红进来了，手里又拿着两条大红被面，是给田禾的。外面棚底客人正坐着。总管在喇叭上喊："新亲戚，新老外家（荣凯他大的舅家和他的舅家）和重情在前边五个席口就入座。庄客有位子了再到后边席口补。"这话反反复复强调了几遍。田禾听了知道确是要开席了。洗脸、披红都是要出场的准备。她心里不禁紧张起来。外面喇叭又喊："放礼炮的注意了，新婚仪式马上开始。请二位新人白荣凯先生和田禾女士闪亮登场。"席上的客人全部睁大眼睛，不少人站了起来，院子的大小人也欢快起来，鼓掌不息，像舞台明星出场那样激动。本来的熟人，今天突然新鲜了起来。

鞭炮轰响，乐队高奏，白家喜气盈门，满院生辉，主持的是乐队红毛。这小伙能吹能弹能唱，说得一口流利时尚话，虽然话不普通，乡音却原汁原味，音韵动人，他在周围乡镇人缘好，品德也好。人活道，好使唤。一拜天地，风调雨顺，五谷丰登；二拜高堂，寿比南山，万寿无疆；拜高堂这节可逗人乐咧，红毛提了几个问题，问："漂亮的田小姐，你把二位老人叫什么？"答："叫叔、叫姨。"问："从现在起改口不改口？"答："改。"问："叫什么？"答："叫妈、叫大。"红毛说你为啥先叫妈，田禾笑。红毛说那你就响响甜甜地叫，叫一声一百元。田禾叫了一声，红毛又让叫一声，还得大声。田禾一连叫了三声妈停下了。红毛说，你不爱钱是吧！叫，再连叫三声。田禾连叫了三声。红毛问荣凯妈你爱你的儿媳吗？答："爱，爱得很。"问："你儿媳嫽不嫽？"答："乖，乖得很。"红毛把话筒对准妈的口，说，你先说嫽，再说好看，再说漂亮！荣凯妈笑得说不出。在红毛的催逼下，喊："嫽——好看——漂亮——"红毛问："你不能让儿媳白叫了。红包呢？"荣凯妈掏出早备好的红包，还有一个明晃晃的银镯子。田禾接了。红毛问多少钱？荣凯妈答："一千！"接着田禾叫大。大也给了一千元。红毛要田禾另叫，说跟着我叫，大——哎！田禾对着红毛手中话筒放声叫："大——！"拉长的音后那个哎字短促了又忽地扬起。席口的客人一齐鼓起掌来，有人吹口哨，有人喊，好，好！——这是最激动人的时刻！紧接是舅舅给一对新人披红。第三项是夫妻相拜，互戴戒指、喝合欢酒交杯酒。趁群情高涨不注意，一个小青年悄悄向杯里加了什么后，缩回到人堆。田禾先接了一杯，荣凯自己端起一杯。红毛喊："交杯酒，相互敬，臂交臂，倒进口，从今起，良缘永结，天长地久。"田禾先喝了，牙一下子呲开，要喷出口。红毛说，今天这酒哪怕是1059都得喝！荣凯一尝是醋，喊："谁做的手脚，那是醋啊！"大家乐了。今天就叫你吃醋！

四拜宾客，合家欢畅，幸福安康！仪式在宾主一片欢快的震撼声中结束。院子里的厨师立刻忙起来。总管喊："立桌子的尽职掌盘的前行。"席宴开始。天黑，村方邻居前来贺喜。爷辈的、姐夫妹夫、同学朋友开始闹洞房，民俗称"要房"。这要房是最快乐的趣事。花样多多，有的太白（酸），有的文明，不管白也怕，文明也怕，新郎新娘都得高高兴兴地配合，说一不二。不能失礼。荣凯是村上的头，田禾是村上的姑娘。村方来的人破例地只是象征性地乐了乐，也没多酸溜溜，讲说不出口的话。只是他两个的同学千变万化地来了几个带黄色的小把戏。他们看见肖肖贺赠的熊猫，笑道：嫂夫人是国家一级国宝！一定是正版夫人！另一位笑曰：肯定不是盗版！大家哄然笑成一团。妈妈看时间太久了，来过三次。每次来，给提个热水瓶，把长明灯——一对大红蜡烛的灯花拔掉，玩弄得亮亮的。还千万的叮咛别弄灭了。要房的小辈们见大妈如此的叮咛，多次的来照应，不好再闹下去，也就结束了。这时已到下两点。

洞房一时寂静下来。一对新人乐不思眠，田禾铺展床单，打扫床铺，清扫地面。荣凯跳下床，喝了杯水，再倒没有了。正要去提。妈妈又来了。她又拿了一条崭新床单，说这是早备的，换上吧！她拿走刚揭下的那条。走到长明灯前，用竹签、剪刀。去了灯花，拔了拔扶正芯，用剪刀小心地剪掉顶端已成灰的部分，光忽地扩大了光圈，房子也增了光辉。妈拉灭电灯，只让烛光独照。这电灯一关，朦胧的新房里的一切在烛光里，显得分外的温馨、亲和、美丽，颇有一种特别幸福，特别诗情，特别甜蜜的感觉。温柔的烛光，朦胧得让人欲醉的意境。多珍贵的良宵啊！妈说，不早了，快歇去吧！一整天了……

两个人对视着捂了嘴笑。听妈脚步走远了，收拾了门。尊妈妈的叮嘱，完成下一项目：田禾给伸过脚的荣凯脱袜子，袜子装有100元属田禾的；共吃核桃，花生，大红枣——这些本是革掉了命的旧习俗。可是作为老人定要的，要，就得遵照。这些草草完了，便钻进大被子底下。两颗头枕着同一条大红长枕，屏息着呼吸手捂跳动的心，不说话。你等她开口，他等你开口。田禾突然觉得奇怪，心里问自己，怎么一个女的和男的能睡在一起呢？是不是老天促成的！荣凯忍不住了，问，唉，你咋不说话？田禾感觉到他大男人的又粗又热的牛鼻孔出来的气息，说我说什么呀！荣凯说，就说过日子，或村上的前景。田禾说今晚我不想说这些。激情的夜，兴奋的夜，不眠的夜，繁星媚眼窥视，月光束束窃入，红烛光不倦地泻在房间，创作着如梦如幻的诗意。荣凯说，禾，睡不着，咱们对付联吧，禾说行，你先说上联。荣凯说我说下你说上。随口道："女大当嫁，嫁前嫁后情系白墨村"；禾即对曰："男大当婚，婚前婚后不舍桑梓地"，田禾问横批呢，荣凯说："梦想成真。"

再对一联吧，荣凯说。

田禾："你先说吧。"

荣凯："恩恩爱爱天长地久。"

田禾："和和睦睦幸福永远。"

这联对了，二人都下意识地贴近了。……

6

荣凯完成了人生第一件大事：娶妻成家。立刻觉得在人生的路上已拐了个大弯儿，真成大人了。责任加重了，担子加码了。他心情进入了另一种境界，一方面得加力地干好村上事，一方面不忽略对父母妻子的照顾，想到这更觉人生必有担当的意义。

儿子的媳妇娶到家，做父母的了却了终生最满意也最慰藉的一件大事，老两口，乐哈的脸上总浮着笑意，人好像年轻了10岁，过日子更加尽心尽力，以往是为儿子的，现在他把心放在即将抱的孙子身上。他们见到荣凯进了门，就有一种特别的亲切感。儿子，我们的儿子，才算成熟了啊，顶门立户、传宗接代的宝贝儿子！他们见了田禾更有一种亲女儿的情感，做妈的从现在就开始处处留心儿媳对饮食的好恶反应，有意无意地把目光投向田禾的肚子。她盼孙子，已盼太多年了啊！终于有了盼头。

新婚第三天，小两口必须带着厚礼，去新娘子的娘家省亲。这个必守的礼规叫"回门"。早饭后，妈妈就打发荣儿和田禾去了田禾家。这时家里只剩老两口了。他俩进了儿子的新房，欣赏着看新鲜的摆设——实际与别的豪家攀比就大差着劲儿——荣凯他大手摸着大柜子和大床说，咱结婚那阵的情景你还能记得吗？妈说，这怎么能忘了呢，一辈子也忘不了。你家"富"得什么都不缺，就是缺我想要的"三转一响"羞死人哩，原来全是借人家的。第二天就把缝纫机、自行车、收音机全归还了。他大说，你没记准，是你熬头回娘家回来那天——第六天吧！人家要去的。三大纪律八项注意啊！二人笑得流出了幸福的热泪。妈说，不提那些过去了八辈子的事了！只要咱儿子能过上好日子，就等于是咱的福气了！

两个人又嘿嘿嘿笑起来。

第二十六章　血浓于水

1

荣凯幸福的新婚一天就过去了，这在白墨罕见的甜蜜蜜的蜜月，该是一对新人相爱不舍的，给谁也是不愿轻易分开的，一整天的不见面在习俗上也是忌讳的，至少在三天内，得一起快乐地生活，共食岁数馍，用尽婚庆残羹剩菜什么。荣凯呢，第二天就去找大伟和小白抓村上的工作了。第三天，新郎陪新娘带着礼品回娘家，俗称“回门”。荣凯只挤出半个中午和田禾去了一回岳父岳母家，致谢了两位老人。吃过一顿精心烹制的可口的酒席，下午两个人就回家了。

荣凯和大伟、小白、冒子几人开了十多分钟的碰头会，便骑上自行车，上镇向党委和政府汇报迎接台胞的准备，请示领导检查。书记说，县里通知得明白，台胞这次回来，主要是寻根访祖探望亲人，看看家乡的变化，通过交流加深感情。我们能热情招待就行了，县上肯定会来人的。

荣凯从镇上回来后，着手筹划：“县镇能把台胞访故重点安排在白墨村，我们就是主人了，必须有个主人的样子。田禾、肖肖，叫上几个能功巧手的媳妇多做些彩花，采撷些松柏翠枝，大伟去和冒子鹏儿多叫叫几个有眼色的壮劳，在村委会大门前装饰个彩门。我想了副联，词语不佳，还可把咱的心意全表达了。”随即写在手册上，撕了下来。交大伟去找诚石写——

一家人血浓于水，

两岸情根深似海

横批：亲情万岁

荣凯叮咛：“台湾的同胞不认识简化字全用繁体字。”

大伟拿了就去。

2

四天后，台胞一行二人由县委统战部一位副部长和宣传部李副部长，镇党委郝副书记，县电视台一女记者陪同着来到白墨村。随后来的是县政协委员白青山。白青山是白继宗的侄孙，也即望梓的侄子。他进政协主要就凭这个海外关系。二位台胞都是白墨籍，一叫白望梓，是白战武的三儿子，在台夫人所生；一个叫墨松涛。白战武的族门因为诚石和晨旭忆及，荣凯基本有所了解，小白也影影绰绰知道点儿。而这位墨姓的乡党未有人提过。他在本村的亲人到底是谁家，还是个谜。荣凯和镇党委郝副书记商量后，把他们先招待在办公室，喝茶休息。马上叫大伟冒子请来略知村情的诚石和上了80多岁的几位老人，他们是晨旭、前几任老支书白福儒、白存会和黄元魁。这些人除元魁没过70，其他几位都在80以上了。福儒已87岁，拄着拐杖，走起路来有时可说是挪步子，说话词也不太连贯，但他头脑还清，耳也聪灵。这几个老人安排在经发新区主体已成的接待大厅。虽没装修却打扫得干净，厅外横幅写着“热烈欢迎台胞回乡寻根探亲”。厅里的座椅是圆形摆设，村上健在历任支书，战武的亲属和村民代表坐一边，台胞和县上领导坐上方，大家相互介绍，认识后，由统战部和镇党委领导讲了几句话，介绍了台胞。荣凯介绍了村上的几位老人和村级两委的干部。之后，亲如一家地拥抱、握手。望梓虽生长在海峡彼岸，但因血浓于水的感情，他紧紧抱住亲属热泪只是流。他问起父辈，问起姑姑，知道都不在世了。只有同辈的两个姐姐，三个堂弟和一个堂兄。都已年长。于是就拉开历史的长卷诉说起父亲的故事。

荣凯、大伟、小白、田禾、肖肖七八个今天都是服务员，跑前忙后地应酬。

墨松涛，大家都有些陌生。来的老人在记忆的屏幕上费力地寻找影子。这位台胞也已到古稀年了。但他红光满面，春色浓浓，精神饱满，出语朗朗，谁也不会认为他已是位古稀之人。村民代表小声说：这老头60就一堵墙了。不知是怎么保养的。的确，他的精神状态和年纪太不一致了。可能是上边事先信息不到，只通知了白望梓的亲属。或者是疏忽了，没有通知墨松涛是白墨人。于是就未找寻他的亲属。让县上镇上的领导抱歉，也让村上尴尬得接应无措。没有人认识他，这能理解，可他和哪门子最亲最有血缘，谁也说不上来。松涛本人也说不准。一个晚辈人的名字，只知自己的根在白墨。当松涛提起临解放国民党在村上派丁、拉丁事时，晨旭和福儒脑子忽地亮开了个缝，透过缝现出昔日一幕悲情悲景。原来，他就是四八年腊月被伪乡公所帮着拉丁去的黑二。福儒问：“你是不是叫黑二啊？”松涛说：是的。福儒惊喜地说：“怪道咧，我看面有点熟，是咱白墨的脉啊！”这一说，晨旭马上去叫蒡蒡，还有大向。这些是墨家还没出五服的户。松涛问父母，福儒说：“你拉走后，两个老人哭得眼都失明了，伤心思念，积久成疾，先后去世已有50多年了吧。”松涛问：“她呢？”晨旭听到他提“她”，便知是指谁了。“唉，提起来够可怜的，太亏欠她了！”松涛眼里盈满了泪花，一时间唏嘘得说不出话来。晨旭说：“黑二，你傻了吗，人家一个芳年妙龄的姑娘怎么能守活寡呢？亏她还等了多年哩。”松涛沾了一下泪，说：“叔，这我明白，能理解，全能理解！叔，你知道她走哪里了，我这次回来就是专为见她的，我要向她认罪的。”晨旭说：“这娃，你有甚罪？”松涛说：“这几十年，我良心一直自责！”他两眼红红的，渴求的目光全寄托在晨旭、寄托在村上的干部能为他指点迷津。晨旭呼来支书荣凯说明松涛渴求。荣凯马上汇报给郝副书记，书记表态一定帮松涛实现心愿，梦圆故乡。

小白知情，上前扶老人坐下，递过茶水。统战部长和镇党委郝副书记也来安慰。答应马上探询。

但难处是，这并非一厢情愿就行，即使查到了，也得对方同意。更要紧的是对方丈夫的理解、同意和支持，就看他的度量了。因为关乎对方家庭和睦安定。荣凯说，唐僧取经那么难都取回了西天的真经。她不会嫁到山南海北去吧？咱方圆就这么大个地方我不信走访不到。荣凯即去问墨家上年龄的人，男的女的问过二十多人，最终在墨家一个80岁的老姑姑口中知：松涛当年的媳妇，嫁给了三十里外的安吉镇刘塬村当年一个当官的了。

3

荣凯立即把这好消息报告给郝副书记。书记安排了大伟陪同台胞在本村和附近几个村子参观走访。荣凯和一名记者去刘塬村寻访并做工作。荣凯进村，见路边有位七十开外牧羊老人，手拉两只奶羊的绳子，摘槐叶喂。他上前问：“老叔，我想打问一个人。”老人不在意地应了声：“什么人？”荣凯说，“知不知道刚解放，你村一个干部娶了北新镇白墨村墨家一个已婚女人？”老人把羊放开，认真起来。问：“这么久远的事了，你说的情况好像投和我远方的一个哥哥的那事。他原是县文卫局老局长，秦政，他已离休十来年了吧，家在县城鸿翔小区。你不妨试了解了解！”荣凯把这些马上手机告诉了郝书记，郝书记高兴地呼叫：“白支书，你今天的功不小啊！你说的是秦局长，我就放心了。快回来吧，咱俩进城去搭桥。”

郝书记和荣凯坐了镇政府的车，马不停蹄直达县城鸿翔小区，问清单元和楼层，他们按了门铃，开门的是个小孩，小孩看是陌生面孔，站在门口挡住，向里喊：“爷爷，客人不认识让进来吗？”真是个稚童！爷爷闻声从书房出来，手上像沾有墨迹，边走边用卫生纸擦着。他的目光正好和郝书记目光相对，“啊呀，咋是你！”二人同时呼出这句亲热的话。郝书记笑道：“踏破铁鞋无觅处，得来全不费工夫啊！”

秦局长主动问：“老郝啊，你今天来，我看不是来闲串门子的，恐怕有啥任务在身。”

郝书记笑道：“不愧是老领导，明察秋毫啊，真有洞察力！是的，无事还没空来登你这三宝殿呢！”

秦局长：“欢迎！那今天就在本殿吃个便饭，边吃边落实任务。咋向？”

郝书记想，这是个好机会，就直言了事由。

秦局长畅然笑着，但耳朵在仔细听着，听郝书记说完，他浸在沉思中。荣凯看局长动心思便给添茶水。秦局长按着杯口，宽量地说，回来了好啊！同根同祖，血浓于水嘛！两岸和好，来往交流，是大好事，亲戚越走越热火，不走就冷淡了。

郝书记只说了墨松涛已回来了，没说人在哪里。秦局长接着说：“半个多世纪了，人生天地间，仿佛白驹过隙，一闪忽就老了。他都快

80的人了吧！不知身体咋个样！”

郝书记：“是啊！都老了。身体挺硬朗的。他这次是专门回乡探亲，重游故乡故土，追忆风俗民情来的。他更大的心愿是……”

秦局长：“是看看大陆改革开放后和台湾是否有天和地的区别吧？”

郝书记：“是想见一个人。一定要见一个人，这是圆梦行。”他特加了“一定”一词直报老局长，试探他的反应。真灵，听这一说，局长马上有所意识，连连地说：“你喝茶，喝茶。”郝书记温润地说：“老领导，咱俩单独谈谈行吗？”局长说，行啊，随同去到卧室。

郝书记直言：“老领导，你夫人对你那么好，是结发吧？”局长坦率地说：“不是的，是第二任。”他没说第一任是怎么啦，郝书记也不好问，就笑着说：“你呀，把这秘密包得严严的，谁也不知你的婚史情史。”局长无所谓的样子：“这私事，知道有什么意义。”

郝书记这才直入正题：“老领导，松涛他这次回来，时间安排得很紧，他渴望见到的一个人你可能已揣测到了，她就是你娃他妈，你亲爱的夫人！”局长听点了题，也不觉突兀，不感到突然。他沉定地看了老郝一眼，“是啊，人之常情！”下来微点着首继续听下去。郝尽管地倒着要说的话，他怕说个半拉局长夫人回来了。

“你见过松涛这人吗？”郝书记问。

“没。只听过名字。”秦局长说，“那时，我们还都是青年。他可能比我还小哩。”

“唉，几十年了，他深感愧对于她。他说见见面一是为谢罪，二也是替父母在天之灵感恩。更有祝愿她幸福安康的意思，除此，再无他意。老领导，这事成不成，全在你宽宏大量来帮忙了。”郝书记似乎在逼局长表态。局长这时头嗡的一下，连本人都听到了脑子里那声响。他眼前好似飘过了几丝云彩，盘旋着不散。他取下眼镜不知有没有必要，擦拭了几下，放到桌上，又拿起戴上。过去多棘手的难题都能迎刃而解，郝书记提的问题可真成“疑难杂症”了，郝书记看出了老局长的为难。难，不是他思想不解放，或说吃陈醋、设障碍，而是拿不了老伴的主。若应诺了，她不同意，是白丢个人，即使老伴勉强答应，对儿女怎么解释，不应，镇村两个头儿专来说项。还说我老头心胸狭窄。深入一下想，他她相见，这不仅仅是私人情感而有政治因素其中。他心理“障碍”咋排除？

郝书记焦急了，他等局长表态。秦局长站起来踱了几步，又贴郝坐下，说：“我没问题。她吗，我会尽力去做工作的。”

“老领导真是高姿态高风度啊，这把锁只能由你去打开了。”郝书记满怀希望。

“等她回来，我先试试。尽量说服。”秦局长叫孙子跑去呼奶奶快回来，就说家里来客人了。孙子飞出笼的鸟儿那样跑出门。

秦局长感叹道：“国民党真他妈的王八蛋，不顺应时势，和平统一，夹着尾巴逃到那个小岛去了。害得不知多少家庭生离死别，家不成家，支离破碎，制造了多少人间悲剧。悲莫悲兮生别离，半个多世纪了，人嘛，不忘旧情，也符合常理，况且那时还都是小夫小妻，被从亲亲热热的蜜月逼散的。见见也好，也好！我能理解，全能理解。换位，我也会这么的。”郝书记握住老领导的手，感动不已，“您，不愧是老党员，老干部，有你这种大仁大度、高风亮节的心里话，我全放心了！”

二人走到客厅。荣凯读了他们的神态就知所以。很快倒掉凉茶，另沏了热的。杯里的热气和心上的热情融于一起。每个人的脸上都红映映的，像娶媳妇那样高兴。

秦局长没有就座，他面向窗外的万里蓝天，果断地说，怎能不让见呢，时代不同了，咱又不能当法海和尚啊！二人相见，都心甘了。这是历史造成的悲剧。相见，两颗心都亮了，安妥了！好事啊，是不是！

小孙子拉着奶奶的手，唱着“我爱北京天安门，天安门上红旗飘……”进门来。奶奶热情又礼貌地招呼了大家。秦局长向老伴介绍了客人。

郝书记，荣凯互视了一下，把目光转到这位慈祥的老夫人。她留个男式的短发，发已花白，洗得晶亮，她的皮肤保养很好，还是那么乳白，那么丰润，那么鲜活，皱纹虽有却不明显，走路也很稳健。配上适体的紫红上衣，黑色裤子，十分庄重可亲。精神现得分外充沛，看上去，谁也不会认为是快八十的老人。她问过客人后，就沏茶。荣凯两手挡了。他该怎么称呼？叫奶还是称姨，他没个主意。还是脱口叫了声奶奶。她被这一声叫得很不自在，笑着看了一下荣凯：“你，……多好的小伙子！”

这时，大家虽然表象是那么的放松，可心弦都紧绷着。郝书记不能预测她，老局长这刻在想，他和她虽已早过金婚了，可再今天的难题上，他摸不透她的心脉。荣凯呢，更为心切，心切一切能如愿以偿。

挂钟只顾自己的响着前行。时间，这时候一秒一秒都是宝贵又宝贵的。咋办呢，谁先开口说话，话头怎么引？还是老局长主动。他见老伴进了卧室。紧跟了去。郝书记从沙发那头挪向近卧室的这头，专心致志地侧耳细听，卧室的门也没掩。老局长还是他那不变的直爽性格。他简略提了一下老伴曾有言露的梦寐渴望，庆贺道：“夫人，今有鹊登枝头，你不觉突然吧？”夫人不解地瞅着他。他就如实地把郝书记带来的好消息讲予她。局长最后问：“见不见你考虑！”他佯出无所谓的样子。

她这刻间可能摸不透眼前这位相濡以沫的男人的心，没贸然答应。但她知前夫回来了，脑子哗儿一下，云破天开：他，还有命在世！阿弥陀佛，心里又惊又喜，怎一个两个喜字了得！可脸上表现淡定，看不出激动，看不出伤感。她怕把握不住自己的情感，伤害了与她心心相印、恩恩爱爱的眼前这位最亲的人。她知，凡男人对这类事心态难测，敏感之极！她问："你的意思？我听你的！"

秦局长已知她心了，说，这事主要在你，你好好想想怎么办。夫人还是不正面表态。等他直言。局长等不出她坦露一句实心话，说："你不要考虑我的心情，人家远天远地渡海过洋，怀着五十多年的心愿回来了，错过机会，你得后悔一辈子的！你相信，我不是俗夫愚男，我绝不吃醋，也不会担心你被他从我身边夺走的。人家也已是有妻室有儿女的人了。"他敞怀亮心，她才开口："咱都这么一副年岁了，老巴巴掐也掐不下了，儿大孙跑着，谁夺谁？你说能见，就见吧。我怕引起有些人的误解。"局长说，误解的都是那些不懂事理的，闲言碎语是那些小人的，只要咱心里亮堂就行。放下包袱吧！老伴问："我去，你呢？"老局长笑了笑，你两个见面。我站当面像个啥。我与他约见也是一定的，那是我的事。他把那个"一定"特重地表达了出来。让音敲在她的心上。

郝书记和荣凯大气不出地把这些全听到耳里，两人手攥手，攥出了水。高兴得几乎欢呼出声。没料马到成功，这么顺当！全在他老两口通情达理虚怀若谷！真是大人大量！

老局长和老伴并着走出来。都是一脸的微笑，尤其是夫人好像更年轻了似的。

局长告诉郝书记，"那就心想事成吧！"

郝书记紧握局长的手，"谢谢局长，谢谢嫂夫人！"

4

白望梓和墨松涛这一整天腿没停，眼没闲，在大伟的陪导下，白墨村转了一圈。看了旧村庄的遗迹，特别留连了望梓家的那个大宅院。看了新建的新农村。这天翻地覆的巨变让二人震撼。见到了男的女的老的少的全是不认识的面孔，但都亲如一家的人。主动接近他俩，表示真诚和热情。到了村子沟边，几层黑森森爷爷的爷爷们留下的破窑洞，祖辈肩担肩抬饮水的吃水沟，弯弯曲曲蛇一样伸下沟底的白约约僵僵的羊肠道尽收眼底。目下宽敞明亮的住房，家电齐备。户户自来水，人人衣时尚，顿顿白馍细面，讲究环境卫生，说话明理和气，在他们印象中留下了深刻的记忆。二位还寻了祖坟，敬祭了先人。亲不亲故乡人，美不美泉中水。二人还特地去了吃水沟一趟，看着从地心流出的清幽温甜的水，双手掬着喝了几口，口口下肚，全身舒坦。赞叹不绝。大伟应二位心意，各盛一小瓶珍带。

在他们气喘吁吁上坡时，两位同胞已有些太累，顺便坐草地上稍憩。荣凯急步下坡来，面向松涛报喜："您托办的事基本成功。书记向部长汇报后，让我告诉您：明天中午就在本村安排相会。"松涛激动得两眼溢满泪花，紧紧拥抱着荣凯，连说谢谢，谢谢！荣凯贴着松涛明显感到了他心的跳动。松涛先生对县镇村三级领导对他的关切深表敬意。一时间浑身来劲，撂弃了上坡时找的拐杖，如履平路。

几十年前的记忆，那是喜是悲的情景，电影一样一幕幕真真切切地浮现在眼前，松涛怎能不记忆犹新呢！

那是1948年的腊月28日。这时刻在他的脑子终生难以忘却。那8

年，国民党王朝已到冰山崩溃的末日。一方面负隅顽抗，一方面分批逃窜。同时为补充兵源，到处拉丁，硬性派款，与解放军百万雄师对抗。刚刚办完人生大喜大庆的婚礼，年节即至，一家人沉浸于喜庆中。芳年妙龄的一对新人，洞房花烛，温馨蜜津，小两口难舍难分。第五天晚也就是过年后的正月初三晚，保长带着乡公所的黑狗黄狗多人闯进他家，把他从新娘的热被窝拉走了。晴天一声炸雷，天摇地动，刹间，墨家的天塌了，他家遭到了巨大灾难。父母呼天唤地已不顶事，他连告别双亲的几句亲已话也没说上一句，他同媳妇掏心窝的一句离情也没能表，就肝肠痛断地生离了。从此，罪恶地制造了他人生最难忘忆不尽的悲情案。他，就这样成了历史悲剧中的一名角色——千千万万百姓之家同样命运的人。

刚入伍的新兵就加入内战，每战每败。没多久，就卷帘逼到台湾岛。从此，他与故乡与亲人如隔阴阳两界。谁也不知谁的死活。

松涛是单传，父母只他一个男孩。他的婚姻是双方父母包办的。结婚，虽说是人生大喜，可是穷人家孩子结婚，是尽量从俭的。他记得那天，是租了一抬旧轿子，放了几串不大的鞭炮，不多的几席粗茶淡酒就算完事了。更说不上有照相纪念了。按中国人门当户对的传统观念，她也是出身于一个朴实勤劳的农家的农村姑娘。身上没有丝毫千金气。虽目不识字，可幸运的是没受妇女缠脚的折磨，给她留了一双和男子汉同样的天足。有了方便自由的大足片，加上天生的俊俏姿色，修美身材和贤惠品性，她从小就受人喜爱。时隔50多年，他身边自然没有媳妇的倩影让他欣恋和思念，仅留在脑海里的新娘子随着岁月的逝去，越来越模糊，但是又越来越活现——这就是他不时想象出的青春芳容。然而洞房花烛，妈妈拨亮的长明灯，是古旧的油灯，并不明亮。亲朋共乐的幸福情景却历历在目，连那杂呼狂闹的笑声也似仍然萦绕耳际，未消未散。

现在，相见的时刻到了，他却不知见到了如何应对局面……开口第一句说什么。

同样的心情，同意的心理，他当年的新娘，如今已成老太婆的季梅兰心里更是复杂不安。旧伤口感到阵痛。

结婚那年她16岁，松涛18岁，结为伉俪之前，谁也没有见过谁，光脸麻子，灵醒还是傻瓜，都蒙在鼓里。喜庆日，连天炮珠之后，虽一对鸳鸯相依偎于禧衾，总含羞怩，相互都扯不开面皮端详终生要陪的人的样貌。这么些光阴过去了，她最深刻的印象是：他腼腆，言秃。短暂几天的相处，她，记得他人不白也不黑，方方的脸，浓浓的眉，眼睛有神，憨相一副，好心肠一腔。当年的娃娃今天都老了，多少个历书变黄了。他成什么样，他现在语言方不方便，脸再爱红不红，见了面第一句该说什么，她犯大难了。想到这里，又不能不想到：他如果要问（一定要问）两个老人，她拿定主意如实告知。他是老人唯一的男孩。突然失去儿子，像狼叼走了。两个老人想疯了，吃不进饭，睡不着觉。半夜三更，睡梦里都叫魂一样呼唤儿子回来。全国解放，新中国成立，儿子仍杳无音讯，如此沉重的打击，哭干泪的眼睛看不见了。身瘦似柴，几年过去了，人传他儿子大概没命了。有人对他们说一定是逼到台湾了。二老伤心过度，先后含恨谢世。

老实安分的梅兰，一方面暗里祝福祈祷神灵保佑小丈夫，守在家里等天亮的一天；一方面像秦香莲代夫行孝，送二老入土后，继续等。盼星星，盼月亮，泪暗流，湿衣裳，盼不回心上人，梦中郎！多少人为她青春守寡发善心，劝她改嫁，说你无儿无女守活寡是自己作践自己。这一年——1952年吧，她进了村上的冬学。大脚片又识了日常用字，跟上妇女协会干些事，很快成了积极分子。人民区政府抓生产，关心民生。四区区党委书记秦政下乡抓工作，他的点恰在二乡的白墨村。精干的小秦年方正春，比梅兰仅大五岁。他工作扎实，负责任，对白墨村的村情了如指掌，村上的积极分子全上了他的工作手册，所表现的事迹也记在工作日记里。梅兰的情况他知道一些，在村上第一任支书白占江的撮合下，在解放初老干部不满父母包办婚姻，对文盲的、小脚的、感情的……种种原因而不称心的老婆离婚的风气影响下，53年小秦也离了包办的小脚媳妇，和梅兰结成美满婚姻……她想，见面了这些会不会提起，就是不提，她也会如实相告的。解释清了，两个人心里都会好受些的。

老秦呢，他嘴说不掺和于她和他的感情中，这怎么可能？实际，他思想一直在他和她之间胶合着。这个“胶”就是勾起的沉淀半个多世纪前的他与梅兰那浓浓的情，那近50多年来相濡以沫的爱。许多许多历史的碎片，犹如大地上散撒的珍珠，忽地由一根绵软的线串了起来，串成一条完美的项链。犹如大盘里纷堆的汉字，马上组成了一首优美的抒情诗。那时，他和梅兰恰是年华正茂，芳蕾初绽的季节，她用馨润的花瓣接纳了太阳的温情，他用爱的雨露滋润了干渴的禾田，珠联璧合的一对年轻人用“解放”和“自由”的心弦，奏出了人生最美的旋律。逝者如斯，天不老人在老，山不转水在转。梅兰和松涛也都老了，能了却心愿，各表衷肠，多好啊，可贺可庆！他创作这几幅书法的用心可见。他收起来，重重地盖上自刻的红印，收起向装裱社走去。

5

墨松涛和季梅兰相会陪同的是荣凯和小白。地点原想安排在镇上一家酒店，后由村上小宴招待。

这天松涛先到的。荣凯坐镇上的车去县里接梅兰。到了办公室门口，车门打开，田禾和肖肖早在那里等着。奶奶好！两个人亲切地问了声，上前一左一右地搀扶老人进房子。这时，松涛紧跟着出来也到田禾身旁。他打眼就认出了当年的她，她是他心坎上铭刻着的梅兰！梅兰抬眼，目光也正对着了眼前这位穿着有别于一般老男人的“陌生人”，他的轮廓还是那么清晰，心里肯定地说，是他，是定型的他。他个头还是那么高，身板还是那么直，微笑始终挂在脸上，男人的气质向她扑来。她注意到他结婚时那秃子头（特剃的光头）眼下是浓密厚实的大背发型了，那热辣辣春阳般的目光全落在她脸上，她的心已感到了别样的温暖、舒服。她脚步缓了缓，让心平了平，而他目光那么贪婪：她在他过去的印象似朦胧又明亮地显现出来。……眼前，一个真实的她，身板稍胖了些，那是发福，两鬓虽添了不少白丝，脸膛春色却盎然，看上去与该到的年岁有些不符。他特注意到她的额头，皱纹是横了多条，却并不深刻。目光依然炯炯，神采迷人。

她毅然向前走，他挺然靠近来。几秒钟可为的零距离，却走了几分钟。

他已贴近她，飘然地说了声“您好”！她也应了声“您也好”！这音量的穿透力，逗得二人心情都生起了波澜！两颗心荡漾了一下，忽然从二人的眼中表现出来，无法抑制啊，酸楚的泪！“您好”，“您也好”。谁能说出它的分量，它的内涵！

荣凯早进办公室，看了当坐的位子。叫田禾给取了两个软坐垫。到了室内，二人都提不起各自心窝久蕴的话头。茶水放好后，荣凯让田禾和肖肖在外面侍候。

整个房子只有两位老人了。荣凯原估计一个小时，让田禾他们不要远离。他进去说，二位老人你们聊吧，要什么那两个女娃娃在外面。二位老人感激地说，谢谢！

两位老人不知是难开口还是过于激动。梅兰探测着松涛的心理，松涛也琢磨着梅兰的心绪。办公室墙上挂表三条指针各司其职地围着那个圆周轨道行进，红红的秒针快速地一圈一圈奔跑，哑哑的，怕惊扰了老人谈叙，整房间静得有点可怖。二位都看了表速，心发急了。凝聚的空气在蠕动。是痛苦还是幸福弄得蠕来动去的，知它是鼓励二位快点启动口唇。松涛端起杯抿了口茶水轻轻地放下，问："您喝口茶吧！"梅兰说："我没喝茶习惯，来，给你添点热的吧。"她慢慢给他双手端起的杯里加了些。凝聚的空气这时撕破了口子。松涛接过热水瓶，笑说："我来，我来。也给你加些吧。"心海澎湃，浪花飞溅！两人的眼里都滚动出晶莹的千言万语难表的情感，他非常用力地克制自己，语现哽咽："梅……我有罪，让你受苦了！"他伸手去握梅的手，梅兰也没躲。他要跪的样子，再次说："我实在对不住你的心啊！"

梅兰："您别只责怪自己了。您也苦啊！"

松涛："我，我真的对不住您，音讯的确没法传到……我被拉去，没多久就被挟到岛上去了。那里一切都死死地封锁着，罐头一样，僵尸一样。我的心如万剑在穿，在穿啊！"

梅兰："知道，我在梦中早知道。我是不会怪您的！不怪您的。"

半小时过去了，两人不提或少提过去，只交谈了现在的生活、身体和家庭。松涛从皮包取出几个精致盒子。取出一条台湾精致红珊瑚项链，一枚蓝宝石戒指。和铂金镶着绿翡翠的耳坠，说，台湾珠宝，花莲之光，是世界著名的典藏，请你一定收纳，就算是我对您青春的偿还吧。这点小东西算什么，我怎么偿还也是还不了的！梅兰说，情我领了，东西您收起来吧，项链戒指我有的。松涛合上盒扣，双手捧着。梅，你一定得收下，我知道你有个好丈夫，家是和睦幸福的家，美满温馨的家，什么也不缺的。可这是我的心，赎罪的，您不收，父母在天之灵也怨我！再说，这是我和孩子他妈为您精选的。你不收，我回去没脸说。在那边，我有个小公司，钱是不缺的。梅兰说，感谢你夫人的好心！大量！收这么贵重的东西我心不安啊！松涛再次强调："这些礼品是孩子他妈和我共同挑选的。你想不要行吗？她让我告诉你，你是姐姐，她祝福你幸福健康，她说她如果有机会，会回来看你的。她还有个请求，要您一个照片。"梅兰说："这么说妹妹知道您回来的意图？"松涛说："我俩什么事也不互瞒的。她是本地汉族农民，人品很好的。不是小肚鸡肠那种，是从不吃醋的女人！"梅兰说，好人好报，这是您的福分，您的积德。祝福祝福！

梅兰只得礼节性地收下了价值不菲的赠礼。她回赠什么呢？她也是有备而来的。她从手提包里取出一个红布小包交给松涛。松涛慷慨地接过，打开一看，最上面的是88年一张半身彩照。下边是一双白丝光袜子，里边装着两张国民党的纸币。她又从贴身掏出两枚龙凤银圆交给松涛。

松涛惊喜不已。"啊，这都是文物了，还是你留着吧！"梅兰颇有感触地说："这些，不属于我一个人的。"松涛这才记得，那袜子是他俩结婚时他头天穿的，喜日之晚，按风俗定要新媳妇替丈夫脱，妈在里边装了两张纸币。按俗钱应属于媳妇的。袜子当然属于小男人的。那龙凤银圆是第二早向长辈叩头时父母给儿子儿媳的礼。人各一枚。松涛回忆当年，知这些"文物"凝聚着他（她）二人的情，又渗透着父母祝愿的心。他再没谢绝就收着装入自己包里了。谁知梅兰再次把手伸进包里，掏出用红头绳系得紧紧的一双千层底灯芯绒手工鞋，说："这是我在成家后第三年亲手为你做的，也算是我为您亲手做的第一双鞋。我的心全在针针线线里。不知合不合脚，你留个纪念吧。"松涛眼圈又一次红了，转过身去沾了沾，面向梅兰，"谢谢您，谢谢您！你把这些能保存几十年，世间少有啊！"梅兰的眼圈也红了。

最后，梅兰提了个要求："老墨，走之前你能不能到家吃顿家常饭。"她没有鲜明说"我家"，而只是说"家"里。聪慧的她，到底怎么说，她也是很费了些心思的。松涛还有点疑虑地问："不会有什么……"梅兰知道他要问的是什么，怕引起的误解。坦率道："这是老秦向我几次叮咛的意思，他是想见你一面。"松涛这才放下心来，畅怀地答应了。

6

一天后。

望梓还是由大伟陪同着同村方老人和本族同辈们会见。

松涛按荣凯联系好的时间，坐镇上车陪送，准时进了县城鸿翔小区。秦政老局长已在小区门口等候多时了。车门开了，荣凯先下来，给松涛说："墨先生，他就是秦局长。"松涛上前，二人相互握住对方的手，墨先生好！秦先生好！互问互祝。松涛受到秦局长的热诚迎接，心情一下放松了。心里说他真是个可靠可敬的人！没有一点官架子，好平易近人啊！他由衷地敬佩着眼前这位共产党带出的老干部！更为好人好报的梅兰祝福！

秦局长拉住松涛礼让在前头。餐桌从小餐厅挪到大客厅，早摆得好好的。桌是圆桌，五把椅子。局长的小孙子在忙活着放餐具。上座的小高颈瓶插朵鲜玫瑰，明示这是贵客的位子。不用说是留给松涛的。左右一是秦局长，一是梅兰、松涛，对面留二位，一是老秦的孙子，一是白支书荣凯。安坐后，梅兰出伙房来问了松涛，就接着上菜。菜都是家常小菜——全是以松涛喜欢的口味准备的——蒜姜小葱拌粉丝，油炝韭黄胡萝卜丝，醋熘洋芋丝，腌泡甘蓝丝，御面丝（饸饹形的）土鸡肉丝，每碟都是少而精，秦局长看桌上缺辣子，面向伙房："给咱把辣椒端上来吧！”梅兰应声：“老墨不吃辣子的。”秦局长笑笑，说：“不好意思。那就随便吧。白支书你喜欢就自己取。”

荣凯灵感突然冒出火花，他仔细看过桌上的菜，每道皆为丝型。“丝”，思；“韭”，久；（土鸡土豆）“土”，图；“鸡”，吉……他给大家又看过酒，端着站起说：“我借秦局长的酒敬几位老人，祝您们健康长寿，快乐每一天。祝海峡两岸一家亲！”为了热烈场面，增进亲谊，他借菜发挥，问老太太：“奶奶您的菜我吃着好有感想。我发现了两个谜。”秦局长和松涛筷子正向口里送菜，都停下来听着。荣凯说：“一，餐具全是景德镇的精品，这可能不是您平日用的吧，是专门招待贵客才用的。我说得对不对啊？”秦局长和老伴都笑，表示认了。“二，眼前的菜全切为丝，这‘丝’就是‘思念’；‘韭’就是永久、长久、天长地久！菜中有土豆、土鸡，‘土’，就是‘本土’‘故土’‘稀图’，‘鸡’就不用说了，象征‘吉利’‘吉祥’‘吉庆’，其他就不一一表了。看来奶奶是好费过心思的！‘思念情深久，图个吉’！”

气氛一下子醉了，客厅洋溢起愉悦的笑声。

秦局长端杯道：“年轻人真会动脑，是不是有你说的这种含义，还得问制作的人。”他指了一下梅兰，梅兰酽酽地笑了。

酒酣至此，梅兰说：“你们慢慢喝着，我去下面条了。”煎汤臊子面，是本县农村待客的最高档次的名吃。手工面条，也是梅兰最拿手的一绝。她知道松涛最爱吃家乡饭的手擀面。

蜂糕也是松涛爱吃的食品，她也用心地做了。将发酵的优质精面粉，掺上土蜂蜜而制。

这顿饭吃了一个半小时。谁心里都明白这次相聚，吃饭只是个谊会形式，而着重是加深感情，为正康复的历史伤口注入特效新液，圆梦白墨。

饭毕。

秦局长让孙子给大家添上茶坐下休息。几人围坐一起。墨先生很感触地说："这次能得到秦先生的热情招待，吃到夫人做的家乡饭我终生难忘！难忘终生！"秦局长笑道："为体味之悠长，我想再加份调味品。"他进书房拿出裱好的几幅字。双手捧着。请墨先生作个纪念。他亲解开轴。是独笔"龙"，意在都是龙的子孙！荣凯和松涛都站起来承接。到手即打开来，一轴是"牢记历史，展望未来"，一轴是"常回家看看"。局长说，算不上书法，仅作纪念，墨先生可选。

墨松涛哈哈一笑，"我都喜欢，这些宝我全要了，秦先生不会笑我太贪婪吧？回去，我要送咱陕西同乡会挂会所，饱眼福，怀乡愁！"

秦局长："你这主张太好了！能过海补壁，我何惜，那就全归你吧！"

松涛："秦先生，我还有个想法，能不能给白望梓也增幅墨宝！"

秦局长："没问题。"他进书房，几个人都随从。荣凯帮着压纸，秦局长饱饱润毫，没用思索，以磅礴之气写了"海内存知己，两岸一家亲"八个大字，字字激情，笔笔苍劲，既有颜柳之骨，也有于老之情，当然更显他秦氏之风。他稍远点偏首左右地照识了一下。哈哈一笑，就这么个本事了，来，盖个章吧。他取出自刻金石，重重地按了两处，抱歉道："我早没想到这点，装裱恐怕迟了。"荣凯说："这任务我负责完成。"

秦局长说："那就托你了，白支书。"

有朋自远方来，不亦乐乎。几个人心情洋溢中，一个端庄的帅小伙来到面前。秦局长指着墨先生说："这是你墨叔，那是白墨村支书。"帅小伙说，墨叔叔好，白支书好！秦局长给二位介绍："这是二儿子，他在西安上班。”梅兰听儿子回来了，出来问咋没引孩子。儿子说：“我回来只一两天时间，孩子中学课紧，没让回。”

松涛更觉今日相聚的意义。亲切地说：“贤侄好，祝你前途远大，鹏程万里！”

在局长的提议下，大家合了影。又给局长一家照了“全家福”。最后松涛要和贤侄和可爱的孙娃合个影。儿子看妈妈。妈妈说，去和叔叔照吧。三人一排，都站着，中间是松涛，由荣凯亲摄。

7

他们的行程明天就到了。

下午，望梓和松涛要求再去市二级公路与大寨路十字口——也就是白墨的门户——新区工程地看看。这正中荣凯求之不得的心，十多人看了一个小时，看着议着，有建议有意见。看毕一致认为：这块地域是白墨的窗口，办好将是白墨的名片。在这里花本的思路太好了。首先是地利。这里是长短途的小站，人来人往，日日不断，搞娱乐餐饮，小百货，土特产的推销，都可为村民谋取效益。小白说，利为民谋，权为公用，在这里摊底，就是落实。荣凯说，在这里发展，早有想法，可想法归想法，如何变为现实不易。“说实话，我先后来这块地方有六次，越看心里越热，终于在年初把蓝图勾画在这片地上了。”小白说，这是个大手笔，一看就是个智慧的谋划。先回办公室的大伟急着来说，县统战部来电话，政协一位副主席带县电视台记者，要来见二位台胞。

荣凯和小白加快步伐赶回村委会。作招待准备。荣凯向县上领导汇报，村上准备了几个节目，本是安排在今晚举行联欢的。没想到马上要走，恐怕连不上了。领导说县上为十多位台胞安排了晚会，就在今晚。“不然，你们选几个节目，就地表演一下也好。”

荣凯马上与大伟、小白他们商议，听取田禾他们几个经办人意见。在学校院子，抬几张桌子，摆十多盆鲜花，插八面彩旗，以升旗台为中心布置出了一个简朴而实用的舞台。

一小时后，联谊仪式开始。由镇长主持，统战部领导讲话。墨松涛代表台胞即席发表了出自肺腑的感言，他的桑梓情，故乡恩，句句鼓点般打动了在场村民的心，场子煞间激情涌起，高呼："欢迎亲人再来，欢迎亲人多回来！"荣凯必不可少地出台，他深表了白墨人的热忱欢迎之情，深表了白墨人对同胞寻根的衷心致意，殷切诚恳能再度重访。台上台下互动，依依惜别之情，愈热愈浓，愈浓愈热。联欢虽然时间很短，节目不多，但心心相融，情情相汇，把"血浓于水"的意境表现得淋漓尽致！

在镇长主持下，举行了一个依依惜别的欢送仪式。

村上以两委会的名义给二位台胞望梓和松涛赠送了礼品，每人一小瓶祖辈饮用的山泉水，一包家乡坳心土。并各增一副家乡姑娘亲手赶绣的"江山多娇"图。

县上给各位赠了一枚有宋塔的纪念章，一盘反映改革开放以来紫薇县天翻地覆变化的光盘和大型影册《世纪跨越》。

望梓和松涛感激得热泪盈眶，他们把早有准备得礼品也亮现于众：

墨松涛拿出两本精美的《宝岛风物志》一本送统战部，一本留白墨村。白望梓也取出带来的《台湾风光》影集，一本送县委，一本送白墨村党支部，最后，由松涛代表二位向家乡各捐15万人民币以表父辈心愿。话音未落，掌声雷鸣。小白本不在这种场合出风头，但被台胞热爱家乡的情绪所感染。把前几天和父亲商量好要为故土报恩10万元的卡亲手交给村委会。他站出台来深深地向父老鞠了三躬。大家热烈鼓掌，以为他要代表两委会致谢词。小白待掌声余音未了，说，“我代表家父也献绵薄之心，捐10万元人民币，一半作为经济新区基础建设费。一半作为白墨立德教育中心专职农民培训费。”又一阵掌声高涨起来。荣凯大伟当然不能只收礼，不表示表示感谢的。二人上前去，拥抱了三位，满腔感动的语言，霎时间无从衷表，只是“谢谢”“谢谢”。电视台记者的镜头全拍下了这催人振奋的瞬间。冒子和大鹏几人驾车拉了一棵家乡普遍生长着的具有坚强生命力的中槐（国槐）——这是荣凯早安排的——和台胞一起在已建为半成品的文化广场植了这棵纪念树。同时立了碑子，碑上写着年月日和植树人的姓名。县政协和统战部的领导同二位台胞、白墨两委干部在树前合了影。

依依惜别，惜别依依。

仪式结束后，他们在统战部同志的陪同下，进了县城。

第二十七章　时不我待

1

县电视台当晚就播放了白望梓、墨松涛和小白为家乡捐资的新闻。台胞的故乡情怀和大学生村官的模范行动成为城乡饭后茶余的中心话题，这话题都是围着一个“钱”字。在新农村建设方兴未艾，万众一心奔小康的时下，干部、百姓都把眼睛睁得大大，为钱绞脑汁，为钱发疯，为钱奔命，梦里都想钱，盼着天上下雨一样的下钱，地上生草一般生钱。不少的村子向做生意的大小老板苦苦动员思想，设法子刮油抽血。过去被仇视的有海外关系的人家，怕瘟疫似的避讳这种关系，胆寒株连五族，九族的祸及子孙，没料邓大人把被颠倒的历史归了正，被污黑的用“奇强”除了垢，“人民”“公民”的本意从几十年的老词典改了过来。历史终由人民来写了。窝里斗，瞎折腾一去不返。今天，有这种关系的直系人红得了不得。真是三十年河东三十年河西。人大代表，政协委员都为“海外人”的亲属留着位子。村镇干部也奔着来，从政治上给点好处。真乃此一时，彼一时也。如白墨村这几天就有人放这样的话：国民党时代当保长、乡长的枪毙了，当大官的倒成了大熊猫。白战武，呵，顶百个小保长哩，不逃跑台湾去，今天还有他个命！儿子回来了多牛啊！光荣得只欠披红戴花了。不就是捐了几个臭钱吗？——白墨村有人敞开口地放，想说什么，嘴上不安门！

致祥虽多次接近望梓，人家本族门的都插不上拉长话，哪有时间同其他乡亲长叙呢？墨松涛呢，除随着看村上变化，其余时间心思都花在了与秦局长夫人约见上。致祥尽管苦思出各种关系亲近望梓，也没得个空子。有缝也插不上针。没得空子就得不到想要的好处。没得好处就说坏话，其实他这人鬼点子多，心眼不好，墨家、白家、黄家谁都厌弃他。

村上还有几个没头没脑，被他利用着爱惹是生非，不规不矩的墨姓白姓的，也如阿Q说他姓赵，和赵太爷拉关系，其实他连自己姓什么叫什么也不知道的。他目的就是想“革命成功了”要什么能有什么，吃香喝辣，爱和谁困觉就困觉。他是一个不会觉悟起来的，以精神胜利法自轻自贱的社会盲流，见利就营，营不到却不放弃的人。致祥们即是此类。因此，他的编造舆论已没多少市场。

探亲的日程安排已到期了。两台胞都要离开村子，致祥去了轲亮家，说了许多不实的扇风事：望梓给了某某多少钱，送了某某人金戒指；松涛到某家去，一下就掏出了多少外汇，还给了金手链，到某某家去，给了猫眼石戒指，说得有鼻子有眼，如在当面所见。

更为赤裸更为不可容忍的是到处说望梓和松涛各给了支书一块金表，主任一块金怀表。别看荣凯和大伟热情的接待，不吃腥怎么会呢？傻了吗？一时谣言纷扬。如果说是捕风捉影，还有个风丝，有个影儿，而目下飞传的却全是空穴来风。荣凯他们听到了吗？他当然听到。可他就那么个性格，君子的包容、宽恕。他每临此种情形，总是自己劝自己，冲动是魔鬼。暴躁是无能。所以冷静思考后，豁然爽然发笑。自语道："这个人咋狗改不了吃屎呢！咋总是不能清醒清醒自己呢？总想端屎盆子到别人头上泼，不嫌劳神，多无聊啊？"田禾几次说他，说你一次次让着，人家把你当软柿子捏了。上次村上得了文明村奖牌，他造谣，县镇出面教训了他，事后，还是旧样子，又泼污于你，他虽难惑众，你不洗刷自己为清白，村民那知真情？还以为是真的呢！不及时反击，不等于长了造谣者的志气吗？荣凯玩笑道："你真妇人见识呢！"他不但不生气，倒高兴了，"他不嫌困就造去，没人听他从他，他自然就龟下了。"大伟听了跳起来，砸得地动。反对荣凯一忍再忍的"轻敌"态度，说"你这不是大度而是姑息，姑息就会养奸。忍是有限度地，不该忍的绝不可一忍再忍，委屈不能求全，往往会助长逼你碍你的人的气焰。"荣凯不吭声地洗耳恭听。等大伟说完，他问："你说对这种人能用什么办法？"大伟道，在一定场合，对他采取非常手段，来个严厉的教训总不为过吧！不把警钟敲响，这村上咋安定，咋团结！荣凯笑了笑："还是再忍忍看吧！林子大了，什么鸟都有，就让他飞他叫吧，怎么说，他是离不开大林子的人。水清无鱼，这道理谁都懂得，一块大田里是不能没有杂草的，世上不能只是好人，没有坏人恶人；所以不能疾恶如仇。就白墨村言，咱得面对现实，就说致祥吧，他和轲亮，制造了那么多离奇的谣言，惑众了吗？过来过去就那几个人。在白墨，我为什么一忍再忍，有个一二，还有个再三再四？最高的轻蔑就是无言。无言，就是轻蔑！对峙起来，有何意义呢？……"荣凯淡漠地说，"他们两手抓着黑专抹你脸的嘛！"

且看致祥这几天苍蝇嗜腐一样天天找轲亮拉话。开口就是台湾人（他不称台胞）捐资、台湾人赠礼品什么什么。他问轲亮："你这多天再没去新区工地？有钱了，半停工的工地上又热火起来了。寡妇生娃哩还不是该狗好，捐的那么多钱，能用到刃上的钢有三分之一就不错了！不是都喂了狼，喂了狗的肚子！”轲亮说，咱们这些人，投降派多于革命派，墙头草，随风倒，一看大势在变，就像朘子一样缩到裤裆里去了。弄得咱两人不人鬼不鬼，臭名在外，村上人见了都躲麻风病人那样的不接近，不答话。下贱死人了！咱活啥人哩。说心里话，荣凯这小伙子很不错的。他开天辟地说了一句公道话，而且特用了一个“很”字。柯亮说他执政干了不少暖民心得民意的事，基础在村民心中已牢固了。“依我说，咱就再不要捣乱了。”致祥一听“捣乱”说词，瞪圆了小眼睛。大声问：“你吃啥药了，突然变成另一个人？连我都不认识你了！”

轲亮没冒火，说：“我说的是真话好话，良心话，听不听你思量去。”

这两个村上不安定的主角谈到什么时候散的，没人注意。只有一个人注意到了。这人就是肖肖。

致祥找轲亮进门，正巧被肖肖碰见了。她是给小白洗衣裳去小商店买洗衣粉的。肖肖在意地看了致祥几眼，致祥也瞅了一下。谁也没理谁。

2

荣凯、大伟、小白几人去了赶工期的工地，检查工程质量时提醒：安全第一，质量第一。荣凯给工头说，因天气或材料等原因滞工，完不成合同期限，宁可推后，也不可跃进。三人商议事后，荣凯把胜胜和冒子叫到面前，听了工程进展中的具体细节。强调：工期决不能急赶，监理务必紧随。千条理，万条理，偷工减料是犯罪的。我们得向白墨上千口人负责，替台胞的心愿负责，每分钱都得花响，花到值处，花在看得见摸得着的地方。冒子是项目总负责。他拍胸道：“一定向你负责。”

荣凯拍了他一把笑道："怎么能说向我负责呢？冒子，你还记着田野长着的秸秆在风里挣扎摇动的情景吗？它们多像是向世界招手宣布：它们今年的奉献又立大功了。咱可要学它们向父老的血汗负责，不能不如它们！再看看大田里执勤的草人儿吧！咱们这里没稻草，是用麦草或谷草扎绑的人儿，那是专门吓唬小麻雀，保护果实的。是庄稼人不得已的办法。其实也是自欺欺人的办法。别看草人儿也戴着帽子，穿着花花绿绿的衣裳，在风中也手舞足蹈，但他没脑子，不会说话。一举一动全凭风力。小麻雀也不是傻瓜蛋，精得猴一样，一眼就识破真相。任你摇，任你摆，他们照样结伙成群，扶老携小的来啄食。吃饱了还洋洋自得地栖在草人头上还边拉屎边快乐的歌唱呢！它为农夫负责了吗？"

小白："真有意思，多美的童话故事。"

荣凯："所以，靠吓唬人的伎俩只能说明技穷。"

说着就到几十步远的那块地里。真的，草人身下的周边的穗子都空空的，没有一粒饱满的果实。糜子谷子穗儿全空空的，轻飘飘的在风中晃动。地下是一层空壳儿。

荣凯："只要稍加深思，就会悟到：大到治国，小到管理一个系统，一个部门，也不少见这种稻草人现象！或说是稻草人效应！我也曾多次对着草人儿想了很多问题。咱干着农村千多口人的事儿，不能学稻草人只扎势的把戏，不能，咱不能做稻草人！"

说话间，荣凯看了一下表说："哎呀，咱贪聊，开会时间已到了。"他们急急向会场走去。

3

这是白墨有史以来开创的第一次联席会议。

会址在村委会小院子。村民代表多人、两委会委员。当然那个"七嘴八舌”组织的人也多在其中。因为关系各家各户切身利益的事，所以都按时到会，而且坐得集中，没有往日高调喧哗。大伟先说了拟立项目和负责人。要大家表发看法。荣凯说了几个大家关心的项目后说，今天开会来的，都是咱白墨大家庭中的一员。议自家的事，想必不会有所顾虑，得向自已负责的吧。只三几人拍手称赞，其他人把目光投过去，拍手的这几个人是谁呢？名字就不提了。他们是第一次参加这样的会，把领导讲的那暖心话当圣言，过去也听过舒心的话，不知怎么了，今天听这种话分外的温暖。好像没有骗意。特别是那个“白墨大家庭的一员”“议自己的事”很有些把人还当人，很有些“当家做主”的味儿，所以，不知怎么，就不由自主地鼓起了掌。好多双眼睛投过来时，他们仍在鼓。荣凯继续说：“这些事是不是该搞，怎么搞，都好好想想，提提自己的看法，有好的意见和建议，欢迎提到桌面上。大家都知道，台胞还有小白的父母等为村上建设捐了一笔款。这些收入都公开着，怎么管，由谁管，也要提一提，让大家放心，花个明白，花出响声。近几日村上说这话题的人多，最集中的一点是怕钱花不到地方，吹了泡泡或顺渠渗了。说明白，就是怕被贪污。我白荣凯敢向大家拍胸保证：这笔钱我一分也不沾手。保证专款专管，专管专用，每分钱都要花在阳光下。每笔支付都有我、大伟、小白和村民代表签字。缺一不可。大家放心，出现白条子我负责。”参会的都专心听着，品着。正式讨论，可用“热烈”来概括，几乎每个人都发了言，有几个人还二次三次地发，发言后，都把畅快和舒心写在了脸上：同意两委会的意见，白墨村咋样能建设得美，就咋样来！百姓放心。

4

两天后的一个上午。

全村村民会在村南工地旁的一块空地上召开。

主持人是小白。大伟和荣凯就坐在他身旁。与其说像是给助威壮胆，不如说是带他锻炼锻炼。

小白只说了三两句话。他站在黑压压一片人前说，今天给大家公告几件事，望大家思考思考，诸一落实。

壮民和大鹏先向村民汇报了出去月余对本村外出人员调查摸底情况。——他们两个人千辛万苦，喝矿泉水吃最便宜的饭，住最差的旅社，人生地不熟地摸索着跑了六省15个城市，南方、北方，沿海、内地，对星布满天的193名白墨男女打工者进行了全面的了解。从打工的城市、所在单位、工种、表现、发展、单位对合同的落实，月工资等全填表上册，统一建档。将原单一维权的组织名称改为“北新镇墨村劳务管理服务站”。汇报到这里，有几个村民提了这样一个问题：花了这么大的气力就是为了知道这些吗？要求荣凯说明。荣凯随即就其意义作了介绍，还给大家传了一个好信息——周边已有五个村子知咱成立了劳务管理站，都纷纷前来商谈加盟。这种利民要事是应发展而设的。我们白墨人当然也欢迎。他们也准备仿效咱村组织专人外出掌握打工人资料，回来后正式组合。和咱村的服务站联合后，拟将劳务管理服务站更名为“北新镇劳务管理服务中心”。加“中心”，这有待镇政府同意和支持。什么时候挂牌，领导机构怎么产生，也正在酝酿协商中。

“我有话要问！”这是一个叫烈烈的壮年人，他因口笨平日是不太说话的。今天也惊人地抢着在这么多人面前发言。因为他的两个儿子一个女儿、一个媳妇都出去打工。像这样一家出去四口的，村上人称“打工专业户”，共有九、十家。他问那个“中心”能不能让打工家属也参加。

荣凯说：“这是一个新问题，提得好，可以研究。”

一个青年女子站出来问："服务中心是咱白墨发起的，领导权不能让出去的！"底下有人就窃议了："你知道她是谁？"

"是谁？"

"壮民的媳妇啊，你连这也不知道。""啊，怪不了她为白墨争权，原是为壮民……""呵，就是想当官太太。"这些话虽然声在低空，前边的荣凯却逮了音。于是，响亮地回应："领导人的事，要几个村在一起议论决定。谁能担起这副担子，就选谁。不会埋没人才的。"

第二件事：充实农业文化馆。广征展品、资料。这项工作基本告一段落。征集选用继续搞。

建这个馆，三四年前荣凯就有比较成熟的构想。初在白家老庄基办了个雏形，那时地址的确定，多少有借大宅院名气的意思。因条件不足，办得不很满意。经过努力，所征集的实物和资料渐之齐全，荣凯、大伟和小白几人沟通后，按诚石的建议，这里保留了村中村。搞个民俗文化村，为的使让子子孙孙了解啥叫农村，通过村中村去读农民居住史……另拟在党员活动室对面建四间平房，搞个农业文化馆。党员活动室是县委组织部在各村建的。必长期办下去，大大提升广场的使用价值。

随即，小白把事先遵照荣凯意见拟写的征集广告宣读了一下。范围从单干、互助组、初级社、高级社、人民公社、改革开放，各个历史阶段代表生产力发展的实物，还有能典型反映各个历史时期政治、经济、文化的资料。这一说，底下的人像釜底加薪，火势猛地高了起来。上年龄的都劳心费神的思索家里可贡献的"文物"。有的问钉耙要不要？牛笼嘴要不要？打糖椚椪要不要？同时，十几个声音问："收东西给钱吗？"大伟说你们说的都要，只是钱最好不要。白春耕站起问："我家还有爷爷留的查田定产'土地证'和互助组时的人名册，合作社时的记工本、分配账。”荣凯说，这些都很珍贵，一定要的。一时积极性和热情沸在一起，跃进他大问：“饿肚子时期的粮票、购货证（本）要不要？”荣凯说，要，要！最后指定这项由大伟负责，田禾协助。

第三件事：成立土地拾耕经营队。

白墨村实有人口一千六百多口了（包括在外游击超生的在内），耕地百分之九十七在平塬坳心，山坡地占比甚小甚小。土地承包后，改革开放搞活，开始经商、跑运输的从起步的9户已到37户，加上外出打工挣票子淘金的，近200口人在外。全村有十七八户是有老有少拖住出不了镇的，其中还有七户是老弱病残。尽管出去那么多人，可留守在家的人，承包地还是不误的耕种着。用他们的话说，外边打个呱啦鸡（山鸡）家里总不能死了黑母鸡。土地这个刮金板仍是抱住不放的。说不上是精耕细作，地总还没荒芜。那是在外打工的还是按季节寄回钱来，由机种机收。人力顾不上，就雇个临时工，哪怕多付钱也划得来的。原建果园——村上自县提出以果业发展为经济支柱产业的战略，百分之七十土地建了果园，早已挂果，不少户由外行成内行。跟上这摇钱树发家致富了。近两年，主要劳力外出了，家里人还是抱着摇钱树不放松，票子攒多了，一个看一个地学着。把家安在县城，婆娘娃娃全也进了城，手不捉把，脚不沾土了。已有三十多家，陆续的还有买单元楼，有租赁大房往城镇迁的，大男结婚，大女出嫁也把首个条件提出：城里有房。如此，农村人口流动就大了。流动人口多了。放弃的土地必然日增。他们把果园按亩200元转包出去，耕地80元至100元转包出去。奇怪，这样便宜的价，有人包了一料子就不愿再要了。如此，坳心已有六块地荒草齐腰被废弃。长着果树的，树又黄又瘦，营养不良，早期落叶，干腐病蔓延，结的果像绿皮核桃，满是锈斑。这些败象荣凯看了，为自己的职自责。诚石和几位七八十岁的老人每见心痛得叹息又叹息，多次问荣凯：“你说照这样下去咋办？到底咋办？这么肥沃平坦的耕地闲着多可惜！”

咋办？荣凯就想到了“拾耕”。由有文化、懂科学会农耕的能人来经营。来坚守这片热土。立德中心成立后，再请专家培训专职农民干这行当。今天，荣凯把村上的想法和方案公布开来。胜胜、文革、跃进、二虎几个人当下都报名。要当这村上的“能人”。大向站起来，眼睛睁得大大的向周围看了一下。他的堂兄把衣襟拽了拽，说：“坐下吧，咱把自己的地种好就行了，你也想当那能人吗？别做梦了，想发大财先要看有没有这个命！”大向说：“我看谁家都不愿种地了。荣凯想的那个‘拾耕’不是又要扶出个新地主剥削穷人吗？难怪他把白家大地主的宅院保护起来。”坐在不远处的致祥看见大向站了起来，眼珠子骨碌了几圈。猫着腰来到大向跟前。问大向：“你‘拾耕’吗？拾的话，咱两个也……”大向堂兄说：“致祥，你手里有钱就去当那个‘能人’吧，不要也把大向拉着去。他没那命！”

他们说话声响了点，弄得这一块坐着的人也拉扯起承包地转让来。会还是要继续往下开的。荣凯宣布：关于“拾耕”，咱先提出来听听意见，下去要作专题研究，这项工作由二虎、大鹏、旺年几人了解登记，把已弃耕和打算弃耕的户、亩数，想要包耕的也作个登记。会场这才平静下来。

第四件：成立运输联队

据荣凯和大伟掌握：全村已有跑西安、咸阳、县境长短客运的车七辆，跑“的士”的9辆，经营拉煤王的十六辆，还有五户正在筹资赊购运煤车。他们排队装煤，得花钱买门子“票”才能及时装上。每月跑不了多少回。队排上了就超载，不然，每月跑的不够路上交警“罚”，加上油钱、雇司机还有倒贴呢，说不上老婆娃娃跟着饿肚子。所以，这很需要一个统一的组织。负责人自选、自治。贷款、保险、纳税、安全服务、法律保护等等，村上全力给予大力支持。

这事由小白和大伟负责。这方面资料大伟是最熟知的。车主们一起当场选出了放心的负责人，就是白大通和白全海。机构有了，大伟建议在县租两间办公的地方，决定二位常驻人。兼办车辆修配和洗车、加水业务，以自养。

第五件：有机果业服务行。主要是了解各地果品销售信息，接待果商，为果农服务，服好务。本行同时搞现代气调库一个，兼办保障质量的果树专用药、专用肥，并果树研究等业务。此属村集体企业。有不少果农提问，名叫有机咋能用药用化肥？荣凯不能全部解释给大家。他说，药还是必用的，如防腐治烂，果子杀菌。当然有害农产品品质的必禁用。肥料主要购进优质有机肥。如羊粪、鸡粪、油渣等。自家养猪养羊自供自足更可降低成本啊！

大家对“有机”二字的提问很好，这使大家联系到一个很现实的问题。胜胜、跃进务果大户有十六七年经验了。荣凯提议由他二位带头搞个果树施肥研究小组，村委会联系果业局给以支持。可定期请专家讲课。以推动村上果业兴旺发展。真正成为全镇优质红富士示范基地。让白墨的品牌打响全国、打向欧洲。荣凯这一提，全场鼓掌支持。

第六件：整合新建第二居民区。（就是曾响彻中华大地的所谓“新农村建设”！）

这项改变着农村农民告别土窑洞、破旧棚户的利民工程，起始背景和后来的趋向，全民是有所知的。已有“历史的”定位和众说不一的评论。——尤其是“土地”使用……

起始，中央有开纪元的新设想，接着有新决策具体政策出台。上有要求号召，下边的各级党政便雷厉风行，掀起一股宣传和实施的热潮。

最把事当事扑着干的是县、乡镇和村级。为推开局面，县级把下面能否紧跟形势，脚踏实地跟上步子积极推进“社会主义新农村建设”，作为考核乡镇“政绩”的标准之首。县乡（镇）领导当然不能怠慢，践行“作则”。所以各领导都有抓手有示点。集中抓典型，以点带面。全线推开！

在全国大兴“社会主义新农村”建设的大背景下，现在北新镇确定为全市城镇化建设示范镇。发展规模重点移在镇政府所在地。乡村建“新农村”不再响亮了，但要建就建。

白墨村支书白荣凯自镇上参加会回来，为“示范镇”多方思考翻来覆去，转侧难眠，于是想了一套“整合方案”。与大伟、小白他们祥说了自己的想法和意见。二位认为，这是谋发展的好思路啊！在一致同意的热劲里，随写了报告并附了规划图，亲自去镇上找书记镇长。当天就得到支持。书记说了这么几句话：“节约土地，认真规划，保证质量，彻处散户。”有了面对面的应诺和支持，荣凯又召开两委全委会，仔细研究后就和群众见面了。这就是今天会上提出第六个问题的因由。

荣凯强调：“一户一宅”是大原则，硬杠杠。已修了新宅的不在登记之列。统一规划区建成后，散布的闲宅院落全部复耕归田。

这项惹人的工作较棘手，所以荣凯和大伟自告奋勇，他俩具体抓办。白墨村土地一寸不能浪费，一寸不可贪占！这是铁板钉钉，没有灵活余地。

整合重点在二三四组，共十九户，一组二户，二组三户，其他为三四组。先分头做这些户工作，征求他们意见，是愿进新区还是归早规划的新村区。愿到新区的优先安排，如果还有其他要求，收集起来，具体问题具体解决。

下来又公告最后一项：“白墨立德教育中心”的具体事宜。

今天的会不知是什么魅力，开得很得人心。荣凯他们几个满意得把笑挂在脸上！

5

荣凯和大伟说着话，去见小白，几位又议了今天所提几件实事中最难办的。他们认为“整合”是最棘手又有阻力的。主要在“一户一宅”原则的坚持。有人就是要占了新的，又不愿交出旧的。按荣凯的提议，三个人分头去试探这个难的“度”到底有多大。小白去了一组，荣凯去二，三组，大伟去四组。决定先接触最难缠的“弯弯绕”户。奇怪的是他们一致的口径：要占新区靠县级路的地段，面积按自家面积划拨，还要占一楼做门市，上边为居室。看来是串通过得。他们几个的回答巧合的一致：问题不大，待研究吧！

初征回朝，三人乐哈着把三双手握在一起，形成一股巨大的力量。荣凯说，他们争占有利地形，可能都想以办“农家乐”发财。大伟说：“你说准了，给点优惠也无不可。”

荣凯回到家已是晚七点五十了。每天不误的央视新闻联播早过去了。他脚进门就喊田禾。田禾没等他喊，早就站房子门口笑盈盈等他了。妈妈听儿子的声也出来说：“你这娃，整天不知都忙些啥，回来总是这么迟。吃过饭了吗？”妈这么一关心，没等儿子回话，田禾接上说：“妈，饭我早给热好在锅里呢。”妈说，那就好，去，吃了早些歇去吧。

田禾先给打了盆温水，取了毛巾给荣凯。荣凯没多泡，三儿几下洗过，就进伙房自己动手。田禾说：“你饿急了吧，盘子收拾好端房子去吃。”荣凯说，不必多劳了，不太饿，已到晚上了，多少吃点就行。

用过饭，二人就回房子。

田禾问："今天的会开得还顺利吧？"

荣凯满面挂笑，今天不谈公事。突然左眼睛闭得紧紧喊，哎哟，快看啥钻眼睛了。田禾不惊地说："刚还好好的，怎么突然就……"荣凯急急地央求："禾，你能不能快点呀，肯定是潜伏特务了！"田禾把手在毛巾上擦过后就靠近去，抱住荣凯的头，正要仔细侦察潜伏物，荣凯转过头来，抱住田禾的头，温热的双唇已亲吻在田禾软绵绵的脸蛋上。田禾安然享受着爱的激情，说："你正经些吧！"荣凯说："我和爱人亲热，有何不正经的呢？"二人戏笑着，乐然盈屋。荣凯抱起田禾放到床上。田禾问："你要干什么？"荣凯幸福地反问："我亲爱的禾，黑夜里，你还猜不透我要干什么？"田禾说，你平时回来就加班，不是运筹村上事就是看书写文章啊，她边说边铺床暖被。荣凯说："你老公今天高兴，我给你说，我们一班人心齐，村民会开得顺当，该公布的几件实事都得到响应和支持。你说，我能不高兴吗？"他激情澎湃，浑身灼热，肌肉全鼓胀起来，已到迫不及待的时刻！说着拉灭了灯……两个人咕咕哝哝，卿卿我我一阵云雨之后，荣凯又拉开灯，响响亲了田禾几下，下床去。田禾问："你不休息又去干啥？"荣凯说，我写日记，把咱做爱记下来。田禾说，你真无聊，那种事能入了日记？咱又不是皇帝皇后，有敬事房服务。荣凯说，那么快乐的生活咋就不能写成日记，鲁迅季羡林，那么大的名人都把那事写为日记了。印成书，被视为珍贵资料。田禾说，咱算什么，小小百姓啊，写了那事人骂是低级趣味！是流氓！是淫秽！人家是世界名人，大文豪，哲人，大学问家，写了那个，可当难得的研究资料，在咱这些人笔下，就不如臭"狗屎"！快休息吧，别神经了！

荣凯甜蜜蜜笑着说："我是逗你乐，不过开开玩笑而已，我的夫人！我是翻《土地法》有关政策哩。今天公布的村上几件实事，得按政策，若犯了条文，好心好事就办成坏事了！”他面向田禾，说：“禾！”田禾问：“又想说啥就说。”荣凯近床边，商量的口气：“小白来咱村——不，回村已好长时间了，咱一起工作还没请吃过饭。明天我想请小白来家里吃些乡下特色饭食，你和妈好好准备准备。他是城市长大的，乡下饭虽说已吃了一段时间，可到咱家还没正式吃过饭。同僚嘛，请请应该的。夫人，就看你的手艺了。”田禾说：“这有啥不同意的呢？我早就有这意思，真不知咋准备，还没提出来，就怕你有醋心没提。你亲口提了，我高兴还来不及呢。你说是特色饭，这点咱妈可是能手。保你满意，不丢面子。小白来，也把大伟叫上。”荣凯高兴地说，“那还用你提醒？”又去吻田禾，田禾躲到床后了。荣凯说：“你真是我的贤内助。”

6

田禾和妈妈早早起来就忙活了。

田禾说：“妈，你儿子叫咱要现真手艺，突出咱家乡的特色来。”妈慈祥的脸乍地现出不解来，问：“禾，你一说特色把我一下子难住了！是不是要上色呀？”田禾哈哈笑了，说，那不过是一种商业包装的说法，其实很平常的，就是咱地道的家乡饭呀！近几年兴起的“农家乐”搞的就是这一套。吸引了不少城里人，也调节了当官为宦的口味。不过，这一二年那“农家乐”里的菜饭也大变味道了。荣凯说的“特色”，就是要咱做传统的老味道农家饭。妈说：“我明白了，明白了。不就是我妈我奶教的那一套咱农民口味的饭吗？”于是提出单子来，婆媳二人说说笑笑地，忙忙碌碌地准备着。在大门外十几步就能听到这里的说笑声和刀俎声。

荣凯去叫大伟，说了意思。大伟问小白呢。荣凯说他在肖肖家，我已通知了。他自己会来的。

大伟问："请人吃饭可得丰盛，有个名堂。大鱼大肉必有啊。"荣凯说："在我家吃，肯定给你惊喜。"

大伟把嘴张得大大的，垂涎欲滴的样子，"是山珍海味还是鸡鸭鱼？我三天都没吃饭了，先让我提提食欲啊！"

"去就知道了。"荣凯催他别磨蹭了。

来到家。小白还叫了肖肖来。小白在院子看几只鸡啄食、斗架。蛮有兴味地观阵。肖肖袖子一挽已帮田禾的忙了。大伟直进伙房，鼻孔故意吸着说，咋闻不到肉香！田禾说："不闻肉香，却比肉香！"

荣凯问："妈，现成了吗？"妈说："娃，你请客吃饭，谁有这么请的，怎么端得出啊！不说大伟咧，让小白娃笑话去了！"荣凯亲热地叫得响响地说："妈，都是自家人，谁把他们当客呀！"他看了摆满一大案的特色吃食，高兴地说，"这才是最最鲜美的食品，五星酒店吃不到，哪个农家乐也不可全的，总书记想吃肯定也难吃到！"笑着跑出去喊："小白，大伟，我妈把你们当贵客，我把你们当弟兄，来，往向上坐，让田禾和肖肖当服务生。"

大伟问："咋不见大叔？"荣凯说："我大今天有事不在。快来围坐吧。"

田禾和肖肖已端着盘子上来。真的是农村平常不过的饭食，但小白非常满意地说："啊！真的没见过没吃过。"他只知村上父老招待客人的臊子面，白馒头，还有炒菜什么。面前先看主食：黏面、烙面、御面、荞面煎饼、绿面条、玉米面搅团鱼儿、蜂糕……大桌面上已摆满了，接着有：凉拌蒸茄子；油泼小菠菜、土鸡蛋抄韭黄、香油拌泡菜、醋熘白菜丝等八菜也端了上来。黄的金灿灿，白的雪皑皑，绿的翠莹莹，薄的如蝉翼，厚的如玉砖……小白面对这些色鲜香溢的美食，有老虎吃天的无措，只欣赏着，不知怎么个吃法。大伟故意坐着看他怎么办，礼让道："小白快下手吧！"小白玉牙亮闪闪笑着，拿出手机玩弄着照相，说："幸福生活在眼前啊，先饱眼福，再饱口福。"他用聪明智慧等看大伟开口吃。荣凯进伙房兑调料汁，兑好一种就端出来，问："你们还不饿是吧！"小白甜蜜蜜的两个笑窝动了动，问："哥，你不是在搞博览吧！这么多把我吓住了，得几个肚子啊！"

妈妈忽然想起什么，急着出来，怨大伟说："你当大哥的不经管小弟吃，怎么只顾自己？"大伟哈哈笑道："我也是客呀！"笑了一阵子才说，"我就看小白怎么吃。"荣凯来了。才递给小白一双筷子，让夹块黏面。接着说："小白兄弟，今天这些虽是农村饭，真的有些'土'呢，大城市人还是不懂吃法的。像我第一次吃西餐。去年，我的一位已是处级的同学，在咸阳请我到财贸大厦吃饭。端来的都是西餐，刀刀叉叉的我也不会。那是'洋'饭。乡里娃第一次。看来城乡人的生活，都有自己不会用（不习惯用）的。"大伟这才笑着说："我就坐着看小白咋出洋相。他呢，比我还狡猾狡猾的，故意照什么相。"小白开怀大笑，"你的阴谋我早看出来了。"荣凯说，你看他能出什么洋相？大伟说："我就看他怎么吃搅团热碗子。提起搅团。我给你讲个小故事。那是79年吧，县计划生育工作下到咱村。干部没给吃包饭让吃派饭。那时，群众都反感这些人，管饭的那家又是村上最脏兮的，那顿是搅团。不是玉米面而是红晋杂，血红血红的。软乎乎一团子。搅团做熟后，一种是晾在案板上，抹平了待凉透，彻成大块；一种是从锅里直接盛在碗里，叫'吃热碗'。那天给吃的是热碗。开始也没给筷子，只有半碟没放辣椒的醋水。镇上跟的专干到另一家吃派饭。县计育办的江某又是外地人，新到没几日，用手捏着吃，以为就是那么一种馍，糊得满手满嘴红。”

小白听了，说；“群众咋能那样呢？”

大伟说，计育搞得太左，不得人心，引起消极反抗吧！

荣凯说，对咧对咧，那都是过去的事，快吃饭。

小白吃了一块金黄的黏面，觉得口感特好，又来了一块，肖肖把白糖瓶拿过来说：“蘸着糖又油又甜，你试。”

荣凯说，刚说了搅团，那咱就随意吃吧。妈妈和田禾也取了凳子坐下。妈妈说，大伟你爱吃啥口味自己调吧。妈在一个小碗给盛了半下“鱼儿”，在另一小碗给配了调料——香醋、精盐、香油、蒜泥、鲜姜丝还有葱花。这些一组合，诱人的香味一股脑儿溢了出来。小白一下子好像来了食欲。妈妈慈眉善目地向着小白：“孩子，你爱吃鱼儿，就向碗里倒点调料水，爱吃热的，就一筷一筷夹着蘸调料水吃。”小白说：“大妈，我都吃。样样得吃！你不会笑我贫吧！”白母笑笑，“你吃得越多我越高兴！”但他吃得很不自然，大伟在鱼儿碗倒了调料，碗端口边，扒着吃得山响，三儿几下吃光。又大大方方用筷头夹了一疙瘩热的，汁子里蘸罢，一口就填完了。连住示范了几下。小白看得眼热，口水也欲滴了。大伟道，搅团有几个咥法。不过，这东西，叫“三轰轰”。不吃饥轰轰，吃着胀轰轰，吃后气轰轰。荣凯笑道：“你这人不知好歹，怎么边吃边倒谢呀！”

大伟说，先把人肚子轰胀起来，后边再给吃不！田禾又端来一碗臊子煎汤，热气腾腾，香沁鼻胃。妈说：“小白，你也可以把鱼儿放汤里吃。”说着给放了些，“来，尝尝。”荣凯说：“妈，不要光拿搅团给人吃。吃得胀轰轰，再吃不！”妈说：“黏面尝了吗？”小白说，已尝过了，太好吃了。“你尝过了，就再尝尝烙面煎饼吧。这个你们城里娃娃肯定没吃过。”肖肖听大妈说这种吃食，就勤快地从厨房端来放在桌上。大伟先提起一张薄如纸绵似帛的素饼，卷成卷儿撕了一段，辣子水里蘸一下塞进口里。嚼了几下就咕儿滑咽下去，又夹了泡菜就着吃。妈随手取了一张递给小白说："这种你就照大伟的吃法。少吃些留着肚子后面还有煎好的油煎饼。你可能也没吃过呢！"小白说："我自己来。"他捏了一页，惊奇地说："比吃烤鸭的那饼还薄一倍呢！"肖肖进去把锅里热着的一大盘端上桌来。浓香的热气马上笼罩了餐桌。荣凯给小白在碟里放了八层叠着的一个方块，介绍了吃法。大伟说："还是由我示范吧。"他取了一块放眼前的碟里，端到口边，大嘴张开咬了个大凹，里面是五花大肉、豆腐、粉丝和葱花等配料。小白学着大伟也吞了一口，马上出现一个月牙口，露出诱惑味神经的馅。细嚼着品味，舍不得咽下去。小白笑着说，中国饮食文化实在太够研究了，别看只是吃饭，这也是学知识做学问啊！

田禾说："小白嘴真巧。"肖肖凑着帮腔："还不是想多吃些吗？"这一说，大妈赶快说："我还擀了一案金裹银，禾，快和肖肖去下吧！"妈妈说："今天没给你们擀细（白）面，那已成见天吃的家常饭了。这是专给你做的。"正说着，田禾和肖肖已端上几碗油汪汪煎汤掩埋着的面条。妈把筷子插进一个蓝瓷花碗，挑起一筷子亮给小白。亮相的一挂面条，条条白镶红嵌，妈妈说，白面秫黍面，这是老祖宗传下来的手艺。说起名字，不知怎么叫了个"金镶银"，该叫"银裹金"才对啊！小白挑起几条，在半空里细细欣赏、观察。问："大妈，条条白镶红，又是那么薄那么匀，您手艺真巧，功底咋练得这么精，你用最普通不过的食材做出了美食精品，真绝了！该为你申请非物质文化遗产真传人的资质了！"说话间，肖肖在一小盘里端上整齐码着的十几撮细如丝的烙面，后边田禾又端上几碗酸汤——飘着鲜绿香菜，菜油香油混合的汪汪浮动着。小白问，这又是啥好吃的？妈说："是烙面。就是你先吃的那素煎饼劙的。”吃时，一筷头一筷头操着先泡汤碗里捞起吃，不要泡得时间长，边泡边吃好。小白一拍肚子，汗涔涔的额一动一动，笑得满脸红晕，说，肚子也满足了啊！肖肖深含关照地说：“愿尝就尝一口，只一口能撑破你的肚皮吗？别让大妈把好心白费了。”小白于是来了一筷头泡在汤碗，那条条细丝竟然忽地全漂浮上来，他捞起来送到口边，轻轻地给上吸力，那一撮细丝光滑地溜进了肚里。香浸舌苔，他又品一口汤，酸香酸香，不禁又品了一口。餐桌上还有土豆饼——熟土豆泥与精粉葱花烙的饼；烙蒸馍——先烙后蒸的五香馍；蜂蜜糕——添加土蜂蜜发的糕，等多种未动的食品……

妈说：“还有几样都没动一口，让我白费心准备了。”大伟说，吃不了就兜着走吧！

田禾笑着说：“哪有这种便宜事！”肖肖说：“为了不背大妈的好意，没吃的每样分着人人得品尝一口！不然不许离开。”小白又一次夸赞：“咱们中国的民间饮食文化可有学问了。值得研究。这顿饭吃出了老祖宗的伟大智慧和劳动精华！我看散户整合后，新区建设可为这些传统小吃留一席之地，让老祖宗的北方饮食文化技艺盛传下去！”

荣凯认真地问：“小白，你真这样认为吗？”

小白说：“我还没学会说假话。”大伟接着说，那咱坐院子也研究研究这个问题。

几个人手里各提了个小凳子坐在房台，面向院子侃开了……

7

这次盛宴席上没有一口肉，没有一滴酒，宴毕了，人不散而且心更团结更凝聚了。田禾和肖肖给大家沏了茶，热气升腾着，鲜味的茶香已把人的品饮兴趣又调动了起来。小白在饮食的感觉中甜甜道：“我谢谢大妈谢谢嫂子。”大伟抢着话头：“你还得谢一个人。”小白不解地问：“还有谁啊？”“当然是支书哥哥！”荣凯问：“你问她有没有意见？”小白一转身，目光正碰到肖肖的目光，几乎撞出火花。大家都瞅肖肖。肖肖脸红了，“都瞅我干啥！我不过是帮了个小小的忙，只是个打下手的。要真说，还是跟着喂肚子的。”大家一哄而笑。

荣凯头刚偏向院子。下院里跑过几只鸡，领头的那只大花公鸡跑到前院枣树下，奋力地刨起来，刨着刨着，几只鸡都鼓起勃梗斗起来。脖子翎毛全伞一样地张开了。你死我活，不分胜败。公鸡突然放弃争斗，叼起什么就疯跑，后边几只忘命地追着。就在这时，墙上跳下一只灰色老猫，鸡看见了全咕咕着逃远了。那只猫迫不及待地跑到大门一侧，翘了翘尾巴，蹲起屁股半分钟，然后转过身来，前爪刨过，后爪又刨，掩埋完了，又看一看善后，放心了才走去。荣凯对这些小动物有趣的生活细节看得入了神。小白问：“是什么把你看迷了，还是又想甚大事哩？”荣凯把刚才看到的情况讲了，问他们：“你们都说咱该学习鸡呢还是学习猫呢？”小白大伟两眼瞪两眼，不知怎么回答。说：“你咋问这么个怪问题？”荣凯满脸的认真，说：“我从它们行为中受到一个很大启示：该坚定地向鸡学习。”大伟说：“鸡是刨一把吃一把，那是个穷命。我看猫才是我们学习的榜样。它把臭东西全掩埋了，埋了，臭气就不会熏天，环保模范啊！”

荣凯说：“猫是有卫生习惯的没错，可它的埋和雪里埋尸没多少区别的。和我们顾面子，不分是非的掩盖矛盾也没多少区别。”话刚开了讨论的头，几个村民来到面前。他们是墨晓候、墨文斗、白黑子、白丁丁。荣凯他们脸上读出这不是生事的，和气地问：“你们是……”他们嘿嘿咧咧个厚嘴唇说：“我们是先交门面租赁费的。”大伟看着荣凯的脸，意思是让头儿表态。荣凯干脆地回答：“怎么收？收的标准、年限得等工程全部结束。这样吧，主任，你先记下他们的名字，然后对他们几人说，有钱，你们就先放着吧。自己家放心安全。”

几个人走后，荣凯说：“群众有热情，这就是支持啊，有支持，我么就有动力了，所以，咱们得常去工地看看质量和进度。看还有些什么困难要解决的。”小白高兴说，今天吃得饱饱的，在工地帮着干干活，才好消化哩。荣凯说，村民这般积极，行动已走在咱前边了，可是工程进度、资金不能随应，这就是矛盾，矛盾摆在眼前，咱们学猫捂着、闷着、拖着呢，还是像那只大公鸡，把存在的问题刨开呢？大伟响笑着，这么说，鸡还成了我们的老师了！猫自己屙下自己掩埋。人呢，有的人自己屙要别人给擦屁股。荣凯笑道：“猫当然有它的长处，自己拉的自己擦就值得学习！”

几个人起身说着，只顾向前去。到二三组交界处，又有几个村民从岔口出来了。看眼前是村干部，就争先恐后地问话。一个说，我家犁是枣木的，红艳艳和新的一样，还有耙、耱、铡子，我爷说全给。一个说我家有个织布机，还有纺线车，要不要？一个问我家有两种铧都明铮铮的，向谁交？一个说，我家磙子还新得很，要吗？又说，我家有个油灯我妈当废铁给收废品的，我留下了。大伟问是怎么个样子！小伙用手比划着：“有这么高（他等出一个六七寸的空间）一个铁柱子，上边顶一个碗型的头，那是盛油的。”小白问那是个什么古董啊！大伟说，那可真是个古董哩。听我妈说，过去人就点这样的油灯。那铁柱上的钵钵里添了油、拧条棉花捻子（芯）点着。照出手片大的黄光。就是在那样的光下，孩子读书，母亲纺线缝衣。再往后是墨水瓶自制的柴油、煤油灯。小白又问：“那机关办公呢？”大伟说：“用的是玻璃罩子灯。以上那些灯一直用到上世纪80年代。发达的农村才用上了电。”荣凯说：“提到电，我还听过一个逗人的故事。有位老人首次见电灯通亮通亮，高兴得把打火的火镰撂了，旱烟锅对着灯泡点火，怎么也点不着，生气地说，解放初就喊电灯电话，楼上楼下，夸社会主义好。好啥？这灯连个烟也吸不着啊！”

电灯、电话、电褥子、电磁炉、电视、电脑、手机、电动车，日常生活中，电成为一刻也离不开的亲密朋友了。

就照明一项说，这个变化史展出来也足够教育人奋进的！好生动的社会发展史啊！大伟说还有那农业，从镰刀、斧头、老牛车，到现代化的大型机械，更让人能体会社会的日新月异发展历程。小白也积极参与到这个话题中。他说，在一个物质膨胀和精神瓦解的时代，这种怀旧是一种很好的记忆教育。用上了电，又提到过去的灯并非怀旧。恰恰是通过灯史证明社会的进步，人民生活水平的提高。党领我们前进的伟功！

这是正儿八经的向前看。有织机、纺车、油灯这样的珍贵的物质文化遗产和农业文化遗产（农耕工具），农耕技术、农业经验、自然生态景观及与农耕生活息息相关的传统工艺、民间演艺如社火这些非物质文化遗产都说明，农村确实富藏着不少被忽视了的宝贵遗产。只要遇上有社会责任感和历史感的人，把这些东西归类整理，挖掘出来，荟萃于后来人的面前，不是为祖先立了功吗？话题越引越深，那几个村民怎能想到，他们当作废物的几个小件，竟被小白发挥成了不起的宝贝了。

8

几个人到了工程工地。

荣凯说：“咱说猫论鸡，正说着来了村民把那话断了，刚又说到征集三农展品上。你二位对群众的态度有什么感想？”大伟说：“我不‘敢想’。真的不‘敢想’”。

“为什么？”荣凯问。

“我不敢想的感想是这样，农村的工作真是太琐碎太繁杂了。一提一嘟噜，要干而且干好，可不易！”大伟头痛似的说。

“头儿多就不干了？一件一件干嘛。要干好，那你就只好学猫吧！”荣凯半开玩笑地丢了一句。

小白道：“主任说得也是。农村的事确实纷杂，真要件件落实到位，让民众多有好感，也是很难的。不过，我感到咱像鸡那样，刨出来看个究竟，寻找下手的要害，哪怕多难也会解决的。”荣凯说，人上十口七嘴八舌头，有的好酸有的喜甜，有的要辣，有的重盐，事事要适每人口味，确实是难做到的。但有根本一点，他们的利害基本是一致的。作为干部除了公心，就是工作方法了。

大伟说，民主太多集中不了，事就难办。“我看农村有时还是兴家长制的。实行大民主就把咱煮在锅里了。”

小白说，民主是必须要的啊！建设新农村的标准之一，就有“管理民主”嘛，荣凯说，农村工作，搞宏观的，甩手的，大而化之的万万不行，需要的是微观、是细致、是具体。“我们接触的是农民群众，对他们靠粗莽强制可不行。咱都是从学校出来的。有的老师教育学生不讲道理，动不动就批评就训斥，甚至体罚。他只知自己的尊严，摆阵势，要权威，可是他越厉害，学生越不怕他，谁从心理听他的呢。我到高三时，那位班主任天天吊着个黑瘦脸，什么都是命令，这规那矩的多得很，把个班治得乱糟糟，连他最信任的几个学生也背弃了他。”大伟嘿嘿嘿，咧个大嘴笑道：“这种老师真的也该报应。我们上初三，就有这么个老师。一天晚自习时，不知谁趁他上厕所的机会把蝎子放入鞋坷郎，塞进褥子，把这老师治得傻了眼，从此才清醒了。毛病也治了。”

荣凯瞅着他，死死盯着。大伟问：“你盯我干什么？”荣凯说：“你说呢？这样的老师爱心不够，教育方法有问题，可那个恶作剧的学生也不是个好东西，可能就是你吧！”

大伟辩说：“我才是个腼腆听话的好学生，很少捣蛋，就是学习不肯下苦功而已。”

荣凯说：“闲不乱扯了。老师与学生，鸡与猫，咱从中都能得到些启发吧。农村的工作，要抓住矛盾的关键，工作方法这把钥匙也是要善用的。小白，你说是不？”

小白点头，“是是是”地应着。

荣凯说，“今天我心里确实很高兴。咱几位都是村民乡亲让挑大梁的。我这顿饭不能白吃噢，全当是行个贿吧，齐心协力，智可断金。这段的中心任务就是集中精力，抓好分工负责的项目，刚才村民提到的商业门面，还有三农博览要全力抓，会上宣布了的，就得落实。不能让大家失望！说我们是‘空心菜’。

“我这人说起话来有个改不掉的毛病，总是不觉间拉到议论上。还得强调，要相信群众，要依靠众人力量。孤家寡人，光杆司令，于事无成的。这是前些年得到的教训。我们不要工具化的民众，要的是智能双全的、有创造性的民众。这样的一代兴起了，才能防止贫富拉距，两极分化。才能你追我赶奔小康。大伟，咱村有钱的不就是那几户吗，大部分还是能温能饱可以过得去的水平。像利平、新平还有税收平茬发现的那样贫困户，造血能力不强的户，我算了一下，全村有十余户，这就是咱们要给办事，要攻坚的对象。一个村子能拉下这么多户人家，咱们也不光彩对吧！”

小白听着这些话，脑子动了动，说：“哥，你的白墨梦多久了，我从你展示的蓝图看，你是不是要把白墨打造成一个祥和的生态的田园化的村子，一个文明富裕的出人才有贡献的村子。有这抱负，所以，你才放弃了能上一个好大学的机缘，认定了家乡这片土地，锲而不舍，笃定奋斗的。”

荣凯没正面回答小白的理解。笑了笑说：“人各有志嘛，梦想就是动力，但不能迷迷糊糊老在梦幻中，而要始终清醒着头脑，为梦想成真去付出的。最近我了解咱村除接受满了义务教育又继续升学的，回村知识青年有30余人，其中11人打算上职业中学学技术，毕业了也回村创业。”大伟接上话：“这个信息很有价值。这就是咱村的生产力，咱村的接力队！荣凯，只要咱们能为这股有生力量创造前景，吸纳他们加入家园建设中来，村上的发展就又多生了翅膀！”

说话间，进入到最忙活的工地。

白墨村标志性的南大门——牌搂主体已雄立了起来。开始装饰。它的大气、庄重、文化吸引眼球。

小白端详了一会，说，似乎有美中不足啊，大伟说，看样子还可以。可算是咱村的象征，像身材修长的美女。仿古装饰，着上盛装，就锦上添花了！小白说，这几个大柱就这样光溜溜，赤裸裸撑着？荣凯看了一匝，过来正好听到了，问小白：“你看这柱子上缺个什么？”小白说，缺文化深蕴。大伟说：“你是大文化人，就给咱文化文化吧！”小白说，“我不敢药王面前走江湖，鲁班眼下弄板斧。还是请咱大当家的来文化吧！”

荣凯思考了思考说：“不嫌臭我就文化了——

白云蓝天今盛来，人人乐业；

墨霾黄日昔衰去，户户安居。”

小白连说：“好啊，太有文化含量了。白墨村人人乐业，户户安居了，咱们的工作就算出彩了！”

大伟和荣凯都要求小白也来“文化文化”。小白说：“我不敢和哥比，那既然你俩给我卷子，我就蒙撞ABC了。我也仿哥把白墨村嵌在联里——

白宣覆地待绘手；

墨丹喷香抒跃龙。”

大伟听了说，好，好！一张白纸，没有负担，好抒最新最美的文字，好画最新最美的画图。小白这副联又给咱们全村提出了任务，制了份试卷。绘手是谁？荣凯说当然是白墨人！小白接话：“主任‘一张白纸’那句话，我像在什么文章里看过。”他挠了挠头，摇摇说，“记不起了。”荣凯说，那是毛主席在《介绍一个合作社》那篇文章里讲的。大伟说，中国一穷二白。毛泽东用那个比喻鼓励国人自力更生，艰苦奋斗，创社会主义天下。咱只要下定决心，坚定信心，鸡毛也能飞上天的！

小白说：“哥的联，表达了白墨人的梦想。虽然，还没达到人人乐业户户安居，可已打下了良好基础，有构想，又竖起了架子拓宽了前路。”荣凯说：“从大局从宏观讲，白墨已现出有史以来未有的盛世景象，这是机遇，但我总觉，多少有些虚胀现象，这是我很不踏实的地方。那个‘墨霾黄日’不是对过去的否定，是说，社会陈腐陋习，不德不仁的东西仍有隐患，我是提醒大家，必须保持清醒头脑，看成绩的同时，一定要正确对待缺点错误和过失。别让骄傲和浮躁挡住了视线。”

小白大伟听着，分析说：“你的意思是，给干部敲钟的吧？”

荣凯认真地说：“你们说呢？”

工地上一派繁忙景象。两层楼高的牌坊雄赳赳地挺拔于村南大门。面对市级二级公路，正在夜以继日地赶工程收尾。白墨新村工程也如火如荼地赶时。高架上工人忙着作业。内侧左右各两亭，主体也起，木条凳正安装。小白他们三人边欣赏边挑剔地指点着。小白问，联语以黑底金字制牌挂好呢，还是镂刻上去好。他仿佛征求意见，但说了后，就发表自己的观点：挂上去庄重、大观，显得有韵致也气魄。但如今人们公德还差劲儿，这里又是人来人往的交汇处，恐怕难保全。荣凯表态说，县城大公园里，旅游景点挂的联牌，都有人乱刻乱画，破坏几次换过几次了。这里没法保护，无从监控。还是刻上去吧。红底黑字或蓝底金字也好看着哩。大伟说，“这是咱村的面子，书法可不能马虎。谁写呢？”荣凯好像有把握地说：“这个我办。”小白问：“你写？”荣凯说：“我哪有那个本事。我认识咱县著名书法家介老先生。他的书法在全国都得过大奖的。他写给周总理的‘古今完人’就刻在淮安总理纪念馆的石碑上。”

大伟不相信荣凯的面子。问：“你的脸恐怕太小了。”

荣凯坚定地回答：“没个百分之百把握，只少有百分九十九点九。因为介老先生是我的亲老师，他不是爱钱如命的那种人。也不是惜墨如金一字难求的人，尤其是公益的事，他可热心哩！我敢保证，马到成功！”

小白看到亭子，说：“那就顺便给两个亭子也提个名吧。看叫什么贴时贴意。”

荣凯思量了一会说，咱县是“诗经”之乡，得有文风才行。

小白顺口说左边那个就叫“思梦亭”，右边的叫“崇德亭”行不行？荣凯说这前面还有块景观石，也当刻个字，秦字可以吧。一则咱村是先秦属地，二则陕为秦。大伟说，重要的妙处在于秦是咱村古名中之一字。那六个字中干脆把“亭”字去了。精精悍悍写两个字就行了。标上咱村老名文化渊源嘛！让后人常受历史的熏陶。

“好，就初定了吧。”大伟补充了一句。几个人就参加到工人劳动中，拾不可用的砖、铁丝、钢筋，拉水管饮砖、抬水泥，说着笑着干着活，好快乐啊！

9

中午。

荣凯撂过饭碗，就急着出门。田禾问有多紧的事，刚吃过也不歇一歇，正说着，妈从门里进来，说："荣儿，妈给你说个话。"田禾见此，就回避着出去。妈说："荣儿，你今天挪出个时间陪田禾去医院查查身子，我看她吃饭那样子，恐怕是有喜了，查一查妈就放心了。该补的营养就补。"荣凯脸扑烘地红了，张不开口地羞答："妈，这个心你就不必操了。"妈说："这娃傻的，你也不小了，整天在外不歇脚，你说这心我怎能不操呢。"荣凯急着要出去，于是就应道："好，我今天找个空儿吧！"

荣凯有什么急事呢。还不是为大家的事，天天如此的。事事在他心中没有不重要的！昨天，农局和农科所来镇上召开了各村支书主任会，说最近发现晚种玉米有一种黑疮病，有蔓延的势头。要求各村务必重视，认真普查，发现田块抓紧防治。他饭前和小白、大伟查了北边的一、二组，现在又去南段看三四组。妈叮咛的事已忘脑后了。刚走到三组和四组的交界处，听得地里边有动静，便驻足细听。一个粗犷声喊："日你妈的，你都输几次了，还不赶快拿钱。"另一苍老的声低哀道："我连眼镜都压上了，那可是我老爷传下来的，至少值五百元。"粗犷声喊："就算能值五百元，连一半账也抵不上。"苍声突然提高了度，发怒："你这人，咱一起混了几年啦，我还哄你骗你？那几个钱，算什么？老婆让你睡行吗？"旁边有一人劝解道："你两个声放小行吗？叫人听见了，寻的挨挫呀！"粗犷声放浪的嘿嘿笑着问："你他妈的，男子汉说话算数！"苍声道："我七尺男子，不顶手巾说话，嘴又不是生娃的那个。”粗犷声说：“那好，输一百一个晚上！”那个第三者道：都是同混的哥儿们，朋友妻不可欺，不要太苛了。输多少给多少不就行了吗，把老婆输给人睡，传出去，叫人骂祖先！”苍声说：“驴蛋儿，你把我的眼镜拿上，我把老婆已押上了，你作证吧。”这时听玉米嘎巴嘎巴响起来。荣凯估计他们是伙赌徒赌棍，正在踩地盘要摆场子。

片刻的安静。又安静。突然，粗犷声道：“你又输四百了，该我受活四晚上了。哈哈哈。”苍声惊喊：“驴蛋儿！驴蛋儿！”连喊几声，无应答声，骂：“这龟孙子哪去了？”于是有追逐的跑声。跑出来的是李猪娃。原来苍声就是他！荣凯惊呼：“怎么又是你呀？你们几个人在这精光晌午又设赌场了！上次批评你，你发咒说不干了，再干就剁手剜眼什么的，你说话咋不算话呢？都快七十的人了，孙子跟尻后叫爷哩，你咋当爷啊！我……我这次不哄你，一定不再干了！”

“我问你，共几个人，都是哪里的？”荣凯问。

李说：“共五个人。有两个还没来哩。先来的是我们三个：一个叫驴蛋儿，是甘肃正宁县人。一个叫蛮男，是陕西泾阳县人。”荣凯问：“这个蛮男是不是又叫蛮牛？”李嗯了一声。荣凯问：“你们怎么相识又能相聚？”李漏气的牙稍亮着，苍蝇寻狗屎，狗屎招苍蝇啊！只要遇上，就知是一路货！荣凯讽刺道：“你连门牙都让老婆打断了，还不改邪归正。赌老婆玩，新时代了不是封建时代，女人的人格尊严由你侮辱！你让人咋说呢，老脸光彩吗？”李猪娃尴尬地丑笑了一下，跑了！

“你跑什么呀？”荣凯急喊。

李猪娃边跑边回答：“那个王八蛋把我眼镜拿着跑了！”

荣凯摇摇头，这伙东西，还说是“朋友”呢！

他急向三四组的坳地去。一块田一块田地细查。整个中午全查完了。晚饭时才回来。田禾在果园和爸锄草也回来了。吃饭时，妈又问：

“荣儿，妈给你说的事，你放心上了吗？”

“妈，我给你说了，不让你操心嘛！”荣凯悄悄看了田禾一眼，田禾出去了。荣凯跟着出去。田禾问：“妈给你说什么事，那么认真！”

荣凯说，晚上我告诉你。

共枕时，田禾又问妈叮咛的事，荣凯抚着田禾的肚子，笑说：“老人是操心肚里的孙子呢。”田禾说，“妈老而不糊涂，她怎么知道的？”

荣凯说：“从你吃饭的口色观察的吧！”

田禾：“妈的话你怎么落实？”

荣凯：“落实？全在你了，是不是啊我亲爱的媳妇！”

田禾：“你没责任了？”

荣凯这时才把今天在田块遇见赌棍的事和李猪娃的事说了出来。田禾一听，忽地坐起来，“玉米田查的结果？”荣凯说：“咱村不严重，但还不可忽视。这个我会和大伟研究解决的，暂就不说这个，就说李猪娃吧。”田禾说：“这个人还是恶习不改，前几天他老婆还找我说过他，生气得很，要我向你告状。正好，他的事发，抓住机会好好教训教训，以正村规，立正风。”

荣凯：“这问题，我有主意，你应把妇女发动起来，从‘家’的角度‘内治’。”

第二十八章　白墨旭日

1

不觉间，时光过去了一月余。农业大忙已过，秋实也变成人民币。丰收的喜悦写满人们的脸膛，粮进了仓，果入了库，该变钱的产值已装进了腰包。休闲渐向辛苦一年的劳动群众走近。家家的日子现出甜美滋味。

白墨村农贸发展新区自村上把十多个有技术的技工组织成立了建筑工程队，工程就加快了进度。从规划到开建，在干部和村民的共同努力下，已现出它的眉清目秀的风采。色调、门窗、设计、大小等等不像第一期，一刀切、清一色的古板。土地也不那么大手大脚浪费。而是精打细算，量尺等寸，寸土如金地合理利用。新区总结了一期经验，广听民声，尊重民意，在汇总多家村镇规划和建设的长处，力争超前的情况下，首先安排整合户和目下真正需要住宅的户，同时鼓励打造市场的商家投资。基建虽有几次因资金不济而停过工，可是群策群力，还是保障了工程进展。目下，新区前排商户门市装修到了尾声，有好几家门面招牌已悬出了主营项目，建设和装潢并进，一派欣欣向荣的景象。

荣凯小白和大伟刚就新区建设研究决定的那几项任务如何夯实，又开了个短会。散会后，顺便来看看庙会准备情况。

小白很有兴趣地说，农村真是一个快乐的天地。在露天看舞台戏会比剧院更有情味，一定会有鲁迅先生《社戏》的情景和感受。缺的就是没水少船。大伟说："你真能触景生情！"看过了台子，荣凯提醒，安全必须放首位，万不可粗心。负责的笑笑："每个螺丝都拧死着，保证安全。"荣凯说，不单是舞台，整个环境也必安全。他们随进庙来，善人见村干部到了，又"阿弥陀佛"念了几遍。

庙里有几个人看着诸像发论，一个近七十的人说老庙的塑像那真、那威，那壁画连活的一样，故事是一转一转（段落）的，让人看过如读历史，读神话。不过，现在这手艺还真的不如过去画师。不知是失传了还是年轻人不愿学。他们指着具体的画说，比过去的差远了，差远了！

又一个说，庙里的供像还是按传统泥塑的好，色彩涂上活现，有灵气。温和让人感到慈祥，威严让人感到森煞。这玻璃钢的，好看是好看，金辉闪闪，但总觉是模子里出来的。他们指着佛，指着关羽、韦驮点评。

善人口念："阿弥陀佛！咱请高手塑缺样东西啊！"

大伟问："缺什么？"

善人苦笑："钱！"又念了句阿弥陀佛，说，"塑像、画匠，高手都有的是。就是咱请不起啊！人家都是大学出来的！"

说的也是！——众口承认！这模子铸的也好看，神气着呢。

佛是外国传来的，老爷是咱中国的。怎么中国神站着，外国神坐着？想不通。别扭！有人说。

没人回答。静了好一会。这是一个深刻的关于“教”的知识问题。说吗，几句也说不明白的。于是回避过去。

小白说，讲儒教，咱中国人多少都知道一点点儿，道教也知点皮毛。佛教就不甚懂了。因为那是一门十分深奥的学问。西汉从西方传入中国的。孙中山说，佛教是科学。毛泽东也说，佛教是中国的传统文化。伟人都这么认为，可知佛学的意义。所以，有佛教大学，专门培养研究的高级人才。

荣凯这才说话了：“所以，庙宇是一种文化。民俗文化和建筑文化。它深蕴着、反映着一种大善大爱精神：慈壶高悬，普济世人抑恶扬善！祈福百姓，如果对庙文化单纯理解成迷信，甚至前边再加封建迷信几字予以封煞，从中华传统中剔除出去，就太无知了，即使硬性限制弘扬，也难从民心中清理干净的。稍加研考，就知，凡被世人祈奉进庙的神呀仙呀的都曾是济世爱民，在不同历史年代不同行业对国家对民众有过重大贡献的大好人。像关羽、岳飞，像海瑞、包公，当然了，华佗、孙思邈、李时珍就不用讲，凡上神坛的都是当尊必尊者，谁敢把汪精卫、秦桧、和珅抬出台面？谁敢把康生、江青他们抬出来，民心不容！”

话题扯到这个分儿上，这些在村中多少有点身份，有点职务而且德望口碑还算不错的人，都有感而发，大伟说，这么讲，国父孙中山也是神，咱们的领袖毛泽东、周恩来、刘少奇、朱德，咱们的开国元勋们在全国人民心目中也必然会成为“神”的！在热烈的争鸣中，一直守卫在佛前的二善人口念阿弥陀佛，领着各位去了小三间。高一米八，宽二米五的镶着金色边子的彩色油画作品中，是毛、刘、周、朱包括十大元帅在内的二十位伟人。他们慈祥睿智，胸怀大略的亲民神采，让人肃然起敬。画面写着仿毛体“江山如此多娇”几个大字，背景是祖国的大好河山。下面在“开国元勋”四字后，依图写出了伟人名字。最下边配一献辞。辞曰：

“东方红，太阳升……”

大伟说，这是社教时荣凯写的啊，今天把画和诗放这地方像真的全尊为“神”，成“神坛”之主了！众说，这些伟人当千秋万代受尊崇的！

进这屋的人不再有杂音，默默地念着诗，想着历史，想着走过的路，想着时下的幸福。目光又一次注视画像时，荣凯提议，大家三鞠躬吧。声乍起，齐茬茬的腰身全弯下，几乎成为90度。三礼毕，小白说，搞这么一间纪念堂，宣传正能量，思路新颖！善人说，筹备小组为这个讨论过几次，不知合不合适，也没给支书讲，最后还是这么定下了。

“好，有意义。”荣凯说了这么一句。

2

白墨农贸发展新区正在健康推进中。村子的南大门和一期建筑落成庆典与庙会同时举行。是庙会带动庆典，还是庆典带动庙会，谁主谁宾。没人管这么多。反正都是以娱乐为主的。

写戏的是市人民剧团秦腔青年班。演员们看了台子表示满意。团负责人把场子步量了一下，具体了灯光装设和大幕的拉位。他向村上提出戏联。庙会会长说，没问题，这已写好了。他马上打手机，几分钟后鹏儿和栓龙拿着一卷红纸和胶带纸。梯子是顺便的，在场的人齐下手，三儿几下子就贴了出来。真的，灯光照射下，顿然有了热烈祥和的气氛。会长念道：“古戏今戏戏中有戏，演史演人幕不落；你乐我乐乐中有乐，喜天喜地闹无穷。”大红的纸上清晰地映出遍传人知的联语，灯光下那金色书法之喜庆把人的心迷在台上。

不到一个小时，四路八斜的人全向这里聚拢。络绎不绝的人众中，最先到的是孩童和老人。老人为了看秦腔，小的是为了跟爷爷奶奶敬小嘴，喂肚儿。接连的是卖小吃的。他们有的拉着架子车，有的开着三摩，有的挑着担子。来到场子，按规划区域，各找适当的地摊，再续的才是真来逛会的，多是电驴和自行车驮着来的男女。

白墨村两委会研究，为办好村上第一次庙会，成立了七人领导小组，总负责人是白荣凯。分市场管理、治安保卫和宣传推介三个组。原庙会有一个捐款登记组。这个组设在殿外的左侧。长长的一行桌子，前坐七八人，凡捐款人来先登记由专人广告于众，并用红纸公示。

不到10点，宽阔的两个中心市场地——新村广场和庙院，花花绿绿的遮阳伞已和北戴河南戴河海边沙滩一样壮观，各种民间风味小吃带着它本有的滋味荟萃在这里，展示北方饮食文化的丰富。白吉饼、油饼、麻花、油糕、甑糕、醪糟、饸饹、凉皮、豆腐脑、扯面、砂锅米线、胡辣汤，说不尽的小吃全都现身了，有几家还拿出了农家传统手艺做成的美食搅团鱼儿、形状巧美的精品御面。——如蚯蚓形，狗舌形，饸饹形，还有鱼丸形，任由你选。特制的醋蒜香，强烈地刺激你的胃欲，已有不少人等待开张接待，扯面摊削面摊各围一圈人，不换眼地欣赏着玩面耍刀的高超绝技。你看，制作人站在沸腾的锅旁，高温白气团团围着，他等闲作业。面在他手或抽丝或成带，那么娴熟的变幻，魔术一样，让你眼花缭乱。那削面的飞刀下面片如纸屑乖乖一路地潜水飘上……看吧，已坐了位子的双手端起大老碗，油汪汪的红辣椒，喷鼻勾胃的香醋浇于其上，又捏些鲜嫩青菜配上，搅拌一下，满筷头满筷头地挑起，就着大蒜瓣儿，咥得幸福浮在脸上。完了要一勺热面汤叽吭叽吭喝了，嘴巴一抹笑着离开，把等位子的人急得只咽口水，便在旁边卖烧鸡的跟前要了一只鸡腿，和半斤肘花肉片，去荞面饸饹摊要只大碗的，你再看他美咥海饮的贪相，真是一种人生享受！这些摊位不像县城小吃街招揽顾客喊得让人头痛，热情得让人不自在。这里很少叫卖声，但却应接不暇啊！

最红火的是一家撑着四五米长，标有显眼“杂粮食府口口香”横幅的简棚，里边三女二男五个人忙得团团转，恨不得一人长八只手。

“你这招牌真吸引人啊，比那听俗的农家乐让人流连！——是哪乡镇的？专来庙会卖的吧？”看来是城市的几个食客问。

“我们就是白墨村的。这几年兴起的那农家乐，有的可乐乎，有的呢已早变味儿不乐了。向外说的是石磨面粉，土鸡蛋，有机菜，什么绿色食品等等。可实际呢……”他摇头，笑了笑说，“现在有的已和酒店菜谱、风味同流了。”一位忙活的伙伴指挡说：“咱干咱的，不要管人家乐不乐的！凡弄不好的摊子都是自己砸的！——快干活，你看多少人排队等呢！”

这个摊子为啥这么吸引人呢？原来全在一个“杂”字。昔日，一提起杂字，自然产生条件反射，眼前满飞着血红巴巴的晋杂高粱做的粗糙饽饽、饼饼、杠子块块，不吃饿得慌，吃吧，咽不下，咽下去，拉不出。大人罢了，小孩哭嚎得瘆人。像谷子等其他杂粮以产量低不许种，所以总是单一的高产的高粱唱独角。现在呢，土地承包，农村改革，农业结构按市场需求发展，大片的土地发展果树，少量的种粮，但是，粮只种小麦玉米兼务自足自给的油菜、黄豆、唯玉米作商品。渐之，五谷杂粮面积由少而趋单一。连农民自己想吃荞麦、扁豆、谷米、糜面、大麦仁加工的美味食品，很难满足。农民不种，市场就不足。改革开放几十年来，随着生活的不断提高，大小人营养单一却又过剩，肥胖人群队伍越来越庞大，相应许多疑难杂症已向中青年人漫侵，“三高”即是。不少八九岁孩童超重，好些青年人未到不惑之年便成了皮囊肚，怀着双胞胎一样走起路来十分艰难，肥胖的困扰让他们整天想方减肥。粗杂粮作为健康快车乘之不得。今幸碰上，机不可失，也算食疗，何足惜钱！这就是杂粮食府摊生意兴隆，财源滚滚的缘由。看是五口之家的城里人边赞边说："小老板，你真有经济头脑啊，把你这生意搞到城市去，准能发大财！"正忙得手脚无应的女主人高兴得对答："你叫我老板，不敢当，不敢当。我们的头脑还想不到这个门子上。这是我们白支书支持的一个品牌。"城里人惊问："哪个白支书？是不是县电视台专题采访过的白什么凯？""是啊，他叫白荣凯。就是他让我在庙会先试摊的。如果有发展前景，可立项目，村上联合搞个杂粮大作坊，市场打开了就成立什么有限公司。种植，加工，推销一条龙。"说着取出一厚叠彩色纸，抽出一页送到手说，"请你看看，五谷杂粮对人的健康比白精粉还好。是长寿秘方！"城里人接过仔细看着点头道："好，广泛宣传，改变时下饮食习惯，对人人都有好处。""那就请你吃过留个意见。""很好，很好，口味正宗，做得也精到。我原也是农村的，现住本县县城。小时到外婆家，吃过这些，几十年了。今天有幸品到老味道，真是口福，口福。"说话间，又来了十余人好像是三个家庭。老板顾不上说话了，新来的一家点了小米黄酒，玉米面发糕，扁豆谷米粥和御面大片。又添了碟土泡菜。另一家要了玉米面饸饹、荞面饸饹和豌豆面糊涂。

3

会的盛况昨日已传开，今天早饭过后的时分。白墨村各户请来的亲戚朋友，近水楼台先得月地来到台下，占了最佳位子。邻近的村子四面八方络绎不绝向这里汇聚。秦腔迷们多是五六十岁以上的老人，手提小凳、马扎。男的哼着随心自编的乱弹，女的拉呱着八辈子没关系的家常，一到场子就坐下来，脖子伸得长长、眼睛睁得大大对着台口等开戏。

庙会本是今晚“挂灯”，明天才是正会。但写戏时说好了白天先赠几折戏。写戏的说，只要你们演到大家心上，箱亮、演员出色，从白墨村唱出了名，这塬上五个大镇，起码演几十个村子。所以，昨天白日演的算赠场。也可看成是“广告演出”。晚上“挂灯”才是演神戏（给“神”演）。神戏有传统折子，主要看名角，也有全本的，生、旦、净、丑、末全亮演艺。是骡子是马，名角还是腾馍笼子跑龙套的，登场就混不过观众的眼睛，是名角出了彩，当场就给披红戴花。团长高兴了说，今晚上午的戏也算赠。会长高兴得握住团长的手不放。

不大工夫，台上响起家伙，锣鼓铰子连天震耳，回声反折回来，乐声萦绕在场子上空，波及整个村子。场外游荡的人群听到开场锣鼓，湖水般涌了进来，庙院马上人头攒动，角角落落尽是人。有的孩子趴在台口，有大点的少年上了墙，架上树杈。开场锣鼓打过三次。场子基本平静下来，保卫人员周围布站，再入的人也自觉地在周边寻位子，不好意思往里挤的就地站了。板胡、笛子开始试弦、谐音定调，接着边鼓也敲响了，激悦、昂扬、振奋。

戏开演了。

第一折是《三对面》，包公一亮相，全场鼓掌，有人“包青天，包青天”的高呼，掌声息了，全场观众敞开了耳门，睁亮了眼睛。接着一折是《拾黄金》，压台的是《三娘教子》，主演是全西北著名演员郭明霞的嫡传弟子。三娘坐机房声泪俱下教训儿子：

“不孝的奴才听娘言：

娘为儿白昼织布夜纺线，

一两花能挣几分钱？

娘为儿衣衫补百片，

娘为儿……”

台下原有的小噪和孩子的闹荡，这时都自觉地静下来，停下来。大人一把揽过孩子，轻轻拍几把，指着台上的孩子说，看台上那孩子不听妈妈话好好念书，把妈气得哭！这时场子已有几处唏嘘声传来。台上台下互动，高台教化融入人心了。

几折戏，生旦净末丑各角色把全团演员阵容和势力基本显现了出来。

会长抢时发布一个消息：下面还有一折《杀庙》，由本村村民白老山主演。这一说，本都要散去的又静下坐定。家伙欢快地敲响了，大幕拉开，《杀庙》中的韩琦亮相。他的扮相，他的台架，一招一式，一举一动立刻赢得台上专业演员的注目，同时也引起台下的一片喝彩。“好！好！”掌声从戏园四方响起。

荣凯和小白站着听了一会。每句唱腔，悦耳动听，高亢激昂，声情并茂。和板和弦，竟让庙会请的秦剧团演员也睁大了眼睛。农村野台戏，群众听评第一标准，就在一口好腔好嗓子。演员有了这个本钱，群众听起来才过瘾。口赞：“好演员，好演员！”

小白说：“我不懂秦腔，却喜欢听那豪放又有伟力的声韵。”他问荣凯，台上这位演员是干什么的？是科班出身吧！不然就不会有那么扎实的功底！荣凯道：“详情我不太清，听村上人讲，他家是个秦腔迷，他的前几辈都登台演过戏，到现在小字辈虽不正式登台了可还是戏迷。为宣传秦腔作有益的工作，可以说都是传承人！咱村扮演韩琦的这位叫白老三，扮秦香莲的是三组一个媳妇叫梅芬。现在是咱文化室的新成员。她在县戏校学过三年，县剧团实习一年。90年代县剧团解散、人员分流，她回家和吹鼓手班子搭伙顾事……”二人谈着离开了。

晚上挂灯的戏报贴了出来。《封神演义》《还愿》是挂灯的重头戏。主演是任哲中的嫡传弟子。大家急着回家吃饭，吃过饭早早占位子。

4

从戏院出来，二人又来到大寨路入白墨村的大门口，这里按荣凯的安排挂着“白墨人热烈欢迎您，祝福您”的横幅。左边是公民文明道德：“爱国守法，明礼守信，团结友爱，勤俭自强。敬业奉献”，右边是“坚定走在大路上，永做新时代的好公民。”这时赶会的人一堵一堵地从这门进来，向前二三百米，便自然地分流。心细的人会发现，中老年仿佛搓着的麻绳，几股汇合了向庙会戏台子那里去了，而青年男女多多地去了文化广场，观赏现代舞、广场舞，听流行音乐，看马戏杂技，还有耍猴子的。荣凯问小白：“你去广场跳舞吧。”小白没有听见似的，仍面向牌楼门注视着那真迹书法。荣凯用同样的话问了第二遍，小白才意识过来，说：“我看到咱们的联语，看到所有宣传语，突然想起胡适先生一句话：‘一个民族没有宗教是要堕落的。’‘我们中国有一个很伟大的宗教’，‘提起此教，大大有名，叫做名教。’”小白说，宗教其实并不全是迷信的。胡先生说的“宗教”就没有迷信的含意。荣凯问：“不是迷信，何为‘名教’？”“名教就是崇拜写的字的宗教，就是信仰写的字有神力，有魔力的宗教。我们中华民族信了几千年，这是最伟大最伟大的宗教啊！眼前的联语，横幅，宣传标语，口号，庙联，戏台联，这些汉字正儿八经，公公正正写在那儿，它有没有神力？伟大不伟大，太伟大了！那是我们祖先的伟大形象啊！”荣凯悟性顿生道：“真是处处留心皆学问，今天你又给我传授了新知识。”

向前百余米的路旁，凡有空的地方都占实了。卖地方小吃的，小百货的，婴儿的动物鞋，小孩的绣花五毒裹肚，刺绣鞋垫，老虎枕头。喜羊羊和灰太狼气球。几个青年人好奇地围住一个老太婆，拿着双囍鞋垫边欣赏边讨还价。小白说，咱也看看去。他两站外围看着。这老人原是一组金勇的老妈，今年83岁了。头顶淡蓝方巾，戴着老花镜，坐在摆了七八双，又沾了几双半成品的地摊边。荣凯问：“奶奶，你身体还硬朗啊，眼不花，耳也聪吧？”老奶露出缺了两颗牙的凹嘴慈笑道：“来逛会，闲得没事。拿了前几年的绣垫，嘀嘀……”

小白听了说，上年龄的和青年人代沟太大了。可是这位老奶奶很随时潮的！

两人边说边走着，荣凯道：“观念转变不是一朝一夕就能达到的！刚才看到80岁的老人，还有小孩子也参与市场中学着交易了，可见在改革潮中，人们的思想意识正在改变！今天来咱村这个场子活动的新形势，打开了城市意识向乡村渗透的大门！大好事！再到小吃市场看看，看有你喜欢吃的吗？”

背后一只手拉住了荣凯，荣凯转过头，是生生他大。“啊，是你呀，你也来逛会？”荣凯这一问，他开怀地笑着，“你都没闻着肉香啊！”原来他摆了个卖兔肉的摊子。“快坐下！”生生快手快脚给收拾条凳。荣凯这才看清，他父子二人在这里支起太阳伞，下边撑个架子，上面架一大木盘，盘里鼓堆垒着兔肉。标有红烧、五香、麻辣、糖醋牌子。有整体的，有卸成件儿的。卖件的按部位收价，脯、腿每件4元，剁成小丁的按碟大小收费。大碟2元，小蝶1元。吃的人很多，坐着吃的，站着等位子的，买了边吃边走了的。显示出生意兴隆，财源滚滚的好运。生生见有几位刚抬屁股要走，很快抹了一下凳面，请荣凯小白入座。二位谢坐，说“不了不了，别耽误你们生意，让顾客坐吧！”生生他大见真不坐，就端了两个大碟，各放了一脯一腿。端到二位面前。

二位借口说“改日吧”。生生他大定要给到手。没办法，荣凯掏出10元放到小桌，叫小白拿了一只腿，自己拿了一个脯，生生他大见荣凯放下钱，烫手似的拿着硬拒，荣凯说：“你嫌咬手是吧？”为不影响顾客，就要离开，还没来得及找钱，致祥不知从哪站出来，突地站到当面。不换睛地盯着眼前情景。

“哈，二位支书大人也在这儿享口福！”他故意大声地“唱”着，“应该，应该！”他如此大声是故意让人听的。

生生他大接着问致祥：“来了也尝尝啊。我做买卖的谁给钱就吃。”致祥说“我可不是白吃啊”。生生他大一听这话有异味儿，就说：“人，不能不知好歹，是吧，人，也不能把良心让狗叼着去，是吧？不是支书支持我办起了兔场，谁想啃骨头也没有的。支书碰上了买点肉尝尝不应该吗？”致祥紧说：“应该，应该的，谁说不应该！”生生他大不客气地说：“人家不差钱！不像有的人一当上干部就白吃白喝还白要！你看人家给的10元钱还在这儿没找呢。你要吃就请坐！别带刺儿了。我可是认钱不认人的！”致祥小脑袋摇晃着似笑非笑，“照你说，他们都是清廉得很。不说了，怎么卖？”生生说，有按件卖的，大腿、脯4元一件，碟卖大碟2元，小蝶1元。你要什么？要整的就包一只吧。

致祥看荣凯小白拿着腿和脯，说：“和支书要同样的！”生生问坐着吃还是带走的。致祥说带走吧！生生给包好递到手。致祥顺便掏出10元。生生给找2元。他转身就走。走了两步，又返回说：“我的钱收，支书的钱你也敢收？”生生他大将了一句：“没话就不要屙话了！你有时间屙，我还没工夫听！”致祥回过头问：“你怎么骂人！”生生他大铁着脸，“对你这种人我哪那么多好话？”致祥没趣。边走边吃着，“我今天不只为吃肉……”生生他大见致祥摇头摆尾，走远了。给荣凯说：

“你看他说话总不怀好意。人说狗嘴吐不出象牙，真的呢！”

荣凯无所谓的样子说，爱说什么就让他说去吧，心底干净，不怕他泼脏水。小白不愿听他这样说，马上道：“对这种不改毛病的人，你应发个脾气才对。”

荣凯无所谓地笑道：“脾气是有‘阶级性’的。大抵爱发脾气的有四种人：一是当官的。不论官大官小，大官大脾气，小官小脾气，有时小官也来大脾气；二是有钱的。不管钱是怎么来的——老板、盗贼、贪污、受贿、娼妓……有钱就气硬，动不动就来威。三是有靠山的。‘山’不论大小和高低，凡可称为‘山’者能靠上，就有恃无恐，狗仗人势。四是不知天高地厚自以为老儿的那些二毬货、半吊子之类。这四种人里我没分儿，我哪来脾气可发！”

小白无奈地唉了一声。荣凯又转话题。对生生说：“看来，你这生意有市场，做的味道不错。好好发展，肉兔多了，可以和各酒店联系供应。你的小日子很快就会转机起色的。”生生说，如果生意有门路，准备在街上开个小铺子，打响咱白墨招牌。小白说，好的，好的，在市场经济的海洋里就要敢于冲浪！

荣凯说：“要多动脑子，你能在庙会上做小生意，这就叫出息！好好干！希望你们梦想成真。”

荣凯、小白二人向前快转到戏园子了，荣凯问小白：“咱转了半天，你看今天什么最多？”小白说：“卖小吃、小百货的咱村上人最多吧！好些人我不认识，不包括卖茶水卖冰激凌的小学生，大概有六七十户。五天下来，不但能赚不少钱，更重要的是通过练地摊打开了致富的思路。通过实践，尝到好处，就会想着法子赚钱的！劳动致富嘛。”荣凯说：“我再加一句，智慧致富！这就是庙会文化效应吧。”

荣凯说，庙会这种民俗文化形式，随着农村经济的发展，近年悄悄的从各地恢复了起来。一年一度，一年两度的举办越办越丰富。群众这个村子逛完又去另个村子。乐得马不停蹄！这样，他们的精神世界就日益充实了。

小白说，庙会多在农忙之隙。农忙至秋播秋收中间的空档太大了。时空太长了，只有几天的庙会很难满足大众文化需求。“咱能不能想方创造条件让大家常常参与、常常娱乐？”

荣凯说，咱的文化室经常开放着，只要愿意，随时可来读书看报刊，也可下棋、打牌或拉拉唱唱！

小白：“我是说文娱体育方面。”

荣凯：“这方面村上还有些条件的。体育回村的中学生是支现成的队伍。戏吗，咱有几个小广场正在改造中，可搞些土洋并有的健身器材，自制一些土的，买些洋的，就能满足全民体育事业发展。”小白说，有的村民认为体力活就是最好的锻炼，这是误解，体育活动和劳动大有区别，劳动毕竟是体力的付出，是苦功，人的心情不一样……荣凯说：“娱乐活动，咱村有两三个人参加过陕西电视台戏剧明星班。还上过荧屏。有一个人还参与了百家碎戏拍摄。另外，还有三个70岁以上的老艺人。”

“什么艺？”荣凯说，吹了多半生的唢呐。一口能吹两个喇叭，用鼻孔也能吹，能拉能唱。1959年大庆上过京。用唢呐唱生、旦、净、丑。中央台都放了。大公社组织木偶、皮影团，他也被挑选上了。民间红白事唱得可红。人称呱呱叫！新歌新舞更有条件，这两年回村的中学生既是辅导员又是演员！“肖肖还演过小常宝，你知道不？”

小白激动地说：“真的吗？她……好，只要有人才，大问题就解决了。我看成立一个‘天天乐’演唱队已不成问题了。那几个老艺人是非物质文化传承人，活宝，得挖掘出来。”

荣凯："'天天乐'这名称好。就差个组长了。"小白说，这个人起码得会几手特长，还要热爱、热心、有责任。两人满面春光地说着议着。

5

大伟急匆匆从跳舞的场子那边过来了。直到荣凯面前丢出了这么一句话："把我找得好苦啊！"荣凯问有甚事。

"镇党委陈副书记和刘秘书来了，和你有要事谈！"荣凯和小白愣愣地看着大伟。

荣凯听了大伟的话，马上反应出答案。他知道找他是为什么事。但他和小白把要说还没说完的话不能断了。顺口道："你先回去，茶水招待好，我一会儿就到。"

——叙不完的话题还得继续。

小白也猜出了领导找的原因。半月前他就向镇政府立下军令状：他和白墨已不是一般的普通的感情了，他十分地热爱着这片土地。决心至少干三年或五年，把热情和汗水，智慧和锐力奉献给这片与他有着特殊感情的土地。他探问荣凯："哥，镇上领导来不知要和你谈什么事。"他想考实支书的底，其实他也知支书已向党委书记从吹风到交底，谈交班已不下三四次了。他揣测今天的来由可能与这有关。小白这一问，荣凯也进入到问卷上：他极力举荐小白接他担子，担起已发展到将近四十名党员的白墨村任第一书记。做白墨村的火车头。他自己做好加动力的一员。理由是小白比他有更高的文化、理论水平和理解政策的能力，富有开拓精神又勇于实践！能知乡亲父老的所愿所求，是块有德有才的好料，村民也认可的放一百个心的好干部。小白接过他的手后，自己绝不卸担，也不会推责，更不会松套，仍会马不停蹄为小白为大伟助力抓生产，抓经济，为白墨谋发展。但镇领导始终没有开口表态。最后一次是五天前吧，他又专门和田书记谈了一次，吐出了真实意图：他不是撂挑子，他怕小白有一天离开白墨，白墨需要小白，白墨村广大村民需要小白，他的工作更需小白注入新活力。一句话，他想留住小白和他好好干几年。为白墨从根本上起色的工程奠基修路。小白多留一天对他对白墨都有好处。

他坦诚地问："小白兄弟，你来咱村也好一段时间了，你发现我工作中都有哪些缺点，错误？"

小白看着荣凯的脸，说："你要听真话，下去咱俩慢慢谈。"荣凯说："你不愿说的话，我再问你一个实话，你来咱村接触的村民也不少了，真爱上这里了吗？"

"这还能有假吗？我不但深深地眷恋着这里的土地、人脉，我更舍不得咱班子里这几个人。年轻、有为、团结、谅解、包容、敢想敢干，不计较得失，不谋私利，都有一颗火热的心！正符合时代的需要！相互间解怀亮心，没有鸡肠狗肺，乱七八糟的东西，颗颗心都磁化在了那个十年发展蓝图上。为实现白墨梦，九牛爬坡，不惜奋斗。"

荣凯听其言，知其行，感动得抓住小白的双手炽热地问："小白兄弟，你说的是真心话？如果你能和我再搭几年班子，白墨村就真的如虎添翼！"

小白说，是啊，蓝图易绘，可是怎样变为现实就不是一句几句话那么容易，务必付出巨大的努力！"我了解一下，被这蓝图吸引回家乡有文化的那些年轻人，已有十五六位了，跑出外地闯荡多年的也回来了六七人，连媳妇孩子也带回来了，打算在家乡创业哩。原打算出去淘金的我知有毛毛、憨子，他们也收心不出去了，要立志本土呢。憨子说，'咱连自己的家乡都没建设好，跑出去有人问你们家乡变化多大，我咋好意思张口……支书哥，古人说，屋不扫，何以扫天下。连家乡也没建设好，还……’上边我说的这些人，就是咱白墨的生力军啊！不会变成空巢的希望！”

荣凯：“你这个调查研究很有价值。人是宝中宝，有了人什么奇迹都可创造出来。打工挣钱这是发展致富的一大门路，但只是一个门路，况且出去打工和运动员一样，有个年龄的坎儿。是农民的终了还得靠祖先留下的土地呢。凡出去了的，咱们让壮民负责，继续搞好，让好政策下农民改变命运的这一大财路，越修越宽，越走越长。但我说了，外出打工并非致富的唯一门路！有的人抛下父母儿女，地荒着随流出去了，既没文化也没技术，东闯西闯无头苍蝇一样胡碰了几年，只混了个嘴，养了个身子，回家时并没拿多少钱。这正是俗话说的，外面打了个呱拉鸡，家里却死了下蛋黑母鸡！得不偿失！咋办？得发挥咱们立德中心那培训作用。开启他们的智慧，培训他们的技能！”

小白：“农民工出去，这就是你说的致富路，改变命运的生财路。这些年，咱村和好些村一样，住宅一家比一家阔气了，不少户是铁将军守着门。窗户关得严严实实。凡跑得动的都往外跑，想一夜富起来。他们涌向大城市为公益文明，为高楼大厦添砖加瓦是大好事。他们放弃这么优质的土地，而祖辈务作的农业文明渐次萎缩，这种不正常现象不能不引起重视，这不是祥兆啊！咱村基本上没多少坡地，只是几个小荒岭荒坡。也已全还林了，能产粮的好地修路修庄基的占了不少。就仅有的坳心地，有人急着往出转包。先前转包每亩百元，现在才几十元，土地的使用价值急剧下降，咱虽及时搞了‘拾耕’，仍有那么几家的耕地没娘没老子的孩子那样被遗弃，蒿草茂盛得齐人腰，看了真让人心疼！难怪咱的庙会上演了一出土地爷哭诉的活报剧。”荣凯：“话说到这了，就多说几句吧！怠慢耕地。这的确是一个不可忽视的大问题，两年前我就注意到了。上次开会和镇上领导专谈了看法，领导一时也没个正法，最后说，土地的耕种使用权在承包者手中，还是再看看形势，说不准中央有配套政策出来！”

小白：“据知，荒弃耕地这种现象已不是一个地区了。已引起中央、省市的重视。新闻报道，有不少地方搞土地流转，实行规模经营。这么样宣传，可能会很快扭转局势呢。”

荣凯：“最近，有股风，说土地要统一收起，成立合作社耕种，又要秤下分配粮食，回到合作社的路上去。不少人产生恐旧感。说承包政策要变了。显然，这是流言。流转，得因地制宜嘛，也要坚持自愿。目前各地有各地的做法。万象迭起。面对农村人口倾向城镇，流转耕地极力推行。有的地方搞得符合民意，得到拥护，有的地方却一刀切，出现强迫命令，违背大多数农民意愿，弄得人心惶惶，对政策产生怀疑，出现了一些乱象。这不能不引起咱们的警觉。所以从思想上稳定民心，是目前当重视的工作。”

小白：“变是社会向前发展的基本规律，万变不离其宗。改革开放，是为实现中国复兴梦而变，但农民承包土地的权益必须保，这是大原则和总方针。”

荣凯：“这不单是几亩地由谁耕那么简单。对于土地还未确权的情况下，急着一轰地搞什么大流转，赶浪头，我认为是盲目的，对多数农民不负责的。也是有负于中央意愿的。这一点咱们得有清醒的认识。大城市的边沿地区有条件，土地流转给有知识，懂科学善作务的人，农民可以就近打工挣工资维持生计。可是，祖辈依靠土地而生息的广大农村，一旦都轰然地流转了土地，由少数几个人掌握，对农民能有多大利益！不是一无所有了吗？有志青年可出去创事业，窝囊的何去？不成游手好闲了？社会安定因素咋保，壮年老年人干什么？谁养活，这不又成社会问题了！这几年，年年丰收，还算安定，若遇着饥荒年咋办？所以说这一举动关系着千家万户的利益。得慎重理解和执行‘流转’。小白，形势发展很快，咱村虽已搞了‘拾耕’，那总是很少户人的弃耕地，若政府要搞‘流转’，咱也将面临这个具体问题。得有思想准备。我看，让大伟和几个村民小组长先摸摸底，了解了解村民的心愿，了解了解各种情况下的村民的想法。咱心里先也有个底，到时如何做就不盲目，你看呢？”

小白：“行。农民问题，事事慎重，发展才能稳！才可持续。”

荣凯：“你政策水平比我高，到时，你前面干我跟着，上阵离不开父子兵，打虎离不开亲弟兄啊，是不是！只要咱紧牵手，同心同德，没有过不了的坎！何愁撞不倒不周山！”

小白听出了点味道，笑着说，你是兄我是弟，你是班长我是助手，主事还得兄长，我几斤几两自能掂量，锻炼少，经验缺，又不熟悉农村，更谈不上能遂民心民愿了。想到做不到。力不从心，误了大事还要你收拾摊子，这些弱点，我明摆着吗？帅旗，啥时都得你举！

荣凯：“好兄弟，你是为想到做不到担心，可我呢，做是会力行的就是想不周全。如是互补，咱白墨这架马车何愁拽不到前去！只要坚守耕地，就能做出大文章的！要有信心，干！一根绳力单，两股拧一起就了不起啊！”

小白：“咱们中国是世界文明古国。引以骄傲自豪的文明标识就是悠久的农业文化。”

二人在一起时间虽不短了，从没像今天这样互倾心愿，共谋大略，颇有交代责任的谈兴。可能因贪说公事，忘了镇领导的约见，大伟等不及就和副书记找着来。荣凯才恍然知误事了，很抱歉地说：“对不起，贪扯事让您跑路了。”书记并不介意，笑着说：“我知道你俩今天在一起有说不完的话。是不是对当前和今后一些问题的看法和构想？——全在托事吧！”

这一说，把小白弄蒙了，不言不语地看看荣凯又看看陈书记，小白很快伸过手，陈书记同时伸出手，两只手紧握一起。陈书记说，天高任鸟飞，海阔任鱼游啊！大展宏图的良机就在时下！小白意识到有副担子正向肩上搁，这个他不怕，千斤重也敢担，他怕荣哥和自己换位，直接影响白墨的发展。但他不了解荣凯挽留他的一片苦心。——荣凯知，大学生村官一般是三年，三年后可参加国考，考上公务员就飞了，他舍不得！真的舍不得啊！

小白想白墨好不容易走上了快车道，帅旗迎风，高高飘扬。古人云临阵换帅，乃兵家大忌。党委一定会认真考虑的。神情虽有不安，但仍以自若之态，在等待中探求下文。荣凯心里很明白，眼前一片开阔绿地明明闪闪，正在向有志于深化改革者招手！

白墨不能背着包袱走，不能拖着羸体走，不能依着拐杖走，不能摆着小脚女人的步子走，不能东张西望走，更不能前怕老虎后怕狼地走，而要以健壮的体魄，昂首挺胸，高歌勇进！

有路没路，路坦路曲都得坚定地一步一响地前行。

第二十九章　路在脚下

1

秋末冬临，农民这段时间，相较是多了些空闲。各年龄段的都想着法儿寻求爱好打发时光。

稍有消闲的小白和荣凯又谈起村上文娱体育活动。小白说，村民体力劳作一天，生活太枯燥单调、能不能想办法，把全民体育和娱乐搞起来，让人人参与，渐之形成风气。

荣凯说，咱俩又想一块去了。咱就揭这一页吧。“我想从今年起。每年开展两次体育运动。两次文艺会演。包括庙会。庙会前两天村民自演。文艺要求自创，自编。演身边人和事。体育因地制宜、选项立规。”说着说着又提到庙会上演戏的那个白老山和梅芬。

小白：“那两个演员真不错，一看就是科班出来的呢。咱村，还是个藏龙卧虎的地方呢。能不能吸收进文娱组？”

荣凯：“龙没有虎也没有。但要搞群众娱乐，的确还不乏人才。除那几个常登台表演，还有几个吹弹高手。我说过，他们在第一个大庆时曾进京表演过，一张口能吹两把唢呐唱秦腔。生旦净丑都行。不过这个师傅已快90高寿，下传的弟子也不错。村上还有两位呢。”

小白：“那太好了。早先咱谈过这方面的事，我组织时，他们都不在，说是去陇地了。”

荣凯：“冬天是他们最忙的时候，不过咱们需要，一定会留下先顾内的。这包在我身上。”

说话间，那个在村上辈分最高的黄寅生老汉拉着他的山奶羊过来了。荣凯问去哪来，寅生说，给它找对象去。荣凯说，羊冬季还发情吗？几位笑着说了会。荣凯猛然记起一事，向老人问着证实真假。“二爷（寅生在他们辈为二）我见到你就记起了，有人说白老山他爷爷的爷爷过去也是个唱戏的。”寅生是个乐天派，荣凯这一提，他哈哈大笑，说：“那一家人啊，戏子给尿到祖坟了，下出了一窝爱热闹的小戏子。他家与戏有关的故事多得很，我给你讲他最有名的是‘敬德打灯’的故事。”荣凯问，还有这么个戏啊！没听过。

二爷笑得眼睛都眯缝了。听说那是在光绪还是宣统年间，——记不准了。咱县北塬老艺人组织了一个秦腔民社（剧团）在万寿县南镇七月十二乡会唱戏。戏报出了《敬德访白袍》，开演前一天唱大花脸的突然生病，民社十万火急，贴出告示招聘这个角色。第二天来了一位应聘的。这人身高八尺，高鼻大眼，黑须过寸，声如洪钟。一看穿着，破衣烂衫，活像长工。虽身高却瘦削，社长看个儿听声音，非常满意。随叫领班来验。领班问：“贵兄行当？”应答：“戏剧角色，不过是生、旦、净、丑、末。我所长者，净也。贵社缺啥，我定能补演，保你称绝。”社长和领班高兴地想，我社燃眉之急，真遇贵人相助了！当下言明身价为一台戏（七天八夜十五场）二石五斗麦子（官方斗）。社长急切问：“请问贵兄可有‘敬德访白袍’一戏？”答：“这算什么，黄袍、白袍要啥演啥。”随即拍板。

晚上戏子们去吃饭。他们都是长袍短褂、油头粉面，手摇绸扇，一步一哼一唧地摆着架子。唯他这个寒酸如新来的伙计不敢头前，更不敢卖资格。到了吃饭的那家，女主人看他那土里土气的样子，把已准备好的煎汤臊子面，下卧荷包蛋的大碗推一边去，上边扣了盆。和颜悦色地上前说，对不起，我看戏回来迟了，饭得等会儿。这人心里高兴，想到好饭迟熟，就笑着说，什么时候熟了什么时候吃。等了半晌，原来她是给打搅团应付。

夜戏快开演了，他呆坐着不化妆。领班急得看一回又一回。马上要拉幕了。只见他五指蘸五彩，挥手谱成。看得众演员个个心服。开始上装了。他护身铠甲又罩一件软袍，再套二王开襟，又是一套软靠加一套大靠。有演员提出，穿得太多咋演？领班说，敬德本粗壮，你们看他这一扮，真名角也！锣鼓武乐天响，戏开演了。这位“大名角”山呼海啸出场，一个大势后，念白：“吾乃尉迟敬德！（大肚一拍）搅团吃得夯夯胀，尻子一蹶坐椅上。”他忽地跳坐椅上，不吭声了。社长后台又夸赞：“无愧西北大名角，为我社争誉了！”一会静场后，又念：“三月过后是四月，五黄绿（六）月又来了，热煞老子也！”撩起衣襟扇个不停。领班幕前一看傻眼了。生气地骂，“真胡扯蛋，不许唱了！”大名角听了更是气不打一处出，怒发冲冠，吼道：“敬德生来脾气扛，哎呔！一鞭打到汽灯上。老子不唱就不唱，唱了也白唱！”霎时，台上台下一片黑暗，看戏的乱了。大名角跳下，混入人群不见了踪影。民社头儿急了分头去追。逢人问，谁见敬德了？被问者笑答：“敬德乃大唐之将，俺大清国人何能相遇？”社长气得肚子疼，哭丧着说：“可惜！刚买的剧装，价值七十两白银，七十两啊！”

小白：“后来呢？”

“那个社会，演艺的人，尤其是唱戏的，太没社会地位了，统叫戏子。归三教九流最末。这是看不起人的没有尊严的称呼。死了也不能进祖坟的。白老山他那位老祖爷原也是一个民间戏班的主演，因有人挑拨师徒关系，戏班子散了。为了生计，他另招人马组了个小社，串地卖艺，常受地痞恶棍勒索，置办不起戏箱，才出了那个下策。骗走几身服装。二年后，他们剧社兴旺，红角多了，他也做了老板。主动找到秦声民社社长，以崭新四莽四靠礼赠，赔罪道歉。又经地方官员从中说和，二人交友，两社合一。盟约立誓振兴秦腔。据说这就是西安易俗社的前身。到了老山这辈，已不做专业演职，但对这门艺术爱之有加！”

荣凯：“秦腔艺术只要薪火相传，定能振兴的！梅芬已是咱文化室的成员。那个老山我去动员。”

两人谈着近期的工作，顺便去找大伟。研究这一段的工作。寅生讲完老山祖辈故事拉上他的山羊寻相好去了。边走边吼：

“刘皇叔果算得当世人杰，

愿孙刘永和好各开基业……”

2

新区建设工程已完成了百分之八十。兴旺的规模初具了。住户已陆续乔迁了进去，灶起屋热。庆贺的鞭炮连天，小商品超市已有几家也开业，门上挂起彩灯，悬起霓虹灯修饰的商号。顾客盈店。看着琳琅满目的百货架，选购所需。风味餐饮店装修已就，摆好了餐桌。食材、啤酒也正往里搬。孩子们一拨一拨来到门上闻炉灶发散的香气。有几个卖瓜子儿，贩水果的给自已占了地摊。这个十字口，人日渐增多集聚，小集一样的热闹，上下班车来往旅客多有滞留。他们下得车来，游来转去，选几种特产、民间小工艺，如绣花鞋垫、编织品什么，心满意足地进到小茶吧，品几杯香茗，撂下钱又急着去赶班车。有的抽着烟和当地民众聊几句风情，乐哈哈交流发财的路。白墨这块利民区的布设，为不少善动脑的人家开创了致富路。二善人几次来过这里，看后不住说，有眼光，有眼光！阿弥陀佛！

工程机械站、医疗所、果业服务中心，劳工服务分站，在横陈南北的大寨路两侧，各距一所，其建筑物顶部都有醒目大字竖固其上，白昼间，红漆耀眼，夜临光辉四射。文化广场十几组太阳能灯，天将暮，流光普泻，白昼似的朗朗。劳动之余的大人带着孩子玩乐，跳跳蹦蹦，健身强体，开开心心地总结当日，迎接新一天的光临。白墨人日子正向梦想的境界努力着。

由荣凯和白金海（原公社农机站拖拉机手）负责建立的工程机械站，是村上建筑工程队和农用机械管理部共同办公的地方，成立多半年来，已有国家补贴购置的三台大型机械。小麦玉米为主产作物的耕播种和收割一条龙服务，还有两辆卡车配套，谁家需要，只是一个电话，马上安排，付价仅为外村的六成。医疗所是惠全民医保推开之后，在县卫生局的扶持下由原医务室发展的。已有中西医各一，护理二人。药房中西药齐备，一般病和急救可以不去镇中心院。按村两委会的要求，同时担负村民防疫、村上环卫、医保等具体事项。每年给幼儿园、学龄儿童和60岁以上老人体检一到两次，村民健康建档等。本所由小白和新聘曹医生负责。由大伟负责的果业服务中心，成立两年来，大大方便了果农，促进了果业的大发展、使广大村民体会到了实实在在的好处。在果农的生产和质量，招果商搞推销等方面赢得好评。定期请专家讲课，培训技术。还为果农经营果树专用肥和必要药品。彻底堵住了伪劣假冒品对白墨的坑害。壮民主负的劳工服务站，负责搞信息、组织人力资源技能培训、劳务输出、见证合同、维权等，成白墨人在外的卫士。距这个区较远的立德教育中心，是村上最关要的有教育职责的育人课堂。总负是荣凯、大伟和小白三人。人无德而不立。村党支部要求，新型职业农民都必在这里进修，少年、青年更需进炉陶冶。这里的工作人员有田禾、肖肖、鹏儿。各负一项机构，又互相协作，成为一体。这里的“讲堂”是常开着的，什么时候来都有值班的人，阅读报刊，文娱活动。劳逸结合，脑体互利，进到这个中心，让你获益，增补营养！

农民是真真正正的劳动者，他们一年四季惯性运转在大田。在太阳底下，在风风雨雨中。社会上其他行业，都有失业，唯坚守土地的农人是不愁失业的。他们从开春大地解冻，就和土地亲密无间，直到大地封冻才有余闲。平素，白昼忙火，晚上或雨雪日，就怀揣需求直奔立德教育中心。这个中心已和每个人的心相连，和每个人的心相通！到这里来已成不少人的良好习惯。

3

金秋过后冬季紧接。

冬季，白墨农建工地热气腾腾。但是，这里没有过去年代那种“战天斗地”阵势，不见排排飘扬的红旗，不见威武慑人的指挥部，不闻震撼云霄的高音喇叭，也无人山人海的战役造势，而仅能见到的只是一台挖掘机、两台推土机和二十多个自强不息，快乐地和土地交感的农民。我付你感情，你为我变田。这不大的区域上，机声隆隆，朴实的人们挥舞着铁锨镢头在机声的伴奏曲中制造海绵田。阵地上机械是连续战斗的，全天不下火线。饥了渴了加桶油。人力资源是自给。几个组三晌轮班。是冒子和鹏儿领班。荣凯、大伟、小白也常来督战，检验质量。

工地是在二三组的交汇处。这里是几处接垴的地摇和十多间要拆的瓦房。它们的主人月内已从这里搬居新区。空留的地坑和已揭了瓦的房子，被那庞大的铁家伙整治得面目全非。

六处地窑，五处基本填平。说平，其实不平，也难平。因为土方都是就地取的。十多间大小高低不一的砖瓦房、土坯房，盖顶上的瓦已全揭了下来，垒在不影响工程的空地上，一堆一堆的。房上的门窗也拆了搁在一旁。有两处的砖墙，正加紧拆着，砖的响声不断传开。土坯墙已成残垣断壁。它们之所以“缓期执行”是因为要在地坑填好，要作为肥料施的。工地上除堆放砖瓦房架，就是新伐的树木。有从地坑扛上的，也有坑周边砍伐的。六个地坑，相聚不远，若从高空俯视，似平展的白纸上摆设的六颗棋子。平时被密树笼罩着。树木伐后已全裸出来。五处已填了，还有的一处这是白丁丁的家。挖掘机已开到这里，正待堆填。丁丁急着拦挡。冒子上前：“你一户磨蹭着误了工你承担损失呀！只给你一小时，快点！”丁丁点头说“行”。说罢拿着斧、锯和锨。领着婆娘和上初中的儿子小学的女儿，把地坑院子的树枝一个个锯下来，身子截成六尺的木材，气吭气吭扛上来，放架子车上准备去解板。婆娘和孩子挣得满头满脸的汗，往上拉树枝。别家都请人帮忙。丁丁家就是不要人帮。他把地窑院子一棵核桃树两颗椿树，肢解后已搬上崖背。气没歇，便拿个小镢头在爷爷住过的中窑炕角咣咣咣地敲打，贴耳细听虚实，听不出，只得一镢挨一镢挖。挖了好大工夫，全是实的。他仍不丧失信心，又拿镢背敲，敲了一大片没一下是空的，他才有点失望了。悄悄叫了婆娘，贴着耳朵咕哝：“咱大当年咽气时，就在这个炕上，已说不成话了，可脑子还没混啊，记得清清的，他指着炕后好大功夫才闭了眼。我就在他头顶立着呀！我以为是暗示爷爷在这里藏了什么宝呢？”婆娘说，说不上就在他指的下边炕厢里。丁丁又忙抡起大镢背几下子把又平又光的炕面砸了几个大窟窿，蹶起尻子板掉全部炕面，钻了进去，又用镢背细细敲细细听，还是听不出空空声，发现不了藏宝地。上边开机子的隔崖喊：“丁丁，你聋了吗？一小时到了，还不上来我就施工了！”这几声喊还没得到答应。冒子等不住了就跑下来喊丁丁，丁丁头在炕洞专心掏宝。冒子问丁丁的儿子：“你大呢？”儿子向炕指了一下。冒子叫上墨黑牛老汉也下来。只见这两口子弄得满身满脸灰和土，脸上的灰已成泥了。污染得狼脸一样。冒子已知他们的心计了，他拉了一把丁丁的后襟，笑道：“你两口子寻毬哩。连个干灯柱也没有吧！你老爷、你爷过去都是给地主拉长工的，是响当当的贫农，你知道吗？他一辈子汗水给你大就攒了个光荣的好成分。这地窑还是土改时分了地你爷才领着你大一担一担担出的。几辈人才成这个样子。你想能有元宝吗？”说着顺尻子狠踢了几脚，说，“你真是大白天做梦，想财想疯了！快往上走，看土下来把你埋了！”丁丁和婆娘这才收起家具抹着脸上的汗泥离开了。

冒子一声令，几台机子发威冲上前去，以摧枯拉朽之势推倒崖背东边几间土坯墙，然后从四面八方猪拱墙的力度把土推下去。土块落地闷响，尘土飞扬。那几处整地的村民也扛着锨过来参加到工程中。快到下午，地窑面目全非，又加入两台机子，又来了二十多位平地的村民，机械加人工，几个地坑修得地联成一大片，因没了树木的遮蔽，这里已现得特宽阔。放眼，这半个坳地也像扩展了许多，清爽了许多。大伟一来，看工程已完大半，再有一两天的统一平整就全完成。他对冒子说，现在减一台机子去村里干。冒子坚持尽这里完工再抽机子。大伟说，这里减一台没多大影响，机子全开村上去那里地方小，英雄无用武之地。下去一台先把去白家大院的路推开，其余工程只能人工干。

丁丁在一旁听了，问：“机子开那里弄啥去？”

冒子冷讽道：“到地主家院子挖牛眼去！你不快去呀！”

大伟瞪了一眼冒子，“你乱说什么呀！”冒子嘿嘿大笑，“大主任，我是给丁丁说的。”大伟越发不解，看着丁丁。丁丁红着脸走开了。冒子拉大伟边走边笑说着丁丁的故事。

4

去白家大院的路已推开了，十多人分作两行边修整边绿化，后边又紧跟七八个人用水泥防滑砖铺设。从村路到大宅院的大门口，这么一装扮。这被废弃的村中村破旧样子一下子有了生命的召唤，开始呼吸，开始小动，开始扬眉了。虽然各住户渐之离去，已有三四十年，冷落了的冰凉透体的窑洞，有的成为贮放柴草的集中地，有的空荡荡被赌徒作为了赌场，目下，全像有了灵性，成为名正言顺的“过去”的见证，它们虽不会人言，可看出他们那种内心的激动。

村上不少人知去白家大院的路修好了，这个小村落的窑洞也已整修。白家大院直系后人的支系子孙都新奇地跑来看，看他们的祖爷爷曾在此生活过的老样子。长辈的难免见景生情，忆起当年发生在这里的宗宗事件。波波澜澜，恩恩仇仇。小辈的看过后，和现在的新居相比对，不禁用“翻天覆地”来说。其他住户的后代，寻查了自家祖上的老窝，又跑过来和地主老财家的比。放言道：“地主家的不过就是院子大，窑洞高，还有什么呢？现在住的最差的也比土地主家强几十倍，起码都是敞亮的房。过去的人咋那么傻，不盖房子单知学老鼠学兔子钻洞。嫌平坳咋咧去占沟边。”旁边一老者，冷冷地瞅了瞅他们，“呵，不当家不知柴米贵，不走山路不知行路难。别以为今天的福就是从天上掉下的……”

荣凯和大伟扛着锨从坳里农建工地急匆匆来到这里，袖子一卷参与了劳动。他们听到如此种种叙话，心里蛮热的，觉得保护小村落这一决策，在于存留了“古遗迹”的历史见证：会使后来人了解“乡村”，“农民”。深解“贫苦”，“富裕”，“发展”原是这样过来的！

全工程已搞八成，涂着历史色彩的村落原貌呈现了出来。荣凯叫上大伟从上至下逐一看了各宅的修缮和清除废弃物后的样子。然后去了大宅院的南后院。所谓“南后院”就是白家原“后花园”。这里早没有了花，也没有了原来的假山，只留个山座基和一小片毛竹。这竹林，据说过去四季都是非常翠绿茂盛的。倩影迭迭，沙沙作响，笼罩半个院子的。如有风吹草动，乍闻土匪入城，年轻媳妇夹了私方细软，抓把土脸上乱抹几下，弄丑自己就钻进竹林，隐遁假山旁的暗道，逃之夭夭。现在还可看出，这里过去有“山”却从无水的迹象。那年代人吃水都是从深沟驴驮人担的，何来水源。再说，土地主发家期那有情致赏玩小景呢！所谓“花园”正是他们有计有谋设计的逃生路上掩护机关的屏障而已。那年代的社会，土匪大盗锁定着这种家庭，打富济贫的绿林好汉盯着这样的家庭，形式逼他们不得不狡兔三窟。据知本塬区多家名声远扬的财势家族，都有自家设计的逃遁路线。白家这竹林掩护的暗道和中窑左侧大柜后的暗道是一脉相通的。两道汇合后可直达沟底，……这样的居所，反映了这个曾经辉煌，财大气粗，欺压盘剥过良民的大户的历史。也衬托出了这小村落贫富的悬殊。

知道了暗道的设计，好些年轻辈都好奇地要钻一钻，寻迹那逃命的路线，体会社会的残酷。

这片竹林这些年，人人视而不见，知其重要作用后，不少人跑来参观。目下所见，有竹无林。狼藉之相，令人遐思。刚直修竹被砍，有的半残，有的只留根茬，有的秃光着净杆儿，但它们仍傲然倔强地站着，挺挺的不屈不弯。尽管有很多摧残手端相向，而根部的笋尖总是迎着阳光显赫头脸，它，就是这种天命、天性、天族！

“这竹幸好根在。”大伟建议，弄个篱笆墙，让安全生长起来，为村子增设点风景，岂不更好！

荣凯说，小村落既作为一个遗迹保护，就得有人“护院”，大院中间的窑用过一段农业发展史博览，现在挪了地方，但不能闲着，咱得好好规划规划，充分利用它的价值。

废物不废，物尽其用。白墨走到今天这一步，事事得有着落。

白家族们在这大院，据说已有二百年以上的历史了，二百年啊，发生在这里的故事肯定不少，“让诚石老师组织些老者回忆写出来，定会有用。”荣凯和大伟交换意见说。

小白从镇上开完会，也直来这里。看到已现一派新面貌，欣喜地说：“咱这么一搞，真还像个样子，好静好雅的啊！仿佛一处特色别墅！站在门外，前边是青山，山下有叮咚泉水，几条沟的清泉汇总，潺潺吟唱，蜿蜒前进，好有诗意啊！……”大伟打断说，什么别墅？在城里人看来，带着野味呢！小白说，“野味”正是它的价值！它的资本！

小白面对一排完好的窑洞，感触道：“我来咱村不久，六爷爷领我看过镇上的老街新街，作了详细讲述，同时，特参观了扩建的新农村。那里有不少抛弃的旧宅院，里边的房屋好些还新着，但都闲置了，院子也荒芜了。土地，在现代人的眼中，好像不值分文，真令人担忧啊！土地资源是有限的，有限的啊！”

大伟说，人往高处走，福往福中去。社会本就这个样子。荣凯听了他二人的谈论，看着白家大院那一只只黑黑的高高的窑洞说，这里住的几户土改户，搬住新房后，这里就废弃了。实际，新房三间也抵不过这么一只窑呢！中间这一只足顶五间房容量呢！我看过一个科研资料，讲到人的生存环境时说，同年龄的人住土窑洞和住房屋，住窑洞的要比住房的长寿三到五年，因为窑洞是恒温，湿度佳，冬暖夏凉，有保健作用。很适应人的生理需求。听到这里，大伟问，窑洞有这么多优越性，那人为什么要争取房子，攀居高楼大厦？这到底是进步还是倒退！

荣凯哈哈笑道："这还用疑问吗？这就是你说的人往高处走！你说这是进步还是倒退？我说窑洞的好处，当然不是说它无缺点。住窑不安全又黑暗，这是明显的不完美处。有不少中老年百姓患有风湿，多是住湿窑所得。所以改革开放后，政府来了个'三告别'，其中之一告别就是窑洞。"小白接着道，咱们的老祖先曾经历了饮毛茹血，过穴居的生计，有了水又吃熟食，学会了搭窝棚、打窑洞，经历了这一破天荒的突迁，才奋斗到住砖瓦房、上高楼，自然瞧不起那土窑了。

大伟说，这样说来，咱恢复保护这小村落就失去意义了？

荣凯听着笑了。没说什么。小白这时又发言了，"咱们的举措怎能没意义呢？"荣凯看着他的嘴，听他说下去。小白很理性地道："就是乡村农村，也是当文明、要文明、必文明的。文明，就是进步就是发展。不过，乡村得有乡村的特点，特色，乡村的境界。一旦失去了特色，也就失去了本质上的乡村文化。这就如同五十六个民族，若要求一律的衣饰，一律的生活习俗，那就完全丧失了'民族'含义。大搞清一色的楼舍，并不是我们追求的目的。"大伟说："这一点我同意。现在城市文明正向农村冲来。使一向安静稳定的乡村一下子浮躁、狂动、鼓胀了起来，东施效颦，穷村接受不了，富村也有些招架不住。城市文明正在吞咽着乡村固有的民俗文化。乡村的风貌，乡村的风格渐之抹去。年轻人这山看见那山高，脚跟动摇了。乡愁淡漠了，不愿返顾生养自己的土地，对脚下的土地不再珍惜，不能以诚相待，不用热情来拥抱建设。这样下去，要不了多少年，农村——只少有一些村子真的要成空壳儿，新农村便有沦摆设的可能。看见了吧，现在盖成的新农村，不少户门上着锁，我见不少老人为这现象叹息忧虑呢！"

荣凯说："你们的观察分析和判断，听起来还真有些道理的。不过，我坚信，农村阵地还是如磐石坚的。不管如何变，农村还是以农为主的生产基地。绝不会改变成生产原子弹的！国家不会舍弃，改革不会放弃，基本农民不会舍弃！农村，只能加强、优化、促进！在新思维中发展，在发展中壮实！咱白墨不是正在践行吗！

“别看目下各地新农村都修得那么阔气、耀眼，有的纯仿古，有的却全是小洋楼，有的是一户一小院——正面门楼雄立，外观富丽，而内里并没盖出个规模来。农民嘛，不说饲养大家畜，猪呀、羊呀、鸡呀总得养个的，粮食，柴草也总得有个存放的地方。提倡乡村城镇化，城乡一体化，口号越响越亮。鼓励农民去镇上住小区，上面的那些具体问题咋解决？分的承包地咋样种，咋个收？这不能不想，不能不解决！总不能学工厂分个生产区、家属区吧，一年四季见天的两头奔，人咋招架得住！农村，还是得有农村的特点的！”

小白，大伟听了心服。说，天生我才必有用。咱们吸引有志青年建设家园，咱们修复一个小村落的面貌，为后人见证实实在在的乡村文化。做点事，值！咱们坚守阵地的意志不能移，农村厚土就是有志青年的施展才华的航母！她，是国人的老母！

5

小白已是诚石家的常客，他一有空就来聊。刚从白家大院回来又过来了。

小白边谈话边转，看了多个书柜，层层架上插满着书，案头、床头都摆着垒着书籍杂志，诚石把他几十年所买的书刊全弄到农村来了。老伴怨他蚂蚁搬山的把这些破纸搬来倒去，靠吃呀还是喝呀，他说，这就是我们的家当，不伴随我随谁？老伴说，娃娃谁看上？到毕还不是烧，谁去烧？他说：“我死了，爱咋就咋去！”

小白：“你真是我们年轻人的老师！我来到农村，回到白墨就像在温馨的家，更像把自己融入了大自然，空气新，营养良，生命的资源必然丰盛、不竭……”

诚石：“你能融入群众中，这也是另一种读书方式，利用另一种课堂吸取知识，完善自我。历练几年后，你的成长肯定比从校门直接进机关的要进步得快，你信不信？”

小白：“完全信！”说着就翻看老人桌上高高的笔记本。

看了他的读书随记，看了他夹在已读过的书中的摘录卡片，相比深感有愧：年轻人虚心学习这一点比老一辈真的差远了！他又翻看，发现十多本钉着的稿纸薄，首页是《白墨纪事》，从一卷已写到了十卷，每卷有好些章节。满纸有红笔涂改。这时他才注意到，桌面两个大笔筒塞满着的黑色的红色笔芯的笔。他情不自禁，产生了特别的敬佩。“爷，你……我常来，咋没发现你还偷偷写小说呢！真了不起，这大作何时杀青？”

诚石写小说这件事对任何人也没说过，就是儿子于国、于民也不知道。以前儿子回来，他就把稿全锁抽屉。儿子只知道他整理教案、总结教书育人经验。鼓励后，还提醒他别太上心，慢慢搞，要注意眼睛，注意休息，别弄出颈椎病来。怎么被小白发现了，发现就发现了，这也好，可互相切磋，听听意见。把他当成第一个读者吧。

小白：“爷爷，你记的全是咱白墨发生的事吧？”

诚石：“是，也不是。我用望远镜观察社会万象，用显微镜和放大镜分析，然后浓缩聚能于‘白墨’这个典型环境。用乡土叙事写史，为农民父兄立传。为政府揩镜子。小说嘛你懂的！中心事件多是白墨的，人物原型有白墨的，也有社会的，有公职人员，也有下层民众。我作为白墨历史变迁中的见证人，以正直的眼光和感受，以公心把它作为精神大餐献于社会，以规世人。我欣赏你们这些有志于农村建设的年轻一代。敢献青春于农村，这种精神可歌可泣！我为你们自豪。让我看到了白墨的未来。尤在全社会浮躁不安，不少青年被城市文明、城市化诱热，而崇尚金钱与享乐的时代，在城市文明吞并乡村固有文化的历史变革中，能有股新生力量应运来到农村安心建设家园，付出智慧和力量，我是十分欣慰！不写不行啊，可以用死不瞑目来说我心志。至于写好写坏，成功失败，只要尽心尽力了，我也就成就心愿了！我能干什么？就这么点小小能力。”

小白：“爷爷，这就叫余热，你的热已到沸点了！”

“哈哈，不敢这么说，不敢这么说，写这点文字，也是我对白墨对社会责无旁贷的事！小白，这事你不要给荣凯说，要对任何人都保密。干你们该干的事好了！”

小白：“行。可你要答应我个条件！”

诚石：“你这毛孩子还和爷爷交易呢，什么条件？你说。”

小白：“把写成的先让我拜读行吧！”

诚石拍了小白一把，“行，那我也有个条件，每读必提三五条意见来。”

小白高兴地说：“这还有啥难的，我不会恭维只会挑刺！我在校同学都叫我啄木鸟。”

“听说你们打算春节有个社火表演是吗？”诚石问。

“是。”小白说，“秧歌，社火七天乐。正在筹划呢。本月，农活基本告一段落，先开全民体育运动会，之后，接着投入排练。扭秧歌，你加入吗？”诚石开怀一笑，“我腰拧了咋办？这样吧，过去我每到正月都参与社火筹办。装饰旱船，竹马，狮子。十五这天的车亭，马故事，脸谱都是我一人的。”小白说：“红萝卜上席，我吃出还没看出，爷爷还是民俗文化的传媒人！”

6

立德教育中心的广场周围已挤满了人。看起来今日各家是连窝腾了呢。双休日，学生娃们也都随父母来看热闹。这些小人们的参与，大增了场上的活力，他们兴奋得朵朵花儿般绽放。又蹦又跳，把今日当节日。

广场东边，以升旗台为中心，南北两颗松树间悬挂着“白墨首届冬季运动会”的横幅。南北两边分别是一组、二组、三组、四组活泼装饰的领牌。每牌前都有彩旗簇拥。啦啦队就在旗帜之下。主力是孩子们。他们声音嘹亮，劲头足。运动员分男组，女组，青年组，中老年组。各组运动员分别穿着统一的服饰，兴致勃勃，为争冠军严阵以待。

早八点举行开幕式。大伟就坚持全民体育活动，增强身体素质方面脱稿讲话，特别强调开展这项活动旨在文明建设。接着是广场舞，秧歌和锣鼓表演。

之后，荣凯宣布：白墨村首届全民冬季运动会比赛开始！晚上举行文艺晚会。

比赛的项目和赛时、对决，全在横标下的大牌上公示着。这里围着一堆热心人在看：百米赛、千米赛、接力赛，羽毛球、篮球、拔河、跳绳、提水竞走，还有踢毽子、投掷、跳远、爬杆、抡鞭、摘果共二十多种适宜不同年龄，不同性别的农村活动。技术上虽有高难度，裁判并不过严，而重在鼓励全民参与。

南区正进行踢毽子比赛。这是古老的民间传统体育活动。器材简单，谁都能自制。布缝一枚或两枚迭着的铜钱，中心固定鸡尾毛翮，上插几支翎毛。美观、平衡、玩起来炫目。规则：在规定时限内除不可落地，主赛花样技巧。壮民和冒子是这里的裁判。这项活动都是以个人名义参加的。共报有三十二人。老中青、男女均有。首上场的是大鹏和稼娃。二人都是从小就练下了基本功的踢家高手。你来鹞子扑鸡，我来老鹰逮兔，你单腿双键，我来个左右相交三毽飞。观众瞅得眼花缭乱。迎来阵阵喝彩，掌声不息。

北区正进行的是摘果比赛。这是肖肖和田禾为半边天们设计的一项活动。场子蹲着几颗移来的老果树。树头缀满（假）果实。三分钟内赛摘数，还得码于箱。裁判是胜胜和肖肖。首出赛的是桃叶和嫂子艳萍。下来是田禾和莺媚。围看的多是妇女和儿童。

广场中间正要开始的是拔河，按抽序，先是三组对一组。背大绳的，顿尾的，各组力量调配都有取胜的把握。场上横躺着的粗麻绳，是坳里的住户安装在轱辘上从深井打水用过的。唯有他们才有这东西。从自来水入户，它就下岗闲下了。这次重得器用，它也为自己价值的而光荣。大绳中点系着条鲜亮的红带，暂躺于两道白灰划的线中间待命。

裁判是小白和社教。小白吹响了哨子，两边摩拳擦掌分别上阵二十人，各就各位憋足了气力，手上使钢（唾液）对峙架势。一组是旺年背大绳，三组是政军背大绳。拔河是集体性质的群众体育活动，检验的不全在力气和技术。而是耐力，更是心的凝聚，团队的意志力。哨音响，相持五分钟，不决胜负。突然，一组力拔，三组倒地。二次，相持七分钟，只听绳子铮铮铮，眼看快拉断了，各自分寸不让，麻丝马上要断裂了。三组拉拉队声浪冲起，忽地一下，三组胜。这次是平局。休息十分钟。一时间，人们有猜的有赌的。说着最后的胜者。欢声笑语潮起潮落。荣凯激动得各赛区观看。每到一处，都充当啦啦队员。凡来者，个个春风满面，喜颜于色。广播这时放开运动进行曲。

7

荣凯兴致勃勃地从篮球赛区又去拔了河区。

前边有个似曾相识的背影，距他五六步，同向而行。他紧走上前，原是曾在北片红极过的师存水。随着他同行的有一青年，有点儿面熟，却感到陌生，叫不上名字。荣凯礼貌地和师存水握手问好。二人站着寒暄了一阵。“你今天咋有时间光临旧地？”荣凯问，他说：“我想找浩群问个话的。”荣凯说，浩群已死一年多了。师存水不惊不奇道：“他年龄不大呀，甚病要了命？”荣凯说是胃癌。唉，可惜死的太早了。才五十岁啊！师存水说致祥不知在没在这儿。荣凯说：“我见来了。”他指着前边的小伙说，“这位是？”没待师存水回答，那小伙说：“我叫白改革。来找我伯的。”

荣凯笑道：“你这名字有意思。咱中国人真会起名字。跃进、文革、建设、社教都有时代感。这么说，你是改革开放时生的了。”小伙说，78年生的。“你伯是谁？”荣凯的问话本是小伙回答，师存水说叫白根牢。他原是咱县运输公司老司机，老师傅。我从北新镇调地运司时，他已退休了。现在不知身体咋个样。

“噢，是他。”荣凯说，前几年给个体拉煤车干过。后来又开过县境内班车，后来就在家，去年盖了一院新地方。他兄弟的庄基那块地，务了个苗圃，松树长得兴旺，这几年各村搞美化，再三几年这批苗可变一股钱。

那小伙听了脸上颜色有些变，脚步缓了。师存水给小伙说，这是白墨的支书，当家人。小伙子说，白支书好！存水接着把白墨满口称颂了一番：“白支书，你这几年把白墨搞得真像个样子，放眼尽是新景象，人心归顺，步调一致，一看这运动会就知是全听你指挥的。人人舒畅，个个快乐！真是亲亲热热的一家人啊！”他虽是恭维，说到村民的心情那可不假。赛场的大小人等，皆春风得意，喜笑颜开，集体主义精神奔放。然而当认出了这个昔日在白墨不可一世的人，不少人的脸晴天变阴，冷若冰霜了。拔河的双方注意力转移，突然松懈，把刚才拉得挺直如钢筋的绳，变得软不拉塌下来，小白不知其故，愣了。社教知底，他走到小白跟前，贴耳说了句什么，小白点了下头，把目光转向和荣凯并行的那个人。荣凯意识到村民情绪的变化，怕影响运动会进行。就有意招呼着师存水去找他要找的人。

师存水当然知道他在白墨人心目中的位置已不是昔日的分量了。可以说白墨没有他不认识的人，——除过四五岁以下的小孩！——而白墨老少，师部长烧成灰也认得出的。存水抬眼几乎都是熟面孔。他已陷入这个境地了不能退走，得装出忘却昔日一切作为的样子，显出特别热诚来，招手、点头、投以亲切的笑脸。可是谁理会他呢，“哼，真不知自己梨瓜子贵贱！”得到的多是冷面，有的冷面上包藏着疾恶如仇的目光。放射性刺去。这么多人，这么多张口，没一人上前搭话。往昔，他老拿着架势，阴沉着黑得难看的脸，好像谁都是他驯服的工具，谁见了都得迎奉着称部长。今日，他热脸遇上冷屁股，感到凉气扑面，这阵子，他才真的体味到了世道的炎凉，人情的冷暖。他开始换位思考，开始反思他的过去。惹人一堵墙，全是自己的。话没错。不觉间想起阿庆嫂的话：“相逢开口笑，过后不思量。人一走，茶就凉……”村民把他全当作刁德一了！

荣凯领着向前走，目寻着改革他伯。经过摘果比赛区。春花的好邻居韩玲巧尖眼看到了师存水。给稼娃媳妇巧巧说，“和支书走的那个人还认识吗？”巧巧说，烧成灰也认识。巧巧又指着师存水问春花，“你认识那个人吗？”春花看了一下，道：“别提他，我见了他影子都想吐！恨不得踩几脚呢。他不是人生父母养的！”说过把头背过去，马上勾起了对刻骨铭心的“平茬”记忆，记忆犹新……韩玲巧这女人爱抱不平，眼里喷火。走出人群，笑着说：“噢，是咱们的师部长。”师存水笑着先伸出了手。玲巧没伸手，说，今天啥风，敢贵脚踏贱门，老皇历不用了，税费全免了，不知道吗？她一把拉住春花衣襟，问：“部长，你官升多大了？还认识这位卖豆芽的媳妇不？”师存水被这位女人呛得无言一对。真乃此一时，彼一时啊，我师存水迟不来早不来，咋神使鬼差端端今日来？天下风水轮流转，还真没错儿。他正沉思着，那媳妇刺耳的话又来了：“你逼我们穷苦百姓活不成，老天爷睁眼哩，这老天爷就是北京来的好政策，就是贴民心的那些好干部！”

“别把话说得太难听嘛，我过去工作方法有错，有大错，可我也不是为我家办事！”师存水扑腾出了一句。荣凯在这样的局面下，想来想去，只能用“和合”之策，中庸着说：“玲巧嫂，请理智些吧，还是少说为佳，短不了什么的。”他靠近了些，小声说，“以德报怨，对人对己都有好处的。别得理不饶人啊！能对别人宽容一分自己的心也就泰然十分。去，参加你的运动会去。”转面向师存水，“别和她们计较了，群众嘛，咱们还是向前看好！过去的事，就让流水一样流逝吧。走，咱再去找找你要找的人。”师存水已深知自己几斤几两了。勉强笑着说：“算咧，你也忙，就不打扰了。”

师存水没去人多的地方，作为一个不受欢迎的人，他要独自去一组。正抬脚迈步，场子突地连响几个大纸炮，烈声震得地动，接着是连珠鞭声炸响，足有二十分钟。漫天飞红，遍地硝烟中，有一辆披着红被面的崭新小卧车，后边跟了辆中型卡车，已开到荣凯和师存水眼前，停下了。车门打开，下来的原是怀东。怀东热情地问了二位，又递过香烟。说着心花怒放的话。荣凯说：“你回来咋不说一声呢！”怀东说，我一个村民，有甚了不起。听村上举行运动会，我赠贺礼。来得不是时候，没赶上开幕式。荣凯说，正是吉时，谢谢你，全是吉祥物啊！怀东从小车里抱出两个篮球、两个排球，还有三个足球。他指着后边的车。那上边是为广场买的几种健身器材。村民听了，周围已来了一堆人。高兴地抢着卸东西。

师存水问："大会计这多年都在哪发财了？"

"胡混哩。"怀东说，"多亏我早早脱了身，不然就烂到锅里了。还什么会计哩。"

荣凯插话："不说那些陈事了。有意引开了话题。这小车是你买的吧？"怀东自豪地说，是的。师存水问："需十几万吧？"怀东笑道："你还真知行市。十五万多点！"师存水说，这不是发财了吗，祝贺你！老兄我连个车轮胎也买不起呀！

荣凯问："你啥时走呀！"

"你不欢迎我回来是吧！哈哈哈……我怀东不走了。新房已盖了，儿子也大学毕业上班了。我家在这儿，我走哪成神去？"

村民中几个人同时问，发了财的都在咸阳、西安买洋楼坐电梯，享受城市生活，只低也在县城买个单元。怀东理直气壮，"我不会拔根的，咱们坳又平又大，咱们农村空气好，水甜。村上这些年变化快，人和谐了，风气正了，我上天去呀！"

荣凯高兴地拍着怀东肩膀，"请你都请不回还不欢迎？我代表全村村民感谢你，雪中送炭。今天是运动会头一天，你来了个大礼包，运动会肯定能圆满成功！"

大家注意力和兴趣全在怀东和荣凯的对话中，无人与师存水言谈。师存水觉得无趣极了，惨淡极了。情绪低落到脚底了，他不言地走了。

面对眼前生机勃勃的白墨村白墨人，存水感慨万千！

其实，最有感触的是怀东了。

——怀东把小车开到不影响运动会的场外。心中掀起了波澜：

白墨村在泯义时代，村民看那日落西山的局面，都叫“百霉村”。村民说，白墨人倒八辈子霉了，没了书香，没了洁白，祖传文明让晦气罩实了，沉沉闷闷的，虽还没到奄奄一息，却明显已是病恹恹的林妹妹了。有文化知识的人说，白墨怎么怀了个“怪胎”，生出那么一个当家人。咱是《诗经》之乡，先周文化的发祥地。咋无姜嫄踩巨人脚印而生福星后稷的运！

谁知否极泰来，白墨人心想事成的时日来了。78年踩着了改革开放的巨脚深印，孕育出了新一代的后来人，他们沐浴着改革春风，正在旭日般健康的成长的“后来人”——潮气蓬勃，敢于担当责任的年轻人！

白墨新一代的带头人，以现代文化科学知识武装头脑。强筋壮骨修身养性，给有志青年创造条件，使他们素质提升，茁壮成长日趋成熟。这里的人民质朴、厚道、崇德、守礼，孝老而重家训，勤劳而富创造性，几十代人了，忠厚传家，诗书继世。顽强地生息在这片沃土上。至20世纪末，新千年初九年义务教育得到普及，高中生每年有增，上大学已不为鲜事。这些年轻人正在践行着“少年强，则中国强”的真理。在白荣凯为先锋扎根农村，建设美好家园的模范行动始，已磁石吸铁般凝聚了广大回乡知识青年，坚守着祖宗留下的基业，寸土寸金地珍惜。预防了空壳农村的危势。现在，正一步步落实着荣凯回村后的那句话：“呵护农村，是历史责任。农村，不能只剩遗老遗少。国家要发达，农村必先得兴旺。农村缺少了年轻后继人，这个社会就真的加速了老化……”一天天在变样的白墨村，如今，村民叫她“白美村”。

8

上午的运动会休息了。

田禾已回到了家。她的肚子一天天鼓起来，沉起来。虽行动多有不便，但村上的事她还是件件不误。运动会本不安排她。可她还是坚持到底地跟着，参与着。

回家稍作休息，她就放开了音乐。她平展展懒洋洋躺着，任音乐那美妙旋律从身外渗进。荣凯刚进门，她让放唐诗，诵了两首，又让换上《弟子规》碟。她看过几本专著，很重视胎教的，她深信胎教科学。希望他们的儿子将成为一个青出于蓝而胜于蓝的全新人才！

妈妈进来了走近去轻声问田禾想吃什么。田禾马上起来坐了。荣凯说："妈，你反了，该是媳妇请示婆婆的呀，你怎么倒问起她来呢？"妈说，没你插的话，谁问你来。荣凯笑道："好了，好了！我不干涉咧！"田禾说："妈，你别管了，我睡会儿自己做。"妈说："我怎能不管呢？不管行吗？"她念叨着出去了。荣凯哈哈笑着，"你看我妈对你多关心呀。"田禾笑："咱妈关心的是她未出世的亲孙子呢。""孙子在你肚子里，关心孙子就是关心你啊！"两个人乐得亲热，就把头贴在一起。

"老支书你来了！"妈在院子招呼声传了进来。

荣凯马上出门。元魁见面，开门就问："师存水今天来，你见到了？"荣凯说，见了。元魁又问："你根牢叔的侄子你见了吗？"荣凯说，见了。"你咋问起这个？"

"老师他专来家里找我。"元魁十分认真，但没提找的原因。

"找你？他不是说要找浩群和致祥的吗？找你甚事？"

元魁说，浩群死了就不说了，找没找致祥就不知道了，"他是带着系牢的儿子找我的。”

“系牢是谁？”荣凯不明白。

“系牢就是根牢他兄弟。那个叫改革的小伙子他大呀。”

荣凯被说得有些懵懂。

“你还记得82年咱村上发生过的一起凶杀案吗？”

“那时，我刚上小学，几十年过去了，稍有点印象。”荣凯撵话说了一句，等着元魁下边的话。

元魁正在思量该提不该提当年的那事。荣凯看他不再说，就启了一句：“那到底因什么？”

“一组治科他大被害，就是三组系牢作的案。当年，系牢是村上副主任。泯义是主任。我当支书。”

这话拉起就长了，世上好些事让人琢磨不透。系牢和治科他大两个人的关系在村上谁都知是最好的。系牢盖房，治科他大从头帮到尾。既出力又借钱。椽不够来扛，板不够来取，家具不够随便拿，谁知最信得过的亲人已成了仇敌。那是在县政府表彰先富起来的“万元户”大会——百姓叫“夸富会”的第三天就发生了凶案。得了奖的康贤遇害了。那天，村上演电影。电影毕了，还是小娃娃的治科跑回开门，门用椅子倒顶着，摇呀，扛呀，好大功夫才弄开。见他大在炕上捂着被子头朝里睡着。呼叫不应声，灯点着一看，满头是血，把娃当时就吓骨瘫，连话也不会说了。

连夜报案，惊动了全镇。市县公安局联合破案，几条警犬也来了。现场没保护，脚印混杂，无从着手。从仇家查起，无据，又从关系最密的查，仍无据。一时陷入困局，线索隐蔽。侦破组观察秋毫，排查询访，又过去了一天。

在慌乱一阵之后，治科妈发现囤下的半截螺钢不见了，又见炕上三块枕砖少了一块，打火机也没了。把这情况很快报告侦破组。村干部都协助破案。系牢表现特积极。就是积极得有点反常更显不自然。因他又是众所了解的与死者关系最好的。县公安局王局长约他谈话，问他当晚活动时间地点和证人。系牢说，“王局长，请你了解，我俩是不分你我的关系，怎么会做这种惨无人道的事呢？”他把局长的问话回答得无缝，节点慎严，他以为滴水不漏。二位刑警雄赳赳门外站着。气氛大大的不同往日。局长注意他神情的变化和后来语言的吞吐。实际，局长从外围已基本掌握了他这个嫌疑对象，锁定之后，为再确证，来了个欲擒故纵，说：“那好，你回去再想想，还有提供的线索，请及时告诉我们。”

破案已有突破性进展。系牢还梦想侥幸，以狡猾逃过大劫。祭奠这日，系牢还来行情，在灵前叩头上香。头戴孝圈，中午坐席。便衣公安人员专注到，这位“来宾”又反常化妆——戴起一副墨镜，头上还扣了顶草帽，时令为阴历五月，戴帽本不奇，奇就奇在棚下不卸，再狡猾的狐狸也逃不过猎手的眼睛。头棚席散，系牢没得回家就被请上了囚车去了镇派出所。一路他只要烟吸，半句话不说，蔫萝卜一样。到了执法的地方，四顾形势，乖乖交代了作案过程和动机。

原来是为高利贷利息争吵才生杀心的。治科他大这人和系牢原本关系普通。自系牢当上干部，就巴结得殷勤了，渐之无间，无话不讲，好事共谋，利益共享。康贤手底有几千元，系牢盖房想借，一方要以高于银行利息给，一方想以干部权白借。最后说定一分的息。这时，系牢心里已对这位“朋友”动摇了信任。貌合神离着把房子盖成。康贤参与县上夸富会的第三天。系牢已等时机了。

当晚系牢知村上要演电影。两个故事片连演。空间机会正好。于是约定在治科家喝酒。治科家在村边的土壕圪崂。距影场约一里多。治科妈被支到洞子下的地窑去了。他俩在洞子口崖背上的两间房里喝酒。喝酒间二人说得不好，系牢杀念已起。对方毫无察觉。系牢说：“哥，我窗上还差几条钢筋，你说给我哩，时间不早了，我回去顺便捎上。”心诚的康贤马上跳下炕光着脚去取。他只顾脑猫着爬靠墙的粮囤下找。找着一根就拉出来给系牢。接着找。系牢趁机抓起一砖从背后猛砸过去，没争得被害人反应过来，紧接又给一钢筋。这时气息奄奄的康贤已不能言语，系牢慌乱着把半死的身体拉扯上炕，又用被子二次窒毙，当验证确是死了，急用椅倒顶了门，速逃影场，转了一圈，显现他在场的骗伎。囚在笼里的狼再龇牙嚣张，也只能顺从猎人。

系牢在刑警挟同下，老老实实在治科家门外的麦草垛取出了打火机，在沟边废弃的老庄院捡到了作案后那带血的砖和钢筋。

一月后在县体育场开公审大会。

“白墨村干部仇富杀人”，在当时的全县传得沸沸扬扬。白墨成了个凶地，数月间人绕道行。

荣凯听了老支书追述，说：“几十年了，这详情你不说我还不知。那师存水找你到底要说什么，和这事有关系吗？”

“你见师存水和改革在一起来的，是不？”元魁问话又提到这两个人。

“见到时是在一起走的。”荣凯说，“或许是碰在一起吧。”

“不。是专意走一起的。”元魁说，“那个叫改革的，系牢枪毙那年还吃着奶。他妈改嫁要带儿子，他伯要为弟弟留根，坚决不给。闹得很不好。孩子太小，依法随母了。带走后，那个继父有了自己的亲儿子，对改革不怎么好了。这十几二十年改革长大了，有了自己的主见，一心要回白墨老家。”

“噢，原是这样的。”荣凯应话，“那师存水为啥来？他为什么敬心这事。”

“我开始也想到这点。改革要回老家该和他伯商量。系牢那房子还在，他伯种着院子。师存水说，改革的继父随着改革的长大，心越分开了。上中学供到半途不供了，娃出去打工学了个汽车修理工，技术到能独立开门店水平了。和他的小女儿认识了。他女儿学的是幼师。毕业一年了，给一家私人幼儿园打工。两个娃绵绵不弃，已到不分不舍程度。只能依着。师存水说他看上咱白墨村，坳大地平，粮仓有保，水好人勤，前景有望。这几年村上变化大，村风好了，民风正了，在县上已列入先进行列。他于是向改革提出条件，若能回老窝安家立户，和他女儿的婚事就有保，如果村上不接纳，可能就得分开。”

“我全明白了！”荣凯说，“添丁嘛，是好事。”

“师存水求我能尽力做你和改革他伯的工作，圆满了两个娃的人生大事。我想，这是善事，好事。没敢给保证，只应来和你先商量。至于他伯，问题不会大，改革他大给留的房还在，回来各过各，侄儿回来了，活成一家子人，他伯不会不高兴的。更不会拒认。”

荣凯思量了一下，坦诚地说：“正如你说的，这是善事好事。况改革原是白墨的人。不过，这事还得和大伟、小白他们交换一下意见，也需和他伯沟通沟通。听听他们的再告诉你。”元魁寄望地恳求说，希望你能重视一下，老师说明天集上要见话。他女儿年龄也不小了。荣凯说，改革本是咱村人，因特殊情况才出去的，现在回来，也算白墨喜事嘛。有句话叫塞翁失马焉知非福。元魁笑了：“你说准了，他回家来，咱村又添一对可发热发光的年轻人啊！”

两人笑声融融，回荡久久。

新的一年又揭开了崭新篇章。这一页谁知又会产生多少故事。

闹过欢欢乐乐的元宵节，大地渐之解冻，肥沃的白墨大地春意盎然，遍地放绿，最招惹人的是村边怒放着鲜亮灿黄的迎春花，枝枝条条繁花絮絮，簇簇相拥，好一派春的使者！继而村子房前舍后桃李花儿芬芳，满坳果园，花蕾缀冠，翠吐香溢。村民们精神饱满，对日子充满着信心，梦飞九天。白墨，得天地之精气神，如虎添翼。新的发展蓝图一件件变为现实。貌变不算变，而质变方属变。人德，质之核心也。新生力量如采蜜蜂群，向白墨花团聚来。老年人为这里名实俱在而捋须自慰：白墨不会是空壳儿了，不会！

七月七这一天，白墨呱呱又出生了几个小生命，其中就有白荣凯的儿子！他起名“继开”。继往开来的一代！这些婴儿哇出的第一声都一样，不是歌也不是诗。他们的明眸稚稚地瞅着这新鲜而美丽的世界，笑靥迷人。小脑袋似在“思考”什么。

元魁听到消息，第一个前来贺喜。他后悔欣欣考上大学时他不该有的想法和做法。他向荣凯提出村上应建立一个奖励学习优秀生，扶助贫困生的助学“基金会”。他首先捐出了1000元。

这个福荫子孙的黄金建议，立即得到荣凯支持，表态马上研究筹备。

十月国考，网上报名。按条件，小白是可参加省级以上机关部门公务员报考的。但他还想在村上干几年。在父母和诚石爷爷的说服下总算报了名，却报的是紫薇县乡镇级工作人员。

师存水女儿和白改革喜结良缘，嫁到白墨村来，存水也算了却了一桩心愿。他要女儿把青春献给村上，教出一批批的好后生。白改革春风得意，正在新区筹备自己的修理门市，同时装修新房，准备国庆办喜事。老家的温暖，他倍感亲切。

元魁鉴于儿子的残疾，为大学已毕业考上公务员的小女招赘。正在双喜临门的准备中。

白墨村已和中国第一村小岗村和陕西第一村袁家村结成了盟友。名不虚传的立德教育中心，引起县委宣传部和文明委的重视，省报记者采访多次，省委宣传部的光荣榜上有名。

历史走到今天，再不久，它会庄严宣告世人：乡村是城市人最向往的宜居地！农民将不再自卑，不再会被城市人凭肤色、气味和衣着下眼观，嘲笑曰“乡巴佬”“土包子”了。而会投以敬仰的目光。我们的太史公醒来，第一眼看到白墨村，看到千千万万个像白墨村一样发达了的乡村，会为自己写完辉煌巨著《史记》后未写一部真实的农民史而遗憾！

农村，乡村，多好的美名。其美，不在新，不在形象，而在有守望的人，有建设她的人，有呵护她的年轻人。只求宏伟壮观，作为盛世标志、名片。

心语诚布

——代后记

农民问题，历来是社会的根本问题。

我是农民的后代，生在农村，吸吮农民的乳汁而成长。学校出脱，长期工作仍在农村这片天地。半生耳濡目染面向黄土背朝天的农民父老——我们的饮食父母。他们艰辛度日之不易，在我脑海难以忘却，怎么也抹不掉那许许多多的悲壮记忆。他们佝偻着的群相常常在我眼前浮现，牵我同情，催人崇敬。他们不愧为国之脊梁，物质财富的创造者。他们应该而且最有资格享受自己汗水浇灌出的优质粮，应该而且最有资格得到好的待遇，受社会的尊重和保护。然而，不知不觉间就遇上了。新千年初，我读到陈桂棣、春桃夫妇警世长篇报告文学《中国农民调查》（2004年人民文学出版社1月1版）令我震撼，感想颇多。2000年我退休了，立志践行深埋心底的诺言：写一部有关父老的书，替天下这层群体说句天公地道的话，扶他们归于历史主人的位子。随着农村改革的不断深入发展，一派崭新景象活生生的展现，广大农民扬眉吐气，精神振奋，为实现中国梦而不懈奋进的激情感染着我，更增强了动笔的信心。基于长期农村工作、生活所观察、体验、感受和积累的大量“三农”素材，经严格遴选，绞思构架，面对现实，以主观的视角解剖的笔锋，通过激烈而又冷静、悲壮而又前瞻的乡村叙事，全方位、立体化展现了农村改革开放不久至新千年初这一段变革史。

创作采取写实与虚构相搓的笔法推演，让正能量在风风雨雨中伸张，使政策力量和民主之风得到应有的尊严。在不断趋于良性的政治生态下，在一次次矛盾冲突中，自然而必然地颖脱出一支渐渐成熟的青年新秀，就是这支生力军掌握了自己的命运，天降大任而成为美丽的乡村，幸福家园的守望者和建设者。

在整体创作中，有多数章节是在清晨几个小时完成初稿的。面对厚厚的稿纸，说真，未出现过“硬写”的现象，却是始料未及的情节、细节、人物多方涌现。如此，笔吐便有了得心应手的张力。为什么能这样？这当感谢取之不尽的“生活源泉”。也正因这眼源泉，而使小说的流势有了一种勇往直前的冲刺力度。这力度就是白荣凯们嘹奏的新时代凯歌和他梦想前景。写到小说后半部，总有主人公以创造者的魄力在耕耘，而作者仅是坐享其成的收获之感。所以，在某种程度上讲，生活资源的储量对作者创造力的舒张、能量的释放和自我创造个性发挥，都会起到强烈的促进作用。然而，由于源泉的奔涌，也难免素材的堆砌、信息的叠垒和文字的拖沓，给当规避的缺陷以潜在之隙。联系异化着的复合、虚华、光怪陆离的“生活回流”，使我懂得：甘美的源泉，一定不能亵渎，不能功利，不能污染，只有自觉环保，而且得善于发现其精气神，方能以它丰富的自然色彩，使我们伟大的时代画廊多姿多彩，灵动感人。

书稿于2013年7月完成一草。2015年12月臻就。分“灯下”“初心”“绘手”三卷，共64章约96万字。2017年稿送百花洲文艺出版社，即得热诚支持。编辑部邹婧同志等呕心沥血读审了全文，提出了详细的宝贵意见。8月斧修。经删、缩为59万字。12月又得再修改的具体指点。琢磨之后从长度和文字上少了大半，但主要事件，中心人物和亮点故事情节依然。犹如一棵茂长的苹果树在专家指导下修剪，除去病枯残枝，细异旁生，主杆与果枝更显分明，整体通风透光度全趋良好了。

我已八秩了。对我的人生说，早已进入倒计时。在这秋末冬临之季，确是时不待我了。但人生之夕阳，灵魂怎么归山，躯壳如何为尘，自己还得慨然拓径的。我们这辈年份的人，经历的风雨太多太多，受的苦难太多太多。时来运转，否极泰来。今幸逢盛世，华夏尽朝晖。心灵的感动，天地可鉴。“文学是愚人的事业”，自然得尊使命。重温毛泽东《在延安文艺座谈会上的讲话》精神，领悟习近平2014年10月15日《在文艺工作座谈会上的讲话》和十九大报告书中关于新时代和文化建设的新思想阐述。虽已伏枥，壮心犹在，文化自信更加坚定，在实践中进行文化创造之心不泯。如果健康和精力允许，我欲望在两三年间笔纸不辍，再争拼一部反映脱贫攻坚的农村题材作品。记录下全党全民奔小康历史足迹的旋律和壮阔图景。

为文，大概识字之人都可举笔的，但有几个能做到文以“情”之真“为生命”呢？聂老（即：聂绀弩）说到骨子了：“文章信口雌黄易，思想锥心坦白难”。任何体裁的文艺作品，要称得上“文学”二字，要做到有分量，有担当，达到“思想锥心”，“坦白”出个真理，可真难真难！尤是通过艺术形象塑造来蕴涵就更难！

《白墨绘》幸有乐为他人做嫁衣的百花洲文艺出版社编辑呕心劳

力，终催生出这些发自内心的文字，成全了心愿："三农"确实是万万不可忽视的！农民是不可不仰视的高山！！

在《白墨绘》杀青付梓之际，对黎明打印部应接手稿的打印之劳表示谢意！

马宇飞

2018年1月